KB149746

사람은
육체적 존재이자
정신적
존재입니다

나를 살리는 아포리즘 테라피

Saves Me
Aphorism Therapy

나를 살리는 아포리즘 테라피

초판인쇄 2024년 01월 23일
초판발행 2024년 01월 27일

지은이 김주수
발행인 조현수
펴낸곳 도서출판 더로드
마케팅 최문섭
IT 마케팅 조용재
교정교열 이승득
디자인 디렉터 오종국 Design CREO

ADD 경기도 파주시 초롱꽃로17 305동 205호
물류센터 경기도 파주시 산남동 693-1 1동
전화 031-942-5364, 031-942-5366
팩스 031-942-5368
이메일 provence70@naver.com
등록번호 제2015-000135호
등록 2015년 06월 18일

정가 32,000원
ISBN 979-11-6338-442-7 03810

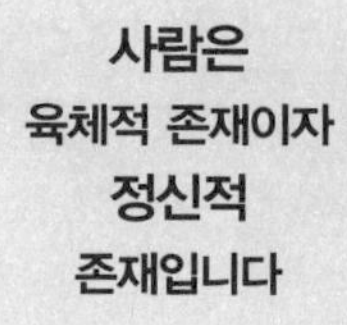

사람은
육체적 존재이자
정신적
존재입니다

나 를 살 리 는 아포리즘 테 라 피

Saves Me
Aphorism Therapy

김주수 엮음

도서출판 더로드
The Road Books

Prologue

서 문

사람은 육체적 존재이자 정신적 존재입니다

1

한 권의 좋은 책이 한 사람의 인생을 바꾸는 경우가 있듯, 하나의 좋은 명언이나 격언이 한 사람의 운명을 바꾸는 경우도 있습니다. 명언이나 격언은 짧고 간결하지만, 사람의 마음을 움직이는 어떠한 힘을 가지고 있습니다. 그 속엔 감동과 자각과 위안과 치유와 자극과 용기와 에너지를 실어주는 효용이 있습니다. 저는 명언이나 격언을 읽을 때마다, 혹은 책 속의 멋진 구절을 읽을 때마다 그러한 효용을 번번이 체험하면서 그 가치를 실감한 바 있습니다.

"언제부터인가 제게는 작은 습관이 생겼습니다. 마음에 와닿는 책 속 한 문장, 감동을 주는 구절을 적어두고, 필요할 때마다 찾아보며 마음에 새기는 일입니다." 어느 작가의 이 말처럼 저 또한 이런 습관이 생겨 명언이나 격언과 같은 짧은 아포리즘을 모으게 되었고, 그것이 모여 이 책의 뼈대와 속살을 이루었습니다.

치료는 정신 에너지의 회복이다.

정신 에너지를 소모시키고 있는 인자를 제거하는 것이다.

-이무석

좋은 글은 정신적 독소를 해독하고, 마음에 힘을 북돋아 줍니다. 그런 점에서 좋은 아포리즘은 일정한 치유 효과를 지닌 아주 짧은 글이라고 할 수 있을 것입니다. 아포리즘은 정신의 에너지가 짧고 간결하게 집약된 글입니다. 마치 우리가 건강이나 치유를 위해 먹는 각종 약이나 건강을 위해 먹는 보약이 그러한 것처럼!

"걸출한 성취를 이룬 사람들은 대부분 강한 내적 충동을 가지고 있기 때문에 다른 사람들도 자극하고 격려할 수 있다."(진 래드 럼) 걸출한 생각이 담긴 글도 이와 마찬가지로 대부분 강한 내적 충동을 가지고 있기 때문에 사람을 자극하고 격려하는 힘이 있습니다. 명언이나 격언과 같은 아포리즘도 그러합니다. 요컨대 그것이 아포리즘이 가진 미덕이자 효용의 본질일 것입니다.

살다 보면 누구나 마음이 산란하거나 다운될 때가 있고, 생각이 정체되거나 흔들릴 때가 있습니다. 아포리즘은 그러한 정신적 허기나 심리적 공허함을 채워줄 수 있는 좋은 도구입니다. 왜냐하면 그 속에는 다양한 정신의 에너지가 담겨 있기 때문입니다.

사람은 육체적 존재이자 정신적 존재입니다. 우리가 음식을 먹고 육신을 위한 영양소를 얻듯이, 우리는 그처럼 쉼 없이 '마음에 좋은 것'을, 즉 정신의 영양소를 먹어야 합니다. 핸드폰에 배터리를 충전하는 것처럼, 마음에 좋은 말을 먹고 정신의 에너지를 충전해야 합니다. 아포리즘은 메시지로만 이루어진 글입니다. 아포리즘은 간단히 말해 정신의 에너지가 집약된 아주 짧은 글이요, 마음에 좋은 영양가가 농축된 간결한 말입니다. 즉, 아포리즘은 정신적 허기와 건강을 도우는 영혼의 영양제인 것입니다. 때문에 아포리즘을 읽는 것은 동서고금의 지혜로 만든 뿌리 깊은 마음의 보약을 먹는 일과 같을 것입니다. 이 책의 제목을《나를 살리는 아포리즘 테리피》로 정한 것도 이 때문입니다. (아울러 좋은 문장들이나 뛰어난 표현들이 가득하기에, 이 책은 글쓰기나 문장력을 익히는 데도 아주 좋은 도구가 될 것입니다.)

2

이 책에는 6천여 개의 생각의 씨앗이 들어 있습니다. 때문에 이 책을 읽는 것은 생각의 정원에 좋은 씨앗을 수없이 뿌리는 일과도 같을 것입니다. 우리 몸에 여러 가지 다양한 영양소가 필요한 것처럼, 우리의 마음에도 다양한 정신적 영양소가 필요합니다. 독서란 본디 내면의 텃밭에 좋은 생각의 씨앗을 뿌리는 일과 같으니, 좋은 씨앗을 다양하게 섭취하는 것은 정신적 성숙과 건강을 위해 필수불가결한 일일 것입니다.

좋은 글은 생각의 거울이 되고, 삶의 거울이 되고, 세상의 거울이 됩니다. 동서고금의 지혜가 집약된 아포리즘들을 보면, 수많은 이들이 깨우친 보석 같은 지혜들을 투명한 삶의 거울로 삼아 자신을 맑게 비춰볼 수 있습니다. 생각의 폭과 깊이를 얻고 삶의 지혜를 키우며 자신을 발견하는 데 이보다 좋은 방법도 드물 것입니다. 그런 점에서 이 책은 우리의 삶을 비춰주는 '만인의 지혜로 빚은 만인을 위한 만인 앞에 놓인 만인의 거울' 과 같을 것입니다.

다른 사람이 쓴 책을 읽는 일로 시간을 보내라.
다른 사람이 고생을 하면서 깨우치는 것을 보고

쉽게 자신을 개선시킬 수 있다.

-소크라테스

그 누구든 인생이 바뀌려면 제일 먼저 사고수준과 사고방식이 바뀌어야 합니다. 사고의 변화는 반드시 시각의 변화와 마음과 행동의 변화를 동반합니다. 생각의 수준이 바뀌어야 마음의 지향과 삶의 태도와 행동의 진폭이 바뀝니다. 결국 내 생각의 수준을 높이는 것이 내 삶을 변화시키는 지름길이자, 내 삶의 질과 깊이를 고양시키는 확고한 토대요 동력이 됩니다.

인생의 첫 번째 승패는 결국 '사고력'을 얼마만큼 키우느냐에 달렸다고 해도 과언이 아닐 것입니다. 생각은 내 내면세계의 실체이자, 삶을 바라보는 유일한 창이며, 내 모든 행동을 결정케 하는 방향키와 같은 것이기 때문입니다. 뿐만 아니라 정신적 치유나 성장 또한 생각으로부터 비롯됩니다.

삶의 문제는 실로 다양합니다. 그래서 우리가 생각해야 하고 해결해야 할 삶의 문제도 다양할 수밖에 없습니다. 때문에 그러한 온갖 삶의 문제에 잘 적응하고 대처하려면, 반드시 삶의 여러 문제를 품어 안을 수 있을 만큼의 탄탄한 '생각의 깊이와 폭'을 아울러 가져야 할 것입니다.

인생은 힘들지만,

당신이 멍청하면 더 힘들다.

-존 웨인

40대를 넘긴 후 제가 매번 느끼게 되는 중요한 삶의 진실이 있습니다. 그것은 정신적으로 성숙해지지 않으면 결코 행복할 수도 없고, 어떠한 삶의 시련들도 이겨낼 수 없다는 점입니다. 삶을 잘 살아가려면 무엇보다 정신적 성숙함이 있어야 하고, 건강하고 튼튼한 멘탈을 지니고 있어야 합니다. 그것이 없거나 부족하면 자주 헤맬 수밖에 없고, 자주 흔들릴 수밖에 없습니다. 때문에 그 누구든 행복해지기 위해서는 내면 속의 부정을 긍정으로, 무지를 지혜로, 혼돈을 명확함으로, 미성숙을 성숙으로 전환시켜야 합니다. 이것은 삶의 모든 면에서 필연적인 원인과 결과로 계속 이어질 것이기 때문입니다.

독서란 본디 자기 안에 생각의 씨앗을 뿌리고 마음의 밭을 일구는 일입니다. 이 책의 무수한 아포리즘을 읽다 보면 누구나 생각하고 느끼고, 생각하고 느끼고… 이러한 과정이 계속 반복될 것입니다. 그러면 머리와 가슴에, 뇌와 심장에 그 내용들이 점점 더 깊게 스미게 될 것이고, 그것이 무르익으면 아포리즘 속에 담긴 지혜와 통찰이 나의 지혜와 통찰이 될 것이요, 그 속에 담긴 정신의 에너지가 곧 내 내면의 에너지가 될 것입니다. 그런 시점이 되면 반드시 내가 절로 변하게 될 것이요, 내 내면의 그림자처럼 삶 또한 변화하게 될 것입니다.

3

독서의 실질적인 효용을 위해 가장 중요한 것은 '반복과 사색과 적용'이 아닐까 합니다. 우리는 반복을 통해 깊이 읽어야 하고, 그런 읽기를 하면서 깊이 생각해야 하고, 아울러 생각하면서 잘 적용해야 합니다. 대부분의 경우, 숙독과 사색과 적용이 하나로 조화를 이룰 때만이 독서를 통한 삶의 변화를 이끌어 낼 수 있습니다.

철학자 존 로크는 이렇게 말했습니다. "우리는 원래 반추동물이기 때문에 만 권의 책을 단순하게 머리에 주입시키기만 해서는 안 된다. 만일 우리가 섭취한 그것을 잘 반추하여 소화시키지 않는다면 책은 우리에게 힘과 영향을 제공하지 않을 것이다." 처칠도 이와 비슷한 의견을 남겼습니다. "책은 많이 읽는 게 중요한 것이 아니라 독서한 내용 중 얼마나 자신의 것으로 소화해서 마음의 양식으로 삼느냐가 중요하다. 활용할 수 있을 정도의 깊이 있는 정신작용으로까지 이어지지 못한 독서는 오히려 빈 수레와 다를 바 없다."

책 읽기에 있어 '반복과 숙독의 깊이 읽기'를 매우 강조했던 율곡 이이 또한 이처럼 '깊이 읽지 못해 빈 수레와 같은 독서'를 일러 '책 따로, 나 따로여서 아무것도 얻을 것이 없는 일'이라 경계한 바 있습니다. 요즘 세상은 너무 가볍게 흘러가는 경향이 있고, 그 때문에 가벼운 책과 가벼운 독서가 범람하고 있지만, 가벼운 책과 가벼운 독서로는 정신수준을 크게 변화시키거나 정신의 에너지를 오래도록 충전할 수 있는 큰 힘을 얻기 어렵습니다. 가벼운 독서는 작은 수레와 같아서 결코 가치 있는 심중한 것을 내 삶으로 실어 나르지 못합니다. 모든 공력이 그러하듯 정신적 내공이란 하루아침의 가벼운 노력으로 길러지는 것이 아니기 때문입니다.

시험에서 50점을 받은 것과 100점을 받은 것이 결코 같은 수준이 아닌 것처럼, 하나의 문장도 50% 이해한 것과 100% 이해한 것은 전혀 다른 것입니다. 어떤 책의 어떤 내용이든, 피상적으로 이해한 것과 깊이 소화하여 자기 안에서 온전히 내면화된 것은 결코 같지 않습니다. 동서고금을 불문하고 제대로 된 독서는 반드시 후자를 지향할 것입니다.

제 경험에 비추어 볼 때, 독서에서 가장 중요한 것은 '반복'에 있음을 저는 믿어 의심치 않습니다. 사람은 망각의 동물이요, 반복하지 않으면 어떠한 것도 내 것으로 '체화(體化)' 되지 않기 때문입니다. 반복이 있어야 책의 메시지를 내 것으로 제대로 소화할 수 있고, 그렇게 체화작용이 있어야만 현실적 적용과 삶의 변화가 따를 것이기 때문이다.

이 책에는 치유와 성장과 지혜의 에너지가 가득 담겨 있습니다. 하지만 그것은 단지 책을 가볍게 한 번 읽는 것으로, 금방 내 것으루 온전히 체화되지는 않을 것입니다. 한 번 읽는 것도 가치가 없지는 않겠지만, 진정 이 책으로 치유와 성장을 경험하고 싶다면 책 전체 내용을 두세 번 이상은 반복해서 읽어야 할 것입니다. 그러면 이 책 속에 실린 수많은 명구들이 서서히 내 머리와 심장에 젖어들 것이요, 그렇게 젖어들면 젖어든 만큼 내 생각과 마음에 변화가 생길 것입니다. 그러한 변화는 내 정신세계가 더 높은 수준으로 조율되는 통합적인 작용이요, 뜻깊은 숙성의 과정일 것입니다.

오래 흘러야 강이 된다는 말이 있습니다. 반복의 숙독은 내 안에 하나의 정신적 강물을 만드는 일일 것입니다. 이는 여러 작은 시냇물이 모여서 내 안에 새로운 강물이, 지혜의 대하가 흘러가게 만드는 일입니다. 어제와 다른 나로서의 성장과 치유는 그런 강물이 내 안에 흘러넘칠 때 절로 만들어질 것입니다.

현재 공학 소프트웨어 분야에서 세계 1위를 달리고 있는 기업 「마이다스IT」의 대표 이형우 사장은 '책 10번 읽기'를 권합니다. 적용과 실행을 가능케 하는 자기체화를 위해서입니다. 제 지인 중엔 대학 시절 자신이 좋아하는 책을 무려 30번이나 읽은 분이 있습니다. 만약 제가 대학 시절로 되돌아가 그렇게 30독을 할 수 있다면 저는 바로 이 책을 30번 읽겠습니다. 왜냐하면 이 책 속엔 그만큼 정신의 피와 살이 되는 좋은 내용이 많을 뿐 아니라, 이러한 가치와 방법을 잘 모르고 보낸 시간들에 후회와 아쉬움이 많이 남기 때문입니다.

그렇게 일찍부터, 마치 하루하루 무술을 익히듯 정신적 내공을 탄탄하게 쌓았더라면 삶의 여러 측면에서 많은 도움이 되었을 것이요, 생각의 깊이와 폭이 나날이 더 더해졌을 것입니다. 그랬더라면 제 안에 지혜의 강물과 자성(自省)의 거울이 일찍부터 만들어졌을 것입니다. 정녕 그랬더라면 아마도 저는 진작부터 적어도 지금보다는 수준 높은 사고력을 지녔을 것이며, 지금보다 더 일찍 성숙해졌을 것이요, 더 건강하고 강인한 정신세계를 가졌을 것이며, 훨씬 더 지혜롭고 현명하며 행복한 삶을 살았을 것입니다.

참으로 부유한 사람은
삶 속에 시가 있는 사람, 삶 속에 침묵이 있는 사람,
삶 속에 뿌리가 있고 삶 속에 축제가 있으며
내면의 정원에 꽃이 만발한 사람이다.

–라즈니쉬

이 책은 아포리즘을 통한 치유와 성장을 지향합니다. 이 책에 실려 있는 모든 구절 하나하나가 그러한 작용을 위한 좋은 생각의 씨앗이자 영혼의 효모가 되어 줄 것입니다. 그것은 우리 안에서 싹이 터서 자랄 것이요, 잘 발효되어 정신의 자양분으로 숙성될 것입니다.

어떠한 심리적 문제든 근본적인 치유는 마음이 더 넓어지고 정신세계의 폭이 확장될 때, 내면이 더 강해지고 의식 수준이 더 높아질 때 이루어집니다. 치유와 성장은 언제나 어깨를 나란히 하고 함께 다닙니다. 성숙해질 때 치유될 것이요, 치유될 때 우리의 영혼은 더한층 성숙해질 것이며, 그에 따라 행복은 정신의 그림자처럼 우리의 삶의 길목을 따라오게 될 것입니다.

제가 이 책에 실린 여러 아포리즘을 통해 많은 위로와 격려와 힘과 깨우침을 얻었듯이, 모든 독자들도 이 책을 통해 정신적 연금술과 같은 치유와 성장을 경험했으면 좋겠습니다. 그것은 뜻이 있는 이에겐 반드시 주어지는 선물과도 같을 것입니다.

한 사람의 치유와 성장과 변화는 세상의 치유와 성장과 변화에 일조할 것입니다. 그러한 치유와 성장과 변화의 기운이 세상 끝으로 번져나가기를. 하여 세상의 모든 이가 치유될 수 있기를, 세상의 모든 이가 성장하기를, 그리하여 다시 세상의 모든 이가 자유로워지고 또 행복하게 깨어나기를! 세상의 모든 이가 치유의 물결 속에서, 또 사랑의 울타리 안에서 적이나 경쟁자가 아니라 하나의 좋은 벗이 될 수 있도록!

취루재에서 김주수 드림

사람은 육체적 존재이자
정신적 존재입니다.
우리가 음식을 먹고 육신을 위한
영양소를 얻듯이,
우리는 그처럼 쉼 없이
'마음에 좋은 것'을,
즉 정신의 영양소를 먹어야 합니다.

Contents

차례

진정한 자신의 모습이야말로

가장 찾기 힘든 보물이다.

–니체

CHAPTER

01

나를
찾고 싶을 때

Chapter 01

나를 찾고 싶을 때

삶의 중심은 '나'에게 있습니다. 나는 내 삶의 중심입니다. 그래서 내가 흔들리면 삶 전체가 흔들립니다. 내가 '나'를 잃어버리면 끝내는 삶의 모든 것을 잃게 됩니다. 어떻게 해야 삶의 중심을 찾을 수 있을까요? 무엇이 나를 흔들리지 않게 할까요? 무엇이 나를 오롯이 삶의 중심을 지키며 살아가게 할까요?

모든 행복도, 모든 지혜도 '나'라는 중심을 찾을 때 얻어집니다. 자신에 대한 이해와 인정과 사랑, 이러한 것들이 자신의 중심을 세워줍니다. 자기애와 자존감은 삶의 기둥과도 같습니다. 그 기둥이 흔들리거나 무너지면 그대로 삶 또한 흔들리거나 무너지기 때문입니다.

우리가 이 세상에서 가장 먼저 찾아야 할 것은 무엇일까요? 그것은 바로 '자기 자신'입니다. 그것은 세상에 둘도 없는 가장 소중한 것이기 때문입니다. 삶은 자신을 찾아가는 긴 여정과도 같을 것입니다. 누구든 진정한 나를 찾을 때, 그때라야 진정한 평화와 기쁨을 만날 것입니다. 언제 어디서든 나는 내 삶의 유일한 중심이자 발원점이기 때문입니다.

여기에 실린 아포리즘들은 그러한 '나'를 찾는 데 좋은 거울이 되어줄 것입니다.

이것은 마음속 어둠을 지우며, 내면을 보다 밝게 비춰줄 것입니다. 하늘은 스스로 돕는 자를 돕는다고 하였습니다. 그런 점에서 스스로를 사랑하고 스스로를 돕는 것은 누구에게나 삶의 제1원칙이 될 것입니다. 그것 없이는 누구도 삶을 제대로 살아갈 수 없을 것이기 때문입니다.

자기 이해

* 우리 자신의 발견은 세상의 발견보다 중요하다. –찰스 핸디

* 자기를 아는 것이 참다운 진보이다. –안데르센

* 삶이란 내가 나 자신의 가장 좋은 친구가 되는 과정이다. –루이스 L. 헤이

* 자괴감보다는 '자기 이해'가 내면의 평화와 성숙한 양심에 이르는 길이다.
–조수아 로스 립먼

* 본질 속에서는 당신은 누구보다 열등하지도 않고 우월하지도 않다. –에크하르트 톨레

* 자신을 새롭게 볼 수 있는 사람은 보이는 모든 것을 새롭게 볼 수 있다. –구본형

* 사람들은 우주는 이해할 수 있겠지만 자아는 결코 이해하지 못한다. 자기 자신은 어떤 별보다도 더 멀리 있다. –체스터튼

* 인간의 운명을 결정하는 것은 그가 자기 자신을 어떻게 이해하고 있는가 하는 것

이다. –소로우

* "너 자신을 알라." 이 말은 당신이 생각하는 것보다 최첨단이다. –이소룡

* 자신을 알기 위한 좋은 방법은 다른 사람들과의 행동 속에서 자신을 학습하는 것이다. –이소룡

* 스스로에게 솔직한 것이 진정한 인간이 되는 길이다. –이소룡

* 너 자신에게 정직해라. 세상 모든 사람과 타협할지라도 너 자신과 타협하지 마라. 그러면 누구도 그대를 지배하지 못할 것이다. –인도 격언

* 사람들은 자신의 세계관이 곧 자신의 성격임을 모르는 듯하다. –랄프 왈도 에머슨

* 육체는 겉모양이고 성격은 그의 영혼이다. –이소룡

* 자기 자신을 두고 타협하지 말라. 당신은 당신이 가진 전부이므로. –재니스 조플린

* 이곳저곳 돌아다녀도 자기 자신으로부터 도망칠 수는 없다. –헤밍웨이

* 진정한 자신의 모습이야말로 가장 찾기 힘든 보물이다. –니체

* 세상에서 좋은 것을 찾으려고 하지 말고 네 안에서 찾아라. –에픽테토스

* 자신의 심장으로부터 도망칠 수는 없다. 심장이 하려는 이야기를 듣는 편이 낫다. –파울로 코엘료

* 당신을 괴롭히는 것들로부터 도망가기를 원한다면, 다른 장소로 갈 것이 아니라 다른 사람이 되어야 한다. –세네카

* 벗을 찾아 헤매는 자는 가련하다. 왜냐하면 참으로 진실한 벗은 자신뿐이며, 밖에서 벗을 찾는 자는 자기 자신에게 충실한 벗일 수 없기 때문이다. –소로우

* '더 나은 사람' 이 되는 것보다 '나를 아는 사람' 이 되는 것이 더 필요하다. 왜냐면 '나' 를 알아야 '나' 를 다룰 수 있기 때문이다. 인생은 자신을 계속 알아가는 과정이다. –오은영

* 우리는 스스로에게 최선의 친구가 될 수도 있으며, 최악의 적이 될 수도 있다. 자기 내면의 가장 가치 있고 선한 것과 친구가 된다면, 모든 것의 친구가 될 수 있다. –랄프 왈도 트라인

* 우리는 내 정체성에 대해 알아야 한다. 내가 누구인가 아는 것이야말로 모든 이치와 가치를 인식하는 시작점이기 때문이다. –김이율

* 자신의 마음을 완전히 소유한 사람은 세상 그 무엇도 소유할 자격이 있다. –앤드루 카네기
* 우주에서 우리가 고칠 수 있는 유일한 것은 바로 우리 자신이다. –올더스 헉슬리

* 사람은 저마다 자기의 십자가를 지고 인생을 살아간다. –톨스토이

* 사람들은 자기 앞을 본다. 나는 내 안을 본다. 나는 끊임없이 나를 고찰하고 나를 검사하고 나를 음미한다. –몽테뉴

* 자신에게 주어진 삶을 잘 이해하는 사람이야말로 가장 지적인 인간이다. –헬렌 켈러

* 당신이 어떤 삶을 산다 해도 당신 자신에 대해서 알지 못한다면 결코 인생의 어떤 달콤함도 맛보지 못할 것이다. 사람은 스스로를 이해하지 못할 때 최악이 된다. –이소룡

* 지금의 나와 다른 내가 되고 싶다면, 지금의 나에 대해서 알아야 한다. –호퍼

* 언젠가는 여행을 떠날 것이다. 당신이 지금껏 해본 것 중 가장 긴 여행이 될 수도 있다. 그것은 바로 당신 자신을 찾아가는 여행이다. –캐서린 샤프

* 모든 사람들에게 가장 필요하고 중요한 연구 대상, 그것은 바로 자기 자신이다.
–톨스토이

* 사람이 자기 자신을 알기 시작했을 때, 비로소 인생이 시작된다. 그리고 인생을 알기 시작했을 때, 사람은 다른 사람을 이해하기 시작한다. –맥 그라한

* 아직 자아를 찾지 못했다고 사람들은 말한다. 그러나 진정한 자아는 찾는 것이 아니라 창조하는 것이다. –토머스 사스

* 나는 내 영혼의 선장이며, 내 운명의 주인이다. –윌리엄 헨리

* 자신이 누구인지 알고 싶은가? 그렇다면 묻지 마라. 행동하라! 행동만이 당신이 누구인지 설명해 주고 정의해 줄 것이다. –토머스 제퍼슨

* 누구나 자기가 원하는 일만 할 수는 없다. 그러나 분명한 사실은 우리의 모습은 우리 자신의 책임이라는 것이다. –장 폴 사르트르

* 남에게 의존하는 것은 자신에게 의존하느니만 못하다. 남이 나를 위하는 것은 내가 나를 위하느니만 못하기 때문이다. –한비자

* 자기는 이 세상의 전부이다. 왜냐하면 죽고 나면 그에게 있어서 이 세상 모든 것이 무로 돌아가기 때문이다. –파스칼

* 더 깔끔하고 밝은 사람이 되도록 노력하라. 자기 자신이 바로 세상을 보는 창이다. –조지 버나드 쇼

* 너의 가장 큰 적은 너 자신 이외에 아무도 없다. –롱펠로

* 자기를 안다는 것은 자기를 교정하는 시작이다. –N. V. 피일

* 거짓말쟁이는 다른 이에게 거짓말을 하지만, 몽상가는 자기 자신에게 거짓말을 한다. –니체

* 자신의 문을 열면 세상의 모든 문이 열린다. 자신의 문이 닫혀 있으면 세상의 모든 문은 절대 열리지 않을 것이다. –김대규

* 자기가 어디로 가고 있는지를 아는 사람은 세상 어디를 가더라도 길을 발견한다. –데이비드 스타 조르단

* 우리는 자기 자신을 이해하지 못하고 꼭 오해한다. '누구에게나 자기 자신이 가장 멀다' 라는 법칙은 영원히 존재할 것이다. –니체

* 자신을 모르면 못난 몸, 자기밖에 모르면 못된 놈. –주철환

* 우리는 자신이 생각하는 모습 그대로 된다. 정신은 삶을 조정하는 핸들이다. –얼 나이팅게일

* 실제로는 그렇지 않으면서 자신이 자유롭다고 믿는 사람보다 더 속박된 자는 없다.
–괴테

* 영구적이며 어떠한 후회들도 남기지 않는 유일한 정복은 우리 스스로에 대한 정복이다. –나폴레옹 보나파르트

* 당신이 될 수도 있었던 사람이 되기에 결코 늦은 법이란 없다. –조지 엘리어트

* 좁은 자아상에서 벗어나 자신의 내면으로 눈을 돌려보라. 자신의 숨겨진 영광을 찾아내어 빛을 발하는 것이야말로 진정으로 위대한 삶의 길이다. –앨런 코헨

* 자신에게 가장 훌륭한 스승은 자기 자신이다. 자신이야말로 자신을 가장 잘 알고 있고, 자신만큼 자신을 격려해 주고 존중해 주는 스승은 없다. –『탈무드』

* 자신을 제대로 발견한 사람은 자신의 길과 자신의 분수와 자신의 마음을 잘 알 수 있다. –김병완

* 사람은 항상 자신이 완전히 태어나기 전에 죽는다. –에리히 프롬

* 엉뚱한 곳을 찾아다니지 말라. 밖에 없다. 안에 있다. 내 안에 깃든 것이 진짜 내 것이다. 스스로를 살리는 것이 구원이다. 스스로를 건지는 것이 구원이다. 스스로를 구하는 것이 구원이다. –작자 미상

* 최악의 고독은 스스로에 대해 편치 못한 것이다. –마크 트웨인

* 스스로 만든 외부의 벽을 허물어라. 가장 커다란 장애는 바로 자기 자신이다.
–작자 미상

* 스스로에게 충실한 사람만이 다른 사람에게 충실할 수 있다. –에리히 프롬

* 우리가 믿는 것이 바로 우리 자신이다. –웨인 다이어

* 우리를 지배하는 것은 보이지 않는 내면이다. 자신을 깊이 이해할수록 인간은 편하고 자유로워진다. –이무석

* 인생에 있어 가장 위대하고 아름다운 여행은 곧 자신을 발견해 가는 모험 속에 있다. –영화 『티벳에서의 7년』에서

* 우리는 멀리 있는 달에는 가고 싶어 하지만 심해, 자기 마음의 심해를 탐구하는 데는 인색하다. 내 삶을 찾아가는 것이야말로 진정한 여행이다. –김창옥

* 자신에게 일어나는 일은 자신의 내부에서 일어나는 일보다 중요하지 않다. –루이스 만

* 스스로를 불행하다고 생각하는 것처럼 자신을 불행하게 만드는 것은 없다. –세네카

* 누구나 가슴에 있는 말 다 하지 못하고, 누구나 그리운 사람 다 만나지 못한다. 그러나 자신을 바로 보는 사람은 만물이 스스로 벗이 된다. –허허당

* 자기 자신에게 집중할 수 있는 능력은 다른 사람에게 주의를 쏟을 수 있는 능력에 앞서 꼭 필요한 조건이다. 또한 자기 자신을 편안하게 느낀다는 것은 다른 사람과 사귀기 위한 필수조건이다. –에리히 프롬

* 다른 사람의 목소리가 당신 내면의 목소리를 쫓아버리지 않도록 하라. –스티브 잡스

* 자기를 좋아하는 사람도, 필요로 하는 사람도 없다고 느낄 때 오는 고독감은 가난 중

의 가난이다. –마더 테레사

* 나는 다른 사람이 내게 부여한 이미지에 나 자신을 의탁하지 않는다. 그것은 마치 유령들과 싸우는 것이나 마찬가지다. –샐리 필드

* 나의 가치는 다른 사람에 의해 검증될 수 없다. 내가 소중한 이유는 내가 그렇다고 믿기 때문이다. 다른 사람으로부터 나의 가치를 구하려 든다면 그것은 다른 사람의 가치가 될 뿐이다. –웨인 다이어

* 남들이 당신을 어떻게 규정하는가에 관심 가질 필요가 없다. 규정하는 사람들은 그들 자신을 한정 짓는 것이기 때문에 그것은 그들의 문제이다. –에크하르트 톨레

* 자신만의 삶에 희열을 느끼는 사람은 타인에게 의지하지 않고, 자신만의 삶에 만족감을 느끼는 사람은 타인에게 존속되지 않는다. –신문곤

* 열등감에 사로잡혀 있는 사람은 단 한 번도 자신을 진심으로 본 적이 없는 사람이다. –크로커스

* 인생의 진정한 비극은 우리가 충분한 강점을 갖고 있지 않다는 데 있지 않고 오히려 작은 약점에 끌려 다닌다는 데 있다. –벤저민 프랭클린

* 지금 그대 자신이 되어라. 마음속 깊이 지금의 모습을 받아들여라. 그럴 때 그대의 존재는 꽃처럼 피어난다. 그리고 더 본연의 모습으로 돌아가게 된다. –오쇼 라즈니쉬

* 철학자 니체는 "자신을 아는 자는 세상에서 못 해낼 일이 없다."고 말한 바 있다. 자신을 안다는 것, 진짜 나로 산다는 것, 진짜 삶을 산다는 건 그만큼 나 자신에게 믿음과 자신감, 열정이 있다는 것을 뜻한다. –김이율

* 살아가는 동안 자신과 친해지는 것만큼 중요한 것은 없다. 나는 투쟁의 대상이 아니라 이해의 대상이다. 부정의 대상이 아니라 수용의 대상이다. 나를 받아들이게 될 때 나는 약해지는 것이 아니라 비로소 나의 전 존재와 만날 수 있다. –문요한

* 사람은 자신이 작아 보일 때 우울하고 분노한다. 하지만 쑥 자라서 커진 자신을 발견했을 때는 더 이상 작은 일로 분노하거나 우울해지지 않는다. 귀찮게 구는 작은 개를 슬며시 피해버렸던 큰 개처럼 어른다운 너그러움으로 세상을 대하게 된다. –이무석

* 사람에 따라서 같은 경험이 다양하게 해석되고 기억되는 것을 보면서 우리는 이해할 수 있다. 왜 인간이 자신의 행동 패턴을 바꾸지 않는 것인지. 왜 경험을 왜곡하면서까지 자신의 행동을 합리화하고 지키려 하는지. 인간에게 가장 힘든 것은 바로 자기 자신을 알고 변화시키는 것이다. –알프레드 아들러

자기애 · 자존감

* 자기 자신을 평안하게 받아들이지 않는 한, 무엇을 소유하든 결코 만족하지 못할 것이다. –도리스 모르트만

* 모든 관계는 먼저 당신 자신으로부터 시작된다. 당신의 인생에서 죽을 때까지 가장 중요한 관계는 바로 당신 자신과의 관계다. –피터 맥윌리엄스

* 자신을 사랑하면 모든 것이 제대로 굴러간다. 무언가를 성취하고 싶다면 진실로 자신을 사랑하라. –루실 볼

* 나 자신을 사랑하면, 정체성의 힘을 얻는다. –데이빗 G. 존스

* 세상에서 가장 좋은 벗도 자신이고 가장 나쁜 벗도 자신이다. –월만

* 자신 그대로를 인정하고 사랑하는 것이 가장 중요한 행복의 소선이다. –D. 에라스무스

* 자신에게 인정받지 못하면서 행복한 사람은 없다. –마크 트웨인

* 너는 너이기 때문에 특별하단다. 특별함에는 어떤 자격도 필요 없으며, 너라는 이유 하나만으로 충분하단다. –맥스 루카도

* 가까운 사람들에게 요구하면서 스스로에게는 주지 않는 것, 바로 '사랑'이다. 세상은 당신이 내면에서 스스로를 대하는 그대로 당신을 대한다. –로베르트 베츠

* 자기사랑이란 자신을 소중한 사람으로 받아들이는 것이다. 받아들인다는 것은 불만이 없다는 뜻이다. 알차게 살고 있는 사람들은 절대 불평하는 법이 없다. –웨인 다이어

* 자신을 사랑하는 일을 잘하게 되면 어느새 다른 사람들을 사랑할 줄 알게 된다. 나 자신을 위해 사랑을 베풀고 배려하면서 다른 사람들을 위해서도 넉넉해질 줄 알게 된다. –웨인 다이어

* 매번 실패하면서도 자신을 사랑하고 소중히 여길 줄 안다면, 모험으로 가득 찬 세상과 새로운 경험이 눈앞에 펼쳐지고 두려움도 사라질 것이다. –데이비드 번스

* 자신을 사랑하는 것이야말로 평생 지속되는 로맨스이다. –오스카 와일드

* 그대의 첫 번째 관계는 그대 자신과 맺어져야 한다. 그대는 먼저 자신을 존중하고 소중히 여기고 사랑하도록 하라. –닐 도날드 월쉬

* 모순적인 말이지만 있는 그대로 나 자신을 받아들일 때 나는 바뀔 수 있다. –칼 로저스

* 우리 자신을 사랑하면 다른 이들로부터 자신의 가치를 인정받을 필요가 없다. 다른 이들이 동의하든 안 하든 우리는 자신이 중요하다는 것을 안다. 자긍심은 다른 이들의 동의가 필요 없다. 왜냐하면 그것은 다른 이들이 아닌 우리 자신의 내면에서 나오는 것이기 때문이다. –앨런 코헨

* 자신이 원하는 바를 나타내는 능력은 자신의 자격에 대한 생각을 반영한다. 자신을 사랑하는 사람은 자신이 건강하고 행복하며 물질적으로 풍요롭게 될 자격이 있음을 알게 된다. –앨런 코헨

* 가치는 내면에서 나온다는 것을 기억하라. 자신에게 평화롭지 않다면 이 세상의 어떤 상징물도 큰 의미를 갖지 못한다. –웨인 다이어

* 세상 사람들에게 당신은 한 사람일지 모르지만, 한 사람에게 당신은 세상 전체일 수도 있다. –폴레트 미첼

* 내가 나임을 온전히 허락하는 순간 내 안의 평화가 찾아온다. 있는 그대로 인정하고 껴안아 주는 순간 존재 안의 사랑이 느껴진다. 우리는 나 아닌 다른 사람이 될 수도, 또한 될 필요도 없다. –혜민

* 자신을 사랑하게 되면 마주치는 모든 사람에게 그 사랑을 확장시키는 법을 배울 수 있다. –오프라 윈프리

* 우리가 제일 먼저 성공적으로 완수해야 할 일은 바로 우리 자신과의 사랑이다. 그런 다음에야 비로소 다른 사람과 사랑의 관계를 시작할 수 있다. –레오 버스카글리아

* 자신을 완전하게 사랑할 때, 문제는 즉시 사라진다. 당신이 사랑한다면 그 멋진 느낌은 당신의 것이다. 사랑하라. –레스트 레븐슨

* 나를 사랑하면, 또 감사하는 마음이 있으면 좋은 표정과 기운이 흘러나오게 마련이다. 얼굴이 밝고 마음이 밝으면 운명을 밝게 만들 수 있다. 그래서 나는 항상 웃는 내 모습에 자부심을 갖는다. –유희태

* 사랑을 외부에서 구할 때, 그대는 사랑받아야 한다는 생각 때문에 더 조급해지고 불안해진다. 그럴수록 사랑은 더욱 멀어져가고 그대는 상처투성이가 된다. 자신 안에서 사랑을 발견하지 못한 사람에게 세상은 사랑을 주지 않는다. –한바다

* 자신을 향해 웃을 수 있는 사람에게는 결코 마르지 않는 기쁨의 샘이 있다. –J. 보스웰

* 자기 자신과의 불화는 가장 나쁜 악덕이다. –작자 미상

* 내가 나를 어떻게 생각하는가가 가장 중요하다. 자신에 대해 자존감을 가지고 있어야 한다. 건강한 자기애는 인격의 핵심이 된다. –이무석

* 자신을 이해하면 할수록 자신의 가치가 보인다. 자존감이 회복된다. 내적인 쇠사슬을 끊고 자유인으로서 우리가 우리 마음의 주인이 되어 산다면 그것은 축복된 삶이다.
–이무석

* 자신의 노력을 존중하라. 당신 자신을 존중하라. 자존감은 자제력을 낳는다. 이 둘을 겸비하게 되면 진정한 힘을 갖게 된다. –클린트 이스트우드

* 나를 믿어주고 내가 가장 잘되기만을 바라며, 낙심한 나에게 용기를 줄 멘토나 좋은 친구의 관점으로 자신을 대하라. –켈리 맥고니걸

* 자기 자신을 싸구려 취급하는 사람은 타인에게도 역시 싸구려 취급을 받을 것이다.
–윌리엄 헤즐릿

* 자기 자신과 평화로울 줄 알 때, 비로소 다른 사람과도 평화로울 수 있다. –작자 미상

* 스스로의 내면에서 만족을 찾지 못하는 사람은 어디에서도 만족을 찾을 수 없다.
–라 로슈푸코

* 당신의 인생에는 당신의 춤을 위한, 그대만의 영혼의 음악이 있어야 한다. –김대규

* 남에게 무시당하면 깊이 상처받으면서 정작 자기 자신을 진정으로 존중하는 사람은 드물다. –마크 트웨인

* 자기 자신에게서 평화를 찾지 못하면 그 어느 곳에서도 평화를 찾지 못할 것이다.
–폴로 A. 벤드리

* 우리 자신을 있는 그대로 받아들이는 것은 우리의 불완전한 것들을 완전한 것들과 똑같이 가치 있게 여기기 위한 방편이다. –샌드라 비리그

* 반딧불이는 폭풍에도 빛을 잃지 않는다. 빛이 자기 안에 있기 때문이다.
–스와미 웨다 바라티

* 인생에서 가장 중요한 것은 당신의 내부에서 빛이 꺼지지 않도록 노력하는 것이다. 안에 빛이 있으면 저절로 밖이 빛나는 법이다. –알베르트 슈바이처

* 사람을 타락시키는 가장 큰 악마는 자신을 부정적으로 생각하는 것이다. –괴테

* 다른 사람들과 사이가 좋아지는 데 있어 가장 큰 장애물은 당신 자신에 대해 불편해하는 것이다. –발자크

* 자신을 존중하는 사람은 타인으로부터 안전하다. 그는 누구도 뚫을 수 없는 갑옷을 입고 있기 때문이다. –롱펠로우

* 인생의 모든 덫과 함정 중 자기비하가 가장 극복하기 어려운데, 이는 우리 스스로 직접 설계하고 파낸 구덩이이기 때문이다. –맥스웰 몰츠

* 나의 가치는 내가 선택한 것이다. 매일매일 내가 선택하고 생각하고 행동하는 것에 따라 나의 가치가 형성된다. –헤라클레이토스

* 당신은 '특별한' 사람은 아니지만 '세상에서 유일한' 사람, '아무도 대신할 수 없는 독특한' 사람이다. –마리사 피어

* 우리는 다른 사람과 같아지기 위해 삶의 3/4을 빼앗기고 있다. –쇼펜하우어

* 만약 내가 남을 닮으려 한다면 누가 나를 닮으려 하겠는가? –유대인 격언

* 우리가 남과 다를 수 있는 권리를 상실하면, 자유의 특권을 잃는 것이다. –찰스 에반 휴스

* 당신은 당신인 것보다 더 많이 당신이 될 수 없다. 완전하게 자기 자신일 때, 당신은 가장 강력하고 가장 효과적이다. –에크하르트 톨레

* 사람은 누구나 배우다. 다들 연기를 하며 살아간다. 나는 배우가 아니다. 진짜 나 자신이 되고 싶을 뿐. –말론 브란도

* 의식하든 안 하든 자기 자신이 아닌 상태 이상으로 부끄러운 것은 없다. 또한 자기 자신을 생각하고 느끼고 말하는 것 이상으로 긍지와 행복을 느끼는 것은 없다. –에리히 프롬

* '지금까지의 당신'과 '지금부터의 당신' 사이의 경계를 만들어야 한다. 진짜를 만들어야 한다. 당신의 고유함이 만들어내는 진짜 이야기를 해야 한다. –윤슬

* 진정한 아름다움은 남과 다른 나에서 나오지 않고 남과 비교할 수 없는 나다움에서 비롯된다. 나다움은 나에게 어울리는 일을 할 때 드러나는 아름다움이다. –유영만

* 다른 사람의 평가에 연연하는 것은 다른 사람이 나를 어떻게 생각하느냐가 내가 나를 어떻게 생각하느냐보다 훨씬 중요하다고 말하는 것이나 다름없다. –웨인 다이어

* 우리가 우리 자신의 빛을 밝게 비출 때, 타인에게도 똑같이 비춘다. 우리가 우리 자신의 공포로부터 벗어날 때, 우리 존재는 그 자체로 타자의 공포를 벗겨준다. –넬슨 만델라

* 우리가 가장 먼저 해야 할 일은 자신의 영혼을 치유하는 일이다. 자신에게 충실한 이후에야 비로소 진정한 봉사를 실천할 방법을 찾을 수 있는 것이다. –알렌 코헨

* 당신의 성품을 좋게 하고 자기평가를 높이기 위해 사용할 수 있는 가장 강력한 말은 "나는 나를 사랑해!"다. "나는 나를 사랑해!"라는 말을 많이 반복할수록 더 행복해지고 자신감이 넘친다. 또 무슨 일을 하든 더 좋은 성과를 올리게 된다. –브라이언 트레이시

* 자신과 연애하듯 살아라. 자부심이란 다른 누구도 아닌 오직 당신만이 당신 자신에게 줄 수 있는 것이다. 다른 사람들이 당신에 대해 뭐라 말을 하든, 어떻게 생각하든 개의치 말고 언제나 자신과 연애하듯이 삶을 살아라. –어니 J. 젤린스키

* 그대의 본질은 눈부시게 빛나며 활기로 가득 찬 생명이다. 생명의 눈으로 보면 그대

는 말할 수 없을 정도로 아름다운 존재이다. 그대는 이 세상에 누구와도 비교할 수 없는 가치를 지닌 존재이다. 그대 자신을 사랑하는 것, 그것이 행복해지는 가장 단순한 길이다. –한비다

* 성숙하고 진보하는 삶을 원한다면, 그 누구를 흠모하기에 앞서 나를 존중하고 나를 믿고 나를 자랑스러워해 보자. 건강한 자부심은 잠자고 있는 잠재능력을 일깨워 줄 뿐만 아니라 인간적인 매력을 가져다주고 삶의 경쟁력을 한층 강화시켜 줄 테니 말이다. –이규성

* 나는 내가 평생 자신을 얼마나 가혹하게 대했고, 얼마나 심하게 판단했는지 깨달았다. 나를 벌주는 이는 따로 없었다. 내가 용서하지 못한 것은 다른 누가 아니라 바로 '나' 였음을 나는 마침내 이해했다. 나를 판단한 사람, 내가 저버린 사람, 내가 충분히 사랑하지 못한 사람은 다름 아닌 바로 '나' 였다. –아니타 무르자니

자강(自彊)

* 신은 나에게 나 자신을 맡겼다. –에픽테토스

* 자존이야말로 모든 미덕의 초석이다. –존 헤일

* 당신은 바로 자기 자신의 창조자다. –데일 카네기

* 네 운명의 별은 너의 가슴속에 있다. –프리드리히 실러

* 내가 나를 이기는 것이 인간 최대의 승리이다. –플라톤

* 자신을 움직이는 자가 세계를 움직일 것이다. –소크라테스

* 사람은 자기 자신을 극복했을 때에만 이웃을 비난하지 않게 된다. –톨스토이

* 자신과의 싸움이 시작될 때 비로소 나 자신의 진가를 안다. –로버트 브라우닝

* 세상이 아무리 어두울지라도 자기 앞은 자기가 밝혀야 한다. –스탠리 큐브릭

* 자기 자신의 주인이 아닌 사람은 그 누구도 자유인이 아니다. –에픽테토스

* 너 자신을 최대한 활용하라. 그것이 주어진 전부이기 때문이다. –랄프 왈도 에머슨

* 당신의 삶으로 하여금 당신을 증거하게 하라. –조지 팍스

* 나는 다른 어떤 규칙보다도 나 자신의 원칙을 가장 존중한다. –미셸 드 몽테뉴

* 인생은 너 자신을 발견하고 찾아가는 것이 아니다. 네가 원하는 모습대로 너를 창조해 내는 것이다. –조지 버나드 쇼

* 인생에 있어서 우리가 해야 할 일은 다른 사람들을 앞지르는 것이 아니라 자기 스스로를 앞지르는 것이다. –스튜어트 B. 존스

* 인간은 의연하게 현실의 운명을 견뎌 나가야 한다. 그곳에 모든 진리가 숨어 있다. –고흐

* 인생의 핵심 목표는 '자신의 가장 최고의 모습'으로 사는 것이다. –매튜 캘리

* 인생의 목적은 완전하게 태어나는 것이다. 살아간다는 것은 매 순간 다시 태어나는 것이다. –에리히 프롬

* 네 영혼이 지닌 유일한 갈망은 자신에 관한 가장 위대한 개념을 가장 위대한 체험으로 전환시키는 것이다. –닐 도날드 월쉬

* 평범한 사람과 비범한 사람이 따로 있지 않다. 그들은 같은 사람이다. 달라진 것이 있다면 인생에 대한 태도뿐이다. 내가 아닌 남이 되는 것을 포기하는 그 순간부터 우리는 승리하기 시작한다. –구본형

* 자신에 대해 긍정적인 생각을 갖는 방법은 긍정적인 행동을 하는 것이다. 용기를 내어 그대가 생각하는 대로 살지 않으면 머지않아 그대는 사는 대로 생각하게 된다.
–폴 발레리

* 사람은 언제라도 자신을 바꿀 수 있고, 어떤 상황에서도 자신을 만들어 갈 수 있으며, 항상 자신을 변화하고 성장시킬 수 있다고 믿어야 한다. –엘리자베스 루카스

* 나를 살아 숨 쉬게 하는 일이 무엇인지 자문해 본 뒤 그 일을 하라. 세상에는 생생하게 살아 숨 쉬는 사람이 필요하다. –하워드 툴만

* 싸우려면 가장 큰 적과 싸워야 하고, 버리려면 가장 큰 것을 버려야 한다. 가장 큰 것은 다 내 안에 있다. –조정민

* 전혀 아무것도 할 수 없는 듯한 상황에서도 하려고 하는 마음만 있으면 자신을 변혁할 수 있고, 자신의 세계를 바꿀 수 있다. –엘리너 루스벨트

* 새는 알을 깨고 태어난다. 알은 새의 세계이다. 태어나고자 하는 자는 하나의 세계를

깨뜨리지 않으면 안 된다. –헤르만 헤세

* 위대함은 다른 사람보다 앞서가는 데 있지 않다. 참된 위대함은 자신의 과거보다 한 걸음 앞서 나가는 데 있다. –인도 속담

* 당신을 다른 누군가로 만들기 위해 밤낮으로 고군분투하는 세상에서 진정한 자신으로 살아가는 힘겨운 전투를 절대 멈추어서는 안 된다. –E. E. 커밍스

* 나의 인생은 그 누구도 아닌 내 자신의 연소다. 때문에 모방과 추종을 떠나 내 나름의 삶을 이루어야 한다. 흐린 곳에 살면서도 물들지 않고 항상 둘레를 환히 비추는 연꽃처럼. –법정

* 다른 사람과 비교를 해서 열등하다고 해도 결코 부끄러운 일이 아니다. 하지만 지난해의 자신과 올해의 자신을 비교해서, 만약 올해가 떨어지고 있다면 그것이야말로 부끄러운 일이다. –마쓰시타 고노스케

* 인간의 정신에서 가장 핵심적인 자질은 자기 자신을 신뢰하고, 다른 사람들과 신뢰를 쌓아 가는 것이다. –마하트마 간디

* 위대한 사람과 그렇지 못한 사람이 있는 것이 아니라 스스로 믿는 사람과 스스로를 믿지 않는 사람이 있을 뿐이다. –작자 미상

* 나는 나의 인생에 100% 책임을 진다! 나는 내 인생의 주인이다! –조성희

* 거지가 별것인가. 남에게 의지하려는 사람은 모두 정신의 걸인인 것이다. –김대규

* 자신이 갖고 있는 것으로, 지금 있는 자리에서 자신이 할 수 있는 일을 하라. –루스벨트

* 먼저 스스로에게 어떤 존재가 될 것인지 말하고, 그런 후에는 스스로 해야 할 일을 하라. –에픽테토스

* 우리는 스스로를 비참하게도, 강하게도 만들 수 있다. 이 두 가지 일을 이루는 데 드는 에너지는 같다. –카를로스 카스타네다

* 모든 사람이 알아야 할 문제는 '우리가 얼마나 귀중한 존재인가' 보다 '어떻게 하면 귀중한 존재가 될 것인가' 이다. –에드가 프리덴버그

* 나만이 내 인생을 바꿀 수 있다. 아무도 날 대신해 줄 수 없다. –캐롤 버넷

* 세상에서 가장 어려운 일은 세상을 바꾸는 것이 아니라 당신 자신을 바꾸는 것이다. –넬슨 만델라

* 자신의 생각을 바꾸지 못하는 사람은 결코 현실을 바꿀 수 없다. –안와르 사다트

* 나를 바꿀 수 있는 용기를 내는 것이 자기 수용의 진정한 목적이다. –알프레드 아들러

* 거울은 그대로 두고 그대의 모습을 바꾸라. 세상을 그대로 두고 그대의 마음을 바꾸라. –네빌 고다드

* 우리가 더 이상 상황을 바꿀 수 없을 때, 우리는 우리 자신을 바꾸도록 도전받는다. –빅터 프랭클

* 한 인간을 변화시키기 위해 필요한 것은 자기 자신에 대한 자각의 변화다. –에이브러햄 매슬로우

* 자신의 마음을 변화시킬 수 없는 사람은 그 어떤 것도 변화시킬 수 없다. –조지 버나드 쇼

* 진심을 다하면 내가 변하고, 내가 변하면 모든 게 변한다. –선덕여왕

* 당신의 행복이 다른 사람의 말이나 행동에 의해 좌우된다면 당신에게 문제가 있는 것이다. –R. 바크

* 당신은 당신 삶의 이야기꾼이며, 자신만의 전설을 창조할 수 있다. –이사벨 아옌데

* 날개는 남이 달아주는 것이 아니라 자기 몸을 뚫고 스스로 나오는 것이다. –치어폴

* 성공하는 인생의 비결은 자신의 개성과 장점을 얼마나 잘 경영하는가에 달려 있다. –마쓰시타 고노스케

* 먼저 자기 자신을 돕지 않고서는 다른 사람을 진실로 도울 수 없다. 도움을 주고받는 것은 인생에서 가장 아름다운 보상 중 하나이다. –랄프 왈도 에머슨

* 잊지 마라. 알은 스스로 깨면 생명이 되지만, 남이 깨면 요리감이 된다고 했다. '내 일' 을 하라. 그리고 '내 일' 이 이끄는 삶을 살라. –김난도

* 스스로 돕지 않는 자를 도우려 하는 것은 아무 소용도 없다. 스스로 사다리를 올라가려는 의지가 없는 자를 억지로 떠밀어 올라가게 만들 수는 없다. –앤드류 카네기

* 자유로운 인생을 살기 위해서 우리는 우선 자신의 주인이 되어야 한다. 인생은 내가 주인이 되어서 산 만큼만 내 인생이다. –이무석

* 자기 극복이 끝났을 때가 성공의 시작이다. 싸움의 끝은 자기 자신을 향해 있는 것

이다. −이소룡

* 말로 갈 수도, 차로 갈 수도, 둘이서 갈 수도, 셋이서 갈 수도 있다. 하지만 맨 마지막 한 걸음은 자기 혼자서 걷지 않으면 안 된다. −헤르만 헤세

* 이 새로운 깨달음의 시대에서 당신은 스스로의 구원자를 찾는 방법을 배울 수 있을 것이다. 당신이 찾고 있는 그 힘이 바로 당신이라는 것을 기억하라. −루이스 L. 헤이

* 새로운 세상은 용기 있는 자, 끝까지 욕심내는 자, 고집 있는 자, 자기 삶을 사랑하는 자만이 얻을 수 있다. −김창옥

* 우리가 지금 여기에 있는 것은 나 혼자만의 힘으로 이룬 것이 아니다. 누군가의 도움이 있었을 것이다. 하지만 아무리 신이 나를 도와준다 해도 내가 나를 돕지 않으면 그 힘이 나에게 올 수 없다. −김창옥

* 사막은 사람을 푸르게 한다. 풀 한 포기 없는 사막에선 사람 스스로 푸르더라. 두려워 마라. 그대가 지금 황량한 사막에 홀로 있어도 온 세상을 푸르게 할 수 있는 주인공이다. −허허당

* 당신은 자신의 인생을 바꿀 수 있고, 또한 반드시 그래야 한다. 지금 당신이 살고 있는 곳을, 신조차 그보다 더 나은 것을 상상할 수 없을 만큼 매혹적으로 만들 수 있는 힘은 오직 당신만이 갖고 있다. −프랑크 베르츠바흐

* 자기가 하는 일에 대한 존경심과 사랑을 가지는 것, 그것이 우리의 삶에서 행복하게 되는 가장 기본적인 법칙이다. 그대가 하는 일을 사랑하고, 그대가 하는 일이 속해 있는 장(場)을 존중하라. 이것이 삶의 주인공이 되어 창조적으로 살아가는 지혜이다. −한바다

* 어떤 사람이 똑똑한 사람일까? 모든 사물로부터 무언가를 배우는 사람을 말한다. 어떤 사람을 굳센 사람이라 할까? 자기 자신을 이기는 사람을 말한다. 어떤 사람을 넉넉한 사람이라 할까? 자기 분수에 만족해하는 사람을 말한다. –『탈무드』

* 다른 사람들의 생각에 얽매이지 마라. 다른 사람들이 하는 소리가 당신 내면의 진정한 목소리를 방해하지 못하게 하라. 가장 중요한 것은 당신의 마음과 직관이 이끄는 대로 살아갈 수 있는 용기를 갖는 것이다. 당신의 마음과 직관이야말로 당신이 진정으로 원하는 것을 잘 알고 있다. 다른 모든 것들은 부차적이다. –스티브 잡스

좋지 않은 날은 없다.
단지 좋지 않은 생각이 있을 뿐이다.

-데이비드 어빙

CHAPTER

02

치유와 위안,
인내가 필요할 때

Chapter 02 | 치유와 위안, 인내가 필요할 때

모든 치유는 수용과 긍정을 통해 이루어집니다. 우리는 수용과 긍정을 통해 마음을 치유하는 법을 배워야 합니다. 치유 없이는 그 누구도 성장과 행복을 얻을 수 없을 것이기 때문입니다. 상처와 고통이 없는 사람은 없을 것입니다. 그런 점에서 누구에게나 마음을 치유하고 다스리는 법을 익히는 것, 삶에 있어 이보다 더 중요한 지혜는 없을 것입니다.

성공한 사람들은 예외 없이 하나의 공통점을 가지고 있습니다. 그것은, 그들은 모두 자신의 실패나 시련을 '가치 있는 경험' 으로 전환한 사람이라는 점입니다. 상처를 극복하고 치유와 성장을 경험한 사람들도 이와 마찬가지입니다. 모든 역경과 좌절과 아픔은 우리가 피해야 할 것이 아니라, 우리가 품어 안아야 하고 똑 극복해야 할 생의 과제일 것입니다. 그 과제 덕분에 삶이 더 깊어지고, 우리의 영혼이 성장합니다.

치유는 성장을 동반합니다. 아울러 필히 지혜를 동반합니다. 그러한 지혜는 삶이 무엇인지를 더 깊이 이해하게 하고, 어떻게 살아가야 하는지를 알게 합니다. 어떻게 생각하고, 어떤 행동을 선택해야 하는지를 알게 합니다. 이처럼 모든 치유는 마음의 폭이 더 커질 때 이루어집니다.

예컨대 상처와 고통은 부정적인 생각을 만들어 냅니다. 삶에 있어 부정적인 생각만큼 위험한 것은 없습니다. 부정적인 생각은 '삶' 자체를 악몽으로 만들어 버리기 때문입니다. 우울한 사람이나 자살하는 사람은 가장 부정적인 생각을 많이 하는 사람들입니다. 반면에 행복한 사람과 성공한 사람들은 밝은 생각을 가장 많이 하는 사람들입니다. 우리가 반드시 '생각을 전환하고, 마음을 치유하는 법'을 배워야 하는 것은 이 때문일 것입니다.

세상에 상처는 수없이 다양하지만, 그 치유 백신은 한 길을 지향합니다. 그것은 수용과 긍정과 사랑과 인내 속에 있습니다. 이 장의 아포리즘은 마음을 치유하고, 생각을 전환케 하며, 뜻깊은 통찰을 통해 삶의 상처와 좌절을 극복하게 하는 힘과 지혜를 더해줄 것입니다.

수용

* 말짱한 영혼은 가짜다. –손철주

* 바다는 비에 젖지 않는다. –헤밍웨이

* 비에 젖은 자는 비를 두려워하지 않는 법이다. –네덜란드 격언

* 삶에서 도망친다고 평화를 얻을 수는 없다. –버지니아 울프

* 사람의 마음은 오직 그 내부에서만 열 수 있다. –스페인 격언

* 어둠을 저주하기보다는 촛불을 켜는 게 낫다. –엘리너 루스벨트

* 그곳을 빠져나가는 최선의 방법은 그곳을 거쳐 가는 것이다. –로버트 프로스트

* 슬픔의 길, 오직 그 길을 통해 슬픔이 없는 땅으로 갈 수 있다. –윌리엄 카우퍼

* 괴로움의 도피는 또 다른 괴로움의 동굴로 들어가는 것일 뿐. –김대규

* 인생은 적응이다. 산다는 것은 환경에 부단히 적응하는 것이다. –허버트 스펜서

* 내 치부와 내 고민과 내 상처를 있는 그대로 끌어안는 것, 그게 바로 내 상처를 치유하는 첫 번째 길이다. –김이율

* 어둠을 아무리 철저히 분석해도 빛에 도달할 순 없는 법이다. 빛을 선택해야 빛에 도달한다. 빛이란 이해다. 이해할 때, 우리는 치유된다. –마리안느 윌리암슨

* 평온한 마음이란 잘 정리된 마음이라는 뜻 외에 아무 뜻도 없다. –아우렐리우스

* 나는 빛을 사랑할 것이다. 빛이 나에게 길을 보여 주기 때문에. 그러나 나는 어둠도 참아 낼 것이다. 어둠이 나에게 별들을 보여 줄 테니까. –오그 만디노

* 바라는 것을 멈출 때 화내는 것도 멈출 수 있다. –세네카

* 깨끗한 체념은 인생길을 나서는 준비에 무엇보다 중요하다. –쇼펜하우어

* 당신이 있는 그대로의 자신을 수용하기 전까지는 절대로 가지고 있는 것에 만족할 수 없을 것이다. –도리스 몰트만

* 연잎은 자신이 감당할 만한 빗방울만 싣고 있다가 그 이상이 되면 미련 없이 비워버린다. –작자 미상

* 어린 시절 우리는 어른이 되면 더 이상 나약하지 않을 거라 생각했다. 하지만 어른이 된다는 것은 나약함을 받아들이는 것이다. 살아있다는 것은 나약하다는 것이다.
–매들렌 랭글

* 사실이 이미 그러하다는 것을 즐겁게 인정하라. 이미 일어난 사실을 받아들이는 것은 그로 인해 생기는 불행을 이겨 낼 수 있는 첫 발걸음이다. –윌리엄 제임스

* 어두운 시절이 없다면 우리는 밝은 데서 걷는다는 게 어떤 기분인지 알지 못할 것이다. –엘 캠벨

* 슬픔이란 누구든지 이겨낼 수 있다. 다만 그것을 이겨내지 못하는 사람만이 늘 슬퍼할 따름이다. –셰익스피어

* 슬픔이 그대의 삶으로 밀려와 마음을 흔들고 소중한 것을 쓸어가 버릴 때면 그대 가슴에 대고 말하라. "이것 또한 지나가리라." –랜터 윌슨 스미스

* 어제는 어젯밤에 끝났다. 오늘은 새로운 시작이다. 과거를 잊는 기술을 배워라. 그리고 앞으로 나아가라. –노먼 빈센트 필

* 우리가 불평하는 것은 우리의 문제가 커서가 아니라 우리의 마음이 좁기 때문이다.
–제레미 테일러

* 때로 푹 쉬도록 하라. 한 해 놀린 밭에서 풍성한 수확이 나는 법. –오비디우스

* 인간이 할 수 있으며 해야만 하는 영혼의 과업은 안정을 느끼는 것이 아니라, 불안정을 수용하고 포용해야 한다는 것이다. -에리히 프롬

* 우리가 계획한 삶을 기꺼이 버릴 수 있을 때만 우리를 기다리고 있는 삶을 맞이할 수 있다. -조셉 캠벨

* 만약 당신이 달을 놓쳐서 슬퍼한다면, 수많은 별빛마저 놓치게 될 것이다. -타고르

* 세상이 어둡다고 불평하지 말고 당신의 작은 촛불을 켜라. -마더 테레사

* 비틀거리는 것과 넘어지는 것은 같지 않다. -작자 미상

* 빠져나가려면 통과하는 수밖에. -조셉 골드스타인

* 어둠 속에 존재하는 빛이 되라. 하지만 어둠을 저주하지는 마라. -닐 도날드 월쉬

* 우리가 회피하고 무시하고 도망치고 싶어 하는 것이 바로 우리를 진정으로 성장시켜 주는 것이다. -앤드류 하비

* 나는 혼돈이 있는 곳에서는 늘 멋진 생각이 생겨난다는 굳은 믿음을 가지고 있다. 그래서 나는 혼돈을 선물로 여긴다. -셉티머 포인세트 클라크

* 추위에 떨었던 사람일수록 태양을 따뜻하게 느낀다. 인생의 험한 항해에서 빠져나온 사람일수록 생명의 존귀함을 알게 된다. -휘트먼

* 트라우마는 자아를 이해하는 방식이자, 자아에서 빠져나오는 출구다. 자유로워지고 자기 삶에 친숙해지기 위해서는 난관이 있더라도 자기를 있는 그대로 체험해야 한다.

-마크 엡스타인

* 누구에게나 고통스러운 순간이 있다. 그럴 때에는 더 큰 아픔을 겪는 사람의 고통을 나누어지고 있다고 생각하라. -알버트 슈바이처

* 때로 인생은 우리를 몹시도 아프게 한다. 하지만 이것만은 기억하라. 인생이 주는 그 상처를 치료하면 우리는 더욱더 강해진다는 것을. -헤밍웨이

* 신은 당신에게 위대한 무언가를 준비시키고 있다. 신은 당신이 생각하는 것보다 훨씬 더 먼 곳으로 당신을 데려갈 것이다. 그러니 신이 데려간 그곳이 너무 힘겹더라도 노여워 말라. -조엘 오스틴

* 어떤 일이 크게 실패했을 때, 앞이 캄캄하고 거의 절망적이라고 생각될 때, 그것으로 삶 전체가 끝났다고 생각하지 말라. 긴 안목으로 보면 아무리 컸던 사건도 하나의 점이 되는 것이 인생이다. -류태영

* 불만족스러운 자신의 모습을 볼 때도 '너 왜 그 모양이니?' 하고 비난하지 말고, '나름대로 너는 최선을 다했어.' 라고 인정해 주는 게 좋다. 현실을 인정하고 받아들이지 않으면 고통에서 벗어날 수 없다. -이무석

* 현실을 인정하면 놀라울 정도로 평화로워진다. 고통을 피하느라 쫓기고 움츠러들었던 마음이 무엇이든 감당할 수 있을 것 같은 마음으로 바뀐다. 현실을 이해하고 인정하는 것이 주는 놀라운 힘이다. -이무석

* 삶에 대한 믿음이란 내가 원하는 대로 삶이 흘러가거나 이루어질 것이라는 맹신이 아니다. 비록 내 뜻과 다른 방향으로 삶이 나를 이끌더라도 그 경험들이 결국 나에게 도움이 될 것임을 믿는 것이다. -문요한

* 가끔 삶이 헷갈리게 하고, 발걸음을 머뭇거리게 할 수도 있지만, 분명한 것은 삶은 계속될 것이고 당신은 살아야 한다. 앞으로 나아가야 한다. 한 걸음 더 내디뎌야 한다. 당신이 몸을 움직여 고개를 돌리고 걸음을 옮겼을 때, 다른 풍경을 볼 수 있다. –윤슬

* 삶은 하얀 종이에 그림을 그리는 것이지, 완성된 그림의 조각을 맞추는 퍼즐이 아니다. 때로는 받아들이고, 때로는 과감히 버릴 줄도 알아야 한다. 절대성에 근거한 강인함도 필요하지만, 상대성에 근거한 유연함도 필요하다. –윤슬

* 감정을 바라보는 연습을 하라. 그 감정을 그대로 받아들여라. 자신을 받아들인다는 것은 다시 말해 자신의 마음을 받아들이는 것을 의미한다. 아물지 않은 마음의 상처란 고통이 컸기 때문에 생겨난 것이 아니라, 고통을 경험하지 않으려 했거나 할 수 없었기 때문에 생겨난 것이다. –문요한

관점 · 해석

* 절망이란 어리석은 자의 결론이다. –벤저민 디즈레일리

* 사람의 그릇 크기가 클수록 문제는 작아진다. –존 맥스웰

* 모든 경험은 내적이다. 외적인 것은 사건이다. –닐 도널드 월쉬

* 누구든지 자기가 가지고 있는 짐이 가장 무겁다고 여긴다. –조지 허버트

* 내가 커지면 문제는 작아지고, 내가 작아지면 문제는 커진다. –문요한

* 좋지 않은 날은 없다. 단지 좋지 않은 생각이 있을 뿐이다. –데이비드 어빙

* 우리는 사건을 있는 그대로 보지 않고 우리의 관점에서 본다. –아네 냉

* 세상을 어떻게 바라볼지 유의하라. 그것이 곧 그대의 세상이므로. –에리히 헬러

* 누구나 현실을 볼 수 있는 것은 아니다. 대부분의 사람은 자신이 보고 싶은 현실만을 본다. –율리우스 카이사르

* 사람은 사건 자체보다 사건에 대한 자신의 생각 때문에 잘못되는 것이다. –M. 몽테뉴

* 인간은 사건 자체가 아니라, 그 사건을 바라보는 관점 때문에 고통당한다. –에픽테토스

* 문제는 당신에게 일어나는 것이 아니라, 그것에 당신이 어떻게 반응하느냐이다. –에픽테토스

* 무슨 일이 일어났는지는 중요하지 않다. 일어난 일을 어떻게 처리하느냐가 중요하다. –앨런 코헨

* 미래를 결정하는 것은 과거의 경험이 아니다. 그 경험을 당신이 어떻게 해석하는가가 미래를 결정한다. –알프레드 아들러

* '경험' 이란 우리에게 일어난 사건이 아니라, 그 사건에 우리가 어떻게 대처했는가를 뜻한다. –알도스 레오나드 헉슬리

* 자극과 반응 사이에는 공간이 있다. 그 공간에는 반응을 선택할 수 있는 자유와 힘이 있다. 그 반응에 우리의 성장과 행복이 달려 있다. –빅터 프랭클

* 우리의 내면 상태가 우리 삶의 경험을 결정하지, 우리 경험이 우리의 내면 상태를 결정하는 것이 아니다. –마리안느 윌리암슨

* 행복해지고 싶다면 '제한된 사고' 라는 사슬을 끊고 빛으로 나와야 된다. –앨런 코헨

* 내가 불행하다면, 그 이유는 주위의 사람이나 사물에 대해 내가 가지고 있는 '생각' 때문이다. –웨인 다이어

* 장님의 나라에서는 애꾸가 복된 자이다. –프리드리히 2세

* 나는 좋은 구두가 없어서 울적해 있었다. 길거리에서 두 다리가 없는 사람을 만나기 전까지는. –허버트 에벗

* 나는 생각하는 대로 느끼며 마음만 먹으면 어떤 일에 대해 다른 식으로 생각하는 법을 배울 수도 있다. 내가 그러겠다고 결심만 한다면 말이다. –웨인 다이어

* 현실이 중요한 것이 아니라, 당신이 그것을 어떻게 해석하고 무엇을 하느냐가 중요한 것이다. –웨인 다이어

* 저절로, 그리고 그 자체로 고통스러운 건 아무것도 없다. 고통은 잘못된 생각의 결과다. 그것은 생각의 오류이다. –닐 도날드 월쉬

* 길을 잃었기 '때문에' 시간을 낭비했다고 생각하는 사람보다 길을 잃은 '덕분에' 미지의 길을 만날 수 있었다고 생각하는 사람이 세상을 이끌어간다. –유영만

* 고통은 그대가 어떤 것에 관해 내린 판단 때문에 생긴다. 그 판단을 제거해 보라. 그러면 고통이 사라진다. –닐 도날드 월쉬

* 인간의 고통스런 본질에 대해 생각하는 것은 삶의 불가피한 슬픔을 받아들이는 데 큰 도움이 되며, 삶의 문제들을 올바른 시각으로 바라보게 해주는 가치 있는 방법이다.
–달라이 라마

* 흔히 우리를 슬프게 했던 것은 삶의 온갖 사건들 그 자체보다는 그것들에 대한 우리의 반응이었다는 것을 우리는 잘 알고 있다. –J. B. W.

* 오해를 두려워하지 말라. 우리의 삶이 예술이라면 당신에 대한 다른 사람의 해석은 그 사람의 수준에 달려 있다. –커널

* 우리가 듣는 모든 것은 의견이지, 사실이 아니다. 우리가 보는 모든 것은 관점이지, 진실이 아니다. –아우렐리우스

* 해결하기 어려운 충격, 절대적 사건이란 없다. 그렇다고 느끼는 해석만 있을 뿐이다.
–알프레드 아들러

* 우리는 우리가 보는 세상을 묘사하는 것이 아니라, 우리가 묘사하는 세상을 본다.
–조셉 자보르스키

* 삶에 대한 대부분의 두려움들은 우리의 생각이 만들어낸 것들이다. 그런 두려움들은 단지 우리의 생각 속에만 있는 것들이다. –달라이 라마

* 무엇이든 하나를 놓고 전부라 생각하지 마라. 그것이 무엇이든 사랑, 이별, 혹은 진리일지라도 그것이 전부라 생각하면 반드시 마음에 상처를 받는다. –허허당

* 인생은 가까이서 보면 비극이지만 멀리서 보면 희극이다. –채플린

* 우리에게는 인생의 가장 '추한' 순간에도 아름다움을 포착하는 능력이 있다. 그 덕에 상처에 새로운 의미를 부여하고 자신을 추스를 수 있는 것인지도 모른다. –그렉 브레이든

* 피해의식은 자신의 무력감을 감추려는 노력이다. 그것은 위안을 주지만, 그대를 성장하게 하거나 깨어나게 해주지는 않는다. 피해의식에 투자하는 것은 에너지 낭비일 뿐이다. –한바다

* 자기가 믿는 것에 대해 철저히 의심해 보지 않은 사람은 진짜로 믿는 것이 아니고, 자기가 안다고 하는 것을 실제로 경험해 보지 않은 사람은 진짜로 아는 것이 아니다. –김필수

* 누구도 뜻밖에 닥쳐오는 일들을 피할 수 없다는 사실은 그것을 부정하는 이들에겐 삶의 필연적인 불행을 뜻하겠지만, 그것을 사건으로 긍정하는 이들에겐 삶의 필연적인 행복을 뜻하는 게 될 것이다. –이진경

* 바깥세상에 비치는 것은 전부 내 마음의 그림자이다. 사람은 언제나 마음을 사로잡고 있는 생각과 감정, 태도를 세상에 대입한다. 이때 보고 싶은 것이 무엇인지 나의 마음을 바꾼다면 세상을 다르게 볼 수 있다. –제럴드 G. 잼폴스키

* 우리에게 일어난 일은 좋은 일도 아니고 나쁜 일도 아니다. 일어난 일은 다만 일어난 일일 뿐이다. 그것을 좋게 생각하면 좋은 일이 되고, 나쁘게 생각하면 나쁜 일이 된다. 좋은 일, 나쁜 일은 결국 내가 만드는 것이다. –법륜

* 좋은 것 안에도 나쁜 것이 있고, 나쁜 것 안에도 좋은 것이 있을 수 있다는 것을 알아야 한다. 한 사람 안에 좋은 점과 나쁜 점, 한 사건 안에 좋은 점과 나쁜 점이 있다는 것을 받아들일 수 있어야 성숙한 것이다. –이무석

* 성숙한 사람들이 지닌 유일한 관점은 바로 이것이다. 세상은 내 마음가짐과 태도의 거울이다. 이 이치를 받아들이면, 세상에서 어떤 일이 일어나더라도 그것은 자신을 바로 알고 깊이 아는 도구가 된다. –한바다

* 어떤 경험도 그 자체로 성공의 원인이 되거나, 실패의 원인이 되거나 하지는 않는다. 고통스러운 경험이 사람을 힘들게 하는 것이 아니라, 힘들어하는 사람이 자신의 경험에서 쓸 만한 고통의 기억을 재구성해 내는 것이다. –알프레드 아들러

* 멋진 삶을 사는 데 우리가 경험하는 일은 그 자체로 중요한 것이 아니라, 우리가 그 경험에 반응하는 방식이 중요한 것이다. 경험에는 반드시 우리의 주관적 해석이 개입되며, 개인이 주의를 기울여 보는 측면이 '주목하는 태도'에 적용된다. –위니프레드 갤러거

* 과거가 우리가 극복하려던 열등감이나 결핍감을 보여 준다면, 미래는 어디로 그 에너지를 옮겨갈 것인지 방향과 관련이 있다. 그러므로 한 사람의 미래는 그가 과거의 열등감과 결핍을 어떻게 해석하고 무엇을 실행에 옮기는가에 달려 있다. –알프레드 아들러

* 과거가 나를 붙잡고 있기 때문에 내가 힘든 것이 아니고, 내가 과거를 자꾸 떠올리며 머물기 때문에 힘든 것이다. 과거를 그냥 가만히 내버려둬 보라. 자기가 알아서 강처럼 흐르도록. 진정한 나는 기억의 강이 아니라 그 흐름을 강 밖에서 고요히 보는 자이다. –혜민

* 사람은 각자의 의미 안에서 산다. 순수하게 '상황' 그 자체를 경험하는 것은 불가능하다. 다만, 자기 자신에게 중요한 상황만을 경험할 뿐이다. 그러므로 똑같은 일을 겪는다고 해도, 사람에 따라 모두 다르게 해석되기 때문에 겪은 사람의 숫자만큼이나 각각 다른 사건일 뿐이다. –알프레드 아들러

* 왜 내게 이러한 일이 일어났을까?"라고 묻기보다는 "내가 당한 이 일을 어떻게 이겨

내야 할까?"라고 물으라고 권한다. 신께서는 우리에게 용서하고 사랑할 능력을 주셨으며, 우리가 그것을 제대로 사용한다면 "이 불완전한 세상에서도 풍성하고 담대하고 의미 있는 삶을 살 수 있다."고 말이다. -할 어반

치 유

* 눈물은 눈의 멋진 언어이다. -로버트 헤릭

* 몸은 비누로 닦고, 마음은 눈물로 닦으라. -『탈무드』

* 비가 온 다음에는 맑은 날씨가 된다. -이솝

* 인생의 행복과 불행은 감정 처리 여하에 달려 있다. -이동식

* 죄책감은 에고의 심복이다. -앨런 코헨

* 휴식이란 전혀 아무 일도 하지 않는 것이 아니다. 휴식은 회복이다. -다니엘 W. 조슬린

* 휴식은 인생을 살면서 놓쳤던 소중한 것들, 내 소중한 사람들과 함께 할 수 있는 황금 같은 시간이다. 때로는 여유를 즐겨야 더 나아갈 수 있는 법이다. -아네스 안

* 인생은 뒤돌아볼 때에만 이해할 수 있지만, 우리는 앞으로 가면서 살아야 한다.
-키에르케고르

* 우주, 도움, 치유는 언제나 우리 곁에 있다. 왜냐하면 우리의 신성한 근원이 우리 가

슴 속에 깃들어 있기에. –앨런 코헨

* 아무리 흙탕물로 뒤덮인 호수라도 끊임없이 샘솟는 맑은 물이 있다면 그 호수는 결국 맑아지고야 만다. –김필수

* 감정과 트라우마는 인생을 구성하는 퍼즐 조각이며, 그 조각들을 완전히 맞출 때에만 상처를 치유할 수 있다. –일레인 아론

* 서로를 치료하기 위해 우리가 할 수 있는 가장 가치 있는 일은 서로의 이야기에 귀를 기울여 주는 일이다. –레베카 폴즈

* 사랑을 치유하기 위한 유일한 방법은 더 많이 사랑하는 것이다. –소로우

* 문제와 화해하고 받아들일 때, 그 문제는 작아지고 우리는 커진다. 실제로 우리 자신은 문제보다 더 큰 존재이다. –류시화

* 자신의 생명을 믿어라. 지금 겪고 있는 불만은 다만 인생의 한 페이지일 뿐이다. 자신을 너무 한 국면으로 몰지 말고 삶을 긴 강물의 흐름으로 바라보라. –한바다

* 삶 속의 아픔은 치유의 대상이지 극복의 대상이 아니다. 부정하면 할수록, 잊으려면 잊을수록 더 생각나고 더 올라온다. 나를 더 힘들게 하는 것은 아픈 마음에 대한 저항이다. –혜민

* 진정한 강함은 내적 강함이다. 모든 것이 무너져도 마음이 무너지지 않는 한 결코 무릎 꿇릴 수 없는 것이 인간이다. 마음만 서면 다시 일어설 수 있는 것이 인간이다. –박노해

* 바라는 대로 되도록 기도하지 마라. 일이 일어나야 할 대로 일어나도록 내버려두라.

다만 당신이 그에 잘 맞추기를 바라라. –에픽테토스

* 오, 신성한 주인이시여! 위로받기보다는 위로하게 하시고, 이해받기보다는 이해하게 하시고, 사랑받기보다는 사랑하게 하소서. –성 프란체스코

* 기쁜 일이나 슬픈 일이 찾아오면 그것들 또한 머지않아 사라질 것임을 명심하라. 어떤 것도 영원하지 않음을 기억하라. 그러면 어떤 일이 일어나도 넌 마음의 평화를 잃지 않을 것이다. –인도 격언

* 자아 이미지에 매어 있지 않을 때, 진정한 자유를 느낄 수 있다. 존재하는 것만으로도 빛날 수 있어야 한다. 모든 조건, 소유, 지위를 따 떼어 내도 우리의 본래 존재는 호수만큼 투명하고, 바다만큼 역동적이다. –류시화

* 치유는 자신에 대한 진실을 인정하는 데서 시작한다. 미워하는 사람이나 갈망하는 무언가가 있는가? 무언가에 중독되어 있는가? 당신을 힘겹게 하는 것을 마주하는 일은 치유로 가는 첫 번째 발걸음이다. –캐롤라인 미스

* 치유의 길을 가려면 정직해야 하는 것은 물론이고, 상황을 있는 그대로 기꺼이 인정할 수 있어야 한다. 그러기 위해서는 용기가 필요하다. 우리의 판단 실수, 오만함과 고집스러움, 분노, 심지어 우리의 고통을 마주할 수 있는 용기가 필요하다. –존 페인

* 열등감을 강하게 경험했던 사람이야말로 무엇인가 이루려는 욕망과 열정을 강하게 느낀다. 성공한 사람들이 대부분 어두운 과거를 가진 것은 우연이 아니다. 열등감을 해결하려고 고군분투했던 사람이 결국 무엇인가를 이루어내는 것이다. –알프레드 아들러

* 장애가 있는 아이의 경우, 성공적 치유를 위해서는 반드시 자기 자신 이외의 목표를 갖도록 해줘야 한다. 현실에 대한 관심이나 타인에 대한 관심, 협력에 대한 관심에 기

초를 둔 목표를 가진 아이라면, 아무리 큰 장애를 갖고 있다 하더라도 결국 극복해 낸다. –알프레드 아들러

* 모든 개인의 문제는 사회적인 문제이다. 사회적 관계를 회복할 때 개인은 진정 치유될 수 있다. 우울하고 신경질적이며 무기력한 사람에게 필요한 것은 "사회가 당신을 필요로 한다, 당신을 원한다."는 메시지다. –알프레드 아들러

긍정

* 지금까지보다 지금부터가 중요하다! –유영만

* 불운조차 우리가 가진 자산의 일부다. –생텍쥐페리

* 밝은 성격은 어떤 재산보다도 귀하다. –앤드루 카네기

* 비가 내리지 않으면 무지개도 뜨지 않는 법이다. –히스이 고타로

* 긍정적인 태도는 기적의 묘약이다. –패트리샤 닐

* 지속적인 긍정적 사고는 능력을 배가시킨다. –콜린 파월

* 삶에 '예스' 라고 말해보라. 그러면 삶도 당신에게 '예스' 라고 말하리라. –앨런 코헨

* 바람이 불지 않아 바람개비가 돌지 않을 때에는 앞으로 나아가면 된다. –데일 카네기

* 인간의 가장 놀라운 특성의 한 가지는 마이너스를 플러스로 바꾸는 힘이다. –알프레드 아들러

* 좋은 쪽으로 바라보라. 그러면 선물을 발견하리라. 마음과 가슴이 항상 가장 좋은 가능성만을 생각하게 하라. –앨런 코헨

* 당신의 삶에도 겨울이 찾아올 수 있다. 하지만 어떤 사람은 얼어 죽고, 어떤 사람은 스키를 탄다. –토니 로빈스

* 긍정적 사고를 가지고 자신의 강점이나 미덕을 계발하면 사람은 누구나 행복해질 수 있다. –마틴 셀리그만

* 긍정적인 마음은 가능한 방법을 찾지만, 부정적인 마음은 불가능한 방법만 찾는다. –나폴레온 힐

* 인생을 긍정적으로 보라. 긍정적인 생각은 인생의 기쁨을 향한 첫걸음이다. –할 어반

* 하나의 긍정적인 생각이 수천 개의 부정적인 생각을 몰아낸다. –작자 미상

* 우리는 마음속에 긍정적인 생각과 부정적인 생각을 동시에 붙잡아둘 수는 없다. –L. 톰슨

* '낙관주의'는 사람으로 하여금 영광의 길목에서 앞서게 인도해 주는 바이블이다. –이소룡

* 비관론자 치고 별의 비밀을 발견하고, 미지의 땅을 항해하고, 인간 정신의 새 지평을 연 사람은 없었다. –헬렌 애덤스 켈러

* 길을 가다가 돌이 나타나면 약자는 그것을 걸림돌이라고 말하고, 강자는 그것을 디딤돌이라고 말한다. –토머스 칼라일

* 햇빛은 달콤하고, 비는 상쾌하고, 바람은 시원하며, 눈은 기분을 들뜨게 만든다. 세상에 나쁜 날씨란 없다. 서로 다른 종류의 좋은 날씨만 있을 뿐이다. –존 러스킨

* 램프를 만들어낸 것은 어둠이었고, 나침반을 만들어낸 것은 안개였고, 탐험을 하게 만든 것은 배고픔이었다. 그리고 일의 진정한 가치를 깨닫기 위해서는 의기소침한 나날들이 필요했다. –빅토르 위고

* 죽는 것은 이미 정해진 일이기에 명랑하게 살아라. 언젠가는 끝날 것이기에 온 힘을 다해 맞서자. 시간은 한정되어 있기에 기회는 늘 지금이다. –정여울

* 삶의 비결은 자기가 좋아하는 일만 하는 것이 아니라, 해야만 하는 일을 좋아하도록 노력하는 것이다. –D. M. 크레이크

* 인생에는 좋은 것도 있고 나쁜 것도 있다. 하지만 인생관이 긍정적이면 좋은 것과 나쁜 것이 더 좋아진다. 인생관이 부정적이면 좋은 것과 나쁜 것이 더 나빠진다. –존 맥스웰

* 당신이 세상을 바꿀 수 있는 가장 강력한 방법은 생명, 사람, 실재가 무엇인지에 대한 자기 자신의 믿음을 좀 더 긍정적인 것으로 바꾸고, 그 믿음에 따라 행동하기 시작하는 것이다. –샥티 거웨인

* 모든 상황이 선물이다. 내 기대를 충족시켜 주는 인물, 그렇지 못한 인물 모두가 선물이다. 이 모두가 나의 미지의 영역을 발견하고 나를 변화시킬 기회다. –게리 주커브

* 긍정이 그대가 이루고자 하는 것에 대한 진술일 뿐이라면, 그것은 아무 효과가 없다.

긍정은 그대가 이미 이루어졌음을 아는 것에 대한 진술일 때만 효과가 있다.
–닐 도날드 월쉬

* 인생은 짧은 담요와 같다. 끌어당기면 발끝이 춥고, 밑으로 내리면 어깨가 싸늘하다. 그러나 긍정적인 사람은 무릎을 구부려 쾌적한 밤을 보낸다. –하워드

* '노(NO)'를 거꾸로 쓰면 전진을 의미하는 '온(ON)'이 된다. 모든 문제에는 반드시 문제를 푸는 열쇠가 있다. 끊임없이 생각하고 찾아내어라. –노먼 빈센트 필

* 희망으로 가득 찬 사람과 교류하라. 창조적이고 낙관적인 사람과 소통하라. 긍정적이고 능동적으로 행동하라. 그리고 그런 사람을 자신의 주변에 배치하라. –노먼 빈센트 필

* 현실이 가파른 오르막처럼 느껴질 때에는 정상에 올랐을 때의 광경을 생각하라.
–래리 버드

* 장애물이 있다고 해서 꼭 멈춰야 하는 것은 아니다. 담벼락을 만나면, 되돌아서거나 포기하지 마라. 어떻게 올라갈지, 통과할지, 혹은 피해서 가야 할지 생각해 보라.
–마이클 조던

* 긍정적인 태도는 강력한 힘을 갖는다. 그 어느 것도 그것을 막을 수 없다. –매들린 랭글

* 나는 낙심하지 않는다. 모든 잘못된 시도는 전진을 위한 또 다른 발걸음이므로.
–토머스 에디슨

* 부정적인 생각들은 우리 마음의 본질이 아니라, 마음의 자연스런 상태를 막는 일시적인 장애물이다. 따라서 긍정적인 마음이라는 교정 수단을 이용해 부정적인 마음을 바로잡을 수 있다. –달라이 라마

* 이 세상에 긍정적으로 일을 추진하는 것보다 더 강력한 힘을 갖고 있는 것은 없다. 미소, 낙관적이고 희망적인 말, 그리고 일이 어려워졌을 때 "넌 할 수 있다."고 격려해 주는 말 등이 이에 포함될 것이다. –리치 디보스

* 누군가를 위해 더 좋은 사람이 되고 싶었다. 앞으로 나아갈 이유는 그것만으로도 충분하다. –정유선

* 항상 가장 좋은 부분에 주목하는 습관을 길러라. 1년이 지나면 천 파운드 이상의 가치를 얻을 것이다. –새뮤얼 존슨

* 자신의 운을 자기보다 운 좋은 사람과 비교하지 말고 대다수 사람들과 비교하라. 그러면 자신이 운이 좋은 사람이라는 것을 깨달을 것이다. –헬렌 켈러

* 어떤 사람들은 어둠 속에 있고, 어떤 사람들은 빛 속에 있다. 빛 속에 있는 사람들은 보이지만, 어둠 속에 있는 사람들은 보이지 않는다. –베르톨트 브레히트

* 신은 가끔 빵 대신 돌을 던지는데, 어떤 사람은 원망하며 그 돌을 걷어차다가 발가락 하나가 더 부러졌다. 하지만 또 어떤 사람은 그것을 주춧돌로 삼아 집을 짓기 시작했다. –데이빗 브린클린

* 진정한 긍정의 고수는 오늘 어떤 일이 일어나든 잘 견딜 것이라고 생각한다. 그 생각이 하루를 결정할 것이다. 그 하루가 모여 평생이 된다. –이근후

* 가끔 폭풍, 안개, 눈이 너를 괴롭힐 거야. 그럴 때마다 너보다 먼저 그 길을 걸어갔던 사람들을 생각해봐. 그리고 이렇게 말해봐. '그들이 할 수 있다면, 나도 할 수 있다.' 라고. –생텍쥐페리

* 희망은 낙관적인 해결책에 참여할 때 생긴다. 행복해질 이유를 알아차리고 만들어 내기로 선택하는 정도만큼 우리는 행복해진다. 낙관주의와 행복은 외부 환경이 아니라 영적 작용의 결과이다. -마리안느 윌리암슨

* 우리들이 대부분 좋아하는 사람, 우리가 매력적이라 생각하는 사람은 희망을 지닌 사람, 낙천적이고 뭐든 할 수 있다는 인생관을 가진 사람이다. 우리는 에너지를 좋아한다. 우리 모두는 생동하는 삶을 원한다. -팻 맥라건

* 순간순간, 하루하루를 우리가 어떻게 말하고, 어떻게 생각하고, 어떻게 행동하는가에 따라 우리 삶은 달라진다. 밝은 생활과 어두운 생활의 갈림길이 현재 우리들 자신의 밝음과 어둠에 달려 있음을 잊지 말아야 한다. -법정

* 진정한 긍정은 일단 나에게 일어난 상황을 수긍하고 그다음 해결책을 찾는 것이다. 나에게도 늘 좋은 일만 일어나지 않을 것이라는 사실을 깨닫는 것이다. 이런 자세가 있다면 나쁜 일이라도 최악으로 흐르지 않도록 내 마음과 행동을 움직일 수 있다. -이근후

* 진정으로 낙관적인 사람은 문제를 인식해도 해결책을 찾아내고, 어려움을 알아도 극복할 수 있다고 믿고, 부정적인 상황을 보아도 긍정적인 상황을 강조하고, 최악의 경우에 맞닥뜨려도 최선의 결과를 기대하고, 불평할 근거가 있어도 미소 짓기로 마음먹는다. -윌리엄 아서 워드

* 신이 나에게 준 세 가지 축복은 '가난함, 허약함, 배우지 못함' 이다. 나는 가난했기에 부지런히 일할 수밖에 없었고, 허약했기 때문에 건강에 특별히 신경을 썼으며, 초등학교도 다 다니지 못했기 때문에 항상 배우려는 노력을 할 수 있었다. 타고난 약점은 약점이 아니다. 강점을 만들게 된 밑천이 되었다. -마쓰시타 고노스케

* 용서가 없다면 미래도 없다. –데스몬드 투투 주교

* 화해는 승리보다 아름답다. –비올레타 바리오스 데 차모르

* 잊지 마라. 벽을 눕히면 다리가 된다. –안젤라 데이비스

* 용서는 모든 고통과 상실에 종지부를 찍는다. –제럴드 G. 잼폴스키

* 남을 증오하지 마라. 인생이라는 무대에서 그것은 가지고 다니기에는 너무 무거운 짐이다. –마틴 루터 킹

* 진실로 사랑하기를 원한다면 용서하는 법을 배워야 한다. –마더 테레사

* 용서하는 일은 좋은 일이다. 그러나 잊는 것은 더욱 좋은 일이다. –로버트 브라우닝

* 용서하는 힘이 결여된 사람은 사랑하는 힘도 결여되어 있다. –마틴 루터 킹

* 누군가를 용서한다는 것은 용서받을 자격을 만드는 것이다. –김태원

* 다른 사람을 용서하지 못하는 사람은 자신이 건너야 하는 다리를 끊어버리는 것과 같다. 사람은 누구나 용서를 받아야 하는 존재이기 때문이다. –토머스 풀러

* 용서해야 한다. 용서란 용서를 받는 사람만이 좋은 일은 아니다. 용서함으로써 내 상처의 나쁜 기억이 나의 남은 삶을 지배하지 못하게 하는 것이니까. –박광수

* 용서는 짐을 벗는 것이다. 하나씩, 둘씩 마음의 짐을 내려놓는 용서를 실천해 보자. 모든 짐을 내려놓는 날, 몸과 마음이 날아갈 듯 가벼워질 것이다. 마음에 휴식이 찾아

오는 것이다. –이무석

* 복수할 때 인간은 그 원수와 같은 수준이 된다. 그러나 용서할 때의 그는 그 원수보다 위에 있다. –프랜시스 베이컨

* 진정으로 용서하면 우리는 포로에게 자유를 주게 된다. 그러고 나면 우리가 풀어준 포로가 바로 우리 자신이었음을 깨닫게 된다. –루이스 스메데스

* 용서란 신이 자신의 모습을 닮을 수 있도록 사람에게 내려 준 특별한 축복이다. 우리는 그 기회를 놓치지 말아야 한다. –양광모

* 당신에게 상처 준 사람을 용서하지 못한다는 건, 미래에게서 등을 돌리는 것과 마찬가지다. 용서를 하고 나면 그제야 비로소 앞으로 나아갈 수 있기 때문이다. –타일러 페리

* 때론 용서할 수 없는 사람이 있다. 도저히 지울 수가 없는 분한 일들도 있다. 그러나 그럴수록 지우고 용서하라. 왜냐하면 그런 기억과 분노들이 우리에게 주어진 삶의 질을 망가뜨리기 때문이다. –미첼 바첼레트

* 관용이란 무엇인가. 그것은 인간애의 소유이다. 우리는 모두 약하고 과오가 있으며, 서로의 어리석음을 용서해야 한다. 이것이 자연의 제1법칙이다. –볼테르

* 당신이 용서하지 않는 한, 그것이 누구든, 무엇이든 간에 당신의 마음속에 임대료도 내지 않은 채 공간을 차지하게 될 것이다. –이사벨 홀랜드

* 용서하기에 너무 이르거나 너무 늦는 일은 결코 없다. –제럴드 잼폴스키

* 용서는 모든 이에게서 그의 행동에 상관없이 하느님의 빛을 보는 것을 의미한다.

–제럴드 잼폴스키

* 진정한 용서란 더 이상 생각조차 하지 않는 행위를 말한다. –에스키모 속담

* 용서는 부서지면 다시 만들고, 더러워지면 다시 깨끗하게 만드는 기적의 해답이다.
–대그 해머스쾰트

* 용서란 용서할 수 없는 사람을 용서하는 것이며, 믿음이란 믿을 수 없는 것을 믿는 것이며, 소망이란 도저히 가망이 없는 상황에서 희망을 갖는 것이다. –G. K. 채스트톤

* 약한 자는 결코 용서할 수 없다. 용서하는 마음은 강한 자만이 가질 수 있는 특성이다. –마하트마 간디

* 어리석은 자는 용서하지도 잊지도 않고, 순진한 자는 용서하고 잊으나, 지혜로운 자는 용서하나 잊지 않는다. –토머스 사즈

* 용서하지 못하는 것은 다른 사람이 죽기를 바라면서 스스로 독을 마시는 것이다.
–오프라 윈프리

* 용서란 과거의 고통을 붙들고 있는 손을 놓아 그것이 지나가게 하는 가슴의 능력을 말한다. –잭 콘필드

* 용서 없는 사랑은 없고, 사랑 없는 용서는 없다. –작자 미상

* 모두 용서하고 모두 사랑하려면 내가 무한히 큰 존재라고 믿어야 한다. 내가 무한히 큰 존재라고 믿는다면 세상에 용서 못 할 것이 하나도 없다. –자허

* 부모를 용서하지 않으면 영원히 아이로 남게 된다. –작자 미상

* 다른 이들에게 보복을 하는 가장 고상한 방법은 그들과 똑같은 인간이 되지 않는 것이다. –마르쿠스 아우렐리우스

* 좋아하지 않는 사람에 대한 생각으로 시간을 낭비하지 말라. –데일 카네기

* 잘 사는 것이야말로 가장 멋진 복수다. –조지 허버트

* 세상에 복수를 하는 여러 가지 방법이 있겠지만, 가장 통쾌한 복수는 훨씬 더 멋지고 당당한 모습으로 나타나 그들의 생각이 틀렸음을 증명해 보이는 것이 아닐까. –김수영

* 용서는 내 마음의 자유를 위한 선물이다. 용서하지 않는 것은 우리를 과거에 가두는 일이다. 용서는 구속된 자에게 자유를 안겨주며, 구속된 자가 바로 자신이라는 것을 깨닫게 해준다. –할 어반

희망

* 겨울이 오면 봄은 멀지 않으리. –퍼시 셸리

* 희망이란 깨어 있는 꿈이다. –아리스토텔레스

* 희망은 인생의 유모이다. –코체부

* 별은 바라보는 자에게 빛을 준다. –『드래곤 라자』에서

* 희망은 강한 용기요, 새로운 의지다. –루터

* 희망에 사는 사람은 음악이 없어도 춤을 춘다. –영국 속담

* 희망은 두려움의 유일한 해독제이다. –랜스 암스트롱

* 밤하늘에 별이 보이지 않는다고 별이 없는 것은 아니다. –작자 미상

* 봄이 오기 전이 가장 추운 법이고, 해뜨기 직전이 가장 어두운 법이다. –도스토예프스키

* 한겨울에도 움트는 봄이 있는가 하면, 밤의 장막 뒤에도 미소 짓는 새벽이 있다. –칼릴 지브란

* 삶에 대한 절망 없이는 삶에 대한 희망도 없다. –알베르 카뮈

* 희망은 일상생활의 시간이, 영원한 것과 속삭이는 대화이다. –릴케

* 해를 바라보라. 그러면 그림자는 절대로 보이지 않을 것이다. –헬렌 켈러

* 인생의 희망은 늘 괴로운 언덕길 너머에서 기다린다. –폴 베를렌

* 모든 인간은 희망이 개최하는 연회의 손님이다. –조지 개스코인

* 희망이란 자신이 할 수 있는 일을 하면서 사는 것이다. –작자 미상

* 희망찬 사람은 그 자신이 희망이다. 길 찾는 사람은 그 자신이 새 길이다. –박노해

* 희망을 품고 여행하는 것이 목적지에 도착하는 것보다 훨씬 좋다. –로버트 루이스 스티븐슨

* 희망은 영원한 기쁨이다. 인간이 소유하고 있는 토지 같은 것이다. 해마다 수익이 오르며 결코 사용해도 없어지지 않는 것이다. –존 스티븐슨

* 오늘을 훌륭히 살아가는 것이 내일의 희망을 찾아내는 일이며, 내일의 희망이 있어야 우리는 밝게 살아갈 수 있다. –헬렌 켈러

* 무슨 일에서든 희망하는 것이 절망하는 것보다 항상 낫다. 가능성의 한계를 측정하는 것은 아무나 할 수 있는 일이 아니기 때문이다. –괴테

* 두려움은 당신을 가두고, 희망은 당신을 자유롭게 한다. –영화 『쇼생크 탈출』에서

* 미래가 보이지 않는가? 앞길이 불투명해 불안한가? 삶이란 불투명한 유리잔에 희망을 채우는 작업이다. –로저 롤스

* 희망은 사람을 성공으로 이끄는 신앙이다. 희망이 없으면 아무것도 성취할 수 없다. –헬렌 켈러

* 희망 없이 빵을 먹는 것은 천천히 굶어서 죽는 것이다. –펄 벅

* 두려움은 희망 없이 있을 수 없고, 희망은 두려움 없이 있을 수 없다. –바뤼흐 스피노자

* 희망은 그것을 추구하는 사람을 결코 내버려두지 않는다. –존 플레처

* 희망은 절대로 당신을 버리지 않는다. 다만 당신이 희망을 버릴 뿐이다. –리처드 브리크너

* 희망이란 일이 잘 풀릴 것이라는 확신이 아니라 결과야 어찌 되든 그에 상관하지 않고 어떤 것이 옳다고 하는 신념이다. –바츨라프 하벨

* 나는 늘 생각했다. 인간이 처한 상황에 희망을 품는 자가 바보라면, 그들이 직면한 상황에 희망을 포기하는 자는 비겁한 인간이라고. –알베르 카뮈

* 어떤 사람의 희망은 미술에 있고, 어떤 사람의 희망은 명예에 있고, 어떤 사람의 희망은 황금에 있다. 그래도 나의 희망은 사람에 있다. –윌리엄 부스

* 희망은 본래 있다고도 할 수 없고, 없다고도 할 수 없다. 그것은 마치 땅 위의 길과 같다. 원래 땅 위에는 길이 없었지만, 걸어가는 사람이 많아지면서 그게 바로 길이 되는 것이다. –루쉰

* 생명이 있는 한 희망이 있다. 실망을 친구로 삼을 것인가, 아니면 희망을 친구로 삼을 것인가. –위트

* 희망은 최상의 재산이다. 희망이 있다면 그 누구도 완전히 비참해지지 않으며, 희망이 있다면 아무도 그토록 의기소침해지지 않는다. –윌리엄 해즐릿

* 나는 태양이 빛나고 있지 않을 때도 태양이 있음을, 내가 사랑을 느끼고 있지 않더라도 사랑이 있음을, 나는 비록 신께서 침묵하고 계신다 하더라도 신을 믿는다. –작자 미상

* 희망은 절망을 먹고 자라고, 성공은 실패를 먹고 자란다. 절망 없이 희망은 싹이 트지 않으며, 실패 없이 성공도 꽃을 피울 수 없다. 그런데 왜 당신은 실패했다고 절망하면서 포기하려고 하는가? –유영만

* 모든 거목이 비바람에 꺾이는 것은 아니다. 모든 씨앗이 뿌리를 내릴 토양을 찾지 못

하는 것은 아니다. 모든 사람이 마음속의 사막으로 사라지지는 않는다. 당신의 목소리에 반향이 없더라도 사랑의 마음을 전파하면 희망을 수확할 것이다. 약간의 희망을 심으면 당신은 큰 행복을 거둘 것이다. –장쓰안

걱정 · 두려움

* 우리는 현실보다 상상 때문에 더 자주 고통받는다. –세네카

* 불행에 대한 두려움은 불행 그 자체보다 더 나쁘다. –N. S. 코우리

* 걱정은 내일의 슬픔을 덜어 주는 것이 아니라 오늘의 힘을 앗아 간다. –코리 텐 붐

* 앞으로 닥칠 일에 대한 상상이 일 그 자체보다 더 인간을 괴롭히고 고문한다.
–이드리스 샤흐

* 해결될 문제라면 걱정할 필요가 없고, 해결이 안 될 문제라면 걱정해도 소용없다.
–티베트 격언

* 걱정거리를 두고 웃는 법을 배우지 못하면 나이가 들었을 때 웃을 일이 전혀 없을 것이다. –에드가 왓슨 하우

* 어른들이 하는 걱정 중 40%는 절대로 안 일어나고, 30%는 이미 지나간 것이며, 22%는 아주 사소한 것이고, 4%는 고민을 해도 바꿀 수 없는 것이다. –작자 미상

* 마음을 열고 나를 미혹시키는 모든 잡념을 몰아내라. –팸 그라우트

* 근심이란 흔들의자와 같다. 당신으로 하여금 뭔가 하게 만들지만, 아무 데로도 데려다주지 않는다. –도로시 갈리안

* 내가 두려워해야만 하는 유일한 것은 두려움 그 자체이다. –프랭클린 D. 루스벨트

* 사람은 진짜 문제로 걱정하는 것이 아니라, 그 문제에 대한 불안을 상상하면서 걱정하기 시작한다. –에픽테토스

* 우리는 일 년 후면 다 잊어버릴 슬픔을 간직하느라고 무엇과도 바꿀 수 없는 소중한 시간을 버리고 있다. 소심하게 굴기에는 인생이 너무나 짧다. –앤드류 카네기

* 부정적 사고 때문에 마음이 산란해지지 않을 때, 지나간 일이나 혹은 앞으로 다가올 일에 마음을 빼앗기지 않을 때, 비로소 당신은 지금 이 순간을 살 수 있다. –시드니 밴크스

* 시간이 덜어 주거나 부드럽게 해주지 않는 슬픔은 이 세상에 없다. –키케로

* 어떤 사람은 슬픔을 딛고 서고, 어떤 사람은 슬픔 밑에 깔린다. –에머슨

* 좀은 옷을 좀먹고, 비탄은 마음을 좀먹는다. –러시아 속담

* 만약 당신이 스스로 문제를 해결할 수 있다면, 도대체 걱정할 게 뭐가 있나요? 만약 문제를 해결할 수 없다면, 그때는 걱정해서 뭐하겠어요. –샨티데바

* 묵은 일에 새 눈물을 낭비하지 말라. –에우리피데스

* '걱정' 이란 인생이라는 기계를 고장 나게 하는 모래알이다. –스탠리 존스

※ 해결될 일이라면 걱정할 필요가 없고, 해결되지 않을 일이라면 걱정해서 아무 소용이 없다. 홍수가 날지 모른다고 늘 구명복을 입고 다닐 수 없다. -달라이 라마

※ 걱정은 원하지 않는 것이 일어나게 해달라고 비는 기도다. -존 아사라프

※ 내일은 항상 흠집 없는 새날이라는 것을 잊지 말자. -루시 몽고메리

※ 고민이 있다는 것은 좋은 일이다. 고민은 진보를 위한 동력이 되기 때문이다. -마쓰시다 고노스케

※ 인간이 가장 조심해야 할 것은 자기 안에 있는 두려움이다. -토머스 칼라일

※ 두려움은 현재까지 가장 많은 사람들을 패배시켰다. -에머슨

※ 모든 공포는 실제보다 더 크다. 그 원형이 필름이라면 인간은 마음의 스크린에 그것을 확대시키기 때문이다. -김대규

※ 두려움은 두려움 그 자체로 있을 때 위협적일 뿐, 맞서고자 마음먹으면 무력한 실체가 된다. 제 아무리 만리장성이라 해도, 벽돌 한 장에서 시작된 것 아닌가? -호아킴 데 포사다

※ 뒤를 돌아볼 때는 화를 내지 말고, 앞을 바라볼 때는 두려워하지 말라. 대신 주의 깊게 주위를 둘러보라. -제임스 터버

※ 꿈을 불가능으로 만드는 데에는 단 한 가지 요소가 존재한다. 실패에 대한 두려움이다. -파울로 코엘류

※ 사랑을 두려워하는 것은 삶을 두려워하는 것이다. 삶을 두려워하는 자는 4분의 3은

죽은 셈이다. –바트런드 러셀

* 두려움은 성공을 가로막는 큰 벽이다. 그것은 사소한 것에도 커다란 그림자를 드리운다. –알렉산더 그린

* 두려움만큼 사람에게서 생각하고 행동하는 힘을 효과적으로 빼앗아 가는 감정은 없다. – 에드먼드 버크

* 첫째로, 절대로 두려워하지 마라. 당신이 후퇴하도록 밀어붙이는 적도 바로 그 순간 당신을 두려워하고 있다. –앙드레 모루아

* 당신이 두려움을 느끼는 순간 바로 그 일을 행하라. 그 순간 모든 두려움이 사라질 것이다. –에머슨

* 미래에 대하여 내일을 실현시키는 데 제약이 되는 유일한 것은 오늘 품고 있는 의구심이다. –프랭클린 D. 루스벨트

* 고민은 어떤 일을 시작하였기 때문에 생기기보다는 일을 할까 말까 망설이는 데에서 더 많이 생긴다. 실패를 미리 두려워할 필요는 없다. 성공하고 못 하고는 하늘에 맡겨 두는 게 좋다. –윌리엄 러셀

* 당신은 인생의 길이를 조정할 수는 없지만, 그것의 넓이와 깊이는 조정할 수 있다. 당신은 날씨를 마음대로 조정할 수는 없지만, 당신의 기분은 조정할 수 있다. 당신이 조정할 수 있는 일만으로도 충분히 바쁜데 왜 조정할 수 없는 일까지 걱정하고 있는가? –조 페티

실수 · 실패

* 아픔을 주는 것들이 교훈을 준다. –벤저민 프랭클린

* 지금까지 넘어진 횟수보다 한 번만 더 일어나라. –박홍이

* '경험'은 사람들이 실수에 붙이는 이름이다. –오스카 와일드

* 실수는 실천의 또 다른 방법일 뿐이다. –워런 베니스

* 적극적인 체념은 언제나 어제의 실패를 오늘의 출발점으로 삼는 법이다. –버트랜드 러셀

* 살면서 저지를 수 있는 가장 큰 실수는 실수할까봐 계속 걱정하는 것이다. –엘버트 허버드

* 전문가란 특정분야, 자기 주제에 관해서 저지를 수 있는 모든 잘못을 이미 저지른 사람이다. –N. 보르

* 약간의 실수를 저지를 권리. 실수에서 배울 권리가 있음을 주장하라. 실수는 지혜의 교훈이다. –작자 미상

* 어떤 이가 열등감 때문에 우물쭈물하고 있는 동안, 다른 이는 실수를 저지르며 점점 우등한 사람이 되어간다. –헨리 링크

* 머리가 좋다는 건 실수를 하지 않는 것이 아니라, 재빨리 그 실수를 호전시키는 방법을 찾아내는 것이다. –베르톨트 브레히트

* 인간이라면 누구나 실수를 한다. 그런데 현명한 사람들은 실수를 통해 미래를 대비하는 지혜를 배운다. –플루타르코스

* 실수하며 보낸 인생은 아무것도 하지 않고 보낸 인생보다 훨씬 존경스러울 뿐 아니라 훨씬 더 유용하다. –조지 버나드 쇼

* 실수를 하지 않는 것은 인간 능력 밖의 일이다. 하지만 지혜롭고 선량한 사람들은 오류와 실수를 통해 미래를 위한 지혜를 배운다. –플루타르코스

* 실수는 한 사람이 온전한 삶을 살기 위해 반드시 치러야 하는 대가이다. –소피아 로렌

* 커다란 실수는 중간에 분기점이 있게 마련이므로 그것을 이용하면 실수를 교정하거나 치유할 수 있다. –펄 벅

* 실수를 두려워하지 마라. 하지만 똑같은 실수를 두 번 되풀이하지 않도록 조심하라. –모리타 아키오

* 같은 실수를 두려워하되 새로운 실수를 두려워하지 마라. 실수는 곧 경험이다. –신준모

* 실수를 저질렀을 때 그것을 만회하려면 다음 세 가지 일을 해야 한다. 첫 번째, 실수를 인정할 것. 두 번째, 실수로부터 배울 것. 세 번째, 실수를 반복하지 말 것. –폴 베어 브라이언트

* 실수는 삶의 일부다. 중요한 것은 실수에 어떻게 대처하느냐이다. –니키 조반니

* 나는 살고, 아프고, 실수하고, 모험하고, 주고, 사랑함으로써 죽음을 늦춘다. –아네 냉

*틀릴 수 있는 기회를 절대 포기하지 마라. 그러면 삶에서 새로운 것을 배워 전진할 수 있는 능력을 상실하게 되기 때문이다. –데이비드 M. 번스

*넘어질 때마다 무언가를 주워라. –오스왈드 에이버리

*좌절을 경험해 본 사람만이 세상의 변화를 이해할 수 있다. –셰익스피어

*실패는 성공을 위한 리허설이다. –작자 미상

*노력하지 않는 것을 제외하면 실패는 없다. –엘버트 허버드

*실패에서 배우는 것이 있다면 실패는 성공이다. –말콤 포브스

*성공하기까지는 항상 실패를 거친다. –미키 루니

*한 번 실패와 영원한 실패를 혼동하지 말라. –스콧 피츠제럴드

*실패란 성공으로의 진로를 알려주는 나침판이다. –데니스 웨이틀리

*시도하고 실패하라. 괜찮으니 다시 시도하고 또 실패하라. –사무엘 베케트

*실패는 잊어라. 그러나 그것이 준 교훈은 절대 잊으면 안 된다. –허버트 개서

*실패는 일종의 교육이다. 사고할 줄 아는 사람은 성공에서나, 실패에서나 매우 많은 것을 배운다. –존 듀이

*실패란 한층 분명한 판단력으로 다시 시작할 수 있는 기회일 뿐이다. –헨리 포드

* 계속 시도하라. 각각의 실패는 성공에 한 걸음 더 다가가는 것이다. –토머스 J. 빌로드

* 실패를 맛본 사람만이 차별성, 개성, 영혼의 성장을 경험한다. –마티아스 호르크스

* 실패는 우리가 다른 방향으로 나아갈 수 있게 해주는 표지판이다. –오프라 윈프리

* 인간에게는 반드시 실패를 승인할 수 있는 용기가 있어야 한다. –이소룡

* 실패를 수용하지 못하는 곳에는 진정한 자유가 없다. –에리히 프롬

* 실패한 자가 패배하는 것이 아니라 포기한 자가 패배하는 것이다. –작자 미상

* 실패는 성공의 재료다. 실패는 성공의 발판이다. 실패는 성공의 어머니다. –작자 미상

* 실패는 새로운 땅, 새로운 일, 새로운 예술의 개척자이다. –에릭 호퍼

* 승리는 패배의 맛을 알 때 제일 달다. –말콤 포브스

* 패배는 한순간이나 포기는 영원하다. –말렌 보스 새번트

* 당신 자신의 마음속에서 패배를 현실로 받아들여지기 전까지는 진정한 패배가 아니다. –이소룡

* 나는 실패해 본 적이 없다. 다만 효과가 없는 만 가지 방법을 찾았을 뿐이다.
–토머스 에디슨

* 가장 큰 실패자는 아무것도 하려 들지 않는 사람이다. –래리 킴지

* 인간은 패배하였을 때 끝나는 것이 아니라, 포기하였을 때 끝나는 것이다. –닉슨

* 실패한 사람이란 실수했지만 그 경험을 이용하지 못한 사람을 말한다. –엘버트 허버드

* 실패하는 사람들의 90%는 정말로 실패하는 것이 아니라 포기하는 것이다. –앤 라모트

* 실패한 고통보다 최선을 다하지 못했음을 깨닫는 것이 몇 배 더 고통스럽다. –앤드류 매튜

* 실패자란 남들에게 진 사람이 아니라 가진 힘을 다 못 쓰고 죽는 사람이다. –문단열

* 실패는 우회로일 뿐 막다른 길이 아니다. 성공적인 실패에서는 많은 것을 배울 수 있다. –지그 지글러

* 인생은 언제나 당신에게 두 번째 기회를 주고 있다. 우리는 그걸 내일이라 부른다. –서양 격언

* 패배란 무엇인가? 그것은 교육에 지나지 않는다. 그것은 한층 높은 단계에 오르게 하는 첫걸음이다. –웬델 필립스

* 실패에서 성공을 끌어내라. 좌절과 실패는 성공을 향한 가장 확실한 디딤돌이다. –데일 카네기

* 실패를 받아들일 수 없다면 그 어떤 성공도 이룰 수 없다. 실패란 없다. 피드백만 있을 뿐이다. –작자 미상

* 만일 실패를 받아들일 줄 모른다면 너는 멋지게 성공하는 법도 알 수 없을 것이다. –잭 웰치

* 실패하는 이유는 단 한 가지이다. 그것은 노력하기를 포기했기 때문이다. –후지타 덴

* 이 실패가 최종적인 것이 아닌 한, 이것에서 배우면 된다. 그것으로 충분하다. –윤재윤

* 어떤 일에 실패했을 때는 반드시 교훈을 얻어야 한다. 실패했을 때 교훈을 얻지 못하면 교훈을 얻을 때까지 실패는 반복된다. –장쓰안

* 설사 당신이 아주 중대한 실수를 저질렀다 하더라도 당신에게는 반드시 또 다른 기회가 있다. 우리가 실패라고 부르는 것은 넘어지는 것이 아니라 주저앉는 것이다. –메리 픽포드

* 실패는 당신이 원인을 분석하고 만회할 방법을 찾도록 자극한다. 달리 말하자면 실패는 의지를 단련하고, 실패 자체를 동력으로 삼게 하고, 자신의 부족함과 노력해야 할 방향을 비춰 주는 거울이다. –장쓰안

* 한 번의 실패에 한 번의 아픔이 있고, 한 번의 아픔으로부터 한 번의 성장이 있다. 그리고 그 성장이 우리를 꿈에 더 가까이 데려다준다. –김난도

* 힘든 장애물에 부딪혀 넘어지고 실패하는 것은 결코 부끄러운 일이 아니다. 실패 역시 꿈에 속하는 것이기 때문이다. –슈레더

* 시작하고 실패하는 것을 계속하라. 실패할 때마다 무엇인가 성취할 것이다. 네가 원하는 것을 성취하지 못할지라도 무엇인가 가치 있는 것을 얻게 되리라. 시작하는 일과 실패하는 것을 계속하라. –도로시아 브랜드

* 성공하려면 실패해야 한다. 그래야 다음번엔 무엇을 더 잘해야 할지 안다. –작자 미상

* 성공이란 당신이 밑바닥까지 추락했을 때 얼마나 높이 튀어오를 수 있느냐 하는 것

이다. –조지 패튼

* 실패는 결코 부끄러워할 일이 아니다. 그것은 한 인간 속에 담긴 보석을 캐내기 위한 과정일 뿐이다. –헬렌 켈러

* 성장은 '실수를 반복하는' 과정이고, 실패의 경험은 성공의 경험만큼 믿을 만한 가치가 있다. 사실 세상에 '잘못' 이란 없고 '경험' 만이 있을 뿐이다. 이러한 경험들이 쌓여 인간은 성숙해진다. –장쓰안

* 마법사가 말했다. "최초의 가르침을 시작하기 전에 한 가지 당부하고 싶은 것이 있네. 일단 길을 발견하게 되면 두려워해선 안 되네. 실수를 감당할 용기도 필요해. 실망과 실패감, 좌절은 신께서 길을 드러내 보이는 데 사용하는 도구일세." –파울로 코엘료

* 실패를 솔직하게 인정한 다음, 그 원인을 철저하게 밝히면 그것도 결국엔 재산이 된다. 그러므로 결코 손실이 아니다. –모리타 아키오

* 사람에게 가장 중요한 일은 실패했다고 해서 낙심하지 않는 일이며, 성공했다고 하여 기뻐 날뛰지 않는 일이다. –도스토예프스키

* 실패를 기꺼이 받아들여 거기서 배울 마음이 있다면, 실패를 숨겨진 축복으로 생각하고 다시 도약할 마음이 있다면, 당신은 아주 강력한 성공 동력 중 하나를 이용할 수 있는 잠재력을 가지고 있는 것이다. –조지프 슈커맨

* 지금까지의 삶을 인정하고 당신의 삶 자체를 받아들이는 것, 여기가 모든 일의 시작점이다. 인생이라는 긴 항해, 앞이 보이지 않는 그 길의 유일한 무기는 오로지 '자기 자신' 뿐이다. 물론 가끔 넘어지기도 하고 주저앉아 버릴 수도 있다. 그때는 다시 일어나면 된다. –윤슬

역경 · 고통

* 평온한 바다는 결코 유능한 뱃사람을 만들 수 없다. -영국 속담

* 고난은 사람을 강인하게 만드는 '인생의 소금' 이다. -김옥림

* 폭풍우를 거쳐 오지 않은 항해는 바다에 대한 무지(無知)만 싣고 온다. -김대규

* 남다른 경력은 남다른 역경 속에서 만들어진다. -유명만

* 흐르고자 하는 강물은 언제나 물살을 거스르는 힘에 부딪친다. -장 콕토

* 발바닥이 아름다운 건 밑바닥을 딛고 있기 때문이다. -정우식

* 참나무가 더욱 단단한 뿌리를 갖도록 하는 것은 바로 사나운 바람이다. -조지 허버트

* 우리의 최대의 영광은 넘어질 때마다 일어서는 것이다. -골드 스미스

* 뒤돌아보면 나의 삶은 일곱 번 넘어지고 여덟 번 일어나면서 이루어졌다. -프랭클린 D. 루스벨트

* 결코 넘어지지 않는 것이 아니라 넘어질 때마다 일어서는 것, 거기에 삶의 가장 큰 영광이 존재한다. -넬슨 만델라

* 위대한 인간이란 역경을 극복할 줄 아는 동시에 그 역경을 사랑할 줄 아는 사람이다. -니체

* 역경은 어떤 사람에게는 망가지는 이유가 되지만, 다른 사람에게는 기록을 깨는 이유가 된다. –윌리엄 아서 워드

* 네 생애에서 가장 빛나는 날은 성공한 날이 아니라 비탄과 절망 속에서 생과 한번 부딪쳐 보겠다는 느낌이 솟아오른 때다. –귀스타브 플로베르

* 절망하지 마라. 그러나 만약 절망하더라도 절망 속에서 계속 일을 하라. –에드먼드 버크

* 어려움을 뛰어넘어 환희에 이르러라. –베토벤

* 반대자를 두려워하지 마라. 연은 바람을 거슬러서 솟아오른다. –해밀톤 메이비

* 인간의 위대성의 척도는 고통을 감수하는 능력이다. –스캇 펙

* 어느 정도의 반대를 받는 것은 우리에게 큰 도움이 된다. 연이 바람을 받아야 높이 뜨는 것처럼. –J. N.

* 고통은 사람으로 하여금 생각하게 한다. 생각은 사람을 현명하게 한다. 현명하면 인생이 견딜 만하게 된다. –존 패트릭

* 고통의 가장 큰 미덕은 그것이 자신의 길이 잘못되었음을 알려주는 경보장치라는 점이다. 고통은 깨어나 바른길을 가라는 신호다. –한바다

* 나의 고통이 점점 커져갔을 때, 이 상황에서 대처하는 두 가지 방법이 있다는 것을 곧 알아차렸다. 고통스러운 반응을 보이는 것과 고통을 창조의 힘으로 변화시키는 것, 나는 후자를 선택했다. –마틴 루터 킹

* 고난이란 최선을 다할 기회다. –듀크 엘링턴

* 춤추는 별을 탄생시키기 위해 사람들은 자신들 속에 혼돈을 지니고 있어야 한다. –니체

* 풍파는 언제나 전진하는 자의 벗이다. 차라리 고난 속에 인생의 기쁨이 있다. 풍파 없는 항해가 얼마나 단조로운가. 고난이 심할수록 내 가슴은 뛴다. –니체

* 기쁨보다는 슬픔이, 즐거움보다는 아픔이 우리들로 하여금 형식을 깨뜨리고 본질에 도달하게 하며, 환상을 제거하고 진실을 바라보게 한다는 사실을 잊지 말아야 한다. –신영복

* 언젠가 삶이 우리를 모질게 만들려고 할 때, 기억해야 할 격언이 하나 있다. '이것은 불운이다' 가 아니라 '이것을 훌륭하게 견디는 것이 행운이다' 라는 것……. –아우렐리우스

* 만약 우리가 인생의 모든 것, 심지어 시련까지도 감추어진 선물로 바라볼 수 있다면 우리의 영혼을 풍요롭게 할 수 있는 가장 좋은 길을 발견하게 될 것이다. –파사 그레이스

* 힘겨운 상황에 처하고 모든 게 장애로 느껴질 때, 단 1분조차도 더 버틸 수 없다고 느껴질 때, 그때야말로 결코 포기하지 마라. 바로 그런 시점과 위치에서 상황은 바뀌기 시작하니까. –해리엇 비처 스토

* 신은 인간에게 선물을 줄 때 시련이라는 포장지에 싸서 준다. 선물이 클수록 더 큰 포장지에 쌓여있다. –딕 트레이시

* 그 무엇도 직선으로 움직이지는 않는다. 따라서 어떤 목표도 좌절과 방해를 겪지 않고 이루어지는 법은 없다. –앤드류 매튜스

* 인간의 고통 속에는 무언가 창조의 씨앗이 숨어 있다. -이어령

* 세상은 고통으로 가득하지만, 한편 그것을 이겨내는 일로도 가득 차 있다. -헬렌 켈러

* 우리에게 고통을 주는 것은 가르침도 준다. -벤저민 프랭클린

* 고통이 클수록 그 고통을 극복했을 때의 기쁨 또한 커진다. 유능한 선장은 폭풍과 태풍 속에서 명성을 얻는다. -에피큐러스

* 행복은 몸에게는 축복이다. 그러나 마음의 힘을 강하게 만드는 것은 슬픔이다. -마스셀 프루스트

* 승리자의 훈장 뒷면에는 언제나 '고난'이 음각되어 있다. -김대규

* 고난과 십자가가 없으면 면류관도 없다. -G. 윌리엄 펜

* 고난이란 사람의 진가를 증명하는 기회다. -에픽테토스

* 이 또한 지나가리라. 고난의 시기에 동요하지 않는 것, 이것은 진정으로 탁월한 인물의 증거다. -베토벤

* 사람은 고난을 극복할 때마다 그것이 참된 인간완성의 계기임을 깨달아야 한다. -괴테

* 고난이 닥칠 때 바보는 방황하지만, 현명한 사람은 여행을 떠난다. -토머스 풀러

* 고난이라는 것은 우리가 그것으로부터 무언가를 배우기 위해 있는 것이다. -로알 아문센

* 번영의 시기에 우리는 절제가 필요하며, 고난의 시기에는 인내가 필요하다.
-리 아이어코카

* 설령 하나의 문이 닫혔을 때에도 실망하지 않는다면 또 하나의 문이 열릴 것이다. 역경은 희망에 의해서 극복되는 것이기 때문이다. -메난드로스

* 극복된 난관은 손에 넣은 기회이다. -윈스턴 처칠

* 길을 잃는다는 것은 곧 길을 알게 된다는 것이다. -동아프리카 속담

* 슬프고 힘든 일, 분명 반갑지 않은 불청객이지만 어떻게 받아들이느냐에 따라 고마운 벗이기도 하다. 슬프고 힘든 일이 아니면 끝내 모르고 말았을 더 깊이 사랑하는 법을 알게 해주었으니까. -고도원

* 괴로워 도망치고 싶은 순간도 생에 필요한 과정이라는 것을 한참이 지나면 깨달을 수 있다. 생은 난처한 사건의 연속이라는 오래된 가르침을 기억하라. -인디언 격언

* 역경은 강한 바람과 같다. 역경은 떼어 낼 수 없는 것들을 제외한 나머지를 우리에게서 모조리 떼어 낸다. 그 결과 우리는 자신을 있는 그대로 직시한다. -아서 골든

* 역경을 피하지 말라. 왜냐하면 역경으로부터 많은 교훈을 배울 수 있기 때문이다. 역경을 만들어 주는 사람들 역시 피하지 말라. 이 세상에서 실수나 아픔은 없다. 단지, 모든 사건은 우리에게 교훈을 주는 축복이다. -작자 미상

* 만일 겨울이 없다면, 봄은 그다지 즐겁지 않을 것이다. 만일 우리가 때때로 역경을 경험하지 못한다면, 번영은 그다지 환영받지 못할 것이다. -앤 브래드스트리트

* 힘든 일을 자청하라. 인생도 기록갱신이 가능해진다. –이상헌

* 생애의 순간마다 나는 신이 나를 시련대에 올려놓는다는 사실을 잊지 않았다.
–마하트마 간디

* 고생과 부당한 대접은 은에서 쇠똥을 걸러내는 용광로다. 시련의 불꽃이 찌꺼기를 녹여 금을 정제한다. –루미

* 어떤 고난도 그 뜻을 이해하면 능히 이겨낼 수 있는 지혜와 힘이 생겨난다. 인생이란 시련의 연속이며, 연속되는 시련과 싸우면서 그것을 극복해 나가는 과정이 우리의 삶이다. –정주영

* 성취의 크기는 목표를 이루기 위해 당신이 극복해야 했던 장애물의 크기로 잰다.
–부커 T. 워싱턴

* 자신을 죽일 정도로 엄청난 것이 아닌 이상, 고난은 나를 더욱 강하게 만든다. –니체

* 스스로 용맹하게 싸워본 사람만이 영웅을 찬미한다. 더위와 추위의 고통을 아는 사람만이 인간의 공적의 위대함을 깨닫는다. –괴테

* 고통은 카르마(業)를 쓸어내는 커다란 빗자루다. –붓다

* 고통 없는 승리 없고, 가시 없는 왕좌 없고, 고뇌 없는 영광 없고, 수난 없는 명예 없다. –윌리엄 펜

* 커다란 고통은 조그만 고통을 치료한다. –셸링

* 고통으로부터 강인해지는 자만이 강자이다. 약자는 고통 속에서 더 약해질 뿐이다.
–라이언 퓨치트웨인저

* 고통을 당해본 자만이 고통을 견디는 자를 이해할 수 있다. –야세르 아라파트

* 고통은 도망치려 들 때 더욱 심해진다. 두 발을 땅에 붙이고 고통을 직면하라. 그러면 고통이 뒤로 물러설 것이다. –세네카

* 인생의 비극은 우리가 겪는 고통이 아니라 우리가 놓치는 것들 속에 있다.
–토머스 칼라일

* 인간은 걷기 위해서 넘어지는 법을 알아야 한다. 또한 넘어져 본 사람만이 걸을 줄 안다. –마르크스

* 인간에게 어느 정도의 저항은 오히려 도움이 된다. 연은 바람과 함께 나는 것이 아니라 바람을 거스르며 난다. –존 닐

* 고통의 한복판에서 생에 몰입하는 것이 고통을 통과하는 길임을 배웠다. –헨리 나우웬

* 고통과 번민은 위대한 자각과 깊은 심정을 가진 사람에게는 항상 필연적인 것이다.
–도스토예프스키

* 고통은 인간의 위대한 교사다. 인간의 영혼은 고통의 숨결 속에서 발육된다. –에셀 바하

* 생활의 기술은 고통을 제거하는 것이 아니라 고통과 함께 성장하는 것이다.
–버나드 바루치

* 어떤 악이 우리에게 선을 인식시키듯이 고통은 우리에게 기쁨을 느끼게 한다.
–클라이스트

* 천재라는 것은 무엇보다도 고통을 참아내는 뛰어난 능력을 말한다. –토머스 칼라일

* 고통은 지나간다. 아름다움은 남는다. –르누아르

* 고통은 그 의미를 찾는 순간 고통이기를 멈춘다. –빅터 프랭클

* 기쁨은 나누면 두 배로 늘어나고, 고통은 나누면 절반으로 줄어든다.
–크리스토프 A. 티트게

* 방황을 해보지 못한 영혼은 인생의 대도(大道)에 들어서지 못한다. –김대규

* 궁핍은 영혼과 정신을 낳고, 불행은 위대한 인물을 낳는다. –빅토르 위고

* 자신의 불행을 생각하지 않게 되는 가장 좋은 방법은 일에 몰두하는 것이다. –베토벤

* 불행에 빠져야 비로소 사람은 자기가 누구인가를 깨닫게 된다. –S. 츠바이크

* 촛불은 바람이 오면 바로 꺼진다. 산불은 바람이 불기만을 기다려 더욱 맹렬히 타오를 준비를 한다. 나는 촛불 같은 사람인가, 산불 같은 사람인가. –김세유

* 인간의 불행을 죄다 한데 모아놓고 각자가 똑같이 나누어 갖기로 한다면, 다들 자기 자신 본래의 몫을 되찾는 것으로 만족하려 들 것이다. –소크라테스

* 불행은 나이프와 같은 것이다. 나이프의 칼날을 잡으면 손을 베이지만 손잡이를 잡으

면 도움이 된다. –허먼 멜빌

* 당신이 만약 불행하거나 또한 불행의 의식이 있다면 조용히 가슴에 손을 얹고, 당신의 세계관이나 인생관을 반성해 볼 필요가 있다. –버트런드 러셀

* 인생길에 비가 내려도 마음속에 해를 띄워라. 장애물은 뛰어넘으라고 있는 것이지 걸려서 엎어지라고 있는 것이 아니다. 일을 해나가는 데 있어서 어떤 것보다 치명적인 실수는 일을 포기해 버리는 것이다. –정주영

* 두려움을 극복하는 비결은 문제가 선물임을 기억하는 것이다. 리처드 바크는 이렇게 말했다. "모든 문제는 한 손에 선물을 들고 우리를 찾아온다." 우리가 그 선물을 받아들일 때 문제는 사라지게 된다. –앨런 코헨

* 예기치 못한 상태에서 나타나는 불행과 불운은 고착된 우리의 신념과 감정과 행위의 틀을 깨어주기 위해 높은 우주 법칙이 개입한 결과일 때가 있다. 그러니 우주가 그대에게 무엇을 가르치려 하는지 물어보라. –한바다

* 어려운 상황을 우주의 흐름에 맡길 때 우리는 마음의 평화를 발견할 수 있다. 자기 혼자서 모든 것을 처리하려던 고집을 버리고 거대한 우주를 자신의 등대로 삼을 때, 우리는 엄청난 짐을 덜고 자유를 누릴 수 있다. –앨런 코헨

* 결심하기에 따라서 무엇이든 이룰 수 있다. 풀지 못할 문제 따위는 없다고 믿자. 지금 겪는 어려움은 그저 당신의 성격이 어떤지, 실력이 어떤지를 시험하는 테스트일 뿐이라고 받아들여라. 도전으로 생각하면 지식과 지혜를 얻을 수 있는 기회가 될 것이다. –브라이언 트레이시

인내 · 고독

* 새벽이 없는 밤은 없다. -정병조

* 천천히, 그러나 끊임없이. -반 고흐

* 인내는 길들여진 열정이다. -라이먼 애벗

* 인내심은 최고의 자질이다. -제임스 러셀 로웰

* 인내는 희망을 품은 기술이다. -시루스

* 끝날 때까지는 끝난 게 아니다. -요기 베라

* 초심을 간직하고 뒷심을 발휘하라. -유명만

* 무지개가 보고 싶다면 비를 견뎌내야 한다. -돌리 파턴

* 위대한 작품은 힘이 아니라 끈기로 완성된다. -새뮤얼 존슨

* 끈기는 탁월함을 가늠하는 지표, 위대함을 알아보는 시금석이다. -짐 트레슬

* 난처한 일을 당해 어렵거든 참고 견뎌라. 인내야말로 기쁨의 열쇠다. -루미

* 버릴 수 있는 용기가 얻을 수 있는 기회를 가져온다. -유영만

* 끝없이 노력하고, 끝없이 인내하고, 끝없이 겸손하자. –비(정지훈)

* 우리 몫의 밤을 견디면, 우리 몫의 아침이 온다. –에밀리 디킨슨

* 모든 것이 끝났다고 여겨지는 순간이 있기 마련이다. 그때가 곧 시작이다. –루이 라무르

* 파도는 계속 밀려온다. 하지만 계속 헤엄치다 보면 언젠가는 섬에 도착할 수 있다. –비(정지훈)

* 지옥을 걷고 있다면, 계속해서 걸어가라. –처칠

* 진정한 승리의 본질은 지속성에 있다. –앤서니 라빈스

* 천재는 대단한 인내력을 지닌 사람일 뿐이다. –드 뷔퐁

* 승리는 가장 끈기 있는 자에게 돌아온다. –나폴레옹

* 인내의 비결은 틈틈이 다른 어떤 것을 하는 것이다. –작자 미상

* 인내란 소극적이고 무기력한 것이 아니라 적극적이고 강렬한 것이다. –이소룡

* 석 자 두께로 얼음이 얼려면 하루의 추위로는 되지 않는다. –중국 속담

* 챔피언이란 정말 일어날 수 없을 때, 다시 일어나는 사람을 말한다. –잭 뎀프시

* 황금은 단련을 두려워하지 않고, 진리는 궤변을 두려워하지 않는다. –중국 속담

* 행복은 몸에게는 축복이다. 그러나 마음의 힘을 강하게 만드는 것은 슬픔이다.
–마르셀 프루스트

* 열정과 끈기는 보통 사람을 특출하게 만들고, 무관심과 무기력은 비범한 이를 보통 사람으로 만든다. –와드

* 인생은 우리 마음대로 되지 않는다. 제 마음대로 굴러간다. 그것을 어떻게 극복하느냐가 차이를 만들어 낸다. –버지니아 사티어

* 목표를 이루겠다는 각오가 얼마나 단단한지, 절박한지 보기 위해 우주는 우리를 시험한다. 조금만, 조금만 참고 견디면 된다. –앤드루 토마스

* 끈기는 성공의 위대한 비결이다. 만일 끝까지 큰 소리로 문을 두드린다면, 당신은 분명 어떤 사람을 깨우게 될 것이다. –헨리 워즈워스 롱펠로

* 천천히 조급하지 않게 걷는 자에게 이르지 못할 먼 길은 없으며, 끈기 있게 준비하는 자에게 얻지 못할 이득은 없다. –장 드 라브뤼에르

* 더 이상 방법이 없다고 생각하지 마라! 스스로 벼랑 끝에 서라! 그래야만 비로소 새로운 바람이 불 것이다. –마쓰시타 고노스케

* 인생에서 실패한 사람 중 다수는 성공을 목전에 두고도 모른 채 포기한 이들이다.
–토머스 에디슨

* 절망하지 마라. 종종 열쇠 꾸러미의 마지막 열쇠가 자물쇠를 연다. –체스터 필드

* 성공을 위한 세 가지 열쇠. 첫째도, 둘째도, 셋째도 끈기다. 힘과 능력이란 매일 매일

의 연습을 통해서만 창출되고 유지되는 것이다. 끊임없이 노력하라. –이소룡

* 씨앗을 뿌리고 나면 아무 변화도 보이지 않는 시기가 있다. 그렇지만 씨앗은 땅 밑에서 계속 성장하고 있다. –나비 살레

* 모든 재능은 시간의 시험을 거쳐야 완성된다. –박범신

* 다이아몬드는 한 줌의 석탄 덩어리가 오랜 세월과 압력을 견뎌 낸 결과이다. –말콤 포브스

* 흠 없는 조약돌보다는 흠 있는 금강석이 더 나으니라! –작자 미상

* 옷이 추위로부터 우리를 보호해 주듯, 인내는 잘못된 것들로부터 우리를 보호해 준다. –레오나르도 다빈치

* 능히 참을 수 없는 일을 참고, 포용하지 못하는 일을 포용함은 오직 식견과 기량이 보통 사람보다 뛰어난 사람만이 가능하다. –정이

* 올바른 방향을 향하고 있다면 할 일은 계속 걷는 것뿐이다. –불교 격언

* 백 리를 가려는 사람은 구십 리를 절반으로 생각한다. –중국 격언

* 천천히 가는 것을 두려워하지 말라. 두려운 것은 가다가 멈춰 서는 것이다. –중국 격언

* 세상에서 가장 쉬운 일은 힘들 때 포기하는 것이다. 세상에서 가장 어려운 일은 힘들 때 포기하지 않는 것이다. –작자 미상

* 지속적인 노력과 실패의 반복은 천재에 이르기 위한 디딤돌이다. –엘버트 허버드

* 힘보다는 인내심으로 더 많은 일을 이룰 수 있다. –에드먼드 버크

* 힘들고 어려울 때 울면 3류. 참으면 2류, 웃으면 1류다. –작자 미상

* 승리는 언제나 싸움에서 물러서지 않는 자에게 돌아간다. –작자 미상

* 나는 천천히 가는 사람이다. 하지만 뒤로는 가지 않는다. –에이브러햄 링컨

* 인내는 단지 기다리는 것이 아니다. 진정한 인내는 앞을 내다볼 줄 알고 살아가는 일이다. 가시를 보고 피어날 장미를 아는 것이고, 어둠을 보고 떠오르는 보름달을 아는 것이다. –류시화

* 참을성이 적은 사람은 그만큼 삶에 약한 사람이다. 겨울을 참고 기다린 나무가 봄에 새순을 틔우듯, 참고 기다리는 힘이 없으면 광명을 얻기 힘들다. –버트런드 러셀

* 세상에서 가장 중요한 일들 대부분은 아무도 도와주지 않을 때에도 계속 노력한 사람들에 의해 이루어졌다. –데일 카네기

* 오늘은 힘들고 내일은 더 힘들 수도 있지만, 모레에는 좋은 일이 생길 것이다. 그런데 많은 사람들이 내일 죽어버리는 바람에 모레의 태양을 보지 못한다. –마윈

* 나이 앞에서 주눅 들지 말고, 속도에 연연하지도 말고 가고자 하는 그 길을 가자. 빨리 가는 게 아니라 멀리 그리고 오래 가는 게 중요하다. –김이율

* 천재는 단지 인내하는 습관을 기른 사람일 뿐이다. 참다 보면 마법 같은 일이 일어난다. 그 어느 역경과 장애물도 인내력 앞에서는 사라진다. –할 어반

* 인생이 당신을 좌절시키도록 내버려두지 말라. 현재 무엇인가 이룬 사람은 누구나 지금보다 못한 곳에서 시작했다. –리처드 루이스 에번스

* 실망은 아무나 하는 게 아니다. 실망은 죽기 살기로 해본 떳떳한 사람만이 그 끝에서 하는 것이다. 그리고 실망할 자격이 없다는 건, 아이러니하게도 아직 우리에게 희망이 남아 있다는 증거다. 아직 나는 그렇게 해본 적이 없기 때문이다. –김창옥

* 냉엄한 현실을 직시하면서 '우리는 결코 포기하지 않을 것이다. 결코 굴복하지 않을 것이다. 오랜 시간이 걸릴지 모르겠지만, 우리는 승리할 수 있는 방법을 찾아낼 것이다.' 라고 말할 때 가슴이 벅차오를 것이다. –짐 콜린스

* 이 세상에 끈기를 대신할 것은 아무것도 없다. 재능도 아니다. 재능은 있지만 성공하지 못한 사람들은 흔해 빠졌다. 천재도 아니다. 천재가 별다른 업적을 남기지 못한다는 사실은 이미 정평이 나 있다. 교육도 아니다. 이 세상에는 태만한 지식인들로 가득하다. 오로지 끈기와 결의만 있으면 무슨 일이든 할 수 있다. –캘빈 쿨리지

* 고독은 모두 뛰어난 인물의 운명이다. –쇼펜하우어

* 고독이 없으면 자기 응시의 시간을 가질 수 없다. –작자 미상

* 우주가 얼마나 큰지를 가르쳐주는 것은 거대한 고독뿐이다. –알베르 카뮈

* 스스로 자기 자신의 친구가 될 수 없을 때 고독이 찾아온다. –바바 하리 다스

* 당신은 혼자 있어서 외로운 것이 아니라 혼자 있지 못해서 외로운 것이다. –마리엘라 자르토리우스

* 생각의 영역의 위대한 결정, 획기적인 발견과 문제 해결은 오로지 고독 속에서 일하는 개인에게만 가능한 것이다. –지그문트 프로이트

* 형제여, 사랑과 창조를 안고 고독을 헤쳐 나가면 된다. 언젠가 바른 평가를 받을 날이 올 것이다. 사람의 눈물과 함께 고독 속을 걸어가면 된다. 내가 사랑하는 것은 자신을 넘어선 무언가를 창조하려다가 멸망하는 사람이다. –프리드리히 니체

* 수양에는 '오래'가 비결이다. 아무 효과가 있는 것 같지 않아도 믿고, 그 하는 일을 유일의 소득으로 알고 그저 계속하는 것이 중요하다. 그것이 도다. 길 가는 밖에 길이 따로 있고 목적이 따로 있는 것이 아니다. 하는 그 마음, 그것이 곧 목적이요, 수단이요, 하는 자다. 구즉통(久卽通)이라, 오래 하면 뚫린다. –함석헌

CHAPTER

03

삶의 의미를 찾고 싶을 때

Chapter 03 | 삶의 의미를 찾고 싶을 때

삶의 목적을 모르면 어떻게 될까요? 삶의 목적을 모르면 삶의 의미를 잃게 됩니다. 삶의 의미를 잃게 되면 우리는 '의미 없는 삶'과 맞닥뜨리지 않을 수 없습니다. 삶을 '의미 없는 것'이라고 느끼는 순간 삶은 무미건조해지고, 빛을 잃게 되며, 핵심적인 동력을 잃게 됩니다. 이는 마치 방향키와 프로펠러가 없는 배와 같습니다. 때문에 삶의 의미를 잃을 때 방황은 필연적인 것이 됩니다.

우리는 '의미 없는 삶'이 아니라 '의미 있는 삶'을 살기 위해, 반드시 삶의 목적과 가치를 깊이 탐구해야 할 것입니다. 그래서 가장 의미 있는 삶이 무엇인지를 알아야 하고, 어떻게 해야 그러한 삶을 살 수 있을지를 고민하며 진정 후회 없는 뜻깊은 삶을 살아야 할 것입니다.

하늘 아래 모든 사람에겐 저마다 삶의 목적과 소명이 있을 것입니다. 이유 없이 이 세상에 태어난 사람은 단 한 사람도 없을 테니까요. 우리는 모두 자신에게 주어진 삶의 목적과 소명을 찾아야 합니다. 이유를 모르고 하는 일에는 흥미와 가치를 찾을 수 없듯이, 이유를 모른 채 사는 삶 또한 흥미와 가치를 찾기 어려울 것이기 때문입니다.

의미를 찾지 못하는 것은 삶의 빛을 잃어버리는 일입니다. 자신의 인생을 뜻깊고 아름다운 의미로 가득 채우는 것은 누구에게나 주어진 더없이 소중한 삶의 소명일 것입니다. 부디 이 장의 아포리즘을 통해 길이 꺼지지 않는 삶의 빛을 찾아 보시기 바랍니다.

의 미

* 고귀한 삶 이면에는 그 삶을 만들어 준 원칙이 있다. –조지 H. 로리머

* 사람은 자신에게 진정 의미 있는 일을 할 때 진실로 살아있다고 할 수 있다.
–어니 J. 젤린스키

* 인생에서 가장 중요한 날이 이틀 있는데, 첫 번째 날은 내가 태어난 날이고, 두 번째 날은 내가 이 세상에 왜 태어났는지 그 이유를 알게 되는 날이다. –마크 트웨인

* 그대는 아직 살아 있는가? 무슨 까닭으로? 무엇을 위해? 무엇으로서? 어디로? 어디에서? 어떻게? –니체

* 깨어 있는 것이 살아 있는 것이다. –H. D. 도로우

* 우리가 삶에 대해 생각하는 방식을 바꾸면, 삶을 체험하는 방식도 바뀐다.
–마리안느 윌리암슨

* 우리 삶의 목적은 우리 안에 있는 최상의 것이 태어나게 하는 것이다.
–마리안느 윌리암슨

* 삶의 목적은 사랑을 이해하는 것이다. 그 사랑 안에서 존재의 진정한 가치를 알아내

는 것이다. –신상훈

* 단 한 사람밖에 없는 자신을, 단 한 번밖에 없는 일생을 진심을 다해 살지 않는다면 인간으로 태어난 보람이 없지 않을까. –야마모토 유조

* 우리 스스로 의미를 부여하지 않으면 우리 인생 자체는 아무 의미가 없다. 인간의 경이로운 점 중 하나는 어떤 사건에 의미를 부여할 수도 있고, 의미를 박탈하거나 전환할 수도 있는 능력을 가지고 있다는 것이다. –앤서니 라빈스

* 우리가 이 세상에 머무는 기간이 너무도 짧은 것은 분명한데, 적어도 즐겁게 살아야 하지 않겠는가. 요컨대 나의 삶이다. 내가 원하는 대로 살자. –웨인 다이어

* 삶을 두려워 말라. 삶은 살아볼 만한 가치가 있는 것이라고 믿으라. 그 믿음이 가치 있는 삶을 창조하도록 도와줄 것이다. –로버트 슐러

* 우리가 한때 즐겁게 했던 일들은 결코 사라지지 않는다. 우리가 깊이 사랑하는 모든 것들은 우리의 일부분이 된다. –헬렌 켈러

* 인생이란 재미없고 밋밋한 속에서 빛나고 아름다운 것을 찾아나가는 과정이 아니라, 그 재미없고 밋밋한 것이 실상은 가장 빛나고 아름다운 것이라는 걸 깨달아 가는 과정이 아닐까? –이진경

* 가장 빛나는 별은 아직 발견되지 않은 별이고, 당신 인생 최고의 날은 아직 살지 않은 날들이다. 스스로에게 길을 묻고 스스로 길을 찾아라. –토마스 바샵

* 사람은 그가 무엇을 갈망하는가에 따라 어떤 사람인가가 판별된다. –찰스 스펄전

* 자신이 될 수 있는 존재가 되길 희망하는 것이 삶의 목적이다. –신시아 오지크

* 내가 세상에 태어난 이유는 나 아니면 할 수 없는 일 하나가 세상에 있기 때문이다.
–아이다 미츠오

* 삶을 다 사용하지 않은 채 무덤으로 들어가지 말자. –보비 보우든

* 지금 이 인생을 다시 한번 완전히 똑같이 살아도 좋겠다는 마음으로 살아가자. –니체

* 인생은 위대한 예술이다. 산다는 것은 자신을 예술작품으로 만들어 내는 것이다.
–도스토예프스키

* 인간 생애의 최고의 날은 자기의 사명을 자각하는 날이다. –칼 힐더

* 만약 한마디로 삶의 정의를 내려야 한다면 '삶은 창조다' 라고 말할 것이다.
–클로드 베르나르

* 나는 완전히 쓰이고 나서 죽고 싶다. 내가 열심히 일할수록 나는 더 많이 사는 것이기 때문이다. –조지 버나드 쇼

* 무엇으로 기억되고 싶은지 스스로에게 끊임없이 물어라. –피터 드러커

* 덕 있는 사람이란 자기 인생의 의의를 이해하고 있는 사람이다. –톨스토이

* 사랑은 자기 인생의 참 의미를 깨닫지 못하는 사람에게는 다가오지 않는다. –톨스토이

* 인생은 의미와 목적을 가짐으로써 더 풍요로워진다. 자신이 확고하게 여기는 목적을

위해 힘쓰는 것, 그것을 위해 철저히 자신을 불사르는 것, 이것이 삶의 진정한 기쁨이다. –할 어반

* 모든 사람이 죽기 전에 자신이 왜, 어디서, 어디로 가고 있는지 알기 위해 노력해야 한다. –제임스 서버

* 최종적으로 우리는 우리가 구현하고 있는 본질만을 가치 있는 것으로 여긴다. 그 본질을 구현할 수 없는 삶은 낭비된 삶이다. –카를 융

* 우리의 가장 큰 욕구는 자신 안에 있는 더 깊은 진실에 충실함으로써 삶을 신성하게 만들고자 하는 것이다. –크리스토퍼 프리맨틀

* 거의 모든 세상이 잠들어 있다. 당신이 알고, 보고, 말하는 모두가. 단지 몇몇 사람들만이 깨어있으며, 그들은 계속되는 엄청난 경이로움 속에 살고 있다. –영화 「볼케이노」에서

* 경이로움과 경외감에 빠져들지 못하는 사람은 죽은 것이나 다름없고 맹인이나 마찬가지다. –아인슈타인

* 세간은 모순덩어리다. 올바른 눈을 갖지 않았다고 할 수도 있다. 문제는 어떻게 그 모순을 꿰뚫고 크게 뛰어넘어, 흔들리지 않는 자신을 완성하느냐에 달렸다. –이케다 다이사쿠

* 인생은 무엇을 하고 살아야 하는가? 생의 마지막 순간에 간절히 원하게 될 것을 지금 하라. –엘리자베스 퀴블러 로스

* 오만 가지 일을 하더라도 사랑하지 않으면 헛일이고, 온 세상을 다 쥐어도 사랑받지 못하면 빈손이다. –조정민

* 그것이 우리에게 운명의 따뜻한 손에 의해 주어지는 것이든, 차가운 손에 의해 주어지는 것이든, 인생의 한순간 한순간을 가능한 한 최상의 것이 되게 하는 것이 바로 삶의 예술이며, 이성적 존재자의 진정한 특권이다. –리히텐베르크

* 죽음이 찾아오기 전에 당신의 생명을 의미 있는 뭔가로 만들어라. 당신은 쓸데없이 태어난 것이 아니다. 당신은 무엇을 위하여 태어났는지 발견하라. 당신은 우연히 태어난 것이 아니다. 명심하라. –베르나르 베르베르

* 단지 단 하나의 목표에 목숨을 걸고 정진하는 인간은 정말 아름답고 훌륭하다. 그런 인간은 진정으로 숭고하게 보인다. –최배달

* 사람의 품격은 그가 무엇에 가치를 두는가에 따라 결정된다. –아우렐리우스

* 가치 있는 행동을 하지 아니한 날, 그날은 잃어버린 날이다. –자콥 보바트

* 우리는 뭔가 생산하기 위해서가 아니라 시간에 가치를 더해주기 위해서 일한다.
–외젠 들라크루아

* 마침내 나는 살아야 할 유일한 이유가 삶을 즐기는 데 있음을 알았다. –리타 메이 브라운

* 우리가 살고 있는 이 세상에 대한 의미 있고 믿을 만한 이야기가 없다면, 우리는 인생의 큰 그림을 그릴 수가 없다. 그리고 큰 그림이 없이 살아간다면 우리는 언제까지나 소인배일 수밖에 없다. –조엘 프리맥

* 나는 일상생활에서는 외톨이지만, 진 · 선 · 미를 위해 노력하는 사람 중 한 명이라는 의식 덕분에 고립감을 느끼지 않고 지낸다. –아인슈타인

※ 사람은 자기가 중요하게 여기는 가치에 따르는 삶을 실현할 때 가장 당당해지고 강해진다. –김보은

※ 내일 무엇을 해야 할지 모르는 사람은 불행하다. –고리키

※ 훌륭한 인생은 높은 정신수련에서 나온다. –발타자르 그라시안

※ 당신이 어디에 있는가가 중요한 것이 아니라, 거기에 도착했을 때 당신이 어떤 사람인지가 중요하다. –세네카

※ 자신이 항해해야 할 항구를 모른다면 어떤 바람도 도와주지 않는다. –세네카

※ 삶을 바라보는 인간의 방식이 그의 운명을 결정한다. –알베르트 슈바이처

※ 위대한 꿈을 가진 사람은 큰 문제와 싸운다. 인격의 크기는 바로 그가 붙들고 씨름하는 비전의 크기이다. 그래서 도전적이고 열정적인 사람은 자신의 생애를 걸 수 있는 큰 문제를 붙든다. –황성주

※ 짧은 인생도 아름다운 생활을 하는 데는 충분할 정도로 길다. –마르쿠스 툴리우스 키케로

※ 인생의 목적은 자기 계발이다. 자신의 본성을 완벽하게 실현하는 것, 바로 그 목적을 위해 우리 모두 여기에 존재한다. –오스카 와일드

※ 나는 안락함이나 행복을 인생의 목적이라고 생각해 본 적이 없다. 나는 이것을 '돼지 사육사의 이상'이라고 부른다. –아인슈타인

※ 물질적 풍요를 추구하는 마음을 비워야만 비로소 의미 있고 조화로운 인생을 보낼 수

있다. 우리는 정신적 가치를 높이는 것을 목표로 살아가야 한다. -아인슈타인

* 나는 어제보다 덜 똑똑한 사람은 높이 평가하지 않는다. -에이브러햄 링컨

* 인생은 그 목적으로서 가치 있는 것을 지녔을 때만 가치 있다. -헤겔

* 인생의 목적은 행복하게 되는 것이 아니라 가치 있는 사람이 되는 것, 최선을 다하는 사람이 되는 것, 쓸모 있는 사람이 되는 것, 그리고 남다른 사람이 되는 것이다. -레오 로스텐

* 세상을 살아가는 방법에는 두 가지가 있다. 기적이란 없다고 믿고 사는 것과 어디에나 기적이 존재한다고 믿고 사는 것, 나는 후자의 삶을 선택하기로 했다. -아인슈타인

* 진정한 삶의 길을 찾으려면 두 번 여행해야 한다. 첫 번째 여행은 나 자신을 잃는 것이고, 두 번째 여행은 나 자신을 발견하는 일이다. -스튜어트 에이버리 골드

* 피아노로 시끄러운 소음밖에 내지 못하는 이가 있는가 하면, 감동스러운 음악을 연주하는 이도 있다. 그렇다고 피아노가 잘못되었다고 말하는 사람은 아무도 없다. 인생도 마찬가지다. -정호승

* 인간이 멋진 인생을 보내기 위해서는 어떻게 하면 좋은가? "인내할 것, 밝게 살 것, 사랑할 것, 봉사할 것!" -이이다 후미히코

* 당신이 정말 불행할 때, 세상에는 당신이 해야 할 일이 있다는 것을 믿어야 한다. 당신이 타인의 고통을 덜어줄 수 있는 한, 삶은 헛되지 않다. -헬렌 켈러

* 하루하루를 신중하게 살자! 아름다운 것을 많이 발견하는 사람이 바로 아름다운 사람이다. -이케다 다이사쿠

* 우리는 인생을 가치 있는 행동과 감정, 위대한 사상과 진실한 애정, 그리고 영구적인 일에 바쳐야만 한다. 인생은 시시하게 살기에는 너무도 짧다. –앙드레 말로

* 자신과 타인의 인생에서 삶의 의미를 찾지 못하는 사람은 불행할 뿐만 아니라 살아가는 데에도 적합하지 않다. –아인슈타인

* 어떤 일에 있어서 위대함과 평범함의 차이는 바로 자기 자신을 매일 재창조할 수 있는 상상력과 열망을 갖고 있느냐 하는 것이다. –톰 피터스

* 삶에서 가치 있는 것은 무엇이든 오직 나눌 때에만 증가해 간다. –디팩 초프라

* 성공하기 위해서가 아닌, 진정으로 가치 있는 사람이 되기 위해 노력하는 것이 중요하다. –아인슈타인

* '왜' 살아야 하는지 아는 사람은 그 '어떤' 상황이라도 견딜 수 있다. –니체

* 우울이란 인간이 자신의 삶 속에서 참된 의미를 찾지 못할 때 마음에서 일어나는 증상이다. –톨스토이

* 중요한 사람이 된다는 것은 좋은 일이지만, 그보다 더 중요한 것은 좋은 사람이 되는 것이다. –켄터키 주에 있는 어느 교회 게시판에서

* 이 세상에서의 짧은 기간 동안 우리는 영원한 인생의 법칙을 추구하며 살아야 한다. –헨리 데이비드 소로우

* 오래 사는 것보다 잘 사는 것이 중요하다. 인간의 삶은 숫자로 가늠할 수 있는 것이 아니므로. –기욤 드 살뤼스트 뒤 바르타

* 사랑만큼 우리에게 만족을 가져다주는 기술은 없다. 이는 마르지 않는 사랑의 근원을 찾아내어 일상에서 드러내는 것이다. 인생의 유일한 목표는 사랑의 문을 활짝 열어줄 내면의 진정한 '나'를 찾아가는 것이다. –에크낫 이스워런

* 내가 아직 살아있는 동안에는 나로 하여금 헛되이 살지 않게 하라. –에머슨

* 무언가를 위해 목숨을 버릴 각오가 되어 있지 않는 한, 그것이 삶의 목표라는 어떤 확신도 가질 수 없다. –체 게바라

* 성공하는 삶을 살기 위해서는 초지일관하는 능력을 길러야 한다. 위대한 사람들은 평생 한 가지 욕망을 가지고 처음부터 끝까지 밀고 나갔다. 마무리가 멋진 인생이 멋진 인생이다. –에크낫 이스워런

* 사치는 가난이나 마찬가지로 악덕이다. 우리들의 목표는 풍부하게 소유하는 데 있는 것이 아니고 풍성하게 존재하는 것이어야 한다. –마르크스

* 부자 따위에는 관심이 없다. 잠자리에 들 때 "놀라운 일을 해냈어."라고 말할 수 있는 것이 중요하다. –스티브 잡스

* 지구에서 가장 위대한 꿈 나의 자녀여, 너에게 믿고 맡기나니, 너는 인류의 씨앗이자, 희망이자, 세상의 미래다. –트란 둑 우엔

* 좁고 꼬불꼬불하더라도 사랑과 존경으로 걸을 수 있는 길을 추구하라.
–헨리 데이비드 소로우

* 사람은 이 세상에 올 때 하나의 씨앗을 지니고 온다. 그 씨앗을 제대로 움트게 하려면 자신에게 알맞은 땅을 만나야 한다. 당신은 지금 어떤 땅에서 어떤 삶을 이루고 있는지

순간순간 물어야 한다. –법정

* 우리가 생각해야 할 것은 우리가 얼마나 값진 존재인지가 아니라, 어떻게 하면 값진 존재가 되느냐다. –F. 스콧 피츠제럴드

* 가장 고귀한 선택이란 자신에게 가장 좋은 것, 즉 자신을 위한 최고의 선을 만들어 내는 것이다. –닐 도날드 월쉬

* 당신이 사랑에 뒷받침된 행동을 선택할 때 당신은 생존 이상을 하게 될 것이고, 이기는 것 이상을 하게 될 것이며, 성공 이상을 하게 될 것이다. –닐 도날드 월쉬

* 그대 삶의 목적은 그대가 누구인지에 대해 그대가 지금껏 지니고 있던 가장 위대한 비전에 대해 다음번의 가장 장대한 버전으로 그대 자신을 새롭게 재창조하는 것이다. –닐 도날드 월쉬

* 나는 어떤 것도 경멸하지 않는다. 나한테는 그 어떤 것도 불쾌하지 않다. 그것이 삶이며, 삶은 선물이자 형언할 수 없는 보물이요, 신성한 것들 중의 신성함이다. –닐 도날드 월쉬

* 삶의 본질은 사랑이다. 우리가 이 세상에서 이룰 수 있는 가장 위대한 일은 그 사랑을 받아들이는 것이다. 우주의 위대한 선물을 받아들일 때 우리는 능히 그것을 남에게 베풀 수 있다. –앨런 코헨

* 사람이 죽을 때 붙잡을 수 있는 것이라곤 그가 생전에 아낌없이 준 것뿐이다. –장 자크 루소

* 인생의 정수는 당신이 진정으로 사랑하는 것을 찾고 일상의 경험을 가치 있게 만드는

것이다. –데니스 웨이틀리

* 세상 하직할 때는 나눔, 알게 모르게 쌓은 음덕, 이것만이 내생에의 잔고로 남는다. –법정

* 살아가는 동안에 생각하며 사느냐, 생각 없이 사느냐에 따라 삶의 결과는 엄청나게 달라진다. 죽음이 찾아오기 전에 자신의 생명을 의미 있는 무언가로 만들어라. 쓸데없이, 우연히 태어난 것이 아니라 당신은 완성을 위해 태어났다. 무엇을 위해 태어났는지를 발견하라. –작자 미상

* 당신의 심장과 영혼과 신념과 끈기로 길을 개척하라. 우리 모두는 아직 쓰이지 않은 한 권의 책이다. 이왕이면 당신의 책을 모두의 가슴을 울리는 명작으로 만들어야 하지 않겠는가? –김애리

* 목숨은 영원하지 않다. 그렇기에 무엇에 목숨을 사용하느냐가 중요하다. 인간을 키우는 일은 최고로 소중한 일이다. –이케다 다이사쿠

* 만족하게 살고, 때때로 웃으며 많은 사람을 사랑한 삶이 성공한다. –A. J. 스탠리

* 온전히 인간다워진다는 것, 이것은 우리에게 성장과 자신의 한계를 시험할 것을 요구하는 하나의 위대한 모험이다. –신디

* 지성의 인생은 자기 자신의 작품이어야 한다. 진정한 우월함은 다 여기에 있다. –가브리엘 단눈치오

* 돈을 위해서가 아니라, 사람들의 행복을 위해 일할 때 성공한 삶이라 할 수 있다. –법륜

* 삶이 짧아도 영원을 사는 것. 영원이란 '끝도 없이' 가 아니라 '지금 완전히' 사는 것이다. -박노해

* 짧지 않은 시간 동안 "당신은 무엇을 하셨습니까?" 라고 물어본다면 나는 이렇게 말하겠다. 삶이라는 원석이 스토리라는 보석이 되도록 나에게 주어진 하루를 빛나게 살았다. -최에스더

* 재미없는 의미는 견딜 수 없는 답답함이고, 의미 없는 재미는 참을 수 없는 가벼움이다. 의미를 심장에 꽂아야 의미심장해진다. 체화시킨 메시지와 체험적 스토리만이 재미와 더불어 의미심장하다. -유영만

* 자신이 있을 곳을 찾아라. 그리고 가진 것에 만족하고 행복해하라. 모든 사람들을 잘 대우하라. 좋은 삶을 살아라. 인생은 물질에 관한 것이 아니다. 사랑에 관한 것이다. 그리고 사랑이 어디에서 찾아올지는 아무도 모른다. -비키 마이런

* 외면적 문제는 일단 젖혀두고, 인생을 어떻게 더 잘 보낼 것인가 하는 단 하나의, 진정으로 인간에게 필요한 내면적 문제를 자신에게 제기한다면, 외면적 문제도 모두 최선의 해결책을 찾을 수 있을 것이다. -톨스토이

* 우리는 많이 소유하는 것이 아니라, 풍요롭게 존재하는 것을 목표로 해야 한다. 만약 나의 소유가 나의 존재라면, 나의 소유를 잃을 경우 나는 어떤 존재인가? '존재하기' 위해서 우리는 자기중심주의와 아집을 버려야 하며, 신비주의자들의 표현을 빌리자면 마음을 '가난하게' 하고 '텅 비워야' 한다. -에리히 프롬

소 명

* 인생의 목적은 목적 있는 삶이다. –로버트 번

* 난 내 영혼의 소명에 따라 시간을 제대로 보낼 수 있게 해달라고 신께 기도를 드린다. –앨런 코헨

* 진실한 삶이란 다른 사람을 위해 사는 것이다. 모두가 이웃을 돕는다면 도움을 받지 못하는 사람이 없을 것이다. –이소룡

* 개인적 고통에서 면제된 사람은 누구나 다른 사람들의 고통을 덜어주는 소명을 받았다고 여겨야 한다. –알베르트 슈바이처

* 뛰어난 사람들은 한 가지 공통점을 가지고 있다. 그것은 바로 절대적인 사명감이다. –지그 지글러

* 가장 중요한 문제는 '내가 목숨을 걸고 살 수 있는 어떤 이상, 어떤 가치' 를 찾아내는 데 있다. 그것은 한 마디로 '어떻게 살 것인가' 이다. –키르케고르

* 세상을 위해 크게 공헌할 방법은 사람들에게 의미 있는 일을 제공하여 그들의 생활을 간접적으로 도와주는 것이다. –아인슈타인

* 자기 마음이 바뀌어 사명감이 바뀌면 모든 것이 바뀐다. 남을 위해 행동하는 데에 가장 빛나는 생명의 궤도가 있다. –이케다 다이사쿠

* 우리가 하는 일의 열매는 다른 사람의 나무에서 열린다. –작자 미상

* 무엇을 하느냐보다 무엇이 되느냐가 더 중요하다. 먼저 좋은 나무가 되면 좋은 열매는 절로 맺게 되는 법이다. –작자 미상

* 생을 다 살고 나서 지난 일들을 되돌아볼 때, 내가 그 순간들에 한쪽 다리만 걸치고 있었던 것이 아니라 온전히 나 자신을 바치기 위해 최선을 다했음을 느낄 수 있기 바란다. –엘리자베스 퀴블러 로스

* 우리 선인들의 미래가 곧 우리의 오늘이다. 나의 오늘을 위해 선인들이 사과나무를 심어 놓았듯이, 우리도 다음 세대들을 위해 사과나무를 심어야 할 것이다. 그것이 영원히 사는 비결이다. –게오르규

* 베풂이 있는 곳에 사랑이 있고, 섬김이 있는 곳에 겸손이 있고, 나눔이 있는 곳에 희망이 있다. 이웃이 겪는 고난의 깊은 뜻은 나 대신 겪는 고난이고 나를 깨우는 고난이다. –조정민

* 만일 "인간은 무엇인가? 착한 일을 할 수 있는 한 스스로 인생을 포기해서는 안 된다."라는 글을 내가 읽지 않았다면, 나는 이미 이 세상 사람이 아니었을 것이다. –베토벤

* 세상에서 두각을 나타내는 것보다 더 높은 야망이 있다. 그것은 아래를 내려다보면서 인류를 조금 더 높이 끌어올리는 것이다. –헨리 반 다이크

* 먹는 것이 남는 거라 한다. 하지만 남길 것이 어디 먹는 것뿐이겠는가? 진정 잘 살았다면 보람과 감동을 남겨야 하지 않겠는가? –장길섭

* 아마 이야기에는 세 가지 종류가 있을 것이다. 사는 이야기, 들려주는 이야기, 그리고 보다 큰 빛을 향해 우리 영혼이 높이 오를 수 있도록 도움을 주는 이야기. –벤 오크리

* 그대가 값진 삶을 살고 싶다면 날마다 아침에 눈을 뜨는 순간 이렇게 생각하라. '오늘은 단 한 사람을 위해서라도 좋으니 누군가 기뻐할 만한 일을 하고 싶다.' 라고! –니체

* 누군가의 인생에 근본적인 변화를 일으키는 것보다 더 큰 기쁨이나 보상은 없다.
–매리 로즈 맥게디

* 어떤 업무든 그것이 사랑에 바쳐지는 한, 목회가 될 수 있다. 당신의 경력은 신이 써 내려가는 빈 화폭이다. –마리안느 윌리암슨

* 여기 길이 없다면 당신이 새 길을 내라는 뜻이다. 지금 희망이 없다면 당신이 희망의 메시지가 되라는 사인이다. 이 시대가 요구하는 인물이 없다면 당신이 인물 되라는 부름이다. –조정민

* 어떤 사람은 우리 삶 속으로 들어와 잠시 머물다 그냥 떠나지만, 어떤 사람은 잠시 머무는 동안 우리 삶을 크게 변화시키는 아름다운 발자국을 가슴속에 남기고 떠난다.
–플라비아 위즈

* 나는 맨손의 진리와 무조건적인 사랑이 현실에서의 마지막 약속이라고 믿는다.
–마틴 루터 킹

* 우리는 최선을 다해 다른 이들에게 봉사해야 한다. 그것이 인간으로서의 숭고한 의무이다. 타인을 위해 사는 것이 진정 가치 있는 인생이다. –아인슈타인

* 정말로 가치 있는 것은 야망이나 의무감이 아닌, 인간에 대한 애정과 헌신에서 비롯된다. –아인슈타인

* 삶에 있어서 가장 중요한 질문은 "다른 사람을 위해 무엇을 하고 있습니까?"라는 질

문이다. –마틴 루터 킹

＊ 장의사마저도 우리의 죽음을 슬퍼해 줄 만큼 훌륭한 삶이 되도록 힘써야 한다. –마크 트웨인

＊ 나 태어날 때 나는 울고 내 주변 사람 모두가 웃었지만, 나 죽을 때 나는 웃고 내 주변 사람 모두가 우는 그런 삶을 살리라. –인디언 명언

＊ 당신의 외로움이 당신에게 박차를 가하여 인생을 바칠 만한, 그것을 위해 죽어도 좋을 만큼 훌륭한 어떤 것을 찾을 수 있도록 기도하라. –다그 함마르셸드

＊ 사람이 자신의 목숨을 버릴 가치가 있는 어떤 것을 삶 속에서 발견하지 못했다면 그는 살아 있다고 할 수 없다. –마틴 루터

＊ 나는 어디에 목숨을 걸고 있나? 목숨을 걸만한 일은 있는가? 아니 이렇게 물어보면 어떨까. 나는 목숨 걸고 일을 해본 적이 있는가? 목숨을 걸만한 그런 일을 찾아야 한다. 그러면 나는 그 분야에서 진짜가 될 수 있다. –작가 미상

＊ 과거, 현재, 미래에 걸쳐서 인간이 전 생애를 걸만한 일이 꼭 한 가지 있다. 그것은 사람들 사이의 사랑에 의한 마음의 교류이며, 그들과의 사이에 만들어진 장벽을 무너뜨리는 일이다. –톨스토이

＊ 평범함을 넘어선 모든 사람은 자신의 생각을 따른 사람들이다. 자신의 생각대로 살아볼 수 있는 제 세상 하나를 가진 자, 그들이 바로 평범함을 넘어 자신을 창조한 인물이다. –구본형

＊ '영웅' 이라는 말은 자기 삶을 자기보다 큰 것에 바친 사람을 일컫는 말이다. –조셉 캠벨

* 남을 위해 살 때만이 진정으로 자기를 위해 사는 것이다. 얼핏 이상하게 들릴 것이나, 한번 실천해 보라. 경험해 보면 믿게 될 것이다. –톨스토이

* 빛을 퍼뜨릴 수 있는 두 가지 방법이 있다. 자신이 촛불이 되거나 촛불을 비추는 거울이 되는 것이다. –이디스 워튼

* 우리는 얻는 것을 가지고 생계를 꾸린다. 하지만 우리가 주는 것은 우리의 삶이 된다. –아서 애시

* 진정한 성공이란 자신이 태어나기 전보다 이 세상을 조금이라도 더 살기 좋은 곳으로 만들어 놓고 떠나는 것이다. –에머슨

* 개인의 '존재 상태'는 그가 내어주려는 느낌과 다른 이에게 주고자 하는 마음과 비례한다. 우리가 오직 다른 이들을 위해서만 살 때 우리는 최고의 상태에 있는 것이다. –레스트 레븐슨

* 내가 바라는 것이 있다면, 내가 있음으로 해서 이 세상이 더 좋아졌다는 것을 보는 일이다. –에이브러햄 링컨

* 삶의 인식을 남을 위해 무엇을 해줄 수 있을지에 대한 관심으로 전환시킨다면, 우리는 자신의 발전을 축하하기 시작하면서 풍성한 축복도 누리게 될 것이다. –오프라 윈프리

* 이 세상에 다른 이의 짐을 덜어주는 데 쓸모없는 사람은 없다. –찰스 디킨스

* 사람은 훌륭한 목적, 특별한 프로젝트에 의해 고무될 때, 모든 생각의 한계가 사라진다. 공헌하려는 정신은 여러 가지 장애를 넘어서게 되고, 헌신하려는 의지는 사방으로 확대되고, 우리는 멋지고 훌륭한 신세계에 들어가게 된다. –파탄잘리

* 영혼이 하늘에 가면 신이 하는 두 가지 질문이 있는데, 대답에 따라 천국에 갈지, 지옥에 갈지 결정된대. 첫째는 '인생의 기쁨을 찾았는가?' 이고, 둘째는 '자신의 인생이 다른 사람의 인생을 기쁘게 했는가?' 래. -영화 『버킷리스트』에서

* 야망이나 단순한 의무감만으로는 진정 가치 있는 것은 생기지 않는다. 그것은 사람이나 어떤 대상에 대한 사랑과 헌신에서 생겨난다. -아인슈타인

* 우리의 짧고 덧없는 삶을 살 만한 것으로 만드는 건, 고립된 자신을 벗어나 손을 뻗어 서로에게서 그리고 서로를 위해서 힘과 위안과 온기를 발견하는 능력이다. -마사 베크

* 나는 사람들의 마음을 열어주어 그들이 깨닫지 못했던 것을 보게 해주는 사람으로 기억되고 싶다. -로저 엔리코

* 누군가를 변화시키는 일이 내 책임이자 유일한 즐거움이며, 그 어떤 명예보다 값지다. 세상 어느 곳에서나 빛을 발하는 사람이 되어라. 당신의 노력으로 분명 이 세상이 더욱 아름다워질 것이다. -멍화린

* 만일 세상에 있는 모든 사람이 당신 같은 사람이 된다면, 그리고 세상에 있는 모든 사람이 당신같이 산다면, 이 세상은 신이 준 낙원이 된다고 생각하는가. 그렇다면 먼저 당신은 그런 사람이 되어야 하고 또 그렇게 살아야 한다. -필립스 브룩스

* 한 개인이 사회적으로 얼마나 가치 있는 존재인지는 그 사람의 감정과 사고와 행동이 다른 이들에게 얼마나 도움이 되는지에 따라 결정된다. -아인슈타인

* 우리는 온 세상 사람들에게 사랑하는 법을 가르쳐 주기 위해 태어났다. 과거에 무슨 일을 겪었는지는 아무런 문제가 되지 않는다. 중요한 것은 당신이 어떤 사랑을 선택할 것인지, 세상에 공헌하고자 하는 분야에서 어떻게 그 사랑을 표현할 것인지 하는 것이

다. –작자 미상

* 나는 위대하고 고귀한 임무를 완수하게 되기를 열망하지만, 내 주된 의무는 작은 임무라도 위대하고 고귀한 임무인 듯 완수해 나가는 것이다. –헬렌 켈러

* 만약 거리의 청소부가 되는 것이 운명이라면, 라파엘이 그림을 그리듯이, 미켈란젤로가 대리석을 조각하듯이, 베토벤이 작곡을 하듯이, 셰익스피어가 시를 쓰듯 그렇게 거리를 청소해야 한다. –마틴 루터 킹 주니어

* 모든 위대한 사람의 발자취를 보라. 그들이 걸어온 길은 고난의 길이며 자기희생의 길이었다. 자기를 희생할 줄 아는 사람만이 위대해질 수 있다. –G. E. 레싱

* 인생은 짧은 촛불이 아니다. 그것은 다음 세대에게 넘겨주기 전에 찬란하게 불태우고 싶은 화려한 횃불이다. –조지 버나드 쇼

* 삶에서 중요한 것은 우리가 살았다는 단순한 사실이 아니다. 다른 사람들의 삶을 어떻게 변화시켰는지가 우리 삶의 의미를 결정할 것이다. –넬슨 만델라

* 한정된 인생. 이왕에 살 거라면 "저 사람처럼 살고 싶다!"라고 후세에 희망과 용기를 주는 인생을 살기 바란다. –이케다 다이사쿠

* 사람에게 소중한 것은 이 세상에서 '몇 년을 살았느냐'가 아니다. 이 세상에서 '얼마나 가치 있는 일을 하였느냐' 하는 것이다. –오 헨리

* 사람은 죽으면서 돈을 남기고 또 명성을 남기기도 한다. 그러나 가장 값진 것은 사회를 위해서 남기는 그 무엇이다. –유일한

* 자신의 내적 사명을 다하고 영혼을 섬기며 살아가는 일로, 우리는 스스로 가장 효과적인 형태로 사회생활의 개선에 봉사할 수 있게 된다. –톨스토이

* 젊은이에게 인생 최대의 목적을 성공이라고 가르치면 안 된다. 학업과 노동의 가장 중요한 동기는 배우거나 일하는 것에서 기쁨을 느끼고, 그 결과로서 사회에 공헌할 수 있다는 기대감을 주어야 한다. 교육자의 가장 중요한 임무는 학생을 격려하고 그런 의식을 갖게 하는 것이다. –아인슈타인

* 인간 속에 생명이 있는 한, 그는 자기를 완성하고 세계에 봉사하는 것이 가능하다. 하지만 그는 자신을 완성해야 비로소 세계에 봉사를 할 수 있으며, 세계에 봉사를 해야 비로소 자기를 완성시킬 수 있는 것이다. –톨스토이

* 모든 인간이 자유로워지기 전에는 누구도 자유로워질 수는 없다. 모든 사람이 도덕적이 되기 전에는 누구도 완전히 도덕적으로 될 수 없다. 모든 사람이 행복해질 때까지는 누구도 완전히 행복해질 수는 없다. –허버트 스펜서

CHAPTER

04

마음을 키우고 싶을 때

Chapter 04

마음을 키우고 싶을 때

삶의 시작과 끝은 마음에 있습니다. 우리는 오직 자신의 마음 안에서 살아갑니다. 마음이 내 세계의 실체이자 그 전부입니다. 내가 어디에 존재하든 내가 머무는 것은 내 마음속입니다. 사람은 한순간도 자신의 마음에서 벗어나지 않습니다. 마음이 모든 것의 기원이요, 그 끝입니다.

마음이 천국과 같으면 삶이 곧 천국이요, 마음이 지옥과 같으면 삶이 곧 지옥입니다. 삶과 마음은 마치 필름과 영상처럼 하나로 연결됩니다. 때문에 삶의 빛과 그림자를 바꾸려면 반드시 마음을 먼저 바꾸어야 합니다.

사람은 누구나 자신의 마음 크기만큼 살아갑니다. 그릇에 아무리 물을 많이 부어주어도 그릇의 크기 이상으로는 물이 담기지 않습니다. 그처럼 사람은 오직 자신의 그릇만큼만 성장하는 법입니다. 작은 연못 속의 물고기처럼, 마음이 작은 사람은 일생 자신의 작은 마음속에서 조금도 벗어나지 못하는 삶을 삽니다. 마음의 질량이 작은 사람은 결코 아름다운 삶을 살 수가 없습니다.

어떤 삶을 살고 싶으신지요? 어떤 내면을 가지고 싶으신지요? 어떤 깊이와 폭을 가진 이가 되고 싶으신지요? 아름다운 사람은 아름다운 마음을 가진 사람입니다. 건강하고 거룩한 삶은 건강하고 거룩한 마음에서 비롯된 것입니다. 삶의 모든 깊이와 폭은 마음의 깊이와 폭에서 비롯됩니다. 마음은 우리의 삶을 만드는 질료이자 거푸집입니다.

이 장의 아포리즘은 우리에게 내면의 심중한 가치를 일깨워 줄 것이며, 마음의 그릇을 키워주고 또 아름답게 해 줄 것입니다.

내 면

* 마음은 언행의 어머니다. –청담(靑潭)

* 다정한 마음만큼 매력적인 것은 없다. –제인 오스틴

* 가장 아름다운 세계는 언제나 상상을 통해 들어간다. –헬렌 켈러

* 만약 누군가의 마음이 순수해진다면, 그를 둘러싼 모든 것도 순수해지리라. –붓다

* 바다보다 더 장대한 것은 하늘이고, 하늘보다 더 장대한 것은 사람의 마음이다. –빅토르 위고

* 마음이라는 것은 그 자체가 하나의 세계다. 지옥을 천국으로 바꾸고, 천국을 지옥으로 바꿀 수 있는 것이다. –존 밀턴

* 인간은 운명의 포로가 아니라 단지 자기 마음속 포로일 뿐이다. –프랭클린 D. 루스벨트

* 이 세상에서 가장 고약한 감옥은 닫힌 마음이다. –교황 요한 바오르 2세

* 작은 사람에게는 큰마음이 들어갈 자리가 없다. –작자 미상

* 마음 그릇을 넉넉히 하라. 그릇 크기만큼 담게 된다. –이상헌

* 닫힌 마음은 죽어가는 마음이다. –에드너 퍼버

* 마음은 우산과 같다. 활짝 열렸을 때 가장 쓸모가 있다. –월터 그로핀스

* 진실한 사람의 마음은 언제나 평온하다. –셰익스피어

* 마음의 문을 여는 손잡이는 마음의 안쪽에만 달려있다. –게오르크 헤겔

* 마음이 다치면 마음이 닫힌다. 마음이 닫히면 마음도 다친다. –유영만

* 고귀한 생각이 동반된 사람은 절대 외롭지 않다. –존 플레처

* 세상을 큰마음으로 살아갈 때 세상사의 어려움에 초연해질 수 있는 법이다. –하석태

* 세상에서 가장 아름답고 소중한 것은 보이거나 만져지지 않는다. 단지 가슴으로 느낄 수 있을 뿐이다. –헬렌 켈러

* 우리를 선하게 만드는 것도 마음이고, 악하게 만드는 것도 마음이다. 행복하거나 슬프게 만드는 것도 그것이고, 부자나 가난뱅이로 만드는 것도 그것이다. –에드먼드 스펜서

* "어째서 우리는 자신의 마음에 귀를 기울여야 하는 거죠?" "그대의 마음이 가는 곳에 그대의 보물이 있기 때문이지." –『연금술사』에서

* 그대는 어떤 안경을 끼고 있는가? 그대가 가진 안경이 두려움이라면 모든 것은 두려움으로 다가올 것이다. 그대가 가진 안경이 사랑이라면 모든 것은 사랑으로 다가올 것이다. –신상훈

* 우리 세대의 가장 위대한 발견은 인간이 자신의 마음가짐을 바꿈으로써 삶을 바꿀 수 있다는 사실을 발견한 것이다. –윌리엄 제임스

* 우리 앞에 그리고 뒤에 놓인 것들은 우리 안에 들어 있는 것에 비하면 아주 사소한 것이다. –올리버 홈즈

* 마음은 낙하산과 같은 것이다. 그것은 열려야만 쓸모가 있는 것이다. –조셉 포트 뉴턴

* 인생을 살아가면서 나는 한 가지 분명한 사실을 알게 되었다. 열린 마음을 잃지 않는 것이 무엇보다 중요하다는 것이다. 열린 마음은 사람에게 가장 귀중한 재산이 된다. –마르틴 부버

* 내 정신이 깨어 있어야 한다. 깨어 있는 사람만이 자기 몫의 삶을 제대로 살 수 있다. –법정

* 인생은 거울과 같으니, 비친 것을 밖에서 들여다보기보다 먼저 자신의 내면을 살펴야 한다. –월리 페이머스 아모스

* 세상이라는 거울 안에는 자기 자신이 들어 있다. 내가 얼굴을 찡그리면 당연히 거울도 내게 찡그린 얼굴을 내보이는 법이다. –W. M. 데커레이

* 별들이 우리에게 들려준 이야기를 남한테 전하려면, 그것에 필요한 말이 우리 안에서 먼저 자라야 한다. –작자 미상

* 명심하라. 삶을 사랑한다면 마음을 닫아걸어야 할 것은 아무 데도 없다. 당신이 가슴을 닫아야 할 대상은 아무 데도, 아무것도 없다. –마이클 A. 싱어

* 우리는 기억해야 한다. 우리가 세상을 향한 마음의 문을 닫아버린다면 세상도 우리를 향해 열어 놓았던 아름다운 문을 닫아버린다는 사실을. –데이비드 커닝스

* 인생은 우리 삶에서 일어나는 여러 가지 일과 사건들로 만들어지는 것이 아니라 우리 마음속에서 끊임없이 솟아나는 생각들로 이루어진다. –마크 트웨인

* 사람은 언제나 한 생애의 사건의 역사를 기록하고 거기에 인생을 보는 듯 생각하지만, 그것은 옷에 불과하다. 인생은 내면적인 것이다. –로맹 롤랑

* 나만 생각하는 사람은 우리 속에 갇힌 사람이다. 내 것만 찾는 사람은 우리 속에 갇힌 사람이다. 우리 속에 갇혀서 넓은 세상으로 나가지 못하는 사람이다. –이규경

* 신적인 사랑, 완전한 사랑, 영원불변한 사랑을 그대에게 드린다면 그대는 어느 정도 크기의 그릇을 내밀 수가 있으신지요. –이외수

* 마음이 편협하면 다양한 관점에서 대상을 볼 수 없다. –조지 엘리엇

* 허물을 벗지 못하는 뱀은 죽는다. 관점을 바꾸지 못하는 마음도 마찬가지다. –니체

* 바리가 네모이면 물도 네모이고, 바리가 둥글면 물도 둥글다. –한비자

* 마음, 마음이여! 알 수가 없구나. 너그러울 때는 온 세상을 받아들이다가도 한번 옹졸해지면 바늘 하나 꽂을 자리가 없구나! –달마

* 사랑하는 만큼 내가 넓어지고, 미워하는 만큼 내가 좁아지고, 위선하는 만큼 내가 굽어진다. –조정민

* 따뜻한 마음으로 사람 안에 살아라. 사람의 따뜻함이란 자신의 마음이 따뜻하지 않고서는 알 도리가 없다. –요시카와 에이지

* 마음을 들여다봐야 비전이 더욱 선명해진다. 밖을 내다보는 사람은 꿈을 꾼다. 안을 들여다보는 사람은 눈을 뜬다. –카를 융

* 욕심을 비우면 마음보다 너른 것이 없고, 탐욕을 채우면 마음보다 좁은 곳이 없다. 염려를 놓으면 마음보다 편한 곳이 없고, 걱정을 붙들면 마음보다 불편한 곳이 없다. –조정민

* 그대가 해야 할 일은 사랑을 찾는 게 아니라, 사랑을 가로막기 위해 그대가 세운 내면의 모든 장벽들을 찾고 깨닫는 것이다. –루미

* 모든 영혼은 새롭게 할 필요가 있는 멜로디이다. –슈테픈 멜라르메

* 상황이 달라져도 결코 변하지 않는 내면의 자리에 귀 기울이는 힘이 바로 성실이다. –조나단 오머 맨

* 우리에게 외경심을 품게 만드는 것은 두 가지, 별들이 뿌려져 있는 하늘과 내면의 윤리적 우주이다. –아인슈타인

* 현명한 자는 마음의 주인이며, 어리석은 자는 마음의 머슴이다. –파브리우스 사이러스

* 마음을 환경에 순응시킬 줄 모르는 자, 그는 관 속의 시체와 같다. –붓다

* 마음의 힘이란 참으로 위대한 것이다. 올바른 마음의 자세, 즉 용기, 솔직함, 그리고 명랑한 웃음을 늘 지니고 있어야 한다. –엘버트 허버드

* 어떤 것을 이해하기 위해서는 그 어떤 것과 하나가 되어야 한다. –틱낫한

* 나는 살아가면서 사람의 행동을 비웃지도, 한탄하지도, 싫어하지도 않으며 오직 이해하려고만 했다. –스피노자

* 인간이 획득할 수 있는 가장 고결한 행동은 이해하기 위한 배움이다. 이해하면 자유로워지기 때문이다. –스피노자

* 누구든지 다른 사람의 처지가 되고 보면 그 사람을 이해할 수 있는 폭이 넓어진다. 또 그때까지 그 사람에게 품어왔던 오해에서 벗어날 수 있으며, 오만도 없어진다. –톨스토이

* 아무리 산이 깊다 해도 사람 깊은 것만 못하고, 아무리 꽃이 아름답다 해도 사람 아름다운 것만 못하다. –허허당

* 고상한 사람에게는 이 세상 전부가 그의 조국이다. –데모크리토스

* 하늘이나 사람에게 부끄러운 짓을 저지르지 않는다면 자연히 마음이 넓어지고 몸이 안정되어 호연지기가 우러나온다. –정약용

* 그것이 마음에서 우러나오지 않았다면 결코 마음과 마음으로 사로잡지 못할 것이다. –괴테

* 자기 자신의 룰에 의해 살지 말고, 자연과 조화하며 살아라. –에픽테토스

* 아이가 태어나 제일 먼저 배워야 할 것은 냄새 없는 것을 냄새 맡는 법과 보이지 않는 것을 바라보는 법, 들리지 않는 것을 듣는 법이다. –인디언 격언

* 세끼 요기만 하면 된다. 비록 오막살이에 살고 있더라도 우주의 중심에 있다고 생각하라. –장일순

* 거울이나 사진에서 볼 수 있는 것은 실체가 아니라 외형일 뿐. 마음을 깊이 들여다보아야 한다. 마음속의 거울을 보지 못하는 사람은 인생의 진실을 발견할 수 없다. –김대규

* 눈이 태양과 같지 않다면 어떻게 우리가 빛을 볼 수 있겠는가? 우리 마음속에 신의 힘이 살아 있지 않다면, 우리가 어떻게 성스러운 것을 보고 경탄할 수 있겠는가. –괴테

* 사람은 늙어도 마음까지 늙어서는 안 된다. 사람은 궁해도 뜻까지 궁해서는 안 된다. –『현문(賢文)』

* 한 인간 내면의 진정한 아름다움은 그가 나이를 먹어갈 때야 비로소 드러난다. –아누크 에메

* 마음속에 푸른 가지를 품고 있으면 지저귀는 새가 날아와 그곳에 앉는다. –중국 격언

* 아름다움을 찾으려고 온 세상을 두루 헤매도 마음속에 아름다움을 지닌 사람이 아니면 그것을 찾을 수 없다. –랄프 왈도 에머슨

* 선량한 사람은 다른 사람의 속에 있는 악을 생각하기 어렵다. 악한 사람이 다른 이 속에 있는 선을 생각하기 어려운 것처럼! –톨스토이

* 가장 고고한 사람은 누구인가. 큰일을 앞두고서 항상 마음의 평정을 잃지 않는 사람

이다. –괴테

* 내면의 평화는 곧 세계 평화로 이어진다. 만약 세상 사람들이 모두 내면이 평화로우면, 세계도 평화로울 것이다. –웨인 W. 다이어

* 마음이 평화로운 자는 시끌벅적한 대중 속에서도 호젓함을 느낄 수 있다. –세네카

* 자신 안에서 평화를 발견할 때, 당신은 다른 사람들과 평화롭게 살 수 있는 사람이 된다. –피스 필그림

* 마음의 평화를 통해 세상에 평화를 가져오는 것은 어려운 일이지만, 그것이 유일한 길이다. 평화는 먼저 한 개인 속에서 이루어져야 한다. 세상 전체가 평화로운 한 사람에 의해 달라질 수 있다. –틱낫한

* 당신의 마음속에 사랑을 간직하라. 사랑이 없는 일생은 꽃들이 죽어 버린, 태양이 비치지 않는 정원과 같다. 오직 사랑만이, 다른 그 무엇도 갖다 줄 수 없는 따뜻한 온기와 풍요로움을 선사한다. –오스카 와일드

* 타인은 나의 사랑과 생명이 흘러가는 강이요, 저수지다. 나의 사랑을 받아준 사람에게 감사할 것은 그를 통하여 가능성으로만 숨어 있던 내 사랑의 싹이 피어나 한 떨기 꽃이 될 수 있었기 때문이다. –한바다

* 마음이 좁은 사람과 마음이 넓은 사람은 비록 이웃에 살고 있다 할지라도 두 개의 서로 다른 세상에 살고 있는 것이다. 사람은 자신의 무지 혹은 지식이 그에게 부여해 준 기준에 따라 자신을 발견한다. –제임스 앨런

* 인간은 시골이나 바닷가에서 혹은 산속에서 피정할 곳을 찾는다. 걱정을 떨쳐내고 평

온을 구하기에는 자신의 마음속보다 나은 곳은 없다. 그러므로 끊임없이 자신의 내면에서 피정을 구하며 새롭게 태어나라. –마르쿠스 아우렐리우스

* 우리의 마음은 밭이다. 그 안에는 기쁨, 사랑, 즐거움, 희망과 같은 긍정의 씨앗이 있는가 하면 미움, 절망, 좌절, 시기, 두려움 등과 같은 부정의 씨앗이 있다. 어떤 씨앗에 물을 주어 꽃을 피울지는 자신의 의지에 달렸다. –틱낫한

* 당신은 삶을 낙원으로 바꿀 수 있다. 삶을 낙원으로 만들 수 있는 유일한 방법은 당신의 내면을 낙원으로 바꾸는 것이다. 이 외에 다른 방법은 없다. 당신이 바로 그 원인이고, 당신이 살아가는 그 삶이 바로 그 결과이기 때문이다. –론다 번

* 보물은 해적선의 보물상자 속에 있는 게 아니다. 진짜 보물은 옛날의 보석반지가 아니다. 보물지도를 볼 필요도 없고, 바닷속 상자를 찾아 헤맬 필요도 없다. 진짜 보물은 너와 내 안의 사랑과 기쁨에서 찾을 수 있다. –라이아 디킨스

* 마음의 거울이 깨끗해야 자신의 모습을 제대로 볼 수 있다. 자아상은 자기 인생을 반사하는 거울과도 같다. 거울이 더럽거나 깨져 있으면, 어느 물건을 비추어도 희미하거나 삐뚤어지게 보인다. 이는 자신의 내면에 부정적인 요소가 자리 잡고 있기 때문이다. –박요한

* 우리가 느낄 수 있는 가장 멋진 감정은 '신비'다. 그 속에 모든 종류의 예술과 진정한 과학의 씨앗이 숨어 있다. 이런 감정에 익숙하지 않은 이들, 더 이상 놀라움을 느끼지 못하고 그저 두려움에 이끌려 살아가는 이들은 죽어 있는 것이나 마찬가지다.
–아인슈타인

미 덕

* 우리는 나눔 속에서 고독의 심연을 건널 다리를 놓는다. –생텍쥐페리

* 삶에서 가치 있는 모든 것은 남에게 베풀 때 배가 된다. –디팩 초프라

* 좋은 생각으로 말하고 행동한다면 기쁨은 그림자처럼 그 뒤를 따를 것이다. –톨스토이

* 햇빛은 하수구까지 고르게 비추어 주어도 햇빛 자신은 더러워지지 않는다. –터틀리언

* 다른 사람들의 삶의 햇살을 가져오는 사람은 그 햇빛으로부터 떨어져 있지 않다. –제임스 베리

* 이 세상에서 타인의 고통을 덜어주는 사람만큼 더 귀한 사람은 없다. –작자 미상

* 남에게 선을 베푸는 것이 자신에게는 최선을 다하는 것이다. –벤저민 프랭클린

* 남을 위해 아무것도 하지 않는 것은 우리 자신을 위해 아무것도 하지 않는 것이다. –호러스 맨

* 선한 봉사의 씨앗을 뿌려라. 감사의 기억들이 이 씨앗을 자라게 할 것이다. –마담 드 스탈

* 선하고 바른길을 걸어라. 마음의 평화를 얻고 사람들의 존경을 얻게 될 것이다. –할 어반

* 당신을 거치는 사람은 누구나 더 나아지고 행복해져서 떠나게 하라. –마더 테레사

* 마음은 팔 수도, 살 수도 없는 것이지만 줄 수 있는 보물이다. –작자 미상

* 자신이 기쁘기 위해서는 먼저 다른 사람을 기쁘게 만들어야 한다. –W. M. 태커레이

* 장미의 향기는 늘 그것을 건네는 손에 남아 있다. –하다 비자

* 장미는 다른 이름으로 불러도 역시 향기로운 냄새가 난다. –셰익스피어

* 남에게 너그럽게 함이 계산의 근본이요, 남에게 보태줌이 계산의 기틀이다. –『현문(賢文)』

* 강을 건너야 할 사람에게 배가 되어 주라. –박홍이

* 당신의 문제를 잊는 최선의 길은 다른 사람들의 문제가 해결되도록 도와주는 것이다. –작자 미상

* 착한 태도로 사람들에게 끼친 즐거움은 다시 돌아오며, 가끔은 덤까지 가지고 온다. –애덤 스미스

* 세상에는 빵 한 조각 때문에 죽어가는 사람도 많지만, 작은 사랑도 받지 못해서 죽어가는 사람이 더 많다. –마더 테레사

* 부탁을 받고서 주는 것은 잘하는 것이지만, 부탁받지 않아도 이해를 통하여 주는 것은 더 잘하는 것이다. –칼릴 지브란

* 이 세상에게 네가 가진 최고를 준다하여도 그것으로 족하지 않을지 모른다. 그래도 이 세상에게 네가 가진 최고를 주어라. –마더 테레사

* 사람들에 대한 선의는 인간의 의무다. 만약 당신이 선의를 가지고 사람을 대하지 않는다면, 당신은 가장 중요한 자신의 의무를 다하지 않는 것이다. –톨스토이

* 가난한 사람들에게 필요한 것은 동정이 아니라 사랑이다. 그들은 남들보다 더하지도, 덜하지도 않게 자신들이 존중받는 것을 느낄 필요가 있다. –마더 테레사

* 나는 당신이 어떤 운명으로 살지 모른다. 하지만 이것만은 장담할 수 있다. 정말 행복한 사람들은 어떻게 봉사할지를 찾고 발견한 사람들이다. –알베르트 슈바이처

* 자선이라는 덕성은 이중으로 축복받는 것이다. 주는 자와 받는 자를 두루 축복하는 것이니 미덕 중에 최고의 미덕이다. –소크라테스

* 세상은 노력 없는 대가를 바라는 사람들에 의해서 황폐해지고, 대가 없이 노력하는 사람들에 의해서 아름다워진다. –이외수

* 너 자신 속에, 너의 마음에 선의 샘물이 있다. 그 샘물은 네가 그것을 퍼내면 퍼낼수록 더욱 콸콸 솟아날 것이다. –아우렐리우스

* 누가 너에게 도움을 청하러 오거든 신이 도와줄 것이라고 말하지 마라. 마치 신이 존재하지 않는 것처럼 네가 나서서 도우라. –인도 격언

* '나'를 벗고 '우리'가 되자. 그것이야말로 나 자신을 이해하고, 다른 사람들도 자기 자신을 이해할 수 있도록 돕는 가장 아름다운 길이다. –레오 버스카그릴리아

* 선량함이 습관이 되어 버린 상태보다 자기 생활과 다른 사람들의 생활을 아름답게 꾸며주는 것은 없다. –톨스토이

＊ 넓게 배려하는 만큼 넓게 살고, 높이 바라보는 만큼 높게 살고, 깊이 생각하는 만큼 깊게 산다. –조정민

＊ 우리는 얻는 것으로 생활을 이루고 주는 것으로 인생을 이룬다. –캘빈 쿨리지

* 마음이 가는 것은 두뇌가 가는 것보다 더 소중하다. –작자 미상

＊ 나무는 꽃을 버려야 열매를 맺고, 강물은 강을 버려야 바다에 이른다. –『화엄경』

＊ 인생의 가장 큰 신비는 남의 문제 해결을 돕다가 어느새 내 문제가 덤으로 해결되는 것이다. 인생의 가장 큰 복은 남의 필요를 채우는 사이 슬그머니 내 필요가 덤으로 채워지는 것이다. –조정민

＊ 인생의 섭리는 역설이다. 나누었는데 는다. 주었는데 받는다. 내려갔는데 높아진다. 죽었는데 산다. 역설은 상식에 반하는 것이 아니라 상식을 뛰어넘는다. –조정민

＊ 부자는 많이 갖고 있는 사람이 아니라 많이 주는 사람이다. 하나라도 잃어버릴까 안달하는 사람은 아무리 많이 갖고 있더라도 가난한 사람이다. 자기 자신을 줄 수 있는 사람은 누구든지 부자이다. –에리히 프롬

＊ 잉여재산을 가치 있는 일에 쓸 수 있는 최선의 방법은 나눔을 가장 크게 퍼뜨릴 수 있는 일을 찾아서 최대한 많은 이에게 도움이 되도록 하는 것이다. –앤드류 카네기

＊ 모든 사람들은 각각 무거운 짐을 지고 있으며, 각각 결점을 가지고 있다. 그 누구도 타인의 도움 없이는 살아갈 수 없다. 그렇기 때문에 우리는 서로 위로하고, 대화하고, 충고하면서 돕지 않으면 안 된다. –작자 미상

* 기적은 '얻으려는' 정신에서 '주는' 정신으로 바꾸는 것이다. 뭔가를 얻길 바라는 건 그 중심에 아직 충분히 갖고 있지 않다고 믿기 때문이다. 우리가 기꺼이 주고자 하면 우주 또한 우리에게 주는 쪽으로 방향을 잡는다. –마리안느 윌리암슨

* 베풂은 천국으로 가는 디딤돌이다. 진실로 받는 것보다 주는 것이 낫다. 얻는 사람은 적게 가지며, 뿌리는 사람은 많이 가진다. 베풂은 '인생의 가장 아름다운 보상' 이다. –할 어반

* 나에게 필요한 것이 남에게는 더 절실할 수도 있다. –시드니

* 위대한 행동이라는 것은 없다. 위대한 사랑으로 행한 작은 행동들이 있을 뿐이다. –마더 테레사

* 다른 사람을 돕는 행위는 비록 금전적인 보상은 없을지라도 매우 큰 정신적 보상을 받게 된다. –로버트 페드로

* 정신적 부는 자신뿐만 아니라 이 세상과 모든 인류에 대한 사랑을 실천할 때 따라 오는 것이다. –로버트 페드로

* 정신적 부는 당신을 둘러싼 모든 것의 진정한 면모를 내포하고 있다. 그것은 자아의 사랑만이 아니라 이 세상과 인류에 대한 사랑을 말한다. –로버트 페드로

* 우리는 이웃에 대한 봉사 속에서만 행복을 발견할 수 있다. 그리고 그 봉사에 의해 인간은 비로소 전 세계의 생명의 근원과 하나가 될 수 있다. –톨스토이

* 어느 누구도 자신이 받은 것으로 인해 존경받지 않는다. 존경은 자신이 베푼 것에 대한 보답이다. –캘빈 쿨리지

* 이익은 독점하는 것이 아니라 널리 배분해야 하는 것이다. –시부사 에이치

* 오늘 누군가가 그늘에 앉아 쉴 수 있는 이유는 오래전에 누군가가 나무를 심었기 때문이다. –워런 버핏

* 당신의 마음이 선하다면, 당신에게 있어 모든 생명체는 인생을 비추는 거울이요, 신성한 교리가 담긴 책이다. –토마스 아 켐피스

* 자기 일보다도 먼저 남의 일을 생각할 수 있게 되면 어른이 된 증거라고 생각해도 좋다. –다베 쇼이치

* 미인은 언젠가는 싫증이 나지만, 선량한 여인은 영원히 싫증나지 않는다. –몽테뉴

* 선한 행동 하나로 누군가를 기쁘게 하는 것은 일천 배 기도보다 낫다. –사디

* 당신이 할 수 있는 좋은 일을 하라. 당신이 할 수 있는 모든 방법으로, 당신이 할 수 있는 혼신의 힘을 쏟아, 당신이 갈 수 있는 모든 장소에서, 당신이 할 수 있는 모든 시간을 들여 가능한 한 길게. –존 웨슬리

* 한 손으로 손을 씻으려고 하면 힘만 들고 효과가 없지만, 한 손으로 다른 손을 씻을 때는 제대로 손을 씻을 수 있다. –마야 안젤루

* 우리가 다른 사람에게 줄 수 있는 최선의 선물은 우리가 무엇을 나누어 주는 것이 아니라, 그가 가진 것을 발견할 수 있도록 도와주는 것이다. –벤저민 디즈레일리

* 세상에는 땅에 떨어져 죽는 밀알이 되려는 사람은 없고, 누구나 밀알이 영글면 거둬가려고만 한다. –김대규

* 다른 사람을 돕지 않으면 당신은 단순히 자리만 차지하고 있는 셈이다. -빌리 앨리스 보먼

* 우리는 두 발처럼, 두 손처럼, 양 눈꺼풀처럼, 아래턱과 위턱처럼 서로 도우며 살도록 만들어졌다. 사람들은 자신이 갖지 못한 것을 보완하기 위해 서로를 필요로 한다. -아우렐리우스

* 나는 그런 사람을 만나기를 좋아한다. 자기가 현재 살고 있는 곳을 자랑스럽게 생각하는 사람, 어떤 곳으로 가건 간에 그곳을 더 살기 좋게 만드는 사람을…….
-에이브러햄 링컨

* 진정한 연민은 거지에게 동전 한 푼 던져 주는 것이 아니다. 거지를 만들어 내는 체제를 바꾸겠다는 생각을 하는 것이다. -마틴 루터 킹

* 위대한 일을 할 수 있는 사람은 많지 않지만, 우리 모두는 큰 사랑으로 작은 일은 할 수 있다. -마더 테레사

* 인간이여 고귀하라! 따뜻한 마음과 다정을 품어라! 그것만이 우리가 알고 있는 모든 다른 존재와 인간을 구분 짓기에! -괴테

* 하루의 성공을 판단하는 기준은 무엇을 거둬들였느냐가 아니라 무엇을 뿌렸느냐다.
-로버트 루이스 스티븐슨

* 선행이란 타인의 얼굴에 미소를 가져오는 행위이다. -마호메트

* 인색한 자는 언제나 빈곤한 것이다. -호라티우스

* 자비는 아버지의 도리며, 위안은 어머니의 도리다. 거룩한 신은 말한다. "나는 아버

지와 어머니처럼 행동할 것이다." –페시크타 데 라브 카하나

* 다른 누군가의 길을 밝혀 주기 위해 등불을 켜면 결국 자신의 길도 밝힐 수 있다. –벤 스위트랜드

* 어떤 문제를 해결하고자 할 때 어떻게 하면 현명한 대책인가를 묻는 대신, 어떻게 하면 가장 사랑이 담긴 방법인가를 묻는 것이 최선책이다. –칼 힐티

* 나무를 심는 사람은 자신 이외의 다른 사람들을 사랑하는 사람들이다. –영국 속담

* 선은 받는 자에게 필요한 정도나 베푸는 자의 희생의 정도로 헤아릴 수 있는 것이 아니다. 오직 주는 자와 받는 자 사이에 성립되는 신과의 합일의 정도에 의해서만 헤아릴 수 있다. –톨스토이

* 다른 사람에게 도움을 준 사람은 자신에게 가장 큰 선물을 준 것과 같다. –세네카

* 도움을 받는 사람보다 도움을 주는 사람이 되어라. 그것은 바로 지배력의 원천이다. –발타자르 그라시안

* 다른 사람을 도움으로써 스스로를 도우라. –존 템플턴

* 사람은 도움을 주는 손을 기억하게 되어 있다. –오드리 헵번

* 남에게 피해를 주는 인재(人災)보다 남에게 도움을 주는 인재(人材)가 되자. –유영만

* 도움을 요청받았을 때 도와주는 것은 좋은 일이지만, 요구받기 전에 미리 알고 도와주는 건 훨씬 더 좋은 일이다. –칼릴 지브란

* 대가를 바라지 말고 날마다 다른 사람을 위해 무슨 일이든 하라. –알베르트 슈바이처

* 자신의 이익을 버리면 세상을 이롭게 한다. 자신의 이익을 버리는 것만큼 세상을 이롭게 하는 것도 없다. 다른 사람의 이익을 원하라. 그러면 우주가 당신을 도울 것이다. –바바 하리 다스

* 누군가가 당신이 맘에 든다는 것은 당신을 생각하는 것만으로도 기분이 좋아야 한다. –프랜시스 허버트 브래들리

* 관용을 베풀 줄 아는 사람보다 더 훌륭한 사람을 나는 알지 못한다. –F. 녹스

* 인간만이 인간을 구할 수 있고, 인간만이 인간에게 다가갈 수 있으며, 인간만이 인간을 위로할 수 있다. –김훈

* 이 세상에서 가장 순수한 기쁨은 다른 사람의 기쁨을 보는 것이다. –미시마 유키오

* 사람들이 기대하는 것보다 더 많은 것을 주면 당신이 기대한 것보다 더 많은 것을 받게 된다. –로버트 하프

* 벗을 위해, 사회를 위해 굳이 괴로움을 짊어진다. 어떻게 하면 이 사람이 일어설까. 어떻게 하면 저 사람에게 용기를 줄 수 있을까. 이렇듯 커다란 고민에 자신의 작은 고민이 모두 감싸여 승화된다. –이케다 다이사쿠

* 만약 모든 사람이 남을 위해 무언가를 하게 된다면 세상에 어려움을 겪는 사람은 사라질 것이다. 그저 주변의 누군가에게 내가 할 수 있는 만큼의 도움을 주는 것만으로도 충분하리라. –인디언 격언

* 남에게 선을 행할 때에 인간은 자기 자신에게 최선을 다하는 것이다. -벤저민 프랭클린

* 남에게 봉사함으로써만 남을 통치할 수 있다. 이 법칙에는 예외가 없다. -쿠쟁

* 당신의 모습을 발견하는 가장 좋은 방법은 다른 이들을 섬김으로써 당신 스스로에게서 벗어나는 것이다. -마하트마 간디

* 아무도 내 손을 잡아주지 않을 때, 먼저 다른 이에게 손을 내밀고 다가가라. -아네스 안

* 늙었든, 젊었든 모든 사람이 자신이 잘하는 일을 조금씩 나눌 수 있다면 이보다 더 조화로운 세상은 없을 것이다. -퀸시 존스

* 당신의 소유물을 주는 것은 조금 주는 것이다. 당신 자신을 줄 때 진정으로 주는 것이다. -칼릴 지브란

* 무엇이 됐든, 어떤 이가 필요로 하는 그 순간에 조건 없이 주어라. 중요한 것은 아무리 작더라도 무언가를 주는 것이며, 당신의 시간을 내주는 행동을 통해 당신의 마음을 보여주는 것이다. -마더 테레사

* 사람이 일생을 마친 뒤에 남는 것은 모은 것이 아니라 뿌린 것이다. -제라르 헨드리

* 우리는 자신이 하는 일이 바다에 떨어진 물 한 방울 같은 것에 불과하다고 느낀다. 그러나 나는 그 한 방울이 바다에 없었다면, 그 한 방울이 없음으로 인해 바다가 그만큼 작아지는 것이라고 생각한다. -마더 테레사

* 하느님은 자기만을 위해 기도하는 자의 소원을 들어주시지 않는다. 왜냐하면 다른 사람들을 위해 기도하는 사람들의 소원을 들어주기에도 바쁘시기 때문이다. 항상 남을

위해 기도하라. -김용궁

* 자그마한 선행이라도 아무런 이익이 없다 해서 결코 소홀히 하지 말라. 작은 물방울이라도 결국에는 커다란 그릇을 가득 채우게 될 것이다. -붓다

* 선행의 실천이 아무리 작더라도 불가능한 약속보다는 낫다. -머콜리

* 사람의 진정한 재산은 세상을 위해서 행한 선행이다. -마호메트

* 남몰래 하는 선행은 땅속을 흐르며 대지를 푸르게 가꾸어 주는 지하수 줄기와 같은 것이다. -토마스 칼라일

* 기도는 말로 하는 선행이고, 선행은 말로 하는 기도이다. -김세유

* 두 개의 손 중, 한 손은 너 자신을 돕는 손이고, 다른 한 손은 다른 사람을 돕기 위한 손이다. -오드리 헵번

* 돕는 손이 기도하는 입보다 더 성스럽다. -마담 드 스탈

* 주먹을 불끈 쥐기보다는 두 손을 모으고 기도하는 자가 더 강하다. 주먹은 상대방을 상처 주고 자신도 아픔을 겪지만, 기도는 모든 사람을 살리기 때문이다. -작자 미상

* 모든 물은 바다에서 만난다. 바다가 세상의 모든 물을 다 받아주는 이유는 세상에서 가장 낮은 곳에 있기 때문이다. 낮은 곳으로 임해야 타인의 아픔을 어루만져 줄 수 있다. -유영만

* 우리는 우리 각자 단지 하나의 날개만 가진 천사들이며, 우리는 오직 서로 껴안음으

로써 날 수 있다. –루크레티우스

* 서로를 위해 삶의 어려움을 덜어 주며 사는 것이 우리가 사는 이유 아니겠는가. –조지 엘리엇

* 이해해야만 마음을 쓸 수 있다. 마음을 써야만 도울 수 있다. 도와야만 모든 것을 구할 수 있다. –제인 구달

* 대리석이 아니라 다른 사람의 마음에 여러분의 이름을 새겨라. –찰스 스펄전

* 다른 사람의 속마음으로 들어가라. 그리고 다른 사람을 당신의 속마음으로 들어오게 하라. –아우렐리우스

* 남에게 해를 끼치지 않고 선한 일을 행할 때, 마음은 저절로 열린다. 또한 열린 그 마음이 선한 일을 한다. 왜냐하면 마음의 바탕은 본래 선하기 때문이다. –법정

* 사람이 하늘로부터 마음을 하사받은 것은 사람을 사랑하기 위해서이다. –나콜라 부알로

* 베푸는 행위를 의무가 아닌 특권으로 여겨라. –록펠러 주니어

* 넉넉해서 나누는 것이 아니라 나누어서 넉넉해지는 것이다. –신춘모

* 천 번의 기도보다 단 한 번의 행동으로 단 한 사람의 마음에 기쁨을 주는 것이 낫다. –마하트마 간디

* 당신이 하는 행동은 타인에게 당신의 이름보다는 오래 기억된다는 것을 명심하라. –O. 하포드

* 자신을 기분 좋게 하는 최상의 방법은 주위의 모든 사람을 기분 좋게 만든 것뿐이다.
–마크 트웨인

* 오직 사랑하는 태도를 가진 다수의 사람만이 세상을 더욱 살기 좋고 조화로운 곳으로 만들 수 있다. –레스트 레븐슨

* 우리가 다른 이에게 해줄 수 있는 가장 큰 것은 '그들이 스스로를 도울 수 있도록' 도와주는 것이다. –레스트 레븐슨

* 가장 큰 내어줌은 사물에 있지 않다. 가장 큰 내어줌은 당신의 사랑하는 태도이다.
–레스트 레븐슨

* '더' 잘사는 것은 물론 중요하지만, 나는 '다' 잘사는 것이 중요하다고 생각한다.
–주철환

* 천사는 아름다운 꽃을 주는 것이 아니라, 가난하고 어려운 사람을 위해 싸우는 존재이다. –플로렌스 나이팅게일

* 당신이 더 많이 사랑할수록 당신은 세상을 더 돕는 것이다. 모든 사람들의 마음이 서로 연결되어 있고 서로 영향을 주고받으니까. –레스트 레븐슨

* 만약 모든 이들이 다른 이들을 위해서 산다면, 그것은 이 세상을 바로 잡을 것이고, 유토피아로 만들 것이다. –레스트 레븐슨

* 자선은 항상 돈으로 베풀어야 하는 것은 아니다. 때로는 돈보다 시간이 훨씬 소중한 경우가 있다. 시간을 내주는 것, 가진 능력으로 지원하는 것, 전문 기술로 봉사하는 것 등은 돈만큼이나 의미가 있다. –존 헌츠먼

* 종은 종이 아니다. 당신이 그것을 울릴 때까지는. 노래는 노래가 아니다. 당신이 그것을 노래할 때까지는. 당신의 마음에 사랑이 태어난 것은 언제까지나 그곳에 머무르기 위해서가 아니다. 사랑은 사랑이 아니다. 당신이 그것을 사람들에게 주기까지는…….
–오스카 해머스타인 2세

* 우리 개개인은 의식적으로든, 무의식적으로든 모두 이런저런 봉사를 한다. 만일 의도적으로 이런 봉사활동을 하는 습관을 들이면, 봉사하고자 하는 욕구가 점차 강해져 자신이 행복해지는 것은 물론이고 세상 전체를 행복하게 만들 것이다. –마하트마 간디

아름다움

* 모든 아름다움에는 사랑이 있다. –플라톤

* 아름다움은 보는 사람의 눈 속에 있다. –마거릿 울프 헝거퍼드

* 미는 내부의 생명으로부터 나오는 빛이다. –헬렌 켈러

* 모든 아름다움은 아름다운 피와 아름다운 뇌에서 나온다. –월터 휘트만

* 마음의 아름다움보다 더 나은 미는 없다.–쿡

* 과정의 아름다움이 결과의 아름다움을 이끈다. –유명만

* 아름다움은 어울림이다. 어울리는 일을 찾아 혼신의 힘을 기울이며 애쓰는 사람이 아름다운 사람이고 울림이 있는 사람이다. –유영만

* 눈이 부실 정도로 아름다운 것이 언제나 선한 것이라고 할 수 없다. 그러나 선한 것은 언제나 아름답다. –랑클로

* 삶의 아름다움을 오래 바라보아라. 별을 보고 별 속에서 움직이는 당신 자신을 보아라. –아우렐리우스

* 우리가 사랑하는 아름다움이 우리가 행하는 것이 되게 하라. –루미

* 아름다움 다음으로 중요한 것은 그것을 감상하는 힘이다. –마가렛 풀러

* 아름다움을 알아보는 눈을 가진 사람은 결코 늙지 않는다. –프란츠 카프카

* 사랑스러움이 없는 아름다움은 미끼가 없는 낚시다. –랄프 왈도 에머슨

* 아름다움을 사랑하는 것은 취미요, 아름다움을 창조하는 것은 예술이다. –랄프 왈도 에머슨

* 아름다움은 하느님의 필적이다. –랄프 왈도 에머슨

* 아름다운 모습은 아름다운 얼굴보다 낫고, 아름다운 행동은 아름다운 자태보다 낫다. –랄프 왈도 에머슨

* 그대가 아름다워지면 세상이 아름다워진다. 세상이 아름다워서 그대가 아름다워지는 것이 아니다. 그대가 아름답게 보기에 세상은 그렇게 아름다운 것이다. –신상훈

* 사막이 아름다운 것은 어딘가에 샘을 숨기고 있기 때문이다. –생텍쥐페리

* 몸과 마음이 건강한 사람에게는 나쁜 일기(日氣)란 없다. 하늘이 맑건, 흐리건 모두 그 나름의 아름다움을 갖고 있다. -기싱

* 이 세상이 무한한 아름다움을 비추는 거울이건만, 사람은 그것을 주목해서 보지 않는다. 이 세상이 장엄한 사원이건만, 사람은 그것을 주목해서 보지 않는다. -토마스 트레헌

* 세계는 아름다운 것으로 꽉 차 있다. 그것이 보이는 사람, 눈뿐만 아니라 지혜로 그것이 보이는 사람은 실로 많지 않다. -로댕

* 아름다움을 음미하는 것은 영혼으로 가는 하나의 통로이다. 인생의 아름다움을 발견함으로써 우리는 조금 더 가볍고 경쾌한 걸음으로 걸어갈 수 있다. -진 소노다 볼린

* 미(美)는 그 진가를 감상하는 사람이 소유한다. -피천득

* 미는 도달점이지 출발점이 아니다. 그리고 사물이 아름다울 수 있는 것은 오직 그것이 진실할 때뿐이며, 진실 이외에 미는 없다. 또한 진실이란 '완전한 조화'를 말한다. -로댕

* 여자가 남자에게 세상에서 가장 아름다운 반쪽인 것처럼, 밤은 이 세상의 반쪽, 이 또한 세상에서 가장 아름다운 반쪽이어라. -괴테

감 사

* 감사는 천사들의 선율이다. -에드먼드 스펜서

* 감사는 내가 받은 축복에 불을 켜는 행위이다. -문단열

* 감사하는 사람의 마음속은 영원히 여름이리라. -셀리아 댁스터

* 감사하다고 생각할 때마다 사랑은 퍼져나간다. -제럴드 G. 잼폴스키

* 감옥과 수도원의 차이는 불평을 하느냐, 감사를 하느냐에 달려 있다. -마쓰시타 고노스케

* 감사는 과거에 주어지는 덕행이 아니라 미래를 살찌게 하는 덕행이다. -영국 격언

* 감사의 마음이 하늘에까지 미친다면 그게 바로 가장 완벽한 기도이다. -G. E. 레싱

* 감사하는 마음은 가장 위대한 미덕일 뿐 아니라 다른 모든 미덕의 근원이 된다. -키케로

* 감사의 마음은 우유와 비슷하다. 그것을 담은 용기가 아주 청결하지 않으면 부패하기 쉽다. -레미 드 구르몽

* 감사하는 법을 배울 때 우리는 인생에서 나쁜 일이 아니라 좋은 일에 집중하는 법을 배우게 된다. -에이미 반더빌트

* 나에게 잃은 것을 한탄하는 시간보다는 나에게 주어진 것을 감사하는 시간이 부족할 뿐이다. -헬렌 켈러

* 삶을 매 순간 감사함으로 받아들일 때, 행복의 씨앗은 그대의 삶 속에 향기로운 꽃을 피워낸다. -한바다

* 이 세상에 존재하는 것만으로도 기쁘다면 진정한 기쁨이다. 이 순간 살아 있다는 것만으로도 감사하면 진정한 감사이다. -조정민

* 감사함으로 가득한 것은 매우 기쁜 상태이다. 항상 행복하고자 하는가? 감사함의 상태에 있으라. -레스트 레븐슨

* 진정한 감사와 진정한 사랑은 마음의 상태가 온전한 균형을 찾을 때, 그래서 고통과 기쁨을 똑같이 끌어안을 수 있을 때 생긴다. 이런 균형 상태가 당신의 마음을 열어 준다. -존 디마티니

* 부러우면 지는 거다. 부러워하는 마음은 결핍이기 때문이다. 고마우면 이기는 거다. 고마워하는 마음은 충만이기 때문이다. 감사가 늘 지속되면 이기고 지는 것이 없는 풍요로운 마음이 된다. -김필수

* 우리의 가슴속 맑은 곳에는 감사하는 마음으로 보다 높은 것, 보다 정결한 것, 알려지지 않은 것을 위해 내 한 몸 바치려는 애쓰는 마음이 넘실대고 있다. 그뿐 아니라 영원히 풀리지 않을 수수께끼를 풀고자 하는 마음이 있다. 우리는 그것을 겸허함이라고 부른다. -괴테

미 소

* 미소는 호의를 전달하는 심부름꾼이다. -데일 카네기

* 미소는 인간이 표현할 수 있는 가장 아름다운 예술이다. -데일 카네기

* 만일 이 세상이 눈물의 골짜기라면, 미소는 거기에 뜨는 무지개다. -L. L. 트리

* 작은 미소 하나는 더 많은 미소를 일으킨다. -작자 미상

* 얼굴에 미소를 짓는 것은 당신 자신이 주인이라는 표시다. –작자 미상

* 미소 짓는 법을 배우기 전까지는 가게 문을 열지 마라. –유대인 격언

* 미소만큼 신비로운 대답은 없다. 체온만큼 따뜻한 위로는 없다. 끄덕임만큼 따뜻한 공감은 없다. –작자 미상

* 미소는 입 모양을 구부리는 것에 불과하지만 수많은 것을 바로 펴 주는 힘이 있다. –로버트 이안 시모어

* 앞에 놓인 삶을 향해 미소 지어 보라. 미소의 절반은 당신 얼굴에 나타난다. 나머지 절반은 친구들 얼굴에 나타난다. –티베트 격언

* 미소 지어라. 모두가 자신감이 결여되어 있고, 다른 어떤 것보다 미소가 사람들의 용기를 돋우기 때문이다. –앙드레 모루아

* 미소는 생각 이상으로 많은 보답을 가져온다. 다른 사람의 하루를 밝게 만들었을 뿐만 아니라 누군가가 당신을 대신하여 그와 똑같은 일을 할 것이기 때문이다. –잭 캔필드

* 당신 인생의 마지막 1분까지도 당신은 당신에게 식기를 들고 오는 친구에게 미소를 지을 수 있을 것이고, 당신의 그 미소가 그날 하루 동안 그가 해낼 몫의 일을 할 수 있게 돕는다면 당신은 이미 봉사를 한 것이다. –아베 피에르

* 미소는 주는 사람을 가난하게 하지 않으면서도 받는 사람을 넉넉하게 해준다. 그것은 아주 짧은 순간에 일어나지만, 그 기억이 때론 영원할 수 있다. 미소는 가정에서 행복을 만들고, 비즈니스에는 호의를 키우고 우호적임을 확인시킨다. –젠 블룸

* 진정한 성공은 얼마나 웃느냐로 알 수 있다. –랄프 왈도 에머슨

* 웃는 얼굴은 화살도 피해 간다. –일본 속담

* 웃음은 마음의 조깅이다. –노먼 커즌즈

* 웃으며 보낸 시간은 신들과 함께 지낸 시간이다. –일본 속담

* 웃음은 전염된다. 웃음은 감염된다. 이 둘은 당신의 건강에 좋다. –윌리엄 프라이

* 웃음 없는 하루는 낭비한 하루다. –찰리 채플린

* 우리가 가장 헛되이 보낸 날들은 웃지 않았던 날들이다. –샹포르

* 기분 좋은 웃음은 집 안을 비추는 햇빛과 같다. –윌리엄 새커리

* 항상 웃음을 지녀라. 미소는 신으로부터 받은 생명 에너지이기 때문이다. –까비르

* 웃음은 마음의 거미줄을 걷어내는 빗자루와 같다. –M. 워커

* 웃음은 인류로부터 겨울을 몰아내 주는 태양과 같다. –빅토르 위고

* 웃음은 이 세상의 절대적인 것을 상대적으로 만든다. –피터 버거

* 일반적으로 어떤 사람의 자유는 그 웃음의 양에 따라 판단된다. –윌리엄 헤즐릿

* 웃음은 두 사람 사이를 가장 가깝게 해준다. –빅토르 보르게

* 전혀 웃지 않는 날은 시간 낭비를 하고 있는 것이다. -E. E. 커밍스

* 마음껏 웃어라. 그것이 행복을 얻는 데 가장 저렴한 비용이 드는 약이다. -L. 바이런

* 웃음은 영혼의 햇살이다. 햇빛이 없이는 어떤 생물도 자라거나 성장할 수 없다.
-웨인 다이어

* 일찍이 나는 다른 사람들을 웃기면 그들이 나를 좋아하게 된다는 사실을 깨달았다.
-아트 버크월드

* 웃어라. 그러면 온 세상이 함께 웃을 것이다. 울어라. 그러면 너 혼자 울게 되리라.
-윌콕스

* 이 세상에서 가장 가난한 사람이 누군인지 아는가. 그것은 웃음이 없는 사람이다.
-지그 지글러

* 인간은 웃음이라는 능력을 가졌기에 다른 동물과 구별된다. -조지프 애디슨

* 웃음이야말로 부작용 없는 진정제이다. -아놀드 글래소우

* 유머는 일을 유쾌하게, 교제를 명랑하게, 가정을 밝게 만든다. -데일 카네기

* 유머는 모든 사람들의 수수께끼를 풀어주는 열쇠이다. -토머스 칼라일

* 유머감각이 없다면 완전한 정신세계를 이루었다고 말할 수 없다.
-새무얼 테일러 코울리지

* 진지한 삶은 견디기 힘들다. 그러나 진지함이 유머와 함께할 때 훌륭한 색채를 띤다.
–마르셀 뒤샹

* 유머 감각이 없는 사람은 스프링이 없는 마차와 같다. 길 위의 모든 조약돌마다 삐걱거린다. –헨리 워드 비처

* 철학이 가미되지 않은 웃음은 재채기 같은 유머에 불과하다. 참다운 유머에는 지혜가 가득 차 있다. –마크 트웨인

* 유머라는 것은 비극적인 것에 대해서 비극적으로 얘기하는 것을 거부하는 것이다.
–장 미셀 폴롱

당신은 용기를 내어
당신이 생각하는 대로 살아야 한다.
그렇지 않으면
머지않아 당신은 사는 대로
생각하게 될 것이다.

—폴 발레리

CHAPTER

05

생각을 키우고 싶을 때

Chapter

05 생각을 키우고 싶을 때

생각은 이 세상에 가장 위대한 에너지입니다. 모든 지혜가 여기서 나오고, 모든 동력이 여기서 나오며, 또 모든 성취가 여기서 비롯됩니다. 생각의 질이 그 사람의 수준을 결정하는 것은 물론이요, 심지어 삶의 승패를 좌우합니다.

어리석은 사람은 어리석은 생각을 하는 사람이요, 현명한 사람은 현명한 생각을 하는 사람입니다. 성격이 밝은 사람은 밝은 생각을 하는 사람이요, 성격이 어두운 사람은 어두운 생각을 하는 사람입니다. 상식적인 사람은 상식적인 생각을 하는 사람이요, 창의적인 사람은 창의적인 생각을 하는 사람입니다. 사람이 생각을 만들지만, 또한 생각이 사람을 만듭니다. 생각은 모든 행위의 지배자요, 세상사 모든 것의 숨겨진 기원입니다.

생각은 모든 에너지의 원소이자, 아무리 써도 다하지 않는 무한의 에너지입니다. 이 에너지는 우리 모두에게 주어진 값없는 재산입니다. 이 에너지를 최대한 잘 활용하는 것은 우리 모두가 반드시 배워야 할 아주 중요한 지혜가 될 것입니다. 생각이 어둡거나 명석하지 못하면 삶의 불행을 피할 길이 없습니다. 때문에 우리는 반드시 '생각'을 잘하는 법을 배워야 할 것입니다.

우리는 누구나 무한대의 생각을 쏟아낼 수 있는 생각의 엔진을 가지고 있습니다. 하지만 그 엔진을 잘 돌려 끊임없이 좋은 생각을 창출하며 유용하게 잘 쓰는 이는 많지 않은 듯합니다. 이 장의 아포리즘은 우리가 가진 생각엔진의 성능을 더 높여줄 것이며, 그 엔진이 전보다 더 잘 돌아갈 수 있도록 도와줄 것입니다.

생각

* 하루 종일 그가 생각하고 있는 것이 그 사람의 정체이다. –랄프 왈도 에머슨

* 고민은 제자리걸음이요, 생각은 앞으로 나가는 것이다. –벅스

* 생각 없이 나를 찾을 수 없고, 생각 없이 나를 살 수 없다. 삶을 산다는 것은 생각을 산다는 것이다. –장길섭

* 우리에게 부족한 것은 여가를 누릴 시간이 아니라 생각할 시간과 느낄 시간이다. –마거릿 미드

* 당신이 만일 생각하지 않는 인간이라면, 당신은 무엇을 위한 인간이란 말인가? –콜리지

* 작게만 생각하면 사람도 작아진다. 크게 생각하면 사람도 커진다. –작자 미상

* 위대한 생각을 길러라. 당신은 당신이 생각하는 것 이상으로 더 높이 올라갈 수는 없다. –벤저민 디즈레일리

* 정신적 생산력이 물질적 생산력을 낳는다. –리스트

* 당신의 오늘은 어제 생각한 결과이다. 당신의 내일은 오늘 무슨 생각을 하느냐에 달려 있다. –존 맥스웰

* 오늘이란 당신의 생각들이 당신을 데려다준 곳이다. 내일은 당신의 생각들이 당신을 데려다줄 곳이다. –제임스 앨런

* '어떻게 행동할 것인가' 보다 '어떻게 생각할 것인가' 가 먼저이다. 세상의 숱한 문제가 잘못 생각한 것을 행동으로 옮긴 결과이다. –조정민

* 당신의 사고(思考)가 얼마나 강력한지 안다면, 당신은 결코 부정적인 사고를 하지 않을 것이다. –피스 필그림

* 당신은 용기를 내어 당신이 생각하는 대로 살아야 한다. 그렇지 않으면 머지않아 당신은 사는 대로 생각하게 될 것이다. –폴 발레리

* 누구나 마음속에 생각의 보석을 지니고 있다. 다만 캐내지 않아 잠들어 있을 뿐이다. –이어령

* 때가 오면 원숙한 생각만큼 강한 것은 세계 어느 곳에도 없다. –빅토르 위고

* 생각의 본질, 생각의 효용, 생각의 힘을 제대로 이해하지 못했기 때문에 환경에 흔들리는 것이다. –제임스 앨런

* 잘못된 생각을 바꾸지 않는 것은 흐르지 않는 물을 담고 있는 것과 같다. –윌리엄 블레이크

* 행동하는 사람처럼 생각하고, 생각하는 사람처럼 행동하라. –앙리 베르그송

* 농부처럼 일하면서 철학자처럼 생각하지 않으면 안 된다. –장 자크 루소

* 일하기를 포기하는 것은 경제적 파산선고이며, 생각하기를 포기하는 것은 정신적 파산선고이다. –김용궁

* 무엇이든 계속해서 생각하면 그것을 이해하게 되고, 점점 닮아가게 된다. –제임스 앨런

* 자유롭게 사고함은 고귀하다. 그러나 올바르게 사고함은 더 고귀하다.
–웁살라 대학 도서관 문구

* 사랑은 사랑에 의해서, 믿음은 믿음에 의해서, 학문은 연구에 의해서, 사고는 사고에 의해서 배양된다. –페스탈로치

* 생각은 곧 물건이다. 생각은 유용한 물건에 다름 아니다. 어차피 생각이 그에 상응하는 실질적인 사물로 뒤바뀔 테니까. –이소룡

* 자신을 있는 그대로 받아들이고 자주적으로 생각하라. 당신이 내린 결론이 완전무결하지 않은 것일 수도 있지만, 최소한 강요된 결정보다는 바른 쪽에 보다 가까이 있을 것이다. –엘버트 허버드

* 과거의 반역자는 주류적 생각과는 다른 생각을 가진 사람들이었지만, 현대의 반역자는 주류적 생각을 무조건적으로 주입하는 사람들이다. –신문곤

* 본인의 일상생활이 바뀌려면 본인의 일상적이고 상식적인 생각의 틀에서 벗어나야 한다. 일상적인 생활을 유지하게 하는 평범한 생각이 보다 탁월한 생각으로 바뀌어야

하는 것이다. –김필수

* 한 사람을 평가하는 척도는 그가 무엇을 고뇌하는가이다. –김대규

* 밤하늘이 별을 드러내듯 고뇌는 삶의 의미를 드러내 준다. –톨스토이

* 고뇌의 고귀함을 모르는 사람은 아직 이성적 생활, 즉 참된 인생을 시작하지 않은 사람이다. –톨스토이

* 위대한 인물은 위대한 상식인인 것이며, 위대한 생각은 온전한 상식 위해서만 형성될 수 있다. –김대중

* 어리석은 자의 분명한 증거는 자기의 생각을 고집하여 흥분하는 것이다. –몽테뉴

* 우리가 무엇을 생각하느냐는 우리가 어떤 사람이냐를 결정한다. 우리가 어떤 사람이냐는 우리가 할 일을 결정한다. –존 로크

* 작은 생각만큼 성취를 제한하는 것도 없다. 자유로운 생각만큼 가능성을 확장하는 것도 없다. –윌리엄 아서 워드

* 새가 머리 위를 지나가는 것은 막을 수가 없다. 그러나 머리 위에 집을 짓는 것은 막을 수 있다. 나쁜 생각이란 마치 머리 위를 지나가는 새와 같아서 막아낼 도리가 없다. 그러나 그 나쁜 생각이 머리 한가운데 자리를 틀고 들어앉지 못하게 막을 힘은 누구에게나 있다. –마틴 루터

* 세상에 태어나서 한 번도 좋은 생각을 갖지 않은 사람은 없다. 다만 그것이 계속되지 않았을 뿐이다. –작자 미상

* 고수는 머릿속이 한 가지 생각으로 가득 차 있고, 하수는 머릿속이 만 가지 생각으로 가득 차 있다. –이외수

* 당신이 선한 생각들을 가질 때, 당신은 모든 사람에게 좋은 생각을 보내주고 있는 것이다. –레스트 레븐슨

* 생각하는 것은 자기 자신과 친해지는 것이다. –미겔 데 우나무노

* 명료하게 생각하는 기술을 우리 아이들에게 가르치지 못한다면, 아이들은 화려한 옷을 걸친 선생의 꽁무니만 따라가게 될 것이다. –폴 보이어

* 당신이 자주 생각하는 것, 그것이 당신이 된다. –아우렐리우스

* 어떤 문제도 지속적인 생각의 공격을 버텨내지 못한다. –볼테르

* 사색은 인간의 본질을 일깨우고, 인간다운 삶을 가르치고 인도하는 마음의 미네랄이다. –김옥림

* 멀리 보자. 크게 생각하자. 초심으로 돌아가자. 아무것도 아닌 말일 수도 있지만, 잘 생각해 보면 모든 것의 답일 수도 있다. –김세유

* 배우는 것이 벽돌이라면, 생각하는 것은 쌓는 것이다. 벽돌을 아무리 많이 찍어내도 쌓지 않으면 집을 지을 수 없다. –박경철

* 다르게 생각하고 다르게 행동해야 남다른 성취를 이룬다. –유영만

* 정신(spirit)은 모든 보이는 삶을 움직이는 보이지 않는 힘이다. –마야 안젤로

* 자신의 생각을 바꾸지 못하는 사람은 결코 현실을 바꿀 수 없다. –안와르 사다트

* 생각은 우리 주변 모든 것의 에너지를 변화시킨다. 긍정적인 생각을 품으면 나를 돕고, 남을 돕고, 행복을 부르며, 나아가 윤택한 삶을 창조한다. –조 비테일

* 어디를 가고 무엇을 하던지 간에, 당신 두뇌의 한정된 범위 안에서 당신 인생의 전부를 살아간다. –테리 조셉슨

* 내가 어떤 생각을 품을지는 마음의 주인인 나만이 결정할 수 있다. 그렇기에 그 누구도, 그 무엇도, 내가 허락하지 않는 한 나를 지배하지 못한다. 나의 생각을 결정하는 엄청난 자유는 오직 내 손 안에 있다. –루이스 L. 헤이

* 생각이 바뀌면 행동이 바뀌고, 행동이 바뀌면 습관이 바뀌고, 습관이 바뀌면 운명이 바뀐다고 했다. 애벌레가 번데기에서 나비로 날아가기 위해서는 익숙했던 것을 과감하게 버릴 수 있어야 한다. 깨어진다는 것은 변화이며, 새로운 탄생이다. 경계는 그렇게 만들어진다. –윤슬

* 정원사가 잡초를 뽑고 원하는 꽃과 여래를 재배하며 화단을 가꾸듯, 사람도 정신이라는 정원을 돌봐야 한다. 옳지 못하고 쓸데없는 생각들을 쳐내 올바르고 유용하고 순수한 생각이라는 꽃과 열매를 완벽하게 가꾸어야 한다. –제임스 알렌

* 생각은 숭고함으로 이끄는 정신의 힘이다. 평범한 지능으로 특별한 일을 하는 사람과 우수한 지능을 갖고도 아무 일도 못 하는 사람의 차이는 바로 그들의 '어떻게' 생각하느냐에 달려 있다. 생각이 삶을 지배한다. –할 어반

* 기억에 의해서가 아닌, 스스로의 사색에 의해서 얻은 것만이 참된 지식이다. –톨스토이

* 사색하고 관찰하는 습관은 인간의 지적 성장을 위한 촉진제이다. –유일한

* 나는 사전에 나오는 내용을 기억하거나 생각한 적이 없다. 나는 아직 책에 실리지 않은 것들에 대해서만 사고했다. –아인슈타인

* 씨실과 날실이 모여 직물이 만들어지듯, 당신의 생각이 모여 인생이 만들어진다. 내 생각이 나의 가장 좋은 친구이다. –루이스 헤이

* 영혼은 생각의 색깔에 서서히 물들어 간다. –아우렐리우스

* 생각은 인생의 소금이다. 식사를 하기 전에 음식의 간을 보듯 행동하기 전에 먼저 생각하라. –에드워드 리튼

* 생각은 우물을 타는 것과 같다. 처음에는 흐리지만 차차 맑아진다. –중국 격언

* 우리가 생각을 제대로 변화시킬 때만 다른 것들이 제대로 나타나기 시작한다.
– 존 맥스웰

* 인간의 행동은 인간의 사고를 가장 잘 보여준다. –존 로크

* 좋은 생각과 행동은 결코 나쁜 결과를 낳을 수 없다. 나쁜 생각과 행동은 결코 좋은 결과를 낳을 수 없다. –제임스 앨런

* 체험의 한계가 생각의 한계를 만든다. 생각의 발로(發露)는 발로부터 나온다. –유영만

* 부정적인 기대는 생각을 막다른 골목으로 이끄는 지름길이다. – 존 맥스웰

* 기억하라. 당신은 당신이 하루 종일 생각하는 바로 그것이 된다. –웨인 다이어

* 생각하는 것을 죽기보다 싫어하는 사람이 많다. 실제로 그들은 생각 없이 죽어갈 것이다. –버트런드 러셀

* 문제는 이것이다. 사람들은 대부분 자기가 원하지 않는 것을 생각하면서 왜 그게 계속해서 나타나는지 의아해한다. –존 아사라프

* 사람들이 꿈을 이루지 못하는 한 가지 이유는 생각을 바꾸지 않고 결과를 바꾸고 싶어 하기 때문이다. –존 맥스웰

* 생각은 힘이며 자기와 닮은 것을 만들어 내고, 닮은 것끼리 서로 끌어당긴다. 그러므로 자기 생각을 주관한다는 말은 인생을 결정한다는 말과 같다. –랄프 왈도 트라인

* 사람들이 원하는 것을 얻지 못하는 유일한 이유는 원하는 것보다 원하지 않는 것을 더 많이 생각하기 때문이다. 당신이 하는 생각과 말을 곰곰이 살펴보라. 법칙은 완벽해서 오류가 없다. –론다 번

* 모든 일 뒤에는 그 사건 이전의 생각이 있다. 모든 우주가 마음의 움직임일 뿐이다. –레스트 레븐슨

* 당신의 모든 경험은 당신이 가장 두드러지게 하는 생각이 세상이라는 거울 속에 비춰진 이미지이다. 소망은 당신이 가고자 하는 목적지로 갈 수 있는 디딤돌이다. –텔 스캇

* 당신 안에 있는 '원인 생각'을 발견하게 되면 당신은 사건의 주도권을 쥐게 되는 것이다. –레스트 레븐슨

* ‘받침 생각(무의식)’ 은 사랑이나 두려움에서 비롯된 생각이다. 이것은 생각 뒤의 뒤의 생각이다. 이것은 최초의 생각이며, 원초의 힘이고, 인간 체험의 엔진을 움직이는 생짜 에너지이다. –닐 도날드 월쉬

* 고상한 사람은 자기 자신보다 높은 생각을 하고 비열한 사람은 자기 자신보다 낮은 생각을 한다. –아우렐리우스

* 모두가 비슷하게 생각할 때, 아무도 깊이 생각하지 않는다. –월터 리프먼

* 탁월함이란 다른 사람들이 한 번 생각할 때 천 번을 생각한 것이고, 다른 사람들이 천 가지를 생각할 때 한 가지만을 생각한 것이다. –조정민

* 나는 몇 달, 혹은 몇 년 동안 생각하고 또 생각한다. 그러다가 99번은 그릇된 결론을 얻는다. 마침내 100번째에 이르러서야 옳은 결론에 도달하게 된다. –아인슈타인

* 의문을 지닌 채 현재를 살라. 그러면 나도 모르게 어느 먼 훗날, 대답을 지니고 사는 날이 올 것이다. –라이너 마리아 릴케

* 제대로 질문할 줄 아는 능력이야말로 가장 중요한 정보수집 기술이다. –짐 파커

* 사색을 함으로써 얻는 가치는 우리 자신에게 어떤 질문을 하느냐에 달려 있다.
–존 맥스웰

* 진실한 사색가는 한 명의 군주다. –쇼펜하우어

* 사색을 포기하는 것은 정신적 파산 선고와 같은 것이다. –알베르트 슈바이처

* 재주가 있으면서 어리석은 사람은 있어도 판단력이 있으면서 어리석은 사람은 절대로 없다. –라로슈푸코

* 자신의 기억력에 불평하는 사람은 많지만, 잘못된 판단에 불평하는 사람은 거의 없다. –벤저민 프랭클린

* 직관이란 무의식을 통한 지각 능력이다. –카를 융

* 훌륭한 판단은 경험에서 나오고, 경험은 잘못된 판단에서 나온다. –배리 르파트너

* 이성은 나침반이요, 욕망은 폭풍이다. –알렉산더 포프

* 틀 안에서 안주할 것인가? 틀 밖으로 탈주할 것인가? 뜻밖의 생각지도 못한 생각은 틀 밖에서 잉태된다! –유영만

* 이성에 귀 기울이는 자는 길 잃은 자이다. 이성은 그것의 주인이 될 만큼 강하지 않은 자를 모두 노예로 만든다. –조지 버나드 쇼

* 진정 필요한 것은 믿으려고 하는 의지가 아니라 깨닫고자 하는 소망이다. –버트런드 러셀

* 그대들은 나에게서 철학을 배우려고 하지 말고 철학 하는 것을 배워야 한다. –칸트

* 모든 철학은 두 단어에 들어 있다. 계속하는 것과 자제하는 것. –에픽테토스

* 악은 사랑의 결핍에서 생길 뿐만 아니라 사상의 결핍에서도 생긴다. –토머스 후드

* 자주적인 사상은 지식의 자주적인 획득으로부터만 성장한다. –우신스키

* 힘 있게 살려면 위대한 정신의 힘이 있어야 한다. 모든 문화는 정신의 힘에 나타난 것이다. 그러면 그 정신의 힘은 어떻게 하여서 길러지나? 사상과 행동에 의해서다. –함석헌

* 자기의 지성을 강화하는 유일한 수단은 편견이 없는 것, 즉 마음이 모든 사상을 위한 신작로가 되게 하는 것이다. –존 키츠

* 사상보다 무서운 것은 없다. 그것이 가진 것 전부일 때는 더더욱 그렇다.
–에밀 오귀스트 사티에르

* 죽음보다 강한 것은 이성이 아니라 사상이다. –토마스 만

* 언어는 사상의 옷이다. –존슨

* 노동은 생명이요, 사상은 광명이다. –빅토르 위고

* 좋은 사상도 이것을 행하지 않으면 좋은 꿈과 다를 바 없다. –에머슨

* 마치 사랑이 모든 사물과 한 사물에 제한된 부조화를 이해하는 적응인 것처럼, 마찬가지로 이성도 인간이 맞선 전 세계를 이해하고 포옹하는 인간의 능력이다.
–에리히 프롬

* 깊이 생각하라. 그리고 먼저 그대의 사상을 풍부히 하라. 저 커다란 건물이라고 할지라도 먼저 인간의 두뇌 속에 그 형체를 이룩하고 그런 연후에 그것이 건물이 되어 나타난 것이다. 현실이란 사상의 그림자에 불과하다. –토머스 칼라일

* 자기 스스로 생각하지 않는 사람은 자기 대신 생각해 주는 사람의 영향 밑에서 만족해야 한다. 누군가에게 자신이 사상을 팔아넘기는 일은 누군가에게 몸을 팔아넘기는

것 이상으로 수치스러운 노예 행위이다. –작자 미상

* 우리 내면의 중심적인 생각에 따라서 우리를 둘러싼 일들이나 상황의 모습이 결정된다. 생각을 변화시키면 우리 주변의 상황과 환경도 변화시킬 수 있다. 우리가 현재의 모습을 하고 있는 것도, 우리가 현재 그 자리에 있는 것도 모두 우리가 과거에 한 생각들 때문이다. –월레스 워틀스

* 사상은 자신의 지능에 의해서 획득되었을 때, 혹은 적어도 이미 마음에 싹트기 시작한 의문에 대한 대답을 찾았을 때에야 비로소 인생을 움직이게 된다. 이에 반해서 머리와 기억력만으로 받아들인 타인의 사상은 인생에 영향을 주지 못하기 때문에 그 사상과 반대되는 행동을 아무렇지도 않게 행하게 된다. –톨스토이

* 원래 인간은 나태하고 무관심하기 때문에 스스로 노력해서 사색하기보다는 이미 존재하는 사상을 받아들여 일을 처리하려는 습성을 가지고 있다. 이런 습성이 곧 몸에 배게 되면 사상은 마치 강으로 흘러드는 냇물처럼 단지 일정한 통로만을 지나게 될 뿐이다. 그렇게 되면 자신의 새로운 사상을 발견하는 일은 이중으로 어려워지게 된다.
–쇼펜하우어

* 철학은 전문적 지식의 추구가 아니라 '삶의 지혜를 자신의 것으로 만드는 배움의 과정'이고, 박사 학위를 가진 자들만이 하는 특별한 일이 아니라 '삶을 사랑하는 모든 이에게 필요한 보편적 인간 활동'이며, 경쟁과 성공의 도구가 아니라 '인간에 내재된 신성(神性)이 주도하는 삶과 문화를 창조하는 인문 예술'로 새롭게 정의되어야 한다.
–장건익

견해 · 관점

* 편견은 무지의 산물이다. –윌리엄 헤즐리트

* 사람이란 자신의 견문을 넘어서는 생각을 하기 힘든 법이다. –허동현

* 사람은 이해하기 어려운 일을 비웃는다. –코난 도일

* 위대한 영혼은 평범한 생각을 가진 사람들로부터 종종 격렬한 반대에 직면한다. –아인슈타인

* 새로운 견해는 보편적이 아니라는 이유만으로 항상 의심받으며 대부분은 반대에 부딪힌다. –존 로크

* 위대한 지식의 진보는 언제나 기존세력의 완강한 반대에 부딪쳤다. –토머스 헨리 헉슬리

* 새로운 진실은 처음에는 조롱당하고, 다음에는 격렬한 반대에 부딪히며, 나중에는 마치 처음부터 자명했던 사실처럼 받아들여진다. –쇼펜하우어

* 평범한 자는 자신이 이해하지 못하는 것은 전부 외면한다. –라 로슈푸코

* 열정과 편견이 이성이라는 이름으로 세상을 지배한다. –존 웨슬리

* 모든 사람은 제각기 자신만의 시야로 세상의 한계를 정한다. –쇼펜하우어

* 세상을 어떻게 바라볼지에 유의하라. 그것이 곧 그대의 세상이므로. –에리히 헬러

* 현명한 자는 볼 수 있는 만큼 보는 것이 아니라 보아야 하는 만큼 본다. –몽테뉴

* 균형 잡힌 시선을 지닌 자는 가장 매혹적인 걸음걸이로 자신의 생을 거닌다. –레이첼 카슨

* '인식의 창문이 잘 닦였을 때' 는 창조의 아름다움에 감탄하지 않을 도리가 없다. –스타니슬라프

* 영리한 사람은 거의 모든 것을 우습게 보지만, 분별력 있는 사람은 아무것도 우습게 보지 않는다. –괴테

* 망치를 가진 어린아이에게 이 세상은 온통 못으로 보인다. –에이브러햄 매슬로우

* 자신의 사고방식에서 벗어나라. 긴장한다는 것은 나 자신의 관점에 너무 집착한다는 신호다. –디팩 초프라

* 인간은 한 가지 사례만 가지고 지나치게 일반화하는 경향이 있다. 무척이나 흥미롭게도 이것은 전문용어로 '미신' 이라고 한다. –프랜시스 크릭

* 고정관념에서 벗어나게 되면 계속해서 같은 문제 때문에 같은 교훈을 배울 필요가 없다. –앤드류 매튜스

* 이성 판단력은 천천히 걸어오지만, 편견은 무리를 지어 달려온다. –장 자크 루소

* 우리가 듣는 모든 것은 사실이 아니라 의견이고, 우리가 보는 모든 것은 진실이 아니라 하나의 관점에 불과하다. –아우렐리우스

* 실체가 없는 것에 두 손을 든 실증주의자는 말했다. "있는 것은 사실뿐이다." 그러나 나는 이렇게 말한다. "그렇지 않다! 사실은 절대로 존재하지 않는다. 있는 것은 해석뿐이다." –니체

* 나도 알고 남도 잘 알아야 한다. 내 안의 '나' 도 잘 알아야 하지만, 내 밖의 '세상' 도 더 잘 알아야 한다. 세상을 보는 공부, 시대를 읽는 공부를 함께 해야 하는 이유이다. 그래야 인생의 씨줄과 날줄이 촘촘해진다. –고도원

* 다른 사람의 눈으로 보고 다른 사람의 귀로 듣고 다른 사람의 마음으로 느껴 보아라. 당신의 기준과 생각은 이미 틀에 갇혀 있기 때문에 새로운 경험을 늘 방해한다. 제대로 보고 싶다면 다르게 보아야 한다. 그것이 합리화하는 습관의 굴레를 깨고 참된 경험을 하는 방법이다. –알프레드 아들러

* 초일급의 지성을 가늠하는 길은 마음속에 서로 반대되는 두 가지 생각을 동시에 품고도 여전히 정상적으로 기능할 수 있는가의 여부에 있다. –피츠제랄드

* 자신의 깊이를 아는 사람은 명쾌함을 추구하고, 대중에게 깊이 있어 보이고 싶은 사람은 애매함을 추구한다. 대중은 겁이 많아서 물에 뛰어들지 않으므로 바닥이 보이지만 않으면 물이 깊다고 생각하기 때문이다. –니체

* 옳은 철학을 하기 위해서는 일생에 한 번 자신의 모든 지론을 버릴 결심을 해야 한다. –데카르트

* 어떤 생각이든지 부분적이며, 전체가 될 수 없다. 생각은 기억의 반응인데, 기억은 경험의 결과이므로 언제나 부분적일 수밖에 없다. 결국 생각이란 경험에 좌우되는 마음의 반응에 불과하다. –이소룡

* 생각지도 못한 '마주침' 이 있어야 생각지도 못한 '깨우침' 이 따라오고, 생각지도 못한 '깨우침' 이 있어야 생각지도 못한 '뉘우침' 을 얻을 수 있다. -유영만

* 진정한 변화는 관점이 바뀌는 것이고, 가장 훌륭한 관점은 사랑과 포용의 관점이다. 모든 존재를 너그러운 마음과 따뜻한 사랑의 눈으로 보면 모든 장면이 아름답고 모든 행동이 사랑스럽다. -김필수

* 어떤 사람이 동료들과 보조를 잘 맞추지 못한다면, 그것은 그가 우리와는 다른 북소리를 듣고 있기 때문인지도 모른다. 박자와 소리가 다르더라도, 그가 자신의 귀에 들리는 음악에 보조를 맞추도록 내버려두어라. -헨리 데이비드 소로

상상력

* 상상력은 가장 높이 나는 연이다. -로렌 버콜

* 상상은 미래의 예고편이다. -아인슈타인

* 일상과 추상을 연결하는 다리는 상상력이다. -유명만

* 상상력이 없는 정신은 망원경이 없는 천문대와 같다. -헨리 포드

* 일관성은 상상력이 빈곤한 사람들의 마지막 도피처다. -오스카 와일드

* 상상력은 창조의 시작이다. 바라는 것을 상상하고, 상상한 것을 의도하고, 마침내 의도한 것을 창조하는 것이다. -조지 버나드 쇼

* 상상력은 지식보다 더 중요하다. 지식은 한계가 있지만, 상상력은 온 세상을 품을 수 있다. –아인슈타인

* 알다시피 몽상이란 어떤 것들의 모퉁이 너머를 바라보는 마음이다. –메리 오하라

* 애정을 가지고 마음속에 계속 담아두고 생각했던 발상이 때가 되면 즉시 가장 편안하고 적절한 모습으로 구체화된다. –이소룡

* 사람들은 스스로 상상하지 못하는 일은 결코 이루지 못할 것이다. –카렌 포드

* 작은 생각만큼 성취를 제한하는 것도 없으며, 풍부한 상상력만큼 가능성을 확장하는 것도 없다. –윌리엄 아서 워드

* 나는 상상력을 자유롭게 이용하는 데 부족함이 없는 예술가다. –아인슈타인

* 지구상에 상상력이 존재하는 한, 디즈니랜드는 영원히 완성되지 못할 것이다. –월트 디즈니

* 하나의 상상력은 다른 이의 상상력을, 그 상상력은 또다시 누군가의 상상력을 자극한다. 세상을 바꾸는 것은 이러한 '상상력의 선순환'이다. –정선주

* 인간의 행동은 다른 고등동물과 확실히 다른 것처럼 보이지만, 원초적인 본능은 매우 비슷하다. 그러나 상상력을 가지고 언어의 힘을 빌려 사고할 수 있다는 것이 인간과 동물의 가장 큰 차이점이다. –아인슈타인

* 마음이란 것은 때로 지식을 뛰어넘은 높은 곳에 도달할 수가 있지만, 어떻게 거기까지 도달했는지 증명할 수는 없다. 모든 위대한 발견은 그런 비약을 거친 것이다. –아인슈타인

* 황금은 땅속에서보다 인간의 생각 속에서 더 많이 채굴되었다. –나폴레온 힐

* 적어도 한 번 이상 다른 사람들에게 비웃음당하지 않는 아이디어는 결코 독창적이라 할 수 없다. –빌 게이츠

* 새로운 아이디어로부터 펼쳐져 나온 인간의 마음은 결코 원래의 상태로 돌아가는 일이 없다. –올리버 웬델 홈스

* 아이디어는 어디에나 있지만 틀에서 벗어나지 않으면 보이지 않는다. –존 맥스웰

* 아이디어의 가치는 그것을 사용하는 데에 있다. –토머스 에디슨

* 위대한 사람은 아이디어에 대해 이야기하고, 평범한 사람은 사건에 대해 이야기하고, 편협한 사람은 남의 험담을 하거나 남을 판단하길 좋아한다. –하이먼 리코버

* 좋은 아이디어를 얻는 최고의 방법은 가능한 한 많은 아이디어를 확보하는 것이다. –라이너스 폴링

* 아이디어는 중요하지 않다. 하나의 아이디어를 어떻게 구체화할 것인지가 중요하다. –이부카 마사루

* 아이디어는 다이아몬드와 같다. 세공 과정을 거치지 않으면 거친 돌일 뿐이지만 불순물을 정제하면 보석이 된다. –폴 컬리

* 열의가 아이디어를 낳는다. 자나 깨나 한 가지 일에 몰두하면 생각하지 못한 지혜가 생긴다. 아이디어는 인간의 열의, 열심에 대한 신의 보상이다. –마쓰시다 고노스케

* 생각을 숙성시켜라. 아이디어를 숙성시켜라. 숙성시킨다는 것은 마음의 솥에 생각과 아이디어를 넣고 얼마 동안 찌는 것이다. 그러면 그 아이디어에서 발효가 일어난다. 맛있는 빵처럼 맛있는 아이디어로 부풀어 오르는 것이다. 어떤 일이든 좋은 결과를 얻으려면 숙성 과정을 거쳐야 한다. –문충태

창의력

* 이 세상의 모든 것은 독창성의 열매이다. –존 스튜어트 밀

* 모든 획기적인 발전은 기존의 사고방식을 깨뜨림으로써 생겨났다. –토머스 쿤

* 다른 어디론가 가기 위해 우리는 먼저 다르게 생각해야 한다. –아인슈타인

* 어떠한 문제도 그것을 만들어 낸, 같은 사고방식으로는 해결할 수 없다. –아인슈타인

* 모든 독창적이고 탁월한 발상은 평범한 사람들의 체계적인 사고에 의해 이루어졌다. –존 슈튜어트 밀

* 발견이란 모두가 보았던 것을 보고 아무도 생각지 못했던 것을 생각하는 것이다. –알버트 기오르기

* 위대한 발견의 씨앗은 언제나 우리 주위를 떠다니지만, 받아들일 준비가 된 마음에만 뿌리를 내린다. –조셉 헨리

* 새로운 것을 보는 것만이 중요한 게 아니다. 모든 것을 새로운 눈으로 보는 것이 정말

중요하다. –알베로니

* 창의성이란 아직 존재하지 않는 것을 보는 것이다. 그것을 존재하도록 하는 방법을 찾아내고 그렇게 신의 친구가 되는 것이다. –미셸 쉬어

* 다른 사람들이 할 수 있거나 할 일을 하지 말고, 다른 사람들이 할 수 없고 하지 않을 일을 하라. –아멜리아 에어하트

* 성공한 창의적인 괴짜들은 마음속으로 그리는 것을 열렬히 믿는 사람들이고, 남들로 하여금 자신의 아이디어를 받아들이게 하는 설득력이 뛰어난 사람들이다. –스티브 잡스

* 내게 있어 세상은 상식에 대한 도전이다. –르네 마그리트

* 삶의 가치는 창조에 있다. 아직 알려지지 않은 대상에 대해 고민해 보지 않은 사람은 창조와 혁신의 즐거움을 알 수 없다. –장쓰안

* 마음대로 하라고 하면 사람들은 대개 서로를 모방한다. –에릭 호퍼

* 세상의 유일한 죄악은 평범해지는 것이다. –마사 그레이엄

* 효율성 향상을 전략이라고 착각하지 말라. 전략은 '열심히'가 아니라 '다르게' 하는 데 있다. –마이클 유진 포터

* 새로운 것은 낡은 것의 적이다. 따라서 신시대는 항상 구시대로부터 범죄시된다. –실러

* 미래로 가는 길의 모든 교차로에는 전통이 과거를 지키기 위해 포진하고 있다.
–모리스 메테를링크

* '남들과 다르다'는 이유만으로 꼭 필요한 사람이 되는 것은 아니다. 하지만 꼭 필요한 사람이 되는 유일한 방법은 남들과 달라지는 것이다. 남들과 다를 것이 없다면, 무수한 사람들 중 한 명일 뿐이기 때문이다. -세스 고딘

* 어떤 문제도 당연하게 받아들이지 마라. 창의적으로 사고하면 해결책이 보이게 마련이다. -로버트 페드로

* 빼어난 창작자란 아이디어를 단숨에 구현해 내는 사람이 아니라 끝까지 인내하며 기꺼이 다시 시작할 줄 아는 사람이다. 좌절 앞에서 자신을 더 독려할 수 있는 사람이다. -프랑크 베르츠바흐

* 창조를 위해서는 기술이 필요하지만, 또한 기술로부터의 자유도 필요하다. 그러려면 기술이 무의식 수준까지 스며들 때까지 연습해야 한다. 연습은 예술에 필수적이기만 한 것이 아니라 연습이 바로 예술이다. -프랑크 베르츠바흐

* 우리가 하는 일에 어떤 의미가 있는지, 취하고 싶은 방향은 무엇인지, 어떻게 하면 더 좋은 세상을 물려줄 수 있을지에 관해 지속적으로 성찰할 때에야 비로소 창조성은 우리 삶의 한 형식이 된다. -프랑크 베르츠바흐

* 혁신이란 고만고만한 생각 천 가지를 퇴짜 놓는 것이다. -스티브 잡스

* 혁신은 리더와 추종자를 구분하는 잣대다. -스티브 잡스

* 소수는 늘 다수가 규정하는 것과는 다른 방식으로 행동한다. 그로 인해 결국 다수는 더 좋은 방식을 배운다. -프리드리히 하이에크

* 창조한다는 것, 그것은 두 번 사는 것이다. -알베르 카뮈

* 창의성이야말로 인류의 가장 중요한 자원임에는 틀림없다. 창의성 없이는 진보가 없으며, 우리는 영원히 같은 형태만 반복할 것이다. –에드워드 드 보노

* 진정으로 창의적인 사람은 안주하지 않는다. 창의성은 자신의 길을 가야 하므로. –괴테

* 독창성은 지혜로운 모방에 다름 아니다. –볼테르

* 모든 창의력은 미지의 세계에 있다. 누구나 알 수 있는 세계에서는 창의력이 존재하지 않는다. –프란스 요한슨

* 창조적이고 생산적인 사람은 날마다 새로운 천지창조를 맞는다. –김대규

* 고유의 스타일은 생각만큼 쉽게 낡지 않는다. 쉽게 낡은 것은 모방자들과 원조들보다 재능 없는 2차 수용자들이다. –듀나

* 나는 생애 내내 훌륭한 사람이 되고자 했지만, 지금에야 깨달은 것은 좀 더 독특한 사람이 되었어야 한다는 것이다. –제인 와그너

* 훌륭한 상식과 선량한 취미를 가진 사람은 바로 그 이유로 독창성이나 도덕적 용기를 결여한 사람이다. –조지 버나드 쇼

* 천재? 그런 것은 절대 없다. 다만 연구와 방법이 있을 뿐이다. –로댕

* 나는 천재가 아니다. 다만 남들보다 더 오래 한 가지 문제에 대해 생각할 뿐이다. –아인슈타인

* 위대한 창조자들은 대부분 은둔자였다. 사람은 생각은 많지만 친구가 없거나, 생각은

없지만 친구는 많거나, 둘 중 하나다. -산티아고 라몬이카할

* 창의성은 경험을 연계해 새로운 것을 합성하는 능력을 뜻한다. 창의적인 사람들이 그렇게 할 수 있는 이유는 다른 사람보다 더 많이 경험했거나, 경험한 것에 대해 더 많이 생각했기 때문이다. -스티브 잡스

* 창의적인 사람은 새로운 생각을 창조하는 게 아니다. 자신의 머릿속에 있는 생각을 새롭게 조합할 뿐이다. -알렉스 오스본

* 새로운 것의 창조는 지능이 아니라 내적 필요에 의한 놀기 본능을 통해 달성된다. 창의적인 사람은 자신이 사랑하는 것을 가지고 놀기 좋아한다. -카를 융

* 나는 "왜 누군가 그 일을 하지 않을까?" 하고 항상 생각한다. 하지만 내가 바로 그 '누구'에 속한다는 것을 곧 깨닫게 된다. -릴리 톰린

* 사람들은 존재하는 것들을 보며 '왜지?' 라고 말한다. 나는 존재한 적이 없는 것들을 꿈꾸며 '왜 안돼?' 라고 말한다. -조지 버나드 쇼

* 창조적 정신은 잘못된 교육을 반드시 이겨낸다. -안나 프로이트

* 어렵고 복잡한 것을 수용하고 포용하는 능력은 모든 창조 작업의 전제 조건이다. 그것은 예술이나 과학에서도 전제 조건이다. -에리히 프롬

* 여가 시간에만 자유로운 사람은 노동 안에서는 수감자인 셈이다. 노동을 삶의 구성요소로 여기지 않으면 창조성은 위험에 빠진다. 창조적인 일을 하는 사람에게 창조성은 자유의 장소이자, 그 자체로 인생이며 삶의 방식이다. -프랑크 베르츠바흐

* 창조력의 첫 번째 조건은 혼란 속으로 뛰어드는 것이다. 문제에 집중하는 것이다. 투쟁과 긴장을 기꺼이 받아들이는 것이다. 자아의 인식을 느끼기 위하여 매 순간순간 새롭게 태어나는 것이다. –에리히 프롬

* 독창적이고 창조적인 사람이 되기 위해서는 먼저 모든 일에 흥미를 가져야 한다. 그것이 시작이다. 흥미가 한 분야로 집중되면 그것을 관심이라고 한다. 관심을 체계화시킨 것이 연구다. 인류의 진보에 기여한 위대한 사상과 업적도 실은 이처럼 흥미를 갖는 아주 단순한 일에서부터 시작된다. –김대중

* 인류는 거대한 문명을 창조했지만, 지금까지 모든 인간이 그 문명을 이룩하는 데 일조했다는 것은 큰 착각이다. 인간들 중 0.1%의 창의력 있는 인간들과 그를 따르는 0.9%의 선구자적 인간들이 어두운 곳에 깃발을 꽂음으로써 역사는 만들어졌다.
–제레미 리프킨

* 창의적 태도를 기르려면 원하는 해결책을 분석하고 그것에 집중하라. 사실을 정확히 찾아내 당신의 마음을 사실로 채워라. 말이 되든 안 되든 일단 발상이 떠오르면 종이에 써라. 사실과 발상이 마음속에서 익어가도록 내버려두어라. 그리고 그 발상을 평가하고 재점검하여 창의적 발상을 확장하라. –이소룡

* 우리가 누리는 물질적 · 정신적 혜택은 과거의 창조적인 사람들에 의한 것이다. 불을 발견한 사람, 먹을 수 있는 식물을 재배한 사람, 증기기관을 발명한 사람들…. 보통 사람과는 다른 새로운 사고방식을 가진 창조적인 사람이 없다면 사회는 발전하지 않는다. 즉, 개개인의 개성을 존중하지 않으면 사회는 진보하지 못한다. –아인슈타인

CHAPTER

06

사랑이 필요할 때

Chapter 06

사랑이 필요할 때

사랑을 받고 싶은 마음과 사랑을 주고 싶은 마음은 인간의 가장 근원적인 욕구입니다. 이 두 마음이 잘 순환할 때 우리 삶은 평온과 행복을 얻습니다. 그 누구든 이 욕구가 채워지지 않으면 행복을 느끼기가 어렵습니다. 왜냐하면 사람은 사랑이라는 정신적 에너지를 먹고 살아가는 존재요, 삶은 사람과 사람 사이의 끊임없는 관계로 이루어지기 때문입니다.

사랑은 사람을 사람답게 하고, 삶을 삶답게 하는 가장 근원적인 힘입니다. 때문에 사랑이 없으면 사람이 사람답지 않고, 삶이 삶답지 않게 됩니다. 그런 점에서 '사랑'은 삶의 본질이라고 할 수 있습니다. 사랑이 없는 삶은 정신적 사막과 다를 바 없습니다. 사랑은 영혼의 영양소이자 삶의 젖줄과 같습니다. 사랑은 영혼의 오아시스요, 모든 행복의 근원지입니다. 사랑이 없는 곳에는 그 어떤 행복도, 평화도, 번영도 없습니다. 사랑은 우리가 찾아야 할 궁극입니다.

한 개인은 물론이요, 인간 세상의 모든 불행은 거의 대부분 사랑의 부족에서 생겨납니다. 우리는 더 많은 사랑을 찾아서, 영혼을 치유하고 삶을 풍요롭게 가꾸어야 합니다. 남녀 간의 사랑이 인생의 하이라이트라면, 아가페와 같은 인류애는 우리의 인생이 도달할 수 있는 정점입니다.

우리는 모두 사랑을 나누기 위해 태어났습니다. 우리가 더 많은 사랑을 찾을 때, 세상은 분명 더 아름다워질 것이요, 더 살기 좋은 곳으로 변화될 것입니다. 이 장의 아포리즘은 우리 모두에게 사랑의 가치를 깊이 일깨워 줄 것이며, 이를 통해 우리가 나아가야 할 삶의 길을 선명하게 밝혀줄 것입니다.

사 랑

* 사랑은 아름다운 꿈이다. –윌리엄 샤프

* 상호 간의 사랑과 같은 천국은 없다. –그랜빌

* 사랑하라. 인생에서 좋은 것은 그것뿐이다. –죠르쥬 생드

* 세상에는 오직 하나의 진리가 있을 뿐이다. 그것은 서로 사랑하는 것이다. –로맹 롤랑

* 사랑의 축제는 둘만으로도 만원이다. –김대규

* 사랑을 하는 동안은 누구나 시인이다. –플라톤

* 사랑은 무엇보다도 자신을 위한 선물이다. –장 아누이

* 사랑은 나이를 갖지 않는다. 언제나 자신을 새롭게 만들기 때문이다. –파스칼

* 눈과 눈은 마음의 척후병이다. –귀로드 보르네이유

* 사랑은 인간 생활의 최후의 진리이며, 최후의 본질이다. –슈와프

* 아프도록 사랑하면 아픔은 없고 더 큰 사랑만 남는다. –마더 테레사

* 사랑은 영혼의 르네상스다. 사랑은 빈손의 축제다. –김대규

* 사랑하는 사람과 함께 있으면 시간도 소리내어 웃는다. –송정림

* '너에게만' 하고 속삭이면 천 개의 귀가 열린다. –김대규

* 사랑하고 있는 사람의 귀는 아무리 낮은 소리도 다 알아듣는다. –윌리엄 셰익스피어

* 사랑의 첫 번째 의무는 상대방에 귀 기울이는 것이다. –폴 틸리히

* 사랑받지 못하는 건 이해받지 못하는 것이다. –마리안느 윌리암슨

* 사랑의 치료법은 더욱 사랑하는 것 이외에는 없다. –소로우

* 진정으로 사랑했던 마음은 결코 그 사랑을 잊지 않는 법이다. –토마스

* 사랑은 언제나 새로운 젊음을 가져다준다. –토머스 엘리엇

* 사랑은 삶의, 살아 있음의, 행복의 농축이다. –페터 라우스터

* 우리는 사랑에 빠져 있을 때에 가장 충만하게 살아 있다. –존 업다이크

* 사랑은 영혼의 신선함이다. 그것은 매 순간 다시 새롭게 전개되어야 한다. –페터 라우스터

* 참사랑이란 평생 익어가는 과일과 같다. –라마르틴

* 사랑은 나의 영혼을 누군가에게 던지는 것이다. –발타자르 그라시안

* 사랑은 무엇보다 자신을 위한 선물이다. –장 아누이

* 누군가를 사랑한다는 것은 자신을 그와 동일시하는 것이다. –아리스토텔레스

* 사랑이 깊어지면 계산이 무뎌지고, 사랑이 식어 가면 계산이 빨라진다. –조정민

* 사랑받고 싶다면 사랑하라. 그리고 사랑스럽게 행동하라. –벤저민 프랭클린

* 사랑 받지 못하는 것은 슬프다. 그러나 사랑할 수 없는 것은 더 슬프다. –M. D. 우나무

* 사랑은 지배하는 것이 아니라 자유를 주는 것이다. –에리히 프롬

* 사랑하기 위해서는 알아야만 하고, 알기 위해서는 사랑해야만 한다. –쿠라타 하쿠조오

* 한 단어가 우리 인생의 모든 무게와 고통으로부터 우리를 자유롭게 한다. 그 단어는 사랑이다. –소포클레스

* 무엇이든 당신이 그걸 아주 사랑한다면 그것이 당신에게 말을 걸 것이다. –조지 워싱턴 커버

* 연애가 있기 때문에 세상은 항상 신선하다. 연애는 인생의 영원한 음악으로 청년에게는 빛을 주고 노인에게는 후광을 준다. –새무얼 스마일스

* 상대가 눈앞에서 없어지면 보통 사랑은 점점 멀어지고, 큰 사랑은 점점 커져간다. 바람이 불면 촛불은 꺼지고 화재는 불길이 더 센 것처럼. –라 로슈푸코

* 얕은 인간은 얕은 연애밖에 하지 못한다. 참다운 연애를 하려면 자신을 진지한 사람으로 만들어야 한다. –이케다 다이사쿠

* 정열적인 사랑을 해보지 못한 사람은 인생의 절반, 그것도 아름다운 쪽의 절반이 가려져 있는 것이다. –스탕달

* 사랑을 하면서 사랑을 받는 건 양쪽에서 햇살을 받는 느낌과 같다. –데이비드 비스코트

* 한 사람이 다른 사람을 사랑하는 것. 이는 모든 일 중 가장 어려운 일이고 궁극적인 최후의 시험이자 증명이며, 그 외 모든 일은 이를 위한 준비일 뿐이다. –라이너 마리아 릴케

* 남자들이 하는 가장 용감한 일은 여자를 사랑하는 것이다. –모트 살

* 여자는 사랑을 하지 않으면 외로워지고, 남자는 사랑을 하지 않으면 거칠어진다. –작자 미상

* 여성을 찬양하라. 그녀들은 천상의 장미를 지상의 생활에 심어준다. –프리드리히 실러

* 사랑이 오는 것은 남자가 먼저 알고, 사랑이 가는 것은 여자가 먼저 안다. –정현수

* 사랑을 해보아야 미워할 만한 것을 알고, 미워해 보아야 아낄 만한 것을 안다. –주석수

* 사랑이란 마술사는 두 사람이 서로 다른 방향으로 걷고 있더라도 항상 나란히 걷고 있는 것처럼 느끼게 해주는 것이다. –휴 퍼레이더

* 마음은 끊임없이 변하기 때문에 아름다운 것이다. 사랑이라는 것은 언제든지 변할 수 있기 때문에 더 소중한 것이다. –한바다

* 사랑은 결단이다. 누군가가 충분히 괜찮은지 알아보려고 기다리는 건 유치한 행동이다. –마리안느 윌리암슨

* 사랑은 자신을 불사르는 것! 사랑하는 사람에게는 빛이 있다, 순수한 헌신만큼 맑은 빛이 있다. –박노해

* 한 사람을 꾸준히 사랑하는 것은 좋은 일이며, 여러 사람을 꾸준히 사랑하는 것은 위대한 일이다. –제임스 J. 로시

* 사랑이란 '좋아하는 사람이 스스로를 위해 선택한 일이라면 무엇이나, 그것이 자신의 마음에 들건 안 들건 허용할 줄 아는 능력과 의지' 다. –웨인 다이어

* 미숙한 사랑은 '당신이 필요해서 당신을 사랑한다' 고 하지만, 성숙한 사랑은 '사랑하니까 당신이 필요하다' 고 한다. –에리히 프롬

* 욕망은 이기주의지 사랑은 아니다. 사랑은 상대방을 그 독립성 가운데 놓아둔다. –페터 라우스터

* 한 사람을 사랑하기 위해서는 그를 완전히 자기 안으로 받아들여야 한다. 그가 우리의 열림에 대해 어떻게 반응할지 고려하지 않은 채로 그에게 열중해야 하는 것이다. –페터 라우스터

* 사랑은 자유가 있을 때만 전개될 수 있다. 사랑은 자유롭다. 사랑은 매 순간마다 새롭게 일어나고 있는 것 위로 내려앉는다. –페터 라우스터

* 내가 당신을 어떻게 사랑 하냐고요? 방법을 꼽아 볼게요. 내 영혼에 닿을 수 있는 길이만큼, 넓이만큼, 그 높이만큼 당신을 사랑합니다. –엘리자베스 브라우닝

* 외적인 걸 사랑하면 3~4년이면 사랑이 끝나지만, 존중할 가치를 사랑하면 그 사람을 평생 사랑할 수 있다. –비(정지훈)

* 누군가를 정말 사랑한다면, 그가 내게 어떻게 하는가와 무관하게 그를 사랑할 수 있어야 한다. 이것이야말로 제대로 된 의미에서의 '능동적 사랑' 이다. –이진경

* 하루의 시작이 잠에서 깨어나는 것이듯, 인생의 시작은 사랑에 눈을 뜨고부터다. –김대규

* 먼저 사랑을 고백하라. 사랑의 감정은 자유롭게 표현할수록 더욱 빛이 난다. –앨런 코헨

* 원하는 사람을 만난다면 머뭇거리지 마라. 기회는 여러 번 오지 않는다. 자존심 따위는 생각하지도 마라. –다이앤 소여

* 키스는 마침표이자 물음표이며 또한 느낌표이다. 그것이야말로 모든 여성들이 알아야 할 문법이다. –미스텡궤

* 남자는 한 번 여자를 사랑하면 그 여자를 위해서 무슨 일이든지 한다. 단 한 가지 해주지 않는 것이 있다. 그것은 영원히 사랑하는 것이다. –오스카 와일드

* 낭만적인 사랑이 식기는 순간이다. 실은 그다음이 문제다. 사랑은 한순간의 열정이 아니라 배워서 익혀야 하는 삶의 기술이다. –박민근

* 그 사람의 건강과 안전을 염려하고 그 사람의 태도와 행동에 관심을 가지며 그 사람의 미래에 기대를 거는 마음이 곧 사랑이다. –에리히 프롬

* 이해하기 위해서는 서로 닮지 않으면 안 된다. 그러나 사랑하기 위해서는 약간 다르지 않으면 안 된다. –제럴드

* 말로 하는 사랑은 쉽게 외면할 수 있으나 행동으로 보여주는 사랑은 저항할 수가 없다. –무니햄

* 누군가를 깊이 사랑하는 사람은 늙지 않는다. 나이가 많아 죽을지라도 젊어서 죽는 것이나 마찬가지다. –피네로

* 아무리 아름다운 사랑도 충실함에 의해 해결되는 무수히 사소한 것들로 이루어져 있다. –앙드레 모루아

* 무엇으로 인해 사랑하는 것이 아니다. 무엇에도 불구하고 사랑하는 것이다. 미덕 때문이 아니라, 잘못에 아랑곳하지 않고 사랑하는 것이다. –윌리엄 포크너

* 누군가를 진실로 사랑한다면 반드시 당신의 마음이 깨질 수밖에 없다. –C. S. 루이스

* 사랑을 하면 천국을 잠깐 훔쳐볼 수 있다. –카렌센스

* 진정한 사랑은 그 사람을 통해 모든 사람을 사랑하고, 그 사람을 통해 나 자신도 사랑한다. –카를 구츠코브

* 여자의 젖가슴 사이에서 머무는 사랑은 손님일 뿐이다. –헨리 우튼

* 육욕은 사랑을 성급히 키우는 경향이 있다. 이런 사랑은 뿌리가 쉽게 뽑히고 만다. –니체

* 사랑하는 것을 불행하다고 해서는 안 된다. 보답받을 수 없는 사랑일지라도 그 안에는 무지개가 있다. –제임스 베리

* 사랑하지 않으려 해도 뜻대로 되지 않는 것 같이, 영원히 사랑하려 해도 뜻대로 되지 않는 것, 그것이 사랑의 본질이다. –라 브뤼에르

* 인생은 생각할수록 오묘해지고, 우정은 생각할수록 뿌듯해지며, 사랑은 생각할수록 황홀해진다. –김대규

* 사랑이란 두 사람이 가장 잘 성장할 수 있도록 이끄는 한 사람과 다른 사람의 관계이다. –푸트

* 여성을 소중히 지킬 수 없는 남자는 여성의 사랑을 받을 자격이 없다. –괴테

* 첫사랑에서 여자들은 상대방을 사랑하지만, 그 이후로는 사랑을 사랑한다. –라 로슈푸코

* 선물이 의미하는 것은 자신이 가진 좋은 것들을 사랑하는 사람과 함께 나누고 싶어하는 마음인 것이다. –존 포웰

* 사랑한다는 것은 관심을 갖는 것이며, 존중하는 것이다. 또한 사랑한다는 것은 책임감을 느끼는 것이며 이해하는 것이고, 모든 것은 주는 것이다. –에리히 프롬

* 사랑, 그 자체에는 문제가 없다. 문제는 사랑하는 사람들에게 있는 것이다. –카프카

* 진짜 사랑은 사랑이 무엇인지 알게 하고, 그렇지 않은 것은 사랑이 아무것도 아니라고 깨닫게 한다. –김지연

* 함께 있되 거리를 두라. 그래서 하늘의 바람이 너희 사이에서 춤추게 하라. –칼릴 지브란

* 무언가를 진정으로 사랑한다는 것은 그것을 잃을 수도 있음을 깨닫고 난 이후에도 처음과 다름없이 사랑하는 것이다. –G. K. 체스터턴

* 진짜 사랑은 누군가의 행복을 진심으로 바라는 것이다. 가짜 사랑은 아무라도 내 옆에 있기만을 바라는 것이다. –파울로 코엘료

* 사랑, 그것은 두 마음이 하나가 되게 하며, 또 하나의 뜻이 되게 한다. –스펜서

* 사랑은 모두가 기대하는 것이다. 사랑은 진정 싸우고 용기를 내고 모든 것을 걸 만하다. –에리카 종

* 매 순간은 사랑으로의 초대장이다. 필요한 모든 것이 이미 우리 안에 주어져 있다. 우리가 할 일은 그것을 깨닫고 즐기는 것뿐이다. –앨런 코헨

* 사랑은 늘 마음의 준비 자세와 결부되어 있다. 내 자신의 마음과 정신이 열려 있어야 한다. 상대방의 있는 그대로를 내 자신 안으로 받아들이고 사랑하겠다는 적극적인 의지와 용기가 있어야 한다. –페터 라우스터

* 사랑을 실현하고자 하는 마음의 자세는 어떤 만남을 사랑으로 승화시킬 수 있는 가능성을 높인다. –페터 라우스터

* 사랑한다는 것은 마음과 영혼의 문을 열고 깨어 있는 정신으로, 섬세한 감성으로 주

의 깊고 민감하게 인지하는 능력이다. –페터 라우스터

* 사랑은 순간에 전개된다. 그 순간이란 영원을 포함한다. –페터 라우스터

* 삶은 우리에게 이렇게 속삭인다. 사랑이란 서로 마주보는 것이 아니라 함께 같은 방향을 바라보는 것이다. –생텍쥐페리

* 연인들은 마침내 어딘가에서 만나는 것이 아니다. 그들은 언제나 서로의 내부에 있다. –루미

* 사랑은 한 번 더 생각하고, 한 번 더 다독이고, 한 번 더 권면하고, 한 번 더 인내한다. 사랑은 지치진 않는 '한 번 더' 이다. –조정민

* 사랑하라. 그러면 사랑받을 것이다. 또한 이전에는 할 수 없었던 것들도 할 수 있게 될 것이다. –마르쿠니 산틸라니

* 사랑은 이해의 별명이다. –타고르

* 사랑은 이별의 순간이 오기까지는 그 깊이를 알지 못한다. –칼릴 지브란

* 이별의 아픔 속에서만 사랑의 깊이를 알게 된다. –조지 엘리엇

* 사랑은 시간을 지나가게 만들고, 또한 시간은 사랑이 지나가게 만든다. –프랑스 격언

* 사랑과 이별은 불씨와 바람이다. 바람은 작은 불씨는 꺼뜨리고, 큰 불씨는 불꽃으로 타오르게 한다. –로제 드 부시 라부탱

* 힘든 일도 삶의 일부다. 사랑하는 사람과 그것을 나누지 않는다면 그에게 당신을 온전히 사랑할 기회를 주지 않는 것이다. –다이나 쇼어

* 우리가 첫사랑을 기억하는 것은 그때의 연인이 그리운 것이 아니라, 그때의 우리가 그리운 것이다. –김제동

* 참된 사랑이란 인간이 알고 있는 모든 감정, 문제, 기쁨, 환희를 아우르며 성장하고 발전하는 과정이다. –지그 지글러

* 참된 사랑이란 사랑을 얻기 위해 무엇이든 다 해주는 것이 아니라, 사랑을 얻고 난 후에 변함없이 사랑해 주는 것이다. –김용궁

* 사랑을 할 때에는 상대방의 약함이나 과오, 불완전함을 다 알고 난 후에도 사랑하는 것이다. 아니 그렇기 때문에 더욱 사랑하게 되는 것이다. 인간에게 사랑이 필요한 이유는 인간이 완전하지 않은 존재이기 때문이다. –오스카 와일드

* 사랑은 '사랑하는 사람을 통해 우리의 사랑이 사랑을 생산한 것이라는 희망에 우리 자신을 완전하게 주는 것을, 어떠한 보증도 없이 자기 자신을 사랑에 맡기는 것' 을 의미한다. 사랑은 신념의 행동이다. 그리고 약한 신념을 가진 사람은 누구나 사랑도 하지 못한다. –에리히 프롬

* 성(性)은 영혼의 만남이 될 때 진화한다. 영혼이 참여하지 않았을 때, 성은 단지 육체의 음식이 될 뿐이다. 영혼이 참여하지 않으면 생명력이 쾌락으로 낭비되기 때문에, 우선은 시원하겠지만 결국엔 가슴이 황폐해지고 만다. –한바다

* 사랑하는 사람과 전적으로 함께 있는 것은 상대방을 바꾸려거나 그에게서 무엇인가를 취하려는 의도 없이 상대가 내 공간 안에서 살아서 마음껏 춤추도록 허용하는 것이

다. 그런 마음으로 지금 한순간 온전히 정성을 다하여 현재에 존재하면 두 사람의 마음은 완전히 하나로 만날 수 있다. –한바다

아가페

* 사랑은 인생의 발화점이다. –크럼벨

* 사랑은 판관보다 더 정의롭다. –H. W. 비처

* 사랑이 있는 곳에 생명이 있다. –마하트마 간디

* 사랑은 행복으로 들어가는 문의 열쇠다. –O. W. 홈스

* 사랑은 위대한 아름다움의 창조자이다. –루이자 메이 알코트

* 모든 일이 거기 사랑이 있을 때를 제외하고는 공허하다. –K. 주브란

* 사랑하는 마음에는 언제나 젊음이 있다. –그리스 속담

* 사랑이란 주면 줄수록 더 많이 얻게 되는 것이다. –말비나 레이롤즈

* 모든 것을 갖는 비결은 모든 것을 사랑하는 것이다. –조이스 브라더스

* 삶이란 자기 자신이 본래 사랑 그 자체임을 증명해 가는 여정이다. –박성희

* 사랑하면 알게 되고, 알면 보이나니, 그때 보이는 것은 전과 같지 않으리라. –유한준

* 나는 사람들을 사랑하는 것보다 더 중요한 예술은 없다고 생각한다. –빈센트 반 고흐

* 사랑이란 마음에서 마음으로 이르는 가장 가까운 지름길이다. –모리스 베델

* 사랑에 비극은 없다. 사랑할 수 없다는 사실만이 비극일 뿐이다. –테스가

* 불이 빛의 시초이듯이, 사랑은 언제나 지식의 시초이다. –토머스 칼라일

* 사랑은 그것이 자기희생일 때를 빼고 사랑이라고 부를 가치가 없다. –로맹 롤랑

* 지성은 하나의 눈을 가지고 있으나, 사랑은 천 개의 눈을 가지고 있다. –토머스 아퀴나스

* 진정한 사랑은 영원히 자신을 확대시켜 나가는 경험이다. –M. 스콧 펙

* 사랑은…… 자아를 초월해 다른 사람과 소통하는 것이다. –조앤 코너

* 사랑에 대해 아는 길은 오직 사랑에 젖는 길뿐이다. –오쇼 라즈니쉬

* 사랑이 밥 먹여주지 않는다. 하지만 사랑은 밥 먹고 살아야 하는 이유는 된다. –신문곤

* 그대가 사랑을 거부한다면, 그대도 사랑으로부터 거부당하리라. –테니슨

* 사랑은 타인의 행복이 자신의 행복에 필수물이 되는 상태이다. –하인라인

* 동등하지 않은 것을 동등하게 하는 것은 사랑밖에 없다. –키에르케고르

* 하늘에 별이 있고, 땅에는 꽃이 있고, 인간의 가슴에는 사랑이 있다. –괴테

* 내가 행복하고, 남도 행복하게 하는 것. 이것이 사랑의 리듬이다. –니사르가닷따 마하라지

* 무엇이든 당신이 그걸 아주 사랑한다면 그것이 당신에게 말을 걸 것이다.
–조지 워싱턴 커버

* 사랑이란 그 상황에 관련된 사람 모두가 평화로울 수 있는 조건을 이루는 데 헌신하는 것이다. –마리안느 윌리암슨

* 신을 사랑하는 가장 좋은 방법은 그의 창조물들을 사랑하는 것이라는 말이 있다.
–스티븐 그리어

* 삶이란 사랑하는 법을 배우기 위해 주어진 얼마간의 자유 시간일 뿐이다. –아베 피에르

* 한 사람의 무한한 사랑에는 만인의 미움을 가라앉힐 만한 힘이 있다. –작자 미상

* 많은 것을 열정적으로 사랑하는 사람에게는 인생 그 자체가 천국이다. –레오 버스카글리아

* 모든 일을 사랑으로 행하라. 진정한 평안과 만족에 이르는 유일한 길이다. –할 어반

* 사람은 사랑으로 태어나고, 사랑으로 양육되고, 사랑으로 성숙하고, 사랑으로 완성된다. –조정민

* 사랑에는 한 가지 법칙밖에 없다. 그것은 사랑하는 사람을 행복하게 만드는 것이다.
–스탕달

* 사랑을 하면 많은 것을 희생해야 하지만, 사랑을 하지 않으면 언제나 더 많이 희생하게 된다. –메를 샤인

* 우리는 오로지 사랑을 함으로써 사랑을 배울 수 있다. –아이리스 머독

* 내가 인생을 사랑한다면, 인생 또한 사랑을 되돌려준다. –아르투르 루빈스타인

* 나는 단 하나의 의무만을 의식할 뿐이다. 그것은 사랑하는 것이다. –알베르 카뮈

* 당신에게 자신감을 주는 것, 당신에게 용기를 주는 것이 사랑이다. –토마스 M. 맥나이트

* 사랑한다는 것의 진정한 의미는 자기 자신을 넘어서는 것이다. –오스카 와일드

* 사랑은 어떤 학자보다도 월등하게 훌륭한 인생의 교사이다. –아낙 산드리데스

* 언제나 사랑하고 있는 사람은 불평을 늘어놓거나, 불행에 빠지거나 할 겨를이 없다. –주베르

* 우리 모두가 위대한 일을 할 수는 없지만, 위대한 사랑으로 작은 일들을 할 수는 있다. –마더 테레사

* 사람은 사랑과 고통에 의해서만 변화된다. –프랜시스 베이컨

* 진정한 사랑의 조건은 희생적인 헌신이다. –뒤파유

* 사랑 없이 줄 수는 있지만, 주지 않고 사랑할 수는 없다. –에이미 카마이클

* 사랑은 세계사의 궁극적 목적이며, 최고의 실재이며, 근본이다. -노발리스

* 사랑은 이 세상을 꽃밭으로 만들 수 있는 위대한 열쇠다. -R. 스티븐슨

* 인간의 사랑은 인간의 위대한 영혼을 더욱 위대한 것으로 만든다. -프리드리히 실러

* 사랑은 사람을 치료한다. 사랑을 받은 사람, 사랑을 주는 사람 할 것 없이. -칼 메닝거

* 사랑은 시간의 위력을 부숴 버리고는 미래와 과거를 영원히 결합시킨다. -밀러

* 진실 속에는 아름다움이 있고, 사랑 속에는 진실과 아름다움이 함께 있다. -김대규

* 인생 자체를 사랑하지 않는 사람은 진실한 사랑을 할 수 없다. -김대규

* 사랑은 오직 사랑을 함으로써 이해된다. 사랑은 모든 문제에 대한 해답이다.
-레스트 레븐슨

* 결국 사람은 사랑을 얼마만큼 주는가에 따라서 얼마나 많은 사랑을 받는가를 알 수 있다. -존 레넌

* 사랑을 받기 위해서 사랑하는 것은 인간이지만, 사랑하기 위해서 사랑하는 것은 천사이다. -라마르틴

* 이 지상에 사는 모든 것은 무엇보다도 그 생을 사랑하지 않으면 안 된다. -도스토예프스키

* 인간과 인간 사이에는 사랑 이외의 재산은 없다. -아우어바흐

* 자연은 오직 사랑만을 위해 우리들을 이 세상에 낳은 것이다. –체호프

* 사랑의 비극이란 없다. 사랑이 없는 곳에만 비극이 있다. –데스타

* 사랑은 '죽음과 악' 대신 '삶과 선'을 선택하게 하는 긍정적인 힘이다. –토머스 후드

* 사랑하고 사랑받을 기회는 당신이 어디에 있든지 존재한다. –오프라 윈프리

* 사랑은 어떠한 집착도 없는 나눔이다. 오직 사랑함을 통해서만 우리에게 사랑이 온다. –레스트 레븐슨

* 사랑은 두려움을 없애며, 사랑이야말로 궁극이다. 나의 행복은 나의 사랑하는 능력과 같다. –레스트 레븐슨

* 아버지의 사랑은 무덤까지 이어지고, 어머니의 사랑은 영원까지 이어진다.
–러시아 속담

* 내가 삶에서 발견한 최대 모순은 상처 입을 각오로 사랑을 하면 상처는 없고 사랑만 깊어진다는 것이다. –마더 테레사

* 이 세상 많은 가치들 중에서 영원불멸의 정의에 들어맞는 것은 '사랑'뿐이다. 다른 모든 것들은 일시적이고 무의미할 뿐이다. –제럴드 G. 잼폴스키

* 이 세상의 미술과 시와 음악을 모두 합친다 해도 사랑을 찾아서 내 것으로 만들고 지켜 나가는 일과 견줄 수 있겠는가. –로버트 브라우닝

* 다른 사람에게 내가 무엇을 해줄 수 있는지를 묻는 것은 힘의 테스트이다. 하지만 다

른 사람을 위하여 내가 어떤 고생을 해줄 수 있는지를 묻는 것은 사랑의 테스트이다.
–웨스트 콧

* 중요한 것은 사랑 이야기가 아니라 사랑을 할 수 있다는 사실이다. 사랑은 우리 삶에 양지를 드리운다. –헬렌 헤이스

* 소인은 자신만을 사랑하지만, 대인은 이 세상 모든 것을 사랑한다. 그리고 큰 사랑을 쏟는 그 세상 속에 자기 자신도 있다는 사실을 알고 있다. –랄프 왈도 트라인

* 가장 완성된 인간이란 이웃을 두루 사랑하는 사람이다. 그 이웃이 좋고 나쁜 것을 가리지 않고 모든 사람에게 착한 일을 하는 사람이다. –마호메트

* 우주가 수축해서 한 사람으로 되는 것, 한 사람이 팽창해서 신으로까지 되는 것, 그것이 바로 사랑이다. –빅토르 위고

* 미래에 있어서의 사랑은 없다. 사랑이란 오직 현재에 필요한 것이다. 현재에 사랑을 하지 못하는 사람은 사랑이 없는 사람이다. –톨스토이

* 참된 사랑은 어떤 특정한 사람에 대한 사랑이 아니라, 모든 사람을 사랑하고자 하는 정신상태이다. 우리가 그 속에서 비로소 우리 영혼의 신적 본원을 의식하는 정신상태를 말하는 것이다. –톨스토이

* 사랑은 순간 속의 주시요 명상이며, 성찰이고 생명이다. 사랑은 어떤 증명 따위를 필요로 하지 않는 그야말로 활짝 핀 자부심이다. –페터 라우스터

* 사랑은 바위처럼 그 자리에 가만히 있지 않는다. 사랑은 빵처럼 항상 새롭게 다시 만들어야 하는 것이다. –어슐러 K. 르귄

* 당신이 사랑하고, 당신을 사랑하는 사람들 속에서 진정한 즐거움을 찾는 것이 인생 아닌가. –작자 미상

* 사랑은 자신 이외에 다른 것도 실재한다는 사실을 어렵사리 깨닫는 것이다.
–아이리스 머독

* 사랑, 그것은 모든 것을 감싸 안는다. 사랑은 사람의 마음을 넓게 해준다. 그리고 마침내 차별 없이 모든 인류를 감싸 안는다. –제임스 앨런

* 만약 당신이 사람들을 심판한다면, 당신은 그들을 사랑할 시간이 없다. –마더 테레사

* 사람을 사랑하라. 그가 죄를 진 상태에서조차도. 왜냐하면 그 사랑은 하느님의 사랑과 유사한 것이며, 이 세상 사랑의 정점이기 때문이다. –도스토예프스키

* 당신이 사랑을 할 때면 우주에서 가장 강한 힘을 쓰고 있는 것이다. 사랑은 우주 안의 모든 힘뿐만 아니라 모든 즐거움과 지혜를 줄 것이다. –레스트 레븐슨

* 사랑을 받는 유일한 방법은 사랑을 주는 것이다. 왜냐하면 우리가 주는 바로 그것을 우리가 받기 때문이다. 높은 영적차원에서의 사랑은 '자기희생' 이 없다. –레스트 레븐슨

* 사랑에 대한 가장 적합한 정의는, 사랑은 받으려는 어떠한 기대도 없이 그저 주려는 감정이다. 항상 '끊임없이 감사하는 상태' 는 완전한 사랑과도 같다. –레스트 레븐슨

* 사랑은 인간의 자연스러운 본성이다. 오직 사랑하는 것만이 우리에게 사랑을 오게 한다. 우리가 더 많이 사랑할수록 더 많은 사랑이 우리에게 온다. –레스트 레븐슨

* 사랑은 줌으로써 커진다. 우리가 나누어 주는 사랑이 우리가 간직하는 유일한 사랑이

다. 사랑을 보유하는 유일한 길은 그것을 나누어 주는 것이다. –엘버트 허버드

* 사랑이 충만한 사람은 사랑이 충만한 세상에서 산다. 증오심에 불타는 사람은 증오심으로 가득 찬 세상에 산다. 당신이 만나는 모든 이는 당신의 거울이다. –켄 키스 주니어

* 사랑은 고결하고 아름다운 것이 아니라, 허리를 숙이고 상처와 눈물을 닦아 주는 것이다. –마더 테레사

* 사랑이라는 것은 생각보다는 아주 간단한 것이다. 우리의 삶을 보다 높이고 확대하고 풍부하게 하는 그 모든 것이 사랑이다. –프란츠 카프카

* 사랑을 함으로써 비로소 인생이 아름다워졌다. 그리고 자신이 살아 있음을 알게 되었다. –카를 쾨르너

* 인생을 되돌아봤을 때, 제대로 살았다고 생각되는 순간은 오직 사랑하는 마음으로 살았던 순간뿐이다. –헨리 드러먼드

* 다른 사람의 필요를 자신의 필요만큼 소중히 여기기 시작할 때 비로소 사랑은 시작된다. –앤 설리번

* 사랑하는 것은 살아가는 법을 알아가는 것이고, 살아가는 것은 사랑하는 법을 알아가는 것이다. –작자 미상

* 신과 이웃에게 위대한 사랑을 보여주는 데는 위대한 행동이 필요한 것이 아니다. 그것은 신이 보시기에 아름다운 선행을 베풀 때 얼마나 많은 사랑을 담고 하느냐 하는 것이다. –마더 테레사

* 사랑은 물질과 영혼, 보이는 것과 보이지 않는 것, 인간과 신 사이에 놓인 장벽을 무너뜨릴 수 있는 유일한 힘인지도 모른다. –안와르 엘 사다트

* 우리는 어디에서 태어났는가. 사랑에서. 우리는 무엇으로 자기를 극복하는가. 사랑으로. 우리를 항상 결합시키는 것은 무엇인가. 사랑! –괴테

* 자비심은 인간의 생존에 가장 기초가 되며, 그것 때문에 인간의 삶은 진정한 가치를 갖는다. 자비심이 없다면 삶의 기초가 없는 것과 같다. –달라이 라마

* 사랑은 지구 깊은 곳까지 뿌리를 내리고, 하늘 높은 곳까지 가지를 뻗는 나무가 되어야 한다. –게오르그 헤겔

* 우리들 생애의 저녁에 이르면 우리는 얼마나 가졌느냐가 아니라 얼마나 사랑했느냐를 놓고 심판받을 것이다. –알베르 카뮈

* 당신은 사랑할 줄 아는 가슴만 있으면 된다. 영혼은 사랑으로 성장하는 것이니까. –마틴 루터 킹

* 사람은 위기에 처할 때 사랑이 얼마나 소중한 것인가를 알게 되며, 그때 우리는 그 어느 것도 사랑만큼 중요치 않다는 것을 알게 된다. –마리안느 윌리암스

* 사랑의 잘못된 선택에 대해 말하는 것은 부질없는 짓이다. 선택이 존재하는 한 그것은 항상 잘못된 것일 수밖에 없다. –마르셀 프로스트

* 중요한 것은 많이 생각하는 것이 아니라 많이 사랑하는 것이다. 그러니 당신의 사랑을 가장 많이 불러일으키는 일을 하라. –아빌라의 성 데레사

* 우리는 태어나서 죽을 때까지 복을 바란다. 타인을 사랑한다면 쉽게 복을 얻을 수 있다. 행복해지려면 한 가지만 하면 된다. 축복은 사랑으로 가득 찬 심장 안에 있다. 다른 사람을 사랑하라. –톨스토이

* 사랑하기 때문에 잃는 것은 하나도 없다. 사랑을 표현하지 않고 감출 때 우리는 많은 것을 잃은 채 살아간다. –바바리 디 엔젤리스

* 의사가 되고 싶어 하는 사람이면 누구에게나 하는 나의 충고는 사람을 사랑하라는 것, 그리고 사람을 돌보는 일을 사랑하라는 것이다. –조지프 머리

* 사랑은 궁극의 실체다. 그것만이 유일하고 그것만이 전부이다. 사랑의 감정은 당신이 신을 체험하는 것이다. –닐 도날드 월쉬

* 지고한 진리 중에 지금 존재하고 있고, 일찍이 존재했으며, 앞으로도 영원히 존재할 것은 사랑뿐이다. –닐 도날드 월쉬

* 많은 것을 사랑하라. 왜냐하면 그 안에 진정한 힘이 있기 때문이며, 많이 사랑하는 사람은 많은 것을 수행하면서 많은 것을 이루고, 사랑 안에서 이루어지는 것은 잘되게 되어 있다. –빈센트 반 고흐

* 곡물은 봄의 태양이 빛나야만 씨앗을 싹 틔우지만, 참된 사랑은 세상이 차가워도 꽃을 피운다. –뇌티히

* 무조건적 사랑은 어린이만이 아니라 모든 인간의 절실한 열망 중 하나다. 어떤 장점 때문에 사랑받는다든가, 사랑받을 만해서 받는다는 것은 항상 의문의 여지를 남긴다. –에리히 프롬

* 사랑은 특정한 사람에 대한 특별한 관계가 아니다. 사랑은 전 세계의 사람과 연결되어 있음을 확신시키는 인격의 명령이며 태도이다. 사랑의 대상은 한 사람만으로 향하지 않는다. –에리히 프롬

* 우리는 복수와 공격, 보복을 그만두어야 한다. 사랑이 바탕이 될 때 우리는 모든 것을 이룰 수 있다. –마틴 루터 킹

* 우리가 의식하든 안 하든 우주는 사랑으로 움직인다. 자연의 흐름에 거역하는 것은 어리석고 무익할 뿐이다. –앨런 코헨

* 한 사람이 다른 사람을 사랑하는 것이 아마도 가장 어려운 일일 것이다. 이것은 궁극적이고 최종적인 시험이며 증거이다. 모든 다른 일은 사랑하기 위한 준비에 불과하다. –라이너 마리아 릴케

* 눈에 사랑이 담겨 있다면, 당신은 모든 것에서 사랑을 발견한다. 나무도 사랑으로 만들어진다. 동물도 사랑으로 만들어진다. 모든 것이 사랑으로 만들어진다. 당신이 눈에 사랑을 담고 있으면, 눈길이 닿는 곳마다 신을 볼 수 있다. –돈 미겔 루이스

* 사랑은 한 사람과의 관계가 아니라, 세계 전체와의 관계를 설정하는 태도 곧 성격의 방향이다. 만일 내가 참으로 한 사람을 사랑한다면 나는 모든 사람을 사랑하고, 세계를 사랑하고, 삶을 사랑하게 된다. –에리히 프롬

* 만일 한 사람이 오직 단 한 명의 사람만을 사랑하고 그 밖의 다른 사람들에게 무관심하고 대수롭지 않게 여긴다면, 그의 사랑은 사랑이 아니라 이해관계에서 비롯되는 애착이며, 또는 이기주의가 그 사람으로 확대된 것에 불과하다. –에리히 프롬

* 사랑의 본질을 좀 더 상세히 파악하기 위해, 나는 우선 사랑이란 아주 보편적으로 표

현해서 '상대방에 대해 깊은 관심을 기울이는 주시' 라는 사실을 지적하고자 한다. 좀 더 분명하게 말하자면 사랑이란 긍정적인 주시다. –페터 라우스터

* 다른 사람을 사랑하지 않는 것은 결국 자기 자신을 사랑하지 않는 것이다. 우리의 가장 고귀한 본성인 자연스러운 기쁨 속에서 살아가는 능력을 거부하는 것이다. 진정한 행복을 원한다면 사랑하는 법을 배워야 한다. –존 E. 월션

* 내가 만약 다른 사람에게 "나는 당신을 사랑합니다." 하고 말할 수 있으려면, 나는 "나는 당신 속에서 모든 사람을 사랑하며, 당신을 통해서 전 세계를 사랑하고 또한 당신 속에서 나 자신도 사랑한다."라고 말할 수 있어야 하는 것이다. –에리히 프롬

* 꽃을 사랑하다고 말하면서도 꽃에 물을 주는 것을 잊어버린 여자를 본다면, 우리는 그녀가 '꽃을 사랑하다' 고 믿지 않을 것이다. 사랑은 사랑하고 있는 자의 생명과 성장에 대한 우리들의 적극적인 관심인 것이다. 이러한 적극적인 관심이 없으면 사랑도 없다. –에리히 프롬

* 적어도 한 인간이 다른 인간보다 우월할 수 있기 위한 유일한 수단은 사랑이다. 헌신이다. 하나의 생명이 두 개의 생명을 위하여 존재할 수 있는 능력이 곧 사랑이다. 둘 또는 그 이상의 생명을 위하여 헌신하는 생명은 두 배 또 두 배 이상으로 우월하다. –신영복

결 혼

* 결혼 전에는 눈을 크게 뜨고 결혼 후에는 반만 떠라. –벤저민 프랭클린

* 결혼하면 권리는 반으로 줄고 의무는 배로 는다. –쇼펜하우어

* 공통의 목표를 갖는다는 것이 행복한 결혼생활의 근본적인 조건이다. –도로시 카네기

* 결혼, 그것은 한 권의 책이다. 그 제1장은 시로 쓰여 있으나 나머지 장은 산문이다.
–비발디 니코르스

* 결혼의 성공은 알맞은 짝을 만나는 데에 있는 것이 아니라 알맞은 짝이 되어주는 데에 있다. –텐드우드

* 행복한 결혼 생활에서 중요한 것은 서로 얼마나 잘 맞는가보다 다른 점을 어떻게 극복해 나가는가이다. –톨스토이

* 아내를 눈으로 보고서만 택해선 안 된다. 눈보다는 귀로써 아내를 선택하라.
–토머스 풀러

* 아내인 동시에 친구일 수도 있는 여자가 참된 아내이다. 친구가 될 수 없는 여자는 아내로도 마땅하지가 않다. –윌리엄 펜

* 가장 중요한 것은 함께 잠자리에 들어가고 싶은 여자를 찾는 것이 아니다. 가장 중요한 것은 침대에서 함께 일어나고 싶은 여자를 찾는 것이다. –로처

* 훌륭한 친구를 가진 사람은 반드시 훌륭한 아내를 얻게 될 것이다. 훌륭한 결혼이라는 것은 우의를 쌓는 재능에 달린 것이기 때문이다. –니체

* 결혼이란 사랑이 가져올 수 있는 아픔을 감수하고 사랑을 지키고 그것 없이는 삶이 불가능하다는 것을 인정하는 것이다. –캐롤린 헤이브런

* 함께 살 수 있겠다는 생각이 드는 사람과 결혼하지 마라. 없으면 살 수 없는 사람과

결혼해라. –제임스 돕슨

* 행복한 결혼의 비결은 간단하다. 그것은 가장 절친한 친구들을 대할 때처럼 서로 예절을 지키는 것이다. –로버트 킬렌

* 연애는 결혼의 새벽, 결혼은 연애의 황혼이다. –드 삐노

* 단지 돈을 위해 결혼하는 것보다 더 나쁜 것은 없고, 사랑만을 위해 결혼하는 것보다 더 어리석은 일은 없다. –새무얼 존슨

* 성공적인 결혼은 늘 똑같은 사람과 여러 번 사랑에 빠지는 것을 필요로 한다. –미뇽 머클로플린

* 결혼은 어떤 나침반도 일찍이 항로를 발견한 적이 없는 바다다. –하이네

* 결혼이란 독립은 동등하고 의존은 상호적이며, 의무는 상반되는 남녀 간의 관계이다. –안스파허

* 결혼을 단단하게 유지하려면 느슨한 고삐가 필요하다. –존 스티븐슨

* 결혼은 바이올린과 같다. 아름다운 음악이 끝나도 줄은 계속 붙어 있어야 되기 때문이다. –박희성

* 행복한 결혼은 약혼한 순간부터 죽는 날까지 결코 지루하지 않는 기나긴 대화를 나누는 것과 같다. –앙드레 모루아

* 자신보다 나은 사람과 결혼하라. 스승을 얻게 된다. –벤저민 프랭클린

* 결혼은 작은 이야기들이 계속되는 긴긴 이야기다. –피천득

* 인생의 궁극적인 성공이란 당신의 배우자가 해가 갈수록 당신을 더욱 좋아하고 존경하는 것이다. –짐 콜린스

* 결혼의 진정한 의미는 삶에서 도망치지 않는 책임감 있고 자율적인 존재로서 완전한 인간이 될 수 있도록 서로를 돕는 것에 있다. –폴 투르니에

* 결혼식이나 혼인 증서가 아닌 친밀감이야말로 진정한 결혼을 완성하는 요소이다. –캐슬린 노리스

* 부부라는 사회에서는 일에 따라 각자가 상대를 돕고, 혹은 상대를 지배한다. 따라서 부부는 대등하면서도 다르다. 그들은 다르기 때문에 대등한 것이다. –알랭

* 남편에게 귀한 대접을 받은 아내들은 나이 들어도 자신감 있고 우아하다. –이혜범

* 아내를 괴롭히지 마라. 신은 아내의 눈물방울을 세고 계신다. –『탈무드』

* 가정불화가 있을 때 남편이 한걸음 양보하라. 아내의 매력은 사랑스러움이고, 남편의 매력은 너그러움이다. –마태오 신부

* 인생의 성패는 좋은 아내를 선택하느냐 여부에 있다. 좋은 아내를 잃은 것은 신의 선물을 잃은 것이다. –벤저민 프랭클린

* 착한 아내와 건강은 남자의 가장 훌륭한 재산이다. –스퍼전

* 결혼은 약속이지만 사랑은 약속이 아니다. 사랑은 약속에 담길 만큼 작지 않다. –신상훈

* 결혼은 손과 눈에 의해 맺어지는 것이 아니라 이성과 심장에 의해 맺어진다. 결혼은 위대한 책임이다. -작자 미상

* 진실하게 맺어진 부부는 젊음의 상실이 불행으로 느껴지지 않는다. 왜냐하면 같이 늙어가는 즐거움이 나이 먹는 괴로움을 잊게 해주기 때문이다. -앙드레 모로아

* 결혼은 여자와 남자에게 내리는 신의 선물이다. 그리고 이것은 신에게 돌려드려야 하는 선물이기도 하다. 결혼은 세상의 축복이다. 두 사람이 혼자였다면 될 수 없을 더 나은 사람이 되도록 만들어 주는 것이 바로 결혼이기 때문이다. -마리안느 윌리암슨

* 사랑과 결혼은 인생에 있어서 제2의 탄생을 의미한다. 하나의 독립된 인격체로 살아오다가 나와는 다른 한 사람과 깊은 관계를 맺고 공동체를 만들어 가는 것이기에 그렇다. 20여 년 이상을 다르게 살아온 두 사람이 이제 하나의 길을 가기 위해서는 서로가 새로운 인간으로 태어나지 않으면 불가능한 일이기 때문이다. -김대중

CHAPTER

07

행복이 필요할 때

Chapter

07 행복이 필요할 때

우리는 누구나 행복을 얻고 싶어 합니다. 모든 강물이 흘러 바다에서 만나듯, 사람의 모든 욕구와 욕망은 결국 행복을 얻기 위한 것입니다. 그런 점에서 모든 사람은 행복을 캐는 광부와 같을 것입니다. 그렇다면 우리가 그토록 찾고자 하는 행복은 어디에 있는 것일까요? 그 행복은 어떻게 해야 얻을 수 있는 것일까요?

행복이 어디에 있는지 안다면, 그 행복을 찾아가기가 한결 쉬워질 것입니다. 행복의 본질이 무엇인지 안다면, 삶 속에서 행복을 발견하기가 더 쉬워질 것입니다. 우리가 '행복'에 대한 이해와 통찰을 가져야 하는 것은 이 때문입니다. 삶은 행복을 찾아가는 여정이기에, 우리는 행복을 캐내는 기술을 반드시 터득해야만 합니다. 행복이 삶의 제1의 목표라면, 행복한 사람이 세상에서 가장 지혜로운 사람이요, 가장 강한 사람일 것입니다.

행복한 세상은 행복한 사람이 만드는 것입니다. 우리는 결코 그 가치를 잊어서는 안 될 것입니다. 행복에 대한 주옥같은 아포리즘을 자주 접하다 보면 행복의 기운에 접속될 뿐 아니라, 행복이 어디에 있는지, 또 어떻게 해야 그것을 찾아야 하는지에 대한 좋은 지침을 얻을 수 있을 것입니다.

행 복

* 가장 행복한 사람은 특별한 이유 없이도 삶을 즐길 줄 아는 사람이다. -W. R. 인지

* '행복감' 이라는 감정을 좇지 말고 '행복한 삶의 방식' 을 선택하라. -노구치 요시노리

* 행복한 사람은 어떤 특정한 환경 속에 있는 사람이 아니라 어떤 특정한 마음 자세를 갖고 살아가는 사람이다. -휴 다운즈

* 행복은 발견하는 것이 아니라 창조하는 것이다. -지그 지글러

* 행복한 생활은 마음의 평화에서 성립된다. -키케로

* 행복은 방향이다. 위치가 아니라. -시드니 J. 해리스

* 나누지 않는 행복은 행복이 아니다. -보리스 파스테르나크

* 행복은 의식적 선택이지 자동응답이 아니다. -밀드리드 바델

* 행복할 때 사람은 시계 소리를 듣지 못한다. -독일 격언

* 남을 행복하게 할 수 있는 자만이 행복을 얻는다. -플라톤

* 가장 행복한 사람은 가장 유쾌한 생각을 하는 사람이다. -T. 스와이트

* 행복을 찾아 나서는 모든 여정은 결국 사랑을 찾는 길이다. -존 E. 월션

* 명심하라. 행복은 지위와 재산이 가져다주는 게 아니라, 오로지 어떻게 생각하느냐에 달려 있다. –데일 카네기

* 행복한 사람이 방 안에 들어오는 것은 마치 방 안에 촛불이 켜지는 것과 같다. –에머슨

* 불만족은 슬픔이 지나쳐서가 아니라 행복에 대한 감각이 결핍되어 있기 때문에 발생한다. –바버라 프레드릭슨

* 하나의 행복의 문이 닫히면 다른 문이 열린다. 그러나 우리는 대개 그 닫힌 문만 너무 오래 보기 때문에 우리를 위해 열려 있는 다른 문을 보지 못한다. –헬렌 켈러

* 지구상에 행복을 곱할 수 있는 유일한 방법은 행복을 나누는 것이다. –폴 쉐리

* 나 혼자서는 따로 행복해질 수 없다. 원하든 원하지 않든 우리는 서로 연결되어 있기 때문이다. –달라이 라마

* 행복한 가정은 모두 모습이 비슷하고, 불행한 가정은 모두 제 각각의 불행을 안고 있다. –톨스토이

* 행복은 결코 '그때'에 있지 않다. 그리고 '언젠가'에도 없을 것이다. 지금 내가 앉아 있는 이 자리, 지금 나와 같이 있는 이 사람들, 지금 내가 갖고 있는 이것들에만 있는 것이다. –조진국

* 행복과 불행이란 어떤 마음의 습관을 들이느냐에 달려 있다. 행복한 습관을 들여라! 그러면 언제나 행복이 함께할 수 있을 테니까. –전용석

* 행복하고 성공한 사람들은 다음 3가지를 갖추고 있다. 첫째는 과거에 감사하고, 둘째

는 미래의 꿈을 꾸고, 셋째는 현재를 설레며 살아간다. -모치즈키 도시타카

* 당신이 추구하는 걸 얻는 건 성공이다. 그러나 당신이 뭔가를 추구하면서 좋아한다면 그건 행복이다. -베스 사위

* 행복은 결심이고, 선택이다. 부정적인 면보다 긍정적인 면을 찾는 것이다. 없는 것에 눈을 돌리는 대신 가진 것을 보고 감사하는 것이다. 행복은 그런 때에 얻어지는 것이다. -마더 테레사

* 가장 행복한 사람은 일하는 사람, 사랑하는 사람, 희망이 있는 사람이다. -조셉 에디슨

* 사람은 각자 행복의 대장장이다. -아피우스 클라우디우스

* 나 자신을 행복하게 만드는 최고의 방법은 다른 사람을 행복하게 만드는 것이다. 다른 사람을 행복하게 만드는 최고의 방법은 나 자신이 행복해지는 것이다. -그레첸 루빈

* 행복이란 기쁨과 평화가 완전히 충족되는 내면상태이다. -제임스 앨런

* 옛 현자들은 자기 자신을 비우는 것이 행복에 이르는 첫걸음임을 알고 있었다. 두려움은 욕심의 크기에 비례하기 때문이다. -한바다

* 탐욕과 행복은 서로를 본 적이 없다. 그런데 어떻게 그들이 친해질 수 있겠는가?
-벤저민 프랭클린

* 행복이란 자신의 마음속에 행복의 그릇을 준비한 사람에게만 주어지는 선물이다.
-알랭

* 행복이란 높은 정신력이 낮은 정신력에 의해 괴롭힘을 받는 일이 없는 경지이며, 안일이란 낮은 정신력이 높은 정신력에 의해 괴롭힘을 받는 일이 없는 경지를 말한다.
-게오르크 짐멜

* 나는 내가 하는 일을 정말로 사랑한다. 지금도 매일 아침 거의 탭 댄스를 추면서 출근한다. 돈이 아무리 많아도 결국 사람의 행복은 자신이 사랑하고 또 나를 사랑해주는 사람들에 의해 결정된다. -워렌 버핏

* 당신이 만일 행복하지 못하다면 당신의 말, 행동, 그리고 생각의 99%가 당신 자신을 위한 것이기 때문이다. -W.W. 웨이

* 기쁠 때도 있고, 슬플 때도 있다. 그중에 무엇을 기억하느냐에 따라 행복한 사람이 될 수도 있고 불행한 사람이 될 수도 있다. -셰익스피어

* 불행은 행복이라는 이름의 나무 밑에 드리워져 있는 그 나무만한 크기의 그늘이다. 인간이 불행한 이유는 그 그늘까지 나무로 생각하지 않기 때문이다. -이외수

* 인생을 풍요롭고 아름답고 선한 것으로 생각하고 마음껏 즐기면 행복은 이미 당신의 손안에 있다. -P. 호지스

* 행복은 감자 샐러드와 같아서 다른 이들과 나누어 먹으면 모두가 즐거운 파티가 된다. -작자 미상

* 행복은 높은 데 있는 것이 아니고 서로의 가치를 인정해 주는 평지에 있다. -이무석

* 일상생활에서 아주 작고 세밀한 부분에까지 깊은 애정과 관심을 갖는 일, 마침내 그것을 예술의 경지에까지 끌어올리게 될 때 그것이 바로 행복의 비결이다. -W. 모리스

* 낮이 있으면 밤도 있듯이 행복한 삶에 어둠(불행)은 있다. 슬픔이라는 말로 균형을 잡아주지 못한다면, 행복이라는 단어는 그 의미를 잃게 될 것이다. –카를 융

* 내가 행복한 것이 세상에 도움을 주고 있다는 것을 우리는 모르고 산다. –R. L. 스티븐슨

* 행복으로 들어가는 문에는 언제나 걸림돌이 있어서 그것을 이겨내야만 그리로 들어갈 수 있다. –A. 뒤마

* 인간의 가슴에 덕으로 충만할 때에 비로소 참다운 행복과 아름다움에 눈 뜰 것이다. –에머슨

* 삶이 주는 최상의 행복은 사랑받고 있다는 확신이다. –셰익스피어

* 우리 내면의 가장 훌륭한 점을 꾸준히 훈련시키고 교육하는 것이야말로 가장 행복한 삶이다. –필립 G. 해머튼

* 아무런 노력 없이 얻는 행복은 곧 달아나 버린다. 참다운 행복은 고락을 통해 마음을 단련시킴으로써 얻어지는 것이다. 그런 행복은 다시 잃는 법이 없다. –채근담

* 우리를 행복하게 만드는 시간이 또한 우리를 지혜롭게 한다. –J. 메이스필드

* 쾌락은 육체의 어느 부분의 행복에 불과하다. 참되고 유일하며 완벽한 행복은 영혼 전체의 평온 속에 있다. –주베르

* 늘 다른 이들을 행복하게 하는 것에 행복해하라. 그러면 나의 행복은 저절로 따라올 것이다. –레스트 레븐슨

* 행복은 우리가 갖지 못한 것을 가질 때 찾아오는 것이 아니다. 행복은 우리가 가진 것의 진가를 알아볼 때 찾아오는 것이다. –프리드리히 쾨니히

* 우리를 행복하게 하는 것은 부도, 영예도 아니다. 우리를 행복하게 하는 것은 평온한 마음과 할 일이다. –토머스 제퍼슨

* 확실하게 행복한 사람이 되는 단 하나의 길은 사람을 사랑하는 것이다. –톨스토이

* 좋은 점을 많이 찾아내는 능력, 그것은 행복의 지름길이다. 싫은 점을 많이 찾아내는 능력, 그것은 불행의 지름길이다. –히스이 고타로

* 행복할 수 있는 비결은 필요한 것을 얼마나 갖고 있는가가 아니라, 불필요한 것에서 얼마나 자유로워져 있는가에 있다. –법정

* 남들에게 꼭 필요한 존재이면서 자신은 남들을 필요로 하지 않는 존재야말로 진정 행복한 사람이다. –톨스토이

* 행복은 언제나 감사의 문으로 들어와서 불평의 문으로 나간다. –서양 속담

* 행복의 비밀은 자신이 좋아하는 일을 하는 것이 아니라 자신이 하는 일을 좋아하는 것이다. –앤드류 매튜스

* 행복이란 넘치는 것과 부족한 것의 중간쯤에 있는 간이역이다. 사람들은 너무 빨리 지나치기 때문에 이 작은 역을 보지 못한 채 지나가 버린다. –C. 폴록

* 행복이란 내 안에서 희로애락(喜怒哀樂)이 막힘없이 흐르도록 할 수 있는 능력이다. –헤르만 헤세

* 흥미로운 세계가 넓으면 넓을수록 행복의 기회가 많아진다. 그리하면 운명의 지배를 덜 받게 된다. 하나를 잃으면 다른 하나로 물러갈 수 있는 것이다. –버트런드 러셀

* 우리들의 기쁨은 우리들의 행위 안에 있다. 따라서 우리들의 최선의 행위는 최고의 행복이다. –프리드리히 야코비

* 진정한 우리 마음의 행복은 우리들이 갖고 있는 모든 능력을 한껏 발휘해 우리가 살아가는 세상이 더 멋진 세상으로 완성되어 가는 것을 느끼는 데서 시작된다. –버트런드 러셀

* 축복받고자 하는 이는 축복을 나누어 주어라. 행복하고자 하는 이는 다른 사람들의 행복을 생각하라. –제임스 앨런

* 행복은 당신의 생각과 말 그리고 행동이 조화를 이룰 때 생겨난다. –마하트마 간디

* 네가 인생의 행복이 무엇인지를 안다면, 다른 사람이 갖고 있는 것을 부러워하지 않을 것이다. –플루타르크

* 순수한 행복은 이웃에 대한 봉사와 나눔에서 맛볼 수 있다. 사람과 사람이 모여 사는 이 세상의 기초는 바로 나눔에 있다. –톨스토이

* 추구하던 것을 얻게 되면 성공이지만, 추구하는 동안 그것을 좋아한다면 그건 행복이다. –버사 데이먼

* 고통이 무엇인지를 모르는 사람은 진정한 행복이 무엇인지도 알 수 없다. –틱낫한

* 행복은 자기만족에서 얻어지는 것이 아니라, 가치 있는 일에 충실할 때 얻어지는 것이다. –헬렌 켈러

* 어떻든 간에 현재와 더불어 사는 법을 배우지 않고서는 아무리 과거를 분석하거나 미래에 대해 숙고한다 하더라도 결코 행복해질 수 없다. -리처드 칼슨

* 인생의 행복은 애정이 깃든 표정이나 사소한 마음쓰임에 의하여 나타나는 약간의 배려로 크게 증진되는 것이다. -로렌스 스턴

* 삶의 가장 큰 행복은 우리 자신이 사랑받고 있다는 믿음으로부터 온다. -빅토르 위고

* 행복에서 고통까지는 한 걸음이다. 고통에서 행복까지는 끝이 없다. -유대인 격언

* 행복은 깊이 느끼고, 단순하게 즐기고, 자유롭게 생각하고, 삶에 도전하고, 남에게 필요한 사람이 되는 능력에서 나온다. -스톰 제임슨

* 성공은 행복의 열쇠가 아니다. 그러나 행복은 성공의 열쇠이다. 당신이 하고 있는 일을 사랑한다면 성공할 것이다. -알베르트 슈바이처

* 어느 날, 나는 내게 물었다. "지구에서 가장 행복한 사람은 누구일까" 나는 이렇게 답했다. "어제 하다가 남겨둔 일을 계속하기 위해 아침이 빨리 오기를 애타게 기다리는 사람." -제임스 크로닌

* 모든 행복은 타인이 행복하길 바라는 마음에서 오는 것. 모든 불행은 제 자신만 행복하기를 바라는 마음에서 오는 것. -산티데바

* 남을 행복하게 하는 것은 향수를 뿌리는 것과 같다. 뿌릴 때 자신에게도 몇 방울은 튄다. -유대인 격언

* 가장 행복한 사람으로 찬양받을 만한 사람은 가장 많은 사람을 행복하게 해준 사람이

다. –알베르트 슈바이처

* 행복은 할 일이 있는 것, 바라볼 희망이 있는 것, 사랑할 사람이 있는 것, 이 세 가지다. –중국 속담

* 재물을 스스로 만들지 않는 사람에게 쓸 권리가 없듯이, 행복도 스스로 만들지 않으면 누릴 권리가 없다. –조지 버나드 쇼

* 행복에 이르는 유일한 방법은 우리의 뜻대로 할 수 없는 것들에 대한 걱정을 그만두는 것이다. –에픽테토스

* 타인이 당신보다 더 행복한 것이 당신을 괴롭힌다면 당신은 결코 행복해질 수 없다. –세네카

* 행복을 추구하는 것도 중요하지만, 행복을 누릴 자격을 갖춘 사람이 되는 것이 더 중요하다. –칸트

* 행복의 첫 번째 비결은 웃는 것이다. 두 번째 비결은 그래서, 웃는 것이다. 세 번째 비결은 그러나, 웃는 것이다. –작자 미상

* 우리는 행복하기 때문에 웃는 것이 아니고, 웃기 때문에 행복한 것이다. –윌리엄 제임스

* 행복해지는 일이 인생의 목적이라면 하루 몇 번 웃느냐가 인생의 중요한 척도다. –스티브 워즈니악

* 행복의 원리는 간단하다. 불만에 속지 않으면 된다. 어떤 불만 때문에 자기를 학대하지만 않는다면 인생은 즐거운 것이다. –버트런드 러셀

* 우리를 행복하게 만들어 주는 사람에게 고마워하자. 그들은 우리의 영혼에 꽃을 피워 주는 고마운 정원사다. –마르셀 프루스트

* 행복은 명사도, 동사도 아닌 접속사다. 다시 말해 행복은 어떤 물건이나 행복이 아닌 사람과 사람 사이, 관계 속에 있다. –에릭 와이너

* 행복을 즐겨야 할 시간은 지금이다. 행복을 즐겨야 할 장소는 바로 여기다.
–로버트 그린 잉거솔

* 행복은 작은 것, 순간적으로 스치는 소소한 것 안에 조용히 얼굴을 숨기고 있다.
–존 F. 슈메이커

* 미래의 행복을 확보하는 가장 확실한 방법은 오늘 우리에게 허락된 행복을 마음껏 누리는 것이다. –조지 엘리어트

* 진정한 행복은 외적인 존재에 의해 만들어지는 것이 아니다. 연못도 안부터 차오르지 않는가. 이처럼 당신의 행복은 내면의 생각과 감정에 의해 만들어진다.
–윌리엄 라이언 펠프스

* 항상 같이 일하고 있는 사람들을 위해, 작지만 '아주 특별한 일' 을 해주라. 누군가의 가슴을 데워 주는 일, 그것이 성공과 행복의 비결이다. –T. G. 콕

* 행복은 깊이 느낄 줄 알고, 단순하고 자유롭게 생각할 줄 알고, 삶에 도전할 줄 알고, 남에게 필요한 삶이 될 줄 아는 능력으로부터 나온다. –스톰 제임슨

* 불행한 사람은 가지고 있지 않는 것을 사랑하는 사람이며, 행복한 사람은 가지고 있는 것을 사랑하는 사람이다. –하워드 가드너

* 행복은 수만 수천의 꽃들 사이를 통과하지만, 그 꽃을 하나도 손상시키지 않는 햇볕 같은 것이다. -제인 포터

* 행복이란 것은 거울에 반사되는 빛처럼 정열적인 가슴에 도착하면 즉시 빛을 반사한다. 오직 행복을 나누어 줄 줄 아는 사람만이 완전히 행복한 사람이다. -제인 포터

* 가장 큰 행복은 한 해의 마지막에서 지난해의 처음보다 훨씬 나아진 자신을 느끼는 것이다. -레오 톨스토이

* 자기 스스로를 좋아하는 사람은 이미 세상 행복의 반을 얻은 것과 같다. 행복의 나머지 반은…… 주위에 있는 모든 것을 사랑하면 된다. -인드라 초한

* 행복에는 날개가 있다. 그것을 붙들어 놓는다는 것은 어려운 일이다. -프리드리히 실러

* 사랑하는 것과 사랑받는다는 것, 이것보다 큰 행복이란 원치도 않고 알지도 못한다. -모라틴

* 행동이 반드시 행복을 가져다주지는 않지만, 행동 없이 행복은 없다. -벤저민 디즈레일리

* 누가 가장 행복한 사람인가? 남의 장점을 존중해 주고 남의 기쁨을 자기의 것인 양 기뻐하는 자이다. -괴테

* 행복은 보수가 아니다. 그것은 귀결이다. 고통은 처벌이 아니다. 그것은 결과이다. -로버트 그린 잉거솔

* 행복해지는 비결은 쾌락을 얻기 위해서만 노력할 것이 아니라 노력 그 자체에서 쾌락을 발견하는 데 있다. -앙드레 지드

* 행복하다고 말하는 사람들이 가지고 있는 공통적인 특징 중 하나는 자신의 가치를 인정하고 그 가치를 향유하는 능력이다. –알렉스 로비라

* 행복은 마음의 내적 외적 상태가 조화로울 때 찾아온다. –바바하리다스

* 행복한 사람이 되고 싶거든 남을 기쁘게 하는 것을 배워라. –프리올

* 탐욕의 반대는 무욕이 아니라 만족이다. 그 만족이 우리에게 행복을 약속한다. –달라이 라마

* 당신이 잘하는 일이라면 무엇이나 행복에 도움이 된다. –버트런드 러셀

* 행복해지고 싶다면 모든 사람의 행복을 빌고, 모든 사람을 똑같이 사랑하라. –톨스토이

* 행복의 원칙은 첫째 어떤 일을 할 것, 둘째 어떤 사람을 사랑할 것, 셋째 어떤 일에 희망을 가질 것이다. –칸트

* 불행한 자들의 후원자가 되어 보라. 불행이 무엇인지 알아야 행복도 안다. –작자 미상

* 진정한 행복은 좋아하는 일을 마무리한 다음 휴식을 취하고, 그로 인해 새로워질 때 얻어진다. –L. 유탕

* 행복을 얻기 위한 세 가지 공식은 매 순간을 그대로 인정하고, 그것에 감사하며, 그것을 기회로 삼는 것이다. –작자 미상

* 행복은 키스와 같아서 다른 사람과 같이 나누지 않고는 그 맛을 알 수 없다. –B. 멜처

* 삶에서 얻을 수 있는 한 가지 확실한 행복은 사랑하고 사랑받는 것이다. –G. 샌드

* 행복은 사물 자체에 있는 것이 아니라 우리가 그것을 즐기는 능력에 있다. 다른 사람이 아니라 우리 자신이 사랑하고 원하는 것을 즐길 때 행복해질 수 있다. –라 로슈프코

* 행복의 열쇠는 어디에나 떨어져 있다. –앤드류 카네기

* 우리는 행복이라는 제품을 만들 수 있는 재료와 힘을 갖고 있으면서도 기성품의 행복만을 찾고 있다. –알랭

* 미래의 행복을 확보하는 가장 확실한 방법은 오늘 허락된 행복을 한껏 누리는 것이다. –작자 미상

* 행복이란 우리 집 화롯가에서 성장한다. 그것은 남의 집 뜰에서 따 와서는 안 된다.
– 제롤드

* 행복을 얻기란 아주 쉽다. 몸짓을 제대로 해도, 말만 적절하게 해도, 영혼이라는 기계의 나사나 못을 약간 조정하거나 방향을 살짝 트는 것만으로도 행복해질 수 있다.
–프랭크 크레인

* 행복해지고 싶으면 다른 사람이 나에 대해 어떻게 생각하는지 걱정할 시간에 나 하고 싶은 것을 해야 한다. –혜민

* 누구나 살면서 아픔은 있기 마련이다. 행복한 삶을 사는 사람은 아픔이 없는 것이 아니라 아픔을 처리하는 기술이 뛰어날 뿐이다. –신문곤

* 대개는 자신을 위해 돈을 쓴 사람이 더 행복하리라 생각하지만, 사실은 그 반대다. 경

제학자들은 '베풂의 따뜻한 빛' 이라 부르고, 심리학자들은 '돕는 자의 희열' 이라고 칭한다. –애덤 그랜트

* 현인들의 격언집에 "쾌활한 마음을 지닌 자의 인생은 끝없는 향연과 같다."라는 말이 있다. 다시 말하면 쾌활한 마음을 개척한다는 것은 행복한 습관을 기른다는 것이고, 인생은 끝없는 향연과 같이 된다는 것이다. 그리고 매일매일 인생을 향락할 수 있다는 것이다. –필(미국 성직자)

* 흔히들 행복은 내내 기분이 좋다거나 즐거운 감정을 느끼는 것이라고 생각한다. 그러나 행복은 기분도 아니고, 감정도 아니다. 기분은 생화학적 조건이며, 감정은 일시적인 느낌이다. 행복은 생활할 방식이다. 무엇보다도 사랑, 낙천주의, 용기, 충족감 같은 특성으로 이루어진 관점이다. –댄 베이커

* 잃을 것이 없는 사람은 두려울 것도 없다. 바라는 것이 없는 사람도 두려울 것이 없다. 자기 안에 있는 본래적인 행복은 잃어버릴 수도 없고 더 바랄 것도 없다. 자기 내면의 행복을 발견하면 두려울 것이 없다. –김필수

기 쁨

* 기쁨은 사물 안에 있지 않다. 그것은 우리 안에 있다. –바그너

* 쉽게 기쁨을 느끼는 사람이 가장 풍요롭게 사는 사람이다. –H. D. 소로

* 기쁨이란 그저 우리에게 일어나는 것이 아니다. 우리는 기쁨을 선택해야 하고, 매일 계속해서 선택해야 한다. –헨리 나우웬

* 기쁨은 하루하루를 축제로 만드는 레시피다. 우리에겐 매일매일 축하할 일이 있다. 좋은 일을 찾기 위해 노력해라. 그러면 축하할 일을 찾게 될 것이다. –할 어반

* 모든 사람의 인생은 기쁨과 환희로 가득한 여행이 되어야 한다. –C. 필모어

* 기쁨을 주는 사람만이 더 많은 기쁨을 즐길 수 있다. –알렉상드르 뒤마

* 기쁨은 마음과 얼굴을 젊게 한다. 소탈한 웃음은 주위 사람들과 좋은 친구관계를 맺게 한다. –O. 마덴

* 기쁨은 기도다. 기쁨은 힘이다. 기쁨은 사랑이다. 기쁨은 영혼을 낚을 수 있는 사랑의 그물이다. –마더 테레사

* 다른 사람을 기쁘게 해주는 사람은 그와 똑같은 기쁨을 누리는 법이다. –벤담

* 즐거움의 본질은 자발성이다. –저메인 그리어

* 즐거움이 없다면 아무것도 득 될 것이 없다. 가장 좋아하는 일을 하라. –셰익스피어

* 즐거움이란 단순하기 짝이 없다. 생활 속에는 늘 즐거움이 있다. 다만 즐거움을 발견하는 눈과 마음이 없을 따름이다. –장쓰안

* 인생은 어느 시기건 그에 알맞은 그때만 느낄 수 있는 즐거움이 있다. 그것을 충분히 느끼고 산다면, 성공한 인생이다. –이근후

* 행복한 사람이 똑똑한 사람이다. 똑똑함의 참된 척도는 하루하루를, 그리고 지금 이 순간을 얼마나 제대로 즐겁게 사느냐다. –웨인 다이어

* 평화는 기쁨이 편히 누워 있는 것이고, 기쁨은 평화가 우뚝 서 있는 것이다. –앤 라모트

* 만족은 모든 기쁨의 근원을 열어준다. –J. 바더

* 관찰하고 이해하는 기쁨은 자연이 주는 최고의 선물이다. –아인슈타인

* 삶은 즐기는 것이지 견뎌내는 것이 아니다. 기쁨과 선과 즐거움은 생존하고자 하는 의지를 지탱시킨다. –윌러드 게일린

* 지나치게 큰 기쁨은 감당하기 어렵다. 오히려 잔잔한 기쁨이 가장 오래간다. –C. N. 보비

* 슬픔은 자신 하나만으로 족하지만, 기쁨은 다른 이들과 나눌 때 비로소 온전해진다. –마크 트웨인

* 그 누구도 우리에게서 우주의 선물을 빼앗아 갈 수 없다. 사랑, 기쁨, 감사는 영원한 천국의 보물이며 우리의 일부분이다. 우리는 어디에 있든, 무슨 일이 일어나든 그 모든 선물을 즐길 수 있다. –앨런 코헨

* 즐거움은 몸과 마음의 화합이고, 물질과 나의 통일이며, 득과 실의 절묘한 융합, 성공과 실패의 합리적인 소통이라 할 수 있다. –장쓰안

* 당신은 날씨를 마음대로 바꿀 수 없지만, 기분은 바꿀 수 있다. 당신은 외모를 바꿀 수는 없지만, 스스로를 연출할 수는 있다. 당신은 항상 승리할 수 없지만, 어떤 일에 최선을 다할 수는 있다. 즐거움은 원래 이렇게 단순하다. –장쓰안

* 당신 삶에서 당신이 원하는 것을 얻는 지름길은 지금 행복해지는 것, 지금 이 순간 행복을 느끼는 것이다. 기쁨과 행복의 감정을 우주로 발산하는 데 집중하라. 당신이 원하

는 모든 것은 내면에 달려 있다. –론다 번

* 즐거움과 행복을 뒤로 미루지 마라. 대부분의 사람들에게 있어 목표를 정한다는 것은 먼 훗날 굉장한 것을 성취한 다음, 언젠가 인생을 즐기겠다는 것을 의미한다. 행복하기 위해 목표를 달성하는 것과 행복하게 목표를 달성하는 것에는 대단히 큰 차이가 있다. 순간마다 최대한 즐거움을 느끼면서 하루하루 열심히 살라. –앤서니 라빈스

행 운

* 행운은 마음의 준비가 있는 사람에게만 미소를 짓는다. –파스퇴르

* 행운은 절로 찾아오지 않는다. 당신이 창조하는 것이다. –앨런 코헨

* 행운은 준비가 기회를 만났을 때 생기는 것이다. –세네카

* 행운은 기회를 만나기 위해 열심히 준비한 사람에게만 돌아간다. –오프라 윈프리

* 행운이란 기회를 알아보는 감각이며, 그것을 이용하는 능력이다. –새무엘 골드위

* 행운이란 일하는 사람의 성공에 대한 게으른 사람의 평가이다. –작자 미상

* 우리가 겪는 모든 불운 속에는 행운의 씨앗이 숨어 있다. –로버트 콜리어

* 날카로운 눈길로 주의 깊게 살펴볼 줄 아는 사람은 언젠가 행운을 볼 수 있다. 행운은 스스로는 장님이지만, 남에게는 보이기 때문이다. –프랜시스 베이컨

* 불운은 뜻밖에 찾아오는 반면, 행운은 그것을 계획한 사람들에게만 찾아온다.
–브랜치 리키

* 행운을 움켜쥐려면 미리 준비를 해야 한다. 행운을 맞이할 준비는 자기 자신밖에 할 수 없다. –알렉스 로비라

* 행운을 기다리지 말라. 도처에 인연이 있다. 그 인연을 전부 네 것으로 만들어라.
–마쓰시타 고노스케

* 승리는 준비된 자에게 찾아오며, 사람들은 이를 '행운' 이라고 한다. 패배는 미리 준비되지 않은 자에게 찾아오며, 사람들은 이를 '불운' 이라고 한다. –로알 아문센

* 좋은 생각을 하라. 좋은 말을 하라. 좋은 행동을 하라. 이 세 가지는 당신이 상상한 그 이상의 좋은 일들을 가져다준다. –론다 번

* 운이 꼬일 때가 있다. 그럴 때는 하는 일마다 실패를 초래한다. 하지만 헤어나는 방법이 있다. 일부러 사람들을 찾아다니면서 무조건 베풀어라. 그러면 거짓말처럼 모든 일이 잘 풀리게 된다. –이외수

CHAPTER

08

변화가 필요할 때

Chapter 08

변화가 필요할 때

작은 참나무 씨앗이 자라서 아름드리 참나무가 됩니다. 그것은 변화의 결과입니다. 변화 없이는 그 어떤 생명도 탄생할 수 없고, 또 성장할 수도 없습니다. 변화는 우리에게 필수적인 것이며, 삶의 위대한 섭리입니다. 쉼 없이 일렁이는 바다의 파도처럼, 세상은 잠시도 쉬지 않고 계속 변화합니다. 변화는 세상에 가득한 파도입니다. 조화(造花)처럼 변화가 없는 삶은 생명력이 없는 삶입니다.

요컨대 변화하지 못하는 사람은 적응하지 못하는 사람입니다. 변해야 할 때 변하지 못하면 정체되거나, 퇴보하거나, 뜻하지 않는 어려움과 불편을 겪게 됩니다. 삶은 언제나 변화의 물결 속에 있는 것이기 때문입니다. 리더십 전문가 존 맥스웰은 이렇게 말합니다. "변화 없이는 혁신도, 창의력도, 진보도 없다." 뿐만 아니라 변화 없이는 행복도 없습니다. 더 좋은 변화를 위해 우리는 늘 깨어 있어야 합니다.

성공학의 대가 브라이언 트레이시는 젊은 시절부터 늘 스스로에게 이렇게 물었다고 합니다. "내 인생을 바꾸려면 지금 무엇을 해야 하는가?" 이것은 우리 모두가 물어야 할 아주 가치 있는 질문일 것입니다. 우리 삶이 더 좋은 쪽으로 바뀌려면 지금 무엇을 해야 할까요? 무엇을 바꾸어야 삶에 많은 변화가 생겨날까요? 성장과 행복을 바란다면 우리는 반드시 이 질문에 답해야 할 것입니다.

변화는 생명력입니다. 성장이란 변화를 내포하고 있는 말입니다. 이 장의 아포리즘은 그러한 답을 찾아가는 데 좋은 지침을 줄 뿐 아니라, 변화할 수 있는 힘과 용기를 불어넣어 줄 것이며, 변화를 자극하는 좋은 촉매제가 되어줄 것입니다.

변화

* 변화 자체만큼 영속적인 것은 세상에 없다. –헤겔

* 변화가 필요하기 전에 변하라. –잭 웰치

* 지성이란 변화에 적응하는 것이다. –스티븐 호킹

* 변화는 우리의 영원한 미래라는 사실을 잊지 말기 바란다. –신헌

* 어제와 똑같이 살면서 다른 미래를 기대하는 것은 정신병 초기 증세다. –아인슈타인

* 세상의 변화는 바로 나에게서 시작할 때 가장 빠른 것이다. –작자 미상

* 인생에는 세 가지 변하지 않는 것이 있다. 변화, 선택 그리고 원칙이다. –스티븐 코비

* 변화하지 않으면 성장할 수 없다. 성장하지 않으면 진정으로 사는 것이 아니다.
–게일 쉬이

* 변화시킨다는 것은 결과를 얻는다는 의미가 아니다. 결과는 변화 자체에 있다.
–알랭 바디우

* 변화는 삶의 법칙이다. 과거나 현재만을 고집하는 사람은 틀림없이 미래를 놓치고 말 것이다. –존 F. 케네디

* 아무것도 변하지 않을지라도, 내가 변하면 모든 것이 변한다. –오노레 드 발자크

* 스스로 당신이 세상에서 보기를 원하는 바로 그 변화가 되어라. –마하트마 간디

* 목적지에 이르기 위한 첫 단계는 현 위치에 머물지 않겠다고 결심하는 것이다.
–피어폰트 모간

* 삶은 변화한다. 이 사실을 거부하고 자연스런 삶의 변화에 저항할수록 우리의 고통은 사라지지 않을 것이다. –달라이 라마

* 방황과 변화를 사랑한다는 것은 살아있다는 증거이다. –바그너

* 어제와 다른 방법으로 살면 내일은 저절로 바뀐다. –유영만

* 1%만 개선하고 변화시켜 나가도 우리의 삶은 커다란 성과를 이룰 수 있고, 거의 모든 것을 크게 변화시킬 수 있다. –켄 블랜차드

* 우리는 변화를 사랑하는 법을 배워야 한다. 왜냐하면 오직 확실한 것은 변화뿐이기 때문이다. –앤서니 라빈스

* 스스로에게 물어보라. 난 지금 무엇을 변화시킬 준비가 되었는가를. –잭 캔필드

* 세상을 고치고자 하는 사람들은 먼저 스스로를 고쳐야 한다. –윌리엄 펜

* 이 세상의 주요한 위험 요소는 세상의 모든 것이 바뀌기를 원하는 사람들과 그 어느 것도 변하지 않기를 바라는 사람들이다. –내시 애스터

* 진보는 항상 모험을 수반한다. 야구에서 2루로 도루하지 못하면, 1루에 남아 있을 수밖에 없기 때문이다. –프레드릭 윌콕스

* 진보란 변화 없이는 불가능하며, 마음을 바꾸지 못하는 사람들은 아무도 바꾸지 못한다. –조지 버나드 쇼

* 변화를 유도하면 리더가 되고, 변화를 받아들이면 생존자가 되지만, 변화를 거부하면 죽음을 맞게 된다. –레이노

* 모든 것은 변화의 결과임을 보아라. 자연은 변화를 너무나 사랑해서 모든 것을 자신처럼 끝없이 변하게 한다. –아우렐리우스

* 변화와 성장은 위험을 마다하지 않고 대담하게 자신의 삶을 시험대 위에 올려놓을 때 발생한다. –허버트 오토

* 변화에서 가장 힘든 것은 새로운 것을 생각해 내는 것이 아니라 이전에 가지고 있던 틀에서 벗어나는 것이다. –존 메이너드 케인즈

* 당신이 조금만 변하기를 바란다면 당신의 행동을 바꿔라. 그리고 획기적으로 변하기를 바란다면 당신의 패러다임을 바꿔라. –스티븐 코비

* 개혁은 변화에 대응하는 적극적 방법이다. 그것은 변화를 창조함으로써 가장 강력하

게 변화에 대응하는 것이다. 가장 확실하게 미래를 준비하는 법은 바로 미래를 만들어 내는 것이다. –구본형

* 인생이 견딜 수 없게 되었을 때, 우리는 상황이 변화할 것을 기대한다. 그러나 가장 긴요하고 가장 효과적인 변화, 즉 자신의 태도를 바꿔야 한다는 점엔 거의 생각이 미치지 못한다. –비트겐슈타인

* 의식 있는 존재로 살아가는 것은 항상 변화한다는 것을 의미한다. 변화한다는 것은 경험을 쌓는 것이며, 경험을 쌓는다는 것은 끊임없이 자기 자신을 창조해 나간다는 것이다. –앙리 베르그송

* 내 안의 변하지 않는 한 가지로 세상의 만 가지 변화에 대처한다. –호치민

* 지금까지 철학은 세계를 해석하는 데 그쳤다. 그러나 정말 중요한 것은 세계를 변화시키는 일이다. –마르크스

* 발전하는 것은 변화하는 것이다. 완벽해지는 것은 자주 변화하는 것이다. –윈스턴 처칠

* 끊임없이 변신하라. 변심은 죄지만 변신은 죄가 아니다. –이상헌

* 강한 생물이 살아남는 것이 아니라 변화할 수 있는 생물이 살아남는다. –다윈

* 우리가 직면한 모든 일을 변화시키지는 못한다. 그러나 우리는 알아야 한다. 부딪히지도 않고 변화시킬 수 있는 일은 아무것도 없다는 것을. –제임스 볼드윈

* 변화하는 것이 사는 것이다. 사는 것은 변화하는 것이다. 변화하지 않는 것은 죽음이다. –테네시 윌리엄스

* 일상을 바꾸기 전에는 삶을 변화시킬 수 없다. 성공의 비밀은 자기 일상에 있다. –존 맥스웰

* 세상의 참된 변화는 우리가 하는 일에서 나오지 않고 우리가 그 일을 할 때 지니는 의식에서 나온다. –마리안느 윌리암슨

* 변화를 계획하지 않은 것은 실패를 계획하는 것과 같다. 먼저 자신이 나아갈 방향을 정하고 그에 따라 스스로 변화하고자 노력하지 않는다면 인생의 실패는 이미 계획된 것이나 다름없다. –엘자 스키아피렐리

* 변화는 항상 우리에게 뭔가를 요구한다. 우리는 변화에 대한 대가를 치러야 한다. 사실 지속적인 변화와 발전에는 지속적인 대가가 따른다. 하지만 그 과정이 시작되려면 처음에 대가를 치르는 단계를 밟아야 한다. 그 첫 단계가 성장 과정을 시작한다. 만약 그 첫 번째 대가를 치르지 않으면 성장도, 배움도 없다. –존 맥스웰

성 장

* 성장은 유일한 생명의 증거이다. –뉴먼

* 가치를 창조하는 사람만이 성장할 수 있다. –구본형

* 스스로를 개선하는 것이 모든 성장의 첫 단계다. –존 맥스웰

* 내일이 오늘과 다르지 않다면 그것은 죽은 삶이다. –김옥림

* 성장이란 그때의 기분에 상관없이 반드시 해야 할 일을 하는 것이다. –돔 캐퍼스

* 당신이 이미 이룩한 것을 뛰어넘으려고 하지 않는 한 결코 성장은 없다. –토머스 에디슨

* 당신의 성장을 가로막고 있는 유일한 장애물은 다른 누구도 아닌 바로 당신 자신이다. –오제은

* 정신적으로 성장하는 사람은 우리의 자연스러운 삶의 토대를 차지하는 외적 성장에 사로잡히지 않는다. –프란츠 알트

* 자신이 좋아하는 것을 하면 위로를 얻을 수 있지만, 자신에게 필요한 것을 하면 성장을 할 수가 있다. –신문곤

* 성장한다는 것은 과거의 삶에서 졸업하기이고, 새로운 삶에 입학하기이다. 과거 속에 갇혀 있는 사람은 평생 동안 정지되어 있는 시간 속에서 사는, 자라지 않는 나무이다. –한승원

* 성장하고 있는 사람은 살아 있는 사람이다. 성장하고 있지 않다면 죽은 사람이나 다름없다. –웨인 다이어

* 삶에서 정말 중요한 질문 중 하나는 "나는 누구인가?"이다. 그러나 그보다 더 중요한 의문은 "나는 어떤 사람이 되어 가는가?"이다. –존 맥스웰

* 그저 당신의 자아를 실현하라. 성숙해진다는 것은 개념의 포로가 되는 것을 뜻하지 않는다. 당신의 내면 가장 깊은 곳에 있는 것을 실현하는 것이다. –이소룡

* 인생의 승리자가 되려면 책임지는 사람이 되어야 한다. 과거가 지금 당신을 지배하도

록 놔둔다면 결코 성장할 수 없다. –오프라 윈프리

* 문제를 대면하는 데 따르는 정당한 고통을 회피할 때, 우리는 그 문제를 통해 우리가 가질 수 있는 성장도 회피하는 것이다. –스콧 펙

* '날마다 새로워지기' 란 매일 새로워지는 일상의 기적이다. 배우기에, 바꾸기에, 성장하기에 너무 늦은 때란 없다. 이 모두를 평생 추구하라. –할 어반

* 성장하고 싶으면 훌륭한 사람들과 어울리고, 훌륭한 곳에 가고, 훌륭한 행사에 참석하고, 훌륭한 책을 읽고, 훌륭한 강연을 들어라. –존 맥스웰

* 지속적인 자기 발전이 없다면 현재의 당신이 앞으로의 당신이 될 것이고, 당신이 될 수도 있었던 사람과 당신 자신이 비교될 때 고통은 시작된다. –엘리 코헨

* 성장하려면 자신의 현재와 미래를 과거와는 다르게 하겠다는 의지가 있어야 한다. 당신의 역사가 당신의 운명은 아니다. –앨런 코언

* 즉효약에 집착하는 사람에게 발전이란 있을 수 없다. 발전이란 지속적으로 나아지기 위해 느리지만 꾸준히 노력하는 사람들에게 오는 것이다. –존 맥스웰

* 성장한 사람이란 실패에서 배우고, 지혜로워지고, 삶의 고난에 처했을 때도 정신적으로 안정적이면서 강인한 사람을 뜻한다. –존 맥스웰

* 처음으로 하늘을 만나는 어린 새처럼, 처음으로 땅을 밟는 새싹처럼, 우리는 하루가 저무는 겨울 저녁에도 마치 아침처럼, 새봄처럼, 처음처럼 언제나 새날을 시작하고 있다. 산다는 것은 수많은 처음을 만들어 가는 끊임없는 시작이다. –신영복

인간의 욕망은

자신의 인식이 그 한계이다.

그 누구도 자신이 인식하지 못하는 것을

갈망하지는 않는다.

–윌리엄 블레이크

CHAPTER

09

비전이 필요할 때

Chapter 09

비전이 필요할 때

'표류'는 갈 곳을 모르는 배를 두고 하는 말입니다.

비전이 없는 삶은 갈 곳을 몰라 표류하는 배와 같습니다. 비전이 없으면 삶의 방향을 잃게 되고, 아울러 삶의 동력과 의지를 상실하게 합니다. 그런 점에서 비전은 정신의 벼리와 같고, 영혼의 나침판과 같고, 삶의 등대와 같습니다. 비전이 있어야 변화의 동력을 이끌어 낼 수 있고, 이상을 향한 노력을 경주할 수 있습니다. 비전은 우리가 도달해야 할 희망의 섬입니다. 그것은 삶의 망망대해에서 표류하지 않도록 우리를 붙잡아주는 닻이요, 우리의 마음을 하나로 모우는 돛입니다. 이것 없이는 삶의 항해를 잘할 수가 없습니다. 명확한 지향점이 있다면, 우리는 분명 다른 방향보다 그쪽으로 더 다가가게 될 것입니다. 사람은 누구나 자신이 꿈꾸는 삶을 닮아갑니다. 그런 점에서 비전은 우리를 끌어올리는 정신적 지렛대와 같습니다.

배유안 작가는 『스프링 벅』 이란 책에서 이렇게 말했습니다. "네 인생을 네가 주도하라. 네 인생의 열매는 네가 맺은 것이라야 그 맛이 황홀하다." 비전이 있어야 내가 내 인생을 주도할 수 있습니다. 비전이 있어야 내가 맺은 내 인생의 열매를 맛볼 수 있습니다. 비전 없이는 어떠한 성장도, 도전도, 가능성도 존재할 수가 없습니다. 왜냐하면 비전이 없다는 것은 어떠한 도달점 혹은 어떠한 변화의 바람이나 의지가 없다는 뜻이기 때문입니다.
삶은 나의 비전 속에서 영그는 것입니다. 비전은 내가 꿈꾸는 삶의 씨앗입니다. 이 장의 아포리즘은 좋은 비전을 가질 수 있도록 비전의 가치를 깊이 일깨워 줄 것입니다. 아울러 그러한 비전에 이르는 사다리나 청사진을 그릴 용기와 지혜와 의지를 심어줄 것입니다.

비 전

* 바람은 목적지가 없는 배를 밀어주지 않는다. –몽테뉴

* 10분 뒤와 10년 후의 자신의 모습을 동시에 생각하라. –피터 드러커

* 아무런 비전 없이 그날그날을 산다면 동물이나 다를 바가 조금도 없다. –알베르 카뮈

* 오늘을 태워 내일을 밝혀라. –엘리자베스 브라우닝

* 앞을 내다보지 못하는 자는 이미 패배한 자이다. –나폴레옹

* 인생의 비전을 명확히 하는 것이 성공습관의 가장 기본적인 덕목이다. –스티븐 코비

* 인생을 발전시키는 것은 그가 하고 있는 일이 아니라 그가 하고자 하는 일이다.
–로버트 브라우닝

* 꿈을 크게 가져라. 꿈의 크기만큼 도전할 세상의 크기도 커진다. –작자 미상

* 큰 꿈을 가져라. 너의 행동을 낮게 하고, 너의 희망을 높게 하라. –조지 허버트

* 어제의 꿈이 종종 내일의 현실이 된다. 꿈을 되새기는 방법은 그것이 마치 지금 일어나고 있는 양 되살리는 것이다. –이소룡

* 미래를 창조하기에 꿈만큼 좋은 것은 없다. 오늘의 유토피아가 내일 현실이 될 수 있다. –빅토르 위고

* 미래는 자신의 꿈이 아름답다고 믿는 사람들의 것이다. –엘리너 루스벨트

* 무언가를 이룬 사람들의 공통점은 남이 감히 상상하지 않은 블루오션을 꿈꾼다는 점이다. –장석주

* 당신이 미래에 대해 생각하지 않는다면, 미래를 가질 수 없다. –헨리 포드

* 시냇물을 보고 바다가 존재한다고 믿는 것, 이것이 비전이다. –디어도어 루빈

* 과거는 활이요, 현재는 화살이요, 미래는 허공이다. 우리는 멋진 궤적을 남겨야 한다. –양광모

* 삶은 안전지대를 벗어나는 순간 시작된다. 과거의 나와 작별하고 새로운 나를 만나는 일, 안전지대를 떠나 더 큰 비전을 얻는 일이 비전 퀘스트이다. –류시화

* 강렬한 기대감만으로 가능성을 현실로 바꿀 수 있다. 욕망은 우리가 할 수 있는 일의 전조인 경우가 많다. –새뮤얼 스마일스

* 미래의 꿈을 위해 오늘의 행복을 저당 잡아도 안 되고, 오늘의 안락함을 위해 미래의 목표를 방치해도 안 된다. –알프레드 아들러

* 인간은 산 사람과 죽은 사람으로 나눌 수 있다. 꿈이 없는 사람은 살아 있어도 실은 죽은 사람과 같다. 그런 사람은 열정이 없고 매사에 부정적이다. –윤석금

* 올바른 비전은 현재와 미래를 연결해 준다. 그리고 과거를 존중한다. –구본형

* 살아가는 기술이란 하나의 비전을 골라서 거기에 집중하는 데 있다. –앙드레 모로아

* 원대한 꿈을 꿔라. 꿈을 꾸면 꿈처럼 될 것이다. 비전은 언젠가 당신이 보게 될 미래의 모습이고, 이상은 세상에 드러낼 업적의 예언이다. –제임스 레인 알렌

* 좀 더 높은 이상이 없었다면 인류는 쉬지 않고 일만 하는 개미떼와 무슨 차이가 있었을 것인가? –프리드리히 헤겔

* 미래가 누구의 편인가 묻지 마시라. 중요한 것은, 누가 미래의 편인가 하는 점이다. –장길섭

* 비전이란 우리에게 세 가지 소원과 같은 것이다. 그것은 욕망이며, 또한 많은 욕망 중의 선택이다. 그러나 그것을 들어줄 사람은 램프 속의 '지니'가 아니라 바로 자기 자신이다. –구본형

* 진짜 비전은 그 자체만으로도 힘을 준다. 자신이 진정으로 원하는 것이라는 확신이 서기 때문이다. 비전을 세워놓고도 '이 길이 정말 내 길일까?' 하는 회의가 든다면 그것은 진짜 비전이 아니다. 진짜 비전은 두려움을 넘어설 용기를 준다. 시간이 지날수록 점점 더 간절해지고 더 뚜렷해진다. –문요한

* 우리들은 대부분 시간의 반을 소망하는 데 소비하지 않으면, 우리가 할 수도 있었던 것을 후회하면서 나머지 절반의 시간을 보낸다. –알렉산더 울콧

* 낮에 꿈꾸는 사람은 밤에만 꿈꾸는 사람에게는 찾아오지 않는 많은 것을 알고 있다. –에드거 앨런 포

* 위대한 일은 위대한 인물 없이는 결코 이루어지지 않는다. 인간은 오직 위대해지려는 각오가 있어야만 위대해질 수 있다. –샤를 드골

* 이 세상엔 두 부류의 인간이 있다. 한 부류의 인간은 자기 길을 가는 인간이고, 다른 한 부류의 인간은 그 길을 가는 사람에 대해 말하며 사는 인간이다. –니체

* 그대의 성장을 기다리는 사람이 있다. 그대의 친절을 기다리는 사람이 있다. 그대의 승리를 기다리는 사람이 있다. –이케다 다이사쿠

* 당신 안에 있는 비전의 위대함이, 당신이 보는 세상의 넓이와 당신이 끌어당기는 자원의 질과 양을 결정짓는다. 당신 안에 있는 이유의 크기가 당신이 현실 세계에 남기는 결과를 결정하는 법이다. –존 디마티니

* 당신은 미쳐야 한다. 좋은 일에 제대로 미쳐야 한다. 아무나 미친 사람이 될 수 없다. 꿈이 있는 사람, 그 꿈을 생각하면 가슴이 뛰는 사람만 미칠 수 있다. 미친 사람만 새 길을 낼 수 있다. –고도원

* 꿈이란 것은 자나 깨나 그것만을 생각하고 모든 시간을 투자할 정도로 좋아할 때에만 실현되는 것이다. 그래서 일과 취미를 별개의 것으로 생각하는 것은 어리석은 삶의 태도다. 일과 취미를 하나로 만드는 것이야말로 꿈을 실현할 수 있는 가장 빠른 지름길이다. –작자 미상

※ 절대 두려워하지 말아야 할 두 가지는 첫째, 하고자 하는 바, 되고자 하는 바를 추구하는 것을 두려워 말고, 둘째, 그것을 얻기 위한 대가를 치르는 것을 두려워 말아야 한다. –작자 미상

※ 구상은 낙관적으로, 계획은 비관적으로, 진행은 열정적으로! –이나모리 가즈오

※ 당신의 야망을 깔보는 사람을 멀리하라. 하찮은 사람은 항상 남을 깔본다. 하지만 정말 위대한 사람은 남들도 똑같이 위대해질 수 있다는 희망을 심어준다. –마크 트웨인

※ 수천 그루의 나무로 울창해진 숲도 한 톨의 도토리로부터 비롯된 것이다. –에머슨

※ 만일 당신이 육체적이건 그 어떤 것이든 자신의 한계를 정해 놓는다면, 그것은 당신의 인생 전체에 퍼져 있게 된다. 당신이 하는 일, 당신의 도덕성, 당신이 나타내는 모든 것에 말이다. –이소룡

※ 남이 말하는 것에 신경 쓰지 마라. '이렇게 하면 남들이 뭐라고 하겠지…' 이런 시시한 감정 때문에 얼마나 많은 사람이 하고 싶은 일을 하지 못한 채 죽어 버리는가. –존 레논

※ 나처럼 뭔가 새로운 것을 하려는 사람은 언제나 무시당할지도 모르는 위험을 짊어지고 있다. –마일스 데이비스

※ 내가 다른 일을 할 수 있다는 사실을 받아들이지 않는 사람들 때문에 내 자신을 제한하지는 않을 것이다. –달리 파튼

※ 무슨 일이든 할 수 있다고 생각하는 사람이 해내는 법이다. 의심하면 의심하는 만큼밖에 못 하고, 할 수 없다고 생각하면 할 수 없는 것이다. –정주영

* 우리는 자명종 소리에 의해서가 아니라 새벽에의 무한한 기대감으로 깨어나는 법을 익혀야 하고, 또한 스스로 늘 깨어 있어야만 한다. –소로우

* 눈앞의 실패에 좌절하지 않을 수 있는 비전을 반드시 가지고 있어야 한다. –찰스 C. 노블

* 네가 비전을 세우고, 목표를 세웠다면 목숨을 건다고 말해라. 그럴 때 그 목표가, 그 뜻이 이루어진다. –최배달

* 더 많은 것을 구하는 자만이 더 많은 것을 가질 수 있으며, 더 많은 것을 구할 수 있다는 것을 아는 자만이 질문을 하는 법이다. –버트 에버릿

* 달을 향해 나아가라. 달에 미치지 못해도 별들 사이에 있게 될 것이다. –진 시몬즈

* 우리를 조금 크게 만드는 데 걸리는 시간은 단 하루면 충분하다. –파울 클레

* 물감을 아끼면 그림을 그릴 수 없듯이, 꿈을 아끼면 성공을 그릴 수 없다. –작자 미상

* 수많은 꿈이 꺾인다. 현실의 벽이 아니라 주변의 충고 때문에. –하상욱

* 가장 많은 것을 이루는 자들은 아마 가장 많은 꿈을 꾸는 자들이다. –작자 미상

* 나는 밤에 꿈을 꾸지 않는다. 나는 하루 종일 꿈을 꾼다. –스티븐 스필버그

* 내가 꿈을 이룬다면 나는 누군가의 꿈이 된다. –작자 미상

* 꿈의 세계에서 사는 사람들이 있다. 현실을 직시하는 사람들이 있다. 그리고 꿈을 현실로 바꾸는 사람들이 있다. –더글러스 에블렛

* 우리 모두 리얼리스트가 되자. 그러나 가슴속에 불가능한 꿈을 가지자. –체 게바라

* 실행이 없는 비전은 꿈에 불과하며, 비전이 없는 실행은 시간만 보내게 한다. 비전이 있는 행동은 세상을 바꿀 수 있다. –조엘 A. 바커

* 지난날 우리에게는 깜박이는 불빛이 있었고, 오늘날 우리에게는 타오르는 불빛이 있다. 그리고 미래에는 온 땅 위와 바다 위를 비추는 불빛이 있을 것이다. –윈스턴 처칠

* 원하는 것을 얻기 위한 첫 단계는 무엇을 원하는지 결정하는 것이다. –벤 스타인

* 어디로 가고 있는가? 그곳에 도달하기 위해 오늘 무엇을 했는가? –토머스 헨리 헉슬리

* 꿈은 도망가지 않아. 도망가는 것은 언제나 자기 자신이야. –만화영화 『짱구』에서

* 현재가 있는 곳이 아니라 가고 싶은 곳에 초점을 맞춰라. 보이는 곳까지 멀리 나아가라. 그곳에 도달하면 더욱 멀리 보일 것이다. –오리슨 스웨트 마든

* 당신이 그렇게 걷고 또 걸으면 언젠가는 사람들이 길이라고 부르겠지. 그 길에 조용한 오솔길이 있을지, 낭떠러지가 있을지, 전망 좋은 산길에 새소리가 들릴지, 사나운 짐승을 만나게 될지 알 수 없다. 어떻게 생긴 길이건 나의 길이다. –이철수

* 잘 살고 싶다는 바람은 잘 사는 것의 일부이다. –세네카

* 우리가 무엇을 보게 되는지는 주로 우리가 무엇을 찾고 있는가에 의해 좌우된다.
–존 라보크

* 나무를 겨누는 자보다 태양을 겨누는 자의 화살이 더 높이 난다. –시르니

＊ 아무리 우리가 열심히 일하려 해도 아직 하지 않은 일이 남아 있다. 완성되지 않은 일이 여전히 날이 밝기를 기다리고 있다. –H. W. 롱펠로우

＊ 대부분의 사람들은 할 수 있는 것을 할 수 없다고 생각하고 있다. 그것이 '할 수 있는 인간'과 '할 수 없는 인간'의 근본적인 차이이다. –파우엘 경

＊ 인간의 욕망은 자신의 인식이 그 한계이다. 그 누구도 자신이 인식하지 못하는 것을 갈망하지는 않는다. –윌리엄 블레이크

＊ 길이 이끄는 대로 가지 말고 길이 없는 곳으로 가서 발자국을 남겨라. –에머슨

＊ 생이 끝나는 순간 우리가 가장 많이 후회하는 것은 살면서 '한 일'이 아니라 '하지 않은 일'이다. –영화『버킷 리스트』에서

＊ 앞으로 20년이 지나면 당신은 당신이 한 일보다 하지 못한 일 때문에 후회할 것이다. 그러니 밧줄을 풀고 안전한 항구를 벗어나 항해를 떠나라. 돛에 무역풍을 가득 담고 탐험하고, 꿈꾸고, 발견하라. –마크 트웨인

＊ 사람이 평생 그 포부를 펴 볼 수 없다면 일백 살을 살아도 요절한 것이나 다름없다.
–『송서(宋書)』

＊ 위대함이란 방향을 제시하는 것이다. 큰 강은 많은 지류가 만나서 이루어진 것이다. 위대한 정신도 마찬가지다. 많은 지류가 흘러가는 방향을 제시하는 것이 문제다. 타고난 재능이 있는지 없는지는 문제가 아니다. –니체

＊ 희망은 산과 같은 것이다. 저쪽에서는 기다리고, 이쪽에서는 틀림없이 찾아갈 수가 있다. 그러나 길을 찾아 올라가야 한다. 단단히 마음을 먹고 떠난 사람은 모두 산꼭대

기에 도착할 수 있다. 산은 올라오는 사람에게만 정복될 수 있다. –알랭

* 인생은 계산하는 것이 아니라 그림을 그리는 것이다. –올리버 웬들 홈스 주니어

* 스스로가 길이 되기 전에는 새로운 길을 밟을 수 없다. –작자 미상

* 아주 오랫동안 해안이 시야에서 사라지는 것을 받아들이지 않고는 새로운 대지를 발견할 수 없다. –앙드레 지드

* 아래만 보고 있으면 무지개를 찾을 수 없다. –찰리 채플린

* 아무나 할 수 있지만 아무도 하지 않는 일, 그 일을 내가 하면 바로 내가 그 일의 주인공이다. –유영만

* 꿈꾸지 않는 자에게는 절망도 없다. –조지 버나드 쇼

* 바다에 노는 고래를 항아리에 집어넣을 수는 없다. 고래와 놀려면 바다가 되어야 한다. –허허당

* 제 갈 길을 아는 사람에게는 세상도 길을 비켜준다. –킹슬리

* 무엇인가 하고 싶은 사람은 방법을 찾아내고, 아무것도 하기 싫은 사람은 구실을 찾아낸다. –아라비아 격언

* 영향력 있는 인물이 되고자 한다면 감옥에 갇혀도 좋을 만큼 가치 있는 일을 하라. –주부날

* 사과 속에 들어 있는 씨앗은 셀 수 있지만, 씨앗 속에 들어 있는 사과는 셀 수 없다. –켄 키지

* 높은 곳으로 비상하는 기백을 가지지 못한 사람은 비굴한 행동을 취할 운명에 놓이게 된다. –벤저민 디즈레일리

* 모든 것을 할 수 없다고 해서 내가 할 수 있는 어떤 것까지 포기하지 말라! –프란체스카

* 이상을 가지고 산다는 것은 성공적인 삶이다. 사람을 강하게 만드는 것은 사람이 하는 일이 아니라 하고자 노력하는 것이다. –어니스트 헤밍웨이

* 모든 진보는 자신의 능력 이상의 삶을 살고자 하는 생명체들의 공통적인 욕망에 기초하고 있다. –새무얼 버틀러

* 위대한 포부가 위대한 인간을 만든다. –토머스 풀러

* 영원을 살 것처럼 꿈꾸고, 내일 죽을 것처럼 오늘을 살아라. –제임스 틴

* 미래는 현재를 팔아서 사는 것이다. –새뮤얼 존슨

* 미래를 예측하는 최상의 방법은 미래를 창조하는 것이다. –데니스 게이버

* 미래를 예측하는 유일한 길은 미래를 형성할 힘을 갖는 것이다. –에릭 호퍼

* 꿈꾸는 '동안'은 누구나 '동안(童顔)'이다. 젊음을 유지하는 비결은 꿈틀거리는 꿈을 꾸는 것이다. –유영만

* 발을 내딛기 전에 결코 땅을 살피고자 아래를 내려다보지 말라. 먼 지평선을 바라보는 사람만이 자신이 가야 할 길을 정확히 찾을 수 있다. -게오르크 헤르메스

* 장벽이 거기 서 있는 것은 가로막기 위해서가 아니다. 그것은 우리가 얼마나 간절히 원하는지 보여줄 기회를 주기 위해 거기 서 있는 것이다. -랜디 포시

* 인간이 위대한 것은 자기 자신과 환경을 뛰어넘어 꿈을 이뤄내는 능력이 있기 때문이다. -툴리 C. 놀즈

* 낙관론자는 꿈이 이뤄질 거라고 믿고, 비관론자는 꿈은 그냥 꿈일 뿐이라고 생각한다. -마이클 J. 겔브

* 꿈은 영혼의 창이라고 하니, 그 창으로 안을 들여다보면 영혼의 본질을 볼 수 있을 것이다. -헨리 브로멜

* 꿈을 꾸는 것은 사람이지만, 사람을 만드는 것은 꿈이다. -작자 미상

* 꿈이 현실의 행동으로 나타나고, 그 행동에서 다시 꿈이 생겨나게 되면 마침내 삶의 가장 바람직한 형태가 만들어진다. -아나이스 닌

* 미래는 자신의 꿈이 아름답다고 믿는 사람들의 것이다. -엘리너 루스벨트

* 마음속 비전이 진실하고 강력한 것이라면 그것은 현실에서도 진실하고 강력할 것이다. 비전은 영혼으로 만들어진다. 그것은 인간이 암흑 속에서 보이지 않는 눈을 가지고도 볼 수 있는 미래다. -인디언 격언

* 더 높은 곳을 향해 꿈을 꿔라. 그 꿈이 당신을 단련시킬 것이다. 늙는 걸 두려워 말고

멈추는 걸 두려워하라. 실패는 넘어지는 게 아니라 넘어져 머물러 있는 것이다. 실패한 고통보다 최선을 다하지 못했음을 깨닫는 것이 몇 배 더 고통스럽다. –작자 미상

* 꿈은 영원한 기쁨이자 결코 다 써버릴 수 없는 재산이고, 해가 갈수록 활력을 주는 행운이다. –재클린 케네디 오나시스

* 이루어진다고 상상하면 가슴이 두근거려 잠도 못 자고 흥분이 되고 감동해서 눈물이 날 만큼 간절하고 큰 꿈을 꾸어라. –이젠 드림빌더로 거듭나라

* 큰 꿈을 가져라. 오직 큰 꿈만이 영혼을 감동시킬 수 있다. –마르쿠스 아우렐리우스

* 꿈을 단단히 붙잡아라. 꿈이 죽는다면 인생은 날개가 부러져 날 수 없는 새와 같다. –랭스턴 휴즈

* 꿈을 놓치지 마라. 꿈이 없는 새는 아무리 튼튼한 날개가 있어도 날지 못하지만, 꿈이 있는 새는 깃털 하나만 갖고도 하늘을 날 수 있다. –강수진

* 눈 뜨고도 꿈을 꿔라. 그 꿈은 현실의 청사진이다. –이상헌

* 나는 내 삶을 해석할 꿈을 찾고 있었던 것이 아니라 내 꿈을 해석할 삶을 찾고 있었다. –수전 손택

* 나는 가슴이 이끄는 대로 살고, 새로운 것에 도전하며, 상상한 것을 실현한다. 내 꿈과 열정에 솔직한 것, 그것이 내 삶이고 경영이다. –리처드 브랜슨

* 꿈꾸는 힘이 없는 사람은 살아갈 힘도 없다. –어니스트 톨러

* 좋은 생각은 끝까지 추구하지 않으면 좋은 꿈에 지나지 않는다. –에머슨

* 이룩할 수 없는 꿈을 꾸고, 이루어질 수 없는 사랑을 하고, 싸워 이길 수 없는 적과 싸움을 하고, 견딜 수 없는 고통을 견디며, 잡을 수 없는 저 하늘의 별을 잡자. –세르반테스

* 나는 아름다운 꿈도 꾸었고 악몽도 꾸었으나 아름다운 꿈 덕분에 악몽을 이겨낼 수 있었다. –조너스 솔크

* 삶은 계속되고 아직 꿈꿀 시간은 많다. 후회가 꿈을 대신하는 순간부터 우리는 늙기 시작한다. –지미 카터

* 가장 탁월한 이상주의자가 가장 탁월한 현실주의자다. 꿈을 가진 이만이 극복해야 할 현실이 보인다. 꿈을 가진 사람이란 극복해야 할 현실을 가진 사람이다. –강신주

* 챔피언은 결코 체육관에서 만들어지는 것이 아니다. 챔피언은 자신의 가슴속에 들어 있는 꿈, 소망, 이상에 의하여 만들어진다. –무하마드 알리

* 꿈은 머리로 생각하는 게 아니라 가슴으로 느끼고, 손으로 적고, 발로 실천하는 것이다. –존 고다드

* 크게 생각하라. 당신의 꿈을 지지해 줄 보이지 않는 놀라운 힘이 있다. –셰릴 리처드슨

* 위대한 자가 꿈을 꾸는 것이 아니라 꿈을 꾸는 자가 위대한 것이니, 마음껏 꿈꾸길 바란다. –오프라 윈프리

* 모든 변화는 꿈과 그 꿈을 행동으로 옮기려는 결심에서 피어난다. –데이비드 본스타인

* 꿈이 사라진 인생은 날개를 접은 새와 같다. 더 이상 높이 날 수 없기 때문이다.
–랭스턴 휴즈

* 이루지 못한 꿈은 한 인간의 삶을 창백하게 만든다. –오노레 드 발자크

* 모든 위대한 꿈은 꿈을 꾸는 사람과 함께 시작된다. 늘 기억하라. 당신 내면에는 세상을 바꿀 수 있는 별을 추구하는 힘과 인내, 열정이 있다는 사실을. –해리엇 터브먼

* 꿈이란 당신이 잠에서 깨어나며 잊어버리는 그 무엇이 아니라 당신을 잠에서 깨우는 그 무엇이다. –찰리 헤지스

* 꿈을 찾는 것도 당신, 그 꿈으로 향한 길을 걸어가는 것도 당신의 두 다리, 새로운 날들의 주인은 바로 당신 자신이다. –토마스 바샤

* 꿈을 밀고 나가는 힘은 이성이 아니라 희망이며, 두뇌가 아니라 심장이다.
–도스토예프스키

* 이상이란 불만을 표현하는 방법의 한 가지다. –폴 발레리

* 이상은 우리 안에 있다. 동시에 그것의 달성을 가로막는 여러 가지 장애물 또한 우리들 속에 있다. –토머스 칼라일

* 이상주의는 경험에 앞서는 것이고, 비관주의는 경험에 뒤따르는 것이다. –데이빗 T. 울프

* 이상은 별과 같다. 우리는 이상에 다다를 수는 없지만, 뱃사람들과 마찬가지로 이상을 기준으로 인생의 항로를 설정한다. –카를 슐츠

* 혼자 꾸는 꿈은 하룻밤 꿈에 불과하다. 그러나 누군가와 함께 꾸는 꿈은 현실이 된다. –오노 요코

* 작은 꿈은 꾸지도 말라. 그것은 인간의 영혼을 움직이지 못한다. –빅토르 위고

* 시련이 인생의 소금이라면, 희망과 꿈은 인생의 설탕이다. 꿈이 없다면 인생은 쓰다. –에드워드 불워 리턴

* 사람이 오로지 빵만을 추구하면 빵도 얻지 못하나, 빵 이상의 것을 추구하면 빵은 저절로 얻어지게 된다. –서양 격언

* 사람은 세월이 쌓여 늙어가는 것이 아니라 이상(理想)을 잃을 때 늙어가는 것이다. 이상도 하나의 생명이라서 계속 성장시키지 않으면 죽고 만다. –박노해

* 우리는 모두 시궁창 안에 있지만, 우리들 중 일부는 별들을 보고 있다. –오스카 와일드

* 만일 당신이 배를 만들고 싶으면 사람들을 불러 모아 목재를 가져오게 하고, 일을 지시하고, 일감을 나누어 주지 마라. 대신 그들에게 저 넓고 끝없는 바다에 대한 동경심을 키워줘라. –생텍쥐페리

목표 · 계획

* 방향이 잘못되면 속도는 무의미하다. –마하트마 간디

* 목표를 보는 자는 장애물을 겁내지 않는다. –하나모어

* 목적은 반드시 달성시키기 위해 세우는 것이 아니라 조준점의 역할을 하기 위해 세워지는 것이다. –주베르

* 더 많은 목표를 세울수록 더 많은 목표를 성취하게 된다. –마크 빅터 한센

* 목표는 충분히 높아서 그것이 나를 설레게 하기도 하고, 동시에 두렵게 하기도 해야 한다. –밥 프록터

* 행복, 부, 그리고 성공은 목표 설정에 따른 부산물이지 그것이 목표 자체가 될 수는 없다. –데니스 웨이틀리

* 인생을 성공으로 이끄는 사람은 자기 목표를 똑바로 보고 항상 겨냥하는 사람이다. –세실 B. 데밀

* 장기적인 목표에 도달하기 위한 유일한 방법은 단기적인 목표들을 달성하는 것이다. –지그 지글러

* 항상 무언가를 시작할 때는 뚜렷한 목표를 설정하라. 목표가 없는 노력은 비효율적인 결과를 낳기 마련이다. –폴 J. 마이어

* 평범한 재능과 야심, 평균적인 교육 수준의 보통 사람도 자신의 모든 것을 걸 수 있는 명확한 목표만 있으면 가장 뛰어난 천재도 이길 수 있다. –메리 케이 애시

* 궁수가 활을 쏠 때 그 목표물이 너무 멀리 떨어져 있어서 그 활로는 맞추기가 어렵다는 것을 자각하면, 그는 목표보다 훨씬 높은 곳을 겨냥한다. 미리 높이 겨냥함으로써 가능한 한 그 목표 가까이에 화살이 떨어지도록 하기 위해서이다. –마키아벨리

* 목표가 확실한 사람은 아무리 거친 길에서도 앞으로 나갈 수 있다. 목표가 없는 사람은 아무리 좋은 길이라도 앞으로 나갈 수 없다. –토머스 칼라일

* 매일매일의 목표에는 어제보다 더 나아지려는 정직한 노력이 포함되어야 한다. –지그 지글러

* 목표를 잘 정하면 절반은 이룬 것이다. 노력도 중요하지만, 가장 중요한 것은 방향과 헌신성이다. –지그 지글러

* 확고한 헌신성과 확고한 목표를 가지고 있다면 그 목표를 이룰 수 있는 가능성이 커진다. –지그 지글러

* 확고한 목표만큼 마음에 평온을 가져다주는 것은 없다. 영혼은 한 지점에 밝은 눈을 고정시킬 것이다. –메일 셸리

* 자신이 어디로 가는지도 모르는데, 어떻게 목적지에 갈 것을 기대할 수 있겠는가? –베이실 월시

* 목표를 설정하고 끈기 있게 추구한다는 작은 발걸음이 모든 것을 변화시킨다. –스콧 리드

* 열차가 궤도에서 벗어나면 자유로워지지만, 아무 데도 갈 수 없다. –지그 지글러

* 중요한 것은 출발점이 아니라 결승점이다. –지그 지글러

* 목표란 우리들이 계속 앞으로 나아가도록 해주는 것이다. –앤드류 매튜스

* 살아가는 기술이란 하나의 공격목표를 골라서 거기에 집중하는 데 있다. -앙드레 모로아

* 성공한 사람들을 보면 분명한 목표를 세우고, 목표에 접근하기 위한 구체적인 계획을 짠다. 목표가 있다는 것은 태양빛을 한곳에 모을 수 있는 볼록렌즈를 갖고 있는 것과 같다. -김이율

* 우리는 아침에 우리를 침대 밖으로 끌어내는 그 무엇이 있어야만 한다. 어쨌든, 침대 안에서는 아무것도 할 수 없으니까. 가장 중요한 것은 우리가 지향하고 있는 목표와 방향이다. -조지 번스

* 어느 누구도 미래를 보장할 수 없다. 우리가 할 수 있는 것은 자신감을 느끼고 계획을 짜는 것이다. -헨리 포드 2세

* 삶을 살아가는 동안 목표에 대한 지향점이 없다면 인간은 자신이 무엇을 해야 하는지 알지 못한다. 인생의 목표는 밤바다의 등대와 같고, 낯선 길에 들어선 탐험가의 나침반과 같다. -알프레드 아들러

* 우리가 바꿀 수 있는 것은 자신의 구체적인 목표뿐이다. 목표가 변하면 정신적 습관이나 태도가 변한다. 낡은 습관이나 태도는 필요 없어지고, 새로운 목표에 적합한 새로운 것이 낡은 것을 대체하게 될 것이다. -알프레드 아들러

* 한 개인의 자질은 스스로 설정한 목표에 반영되어 있다. -레이 크로크

* 내일은 준비한 사람의 몫이다. 하루를 살려면 하루를 준비하고, 평생을 살려면 평생을 준비해야 한다. -이상헌

* 정신은 내면의 목표가 있을 때에만 발달한다. -알프레드 아들러

* 진정한 행복의 조건이 무엇인지 오해하는 사람들이 많다. 진정한 행복은 자기만족을 통해서가 아니라 가치 있는 목적에 헌신할 때 찾아온다. –헬렌 켈러

* 이 세상에 완벽한 지도란 없다. 중요한 것은 나의 목적지가 어디인지 늘 잊지 않는 것이다. –작자 미상

* 삶의 목적을 가진 사람들은 언제나 그 목적을 실현할 방법을 찾을 것이다. –빅터 프랭클

* 목표는 무엇에 집중해야 할지를 가르쳐주고, 낭비 · 방황 · 고민을 줄여주는 인생 경영의 핵심이다. –공병호

* 목표가 있는 사람은 성공한다. 그들이 어디를 가고 있는지 알기 때문이다. –얼 나이팅게일

* 새로운 인생은 방향을 찾음으로써 시작된다. 사람은 나이의 많고 적음에 상관없이 삶의 목표를 정한 그날부터 진정한 인생의 항해가 시작되며, 이전의 날들은 그저 쳇바퀴를 도는 듯한 생활에 불과하다. –멍화린

* 위대한 것을 성취하려면 행동할 뿐만 아니라 꿈꿔야 하며, 계획할 뿐만 아니라 믿어야 한다. –아니톨 프랑스

* 길이 없으면 길을 찾고, 찾아도 없으면 길을 만들며 나가면 된다. –정주영

* 장기적 계획은 미래의 결정을 다루는 것이 아니다. 현재 내리는 결정이 미래를 다루는 것이다. –피터 드러커

* 천재는 자기 시대를 마치 혜성처럼 가로지른다. 그러기에 우리는 천재의 재능을 알아볼 수 있어야 한다. 그것은 사람들이 감히 손도 대지 못할 목표를 거머쥔다. 다른 사람

들은 볼 수조차 없는 목표에 도달하는 것이다. –쇼펜하우어

* 목표는 당신의 정력을 행동으로 돌리는 데 도움을 준다. –레스 브라운

* 목표에 도달하는 가장 확실한 방법은 그 목표가 아니라 그 너머의 더 야심 찬 목표를 향해 나아가는 것이라는 점은 역설적이지만 참되고 중요한 인생의 원칙이다. –아널드 토인비

* 명확히 설정된 목표가 없으면 우리는 사소한 일상을 이상하리만치 충실히 살다 결국 일상의 노예로 전락하고 만다. –로버트 A. 하인라인

* 삶의 목표는 대다수의 한쪽에 속하는 것이 아니다. 오히려 광기 어린 사람들의 집단을 항상 멀리하는 것이다. –아우렐리우스

* 삶의 기술이란 하나의 목표를 선택하여 거기에 힘을 집중시키는 일이다. –앙드레 모루아

* 목표가 있는 사람은 달성 방법을 궁리하기 시작하며, 이런 '경로 사고' 덕분에 삶을 희망적으로 바라보게 된다. –릭 스나이더

* 목표에 따라 삶이 달라진다. 이왕 해야 하는 일이라면 최고 수준까지 도달하도록 마음먹고 해나가야 한다. 최고의 목표를 세우고 집요하게 나아가다 보면, 놀랍게도 그 목표 이상의 세계에 도달하게 될 것이다. 목표달성에 필요한 것들에 자신의 시간과 에너지를 집중해야 한다. 최고의 작품을 만들어 내기 위해 쉼 없이 노력해야 한다. –작자 미상

* 꿈꾸지 않고 목표를 이룬 사람은 아무도 없다. 대부분 사람들은 원하는 것을 상상하는 대신, 원하지 않는 일에 집중하며 살아간다. 간절히 원하고 절실히 집중하라. 정말로 원하지 않으면 어려움이 닥쳤을 때 쉽게 포기한다. 알고 있고, 할 수 있고, 가지고 있는 것에 집중하라. –보도 섀퍼

* 사람은 큰 목표를 갖게 되면 자연히 성장한다. –프리드리히 실러

* 목표를 설정하지 않은 사람들은 목표를 설정한 사람들을 위해 일하도록 운명 지워진다. –브라이언 트레이시

* 그 무엇도 직선으로 움직이지는 않는다. 따라서 어떤 목표도 좌절과 방해를 겪지 않고 이루어지는 법은 없다. –앤드류 매튜스

* 인생의 목표가 없다면 그냥 바람 부는 대로 가는 돛단배와 같다. –토마스 풀러

* 꿈은 어느 날 하늘에서 뚝 떨어질 수 있어도, 목표는 하루에 한 발짝씩 걸어야 도달할 수 있다. –한비야

* 인생에서 중요한 것은 서 있는 위치가 아니라 가려는 방향이다. 아무리 노력해도 방향이 틀렸다면 목표에서 점점 멀어질 뿐이다. –장쓰안

* 개인 목표에 따라 우리가 느끼는 삶의 질도 달라진다. 훌륭한 인생 목표가 있으면 자신과 미래, 그리고 스스로의 노력으로 얻은 다양한 기회에 대해 기대를 걸 수 있다. 희망을 품은 사람은 행복하며, 목표 달성을 위해 남보다 훨씬 꾸준히 융통성 있게 노력한다. –캐롤라인 애덤스 밀러

* 목표를 확실히 갖고 있는지 아닌가에 따라 사람의 성장은 상당히 달라진다. 그 목표에 도달하는 자체가 중요해서가 아니라 목표가 그 사람을 끌어당기는 힘이 되어, 일을 하게 하고 발전, 진보시키기 때문이다. –히로나카 헤이스케

* 범죄자들은 항상 자신을 정당화하려 애쓴다. 반면 삶을 유익하게 하는 목표를 가진 사람들은 별 말이 없다. 자기 자신에 대해 변명할 필요가 없기 때문이다. –알프레드 아들러

* 인생의 목표를 정하기 전에 반드시 네 가지를 점검해야 한다. 자신이 정말 잘하는 것(재능), 정말 하고 싶은 것(열정), 사회가 원하는 것(수요), 옳다는 확신이 드는 것(양심)이다. –스티븐 코비

* 어떤 목표도 세우지 않고 사는 사람은 인생을 그냥 스쳐 보내는 사람이다. 대부분의 사람은 자기가 인생을 낭비했다는 사실을 뒤늦게야 깨달기 때문에 어떻게든 다시 한번 인생을 살고 싶다고 말한다. –게리 레이섬

* 글로 써두면 그 꿈을 응원해 주는 누군가가 나타날 것이다. 그러니 지금 선언하라. "해보고 싶은 일은 반드시 해보는 거야." 한 번뿐인 인생이니까. –히스이 고타로

* 목표를 글로 적으면 인생의 지도가 된다. 거의 모든 성공한 사람들이 인생의 성취목록을 만들어 이용한다는 것을 발견했다. 이 목록은 그들을 더욱 즐겁게 하고, 자극하며, 성취하게 만들었다. –캐롤라인 애덤스 밀러

* 꿈을 기록하라. 꿈을 날짜와 함께 적어놓으면 목표가 되고, 목표를 잘게 나누면 계획이 된다. 계획을 실행에 옮기면 꿈이 현실이 된다. –그레그 레이드

* 목표를 달성하고 싶으면 그것을 기록하라. 목표달성에 헌신하겠다는 마음으로 목표를 기록하라. 그러면 그 행동이 다른 곳에서의 움직임을 이끌어낼 것이다. 목표를 이루려면 일단 목표를 기록하라. –헨리엔트 앤 클라우

* 그대들이 일생을 사는 동안 무엇을 하든 개의치 않겠다. 그러나 무슨 일을 하든 일인자가 되라. 설혹 하수도 인부가 되는 한이 있더라도 세계 제일의 하수도 인부가 되라. –케네디

* 행운은 그것을 계획한 사람에게만 찾아온다. –브랜치 리키

* 목표에 정성을 쏟으면 목표도 그 사람에게 정성을 쏟는다. 계획에 정성을 쏟으면 계획도 그 사람에게 정성을 쏟는다. 무엇이든 좋은 것을 만들어 내면 결국 그것이 그 사람을 만드는 법이다. –짐 론

* 계획하지 않는 것은 실패를 계획하는 것과 마찬가지이다. –에피 존스

* 목적과 그에 따른 계획이 없다면 목적지 없이 항해하는 배와 같다. –피츠휴 닷슨

* 전진을 위한 단계 하나하나가 지금 상황보다 더 크고 더 나은 무언가를 성취하기 위한 과정이다. –작자 미상

* 계획이란 미래에 관한 현재의 결정이다. –피터 드러커

* 계획 없이 산다는 것은 실패할 계획을 세운 것과 마찬가지다. –마크 휴즈

* '무계획' 위에 '계획'이 있고, '계획' 위에 '변수'가 있고, '변수' 위에 '순리'가 있다. –김세유

* 작은 계획을 세우지 마라. 작은 계획에는 사람의 피를 끓게 할 마법의 힘이 없다. 큰 계획을 세우고 소망을 원대하게 하여 일하라. –다니엘 H. 번햄

* 매일 아침 그날 해야 할 일을 계획하고, 그 계획에 따라 사는 사람은 바쁜 삶 속에서 자신을 인도해 주는 줄을 잡고 있는 것이다. 그러나 계획 없이 모든 일을 우연에 맡기게 된다면, 항상 삶이 혼란스러울 것이다. –빅토르 위고

* 꾸물대는 버릇을 끝내게 만드는 확실한 방법은 모든 목표에 기한을 정하고, 삶의 목표를 규정하고, 끈기 있게 행동으로 옮기는 것이다. 목표들을 이루겠다는 간절함과 절

박감을 가지고 잠재력을 최대한 발휘해야 한다. –브라이언 트레이시

가능성

* 미래는 확실하지 않은 가능성을 찾아내는 사람들의 것이다. –괴테

* 가능성은 신이 우리에게 주는 암시다. 우리는 반드시 그것을 따라야 한다. –키에르케고르

* 가능성을 본다는 것은 외부에 있지 않다. 내 마음 안에 있다. –쇼펜하우어

* 가능성이란 0부터 100 사이의 확률이 아니라 '할 수 있다'와 '할 수 없다' 사이의 신념이다. –양광모

* 우리가 바라보는 모든 것은 우리가 바라보지 못한 세계의 그림자다. –마틴 루터 킹

* 모든 사람은 탄복할 잠재력을 가지고 있다. '모든 것이 내가 하기 나름이다.' 고 끊임없이 자신에게 말하는 법을 배워라. –앙드레 지드

* 우리는 늘 같은 행동을 하며 틀에 박힌 채 살아간다. 그러면서 매일 같은 역할만 반복한다. 우리의 잠재력을 키우려면 매 순간을 새롭게 살아야 한다. –이소룡

* 자신의 재능을 모두 발휘하자. 노래를 가장 잘하는 새들만 지저귀고 다른 새들은 모두 침묵한다면 숲은 더없이 고요할 것이다. –헨리 밴 다이크

* 가능성이 얼마나 희박한가보다 그 가능성을 얼마나 향상시킬 수 있을지에 대해 말해

야 한다. –짐 러벨

* 다른 사람들은 있는 것을 보면서 '왜 그럴까?' 라고 묻는다. 나는 가능한 것을 보면서, '왜 그렇게 하면 안 되는가?' 라고 질문한다. –파블로 피카소

* 자신의 능력을 넘어서는 일에 도전해 보지 않는다면 자신이 얼마나 대단한 인물인지 어떻게 알 수 있겠는가? –T. S. 엘리엇

* 우리는 반쯤 잠들어 있는 상태이다. 불은 꺼져 있고, 불을 지피는 데 필요한 바람은 제대로 통하지 않는다. 우리는 우리가 동원할 수 있는 정신적, 신체적 능력의 극히 일부만을 사용하고 있다. –윌리엄 제임스

* 한 알의 도토리 속에 응축되어 있는 그 강력한 에너지를 생각해 보라! 땅속에 묻으면 그것은 거대한 떡갈나무로 폭발해 오른다. –조지 버나드 쇼

* 우리가 지금껏 상상한 것 중에 우리의 능력을 뛰어넘는 것은 아무것도 없다. 오직 우리가 알고 있는 현재의 우리를 뛰어넘을 뿐이다. –테오도르 로작

* 신이 인간에게 불가능한 꿈을 주실 때에는 그것을 도와주겠다는 의미이다.
–레그손 카이라

* 인생은 하나의 커다란 캔버스와 같다. 가능한 한 모든 물감을 거기에다 쏟아부어라.
–대니 케이

* 자신을 한계 짓지 마라. 당신은 당신의 마음이 정하는 만큼 갈 수 있다. 당신이 믿는 것, 당신은 그걸 성취할 수 있다! –메리 케이 애시

* 세상에 불가능은 없다. 단지 우리가 가능한 방법을 모를 뿐이다. –래리슨 커드모어

* 불가능이 뭔지 몰랐기 때문에 그것을 할 수 있었다. –아인슈타인

* 불가능이란 노력하지 않는 자의 변명이다. –작자 미상

* 누군가 해내기 전까지는 모든 것이 '불가능한 것' 이다. –브루스 웨인

* 불가능하다고 생각하는 사람들은 가능하다고 생각하며 도전하는 사람들을 방해해서는 안 된다. –토머스 에디슨

* 어떤 일이 불가능하다고 말하는 사람은 그 일을 행하는 사람에게 가로막히게 마련이다. –지그 지글러

* 지금은 불가능하다고 생각되는 것도 다음 세대에는 불가능하지 않다.
–컨스턴스 베이커 모틀리

* 가능성은 좋은 미래를 끌어당기는 주문이다. '가능하다' 는 관점에서 항상 생각하라. 이것이 모든 성공의 시작이다. –할 어반

* 불가능이 무엇인가는 말하기 어렵다. 어제의 꿈은 오늘의 희망이며 내일의 현실이기 때문이다. –로버트 고다드

* 일이 불가능하다고 믿는 것은 일을 불가능하게 하는 길이다. –토머스 풀러

* 누군가는 언제나 다른 누군가가 불가능하다고 말한 어떤 일을 하고 있다. –작자 미상

* 인생의 커다란 기쁨 중 하나는 대부분의 사람들이 불가능하다고 하는 것을 해내는 것이다. –월터배젓

* 인생을 사는 동안 가장 큰 기쁨은 당신은 못 해낼 것이라고 세상이 말한 것을 해냈을 때이다. –루스벨트

* 자신이 할 수 없다고 말한 것을 누군가가 하는 것을 보는 것만큼 당혹스러운 일은 없다. –샘 유잉

* 나는 항상 내 한계를 찾으려고 노력한다. 지금까지는 그 한계를 찾을 수 없었다. 나의 세계는 팽창하고 있으니까. –파울로 코엘료

* 당신이 몇 살이든, 어떤 환경에서 자랐든, 어떤 교육을 받았든, 당신의 대부분을 이루고 있는 것은 개발되지 않은 잠재력이다. –조지 레오나르드

* 가능성을 믿어라. 사태가 아무리 어두워 보이고 실제로 어둡다 하더라도 시선을 높여 가능성을 바라보라. 가능성은 항상 있는 것이기 때문이다. –노먼 빈센트 필

* 반드시 해야 하는 일부터 하라. 그런 다음 할 수 있는 것을 하라. 그러면 불가능하다고 생각했던 것을 해내고 있는 자신을 발견하게 된다. –아시시의 성 프란체스코

* 불가능한 것을 성취하려면 불가능한 것도 실행해야 한다. –세르반테스

* 고귀한 일은 어떤 것이고 처음에는 불가능한 것으로 여겨지는 법이다. –토머스 칼라일

* 우리를 절망에 빠뜨리는 것은 불가능이 아니라 우리가 깨닫지 못했던 가능성이다. –라 로슈푸코

* 불가능한 것을 시도함으로써 인간은 가장 높은 수준의 가능성을 얻는다.
–아우구스트 스트린드베리

* 인생의 어려움에 정면으로 맞서 자신을 극한에까지 이르게 하는 마음의 자세는 불가능하다고만 생각했던 상황을 뚫고 나가 창조적인 성과를 가져온다. –이나모리 가즈오

* 누구나 자기 안에 위대함의 씨앗을 품고 있다. 누군가 한 번 믿어 줄 때마다 그 씨앗에 생명의 물, 온기, 빛을 주는 것이다. –존 맥스웰

* 패자를 승자로 바꿀 수 있는 비법이 있다면 그건 바로 당신이 원하는 것에 집중하는 것이다. –앤드류 매튜스

* 인생은 마치 10단 변속 자동차와 같다. 사용하지 않는 기어들뿐이다. –찰스 슐츠

* 무엇이든지 '가능' 하다고 생각하는 사람이 한계를 뛰어넘어 압도적으로 '능가' 할 수 있다. 지금 여기의 기준을 '능가' 하는 사람만이 '능통' 의 경지에 이를 수 있다! –유영만

* 인간의 가능성은 무한하다. 이와 모순되게 보이나 인간의 불가능도 무한하다. 이 양자 사이에 그의 고향이 있다. –게오르크 지멜

* 한계란 없다. 저 높이 고지가 있다 해도, 거기에 머물러선 안 된다. 그것을 반드시 넘어서야 한다. 만일 그것이 당신을 죽이게 된다면, 죽더라도 인간은 반드시 끊임없이 자신의 한계를 넘어서야 한다. 한계를 넘어서지 않는 삶은 죽은 것이나 마찬가지다. –이소룡

* 모든 가능성을 열어 두면 문제를 의심 없이 들여다보게 되고, 계속해서 여러 정보들을 통해 함께 해법을 찾아갈 수 있다. –잭 웰치

* 불가능이란 노력하지 않은 자의 변명에 불과하다. 1퍼센트의 가능성이라도 보이면 끈질기게 물고 늘어지는 근성 때문에 성공한다. 남들이 1~2번 하다 말고 포기하는 일을 6~7번 시도하고, 남들이 한 달 하고 포기한 것을 6~8개월 시도하니, 그만큼 성공확률이 높은 것이다. –김성오

* 자신의 능력으로는 도저히 불가능해 보이는 수준의 일을 하도록 강요받지 않으면 내 안에 숨어 있는 능력은 영원히 빛을 못 볼 수도 있다. 잠재력을 끄집어내는 과정은 고통스럽지만, 한계를 뛰어넘어 잠재력의 발현을 경험하는 것은 살면서 느낄 수 있는 몇 안 되는 소중한 순간이다. –황농문

기회

* 기회는 사람에게 있는 것이지 일 자체에 있는 게 아니다. –지그 지글러

* 모든 문제 속에는 이를 해결할 기회가 숨어 있다. 가장 유명한 성공 스토리는 문제를 인식하고, 이를 기회로 발전시킨 사람에 의해 탄생한다. –슈거맨

* 현재 있는 곳에서 시작하라. 멀리 떨어진 곳이 더 풍요롭게 보일지는 모르지만, 기회는 항상 당신이 서 있는 바로 그곳에 있다. –코버트 콜리어

* 발밑을 파라. 거기에 맑은 샘물이 솟으리라. –괴테

* 기회는 어디에나 있다. 현명한 사람은 언제 어디서든 기회를 알아보고 그 기회를 붙잡는 법을 배운다. –로버트 페드로

* 각각의 문제에는 문자 그대로 문제를 작아 보이게 만들 정도로 강력한 기회가 존재한다. 가장 위대한 성공담은 문제를 인식하고 그것을 기회로 만든 사람들에 의해 창출된 것들이다. –작자 미상

* 이 세상에 보장된 것은 아무것도 없으며, 오직 기회만 있을 뿐이다. –더글러스 맥아더

* 위기는 초대하지 않아도 찾아오지만, 기회는 붙잡지 않으면 내게 찾아오지 않는다. –작자 미상

* 어리석은 사람은 기회를 잃고, 현명한 사람은 기회를 잡고, 성공하는 사람은 기회를 만든다. –장쓰안

* 기회는 찾는 자의 몫이고 도전하는 자의 몫이다. –작자 미상

* 누구도 같은 강물에 두 번 발을 담글 수 없다. 강도, 사람도 끊임없이 변하기 때문이다. –헤라클레이토스

* 사람이 살면서 저지른 어리석은 행동 가운데 나중에 가장 후회하는 것은 기회가 왔을 때 그 일을 하지 않은 것이다. –헬렌 롤렌드

* 자유는 시간의 문제이다. 그러나 때로는 기회의 문제이기도 하다. –히포크라테스

* 특별한 기회가 올 거라며 기다리지 마라. 평범한 기회를 붙잡아서 특별하게 만들어라. 약자는 기회를 기다리지만, 강자는 기회를 스스로 만든다. –오리슨 스웨트 마든

* 세상은 관념이 아니라 행동에 의해서 기회를 붙잡을 수 있다. 손은 마음의 칼이다. –야곱 브로노브스키

* 기회는 반드시 찾아온다. 실력 없는 자에겐 잠자고 있을 때 오고, 실력 있는 자에겐 눈을 부릅뜨고 있을 때 온다. –리빙스턴

* 위대한 사람들 중에 기회가 없었다고 불평한 자는 없었다. –에머슨

* 기회는 역경으로 가장하여 나타나기를 즐긴다. –프랭크 타이거

* 행운은 기회를 준비하는 자에게 찾아온다. –제임스 프랭크 도비

* 준비된 자가 기회를 만날 때 우리는 그것을 행운이라고 한다. –세네카

* 미래는 강자에게는 기회를, 약자에게는 위협을, 준비된 자에게는 도전을 준다. –전옥표

* 미래는 많은 이름을 갖고 있다. 약한 자에게는 도달할 수 없는 것이고, 두려워하는 자에게는 미지의 것이며, 용감한 자에게는 기회이다. –빅토르 위고

* 기회는 노크하지 않는다. 그것은 당신이 문을 밀어 넘어뜨릴 때 모습을 드러낸다. –카일 챈들러

* 스스로 돕지 않는 자에게는 기회도 힘을 빌려주지 않는다. –소포클레스

* 세상은 온통 문이고, 온통 기회이고, 올려주길 기다리는 팽팽한 줄이다. –에머슨

* 인생은 곱셈이다. 어떤 기회가 와도 내가 제로면 아무런 의미가 없다. –나카무라 미츠루

* 예비해 두면 기회는 기필코 온다. –윤영선

* 기회가 두 번 노크한다고 생각하지 마라. –샹포르

* 기회를 기다려라. 그러나 때를 기다려서는 안 된다. –밀러

* 현명한 사람은 그가 발견하는 이상의 많은 기회를 만든다. 현명한 사람은 기회를 찾지 않고 기회를 창조한다. –프랜시스 베이컨

* 어떤 일을 한 것에 대한 최고의 보상은 더 많은 일을 할 수 있는 기회이다. –요나스 솔크

* 오직 준비된 자만이 중요한 것을 관찰하는 기회를 잡을 수 있다. –루이 파스퇴르

* 비관주의자는 매번 기회가 찾아와도 고난을 본다. 낙관주의자는 매번 고난이 찾아와도 기회를 본다. –윈스턴 처칠

* 기회는 새와 같은 것, 날아가기 전에 꼭 잡아라. –새뮤얼 스마일스

* 기업가는 장애와 기회의 차이가 거의 없다는 사실을 알고 있는 사람이다. 기회와 장애를 모두 자신에게 이롭게 활용할 줄 안다. –빅터 기암

* 기회와 위기는 없다. 단지, 상황일 뿐. 내가 그 상황을 긍정적으로 만들면 기회이고, 부정적으로 받아들이면 위기다. 따라서 위기라는 '생각' 그 자체가 위기다. –이형우

* 무엇보다 해내겠다는 의지가 중요하다. 변화를 추진하는 것은 두려운 일이다. 하지만 기회는 항상 위험과 함께 온다. 기회를 잡는 것을 두려워하면 아무 일도 할 수 없다. –칼리 피오리나

* 모든 문제 속에는 그 문제를 완전히 뒤집는 크고 소중한 기회가 숨겨져 있다. 이 세상

의 거의 모든 성공 스토리는 문제나 장애를 똑바로 인식하고 그 문제를 기회로 바꾼 사람들에 의해 창조되었다. –아담 J. 잭슨

* 살다 보면 언제 어느 곳에서 기회라는 화살이 날아올지 모른다. 기회의 화살이 더 많이 꽂힐 수 있도록 표적판을 넓히도록 하자. 표적판을 넓히는 것은 곧 자기계발이다. 늘 준비하는 마음으로 하루를 살아가자. 준비하는 사람에게, 노력하는 사람에게 행운처럼 다가오는 것이 기회이다. –작자 미상

도 전

* 구하라 그러면 얻을 것이요, 찾으라 그러면 찾을 것이요, 두드려라 그러면 열릴 것이다. –예수

* 잘할 수 없다고 생각하여 아예 시도도 하지 않는 것만큼 큰 실수는 없다. –에드먼드 버크

* 인생은 요리와 같다. 좋아하는 게 뭔지 알려면 일단 모두 맛부터 봐야 한다.
–파울로 코엘료

* 시도해 보지 않고는 누구도 자신이 얼마만큼 해낼 수 있는지 알지 못한다.
–푸블릴리우스 시루스

* 나는 실패하고 또 실패했다. 그러나 시도하고 또 시도해서 성공했다. –게일 보든

* 양이 질을 결정한다. 도전이 쌓여갈수록 기회도 늘어난다. –공병호

* 모두가 원하지만 아무도 하지 않는 일에 도전하라. –마윈

* 가치 있는 것 대부분은 부딪혀야 얻을 수 있다. –헨리 나우웬

* 인생은 언제나 스스로 부딪혀 경험하고 도전하는 사람에게 더 큰 영광을 안겨준다. –J. 허슬러

* 나는 인생, 다른 인생을 살고 싶었다. 매일 같은 장소에 가고 같은 사람을 보며 같은 일을 하는 걸 원치 않았다. 나는 흥미로운 도전을 원했다. –해리슨 포드

* 살아가면서 '결단'을 내려야 하는 때도 마찬가지다. 누구든 결단해야 할 때 주저하고 결단을 내리지 못하면 그 인생은 '녹은 아이스크림' 처럼 흐지부지되고 만다. –고도원

* 인생은 단 한 번뿐이다. 무사안일하게 사는 것보다는 이 세상에서 무슨 일인가를 한 번 이루기 위한 모험을 시도하는 것이 우리 인생에 걸맞다. –시어도어 루스벨트

* 모든 삶은 실험이다. 실험을 더 많이 하면 할수록 삶은 더 나아질 것이다. 지금 당신이 두려워하는 것을 해라. 그러면 두려움은 없어질 것이다. –에머슨

* 할 수 없을 것 같은 일을 하라. 실패하라. 그리고 다시 도전하라. 이번에는 더 잘해보라. 넘어져 본 적이 없는 사람은 단지 위험을 감수해 본 적이 없는 사람일 뿐이다. –오프라 윈프라

* 세상에 '새것' 은 없다. 하지만 '새로워지는 것' 은 있다. 자신의 일상에서 새로움을 발견하고 실험할 때, 내 인생의 또 다른 이야기가 펼쳐질 것이다. 새로움을 아끼지 말고 실험하라. –김창옥

* 도전을 받아들여라. 그러면 승리의 쾌감을 맛볼지도 모른다. –조지 패튼

* 삶은 수많은 가설을 검증하는 과정이다. –유영만

* 한계를 아는 유일한 방법은 한계에 직접 도전해 보는 것이다. –유영만

* 남다른 도전이 색다른 실패를 낳고, 색다른 실패가 남다른 실력을 쌓게 만든다. –유영만

* 매일매일 도전하지 않고서 인생에서 얻을 수 있는 것은 아무것도 없다. –헬렌 켈러

* 나는 항상 내가 할 수 없는 것을 한다. 그렇게 하면 할 수 있게 되기 때문이다. –파블로 피카소

* 당신은 위험을 감수해야 한다. 우리가 예상치 못한 일이 일어날 수 있도록 할 때, 우리는 완전히 삶의 기적을 이해할 것이다. –파울로 코엘료

* 삶은 끝없는 도전과 역경 속에서 완성된다. 역경에 맞서는 용기를 내는 것, 이것이 삶의 본질이다. 당신은 선택해야 한다. 역경에 응하면서 도전하는 진짜 삶을 살 것인지, 회피와 외면 속에서 가짜 삶을 살 것인지. –알프레드 아들러

* 가장 큰 위험은 위험 없는 삶이다. –스티븐 코비

* 세상에서 가장 위험한 일은 위험을 감수하지 않으려는 것이다. –마크 저커버그

* 아무런 위험을 감수하지 않는다면 더 큰 위험을 감수하게 될 것이다. –에리카 종

* 인생의 초년기에 가장 위험한 것은 아무런 위험도 감수하지 않는 것이다. –키에르케고르

* 위험을 감수하고 멀리 가보는 자만이 자신이 얼마나 멀리 갈 수 있는지를 알 수 있다. –T. S. 엘리어트

* 강을 거슬러 헤엄치는 자만이 강물의 세기를 제대로 아는 사람이다. –W. 윌슨

* 끝없는 도전과 연습이 성공의 밑거름이다. –마이클 조던

* "젊었을 때 도전하라."는 구글 회장의 말은 틀렸다. 도전할 때 젊은 것이다. –작자 미상

* 삶이란 모험과 도전이다. 열정으로 추진하라. –이상헌

* 인생은 놀라운 모험이 있거나, 아예 아무것도 없거나, 둘 중의 하나다. –제프 맥레이

* 도전은 인생을 흥미롭게 만들며, 도전의 극복이 인생을 의미 있게 한다. –조슈아 마린

* 이 세상에 위대한 사람은 없다. 단지 평범한 사람들이 일어나 맞서는 위대한 도전이 있을 뿐이다. –윌리엄 프레데릭 홀시

* 색다른 도전 체험이 색다른 도약을 가져다준다. 도전적 체험이 많은 사람이 결국 꿈을 현실로 가져온다. 오랫동안 꿈을 그리는 사람은 마침내 그 꿈을 닮아 간다. –앙드레 말로

* 세상의 중요한 업적 대부분은 희망을 찾을 수 없는 상황에서도 끊임없이 도전한 사람들이 이뤄 낸 것이다. –데일 카네기

* 사람들은 도전에 직면해서야 비로소 자신이 가지고 있는 잠재력을 발견하게 된다. 자신의 능력을 발휘해야 할 필요가 있을 때까지는 사람들은 절대 자신의 잠재력을 알지 못한다. –코피 아난

* 도전이 인생을 흥미롭게 만들며, 도전의 극복이 인생을 의미 있게 한다. –조슈아 J. 마린

* 살면서 미쳤다는 말을 들어 보지 못했다면 당신은 단 한 번도 목숨 걸고 도전한 적이 없었던 것이다. –W. 볼튼

* 무엇이든 과감하게 도전하라. 어느 쪽으로 넘어져도 인간은 길 위를 구르는 한낱 돌멩이와 같다. 최후에는 뼈가 되어 생을 마친다. 그러니 과감하게 도전하라. –료마

* 높이 뛰어오르기 위해서는 먼저 높은 곳에서 많이 떨어져 봐야 한다. –김대규

* 도전은 알아서 하는 게 아니라 몰라서, 그것도 머리로 하는 게 아니라 몸으로 하는 것이다. 전인미답(全人未踏)이어야 전대미문(前代未聞)이 시작된다. –유영만

* 도전했다가 실패하면 50%만 실패한 것이지만, 도전조차 하지 않는다면 100% 실패한 것이다. –나폴레온 힐

* '하면 무조건 된다' 라는 말은 거짓이다. 그러나 '안 하면 아무것도 안 된다' 라는 말은 불변의 진리이다. –퓰리처

* 도전하지 않는 곳에 청춘은 없다. 끝없이 도전하는 기개에 청춘은 맥박 친다.
–이케다 다이사쿠

* 정열 없이 도전하지 말고, 계획 없이 추진하지 말며, 자신 없이 착수하지 말라. –김대규

* 한 번도 해보지 않은 일에 세 번 도전하라. 한 번은 두려움을 이겨 내기 위해, 한 번은 방법을 터득하기 위해, 마지막은 자신이 이 일을 좋아하는지 알기 위해서다. –버질 톰슨

* 도전은 자신에 대한 사랑의 표현이고 자신을 가장 즐겁게 하는 놀이감이다. -작자 미상

* 최고의 도전은 자신의 생각의 고정된 틀을 깨고 그것을 뛰어넘으려고 시도하는 것이다. -신문곤

* 처음 걸으려고 할 때는 넘어졌다. 처음 수영하려고 할 때는 물에 빠져 죽을 뻔했다. 실패를 두려워하지 마라. 시도조차 하지 않을 때 놓치게 될 기회를 걱정하라.
-오리슨 스웨트 마든

* 결과를 받아들일 준비가 되어 있다면 세상에 못 할 일이 무엇이 있겠는가? -서머싯 몸

* 계산된 위험은 감수하라. 이는 단순히 무모한 것과는 완전히 다른 것이다. -조지 패튼

* 시도하라. 만일 그 일을 시도하지도 않는다면 당신은 성공할 수 있는 기회를 100퍼센트 놓치는 셈이다. -웨인 더글러스 그레츠키

* 여행을 떠날 각오가 되어 있는 사람만이 자기를 묶고 있는 속박에서 벗어날 수 있다.
-헤르만 헤세

* 성공하려면 실패를 결코 두려워해서는 안 된다. 실패의 두려움에 마음을 빼앗기는 사람은 새로운 일을 시작할 수 없다. -김영수

* 실패하면 절망에 빠질지도 모른다. 그러나 실패가 두려워서 시도도 해보지 않는다면 그 사람의 인생은 이미 끝장난 것이나 다름없다. -비벌리 실즈

* 대부분의 사람들은 실패한 계획을 대신할 새로운 계획을 만들어 내는 끈기가 없어 실패한다. -나폴레온 힐

* 매일 새로운 것, 또는 적어도 다른 것을 시도하라. 결코 삶은 멈추거나, 고이거나, 낡은 것이 아니다. 매 순간이 새롭고 신선하다. –루이스 L. 헤이

* 실패한다는 건 시도한다는 것이다. 안 좋은 건 시도조차 하지 않는 거고, 제일 안 좋은 게 미리 포기하는 것이다. –김국진

* 많은 사람들은 실패를 두려워해 아예 시작조차 않는 경우가 많다. 그러나 내가 보기에 실패란 시도조차 하지 않는 것을 의미한다. –마르티나 나브라틸로바

* 한 번도 실수를 해보지 않는 사람은 한 번도 새로운 것을 시도한 적이 없는 사람이다. –아인슈타인

* 누구도 해낸 적 없는 성취란 누구도 시도한 적 없는 방법을 통해서만 가능하다. –프랜시스 베이컨

* 무엇인가 시도조차 하지 않는다면, 우연이라도 무엇인가 새로운 것을 만들 수 없다는 사실을 잊지 마라. –리처드 칼턴

* 무슨 일인가 시도해 보고 실패하는 자와 아무 일도 시도해 보지 않고 실패하는 자와의 사이에는 측량할 수 없는 차이가 있다. –로이드 존스

* 실패가 두려워 아무 시도도 하지 않는다면 실패한 것이 없어도 삶 자체가 실패이다. –조앤 롤링

* 모험하는 인생이란 하고 싶은 일을 다음으로 미루지 않는 인생이다. 느낌(感)이 오면 바로 움직여야(動) 한다. 그 끝에는 반드시 '감동(感動)'이 기다리고 있다. –히스이 고타로

* 삶은 아름답다. 매 순간 새롭게 발견해야만 하는 영원한 모험이다. 삶은 놀라운 모험이라는 시각을 가지면 우리는 매 순간을 다른 방식으로 바라볼 수 있게 된다. –무히카

* 모험을 하지 않는 자는 실수가 적지만, 이루는 일도 적다. –조지 새빌

* 모험 없는 발전과 비약은 있을 수가 없다. –정주영

* 오랫동안 위험을 회피하는 것은 위험에 완전히 노출되는 것보다 안전하지 못하다. 용기와 모험심이 없다면 인생은 아무것도 아니다. –헬렌 켈러

* 단지 죽은 물고기들만이 물결을 따라 흘러간다는 것을 결코 잊지 말라. –말콤 머거리지

* 길이란 무엇인가? 길이 없던 곳을 밟고 지나감으로써 생기는 것이며, 가시덤불밖에 없었던 곳에서 개척되는 것이다. –루쉰

* 나는 한 해를 보내고 나이를 한 살 더 먹을 때마다 인생의 낭비는 사랑하지 않는 것, 힘을 사용하지 않는 것, 어떤 모험도 하지 않는 것이라고 확신한다. 그래서 우리는 고통을 면하지 못하거나 불행을 얻게 되는 것이다. –존 탑

CHAPTER

10

열정이 필요할 때

Chapter

10 열정이 필요할 때

열정은 성취의 화력입니다. 열정이 없는 사람은 연료가 없는 기차와 같을 것입니다. 열정이 없이는 삶의 문을 열 수 없고, 자신의 이상이나 비전 쪽으로 다가갈 수가 없습니다. 세상에 열정 없이 큰 성취를 이룬 이는 아무도 없습니다. 자신의 뜻을 이루는 이는 모두 남다른 열정을 가진 사람들입니다. 강렬한 열정에서 몰입과 의지와 최선의 노력이 나옵니다.

타다 만 장작과 같은 삶이 있고, 완전연소를 한 삶이 있습니다. 후회 없는 삶은 열정과 노력을 다할 때 얻어집니다. 완전연소의 치열함은 자기 스스로에게 뿌듯함을 남기는 법입니다. 우리가 살아야 할 삶은 완전연소의 후회 없는 삶이어야 할 것입니다. 그것이 내 삶과 내 생명에 대한 아름다운 소명일 테니까요.

햇빛을 모으는 돋보기처럼 마음의 힘을 하나로 모아야 합니다. 누구나 잠시 열정적일 수는 있습니다. 하지만 진정한 열정은 지속적인 것입니다. 지속적인 열정과 몰입은 하나의 기술이자 탁월한 지혜일 것입니다. 그것은 내 능력의 최대치를 얻어내는 최고의 길이기 때문입니다.

이 장의 아포리즘은 열정과 몰입과 의지와 최선의 노력에 대한 의미를 깊이 자각하게 해줄 것입니다. 아울러 링거로 수혈을 받듯, 그러한 좋은 에너지를 마음속에 가득 부어 넣어 줄 것입니다. 열정 에너지로 마음을 뜨겁게 달구어 보시기 바랍니다.

열 정

* 미지근한 영혼은 힘이 없다. –에픽테토스

* 재능은 열정의 다른 이름이다. –작자 미상

* 열정은 천재의 기원이다. –토니 로빈스

* 에너지는 번영이라는 성전의 첫 번째 기둥이다. –제임스 앨런

* 장작이 재로 변하지 않으면 물을 데울 수 없다. –아우렐리우스

* 뜨거운 열정보다 중요한 것은 지속적인 열정이다. 결국에는 신념을 가진 자가 승리한다. –마윈

* 위대한 업적 중에 열정 없이 이루어진 것은 없다. –에머슨

* 열정은 멋진 꿈을 가진 사람을 도와주는 힘을 지닌다. –앤디 앤드루스

* 참다운 열정이란 꽃과 같아서, 그것이 피어난 땅이 메마른 곳일수록 한층 더 아름답다. –발자크

* 내 가슴이 뛰는 일이라면 지금 바로 시작하라. 후에 당신의 미래가 당신에게 고마워할 것이다. -로라

* 인생은 당신이 숨 쉬어온 그 모든 날들이 아니라, 당신의 숨이 멎을 것 같았던 바로 그 순간들의 합이다. -영화『미스터 히치』에서

* 성공은 실패 속에서도 열정을 유지할 수 있는 능력이 있느냐 없느냐에 좌우된다. -윈스턴 처칠

* '재능'이란 지속할 수 있는 열정이다. -모파상

* 인내 없는 열정은 광기에 불과하다. -토머스 홉스

* 정열은 흐르는 물과 같다. 얕으면 소리를 내고, 깊으면 소리가 없다. -월터 롤리

* 가슴 속에 피 끓는 열정이 없다면, 그가 누워야 할 곳은 침대가 아니라 무덤이다. -양광모

* 누구든 열정에 불타는 때가 있다. 어떤 사람은 30분 동안, 또 어떤 사람은 30일 동안, 인생에 성공하는 사람은 30년 동안 열정을 갖는다. -노먼 빈센트 필

* 열정적으로 삶을 사랑할수록 우리가 경험하는 삶의 기쁨은 더욱 강렬해진다. -유겐 몰트먼

* 열정이 없으면 사람은 단지 잠재력과 가능성에 불과하다. -앙리 프레데릭 아미엘

* 세월은 피부를 주름지게 하지만, 열정을 저버리는 것은 영혼을 주름지게 한다. -더글러스 맥아더

* 하는 일에 재미를 붙여라. 재미는 열정을 샘솟게 한다. –이상헌

* 열정이 없는 인생은 자유가 없는 인생과도 같다. –앤서니 퀸

* 인간은 무한한 열정을 쏟는 일에서는 거의 반드시 성공한다. –찰스 슈왑

* 발상의 영역에서는 모든 것이 열정에 달려있다. 실제 세계에서는 모든 것이 인내에 달려있다. –괴테

* 노력에 열정을 더하는 것, 그것이 바로 기대치 이상을 달성하는 가장 빠른 길이다. –마이크 리트먼

* 인간이 이룬 위대한 업적은 아이디어를 열정으로 그리고 행동으로 옮긴 결과였다. –토머스 왓슨

* 만약 당신이 당신의 일에 애정을 느끼고 그 일이 당신을 즐겁게 해준다면 나머지는 저절로 따라 올 것이다. –오프라 윈프리

* 우리의 열망이 우리의 가능성이다. –새뮤얼 존슨

* 자신이 하는 일을 재미없어 하는 사람치고 성공하는 사람 못 봤다. –데일 카네기

* 열정이란 뜨거운 사랑이다. 당신의 일을, 당신의 인간관계를, 당신의 삶을 뜨거운 사랑으로 채우는 것이다. –작자 미상

* 열정은 얻기 힘든 아주 고귀한 품성이며 맑게 깨어 있는 상태를 유지시켜 준다. 이것은 신체의 모든 세포가 살아 숨 쉬도록 만들며, 갈망하는 목표를 달성하도록 힘을 부여

한다. −작자 미상

* 열성이 변화의 엔진이다. 완전히 몰입할 대상이 있다면 우리는 어떤 상황에서도 흔들리지 않는 태도를 견지할 수 있다. −장쓰안

* 열정을 불러일으키는 평범한 생각은 아무런 영감을 주지 못하는 훌륭한 생각보다 더 많은 것을 이루게 한다. −메리 케이 애시

* 조금 불을 붙이다 마는 것이 아니라, 재까지 한 톨 남지 않도록 태우고 또 태웠다. 그런 매일 매일의 지루한, 그러면서도 지독하게 치열했던 하루의 반복이 지금의 나를 만들었다. −강수진

* 모든 성공한 사람들의 공통분모를 살펴보면, '치열함'과 '치밀함'이 있다. 치열하게 열정적으로 일하는 사람들에게 자연스럽게 기회가 생기고, 이렇게 만들어진 성과들은 결국 성공으로 가는 열쇠가 된다. −이형우

* 위대한 사람들 중에도 인품이 완전하지 못한 이가 많지만, 워낙 뜨겁게 타오르는 그들의 열정 때문에 허물이 잘 보이지 않는다. −시라미

* 당신의 소득보다 중요한 것은 당신의 열망이다. −지그 지글러

* 타성(惰性)에 젖어 살지 말고 탄성(歎聲)으로 살아라. −유영만

* 나는 삶에서 언제나 치열함을 추구하라고, 삶을 만끽하라고 배웠다. −니나 베르베로바

* 처음에는 열정이 성장을 불러왔다. 그러나 이후에는 성장이 열정을 불러일으켰다.
−존 맥스웰

* 나는 올림픽에 처음 참가해서 출발대 위에 섰을 때, 재미있었기 때문에 미소를 지었다. 재미를 느끼는 것, 바로 그것이 중요하다. –재닛 에번스

* 자기가 좋아하는 일을 할 때 가장 큰 장점은 "실천하자", "행동하자"라고 스스로 다그칠 필요가 없다는 점이다. –신문곤

* 걸출한 성취를 이룬 사람들은 대부분 강한 내적 충동을 가지고 있기 때문에 다른 사람들도 자극하고 격려할 수 있다. –진 랜드럼

* 남의 삶을 베끼며 살려 하지 말고 지금 이 순간 당신을 가슴 뛰게 하는 일을 하라. 그때 우주는 당신을 도와줄 것이다. –다릴 앙카

* 가슴 뛰는 일을 하라. 그것이 최고의 명상이다. 신이 당신에게 주는 메시지는 가슴 뛰는 일을 통해서 온다. 당신이 가슴 뛰는 일을 할 때 당신은 최고의 능력을 펼칠 수 있고, 가장 창조적이며, 가장 멋진 삶을 살 수 있다. 그것이 당신이 이 세상에 온 이유이자 목적이다. –다릴 앙카

* 나는 평생 단 하루도 일이란 걸 해본 적이 없다. 그건 모두 즐거움이었다. –토머스 에디슨

* 자기 일을 즐길 수 없는 사람은 참으로 가련한 사람이다. 그런 사람은 어떤 일에도 만족하지 못하고 성취감도 느끼지 못할 것이다. –월터 크라이슬러

* 낮에는 너무 바빠서 걱정할 틈이 없고, 밤에는 너무 졸려서 걱정할 틈이 없는 사람은 축복받은 사람이다. –리오 에이크먼

* 가장 강한 쇠는 가장 뜨거운 불에서 만들어지고, 가장 밝은 별은 가장 깊은 어둠에서 빛을 내뿜는다. 도전을 통해 한계를 만나고 그 한계를 통해 더 강한 우리를 만들어 보

자. -김이율

* 모든 업적의 출발점은 바로 열망이다. 땔감이 적으면 따뜻하게 될 수 없듯이, 열망이 약하면 결과도 마찬가지다. -나폴레온 힐

* 매혹당할 줄 아는 것이야말로 안목이고 능력이며, 그 매혹을 따라갈 줄 아는 용기야말로 자유를 향해 가는 힘이라고 해야 할 것이다. -이진경

* 행복으로 가는 길에는 두 가지 단순한 원칙이 있다. 먼저 당신이 관심 있고 잘할 수 있는 일을 찾아라. 그 일을 찾았다면 에너지, 야망 등 모든 영혼을 쏟아부어라. -존 록펠러 3세

* 세상을 바꿀 수 있다고 생각할 정도로 미친 사람만이 세상을 바꿀 수 있다. -애플사 광고 문구

* 나는 녹이 슬어 사라지기보다 다 닳아빠진 후에 없어지리라. -할랜드 샌더스(KFC 할아버지)

* 소중한 것을 위해서라면 그것이 무엇이라도 그대의 전 생명을 바치라. 그때 그대는 자신의 생각이 진실하다는 것을 스스로 증명하는 것이다. -한바다

* 인생에서 가장 미친 짓은 한 번도 미치지 않는 일이다. 사는 것처럼 살고 싶은가? 먼저 죽을 것처럼 한 번 살아 보라. -양광모

몰 입

* 무엇을 하든 그 속에 완전히 몰입할 때 그것은 곧 기도가 된다. –오쇼 라즈니쉬

* 남자든, 여자든 어떤 일에 완전히 몰입하게 되면 마치 봉오리가 터져 꽃잎이 피어나듯이 그 일로 인한 즐거움이 점점 커진다. –존 러스킨

* 집중되고, 헌신되며, 단련되기 전까지 어떠한 삶도 결코 위대하게 되지 않는다. –해리 에머슨 포스딕

* 집안이 저절로 어지럽혀질 수는 있지만, 저절로 정돈되는 경우는 없다. 반드시 누군가 정돈하려는 노력을 해야 한다. 마찬가지로 의식이 저절로 산만해질 수는 있지만, 저절로 집중되는 경우는 없다. 반드시 집중하기 위한 노력을 해야 한다. –황농문

* 성공의 첫 번째 요건은 육체적, 정신적 에너지를 낭비하지 않으면서 하나의 문제에 집중할 수 있는 능력이다. –토머스 에디슨

* 상당한 시간 동안 집중할 수 있는 것이 어려운 성취에 있어 필수적이다. –버트런드 러셀

* 일의 본질이란 '집중한 에너지' 에 있다. –워터 배젓

* 현재 하고 있는 일에 모든 생각을 집중하라. 초점을 맞추기 전까지 햇빛은 아무것도 태우지 못한다. –알렉산더 벨

* 집중하고, 전념하고, 훈련할 때까지 삶은 크게 성장하지 않는다. –헨리 에머슨 포스딕

* 집중과 몰입은 성공의 첫 번째 조건이다. 몰입은 한 가지 문제를 생각하는 데 몸과 마음의 에너지를 끊임없이 사용해도 싫증을 느끼지 않게 하기 때문이다. -장쓰안

* 집중력은 자신감과 갈망이 결합하여 생긴다. -아놀드 파머

* 세계사에 남을 만한 위대하고 당당한 업적은 모두 집중력으로 이룩된 승리이다. -에머슨

* 두려워지면 자신이 해야 할 일에 생각을 집중하라. 만반의 준비를 갖춘다면 두려워하지 않게 될 것이다. -데일 카네기

* 지금 주어진 일에 모든 생각을 집중하라. 햇빛은 모이지 않으면 아무것도 태울 수 없다. -알렉산더 그레이엄 벨

* 마음을 예리하게 집중하고 항상 깨어 있도록 하라. 그러면 어디서나 진실을 즉시 직관할 수 있다. 그러려면 마음이 낡은 습관, 편견, 구속하는 생각, 나아가 평범한 생각 자체로부터도 자유로워야 한다. -이소룡

* 보통 사람은 자신의 일에 자신이 가진 에너지와 능력의 25퍼센트를 투여한다. 세상은 능력의 50퍼센트를 쏟아붓는 사람들에게 경의를 표하고, 100퍼센트를 투여하는 극히 드문 사람들에게 머리를 조아린다. -앤드류 카네기

* 당신이 원하는 삶을 살기 위해서는 모든 정신과 마음, 에너지를 전부 당신이 사랑하는 것에 바치려고 해보라. 그리고 나머지 것들은 그냥 내버려두어라. 원치 않는 것들에 시간을 낭비하기엔 인생은 너무나도 짧고 소중하다. -알란 코헨

* 모든 위대한 사람과 성공한 사람은 그들의 능력을 하나의 방향으로 맞춘 만큼 위대해

졌고 그만큼 성공했다. 성공의 첫 번째 요건은 육체적, 정신적 에너지를 낭비하지 않으면서 하나의 문제에 집중할 수 있는 능력이다. -오리슨 스윗 마던

* 위대한 업적을 남긴 사람들의 삶에는 한 가지 공통점이 있다. 바로 고집스러울 만큼 강한 집중력을 가졌다. 마치 레이저 불빛처럼 한 가지 목표를 향해 달려간다. 그들은 목표를 이루기 전까지 단 한 치의 곁눈도 팔지 않는다. -켄 블랜차드

* 최고의 도자기가 탄생하려면, 도자기는 자신의 몸을 1250도로 만들어야만 한다. 똑같은 이치로 자신 안에서 뭔가를 향한 열정이 뜨겁게 타올라야만 최고의 내가 될 수 있다. -김이율

* 사람은 미치광이라는 말을 들을 정도가 아니면 아무것도 이룰 수 없다. -박태준

* 당신이 너무나도 하고 싶어 하는 일을 하기 시작하는 순간, 당신의 인생에서 '일'이라는 것은 더 이상 존재하지 않게 된다. -브라이언 트레이시

* 천재가 낳은 것은 모두 열중의 산물이다. -벤저민 디즈레일리

* 영원히 살 것처럼 느긋하고, 당장 죽을 것처럼 강렬하라. -미드다드

* 깨어 있을 때는 모든 것에 철저히 깨어 있어라. 그리고 모든 것을 의식하라. 이것이 바로 훌륭한 정신 훈련이다. -이소룡

* 모든 천재들이란 자기 일에 '전념'한 사람들일 뿐이다. 천재란 자기 일이 좋아서 하루 열 시간씩 십 년쯤 일한 사람에 다름 아니다. -이만교

* 미칠 분야를 찾아라. 누가 뭐해서 돈 벌었나, 혹은 무엇을 하면 돈 벌 수 있나 생각하

기에 앞서 내가 제일 잘할 수 있는 것이 무엇인지, 내가 미칠 수 있는 분야가 무엇인지 먼저 생각하라. 자기가 하는 일이 좋아서 미치면 그것이 성공한 삶이다. –성신제

* 힘들면 기뻐하라. 힘든 것은 힘이 들어온다는 뜻이다. 하는 일에 미쳐라. 미쳐야(狂)야만 미칠(及) 수 있다. –이상헌

* 아무리 약한 사람이라도 단 하나의 목적에 자신의 온 힘을 집중한다면 무엇인가 성취할 수 있지만, 아무리 강한 사람이라도 힘을 많은 목적에 분산하면 어떤 것도 성취할 수 없다. –샤를 몽테스키외

* 일에 끌리는 사람은 일에 미친 사람이고, 일에 끌려가는 사람은 일에 지친 사람이다. 미치면 행복해지고 지치면 피곤해진다. 당신은 지금 행복한 일에 미쳐 있는가? 아니면 피곤한 일에 지쳐 있는가? –유영만

* 위대한 작곡가는 영감이 떠오른 뒤에 작곡한 것이 아니라 작곡을 하면서 영감을 떠올린다. 베토벤, 바흐, 모차르트는 경리사원이 매일 수치 계산을 하듯 매일같이 책상 앞에 앉아 작곡을 했다. –어니스트 뉴먼

* 오늘 하루에 올인하는 사람은 염려할 시간이 없고, 원망할 시간이 없고, 불평할 시간이 없다. –조정민

* 일을 성취하고자 할 때에는 가장 먼저 "저것이 무엇인가?" 하는 생각이 시작이며, 그 생각을 얼마만큼 강하게 품고 오래 지속시키며 실현을 위해 진지하게 몰두하는가가 일의 성공 여부를 판가름한다. –이나모리 가즈오

의 지

* 당신의 의지의 주인이 되라. –유대인 속담

* 정신은 모든 것의 위대한 지렛대이다. –D. 웹스터

* 정복될 수 없는 것, 그것이 정신이 가진 위대함이다. –세네카

* 결정적인 결심 하나면 삶을 통째로 바꿀 수 있다. –존 맥스웰

* 당신의 운명이 결정되는 것은 결심하는 그 순간이다. –앤서니 라빈스

* 꿈을 밀고 나가는 힘은 이성이 아니라 희망이며, 두뇌가 아니라 심장이다. –톨스토이

* 나는 태어나서 나 자신과의 약속을 어겨본 적이 단 한 번도 없다. –스즈키 이치로

* 의지보다 더 치명적인 무기는 없다. 인간의 정신적 힘은 온갖 장애물을 극복한다.
–이소룡

* 꿈을 꼭 이루겠다는 당신의 결의가 그 무엇보다도 중요하다는 것을 항상 명심하라.
–에이브러햄 링컨

* 뜻이 확실하면 반드시 생각하는 대로 이루어진다. –프랑크 갠솔러스

* 사람을 강인하게 하는 것은 무엇을 하고 있는가가 아니라 무엇을 하고자 하는가이다.
–헤밍웨이

* 의지력의 열쇠는 욕구다. 무언가를 절실히 원하는 사람들은 대개 성취를 위한 의지력을 찾을 수 있다. –에디 로빈슨

* 힘은 육체적인 역량에서 나오는 것이 아니라 불굴의 의지에서 나오는 것이다. –마하트마 간디

* 의지(依支)의 강도가 약할수록 의지(意志)의 강도는 강해진다. –유영만

* '몇 년을 했느냐' 보다는 '어떤 생각' 으로 하느냐가 중요하다. –비(정지훈)

* 마음은 자신의 왕국이요, 의지는 자신의 법률이다. –윌리엄 쿠퍼

* 사람이 한 번 굳게 결심하면 아무도 그를 막을 수 없다. 의지가 굳은 사람에겐 방법이 따라온다. –샘 E. 로버츠

* 장애물은 나를 무너뜨리지 못한다. 모든 장애물은 단호한 결단력을 낳는다. 별에 시선을 고정한 사람은 마음을 바꾸지 않는다. –레오나르도 다빈치

* 인생을 가장 인생답게 인도하는 힘은 의지력이다. 기둥이 약하면 집이 흔들리는 것처럼, 의지가 약하면 생활도 흔들린다. –에머슨

* 강인한 의지 없이는 뛰어난 재능도 없다. –오노레 드 발자크

* 사람답게 살 수 있는 힘은 오직 의지력에서 나온다. 물그릇이 있어야 물을 뜰 수 있다. 의지력이란 바로 그런 물그릇인 것이다. –레오나르도 다빈치

* 의지는 스스로가 원하지 않으면 결코 자멸하지 않는다. –단테

* 인생에서 가장 큰 고난은 얻고자 하는 노력을 하지 않는 것이다. 희망을 가로막는 장애물이 큰 것이 아니라 실현하려는 의지가 약한 것이다. 약한 의지력, 이것이 가장 큰 장애물이다. –괴테

* 결심의 순간순간이 모여 운명을 결정한다. 우리의 운명을 결정짓는 것은 주변의 환경이 아니다. 그것은 바로 우리의 결심이다. –앤서니 라빈스

* 어제 맨 끈은 오늘 느슨해지기 쉽고 내일은 풀어지기 쉽다. 매일 끈을 다시 여며야 하듯, 사람도 그가 결심한 일은 나날이 거듭 여미어야 변하지 않는다. –홍자성

* 살아오는 동안 나는 확고한 결심이 두려움을 없애준다는 사실을 배웠다. 무언가를 반드시 해내야만 한다고 깨닫는 순간 두려움은 사라져 버리니까. –로자 파크스

* 만일 누군가 하나의 인생길에 헌신하기로 결심을 하면, 세상에서 가장 강력한 힘이 그를 도와주게 된다. 우리는 그것을 '마음의 힘' 이라 부른다. 일단 이와 같은 헌신을 하게 되면, 그 무엇도 성공에 이르는 것을 막을 수 없다. –빈스 롬바르디

* 시작과 창조의 모든 행위에는 하나의 근본 진리가 있다. 그것은 우리가 스스로 하겠다는 결단을 내린 순간 하늘도 움직인다는 것이다. –괴테

* '할 수 있다. 잘될 것이다.' 라고 결심하라. 그러고 나서 방법을 찾아라. –에이브러햄 링컨

* 밤마다 흡족한 마음으로 잠자리에 들려면 아침마다 결의를 품고 일어나야 한다.
–조지 로리머

* 아무것도 하기 싫으면 아무것도 안 하는 배짱이 있어야 하는 것처럼, 꼭 해야 할 일이 있으면 꼭 하고 마는 뜨거운 고집도 있어야 한다. –김이율

* '의식의 힘' 은 어떤 상황에서도 자신을 올곧게 하는 삶의 중심축과 같다. 중심축이 흔들리거나 쓰러지지 않게 단단히 해야 한다. –김옥림

* 내가 가고 싶은 지점은 저 높은 곳인데, 그곳으로 가기 위한 대가는 치르려 하지 않는다면, 그렇다면 그 마음을 놓아야 합니다. –김창옥

* 어떤 사람은 목표에 거의 다다른 시점에서 계획을 포기한다. 반면에 어떤 사람들은 마지막 순간에 전보다 더 열정적인 노력을 쏟아부음으로써 승리를 거머쥔다. –헤로도토스

* 목표를 끝까지 관철하고 말겠다는 집념은 기개가 있는 자의 정신을 단단히 바치고 있는 기둥이며, 성공의 최대 조건이다. 이것이 없다면 아무리 천재라고 할지라도 이리저리 방황하게 되고, 헛되이 에너지를 소비할 뿐이다. –체스터 필드

* 집념이 있는 사람의 목적은 오로지 성장이다. 그런 사람은 오직 한 가지, 자기 안에 있는 신비한 힘을 소중히 여긴다. 그 힘이 올바르게 살아가며 성장하도록 도와주기 때문이다. 그런 사람에게 삶의 운명이란 자신의 마음속에 자리 잡은 조용하고도 부정할 수 없는 법칙밖에 없다. –이소룡

최선

* 최선의 끝이 참된 시작이다. 정직한 절망이 희망의 시작이다. –박노해

* "나는 최선을 다했어." 이것이 바로 우리가 꼭 갖춰야 할 삶의 철학이다. –린 유탕

* 오늘 하는 일에 전심전력하라. 그리하면 내일은 한 단계 발전할 것이다. –뉴턴

* 이상하게도 인생에서는 최고의 노력을 투자하면 최고의 것을 얻을 수 있는 경우가 많다. -서머싯 몸

* 우리가 할 수 있는 최선을 다할 때, 우리의 삶과 타인의 삶에 어떤 기적이 일어나는지 아무도 모를 것이다. -헬렌 켈러

* 내가 계획한 좋은 일을 전력을 다해 했을 때의 그 기쁨보다 더 큰 것은 없다. -스탕달

* 전심전력으로 일에 매진하라. 그러면 경쟁상대가 별로 없어 쉽게 성공할 것이다. -엘버트 허바드

* 당신이 현재에 전력을 기울일 때 과거의 괴로움도, 미래의 불안도 다 사라져 버릴 것이다. 그리하여 당신은 자유를 맛보며 기쁨을 느끼게 될 것이다. -작자 미상

* 전력질주하는 말은 다른 경주마를 곁눈질하지 않는다. 다만 자신의 힘을 최대한 발휘하는 일에만 온 신경을 집중시킨다. -헨리 폰다

* 한순간 한순간 온힘을 다하여 사는 것이 유한한 삶을 무한하게 살 수 있는 길이다. 한평생 열심히 살아서 후회가 없다면 죽음을 두려움 없이 맞이할 것이다. -작자 미상

* 우리가 책임질 것은 오직 한 가지뿐이다. 날마다 100퍼센트 최선을 다 하고 사는 것이다. -작자 미상

* 무엇을 하건 전심전력을 다하라. 어떤 일을 하건 어중간한 태도는 기쁨을 가져오지 못한다. -라즈니쉬

* 미래를 사랑하는 마음은 현재에 최선을 다하는 마음과 같은 것이다. -막심 고리키

＊ 최선을 다해 노력하라. 그 결과는 노력하지 않을 때보다 훨씬 나을 것이다. –괴테

＊ 미래를 돌보는 최선의 방법은 지금 이 순간을 돌보는 것이다. –틱낫한

＊ 최선을 다하라! 그러면 신이 그 나머지를 하리라. –발타자르 그라시안

＊ 누가 나의 말 듣기 바라지 마라. 스스로 자신의 삶에 최선을 다하면 절로 메아리쳐 울릴 것이다. –허허당

＊ 신이 손을 뻗어 도와주고 싶을 정도로 일에 전념하라. 그러면 아무리 고통스러운 일일지라도 반드시 신이 손을 내밀 것이고, 반드시 성공할 수 있을 것이다.
–이나모리 가즈오

＊ 죽음의 순간은 언제 올지 알 수 없기 때문에 오늘 최선을 다해야 하고, 그 마음을 잃지 않아야 내일 죽어도 후회 없는 인생을 살 수 있다. –엘리자베스 퀴블러 로스

＊ 진정한 성공은 높은 기준을 설정하는 데서 온다. 우리가 어떤 상황에서든 최선을 다하는 것. 그것이 최선의 이익을 얻는 일이다. 이것이 인생의 법칙이다. –할 어반

＊ 최선을 다하면 일이 재미있어지고, 일이 재미있어지면 노력하게 된다. 그것이 진정한 노력이다. –구로사와 아키라

＊ 우리가 최선을 다해야 하는 이유는 사람들을 감동시키기 위해서가 아니다. 최선을 다할 때만 자신이 즐겁게 일할 수 있기 때문이다. –앤드류 매튜스

＊ 내 삶은 타고 남은 초가 아니다. 인생을 완전히 불태운 사람으로 세상을 떠나고 싶다.
–조지 버나드 쇼

* 승리란 최선을 다하는 것이다. 그래야만 설령 패배한다고 해도 배우는 것이 있게 마련이다. –빌 바우어만

* 스스로를 감동시킬 만큼 무슨 일에 최선을 다해 본 적이 있었던가? 다른 사람은 몰라도 본인은 안다. 정말로 최선을 다했는지는… 그러면 눈물이 난다. 나도 모르게. –혜민

* 최선의 노력을 기울였을 때 승자가 될 수 있다. 그리고 승자가 되는 경험이 쌓일수록 훌륭한 승자가 되기 위한 인격을 개발할 수 있다. –지그 지글러

* 자신의 한계를 매일 높이며 성장을 거듭하고 싶다면, 누구나 하는 평범한 방법으로는 힘들다. 최고의 인생을 살고 싶다면 최고의 노력을 해라. –강수진

* 지금 이 순간에 최선을 다하면, 다음 순간에 가장 좋은 위치를 차지할 수 있다. 오직 지금 이 순간에 집중하라. –오프라 윈프리

* 그대가 서 있는 곳에서 그대가 가진 것으로 그대가 할 수 있는 최선의 일을 해라.
–프랭클린 D. 루스벨트

* 오늘 할 수 있는 일에 최선을 다하라. 그러면 내일에는 한 발자국 더 진보하리라.
–아이작 뉴턴

* 사랑을 베풀고, 최선을 다하며, 결과에 연연하지 말라. 그것이 인생이다.
–브라이언 L. 와이스

* 내일 일을 훌륭하게 완수하기 위한 최선의 준비는 바로 오늘 일을 훌륭하게 완수하는 것이다. –엘버트 하버드

* 120%를 준비해야 무대 위에서 100%를 발휘할 수 있다. -비(정지훈)

* 만족감은 달성이 아니라 노력에 있다. 전력을 다한 노력이야말로 완전한 승리다.
-마하트마 간디

* 최선을 다해 일하는 것은 게으름뱅이는 결코 알 수 없는 근면과 강인한 의지, 환희와 만족, 그리고 수백 가지의 미덕을 길러주는 것이다. -찰스 킹슬리

* 한순간 한순간 최선의 노력이 더욱 위대한 당신을 만들어 갈 것이다. -앨런 코헨

* 이런 사람들이 백만장자다. 좋아하고 잘하는 일을 직업으로 삼는다. 다른 사람들이 기뻐하는 일을 한다. 누구보다 열심히 한다. 언제나 최선을 다한다. 일을 통해 성장한다. -혼다 켄

* 내가 생각하는 범위에서 최선을 다하면 안 돼. 그걸 벗어나서 최선을 다해야지. 그게 바로 혼신이야. -유재석

* 최선을 다하겠다는 말은 실패를 암시한 비겁한 변명에 지나지 않는다. 죽을 각오를 다해라. -최배달

* 고대 그리스인들은 능력과 탁월함을 최대한 발휘하는 것을 행복으로 정의했다.
-존 F. 케네디

* 삶을 뼛속까지 느끼며 사는 사람은 거의 없다. 대부분의 사람들은 그저 존재하고 있을 뿐이다. -오스카 와일드

* 삶은 소유물이 아니라 순간순간의 있음이다. 영원한 것이 어디 있는가. 모두가 한때

일 뿐. 그러나 그 한때를 최선을 다해 최대한으로 살 수 있어야 한다. 삶은 놀라운 신비요, 아름다움이다. –법정

* 평균적인 사람은 자신의 일에 자신이 가진 에너지와 능력의 25%를 투여한다. 세상은 능력의 59%를 일에 쏟아붓는 사람들에게 경의를 표하며, 100%를 투여하는 극히 드문 사람들에게 머리를 조아린다. –앤드류 카네기

* 도저히 넘어갈 수 없을 것만 같은 경계를 넘어가면 새로운 세계가 열리게 된다. 이 말을 돌려서 이야기하면, 한 번도 경계를 넘어서지 못한 사람은 자신이 속한 세계와 다른 세계가 존재할 수 있다는 사실을 결코 납득할 수 없다는 뜻이기도 하다. –김연수

* 매 순간 더 이상 잘할 수 없다는 느낌이 들 정도로 인생의 시간들을 충실하게 채워가는 것, 그 순간에 진실하고 진지하게 최선을 다하는 것, 그게 바로 잘 사는 길이다. –공병호

* 우리는 결코 우리 인생의 마지막 순간에 어떠한 결과가 올지 예상할 수 없다. 하지만 인생 안에서 한 가지 확실한 것은 오직 우리의 노력뿐이다. 그리고 한 가지 분명한 사실은 가장 최선을 다한 노력이 자신의 인생에서 가장 최선의 결과를 가져온다는 사실이다. –카렌 케이서

노력 · 성실

* 노력을 뛰어넘는 재능은 어디에도 없다. –김옥림

* 물방울이 바위를 뚫는 힘은 아주 강한 힘이 아니라 꾸준함이다. –작자 미상

* 어쨌든 계속 노력하라. 언젠가는 반드시 용기가 솟아나게 될 것이다. -다란벨

* 거룩하고 즐겁고 활기차게 살아라. 믿음과 열심에는 피곤과 짜증이 없다. -어니스트 핸즈

* 무언가를 만들어 낼 수 있을 정도로 자신을 최대한 끝까지 계발해야 한다. -장 파울 리히터

* 탁월함은 언제나 보다 잘하려고 노력하는 것의 점진적인 결과이다. -팻 라일리

* 내게는 노력이라는 칼이 있다. -비(정지훈)

* 그대는 왜 평범하게 노력하는가! 시시하게 살길 원치 않으면서! -존 F. 케네디

* 능력은 스스로의 노력에 의해 결정된다. -헨디 토머슨

* 노고는 인생의 율법이며, 인생의 최선의 열매이다. -모리스

* 파도 안에 바다가 있다. 파도 속에 들어가 파도를 넘고 파도를 타다 보면 그 파도는 나를 바다 깊은 곳으로 데리고 갈 것이다. -장길섭

* 백 년을 산다고 해도 게으르고 노력하지 않는다면, 그것은 부지런히 노력하는 사람의 하루와 같다. -『법구경』에서

* 행동하고, 또 행동하라. 오늘 걷지 않으면 내일은 뛰어야 한다. -웨이슈잉

* 휴식과 행복은 누구나 갈망하는 바이지만, 그것은 근면에 의해서만 얻게 된다. -캠퍼스

* 수면은 노동하지 않아도 신이 우리에게 주신 유일한 선물이다. 그러나 노동한다면 그것은 두 배나 달콤하게 된다. –웨벨

* 천재여! 37년 동안 나는 하루에 14시간씩 연습했고, 이제 사람들은 나를 천재라고 부른다. –파블로 데 사라사테[1)]

* 빅딜은 기업 간의 큰 거래를 맞교환하는 것이다. 기업만 빅딜하라는 법 있나? 삶도 빅딜해 보라. 지금 힘겨운 노력을 주고 미래에 행복한 삶을 받아오는 빅딜! 충분히 가치 있는 일 아닐까? –작자 미상

* 처음부터 완벽하게 이루어지는 인생은 없다. 인생에 완성이 있다면 하루하루 열심히 살아가는 것 자체가 완성이다. –작자 미상

* 인간은 부유해지거나 위대해질 의무는 없다. 그리고 현명해질 의무도 없다. 하지만 모든 인간은 성실할 의무가 있다. –벤저민 루드야드

* 세상에는 미리 할 수 없는 일들이 많으므로 성실하게 이 순간을 사는 것이야말로 진정한 삶의 자세이다. 내일 일을 걱정하기보다는 오늘을 잘 보내는 것이 무엇보다 중요하다. –장쓰안

* 성실은 어디에서나 통용되는 화폐이다. –중국 속담

* 노력은 모든 사업의 토대이며, 모든 번영의 원천이고, 모든 재능의 뿌리다. –지그 지글러

* 훌륭하고 영감 있는 모든 것은 자유로운 상태에서 열심히 노력하는 사람에 의해서 창

1) 19세기 스페인의 천재 바이올리니스트

조된다. –아인슈타인

* 가장 중요한 것은 승리가 아니라 승리를 위한 노력이다. –빈스 롬바르디

* 열정도 중요하지만, 그보다 더 중요한 것은 계획을 세우고 그것을 꾸준히 실천하는 성실함이다. –허아람

* 할 수 없는 일을 해낼 때가 아니라 할 수 있는 일을 매일 할 때, 우주는 우리를 돕는다. –김연수

* 우리가 신경 쓸 일은 지금 여기에 살며, 자신이 좋아하는 일을 하고, 가슴을 항시 열어두는 것이다. –앨런 코헨

* 노력을 중단하는 것보다 더 위험한 것은 없다. 그것은 습관을 잃는다. 습관은 버리기는 쉽지만 다시 들이기는 어렵다. –빅토르 위고

* 마음을 담아 일에 임하면 오른손을 두 개 얻은 것과 같다. –엘버트 허버드

* 우리가 실패하는 유일한 이유는 노력부족이다. –웨이슈잉

* 행운이란 100% 노력한 뒤에 남는 것이다. –랭스턴 콜만

* 재능은 체계적인 노력을 이길 수 없다. –에릭 라르센

* 천재란 노력을 계속할 수 있는 능력이다. –토머스 에디슨

* 천재는 1%의 영감과 99%의 노력으로 이루어진다. 나는 어떤 공경에 부딪혀도 결코

낙담하지 않는다. 값어치가 있는 일을 달성시킬 수 있는 필수조건을 세 가지가 있다. 첫째 근면, 둘째 참고 견디는 것, 셋째는 상식이다. –토머스 에디슨

* 해야 하는 일과 할 수 있는 일을 부지런히 해내면 불가능하리라 여겼던 일들이 이루어진다. –성 프란치스코

* 성공은 간단한 일을 반복하고 또 반복하는 것이다. 반복이 바로 배움의 어머니이다. –작자 미상

* 대개 행복하게 지내는 사람은 노력가이다. 게으름뱅이가 행복하게 사는 것을 보았는가! 노력의 결과로써 오는 어떤 성과의 기쁨 없이는 누구도 참된 행복을 누릴 수 없기 때문이다. 수확의 기쁨은 그 흘린 땀에 정비례하는 것이다. –블레이크

* 반복 훈련은 놀랄 만한 성과를 나타낸다. 바이올리니스트 '자르디니' 는 그처럼 바이올린을 연주하는 데 시간이 얼마나 걸리느냐는 질문에 '하루 12시간씩 20년 동안' 이라고 답했다. 반복하고 반복하고 또 반복하다 보면 실력이 좋아진다. –새뮤얼 스마일스

* 지금 당신이 흘리는 땀방울이 당신이 미래에 흘려야 할지도 모를 눈물을 대신할 것이다. –공익 광고

* 내가 만난 천재란 천재는 전부 최대의 노력가이며, 백절불굴의 연구가였다. –아치볼드 핸더슨

* 분주히 움직이는 꿀벌은 슬퍼할 틈이 없다. –윌리엄 블레이크

* 흥미는 어려운 일을 시작하게 하고 용기는 그 일을 계속하게 한다. 그리고 사랑만이 그 일을 끝까지 참고 이루게 해준다. –작자 미상

* 반쯤 끝날 때까지는 시작한 것도 못 된다. –존 키츠

* 중요한 것은 내가 어떻게 시작했느냐가 아니라 어떻게 끝내느냐 하는 것이다.
–앤드류 매튜스

* 하나라도 온 마음을 다해 끝까지 해보지 않으면 하지 않은 것과 다름이 없다.
–엑픽테토스

* 아름다운 시작보다 아름다운 끝을 선택하라. –발타자르 그라시안

* 노력도 해본 사람이 잘한다. 결심만으로 되지 않는다. –강인선

* 성실은 하늘의 도요, 성실하려고 노력하는 것은 사람의 도이다. –자사

* 평범한 노력은 노력이 아니다. –장훈

* 노력할 수 있다는 것 자체가 재능이다. –마쓰이 부친

* 행운의 여신은 노력하는 자에게 반한다. –페르시아 격언

* 불행은 '불성실'을 어머니로 하고, '절망'을 아버지로 한다. –김대규

* 기적 뒤엔 항상 기적에 가까운 노력이 숨겨져 있다. 다만 그것이 사람들 눈에 잘 안 띌 뿐이다 –서두칠

* 노동은 미덕의 샘이다. –헤르더

* 근면은 행운의 어머니다. –벤저민 프랭클린

* 근면은 사업의 정수이며 번영의 열쇠이다. –디킨스

* 모든 위대한 작품의 아버지는 불만이며, 어머니는 근면이다. –라이오 카삭

* 자신의 위치에서, 자신이 가진 것을 이용해서, 자신이 할 수 있을 하라. 그것이 성실이다. –루스벨트

* 어느 한순간 반짝 빛나기는 쉽다. 그러나 꾸준히 오래 빛나기는 어렵다. 처음부터 끝까지 빛나기는 더 어렵다. 그래서 변함없이, 흔들림 없이 꾸준히 빛나는 사람이 소중한 것이다. 꾸준함이 가장 좋다. –고도원

* 재능은 식탁에서 쓰는 소금보다 흔하다. 재능 있는 사람과 성공한 사람을 구분 짓는 기준은 오로지 엄청난 노력뿐이다. 타고난 재능을 가지고 있다는 것은 출발선에 조금 더 앞에 섰다는 의미에 불과하다. –스티븐 킹

* 천재란 자기 자신을 한 작품의 절대적 완벽성 속에 드러내는 것이 아니다. 자기 자신에 대한 절대적 성실성과 자신의 정열에 대해 시종일관 책임 있게 대하는 자세로 드러내기 때문이다. –안드레이 타르코프시키

* 부지런한 사람은 바쁜 가운데서도 항상 마음이 여유롭다. 게으른 사람은 한가로운 가운데서도 항상 마음만 바쁘다. –김용궁

* 굶주림은 부지런한 사람의 집을 잠시 들여다보기는 하지만 감히 들어가지는 못한다. –벤저민 프랭클린

* 행운은 눈먼 장님이 아니다. 앉아서 기다리는 사람에게는 영원히 찾아오지 않는다. 대개 부지런한 사람을 찾아간다. –조르주 클레망소

* 만약에 당신이 위대한 능력을 가지고 있다면, 부지런함이 그 능력을 더욱 향상시켜 줄 것이다. 만약에 당신이 보통의 능력밖에 없다면, 부지런함이 그 부족을 충당해 줄 것이다. –조슈아 레이놀즈

* 근면, 인내, 검소함은 운명도 이겨 낸다. –벤저민 프랭클린

* 열심히 일하라. 즐겨라. 역사를 만들어라. –아마존닷컴

* 나는 젊었을 때 10번 시도하면 9번 실패했다. 그래서 10번씩 시도했다. –조지 버나드 쇼

* 우연이란 노력하는 사람에게 운명이 놓아주는 다리이다. –작자 미상

* 천재, 절대로 그런 건 없다. 계획과 실행, 그리고 부단한 노력만이 있을 뿐이다. –오귀스트 로댕

* '조금씩 조금씩' 은 약해 보이지만 가장 강한 방법이다. '천천히 천천히' 는 느려 보이지만 가장 빠른 방법이다. '조용히 조용히' 는 허약해 보이지만 가장 확실한 방법이다. –한정주

* 기적은 노력하는 자에게 주어지는 필연이다. –작자 미상

* 의식적인 노력으로 자신의 삶을 높일 능력이 분명히 있다는 것보다 더 용기를 주는 사실은 없다. –헨리 데이비드 소로

* 아무도 나를 최고의 자리에 앉혀주지 않는다. 나를 최고의 자리에 앉혀주는 것은 오직 노력뿐이다. –강수진

* 쉴 새 없이 노력해서 멈추지 않는 사람은 그 자신의 손에 의해서 구원받는다. –괴테

* 적당주의자가 되지 말라. 그것은 세상에서 가장 위험한 것이다. –휴그 왈폴

* 노력을 이기는 재능은 없고, 노력을 외면하는 결과도 없다. –이창호

* 나는 어렸을 때부터 보통 사람과 위대한 사람들의 차이는 '조금 더' 라는 세 글자로 설명할 수 있다고 믿어 왔다. 정상에 있는 사람은 많은 일을 훌륭히 했고, 그리고 조금 더 한 사람들이다. –로버트 번스

* 때론 노력해도 안 되는 것이 있지만, 노력조차 안 해보고 정상에 오를 수 없다고 말만 하는 사람은 실패자이다. –빌 게이츠

* 눈물과 땀은 모두 짜지만, 서로 다른 결과를 낳는다. 눈물은 동정심을 낳고, 땀은 변화를 낳는다. –제시 잭슨

* 한 번도 해보지 않은 일을 성취하기 위해서는 한 번도 되어본 적이 없는 사람이 되어야 한다. –레스 브라운

* 천천히 서둘러라. –아우구스투스

* 날지 못하면 뛰어라. 뛰지 못하면 걸어라. 걷지 못하면 기어라. 무엇을 하든 간에 계속 전진해야 한다. –루터 킹

* 무엇이 일어날 수 있는 최악의 것인가? 그다음 그것을 받아들일 각오를 하라. 그러고 나서 그 최악의 것을 계속해서 개선하라. –데일 카네기

* 일은 권태와 부도덕과 가난이라는 3대 죄악을 추방한다. –볼테르

* 간단하지 않은 것이 무엇인가? 간단한 일을 모두 잘 해내는 것이 바로 간단하지 않은 것이다. 평범하지 않은 것이 무엇인가? 평범한 일을 모두 잘 해내는 것이 바로 평범하지 않은 것이다. –장루이민

* 더욱 더 많이 구하면 많이 얻을 것이며, 더욱더 많이 노력하면 많은 결과를 얻을 것이다. –앤드류 카네기

* 혼이 담긴 노력은 결코 배신하지 않는다. –이정훈

* 작은 도끼질도 쌓이면 큰 떡갈나무를 쓰러뜨린다. –벤저민 프랭클린

* 찬사를 받음으로써 타락하는 것을 피하는 방법은 오직 한 가지, 일에 전념하는 것이다. 일을 멈추고 찬사에 귀를 기울이기 쉽지만, 진정으로 해야 할 유일한 선택은 찬사로부터 주의를 돌려 일에 전념하는 것, 그 외에 다른 방법은 없다. –아인슈타인

* 천재는 노력하는 사람을 따라갈 수 없고, 노력하는 자는 즐기는 자를 이기지 못한다. –작자 미상

* 내 모든 야망들을 이루지 못한 채 언젠가 죽는다 하더라도 나는 후회하지 않을 것이다. 결국 나는 내 모든 성의와 노력을 다 바쳐 내가 원하는 것을 했을 것이기 때문이다. 인생에서 무엇을 더 바라겠는가? –이소룡

* 모든 업무는 그것을 수행하는 사람의 자화상이다. –지그 지글러

* 아무리 어렵고 힘든 것 같아도 막상 하면 되는 것, 그게 인간의 위대함이다. –장한나

* 까지고 부러지고 찢어진 내 두 발, 30년 동안 아물지 않은 그 상처가 나를 키웠다. 성공한 사람의 부와 명예만을 바라보지 마라. 또 그걸 운으로 이룬 것이라 생각하지 말라. –강수진

* 좋은 아이디어들은 흔하다. 흔하지 않은 것은 그것들을 실현시키기에 충분할 만큼 열심히 일할 사람들이다. –애슐레이 브릴리언트

* 누적 효과란 작고 현명한 선택이 이어져 큰 보상을 얻는 원리를 말한다. 그 과정에서 가장 흥미로운 점은 결과가 엄청나도 거기에 이르는 단계에서는 그리 대단하게 보이지 않는다는 것이다. –대런 하디

* 단 1분 동안도 쉴 수 없는 때처럼 행복한 일은 없다. 일하는 것, 이것만이 살아 있다는 증거다. –파브르

* 노동은 최선의 것이기도 하고 최악의 것이기도 하다. 자유스러운 노동이라면 최선의 것이며, 노예적인 노동이라면 최악의 것이다. –알랭

* 한 방은 한순간에 터지지만, 한 방에 탄생되지 않는다. –유영만

* 인생이란 미래를 위한 준비라고 할 수 있다. 미래를 위한 가장 훌륭한 준비는 마치 미래란 없는 것처럼 열심히 사는 것이다. –엘버트 허버드

* 홈런은 운으로 치지 않는다. 준비로 칠 뿐이다. –로저 매리스

* 우연은 준비되지 않은 사람을 구하지 않는다. –파스퇴르

* 준비에 실패하는 것은 실패를 준비하는 것이나 다름없다. –유영만

* 적의 과오에 요행을 바라지 말고 오직 우리의 준비에 희망을 걸어야 한다. –아르키모다스

* 만약 내게 장작을 패기 위한 여덟 시간이 주어진다면 도끼를 가는 데 여섯 시간을 사용하겠다. –에이브러햄 링컨

* 대패질하는 시간보다 대팻날을 가는 시간이 더 길 수도 있다. –작자 미상

* 필요한 일을 필요한 때에 한다면, 나중에는 원하는 일을 원하는 때에 할 수 있게 된다. –지그 지글러

* 내가 흉상을 10일 만에 만들 수 있었던 것은 30년 동안 조각에 바쳐 온 노력이 있었기 때문이다. –미켈란젤로

* 연습은 완벽을 이룩하지 못한다. 연습은 실수를 저지르고 나서 그 실수에서 회복할 수 있는 방법을 늘리는 데 그 목적이 있다. –존시

* 승리에 우연이란 없다. 천일의 연습을 단(鍛)이라 하고, 만일의 연습을 련(鍊)이라 한다. '단련'이 있고서야 승리를 기대할 수 있는 것이다. –미야모토 무사시

* 위대한 사람이 될 수 있는 기회는 나이아가라 폭포처럼 갑자기 한꺼번에 오는 것이 아니라 한 번에 한 방울씩 떨어지는 물방울처럼 서서히 온다. –찰리 쿨렌

* 연습할 때 땀을 많이 흘릴수록 실전에서 피를 적게 흘린다. –이소룡

* 반복이 힘이다. 반복하고 연습하라. –최배달

* 이기고 싶은 마음이 진짜다. 강해져라. 노력하지 않고도 강해지는 방법 따위는 없다는 사실을 젊은 세대들은 반드시 알아두길 바란다. –최배달

* 300번 연습을 하게 되면 흉내 내기가 가능해지고, 3000번 연습을 하게 되면 실전에 쓰일 수 있는 무기가 되고, 30000번 연습을 하게 되면 자신도 모르게 그 기술이 나와서 상대방을 제압할 수 있다. –최배달

* 지루한 반복이 오늘의 나를 만들었다. 나의 일상은 지극히 단조로운 날들의 반복이었다. 잠자고 일어나서 밥 먹고 연습, 자고 일어나서 밥 먹고 다시 연습, 어찌 보면 수행자와 같은 하루하루를 불태웠을 뿐이다. –강수진

* 나의 유일한 경쟁자는 어제의 나다. 눈을 뜨면 어제 살았던 삶보다 더 가슴 벅차고 열정적인 하루를 살려고 노력한다. 연습실에 들어서서 어제 한 연습보다 더 강도 높은 연습을 한 번, 1분이라도 더 하기로 마음먹는다. 어제를 넘어선 오늘을 사는 것, 이것이 내 삶의 모토다. –강수진

* 자신의 일을 사랑하면 시간은 사라진다. 시간을 잊어버릴 만큼 자신이 사랑하는 일에 몰두하자. 우리에게 시간이 있다. 바로 자신이 사랑하는 일을 할 수 있는 시간 말이다. 당신이 좋아하는 일을 선택할 경우 절대 일을 미루는 일은 없을 것이다. –앨런 코헨

* 비록 산의 정상에 이르지 못했다 하더라도 그 도전은 얼마나 대견한 일인가. 중도에서 넘어진다 해도 성실히 노력하는 사람들을 존경하자. 자신에게 내재한 힘을 최대한 끊임없이 도전하는 사람. 큰 목표를 설정해 놓고 부단히 노력하는 사람은 인생의 진정한 승리자인 것이다. –L. A. 세네카

* 하늘에 맡기는 것은 처음부터 하늘에 맡기는 것이 아니다. 최선을 다하는 자신의 노력이 먼저다. 최선에서도 한 걸음 더 나아가 '최선에 최선' 을 다하고 그다음 걸음을, 그리고 마침내 그 마무리까지를 하늘에 맡기고 따르는 것이다. -고도원

* 떨어지는 물방울이 돌에 구멍을 낸다. 승리의 여신은 노력을 사랑한다. 노력 없는 인생은 수치 그 자체다. 어제의 불가능이 오늘의 가능성이 되며, 전 세기의 공상이 오늘의 현실로써 우리들의 눈앞에 출현하고 있다. 실로 무서운 것은 인간의 노력이다. 명예는 정직한 노력에 있음을 명심하자. -M. 마르코니

CHAPTER

11

자신감이 필요할 때

Chapter 11

자신감이 필요할 때

자신감이 없는 이는 바퀴가 없는 자동차와 같을 것입니다. 자신감이 없으면 삶이 조금도 앞으로 전진할 수가 없습니다. 자신감이 없다는 것은 자신을 믿지 못한다는 것이니, 이는 자기 스스로가 자신을 부정하는 일이나 다름없습니다. 때문에 자신감을 잃는 순간, 삶은 어둠과 장애로 가득 차게 됩니다.

자신감은 자신에 대한 믿음이라서, 삶의 정신적 뼈대나 기둥과 같습니다. 자신을 믿지 못하면, 삶에서 믿을 수 있는 것이 아무것도 없습니다. 집의 기반이 약하거나 기둥이 허술하면 작은 충격에도 쉽게 흔들리거나 무너집니다. 자신감이 적은 사람의 삶도 이와 마찬가지입니다. 삶이 굳건히 앞으로 나아가기를 바란다면 우리는 자기 안에 흔들리지 않는 단단한 자신감을 쌓아야 합니다.

자신감은 기본적으로 경험과 실력에서 나옵니다. 경험과 실력에서 '할 수 있다'는 믿음과 용기가 생기기 때문입니다. 경험과 실력은 도전과 실수와 노력에서 얻어지는 것입니다. 즉, 자신감 또한 체험과 노력을 통해 얻어지는 것이며, 이는 누구나 훈련을 통해 얻을 수 있다는 뜻입니다.

자신감은 자신의 모든 가능성을 여는 첫 번째 열쇠입니다. 용기도, 신념도 모두 자신을 믿을 때 얻어지는 것입니다. 자신감이란 결과를 믿는 것이 아니라, 자신의 의지와 노력과 그것의 가능성을 믿는 것입니다. 승리를 믿는 것이 아니라, 자신의 선택과 도전의 가치를 믿는 것입니다. 마음의 시야를 넓혀 긍정의 발화점을 찾는 것이자, 끊임없는 시도와 노력으로 자신을 믿을 수 있는 근거를 확보하는 것입니다.

이 장의 아포리즘은 자신감과 신념과 용기의 가치를 깊이 일깨워 줄 것입니다. 또한 스스로 가지지 못했던 자신감과 신념과 용기에 대한 뛰어난 정신적 에너지를 심어줄 것입니다. 마음껏 그 에너지를 수혈 받으시기 바랍니다.

자신감

* 자신을 믿는 것이야말로 가장 뛰어난 재능이다. –앤드류 매튜스

* 나에 대한 믿음이 꿈을 이루는 최고의 비결이다. –랄프 왈도 에머슨

* 머리부터 발끝까지 당신을 빛나 보이게 하는 것은 자신감이다. –데일 카네기

* 가장 중요한 것은 당신이 할 수 있다는 사실을 아는 것이다. –로버트 엘런

* 자신감이란 자신이 정복할 수 있다고 믿는 것을 정복하게 해주는 힘이다. –월트 휘트먼

* 나는 두렵지 않다. 나는 내 삶을 살아갈 것이고 멈추지 않을 것이며 전진할 것이다.
–이소룡

* 내 스스로 확신한다면 나는 남의 확신을 구하지 않는다. –에드거 앨런 포

* 자신감이야말로 위대한 일에 착수하기 위한 첫 번째 필수사항이다. –새뮤얼 존슨

* 나 자신에 대한 자신감을 잃으면 온 세상이 나의 적이 된다. –랄프 왈도 에머슨

* 자신감을 잃지 마라. 자신을 존중할 줄 아는 사람만이 다른 사람을 존중할 수 있다.
–쇼펜하우어

* 아무도 당신을 믿지 않을 때, 당신은 자기 자신에 대한 믿음을 가져야만 한다. 당신을 승자로 만들어 주는 것은 바로 그것이다. –비너스 윌리엄스

* 사람의 정신 통합을 유지시켜 주는 힘은 자기 확신이다. 자기 주체성이 확실해야 사람은 추진력을 갖고 살 수 있다. –이무석

* 자존심, 헌신성, 규율, 마음가짐 이외에도 자신감은 모든 자물쇠를 푸는 만능열쇠다.
–조 파테르노

* 이기는 군대는 정신적으로 이긴 후 싸운다. 패하는 군대는 싸움을 시작하고 이기려고 한다. –손자

* 어떤 일을 달성하기로 결심했으면 그 어떤 지겨움과 혐오감도 불사하고 완수하라. 고단한 일을 해댄 데서 오는 자신감은 실로 엄청나다. –아놀드 베넷

* 나는 언제나 나의 바깥에서 힘과 자신감을 찾고 있었지만, 사실 그것들은 언제나 나의 내부에 있었다. –안나 프로이트

* 승리는 자신감을 낳고, 자신감은 승리를 낳는다. –휴버트 그린

* 성공으로 향하는 한 가지 중요한 열쇠는 자신감이다. 또 자신감을 얻는 중요한 열쇠는 철저한 준비다. –아서 애시

* 자신감이란 매시간, 매일, 매주, 매년 끊임없이 노력하고 헌신한 결과로 얻어지는 것이다. –로저 스토버크

* 인생의 승자는 '나는 할 수 있다. 나는 할 것이며 그렇게 된다.' 는 입장에서 끊임없이 생각한다. –데니스 웨이틀리

* 할 수 있다는 믿음을 가지면 그런 능력이 없을지라도 결국에는 할 수 있는 능력을 갖게 된다. –마하트마 간디

* 자신을 믿어라. 자신의 능력을 신뢰하라. 겸손하지만 합리적인 자신감 없이는 성공할 수도, 행복할 수도 없다. –노먼 빈센트 필

* 모든 사람은 탄복할 잠재력을 가지고 있다. '모든 것이 내가 하기 나름이다.' 고 끊임없이 자신에게 말하는 법을 배우라. –앙드레 지드

* 꿈을 실현하는 비결을 알고 있는 사람은 정복할 수 없는 것이 없다. 그 비결은 호기심, 자신감, 일관성, 용기로 요약할 수 있다. 그중 가장 중요한 것은 자신감이다.
–월트 디즈니

* 승리자가 되기 위해서는 아무도 당신을 믿지 않을 때, 당신만은 자신을 믿어야 한다.
–슈거 레이 로빈슨

* 내가 만나본 목표를 이룬 사람들은 하나 같이 이렇게 말했다. 나 자신을 믿기 시작하자 인생이 바뀌었다. -로버트 H. 슐러

* 성공 비결 가운데 하나는 자신에 대한 무조건적인 신뢰였다. -헨리 포드

* 자신 있는 행동은 일종의 자력을 띤다. -랄프 왈도 에머슨

* 능력이란 자기가 자신(自信)을 가질 수 있는 범위를 말한다. -작자 미상

* 긍정적인 생각은 어떠한 일을 성취로 이끄는 믿음이다. 희망과 자신감 없이는 어떤 일도 이루어 낼 수 없다. -헬렌 켈러

* 나에 대한 믿음이 꿈을 이루는 최고의 비결이다. 자신을 믿는 것이야말로 영웅적인 행위의 본질이다. -랄프 왈도 에머슨

* 재능이란 자기 자신과 자기의 힘을 믿는 것이다. -고리키

* 자신을 믿는 것은 가장 튼튼한 족쇄이자 견디기 어려운 채찍질이다. 그러나 동시에 가장 강한 날개이기도 하다. -니체

* 우리가 믿는 것은 꿈이나 소망보다 훨씬 큰 힘을 발휘한다. 사람은 누구든 자신이 믿는 바대로 변해가기 때문이다. -오프라 윈프리

* 늘 희망과 자신감과 용기를 가지고, 목표를 정하고, 목적을 향해 달려가는 정신은 그 목적에 어울리는 요소와 힘을 자연스럽게 끌어당긴다. -랄프 왈도 트라인

* 자신감은 여성이 품을 수 있는 가장 도발적인 매력이다. 몸의 그 어떤 부분보다도 훨

씬 매력적이다. -에이미 멀린드

* 어떤 일을 달성하기로 결심했으면, 그 어떤 지겨움과 혐오감도 불사하고 완수하라. 고단한 일을 해낸 데서 오는 자신감은 실로 엄청나다. -아놀드 베넷

* 자신은 '할 수 없다' 고 생각하는 동안 사실은 그것을 '하기 싫다' 고 다짐하고 있는 것이다. 그러므로 실행되지 않는 것이다. -스피노자

* 늘 확신에 찬 말을 하고 지내다 보면, 자신도 모르게 확신을 갖게 되고, 엄청난 추진력을 이끌어낼 수 있다. -피터 드러커

* '할 수 없다' 라는 말은 글로 쓰건, 말로 하건 세상에서 가장 나쁜 말이다. 그 말은 욕설이나 거짓말보다 더 많은 해를 끼친다. 그 말로 강인한 영혼이 수없이 파괴되고, 그 말로 수많은 목표가 죽어간다. -에드가 게스트

* 머리에서 발끝까지 당신을 빛나 보이게 하는 것은 자신감이다. 당당하게 미소 짓고, 괜한 초조함으로 말을 많이 하지 않고, 어깨를 펴고 활기차게 걷는 것만으로도 충분히 자신감을 얻는다. -데일 카네기

* 줄기가 약한 식물에 지지대를 세워주면 그곳을 따라 자라는 것처럼, 흔들리는 마음에도 중심축이 필요하다. 그것은 바로 타인의 평가에 스스로를 재단하지 않는 자신감이다. -시라토리 하루히코

* 자신을 가장 잘 아는 사람은 바로 자기 자신이다. 자기 스스로를 격려하고, 나는 반드시 해내고야 말 거라는 확신을 가지면 주위 사람들의 말이 상처가 되지 않는다. 진짜 능력은 '나는 할 수 있다' 는 신념과 자신감에서 나온다. -류태영

신 념

* 훈련은 천재를 만들고, 신념은 기적을 이룬다. -안창호

* 믿음은 날이 밝기도 전에 빛을 느끼고 노래를 부르는 새다. -타고르

* 신념은 아직 보지 못한 것을 믿는 것이며, 그 신념에 대한 보상은 믿는 것을 보게 된다는 것이다. -성 아우구스티누스

* 비관주의자는 말한다. "나는 그것을 볼 때 믿을 것이다." 낙관주의자는 말한다. "믿을 때 나는 그것을 보게 될 것이다." -로버트 H. 슐러

* 신념을 갖고 있는 한 명의 힘은 관심만 가지고 있는 아흔아홉 명의 힘과 같다. -존 스튜어트 밀

* 믿음 속에서 첫 계단을 밟아라. 계단 전체를 볼 필요는 없다. 그냥 첫 계단을 밟아라. 믿음이란 계단 전체를 볼 수 없을 때에도 첫걸음을 떼게 하는 것이다. -마틴 루터 킹

* 믿음은 좋은 것을 신뢰하게 만든다. 두려움은 나쁜 것을 신뢰하게 만든다. -론다 번

* 확신은 행동으로 옮겨지지 않으면 아무 쓸모가 없다. -토머스 칼라일

* 인생에는 믿어야 할 무언가가 있어야 한다. 그리고 인생이 끝날 때까지 그 신념으로 자신을 지탱할 수 있을 만큼 열렬히 그것을 믿어야 한다. -마틴 루터 킹

* 신념은 우리를 무한으로 묶어주는 섬세한 사슬이다. -엘리자베스 오크스 스미스

* 계속 반복해서 노력할 때, 생각은 철썩 같은 믿음이 된다. -웨인 다이어

* 머리 위에 온통 구름만 있다 해도, 구름 위에는 반드시 감추어진 햇빛이 있다는 믿음을 가져라. 이 믿음이 우리를 최후의 승리자로 만들어 갈 것이다. -박홍이

* 인생에서 중요한 것은 자신의 뜻과 태도이다. 이것은 '나를 가로막는 적이 1000만 명이라고 해도 나는 내 길을 간다' 는 용기이며 실행력이다. -마쓰시타 고노스케

* 실제로 획득할 수 있다고 믿기 전까지는 아무것도 준비되었다고 할 수 없다. 단순한 희망이나 소망이 아니라 신념을 가져야 한다. -나폴레온 힐

* 믿음은 창조적 힘을 풀어놓는다. 반면, 불신은 거기에 제동을 건다. 믿어라. 그러면 건설적인 사고가 시작된다. 마음이 창조적인 길을 개척하도록 하려면 당신이 그것을 허용해야만 하는 것이다. -데이비드 슈워츠

* 생각, 행동, 습관은 모두 믿음의 직접적인 결과이다. 우리의 믿음이 사라지면 우리는 더 이상 충실하게 실천할 수 없다. -제임스 앨런

* 인간은 마음만 먹으면 어떤 일이라도 견딜 수 있다. 아무리 힘든 일이라도 참을 수 있고, 아무리 싫은 일이라도 밝게 할 수 있으며, 마음 아픈 일도 즐겁게 만들 수 있다.
-마쓰시타 고노스케

* 믿음은 사람의 삶의 길 전체를 측정하는 마음가짐이다. 믿음과 행동은 뗄 수가 없다. 하나가 다른 하나를 결정하기 때문이다. -제임스 앨런

* 만일 삶을 스스로 지배하고 싶다면 자신의 믿음을 의식적으로 조절해야 한다. 믿을 만한 충분한 이유를 발견할 수 있다면 무엇이라도 믿을 수 있다. -앤서니 라빈스

* 결과를 상상하라. 이성이 개입하려 할 것이다. 그러나 끝까지 단순하고 순수한 기적을 일으킬 수 있는 믿음을 지녀라. –조셉 머피

* 믿음이란 생각과 말과 행동이 서로 떨어지지 않은 것이다. –함석헌

* 인간은 의식적으로 자기가 원하는 것을 믿는다. –카이사르

* 믿는다는 것은 적극적인 능력이다. –도로시 카네기

* 신념을 갖지 않는 한 남에게 신념을 줄 수는 없다. 스스로 납득이 가지 않는 한 남을 납득시킬 수가 없다. –메슈 아놀드

* 불가능을 가능하게 할 수 있다는 신념을 가져라. 그 신념이 없는 자는 진보할 수 없다. –괴테

* 신념은 우리가 불확실한 미래를 정면으로 마주할 수 있게끔 용기를 준다. –마틴 루터 킹

* 두려움은 우리를 가두고, 신념은 우리를 석방한다. 두려움은 마비시키고, 신념은 힘을 준다. 두려움은 용기를 빼앗고, 신념은 용기를 준다. 두려움은 병을 주고, 신념은 약을 준다. 두려움은 무용지물로 만들고, 신념은 쓸모 있는 것으로 만든다. –래리 에머슨 포스딕

* 앨버트 밴두러는 믿음과 능력의 유력한 조합을 '자기 효능감(self efficacy)' 이라고 불렀다. 어떤 일을 할 때는 그 방법을 알아야 하지만, 할 수 있다는 믿음 역시 필요하다. 실패를 극복하는 사람들은 높은 수준의 자기 효능감을 자랑한다. –켄 베인

* 내게 인생은 한 번이고 그것을 의미 있게 만들 수 있는 기회도 한 번이다. 나의 믿음은 변화를 이끌어낼 수 있고, 내가 할 수 있는 것이면 무엇이든, 존재하는 곳이 어디든,

존재할 수 있는 곳이 어디든 행하도록 요구한다. –지미 카터

* 믿음은 파괴와 창조의 힘을 다 가지고 있다. 믿음이란 일단 받아들여지기만 하면 우리 신경계에 거부할 수 없는 명령을 내리는 것이다. 그것은 현재와 미래의 모든 가능성을 확장하거나 파괴시킬 수 있는 힘을 갖고 있다는 사실을 명심하라. –앤서니 라빈스

용기

* 우리는 불안에 떨기 위해 세상에 온 것이 아니다. 용기 있게 나아가기 위해 왔다. –장쓰안

* 때로는 산다는 것 자체가 용기 있는 행동이다. –세네카

* 삶의 어떤 것도 두려워해서는 안 된다. 그것은 오직 이해되어야 한다. –마리 퀴리

* 파도를 만나보지 못한 배는 없다. 그 누구도 인생의 파도를 피해 갈 수는 없다. 다만 맞설 뿐이다. –웨이슈잉

* 이기는 것은 지는 것을 두려워하지 않는 것이다. –쿼터백 프랜 타켄튼

* 그대의 가치는 그대가 품은 이상에 의해 결정된다. 용기는 위기에 처했을 때 빛나는 힘이다. –발타자르 그라시안

* 진실한 용기는 두려움과 대담함 사이에서 나온다. –미겔 데 세르반테스

* 희망이 도망치더라도 용기를 놓쳐서는 안 된다. 희망은 때때로 우리를 속이지만, 용기는 힘의 입김이기 때문이다. –부데루붸그

* 어떠한 결과라도 기꺼이 받아들일 용의가 있는 한, 이 세상에 못 할 일은 없다.
–서머싯 몸

* 갑자기 벼랑 끝에 선 사람은 벼랑이 무섭다. 그러나 그 벼랑을 타고 기어 올라온 사람에게는 벼랑이 무섭지 않다. –이규경

* 두려움은 인간 본성의 한 부분이다. 용기는 두려움이 없다는 뜻이 아니다. 두렵긴 하지만 한번 해보자라는 마음으로 포기하지 않고 도전하는 것이 용기다. –칼리 피오리나

* 두려움과 정면으로 마주할 때 우리는 힘과 용기, 자신감을 얻는다. 그러니 도저히 할 수 없다고 느껴지는 일이라도 당당히 맞서야만 한다. –엘리너 루스벨트

* 결과에 집착하지만 않는다면, 삶에서 두려운 것이란 없다. –닐 도날드 월쉬

* 매일 어떤 두려움을 정복하지 않는 사람은 인생의 비밀을 배우지 못한 것이다.
–랄프 왈도 에머슨

* 항구에 있는 배는 안전하지만, 그것이 배를 만든 이유는 아니다. –존 A. 셰드

* 당신에게 용기가 없다면, 이 세상에서 어떤 가치 있는 일도 할 수 없을 것이다.
–제임스 앨런

* 망설이는 호랑이는 벌보다 못하다. –사마천

* 모든 영광은 용감한 출발에서 비롯된다. –작자 미상

* 용감한 사람은 행운의 건축가다. –아네스 안

* 행운의 여신은 용기 있는 자를 좋아한다. –버질

* 용기란 억압받고 있어도 품위를 갖는 것이다. –헤밍웨이

* 용기는 특별한 유형의 지식이다. 두려워해야 할 것을 두려워할 줄 알고, 두려워하지 말아야 할 것을 두려워하지 않는 것이다. –다비드 벤 구리온

* 용기 있는 자로 살아라. 운이 따라주지 않으면 용기 있는 가슴으로 불행에 맞서라. –키케로

* 용기란 삶의 고통과 역경을 초월하여 '뭔가 긍정적이며 의미 있는 것'을 찾는 데 필요한 '아주 중요한 힘'이다. –틸리히

* 용기란 어떤 일을 두려워하지 않는 것이 아니라 두려움에도 불구하고 그 일을 행하는 것이다. –작자 미상

* 신은 용기 있는 자를 결코 버리지 않는다. –켄러

* 용감해지고 싶다면 용감한 것처럼 행동하라. 온 힘을 다해 노력하다 보면 자기도 모르는 사이에 두려움이 용기로 바뀌어 있을 것이다. –데일 카네기

* 용기는 남자의 첫 번째 조건이다. –다니엘 웹스터

* 당신의 두려움과 결코 상의하지 마라. -스톤웰 잭슨

* 두려움의 눈으로 미래를 보는 것은 전혀 안전하지 않다. -E. H. 해리먼

* 고통은 잠시지만 포기는 평생이다. 길은 길을 갈 용기가 있는 자에게만 열린다.
-파울로 코엘료

* 용기는 인간의 자질 가운데 가장 높이 평가할 만하다. 다른 모든 자질을 보증하기 때문이다. -윈스턴 처칠

* 용기는 두려움의 결여가 아니라 두려움에 대한 저항, 두려움에 대한 승리다.
-마크 트웨인

* 진정한 기적은 신이 인간에게 준 용기와 지성을 이용하는 사람들에 의해 창조된다.
-장 아누알

* 돈을 잃은 것은 작은 것을 잃은 것이고, 명예를 잃은 것은 큰 것을 잃은 것이다. 하지만 용기를 잃는 것은 모든 것을 잃는 것이다. -윈스턴 처칠

* 어디서나 당당하라. 기가 살아야 운도 산다. -작자 미상

* 당신이 어떤 위험을 감수하냐를 보면, 당신이 무엇을 가치 있게 여기는지 알 수 있다.
-재닛 윈터슨

* 더 이상 자신 있게 사는 것이 불가능하다면 차라리 당당하게 죽음을 택하라. -니체

* 죽음을 두려워하지 않는 자만이 세상을 살아갈 자격이 있다. -더글러스 맥아더

* 우리가 두려워해야 할 것은 오로지 두려움 자체뿐이라는 게 나의 굳은 신념이다.
-프랭클린 루스벨트

* 삶은 사람의 용기에 비례하여 넓어지거나 줄어든다. -아나이스 닌

* 그 싸움에서 질 수 있다는 가능성 때문에 옳다고 믿는 명분을 외면해서는 안 된다.
-에이브러햄 링컨

* 운명은 용감한 자를 사랑한다. -버질

* 신은 대담한 자의 편에 선다. 용기를 가지고 도전하라. 신은 용감한 자를 돕는다.
-프리드리히 실러

* 장애물을 만나더라도 자신의 목표를 달성하는 일이 이 장애물보다 더 중요하다고 생각하고 끊임없이 노력하는 마음을 우리는 용기라고 한다. -알프레드 아들러

* 인간은 자신이 누군가에게 도움을 주고 있다고 생각될 때 용기를 얻는다. 용기는 '베풂'에서 시작된다. -알프레드 아들러

* 용기는 삶에서 평화를 누리기 위해 치러야 하는 대가이다. -아멜리아 에어하트

* 용기는 모든 덕목 중에서도 가장 중요하다. 용기 없이는 다른 덕목을 계속 실천해 나갈 수 없기 때문이다. -마야 안젤루

* 우리에게 필요한 유일한 용기는 마음이 원하는 대로 살아갈 수 있는 용기다.
-오프라 윈프리

* 겁쟁이는 죽음에 앞서서 여러 차례 죽지만, 용기 있는 자는 한 번밖에 죽지 않는다. –세익스피어

* 용기와 예절은 아무리 많이 사용해도 바닥이 나지 않는 법이다. –발타자르 그라시안

* 인생의 승리는 모두 용기에서 시작된다. 한 걸음 내딛는 용기, 좌절하지 않는 용기, 자신에게 지지 않는 용기……. 용기만이 벽을 부술 수 있다. –이케다 다이사쿠

* 크게 실패할 용기가 있는 자만이 언제나 크게 성취할 수 있다. –작자 미상

* 운은 우리에게서 부귀를 빼앗을 수 있어도 용기는 빼앗을 수 없다. –세네카

* 용기는 별로 인도하고, 두려움은 죽음으로 인도한다. –세네카

* 용기란 모든 다른 미덕이 타고 올라가는 사다리다. –클레어 루스

* 용기가 늘 큰소리로 고함을 치는 건 아니다. 때로 용기는 하루가 끝나갈 때 "내일 다시 시도할 거야."라고 말하는 조용한 목소리다. –메리 앤 라드마커

* 내게 가장 필요한 것은 내가 할 수 있는 일을 하게끔 용기를 부어 넣어주는 바로 그것이다. –랄프 왈도 에머슨

* 용기라고 하는 것은 자기 자신을 굳게 믿는 일이다. 그것은 결코 아무도 가르쳐 주지 않는다. –엘 코르도베스

* 자기의 운명을 짊어질 수 있는 용기를 가진 자만이 영웅이다. –헤르만 헤세

* 영웅심이 영웅을 만들어 내지는 않는다. 참다운 용기만이 영웅을 만든다. –폴 발레리

* 수많은 재능이 조금의 용기가 모자라 썩어버린다. –시드니 스미스

* 용기는 두려운 일을 하는 것이다. 두려움이 없다면 용기도 없다. –에드워드 버논 리켄백커

* 용기란 계속할 수 있는 힘이 아니다. 용기란 아무 힘이 없을 때 계속하는 것이다. –시어도어 루즈벨트

* 용기는 열정과 꿈의 방아쇠다. 삶의 부름에 "네." 하고 대답하려면 용기가 필요하다. 용기를 매일의 사명으로 삼아라. –할 어반

* 소심하기보다는 대담한 편이 낫다. 행운의 여신은 여자이므로. –니콜로 마키아벨리

* 첫 번째로 필요한 것은 대담함, 두 번째로 필요한 것은 대담함, 세 번째로 필요한 것도 대담함이다. –키케로

* 전투에 임하여 필요한 것이 세 가지 있다. 용기, 용기, 그리고 또 용기! –패튼 장군

* 두려움 없는 사람이 가장 빨리 정상에 오른다. 모든 사람은 남이 없는 어떤 탁월함이 있다. –푸블릴리우스

* 직면한다고 해서 모든 것이 바뀔 수 있는 건 아니지만, 직면하기 전에는 아무것도 바꿀 수 없다. –제임스 볼드윈

* 인생은 먼저 "어떤 고난도 이겨 냈겠다." "작은 내 껍질을 깨겠다."는 기개가 있어야 한다. 거기에서 모든 것이 열린다. –이케다 다이사쿠

* 길에서 누가 너희 어깨를 치고, 발을 밟고, 시비를 건다면 사과를 해라. 그래도 싸움을 건다면 싸워라. 그런 패기도 없다면 인생을 때려쳐라. –최배달

* 리더들이 제일 먼저 극복한 것은 외부적인 것이 아니라 '나는 못한다. 나는 재능이 없다. 내가 해서는 안 된다.'는 두려움이었다. –스티븐 코비

* 지적인 바보는 누구나 상황을 더 크고 복잡하고 더 폭력적으로 만들 수 있다. 그 반대쪽으로 방향을 틀려면 천재의 손길, 그리고 많은 용기가 필요하다. –슈마허

* 언제 만날지 모르는 가장 이상하고, 가장 기묘하고, 가장 불가해한 것을 위해 용기를 가지는 것. 당신에게 요구되는 유일한 행동은 이것뿐이다. –라이너 마리아 릴케

* 용감하게 똑바로 바라봐야 한다. 그래야만 용감하게 생각하고, 용감하게 말하고, 용감하게 행동하고, 용감하게 감당할 수 있다. 똑바로 바라보고도 용기를 내지 못한다면 다른 것을 어떻게 이룰 수 있겠는가. –루쉰

* 내게 낯선 존재, 내가 이해할 수 없는 존재에게 기꺼이 나 자신을 개방하고 거기에 귀를 기울이는 용기를 낼 때, 우리는 뭔가를 깨우칠 수 있다. 그래서 기꺼이 동의할 때도 자유로운 사람이 있는가 하면, 삐딱하게 고집을 세울 때도 노예인 사람이 있는 것이다. –고병권

* 모든 사람의 마음 한가운데에는 기록실이 있다. 그 방에 아름다움, 희망, 갈채, 용기의 메시지가 가득한 사람은 젊다. 반면에 커튼이 드리워지고, 비관의 눈발과 냉소의 얼음만이 가득하다면 늙은 사람이다. –더글러스 맥아더

* 우리는 태어나고 죽는 것은 선택할 수 없지만, 그 사이에 있는 모든 것은 선택할 수 있다. 만약 우리가 이 선택에서 용기를 내지 않는다면, 결코 삶의 진정한 의미를 찾지

못할 것이다. 또한 우리는 '완전히 살아 있는' 사람이라고도 할 수 없다. -할 어반

* 우리의 삶에는 의미와 궁극적인 목적이 있다. 삶이 선과 악의 조화로운 작용이라는 사실을 이해하고 삶이 주는 역경과 고통을 이겨낸다면, 우리는 자신을 둘러싸고 있는 즐거움을 발견할 수 있을 것이다. 여기에 필요한 것이 바로 '용기'다. -할 어반

* 신념을 가지는 데는 용기가 필요하다. 용기란 위험을 감수할 수 있는 능력이다. 그것은 고통과 실망까지 받아들일 수 있는 준비를 말한다. 그러므로 위험이 닥친다 해서 두려워할 필요는 없다. 오히려 그때야말로 용기를 실천할 수 있는 좋은 때이다. 용기의 축적으로 신념의 탑을 쌓아가자. -에리히 프롬

생각하는 것은 쉬운 일이다.
행동하는 것은 어려운 일이다.
생각한 대로 행동하는 것은
더욱 어려운 일이다.

–괴테

CHAPTER

12

실행력을 높이고 싶을 때

Chapter 12 | 실행력을 높이고 싶을 때

아무리 좋은 꿈과 비전을 가진다 하여도, 아무리 그 꿈과 비전을 이룰 좋은 계획을 가진다 하여도 실행하지 않으면 아무것도 얻을 수가 없습니다. 왜냐하면 그것은 설계도에 지나지 않기 때문입니다. 설계도 없이 집을 지을 수는 없지만, 설계도는 어디까지나 아직은 비현실 속에 있는 하나의 가정이요, 이상일 뿐입니다.

세상 모든 문은 실행이 더해질 때 열립니다. 성공한 이들은 하나같이 '실행력'이 매우 높은 이들입니다. 실행력이 답인 셈입니다. 실행력이 부족해서 아까운 기회를 놓치거나 일을 그르치는 경우가 너무나 많고 많습니다. 예컨대 5000미터를 달려가는 경우, 실력이 다소 부족해도 먼저 출발한 사람이 먼저 도달할 것입니다. 똑같은 실력과 노력을 가진 경우라 할지라도 먼저 실행한 이가 먼저 성취를 획득할 것은 당연한 이치입니다. 그런 점에서 실행력은 가장 확실한 실력의 하나일 것입니다.

오직 실행만이 결과를 만듭니다. 실행만이 진짜 인생을 살게 합니다. 때문에 남다른 실행력이 남다른 인생을 만듭니다. 『네 안에 잠든 거인을 깨워라』의 저자 앤서니 라빈스는 "다른 행동이 다른 결과를 낳는다."고 하였습니다. 실행력을 높이는 것이 다른 결과를 낳는 그 첫 번째 길입니다.

누구나 실행을 하고 싶은 데도 그것이 잘 안될 때가 있습니다. 이 장의 아포리즘은 실행력을 높여줄 말들로 가득합니다. 그 글귀를 충분히 소화해서 자신의 실행력을 최대한 높여보시기 바랍니다.

행 동

* 내 앞에 길은 없다. 내 뒤에 길은 생긴다. -다카무라 고타로

* 행동을 초래시키지 않는 생각, 그것은 생각이 아니라 공상이다. -엘리자 램브 마틴

* 구경꾼들은 자신만의 역사가 없다. -피터 드러커

* 말과 행동 사이에는 바다가 있다. -이탈리아 격언

* 오늘의 행동이 미래의 비전이 된다. -존 맥스웰

* 행동만을 신뢰하라. 인생은 말이 아니라 행동으로 사는 것이다. -알프레드 아들러

* 행동하는 사람 2%가 행동하지 않는 사람 98%를 지배한다. -지그 지글러

* 인생의 위대한 목표는 지식이 아니라 행동이다. -헉슬리

* 기분이 행동을 일으키는 것이 아니라 행동이 기분을 일으키는 것이다. –제롬 브루너

* 살아가는 것은 호흡하는 것이 아니라 행동하는 것이다. –장 자크 루소

* 행동은 자기 신뢰, 그리고 존중에 있어서 최상의 길이다. –이소룡

* 절제만이 우리 삶을 매력적으로 만드는 것처럼, 행동만이 우리 삶을 활기차게 만든다. –이소룡

* 강력한 이유는 강력한 행동을 낳는다. –윌리엄 셰익스피어

* '언젠가' 라는 말로 생각하면 실패한다. '지금' 이라는 말로 행동하면 성공한다. –벤저민 프랭클린

* 성공한 사람들의 특징은 칼 같은 결단, 화살 같은 행동이다. –로버트 H. 워터맨

* 한 걸음 한 걸음 나아가는 것, 어떤 일을 하든지 목표를 달성하는 데 이보다 좋은 방법은 없다. –마이클 조던

* 신은 행동하지 않는 자를 절대로 돕지 않는다. –소포클레스

* 미래는 선택하는 자의 몫이고, 결과는 행동하는 자의 몫이다. –작자 미상

* 내 행동만이 내가 이 세상에 서 있는 토대다. –틱낫한

* 확신에 차 있는 것처럼 행동하라. 그러면 차츰 진짜 확신이 생겨날 것이다. –빈센트 반 고흐

* 미래를 신뢰하지 마라. 죽은 과거는 묻어버려라. 그리고 살아있는 현재에 행동하라. –롱펠로우

* 사람은 세 부류로 나뉜다. 움직일 수 없는 이, 움직일 수 있는 이, 그리고 움직이는 이. –아라비아 격언

* 어떤 가치 있는 행동을 하지 아니한 날, 그날은 잃은 날이다. –자콥 보바트

* 행동으로 이어져야만 제대로 된 지식이다. –피터 드러커

* 행동하지 않는 것은 의심과 두려움을 낳고, 행동은 자신감과 용기를 낳는다. –데일 카네기

* 구상은 낙관적으로, 계획은 비관적으로, 진행은 공격적으로! –작자 미상

* 움직이지 않는 차의 운전대는 돌리기 힘들다. –스튜어트

* 당신이 행한 대로, 당신은 자신의 우주를 창조하고 있다. –윈스턴 처칠

* '이렇게 되고 싶다'가 아니라 '그렇게 되었다'고 생각하고, 미래의 자신이 현재의 자신을 끌어주도록 하라. –조성희

* 한 번에 한 가지씩 일을 행하라. 마치 자기의 생사가 그것에 걸려 있는 기분으로……. –그레이스

* 행동하는 데는 어느 정도 위험과 희생이 따르지만, 편안히 아무 행동도 하지 않았을 때, 장기적으로 치러야 하는 대가에 비하면 아무것도 아니다. –존 F. 케네디

* 자신에 대해 긍정적인 생각을 갖는 방법은 긍정적인 행동을 하는 것이다. 사람들은 생각한 대로 살지 않으면 사는 대로 생각한다. –폴 발레리

* 말만 하고 행동하지 않는 사람은 잡초로 가득 찬 정원과 같다. –하우얼

* 세상을 움직이려면 먼저 나 자신을 움직여야 한다. –소크라테스

* 나의 경기는 잠에서 깨어난 순간부터 시작된다. –레지 잭슨

* 늦게 시작하는 것을 두려워 말고, 하다 중단하는 것을 두려워하라. –중국 속담

* 뜻대로 할 수 없는 것을 계속 생각하다 보면, 뜻대로 할 수 있는 것이 무엇인지조차 잊어버리게 된다. –변지영

* 내가 처한 현실에서 어느 정도의 확신만 있어도 나는 행동으로 옮겼고, 결코 후회하는 일이 없었다. 모든 것이 완벽해질 때까지 기다리기만 하는 이들이야말로 사람을 미치게 만드는 자들이다. –리 아이아코카

* 당신이 지금 달린다면 패배할 가능성이 있다. 하지만 당신이 달리지 않는다면 당신은 이미 진 것이다. –버락 오바마

* 행하는 자 이루고, 가는 자 닿는다. –이병철

* 행동이 곧 웅변이다. –셰익스피어

* 천 마디 말도 하나의 행동만큼 뚜렷한 자취를 남기지는 못한다. –헨리크 입센

* 죽어 썩어진 다음 금방 잊혀지고 싶지 않으면, 읽을 만한 가치가 있는 글을 쓰거나 글로 남길 만한 행동을 하라. –벤저민 프랭클린

* 행동가처럼 생각하라. 그리고 생각하는 사람처럼 행동하라. –헨리 버그슨

* 어쨌든, 인간이 항상 역사에 의미를 부여할 수는 없을지라도, 자신의 삶이 의미를 갖도록 행동할 수는 있다. –알베르 카뮈

* 인생에서 가장 큰 간격은 아는 것과 행동하는 것 사이의 간격이다. 배운 것을 실제 생활에 적용해서 생활화하기 전까지 그것은 사실 배운 게 아니다. –존 맥스웰

* 삶은 기다리는 사람을 달가워하지 않는다. 삶은 찾아나서는 사람을 선호한다. 한자리에서 삶이 무언가를 가져다주기만 기다리는 사람에게 삶은 결코 소중한 선물을 주지 않는다. –박성철

* 모든 것이 만족스러울 때까지 기다리지 마라. 완벽한 상태는 결코 오지 않을 것이다. 어려움과 방해물은 언제나 있을 것이고, 상황은 완전하지 못할 것이다. 그런들 어떠랴. 지금 당장 시작하라. –마크 빅터 한센

* 중요한 것은 말하는 것이나 희망하는 것, 바라는 것이나 의도하는 것이 아니라 행동하는 것이다. 당신의 선택이 실질적으로 당신이 어떠한 사람인지를 분명히 말해 준다. –브라이언 트레이시

* 생각하는 것은 쉬운 일이다. 행동하는 것은 어려운 일이다. 생각한 대로 행동하는 것은 더욱 어려운 일이다. –괴테

* 모든 상황이 좋아질 때까지 행동을 연기하는 사람은 아무것도 하지 못하는 부류의 사

람이다. –윌리엄 페티

* 우리가 이 세상에서 할 일은 단 하나의 위대한 돌파구적 행동보다는 매일 행하는 조그맣고 사려 깊은 행동 하나하나로 세상을 바꾸는 것이다. –해롤드 쿠시너

* '마치 ~인 것처럼' 이라는 원칙은 삶의 곳곳에서 통하는 법이다. 마치 두렵지 않은 것처럼 행동하라. 그러면 당신은 용감한 사람이 될 것이다. 마치 할 수 있는 것처럼 행동해라. 그러면 당신이 할 수 있다는 사실을 발견하게 될 것이다. –노먼 빈센트 필

* 진실이란 개개인이 행동을 통해 진실을 만들어 낼 때 그 개개인에게만 존재하는 것이다. –키에르케고르

* 생각하게 하는 사람이 아니라 행동할 수 있도록 북돋아 주는 사람을 친구로 여기고 가까이하라. –에픽테토스

* 행동이 자신감을 회복시킨다. 행동하지 않는 것은 두려움의 결과이자 원인이다. 행동이 성공을 보장한다. 어떤 행동이든 하는 것이 하지 않는 것보다는 낫다. –노먼 빈센트 필

* 나는 오로지 행동만 믿는다. 삶은 말이 아니라 행동하는 단계에서 펼쳐지는 것. 행동을 믿자. –알프레드 아들러

* 인생은 생각하는 사람이 아니라 행동하는 사람이 소유주가 된다. –김대규

* 나는 유별나게 머리가 똑똑하지 않다. 특별한 지혜가 많은 것도 아니다. 다만 나는 변화하고자 하는 마음을 행동으로 옮겼을 뿐이다. –빌 게이츠

* 위대한 행동은 위대한 정신을 말해 준다. –플레처

※ 나는 사람의 행동이야말로 그들의 사상을 가장 충실히 반영한다고 생각해 왔다. –존 로크

※ 인생은 행동이다. 아무것도 하지 않는 것은 죽음이다. –모리스

※ 그대의 활동, 오직 그대의 활동만이 그대의 가치를 결정한다. –피히테

※ 역사는 승자의 기록이요, 현재는 행동하는 자의 기록이요, 미래는 꿈꾸는 자의 기록이다. –양광모

※ 행동하기 전에 확신이 필요한 사람은 진정한 행동가가 아니다. 숨을 쉬듯 행동해야만 진정한 행동가이다. –조르주 클레망소

※ 듣는 것은 보는 것보다 못하며, 보는 것은 아는 것보다 못하다. 그리고 아는 것은 행동하는 것보다 못하다. –순자

※ 그것에 실패하는 것이 불가능한 것처럼 믿고 행동하라. –찰스 F. 케터링

※ 당신이 하는 것이 하나의 차이를 만들어 낼 수 있는 것처럼 행동하라. 그것은 실제로 그렇게 된다. –윌리엄 제임스

※ 우리는 말이 아닌 행위를 지켜보아야 한다. 그리고 또 우리도 말이 아닌 행위로 보여주어야 한다. –케네디

※ 지식은 '적지만 행동하는 것' 이 '아는 건 많지만 나태한 것' 보다 무한한 가치가 있다. –칼릴 지브란

※ 오직 행동만 믿어라. 인생은 말이 아닌 행동이다. –맥시우스 플라우투스

※ 무언가를 성취하는 사람은 단 하나의 예외도 없이, 모두 '행동하는 실천가'였다. 자신의 꿈을 이루려면 무엇보다 적극적으로 움직이는 실천가가 되어야 한다. –작자 미상

※ 잘 행하는 것은 잘 말하는 것보다 낫다. –벤저민 프랭클린

※ 나는 오로지 행동만 믿는다. 삶은 말이 아니라 행동하는 단계에서 펼쳐지는 것. 행동을 믿자. –알프레드 아들러

※ 무언가를 원한다고 생각하고 말하면서 아무것도 하지 않는다면 결코 그것을 진정으로 원하는 것이 아니다. –로랑 구넬

※ 실전이 없으면 증명이 없고, 증명이 없으면 신용이 없고, 신용이 없으면 존경받을 수 없다. –최배달

※ 자신의 재능을 숨기지 말라. 쓰라고 만들어진 것이다. 그늘 속 해시계가 무슨 소용 있는가? –벤저민 프랭클린

※ 행동에는 결과가 따른다는 것이 삶의 첫 번째 규칙이다. 두 번째 규칙은 이렇다. 자신의 행동에 책임이 있는 유일한 사람은 바로 자기 자신이다. –훌리 라일

※ 무언가가 되고자 한다면 반드시 무언가를 행해야 한다. 그것이 우리가 이 세상에 보내진 이유이다. 살아있는 존재라면 누구든 무한한 가능성을 가지고 있으며, 세상이 주는 무한한 열매를 받을 자격이 있다. –스튜어트 에이버리 골드

※ 내게 진정한 영향력을 미치는 관건은 실제로 보여주는 당신의 행동에 달려 있다. 당

신이 보여주는 실제 행동은 당신의 성품, 즉 진정 당신이 어떤 종류의 사람인가로부터 자연스럽게 나오는 것이다. 이것은 다른 사람의 평판이나 당신이 나로부터 받고 싶은 평판으로부터 나오는 것이 아니다. –스티븐 코비

실행

* 삶을 바꾸려면 지금 당장 실행하라. 결코 예외는 없다. –윌리엄 제임스

* '나중에'를 외칠 때마다 생의 불꽃은 하나씩 꺼진다. –홍정욱

* 지금 적극적으로 실행되는 괜찮은 계획이 다음 주의 완벽한 계획보다 낫다. –조지 S. 패튼

* 기꺼이 미완성으로 두고 죽어도 좋은 것만 내일까지 미뤄 두어라. –파블로 피카소

* 뒤로 미루는 것은 오늘을 잡아먹는 행위다. –웨인 다이어

* 좋은 생각도 이를 실행하지 않으면 좋은 꿈에 지나지 않는다. –토머스 에디슨

* 오늘 할 수 있는 일을 내일로 미루지 마라. –벤저민 프랭클린

* 바다를 단번에 만들려 해서는 안 된다. 우선 냇물부터 만들어야 한다. –『탈무드』

* 항상 자신이 반드시 해야 하는 일은 간단하다고 생각하라. 그러면 실제로 그렇게 된다. –에밀 콜리

* 현재 얼마나 힘을 갖고 있느냐는 진짜 문제가 아니다. 그보다는 내일 힘을 갖기 위해 오늘 무언가를 반드시 실행에 옮기는 것, 그것이 문제다. –캘빈 쿨리지

* 결정과 실행 사이의 간격은 좁을수록 좋다. 모든 성공한 사람들을 묶어주는 공통점을 결정과 실행 사이의 간격을 아주 좁게 유지하는 능력이다. –피터 드러커

* 나이가 들수록 해보지 않았던 것에 대해서만 후회한다는 것을 발견하게 될 것이다. –재커리 스코트

* 무엇이든 하고 싶은 일이나, 꿈꾸는 것이 있다면 시작하라. 대담함과 배짱은 천재적인 재능과 힘, 그리고 마법을 가졌다. 바로 시작하라. –괴테

* 생각을 잘하는 것은 현명하고, 계획을 잘하는 것은 더 현명하고, 실행을 잘하는 것은 가장 현명하다. –로마 속담

* 긴 안목으로 시작하되 다시 원점으로 돌아가서 '우리가 오늘 해야 할 일은 무엇인가?' 라고 물어야 한다. 궁극적인 시험은 사명선언문의 미사여구가 아니다. 최종적인 시험은 당신의 실행이다. –피터 드러커

* 인생은 아주 짧기에 우리가 해야만 하는 일은 지금 바로 이루어져야 한다. –오드리 로드

* 가치 있는 것 대부분은 부딪혀야 얻을 수 있다. –헨리 나우웬

* 실천의 중요성을 믿어야 한다. 삶은 말이 아니라 하나하나의 실천이 모여 풍요로워지고 완성된다. –알프레드 아들러

* 생각은 손님과 같다. 처음 방문에서는 큰 기대 없이 찾아왔을지라도 우리가 어떻게

대하느냐에 따라 더 자주 찾아올 수 있다. 그러니 그대가 오늘 '그것'에 대해 많이 생각했다면 내일 실행하라. –톨스토이

* 훌륭한 사상도 그것을 실행하지 않으면 꿈일 뿐이다. –랄프 왈도 에머슨

* 현재 얼마나 힘을 갖고 있느냐는 문제가 아니다. 그보다는 내일 힘을 갖기 위해 오늘 무엇인가를 반드시 실행해야 한다는 것, 그것이 진짜 문제다. –캘빈 쿨리지

* 만일 자기가 할 수 있는 일을 모두 실행에 옮긴다면 우리는 모두 그 결과에 놀라 넘어질 것이다. –토머스 에디슨

* 실행은 열매고, 말은 잎이다. –작자 미상

* 평범한 일을 매일 평범하게 실행할 수 있는 것이 비범한 것이다. –앙드레 지드

* 우리들의 중요한 임무는 먼 곳에 있는 희미한 것을 보는 일이 아니라 가까이 있는 분명한 것을 실천하는 것이다. –토머스 칼라일

* 아무리 아름답고 빛이 고울지라도 향기 없는 꽃이 있듯이, 실천이 따르지 않는 말은 그 열매가 없다. –『법구경』

* 생각은 오래가지 못한다. 따라서 생각은 실천되어야 한다. –화이트헤드

* 지식은 보물이지만 실천은 그 열쇠다. –서양 속담

* 무엇을 할 것인가를 아는 것은 지혜이며, 그것을 어떻게 할 것인가를 아는 것은 기술이나, 그것을 실천하는 것은 덕이다. –마하트마 간디

* 똑똑한 자는 하나를 배우면 열을 깨우치지만, 현명한 자는 그중 하나라도 반드시 실천에 옮긴다. –시라토리 하루히코

* 후회는 아무리 빨라도 늦지만, 실천은 아무리 늦어도 빠르다. –이민규

* 모든 일에 완벽하기보다는 진일보함에 초점을 맞춰라. –박홍이

* 길은 걷지 않으면 닿을 수 없고, 일은 하지 않으면 이룰 수 없다. –작자 미상

* 오늘 가열 차게 실행한 좋은 계획은 다음 주 실행될 완벽한 계획보다 낫다. –조지 패튼

* 할 수 있는 게 없다고 말하는 사람은 아무것도 실행하지 않는 사람일 가능성이 높다. –마담 드 스탈

* 어떤 사람이 현명한 사람인가? 알고 있는 것을 실천하는 사람이다. –제갈공명

* 알고도 행하지 않으면, 실제로는 모르는 것이다. 배우고 실천하지 않으면, 실제로는 배운 것이 아니다. 이해하고도 적용하지 않으면, 실제로는 이해한 것이 아니다. 지식과 이해를 자기 것으로 만드는 길은 실행과 적용뿐이다. –스티븐 코비

* 사람을 평가할 때는 그 사람의 소신을 보지 말고 그 소신을 어떻게 실천하고 있는지를 보아라. –크리스토프 리히텐베르크

* 쉽게 할 수 있는 작은 일들을 언제나 마음에 새기고 즉시 실천에 옮긴다면, 머지않아 우리는 깜짝 놀라게 될 것이다. 할 수 없는 일이 거의 없다는 사실을 발견하고서. –새뮤얼 버틀러

* '할 수 없는 일'이 '할 수 있는 일'을 방해하게 하지 마라. –존 우든

* 할 수 있는 일이 미미하다는 이유로 아무것도 하지 않는 것이야말로 큰 실수이다. 할 수 있는 일은 무엇이든 하라. –시드니 스미스

* 어떤 사람들은 일이 일어나기를 바라고, 어떤 사람들은 그 일이 일어나기를 소망하며, 다른 이들은 그 일이 일어나도록 만든다. –마이클 조던

* 마음이 불안한 이유는 생각은 하되 결심하지 않기 때문이다. 또한 결심은 하되 이를 실천에 옮기지 않기 때문이다. 마음이 곧 실천으로 향한다면 불안이 차지할 자리는 그 어느 곳에도 없다. –『법구경』

* 인생에서 가장 먼 여행은 머리에서 가슴까지의 여행이다. 냉철한 머리보다 따뜻한 가슴이 그만큼 더 어렵기 때문이다. 그러나 또 하나의 먼 여행이 있다. 그것은 가슴에서 발까지의 여행이다. 발은 실천이다. 현장이며 숲이다. –신영복

* 영광의 순간을 경험하고 싶다면 과감해져야 한다. 비록 과감함 때문에 실패자로 전락한다 하더라도 이들은 평생 단 한 번도 성공과 실패를 경험하지 못한, 무기력하고 어정쩡한 삶을 산 이들보다 훨씬 훌륭한 사람들이다. –프랭클린 루스벨트

시 작

* 시작이야말로 일에서 가장 중요한 부분이다. –플라톤

* 산을 옮기는 사람은 작은 돌멩이부터 옮긴다. –중국 속담

* 문을 나서면 여행의 가장 어려운 관문을 지난 셈이다. –네덜란드 격언

* 잘 시작된 일은 반은 끝난 셈이다. –플라톤

* 좋은 시작은 절반의 완성이다. –아리스토텔레스

* 작은 일도 시작해야 위대한 일도 생긴다. –마윈

* 완벽하게 시작하려다 완벽하게 시작도 못 할 수 있다. –유영만

* 시작의 기술은 시도이고, 마침의 기술은 몰입이다. –유영만

* 먼 산을 넘으려면 앞산부터 넘어야 한다. –유영만

* 시작하기 위해 위대해질 필요는 없지만, 위대해지려면 시작부터 해야 한다. –레스 브라운

* 보잘것없는 작은 일이 아주 훌륭한 일의 시작일 수도 있다. –단테

* 시작이 두렵지 않은 일은 없다. 하지만 몸에 익으면 두려운 일도 없다. –신문곤

* 우리의 위대한 인생 계획을 방해하는 두 가지가 있다. 하나는 어떤 일도 끝내지 않는 것이며, 다른 하나는 어떤 일도 시작하지 않는 것이다. –붓다

* 자신이 이르고자 하는 곳에 결코 도달할 수 없는 길이 있다. 그것은 '나중에' 라는 길이다. –에스파냐 속담

* 성공의 비결은 시작에 있다. 시작의 비결은 아무리 복잡한 문제라도 작은 조각으로

나누어 첫 조각부터 시작하는 데 있다. –마크 트웨인

* 수확을 미루면 열매는 썩어 사라지지만, 문제의 해결을 미루면 그 문제는 계속 커져만 간다. –파울로 코엘료

* 시작하지 않은 일은 언제 끝날지 모른다. –J. R. R. 톨킨

* 언젠가 할 거라면 지금 바로 시작하고, 누군가가 할 거라면 자신이 먼저 하라. –작자 미상

* 인생이 끝날까 봐 두려워하지 마라. 당신의 인생이 시작조차 하지 않을 수 있음을 두려워하라. –그레이스 한센

* 첫걸음이 가장 힘든 법이다. 인생이라는 사다리에 첫발을 걸치는 것만으로도 삶의 열매를 맛볼 수 있는 첫발을 당당히 내디딘 것이다. –박홍이

* 눈에 보이는 만큼 앞으로 나아가라. 그곳에 이르면 더 먼 곳을 볼 수 있게 될 것이다. –지그 지글러

* 뛰어나고 훌륭하게 시작할 필요는 없다. 그러나 훌륭하기 위해서 시작해야 한다. –지그 지글러

* 어떤 일이라도 계속 망설이기보다 불완전한 대로라도 일단 시작하라. 그러면 한 걸음 앞서게 된다. –러셀 베이커

* 꼭 해야 할 일부터 시작하라. 그다음은 할 수 있는 일을 하라. 그러다 보면 어느 순간 자신이 불가능하다고 생각했던 일을 해내고 있음을 알게 될 것이다. –아시시의 성 프란체스코

* 시작하는 데 있어서 나쁜 시기란 없다. –카프카

* 후회는 아무리 빨라도 늦고 시작은 아무리 늦어도 빠르다. –레무스 리언

* 급히 큰불을 일으키려는 사람도 시작은 지푸라기 모닥불로 시작한다. –셰익스피어

* 인생과 예술의 비밀은 세 가지다. 시작하고, 계속 나아가고, 다시 시작하는 것.
–셰이머스 히니

* 삶은 순간순간이 아름다운 마무리이자 새로운 시작이어야 한다. –법정

* 큰 그릇 속의 효모 하나가 밀가루를 발효시키듯, 오늘 시작한 작은 행동이 내 모든 것을 변화시킬 것이다. –마리안 반 아이크 맥케인

* 나무를 심기 가장 좋은 때는 20년 전이었다. 그다음으로 좋은 때는 바로 지금이다.
–아프리카 속담

* 자신이 할 수 있는 일은 때를 놓치지 마라. 인생의 불행은 자기가 할 수 있는 일을 하지 않는데 그 원인이 있다. –로맹 롤랑

* 어려우니까 감히 손대지 못하는 것이 아니다. 과감하게 손대지 않으니까 어려워지는 것이다. –루키우스 세네카

* 순간순간 새롭게 시작할 수 있어야 살아 있는 사람이다. 낡은 것으로부터 묵은 것으로부터 비본질적인 것으로부터 거듭거듭 털고 일어날 수 있어야 한다. –법정

* 저 밝아 오는 아침 어딘가에 기적이 숨어 있다. 새로운 하루, 새로운 시도, 또 한 번의

출발이야말로 얼마나 큰 기쁨인가! –조지프 프리스틀리

* 잠들기 전 귀찮은 일 한 가지를 정하라. 그리고 다음 날 일어나자마자 그것을 해치워라. 벌써 한 가지를 해냈다는 성취감에 스스로 놀라게 될 것이며, 또 이를 통해 그날 하루 에너지와 활력을 얻을 것이다. –호어스트 에버스

* "코끼리를 어떻게 먹는가?"라는 질문과 "한 번에 한 입씩"이라는 답을 잊지 말자. 한 분야에서 특출난 사람이 되는 방식도 그와 같다. 한 번에 한 계단, 한 가지 기술, 한 가지 작은 향상을 통해 꼭대기까지 올라간다. –브라이언 트레이시

경험

* 경험은 인생의 살아있는 교과서다. –김옥림

* 경험의 폭이 사고의 다양성을 결정한다. –서동식

* 경험은 모든 지식의 참된 원천이며 기초이다. –맬더스

* 직접 경험하기 전에는 그 어떤 것도 진짜가 아니다. –존 키츠

* 누구나 자신이 가진 경험의 포로다. –작자 미상

* 내 전공은 경험학이다. –등소평

* 어떤 사람의 지식이든 그 사람의 경험을 초월하는 것은 없다. –존 로크

* 이론이 없는 경험은 맹목적이지만, 경험 없는 이론은 단지 지적인 유희에 불과하다. –칸트

* 꿈과 사랑은 직접 경험해 보지 않는 한 한낱 단어에 불과하다. –파울로 코엘료

* 멋지게 나이 들어간다는 것은 하루를, 그리고 하나의 계절을 온전히 경험하는 것이다. –엘리자베스 퀴블러 로스

* 나는 내 발걸음을 이끌어 주는 유일한 등불을 알고 있다. 그것은 경험이라는 등불이다. –패트릭 헨리

* 훌륭한 판단은 경험에서 비롯되지만, 경험은 서투른 판단에서 비롯된다. –나폴레옹 1세

* 경험, 접시 10개를 설거지해 본 사람은 100개의 접시를 보면 놀라겠지만 접시 200개를 설거지해 본 사람에겐 노 프라블럼! –김세유

* 경험은 우리에게 발생한 일이 아니라 그 일에 대처하는 우리의 행동을 의미한다. –올더스 헉슬리

* 경험은 배울 줄 아는 사람만 가르친다. –올더스 헉슬리

* 논리의 검증을 거치지 않은 경험은 잡담이며, 경험의 검증을 거치지 않는 논리는 공론이다. –김대중

* 일을 망치고 아무것도 배우지 못했다면, 당신은 실수를 한 것이다. 일을 망치고 무언가를 배웠다면, 당신은 경험을 한 것이다. –마크 맥파든

* 지식이 없는 경험은 경험이 없는 지식보다 낫다. –영국 속담

* 세상에 대한 지식은 세상에서 얻는 것이지 책상 앞에서 얻어지는 것이 아니다. –필립 체스터필드

* 경험은 지식의 어머니이다. –브래틀

* 다른 것은 다 속일 수 있어도 경험만은 속일 수 없다. –작자 미상

* 백 번 말해주는 것보다 한번 보게 하는 것이 낫고, 백 번 보는 것보다 한 번 경험하게 하는 것이 낫다. –신문곤

* 경험이 가장 비싼 학교다. –작자 미상

* 삶은 설명을 듣는 것이 아니라 경험하는 것이다. 경험은 우리 안의 불순물을 태워 버린다. –류시화

* 난 경험이 최고의 스승이 아니라 냉정한 평가를 거친 경험만이 최고의 스승이라고 확신한다. –존 맥스웰

* 25년 동안 강연 전문가로 활동하면서 얻은 가장 큰 교훈이 있다면, 경험담이 없다면 다 말장난이라는 것이다. –김이율

* 책에 너무 의존하지 말라. 성인의 가르침이라 할지라도 종교적인 이론은 공허한 것이다. 진정한 앎이란 내가 직접 체험한 것, 이것만이 내 것이 될 수 있고 나를 형성한다. –법정

* 어떤 크나큰 계기나 사건이 나의 일생을 변화시켜 주기를 바라는 것은 잘못된 오해다. 우리의 인생을 요술처럼 멋지게 만들어 주고 성공시켜 주는 것은 작은 경험들의 연속으로 이루어지기 때문이다. –팀 한셀

* 지금 여기를 한 번도 떠나보지 않은 사람에게 세상은 지금 여기가 전부다. 떠나야 다른 세계를 만날 수 있다. –유영만

* 세상은 한 권의 책이다. 여행을 하지 않은 사람은 단지 한 페이지만을 계속 보는 사람과 같다. –성 아우구스티누스

* 여행은 정신을 다시 젊어지게 하는 샘이다. –안데르센

* 여행을 떠날 각오가 되어있는 자만이 자신을 묶고 있는 속박에서 벗어나리라.
–헤르만 헤세

* 여행이란 경험이 가져다준 수수께끼 같은 선물 보따리이다. 무엇을 얻어내는가는 여전히 각자의 몫으로 남는다. –작자 미상

* 여행이란 우리가 사는 장소를 바꾸어 주는 것이 아니라 우리 생각과 편견을 바꾸어 주는 것이다. –아나톨 프랑스

* 홀로 여행자가 되면 투명하고 순수해진다. 낯선 환경에 놓여 있을 때 사람은 자기 자신에게 눈을 뜬다. 자기 모습이 뚜렷이 드러난다. –법정

* 여행은 우리를 겸허하게 만든다. 세상에서 내가 차지하는 부분이 얼마나 작은지 두고두고 깨닫게 하니까. –귀스타브 플로베르

* 고결한 추억이야말로 소중한 재료이다. 우리의 정서는 이 재료를 통해 삶이라는 시를 빚는다. –베토벤

* 익숙한 곳에서 새로운 것을 보는 것도 '여행' 이고, 새로운 곳에서 익숙한 것을 발견하는 것도 '여행' 이다. 여행은 삶을 고여 있지 않게 만든다. 늘 새롭고 싶다면 삶을 여행하듯 살아라. –황중환

* 우리가 이 세상에 존재하는 것은 상처받지 않기 위해서가 아니라 상처를 무릅쓰고라도 배우기 위해서다. 우리는 고생하지 않으려고 이 세상에 온 것이 아니라 고생을 무릅쓰고라도 더 큰 것을 표현하고 경험하기 위해 온 것이다. –한바다

* 사람들은 경험을 겪는다. 경험을 겪고 나면 사람은 유식해지는 것이 아니라 노련해진다. 경험은 어리석은 사람들의 교사이다. 경험은 과학의 어머니다. 경험은 길을 안내해주는 램프이다. –알베르 카뮈

* 인생은 체험이다. 인생이란 무슨 최종적인 성과를 얻고, 무슨 최종적인 결과를 내기 위해서 살아야 하는 것이 아니다. 인생은 체험, 체험하는 '과정' 이다. 우리 인생에 단 하나의 목적이 있다면 그것은 '인생을 과정으로서 체험해야 한다' 는 것이다. –홍신자

* 주저하지 말고 경험에 뛰어들라. 문제에 대한 해답을 타인에게서 빌리려 하지 말고 그 문제를 살아야 한다. 삶은 풀어야 할 문제가 아니라 살아야 할 신비이다. 관념과 공식에서 벗어나 이 삶을 최대한으로 경험해야 한다. 이해는 머리가 아니라 경험을 통해 얻어지는 것이기 때문이다. –류시화

* 하나의 경험 속에서 인생 전체를 배우라. 그런 눈을 지니려면 진지한 마음으로, 그리고 열정적으로 그 체험 세계로 깊이 몰입해야 한다. 인생이 주는 모든 쓴맛 단맛을 다

인내하고 견뎌냈을 때, 그리하여 모든 것을 통과했을 때, 그대는 삶의 경험이 주는 가르침의 진수를 배운 것이다. –한바다

* 궁극적으로 그대가 이 세상에서 소유할 수 있는 것은 아무것도 없다. 그대가 이룩하고 얻은 그 어떤 것도 우주는 다시 본래 자리로 빼앗아 간다. 그러나 우주가 가져갈 수 없는 것이 하나 있는데, 그것은 그대가 경험을 통해 배운 기억이다. 그대가 사랑한 것, 배운 것, 베푼 것은 영원하다. 그것은 영원히 남는다. –한바다

CHAPTER

13

시간의 가치를 높이고 싶을 때

Chapter 13

시간의 가치를 높이고 싶을 때

우리의 인생은 시간으로 이루어져 있습니다. 때문에 시간을 잘 사용하는 것은 인생을 잘 사는 것과 직결됩니다. 시간을 잘 사용하는 것은 행복하고 성공적인 인생을 위해 반드시 알아야 할 최고의 지혜일 것입니다.

우리의 인생은 유한합니다. 때문에 시간의 가치를 깨닫는 것은 후회 없는 삶을 사는 데 가장 중요한 교훈이 될 것입니다. 그러한 깨우침이 없으면 시간을 계속 낭비하게 될 것이기 때문입니다. 시간을 낭비하는 것은 곧 인생을 낭비하는 것입니다. 젊었을 때와 달리, 나이가 들면 시간이 참 빨리 지나간다는 것을 느끼게 됩니다. 인생이 생각보다 그리 길지 않다는 것을 느낄 쯤이면, 시간의 가치를 더욱 절감하게 됩니다.

인생이란 시간을 쓸 한정된 기간일 뿐입니다. 때문에 시간의 가치와 소중함을 빨리 깨우치는 사람이 현명한 사람입니다. 인생을 잘 사는 비결의 핵심은 시간을 잘 사용하는 것입니다. 시간의 가치와 그 빛깔은 쓰기에 따라 달라집니다. 그것이 시간의 가장 큰 신비일 것입니다. 멋진 인생을 위해서 우리는 반드시 그 신비와 만나야 할 것입니다. 시간의 부자로 살아갈 것인지, 시간의 거지로 살아갈 것인지는 모두 자신에게 달렸습니다.

이 장의 아포리즘은 시간의 가치와 소중함을 깊이 일깨워 줄 것이며, 시간을 어떻게 쓰면서 살아가야 할지를 더 깊이 이해하고 자각하도록 도와줄 것입니다.

시 간

* 새로운 시간 속에는 새로운 마음을 담아야 한다. –아우구스티누스

* 매 순간 우리는 선택을 한다. 모든 시간이 우리의 운명이다. –제임스 앨런

* 시간을 유효하게 관리하지 않으면 다른 어떤 것도 관리되지 않는다. –작자 미상

* 짧은 인생은 시간을 낭비함으로써 더욱 짧아진다.–『탈무드』

* 시간을 아끼는 것은 결국 자기 삶을 사랑하는 일이다. –공병호

* 삶을 사랑하는가? 그렇다면 시간을 허비하지 말라. 삶은 곧 시간이다. –벤자민 프랭클린

* 낭비한 시간에 대한 후회는 더 큰 시간낭비다. –메이슨 쿨리

* 시간은 흐르는 강물과 같다. 역류하지 않고 흘러가는 사람은 행복하다. –앤드류 머레이

* 시간은 극히 희귀한 자원이며, 관리되지 않으면 그밖에 아무것도 관리될 수 없다.
–피터 드러커

* 반성하고 재충전하는 시간을 가져라. 그런 시간이야말로 잘 쓴 시간이다, –작자 미상

* 성공과 실패는 시간을 이용하는 방식에 의해 갈린다. –헨리 포드

* 시간을 헛되이 보내지 말고 유익한 일들로 채워가라. 그것이 행복해지는 지름길이다. –랄프 왈도 에머슨

* 그 누구도 살아서 이 세상을 떠날 수 없다. 바로 지금이 살고, 배우고, 보살피고, 나누고, 축하하고 사랑해야 할 시간이다. –레오 버스카글리아

* 시간이란 한번 가 버리면 다시는 돌아오지 않는 선물과 같다. 지금 하고 싶은 일을 자꾸 미루는 사람에게 인생의 선물이란 없다. –제임스 그린

* 지금의 그대는 미래의 그대에게 얼마나 당당할 수 있는가? 시간을 그렇게 사용하라. 미래의 그대에게 미안하지 않도록. –김난도

* 시간은 내가 불리하다고 멈춰주지 않는다. –작자 미상

* 지갑에는 아무도 손대지 않은 24시간이 가득 차 있다. –아놀드 베넷

* 현명한 사람은 허송세월을 가장 슬퍼한다. –단테

* 질서는 시간을 배로 만든다. –장 드 라 퐁텐

* 인생에서 가장 진귀한 것은 시간이다. 인생이란 시간과 싸우는 것이기 때문이다. –이소룡

* 아무렇지도 않게 한 시간을 낭비하는 사람은 인생의 가치를 아직 발견하지 못한 것이다. –찰스 다윈

* 시간을 잘 활용하고 싶다면 무엇이 중요한지 알아야 하고, 그 일에 당신의 모든 능력을 쏟아부어야 한다. –리 아이어코카

* 시간을 헛되이 보내는 것은 모든 지출 중에 가장 사치스럽고 값비싼 지출이다. –테오프라스토스

* 항상 당신의 시간을 가치 있게 쓰도록 노력해라. 시간의 쓰임새에 따라 인생의 승자와 패자로 구분할 수 있다. –브라이언 트레이시

* 인간은 항상 시간이 모자란다고 불평을 하면서 마치 시간이 무한정 있는 것처럼 행동한다. –세네카

* 현재를 잃어버리는 것은 모든 시간을 잃어버리는 것이다. –영국 격언

* 시간은 인간이 쓸 수 있는 것 중에서 가장 소중한 것이다. –디오게네스

* 우리가 취할 수 있는 최선의 전략은 칠십 평생이 우리가 우주를 경험할 수 있는 유일무이한 기회라고 생각하고 그 시간을 최대한 활용하는 것이다. –파스칼

* 같이 출발하였는데 세월이 지난 뒤에 보면 좀처럼 좁힐 수 없는 거리가 생긴다. 이것은 하루하루 주어진 자신의 시간을 잘 활용했느냐, 아니면 헛되이 보냈느냐에 의한 것이다. –벤저민 프랭클린

* 빛과 어둠이 함께하는 모든 시간이 기적이다. –월트 휘트먼

* 시간이 모든 것을 숙성시킨다. 태어날 때부터 현명한 사람은 없다. –세르반테스

* 짧은 인생은 시간의 낭비에 의해 더욱 짧아진다. –새뮤얼 존슨

* 우물쭈물하고 있는 것은 시간을 도둑맞는 일이다. –에드워드 영

* 승자는 시간을 관리하며 살고, 패자는 시간에 끌려 산다. –시드니 해리스

* 위대한 사람은 시간을 창조해 나가고, 평범한 사람은 시간에 실려 간다. –윤오영

* 시간만큼 중요한 것은 없다. 또한 시간만큼 낭비하기 쉬운 것도 없다. –윌리엄 펜

* 이 짧은 시간을 즐기자. 사람에게는 항구가 없고, 시간에게는 연안이 없다. 그래서 시간을 지나 우리는 떠난다. –라마트린

* 많은 사람들은 그들의 돈이 바닥나기 전까지는 그들의 돈에 대해 신경 쓰지 않는다. 그리고 그들은 그들의 돈과 마찬가지로 그들의 시간이 바닥나기 전까지는 시간에 대해 신경 쓰지 않는다. –괴테

* 진지한 목적은 시간을 찾거나 시간을 만든다. 자투리 순간들을 휘어잡아 그 조각들을 황금 같은 재산으로 바꾸어 놓는다. –윌리엄 엘러리 채닝

* 돈으로 침대를 살 수는 있지만, 잠은 살 수 없다. 돈으로 시계는 살 수 있지만, 시간을 살 수는 없다. –피터 라이브스

* 때가 오면 모든 것이 분명해진다. 시간은 진리의 아버지다. –타블레

* 시간은 인간의 모든 가면을 벗겨준다. –마키아벨리

* 시간은 많은 것을 가르친다. –아이스큐로스

* 시간을 선택하는 것은 시간을 절약하는 것이다. –프랜시스 베이컨

* 1분을 신경 쓰라고 말하고 싶다. 1시간은 알아서 지나가니까. –필립 체스터필드

* 변명 중에서도 가장 어리석고 못난 변명은 '시간이 없어서' 라는 변명이다. –토머스 에디슨

* "아직은 때가 아니야." 그다음에는 "이미 너무 늦었어."라고 말하다 보면 인생 최고의 시간이 다 지나간다. –귀스타브 플로베르

* 시간을 느긋하게 보는 것! 그것은 게으름도 아니고 죄도 아니다. 그것은 풍요의 또 다른 형태일 뿐이다. –토머스 에디슨

* 시간을 지배할 줄 아는 사람은 인생을 지배할 줄 아는 사람이다. –에센바흐

* 시간은 잘 소비하는 것이 저축이다. 성실하게 사는 사람에게 시간은 흘러가는 것이 아니고 쌓이는 것이다. –김대규

* 어떠한 재주꾼이라도 자기 자신을 위해서 이미 지나가 버린 시간을 다시 새겨 줄 시계를 만들 수는 없는 일이다. –디킨스

* 시간은 잘 이용하는 사람에게 친절하다. –쇼펜하우어

* 마감시간이야말로 모든 발명의 어머니이다. –존 M. 섀너핸

* 현재의 시간만이 인간의 것임을 알라. –새뮤얼 존슨

* 시간의 걸음은 세 가지다. 미래는 머뭇거리며 오고, 현재는 화살처럼 날아가고, 과거는 영원히 정지해 있다. –프리드리히 실러

* 시간을 보석이나 생명처럼 귀중히 여겨라. –로버트 H. 슐러

* 사람이 시간을 낭비하는 것은 일종의 자살이다. –헬리팩스

* 제대로 쓰면 시간은 언제나 충분하다. –괴테

* 시간이란 강이요, 격렬한 흐름이다. –아우렐리우스

* 현재와 같은 시간은 없다. –M. D. I. R. 멘리

* 시간을 이용할 줄 아는 사람은 하루로 사흘을 산다. –영국 속담

* 세상에서 가장 큰 선물은 시간이다. –피터 드러커

* 현재 시간을 잃어버리면 모든 시간을 잃어버린다. –W. G. 베넘

* 시간은 사람이 소비하고 있는 것 중에서 가장 가치 있는 것이다. –테오프라스토스

* 평범한 사람들은 시간을 어떻게 소비할까 생각하지만, 지성인은 시간을 어떻게 사용할까 궁리한다. –쇼펜하우어

* 영원을 사랑하거든 시간을 이용하라. –F. 퀼즈

* 짬을 이용하지 못하는 사람은 항상 짬이 없다. –유럽 속담

* 시간은 만물을 운반해 간다. 마음까지도. –베르길리우스

* 우리들은 짧은 인생을 받은 것이 아니다. 우리들이 짧게 하고 있는 것이다. –세네카

* 당신이 무슨 일을 하고 있든 간에 당신의 시간을 미래의 인생을 위해 사용하라. –디오도어 루빈

* 시간을 단축시키는 것은 활동이요, 시간을 견디지 못하게 하는 것은 안일함이다. –괴테

* 가장 바쁜 사람이 가장 많은 시간을 갖는다. –알렉산드리아 피네

* 신이 우리를 가르칠 때는 채찍을 쓰지 않는다. 신은 우리를 시간으로 가르친다. –발타자르 그라시안

* 시간 관리에 관한 가장 중요한 질문은 "바로 지금 어떻게 하는 것이 시간을 가장 가치 있게 활용하는 것인가?"라는 질문이다. –브라이언 트레이시

* 때를 놓치지 말라. 때를 아는 것이야말로 가장 중요한 것이다. –헤시오도스

* 모든 것에는 두 가지 시점이 있다. 적절한 시점과 놓쳐버린 시점이 그것이다. –작자 미상

* 시간은 누구에게나 평등하게 주어진 인생의 자본금이다. 이 자본금을 잘 이용한 사람이 승리자가 된다. –아뷰난드

* 자신이 원하는 삶을 일구는 데 시간을 쏟지 않는다면, 결국에는 원치 않는 삶을 처리하는 데 많은 시간을 보낼 수밖에 없다. –케빈 엔고

* 한가로운 시간은 무엇과도 바꿀 수 없는 재산이다. –소크라테스

* 시간이란 기다리는 자에게는 너무나 느린 것이요, 겁내는 사람에게는 너무나 빠른 것이요, 슬퍼하는 사람에게는 너무나 긴 것이요, 기뻐하는 사람에게는 너무나 짧은 것이다. 그러나 사랑하는 사람에게 시간은 영원한 것이다. –존스베리

* 여유란 물리적인 시간이 아니다. 평온한 마음이다. –요로 다케시

* 여가는 사람에게 주어진 책임 가운데서 가장 매력적인 것이다. –윌리엄 러셀

* 한가함이란 아무것도 할 일이 없다는 것이 아니라 무엇이든지 할 수 있는 여유가 생겼다는 뜻이다. –플로이드 델

* 참된 한가함이란 우리가 좋아하는 것을 하는 자유이지 아무것도 안 하는 것은 아니다. –조지 버나드 쇼

* '시간을 보내는 것' 과 '시간을 잘 사용하는 것' 사이의 차이는 크고 작은 문제에서 무엇을 어떻게 다룰지 현명하게 판단하는 데 달려 있다. 선택의 질적인 측면을 생각하고 행동한다면 인생의 질도 그에 따라 달라질 것이다. –위니프레드 갤러거

* 뜨거운 난로 위에 1분간 손을 올려 보라. 마치 한 시간처럼 느껴질 것이다. 그런데 귀여운 아가씨와 함께 한 시간을 앉아 있는다면 마치 1분처럼 빨리 지나갈 것이다. 이것이 상대성이라는 것이다. –아인슈타인

* 인생은 시간이다. 그것도 물리적인 시간이다. 그렇지만 누구에게나 공평하게 주어진 물리적인 시간이라고 해서 다 똑같은 시간은 아니다. 그 물리적 시간을 절대적 시간으로 바꾸면 그 시간의 의미와 가치는 달라진다. 자기만의 고유한 생명을 지닌 시간이 된다. –작자 미상

순 간

* 순간을 지배하는 사람이 인생을 지배한다. –에센바흐

* 지사는 일 년을 아끼고, 현인은 하루를 아끼고, 성인은 일각을 아낀다. –위원

* 삶은 순간들의 연속이다. 한순간, 한순간을 사는 것이 성공하는 것이다. –코리타 켄트

* 내가 무언가를 경험할 수 있는 것은 한순간뿐이다. 그것은 바로 지금이다. –웨인 다이어

* 모든 순간은 생애 단 한 번의 시간이며, 모든 만남은 생애 단 한 번의 만남이다. –법정

* 미래를 위해 베푸는 최고의 관용은 지금 이 순간에 모든 걸 바치는 것이다. –알베르 카뮈

* 순간을 사랑하라. 그러면 그 순간의 에너지가 모든 경계를 넘어서 사방으로 퍼질 것이다. –코리타 켄트

* 찬란한 미래를 즐기려는 사람은 현재의 시간을 한순간도 낭비해서는 안 된다. –로저 밥슨

* 삶의 한순간 한순간을 마지막 순간처럼 살아라. –아우렐리우스

* 여러 번 살고 싶으면 추억을 만들고, 오래 살고 싶으면 순간에 열중하라. –김대규

* 언제나 순간을 놓치지 말라. 어떤 상황이든, 어떤 순간이든 그 하나하나가 영원의 표시로서 무한한 가치가 있다. –괴테

* 누구도 과거나 미래를 잃어버릴 수는 없다. 인간이 가진 것은 오직 현재 이 순간뿐이고, 가지고 있지 않은 것은 잃어버릴 수 없기 때문이다. –아우렐리우스

* 어느 때든 낙관적이고 긍정적인 시각으로 사물을 본다면, 모든 순간이 삶에서 최고의 시간이 될 것이다. –청샤오거

* 시간이란 없는 것이다. 다만 있는 것은 한순간뿐이다. 그리고 그 한순간에 우리의 모든 생활이 달려 있다. 그러므로 이 한순간에 있어서 우리의 모든 힘을 발휘하지 않으면 안 된다. –톨스토이

* 항상 함께 있지만 부여잡기 어려운 현재라고 하는 순간들은 그 안에 자신을 내맡길 때 가장 아름답게 체험될 수 있다. –웨인 다이어

* 삶의 예술에 대한 비밀, 모든 성공과 행복의 비밀을 전하는 세 단어가 있다. '삶과 하나가 되기' 이다. 삶과 하나가 되는 것은 현실의 순간과 하나가 되는 것이다. –에크하르트 톨레

* 산다는 것은 언제나 지금 이 순간을 사는 것이다. 이 순간 밖에서의 삶은 없다. 지금 이 순간의 빛과 그늘, 땅과 나무 냄새, 그 안에 함께 있는 사람들을 충만하게 끌어안아라. 지금 이 순간을 '꽉' 끌어안지 않는다면 어떤 삶도 제대로 사는 것이 아니다.
–장 그르니에

* 지금 이 순간을 현재의 눈으로 보지 마라. 먼 영원의 눈으로 현재를 보라. –스피노자

* 금생의 시험 점수는 내생으로 이어져 결코 사라지는 법이 없다. 이러한 사실을 깨닫는다면 한순간도 허랑방탕하게 살 수 없다. 지금 이 순간이 영원으로 통하는 순간인 것이다. 그러므로 최선을 다해 진지한 자세로 하루하루 삶에 임해야만 한다. –지광

오 늘

* 오늘로써 내일을 빛내라. –엘리자베스 브라우닝

* 내일의 삶은 너무 늦다. 오늘을 살아라. –마르티알리스

* 오늘 하루의 가치만큼 소중히 여겨야 할 것도 없다. –괴테

* '오늘'이란 너무 평범한 날인 동시에, 과거와 미래를 잇는 가장 소중한 시간이다. –괴테

* 날마다 오늘이 마지막 날이라고 생각하라. 날마다 오늘이 첫날이라고 생각하라. –『탈무드』

* 오늘은 지금부터 일어날 모든 일이 시작되는 날이다. –하비 파이어스톤 2세

* 오늘은 당신의 남은 인생 중 첫 번째 날이다. –영화 『아메리칸 뷰티』에서

* 오늘에 충실할 때 어제는 행복한 꿈이 된다. –인도 격언

* 어제는 지나간 역사이고, 내일은 미지의 수수께끼이며, 오늘은 선물이다.
–브라이언 다이슨

* 꿈을 이루고 성공하고 행복을 이루는 비결은 오늘을 온전히 사는 것이다. –조엘 오스틴

* 어제는 재이고, 내일을 나무이다. 오직 오늘만이 밝게 타오르는 불이다. –에스키모 속담

* 우리의 삶은 오늘의 연속이다. 오늘이 30번 모여 한 달이 되고, 오늘이 365번 모여 일 년이 되고, 오늘이 3만 번 모여 일생이 된다. –김용신

* 내일 되고자 하는 것을 오늘부터 시작하라. –성 제롬

* 항상 오늘만을 위하여 일하는 습관을 만들어라. 내일은 저절로 찾아온다. –카를 힐티

* 미래란 내일이 아니라 바로 오늘이다. –오슬러

* '내일' 을 입에 달고 다니는 사람에게 내일이란 없다. '내일' 을 만드는 것은 바로 '오늘' 의 실천이다. –하우석

* 과거는 과거다. 과거보다는 미래가 더 중요하다. 미래보다는 현재가 더 중요하다. 현재보다는 오늘이 더 중요하다. 오늘보다는 지금이 더 중요하다. –앙드레 모로아

* 어제는 하나의 꿈에 지나지 않으며, 내일은 하나의 환상일 뿐이다. 그러나 최선을 다한 오늘은 어제를 행복의 꿈으로 만들며 모든 내일을 희망의 비전으로 바꾸어 놓는다.
–유일한

* 오늘 하루 이 시간은 당신의 것이다. 하루를 착한 행위로써 장식하라. –루스벨트

* 어제를 탄식하며 오늘을 허비하는 사람은 오늘을 탄식하며 내일을 허비하게 된다. -필립 라스킨

* 어제로부터 배우고, 오늘을 살며, 내일의 희망을 품어라. -아인슈타인

* 오늘은 어제가 아니듯 우리도 어제의 그 사람이 아닌 것이다. 새로운 시간 위에는 새로운 마음을 담아야 한다. 묵은 시간 위에 남은 찌꺼기로 현재를 더럽히지 말아야 한다. -아우렐리우스

* 오늘 이룰 수 있는 일에 전력을 다하라. 그러면 내일은 한 걸음 더 전진할 수 있을 것이다. -뉴턴

* 오늘은 마음과 가슴에서 가장 고결한 자질을 표현하고, 그동안 미뤄왔던 것 중에서 가장 가치 있는 일을 하는 날이다. -그렌빌 클라이저

* 과거에 대해서는 할 수 있는 일이 하나도 없지만, 오늘에 대해서는 할 수 있는 일이 참으로 많다. -조엘 오스틴

* 살아 있다고 할 수 있는 것은 오직 너의 오늘에 내일이 따라오고 있을 때만 그렇다. -에마누엘 가이벨

* 또 다른 지금은 없는 법이니, 오늘을 최대한 활용하라. 또 다른 나는 없는 법이니, 나를 최대한 이용하라. -로버트 H. 슐러

* 오늘을 붙잡아라. 철저하게 즐겨라. 다가오는 오늘을. 찾아오는 사람들을. -오드리 헵번

* 내일은 없다고 생각하고 오늘을 살아라. 오늘이 내일이다. -앤드류 카네기

* 만일 우리가 오늘을 돌보면 신은 우리의 내일을 돌보아 줄 것이다. -마하트마 간디

* 어제의 비로 오늘의 옷을 적시지도 말고, 내일의 비를 위해 오늘의 우산을 펴지도 말 것. -김대규

* 이상적이라는 것은 결코 오지 않는다. 오늘은 오늘을 이상적인 것으로 만드는 자에게 이상적인 것이다. -호라티오 W. 드레서

* 어제의 내가 오늘의 나를 만들었고, 오늘의 내가 내일의 나를 만든다. -김세유

* 미래의 일에 끌려다닌다면 영원히 현재를 살 수 없다. -일행 선사

* 현재에 열중하라. 오직 현재 속에서만 인간은 영원을 알 수 있다. -괴테

* 현재를 살아갈 능력이 없는 사람들은 미래에 대한 어떤 유효한 계획도 세울 수 없다. -앨런 와츠

* 과거에 대해 생각하지 마라. 미래에 대해 생각하지 마라. 단지 현재에 살라. 그러면 모든 과거도, 모든 미래도 그대의 것이 될 것이니. -오쇼 라즈니쉬

* 어떠한 일도 과거 속에서 일어날 수는 없다. 과거의 일도 지금 속에서 일어난 것이다. 어떠한 일도 미래 속에서 일어날 수는 없다. 미래의 일도 지금 속에서 일어날 것이다. -황중환

* 현재는 모든 과거의 필연적인 산물이며, 모든 미래의 필연적인 원인이다. 현재에 열중하라. 오직 현재 속에서만 인간은 영원을 알 수 있다. -괴테

* '언젠가' 가 아니다. '지금' 이다. 이때를 완전 연소하지 않으면, 참된 인생은 있을 수 없다. –이케다 다이사쿠

* 지금이야말로 일할 때이다. 지금이야말로 싸울 때이다. 지금이야말로 나 자신을 더욱 뛰어난 사람으로 만들 때이다. 오늘 능히 하지 못하면 내일 무엇을 할 수 있을 것인가. –토마스 아 켐피스

* 지금 이 순간의 삶의 맛을 느낄 수 없다면, 다 헛된 희망이다. 지금 삶을 살 수 없으면, 나중에도 삶을 살 수 없다. 가장 중요한 건 지금의 삶을 살아내는 것이다. –김창옥

* 당신에게 가장 중요한 때는 현재이며, 당신에게 가장 중요한 일은 지금 하고 있는 일이며, 당신에게 가장 중요한 사람은 지금 만나고 있는 사람이다. –톨스토이

* 우리는 지나간 일을 생각하면서 괴로워한다. 그리고 닥쳐올 일을 예상하고는 미리 자기 자신을 상처 입힌다. 현재를 소중히 생각하라. 현재의 모든 상태, 모든 시간은 무한한 가치가 있는 것이다. 그것은 그 자체에 영원성을 가지고 있다. –작자 미상

하루

* 하루는 영원의 축소판이다. –랄프 왈도 에머슨

* 일일일생(一日一生). 하루는 소중한 인생이다. 이를 허비해서는 안 된다. –우치무라 간조

* 오늘은 내 인생 중에서 가장 중요한 날이며, 다른 모든 날을 결정해 주는 날이다. –미셸 몽테뉴

* 우리가 깨어있을 때만 하루는 밝아 온다. –소로우

* 하루를 멋지게 사는 것, 그것이 예술의 최정점이다. –소로우

* 하루하루를 우리의 마지막 날인 듯이 보내야 한다. –푸블리우스 시루스

* 매일매일은 미래를 과거로 보낸다. –트림 씨어터

* 매일이 1년 중 최고의 날이라고 그대 가슴에 새겨라. –랄프 왈도 에머슨

* 하루가 우리에게 주는 것은 무엇이든 선물로 받아들여라. –호라티우스

* 하루하루가 멋진 선물이다. 그러니 설레는 마음으로 리본을 풀어라. –루스 앤 샤바케

* 행동하기에 가장 좋은 상황이 올 때까지 기다리지 말라. 평범한 하루하루를 최대한 활용하도록 하라. –진 폴 리히터

* 나는 모든 것을 즐기고 싶다. 하루하루가 인생의 마지막 날인 것처럼 유쾌하게 살고 싶다. –영화 『내가 마지막 본 파리』에서

* 온몸으로 살아낸 하루는 삶의 이야기를 남긴다. 나만의 이야기가 없는 하루는 살아도 산 날이 아니다. –박노해

* 당신이 기다려 온 마법의 순간은 바로 오늘이다. 황금마냥 움켜잡을지, 아니면 그냥 흘러가게 내버려둘지는 당신 마음먹기에 달렸다. –파울로 코엘료

* 매일을 그대를 위한 최후의 날이라고 생각하라. 이렇게 하면 생각지도 않았던 오늘을

얻어 기쁨을 맛볼 것이다. -호라티우스

* 아침을 지배하는 사람은 하루를 지배하고, 하루를 지배하는 사람은 인생을 지배한다. -이케다 다이사쿠

* 어느 누구의 삶에도 중요하지 않은 날이란 없다. -알렉산더 울콧

* 우리의 하루는 옷 가방과 같다. 크기가 모두 똑같은 옷 가방을 가지고 어떤 이는 다른 이보다 더 많은 옷을 집어넣는다. -피엘 엔델

* 하루하루를 신중하고 조심스럽게 살아라. 진정한 삶을 사는 비결이 여기에 있다. -작자 미상

* 위대한 사람의 삶은 특별한 때가 아닌 하루하루의 일과 속에서 빛을 발한다. -작자 미상

* 마음속에 무언가 목표를 정해서 하루를 시작하고 '그것을 해냈노라' 란 말로 하루를 맺어라. -지그 지글러

* 하루하루를 인생의 마지막 날이라고 생각하며 살자. 그러면 언젠가는 반드시 올바른 길을 걷고 있을 것이다. -스티브 잡스

* 오늘의 하루는 내일의 두 배의 가치가 있다. 오늘 할 수 있는 일을 내일로 미루지 말라. -벤저민 프랭클린

* 오늘의 식사는 내일로 미루지 않으면서 오늘 할 일은 내일로 미루는 사람이 많다. -카를 힐티

* 소일(消日)이란 단어 앞에서 인생은 문득 고여서 썩는다. –정민

* 인간에게 주어진 삶은 인간의 이해를 초월해 있으며, 우리에게 주어진 가장 큰 임무는 하루하루 살아가는 것이다. –존 케이지

* 하루하루를 어떻게 보내는가에 따라 우리의 인생이 결정된다. –애니 딜러드

* 하루의 3분의 2를 스스로를 위해 쓰지 못하는 자는 노예에 지나지 않는다. –니체

* 어제와 다른 오늘, 오늘과 다른 내일. 그 하루하루의 차이가 기적을 만든다. –정진홍

* 매일 아침 몸을 일으키지만, 영혼이 하루 종일 잠자고 있다면, 그것은 죽은 하루다. –양광모

* 음악을 하는 제게 사람들은 물어요. '낭만적으로 사는 게 뭐죠?' 오늘이 내 마지막 하루라고 생각하고 사는 것. 여러분, 오늘이 마지막인 것처럼 당장 하고 싶은 것을 하면서 사세요. –요조

* 내일을 걱정하지 말라. 운명의 여신이 가져다주는 하루하루를 기쁘게 받아라. –호레이스

* 당신이 거둔 것으로 하루를 판단하지 말고 당신이 뿌린 것으로 판단하라. –로버트 루이 스티븐슨

* 우리는 흔히 내일 내일 하고들 있지만, 이 내일이라는 것은 영원히 이어지는 것이므로 오늘 하지 않으면 아무것도 못하게 되는 것이다. –앤드류 카네기

* 하루 15분 정도의 알찬 활용이 삶의 명암을 갈라놓는다. –새뮤얼 스마일즈

* 내가 헛되이 보낸 오늘 하루는 어제 죽어간 이들이 그토록 바라던 하루이다. 단 하루면 인간적인 모든 것을 멸망시킬 수 있고 다시 소생시킬 수도 있다. –소포클레스

* 헤매는 하루하루가 인생이다. 시간은 당신을 기다려주지 않는다. –작자 미상

* 나이를 먹어 갈수록 하루하루가 더욱 절실해지니까 나이도 먹어볼 만하다. –임옥인

* 흘러가도록 내버려 두어라. 돌이키려고 하면 안 된다. 인생은 멈추지 않고 진보해야 한다. 이미 있었던 일의 반복이어서는 안 된다. 최후의 순간까지 하루하루가 하나의 창작품이어야만 한다. –카를 힐티

* 하루는 작은 일생이다. 아침에 잠이 깨어 일어나는 것이 탄생이요, 상쾌한 아침은 짧은 청년기를 맞는 것과 같다. 그러다가 저녁 잠자리에 누울 때는 인생의 황혼기를 맞는 것이라는 것을 알아야 한다. –쇼펜하우어

* 똑같이 출발하였는데 세월이 지난 뒤에 보면, 어떤 이는 뛰어나고 어떤 이는 낙오되어 있다. 이 두 사람의 거리는 좀처럼 가까워질 수 없게 되었다. 그것은 하루하루 주어진 시간을 얼마나 잘 활용했느냐에 달려 있다. –벤저민 프랭클린

* 지상에서 보내는 인간의 삶에는 한계가 있고, 그 삶이 언제 끝나게 될지 전혀 알 수 없다는 사실을 깨닫게 되면, 우리는 비소로 하루하루를 충만하게 살기 시작합니다. 마치 그 하루가 우리에게 허락된 모든 것이라는 듯이. –엘리자베스 퀴블러 로스

성공이 당신에게
오는 것이 아니라 당신이
성공을 향해 가는 것이다.

-마르바 콜린스

CHAPTER

14

성공을 얻고 싶을 때

Chapter 14

성공을 얻고 싶을 때

타인에게 사랑받는 사람들은 대개 사랑받을 수밖에 없는 이유를 가지고 있습니다. 마찬가지로 성공한 사람들은 성공할 수밖에 없는 이유를 가지고 있습니다. 그것을 '성공지능' 혹은 '성공DNA' 라고 불러도 좋을 것입니다. 이러한 성공지능을 높일 수 있다면 누구나 성공에 더 가까워질 것입니다.

세상 모든 일에는 그럴 만한 이유가 존재합니다. 우리가 성공할 수밖에 없는 이유를 가진다면, 우리는 성공할 수밖에 없는 사람이 될 것입니다. 우리는 그 근원적 이유가 분명 우리 자신으로부터 시작된다는 점을 깊이 자각해야 할 것입니다.

우리는 누구나 성공을 원합니다. 하지만 우리가 일컫는 그 성공이라는 것은 같기도 하고 다르기도 합니다. 우리가 저마다 찾아야 할 성공이란 어떤 것일까요? 성공적인 삶을 살기 위해서 우리는 무엇을 알아야 하고, 무엇을 깨우쳐야 할까요?

이 장에 있는 아포리즘들은 그러한 질문에 생각의 디딤돌을 놓아줄 것입니다. 아울러 성공의 지혜라고 불러도 좋을 로드맵을 그려줄 것입니다. 이런 로드맵을 잘 숙지한다면 성공으로 가는 여정이 보다 힘차고 명료하지 않을까 합니다. 성공에 대한 아포리즘들을 통해 우리 안에 깃들어 있는 성공 지능을 최대한 높여 보시기 바랍니다.

성공 마인드

* 피라미드는 정상부터 만들어지지 않았다. –로맹 롤랑

* 의지, 노력, 기다림은 성공의 주춧돌이나. –무이 피스퇴르

* 균형 잡힌 성공의 토대에는 정직, 인격, 성실, 신념, 사랑, 헌신성이 있다. –지그 지글러

* 세상이 자신에게 준 것보다 더 많이 세상에게 되돌려 주는 것, 그것이 바로 성공이다. –헨리 포드

* 시간과 장소 또는 상황이 아니라 사람 안에 성공이 있다. –제임스 조이스

* 성공이 당신에게 오는 것이 아니라 당신이 성공을 향해 가는 것이다. –마르바 콜린스

* 진정한 성공이란 누군가를 부럽게 만드는 것이 아니라 누군가에게 꿈과 용기를 주는 것이다. –양광모

* 행복하고 성공한 사람들은 다음 3가지를 갖추고 있다. 첫째는 과거에 감사하고, 둘째는 미래의 꿈을 꾸고, 셋째는 현재를 설레며 살아간다. –모치즈키 도시타카

* 성공하는 사람은 남들이 던진 벽돌로 견고한 기초를 쌓는 사람이다. –데이비드 브링클리

* 성공으로 나를 이끈 유일한 힘은 바로 끝까지 버티는 정신이다. –루이 파스퇴르

* 성공할 때까지 계속한다면 실패란 존재하지 않는다. 성공하는 사람은 성공할 때까지 계속하는 사람이다. –마쓰시타 고노스케

* 성공의 비결은 초지일관이다. –벤저민 디스레일리

* 승리의 제1법칙은 자신에게 지지 않는 것이다. –존 맥스웰

* 지속적인 성공은 지속적인 실패와 배움의 결과이다. –존 맥스웰

* 성공이란 바닥을 친 후에 얼마나 높게 도약하느냐는 것이다. –조지 패튼

* 성공은 자연연소의 결과가 아니다. 먼저 자기 자신에게 불을 지펴야 한다.
–아놀드 글래소우

* 성공이라는 못을 박으려면 끈질김이라는 망치가 필요하다. –존 메이슨

* 성공하는 사람은 실패하는 사람이 하지 않을 일을 기꺼이 하는 사람이다. –우나무노

* 많은 인생의 실패자들은 포기할 때, 자신이 성공에서 얼마나 가까이 있었는지 모른다. –토머스 에디슨

* 일을 즐기는 사람만이 자신이 원하는 바를 이룰 수 있다. 그리고 자신의 일과 삶을 즐길 수 있을 때, 비로소 진정한 배려가 시작된다. 세상은 배려하는 사람들의 힘으로 발

전해 왔다. –이어령

* 성공하는 사람과 실패한 사람의 차이는 능력이 아니라 절실함과 진정성에 있다. 끊임없이 노력하는 사람에게는 능력마저도 얼마든지 주어진다. –이삼영

* 성공은 실패를 견딘 사람에게만 허락된다. 따라서 성공하는 능력은 곧 실패를 견디는 능력이라고도 볼 수 있다. 실패를 견디는 능력이 배양되어야 비로소 도전정신도 만들어진다. –황농문

* 성공은 정상에 도달하는 것이 아니라 부단히 성장하는 것이다. 성공은 실패에 직면하더라도 패배감에 짓눌리지 않는 용기를 갖는 것이다. –『탈무드』

* 어떤 분야에서든 유능해지고 성공하기 위해선 세 가지가 필요하다. 타고난 천성과 공부 그리고 부단한 노력이 그것이다. –헨리 워드 비처

* 성공한 사람들은 삶에서 배울 수 있는 가장 큰 교훈을 실패에서 나온다는 걸 알고 있다. 올바른 방식으로 실패에 다가간다면 말이다. –존 맥스웰

* 성공이란 우리에게 닥쳐올 문제들과 실수들을 없애는 게 아니라 그런 일들을 겪으면서, 그런 것들과 함께 성장하는 것이다. –존 맥스웰

* 성공하는 사람은 성공할 수밖에 없는 정신과 습관을 갖고 있고, 실패하는 사람은 실패할 수밖에 없는 정신과 습관을 갖고 있다. 정신에서 습관이 나오게 때문에 먼저 건강한 정신의 중요성을 깨달아야 한다. –커밍 워크

* 성공은 항상 좋은 판단의 결과이고, 좋은 판단은 경험의 결과이고, 경험이란 가끔은 잘못된 판단의 결과임을 기억하라! –앤서니 라빈스

* 세상의 그 어떤 것도 반듯한 마음가짐을 가진 사람이 목표를 성취하는 일을 방해하지는 못한다. 그리고 세상의 그 어떤 것도 잘못된 마음가짐을 가진 사람을 돕지는 못한다. –토머스 제퍼슨

* 세상에는 오직 한 가지의 성공이 있는데, 그것은 당신의 방식대로 사는 것이다. –크리스토퍼 몰리

* 아침에 일어나서 하고 싶은 일을 하다가 잠자리에 들 수 있다면 성공한 사람이다. –밥 딜런

* 솔직해 말해서 나는 어떤 일을 할 때 성공 여부를 따져본 적이 없다. 그저 옳다고 여기면 어떤 결과가 나올지를 고려하지 않고 행할 따름이다. –골다 메이어

* 성공과 행복의 출발점은 건강한 자기 이미지에 있다. –지그 지글러

* 성공이란 세월이 흐를수록 가족과 주변 사람들이 나를 점점 더 좋아하는 것이다. –짐 콜린스

* 인생에서 성공하기 위한 최고의 조건은 강하고 긍정적인 자기 이미지를 정립하는 것이다. –조이스 브러더스

* 자신이 하는 일을 재미없어 하는 사람 중에 성공하는 사람은 찾아보기 힘들다. –데일 카네기

* 성공은 아무런 설명도 요구하지 않는다. 하지만 실패는 구차한 변명을 동원해야 한다. –나폴레온 힐

* 성공의 정도를 헤아리는 척도는 그 사람이 '얼마만한 것을 손에 넣었느냐' 하는 것이 아니라 그 사람이 '얼마만한 것을 줄 수 있었느냐' 이다. -콘래드 힐튼

* 성공적인 가족이란 '노력' 을 아버지로 하고 '성실' 을 어머니로 하는 가족이다. 그런 부모와 함께 산다면 당신은 나머지 식구들과도 아무런 문제 없이 지낼 수 있을 것이다. -지그 지글러

* 자신의 내부에 있는 최고의 자질을 찾아내고 자신에게 어울리는 최고의 일을 해냄으로써 자신의 마음을 만족시킬 때에야 비로소 성공했다고 할 수 있는 것이다. -우드로 윌슨

* 성공에서 가장 중요한 것은 '꿈꾸는 능력' 이다. 나보다 뛰어나고 성실한 동료들이 많았지만, 그들은 아무도 그런 큰 꿈을 꾸지 않았기에 이루지 못했던 것이다. -콘래드 힐튼

* 천리마도 한 번 뛰어서는 십 보의 거리를 갈 수가 없고, 더딘 말도 열흘 가면 천 리에 도달하느니, 성공은 그만두지 않음에 달려있다. -순자

* 부자가 되려면 부자처럼 생각해야 한다. 부자처럼 생각하려면 자신이 부자라고 느껴야 한다. -앨런 코헨

* 당신이 무엇인가를 이루려면, 먼저 당신은 그 무엇인가가 되어야 한다. -괴테

* 나는 일생 동안 일을 해본 적이 없다. 모든 일을 오락처럼 즐겼기 때문이다. -토머스 에디슨

* 일을 의무라 '생각' 하면 인생은 지옥이고, 일을 낙이라 '생각' 하면 인생은 천국이다. -하석태

* 돈을 뒤쫓지 말아라. 돈, 명예, 여자가 뒤쫓아 오는 남자가 되어라. -최배달

* 패자는 과거에 산다. 하지만 승자는 과거로부터 배우고 미래를 바라보며 현재에 일하는 것을 즐긴다. –데니스 웨이틀리

* 게임은 어디에서나 일어난다. 운동장, 뒤뜰, 사무실, 교실, 식당 등. 그러나 승리가 이루어지는 곳은 단 한 곳뿐이다. 바로 승자의 마음속이다. –피터 템즈

* 더 빠르고 강한 자가 삶의 전투에서 이기는 것은 아니다. 이길 수 있다고 생각하는 자가 승리를 거머쥐는 것이다. –존 우든

* 작은 것을 성취하고자 하는 사람은 작은 것을 희생해야 하고, 큰 것을 성취하고자 하는 사람은 큰 것을 희생해야 한다. –제임스 앨런

* 승자는 패자보다 열심히 일하지만 여유가 있고, 패자는 승자보다 게으르지만 늘 바쁘다 한다. –작자 미상

* 내가 젊은이들에게 주려는 메시지는 이런 것이다. 교실에서 최고가 되려 하지 말라. 그대가 만약 그대의 교실에서 최고라면, 그대는 별 볼 일 없는 교실에 있는 것이다. –제임스 왓슨

* 어떤 부분을 견주어 보더라도 1류에게는 1류일 수밖에 없는 이유가 있고, 3류에게는 3류일 수밖에 없는 이유가 있다. 그러나 무엇보다도 1류와 3류를 결정짓는 요소 중에서 가장 중요한 것은 바로 정신이다. –이외수

* 성공하려면 성공한 사람을 보고 배워야 한다. –로버트 페드로

* 성공은 수만 번의 실패를 감싸준다. –조지 버나드 쇼

* 성공한 사람이란 어떠한 순간에도 자기 잠재력을 최대한 발휘한 사람을 뜻한다.
–테드 암스트롱

* 성공한 사람이란 우리 나머지 사람들이 시간을 내어 할 수 없었던 일을 기꺼이 한 사람이다. –작자 미상

* 성공은 우리가 갖고 있는 것을 바탕으로 최선을 다하는 것이다. –원 데이비스

* 성공을 확신하는 것이 바로 성공의 첫걸음이다. –로버트 H. 슐러

* 어려운 직업에서 성공하려면 자신을 굳게 믿어야 한다. 이것이 탁월한 재능을 지닌 사람보다 재능은 평범하지만 강한 투지를 가진 사람이 훨씬 더 성공하는 이유다.
–소피아 로렌

* 성공한 인생의 증거는 업적이나 재물과는 전혀 상관없다. 다른 사람들에게 어떤 영향을 주었는가에 있다. –대니 토머스

* 최초 성공자의 가치는 언제나 역사의 물꼬를 바꾼다는 데 있다. –김홍구

* 자신의 일을 진심으로 사랑하는 사람이라면 그는 이미 성공한 사람이다. –알베르트 슈바이처

* 좋아하는 일을 하라. 평생을 해도 즐거운 일이 있다면, 그것이 성공이다. –이원복

* 정상을 오르는 사람은 힘센 사람이 아니라 자기 페이스대로 최선을 다하는 사람이다.
–한비야

* 당신의 성공을 재는 가장 중요한 척도는 다른 사람들, 가족과 친구, 동료 심지어 길 가다 만나는 낯선 사람들까지, 당신을 어떻게 대접하느냐에 달려 있다는 사실을 잊지 마라. -바바라 부시

* 근면과 양심은 성공의 강력한 짝이다. -아널드 J. 토인비

* 세상에서 성공을 거두기 위해서는 타인들에게서 사랑받는 덕과 타인들이 두려워할 만한 뚜렷한 소신이 필요하다. -주베르

* 성공한 자신의 모습을 마음에 그리고 각인하라. 그 모습을 잊지 마라. 결코 사라지지 않게 하라. 그러면 당신의 마음은 그 모습을 실현하기 위해 애쓸 것이다. -노먼 빈센트 필

* 자기가 하는 일에서 기쁨을 얻는 사람만이 그 일에서 성공했다고 할 수 있다. -소로우

* 성공하려면 당신이 무슨 일을 하고 있는지를 알아야 하며, 하고 있는 그 일을 좋아해야 하며, 하는 그 일을 믿어야 한다. -윌 로저스

* 성공 가능성이 있는 사람은 남보다 더 노력하는 사람이다. 그러나 성공 가능성이 높은 사람은 남보다 더 노력하면서 즐기는 사람이다. -작자 미상

* 불굴의 도전, 모험정신! 이것으로 누구나 다 성공할 수 있는 것은 아니다. 그 이면에는 치밀한 검토와 확고한 신념이 있어야 한다. -정주영

* 성공이란 성공할 때까지 끝없이 매진하는 일이다. 내 사업을 하는 사람, 나아가 좀 더 나은 인생을 살고자 하는 사람은 누구든 항상 이 점을 명심하고 일과 삶에 몰두해야 한다. -마쓰시타 고노스케

* 내가 1인자라고 말하지 않는다. 그러나 2인자라는 말도 받아들이지 않는다. –이소룡

* '부는 나의 것이다.', '나는 성공한다.' 라고 반복하라. 성공할 것이라고 믿어라. 그러면 성공할 것이다. –데일 카네기

* 세상에서 성공한 사람들은 스스로 일어서서 자신이 원하는 환경을 찾은 사람들이다. 만약 그런 환경을 찾을 수 없다면 그런 환경을 만든다. –조지 버나드 쇼

* 승자는 넘어지면 일어나 앞을 보고, 패자는 일어나 뒤를 본다. –유대인 격언

* 승자가 즐겨 쓰는 말은 '다시 한번 해보자.' 이고 패자가 즐겨 쓰는 말은 '해봐야 별 수 없다.' 이다. –『탈무드』

* 승자는 예외 없이 우연이라는 것을 결코 믿지 않는다. –니체

* 승자는 눈을 밟아 길을 만들지만, 패자는 눈이 녹기만을 기다린다. –『탈무드』

* 세상은 지혜롭게 포기한 실패자들과 어리석게 인내한 성공자들로 채워져 있다. –박요한

* 마음이 편해지는 길에는 두 가지가 있다. 하나는 깨끗이 포기하는 것이요, 다른 하나는 반드시 성공하는 것이다. –김용궁

* 그대 만일 큰길이 되지 못하겠거든 아주 작은 오솔길이 되어라. 그대 만일 태양이 될 수 없으면 큰 별이 되어라. 실패와 성공은 크기에 있는 것이 아니니, 무엇이 되더라도 가장 좋은 것이 되어라. –더글러스 마로크

* "성공은 돈을 많이 버는 것, 그 이상이다." 내게 부수입이 생기기 전이나, 후에나 이

러한 내 신념에는 변함이 없다. 정작 중요한 것은 돈을 얼마나 벌었느냐가 아니라 인생의 목표를 위해 그 돈을 어떻게 쓰느냐이다. –힐 어반

* 당신이 무엇을 하는가가 아니라 당신이 하는 일을 어떻게 하는가가 당신의 운명을 완성하는가 아닌가를 결정한다. 그리고 당신이 하는 일을 어떻게 하는가는 당신의 의식 상태에 의해 결정된다. –에크하르트 톨레

* 성공이란 연애와 같은 것이다. 그러므로 성공하려면 주춤거리는 것보다 모험을 하는 편이 낫다. –마키아벨리

* 성공은 변화이고 결심이다. 무엇을 주저하는가? 간절히 바라는 것들을 향해 온몸을 던져라. 코뿔소처럼 돌진하라. 꿈이 있는 자에게 장애물은 연습코스일 뿐이다. –최양진

* 세상에 사소한 일이란 없다. 사소한 일이 큰일을 만들기 때문이다. 그리고 성공이란 사소한 일에 목숨을 거는 것을 말한다. –찰스 제임스 폭스

* 성공이란 열정을 잃지 않고 실패를 거듭할 수 있는 능력이다. –윈스턴 처칠

* 성공이란 무엇인가? 성공이란 매일 밤 당신의 평화로운 영혼과 함께 잠자리에 들 수 있는 것이다. –파울로 코엘료

* 성공이란 소중한 것을 미루지 않고 먼저 하는 것이다. 지금 죽어도 여한이 없다고 자신 있게 대답할 수 있다면 당신은 지금 잘 살고 있는 것이다. –로널드 레이건

* 성공이란 우리가 인생에서 도달한 위치가 아니라 성공하려고 노력하는 동안 우리가 극복한 장애물들로 측정된다. –조지 워싱턴

※ 내가 생각하는 성공이란 세상에서 쓸모 있는 사람이 된다는 것을 가리킨다. 즉, 내 생각과 가치관을 세상 속에 투여해서 세상을 긍정적으로 변화시킬 수 있다는 것을 뜻한다. –맥신 홍 킹스턴

※ 성공이란 당신이 가장 '즐기는 일'을 '감탄하고 존경하는 사람들' 속에서 당신이 가장 '원하는 방식'으로 행하는 것이다. –브라이언 트레이시

※ 성공이란 당신이 무엇을 얻었느냐가 아니라 당신이 '어떤 사람이 되었느냐'에 관한 문제이다. 이러한 성취가 없는 성공은 실패다. –앤서니 라빈스

※ "내가 무엇을 줄 수 있을까?" "어떻게 도움을 줄까?"라는 메시지를 우주에 보내라. 그러면 우주도 "내게 어떻게 도와줄까?" "내가 무엇을 줄까?"라는 메시지를 보낼 것이다. 그러면 마법처럼, 어디를 가든 관대한 생각과 에너지가 내 안에서 일어날 것이다. –웨인 다이어

성공 비결

※ 일심불란(一心不亂) 십년적공(十年積功)은 대성의 길이다. –작자 미상

※ 한 발만 앞서라. 모든 승부는 한 발짝 차이이다. –이건희

※ 성공을 부르는 습관을 기르면 성공이 습관이 된다. –마이클 앤지어

※ 성공하는 사람은 성공하는 습관을 가지고 있고, 실패하는 사람은 실패하는 습관을 가지고 있다. –스티븐 코비

* 성공적인 사람은 실패하는 사람이 하고 싶어 하지 않는 것을 하는 습관이 있다.
-E. M. 그레이

* 성공하는 사람들은 더 좋은 질문을 던지기에 더 좋은 답을 얻는다. -앤서니 라빈스

* 성공한 사람은 대개 지난번 성취한 것보다 다소 높게, 그러나 과하지 않게 다음 목표를 세운다. 이렇게 꾸준히 자신의 포부를 키워간다. -커트 르윈

* 내가 아는 모든 성공은 성공한 사람이 패인을 분석해, 그다음에 시도할 때는 분석한 내용에서 실제로 이득을 볼 수 있었기 때문에 성공한 것이다. -윌리엄 몰튼 마스턴

* 성공한 사람은 자기 능력의 95퍼센트를 발휘했기 때문에 성공한 것이다. 반면 실패한 사람은 자신에게 주어진 본래의 재능을 5퍼센트밖에 활용하지 못한 사람이다.
-찰스 포플스톤

* 당신이 무슨 일을 하든 200%의 노력을 기울인다면 반드시 성공할 것이다.
-카를로스 산타나

* 두 배로 생각하라. 두 배로 노력하라. 그것이 가진 것 없는 보통사람이 성공하는 비결이다. -인드라 누이

* 보통 사람은 자신의 힘과 능력 중에서 25퍼센트만을 자신의 일에 쏟아붓는다. 자신이 지닌 역량의 50퍼센트 이상을 투입하는 사람은 성공할 것이며, 100퍼센트를 바치는 사람은 성공의 정점에 오를 것이다. -앤드류 카네기

* 모든 사람들의 성공에는 아주 간단하지만 매우 특별한 비결이 있다. 그것은 절대로 포기하지 않는 것이다. -밴 캠벨

* 성공의 비결은 좋은 패를 쥐는 게 아니라 나쁜 패를 쥐고도 잘 활용하는 것이다.
–워런 페스터

* 성공은 기회와 준비가 만났을 때 이루어진다. –지그 지글러

* 성공의 비결은 없다. 준비, 열심히 일하는 것, 그리고 실패로부터 배우는 결과일 뿐이다. –콜린 파월

* 변하는 것은 상황이 아니라 바로 자신이다. 열정(치열함)과 전략적 사고력(치밀함)에 지식을 더해 성과가 쌓이면 이는 성공으로 이어진다. –이형우

* 대승리를 거두려면 반드시 그 전에 작은 승리를 많이 거둬야 하는 법이다. 성공은 대개 어마어마한 행운이 아니라 단순하고 점진적인 성장에서 비롯된다. –존 맥스웰

* 승리하는 사람은 모든 순간의 가치를 알고 그 순간에 적합한 일을 하는 사람이다. 성공하려면 늘 지금 이 순간에 최선을 다해야 한다. –박홍이

* 성공에는 임계점이 필요하고, 임계점을 넘기 위해서는 엄청난 노력이 필요하다. 임계점을 넘어야 성공이 보인다. 하지만 대부분의 사람들은 그 임계점을 넘지 못한다.
–존 H. 존슨

* 일의 성공을 위하여 필요하다면 어떠한 조직도 개혁하고, 어떠한 방법도 폐기하고, 어떠한 이론도 포기할 각오가 되어 있어야 한다. –헨리 포드

* 직장을 얻기 위해 고민하는 사람은 많아도, 막상 직장에서 얼마나 생산적이고 성공적으로 일할지를 고민하는 사람은 적다. –지그 지글러

* 하루 연습하지 않으면 나 자신이 알고, 이틀 연습하지 않으면 동료가 알고, 사흘을 연습하지 않으면 청중이 안다. 성공의 비결은 끊임없는 연습이다. –장영주

* 성공하는 사람은 부지런한 사람이 아니라 핵심을 찾아 에너지를 집중하는 사람이다. 지능지수가 높은 사람이 성공하는 것이 아니다. 집중력이 뛰어난 사람이 성공한다. –임붕영

* 성공의 비결은 무엇일까? 우리는 흔히 그 비밀이 천부적인 재능에 있다고 생각한다. 그러나 나는 성공의 비밀의 본질은 '천부적인 재능이 있다'는 신념을 가지고 자신의 잠재력을 이끌어내는 힘이라고 믿는다. –앤서니 라빈스

* 나는 천재가 아니다. 생각만 해도 가슴 뛰는 일을 멈추지 않고 끝까지 했을 뿐이다. 가슴 뛰는 일을 하는 것이 최고의 명상이자 성공 노하우이다. 신이 당신에게 주는 메시지는 가슴 뛰는 일을 통해서 온다. –로맹 롤랑

* 성공한 사람들이 도달한 높은 봉우리는 단숨에 올라간 것이 아니라 다른 사람들이 자고 있는 동안 한 걸음 한 걸음 힘들여 올라간 것이다. –로버트 브라우닝

* 탁월한 인간이 되는 유일한 길은 날마다 끊임없이 자신을 개선해 나가는 것이다. –토머스 J. 빌로드

* 성공의 비결은 지속적인 몰입과 노력을 통해서만 도달하는 숙달의 경지에 있다. –디즈 레일리

* 성공하려면 나만의 개성을 가져야 한다. 남과 달라야 한다. 내가 지닌 것이 사람들이 원하는 것이라면 사람들은 그것을 얻기 위해 나를 찾아온다. –월트 디즈니

* 성공하는 사람들은 특별한 일을 하는 것이 아니라 특별한 방식으로 일을 한다.
–작자 미상

* 성공에 이르지 못하는 두 부류의 사람이 있다. 하나는 시키는 대로 하지 못하는 사람이고, 또 하나는 시키는 것밖에 하지 못하는 사람이다. –커티스

* 성공에 필요한 재능은 자신이 잘할 수 있는 일을 하는 것, 그리고 무슨 일이든 잘하는 것이다. –롱펠로

* 성공의 비결은 당연한 일을 특별히 잘하는 데 있다. –록펠러

* 평범한 일을 평범하지 않게 해내는 것이 바로 성공의 열쇠이다. –헨리 하인즈

* 인생은 참 단순하다. 한 가지만 잘하면 나머지는 저절로 풀린다. 자신의 강점을 살려서 당신은 Only One이 되어야 한다. –브라이언 트레이시

* 당신이 할 수 있는 모든 것을 최고로 하라. 평균적인 성과에 대해서는 어떤 상도 주어지지 않는다. –브라이언 트레이시

* 성공은 한 가지를 잘하는 것에서부터 이루어진다. 진정한 멀티스타가 되기 위해서는 먼저 한 가지에 집중하여야 한다. 한 가지의 탁월성, 그것은 나머지 것도 눈부시게 아름답게 만들어 버린다. –작자 미상

* 세상이 원하는 사람은 못 하는 게 없는 사람이 아니라 특별히 잘하는 것이 있는 사람이다. –시크릿 연구회

* 어떤 계통의 일에 종사하든 탁월한 성공에 이르는 길은 그 계통의 달인이 되는 것이

라고 나는 믿는다. –앤드류 카네기

* 성공의 우선 조건은 하나의 길을 선택해 그 길에서 싸우며, 모든 개선점을 받아들이고, 최고의 무기를 개발하고, 그 길에 대해 가장 많이 아는 것이다. –앤드류 카네기

* 성공이란 수천 가지 작은 일들을 제대로 하는 것, 그리고 그 가운데 많은 일을 되풀이해서 반복하는 것이다. –찰스 월그린 1세

* 당신이 하는 일이 무엇이건 간에 거기에 정통하고 있어야 한다. 이것은 발전을 위한 가장 강력하고 좋은 책략이다. –E. 휠러

* 강철과 같이 엄격한 의무가 다른 사람의 눈에 금처럼 매력적으로 보이게 하려면 항상 약속한 것보다 조금 더 잘 해내면 된다. –니체

* 평범한 일을 비범하게 할 때, 세상의 주목을 받을 것이다. –조지 워싱턴 카버

* 세상이 야속하다고 말하지 말고, 세상에서 없어서는 안 될 사람이 되도록 하라. 세상이 당신을 찾도록 해야 한다. –랄프 왈도 에머슨

* 대체할 수 없는 존재가 되려면 항상 달라야 한다. –코코 샤넬

* 다른 사람도 당신만큼 잘할 것이라고 생각되는 일은 하지 말아라. 다른 사람도 당신만큼 잘 쓸 수 있는 글이라면 쓰지 말아라. 어디에도 존재하지 않고 오직 당신 자신 속에 있는 것에 충실하라. 그러면 당신은 꼭 필요한 사람이 될 것이다. –앙드레 지드

* 성공적인 사람들이 행하는 일을 지속적으로 끈덕지게 행한다면, 세상의 그 어떤 것도 당신이 성공적인 인물이 되는 것을 막지 못한다. –브라이언 트레이시

* 신의 법칙과 인간의 법칙에 어긋나지 않고, 또한 당신이 그것을 위해 대가를 치를 각오만 되어 있다면 당신은 원하는 모든 것을 성취할 수 있다. –윌리엄 크레먼트 스톤

* 무엇보다도 준비하는 것이 성공의 비결이다. –헨리 포드

* 아는 만큼 보인다는 것처럼, 준비한 만큼 성공할 수 있다는 것 또한 분명한 진리다. 자신 있게 말하건대 성공의 크기는 준비에 비례한다. 평범과 비범의 차이, 기회를 잡는 사람과 못 잡는 사람의 차이는 모두 준비에서 비롯된다. 큰 성공을 거두고 싶다면 철저하게 준비하라. –정인태

* 성공은 50/50으로 묘사할 수 있다. 50%의 비전과 50%의 실행. –작자 미상

* 인간은 말일세, 가장 많은 이들을 기쁘게 한 자가 가장 큰 번영을 누리는 법이라네. –야마오카 오하치

* 나는 타인이 원하는 것을 얻을 수 있도록 도와주기만 하면 자신이 원하는 것을 모두 얻을 수 있다고 믿는다. –지그 지글러

* 인생의 성공은 우리가 다른 사람을 위해 어떤 일을 하느냐에 달려 있다. –조지 프레이저

* 많은 지식을 가지고 있고, 탄력성이 있으며, 기지가 넘치고, 끈기 있는 사람이 성공한다. –마빈 토케이어

* 성공하기 위해서는 가능한 한 빨리 기회를 활용해야 한다. –벤저민 프랭클린

* 기회가 왔을 때 받아들일 준비가 되어 있는 것, 그것이 바로 성공의 비결이다. –벤저민 디즈레일리

* 성공의 비결은 당신이 고통과 즐거움에 휘둘리는 것이 아니라 그 고통과 즐거움을 활용하는 법을 배우는 것이다. 만일 그렇게 된다면 당신은 자신의 인생을 최대한 활용하며 살게 될 것이다. –앤서니 라빈스

* 성공은 행동과 관련 있는 듯하다. 성공적인 사람들은 계속 움직인다. 그들은 실수를 저지르지만, 중단하지 않는다. –콘래드 힐튼

* 모든 성공은 '시작하는 것'과 '그만두지 않는 것'의 과실이라고 할 수 있다. –구영한

* 성공으로 가는 엘리베이터는 고장이다. 당신은 계단을 이용해야만 한다. 한 계단 한 계단씩! –조 지라드

* 어떤 하나의 일이 성공할 확률이 아무리 적다고 하더라도 여러 번 시도하면 성공 확률은 매우 높아진다. 더 많은 안타를 보장해 주는 유일한 방법은 타수를 늘리는 것이다. –작자 미상

* 인생에서 성공하고 싶다면 끈기를 절실한 친구로, 경험을 현명한 조언자로, 신중을 형님으로, 희망을 수호신으로 삼으라. –토머스 에디슨

* 성공하는 사람과 실패하는 사람 사이에는 오직 한 가지 차이밖에 없는데, 그것은 돈도 아니고 머리도 아니야. 성공의 비결은 자신감이란다. 그런데 자신감을 가지려면 반드시 갖춰야 할 게 있지. 충분히 준비할 것, 경험을 쌓을 것, 그리고 절대 포기하지 말 것, 이 세 가지란다. –매리 매털린

* 성공의 열쇠는 당신 안에 숨겨져 있는 특별한 재능과 이를 활용할 수 있는 적절한 장소를 찾는 것이다. –워렌 베니스

* 모든 성공의 비결은 자제하는 법을 아는 데 있다. 스스로를 통제할 수 있으면 당신은 교육 받은 사람이고, 그렇지 못하면 다른 어떤 교육도 쓸모가 없다. –알프레드 히치콕

* 내가 무언가를 얻을 수 있는 유일한 방법은 누군가의 인생이 더 행복해지도록 돕는 것뿐이다. 정보, 조언, 인도. 이것이 바로 성공을 위한 철학이다. –조지 프레이저

* 성공하는 이들에겐 일곱 가지 성향이 있다. 그들은 '미래 지향적, 목표 지향적, 최고 지향적, 해결 지향적, 결과 지향적, 성장 지향적, 행동 지향적' 이다. –브라이언 트레이시

* 성공의 유일한 비결은 다른 사람의 생각을 이해하고, 자신의 처지와 상대방의 처지에서 동시에 사물을 바라볼 줄 아는 능력을 기르는 것이다. –헨리 포드

* 승리는 당신을 더 나은 사람으로 만들어 주지만, 더 나은 사람이 되는 것은 당신을 승자로 만들어 준다. –작자 미상

* 성공한 팀에게 수많은 손이 있지만 마음은 하나이다. –빌 베텔

* 좋은 이미지는 성공 뒤에 오는 것이 아니라 성공보다 앞서는 것이다. 아름다운 얼굴이 초청장이라면, 아름다운 마음은 신용장이다. –브루버 리튼

* 성공은 대개 그를 좇을 겨를도 없이 바쁜 사람에게 온다. –소로우

* 성공하려면 세상을 있는 그대로 받아들인 후 그것을 뛰어넘어야 한다. –마이클 코다

* 성공의 비결은 결코 운이 아니다. 셀 수 없이 많은 고통에 몸이 찢겨 나가도 웃으며 앞으로 나아갔던 사람들의 시린 상처를 들춰보라. 거기에 답이 있다. –강수진

* 자기 자신과 경쟁하는 사람은 다른 사람을 시기할 시간도, 다른 사람과 비교해서 자괴감에 빠지거나 자책할 시간도 없다. 남이 아닌 어제의 자신과 경쟁할 때, 승자와 패자가 나뉘지 않고 모두가 행복한 성공의 길로 들어설 수 있다. –강수진

* 러브마크가 되려면 대체할 수 없는 유일한 제품에서 거부할 수 없을 만큼 매혹적인 제품으로 탈바꿈해야 한다. 이것만이 유혹경제에서 성공하는 방법이다. 기업은 소비자의 꿈이 실현되도록 강력하면서도 감성적인 경험을 만들어 내야 한다. –케빈 로버츠

CHAPTER

15

지혜와 통찰이 필요할 때

Chapter 15

지혜와 통찰이 필요할 때

지혜란 마음의 눈을 뜨는 것입니다. 이치를 볼 수 있고, 진실을 볼 수 있고, 가치와 가능성을 볼 수 있는 눈을 뜨는 것입니다. 그리하여 보다 좋은 선택을 하는 것이요, 보다 깊고 넓은 삶의 이해를 가지는 것입니다. 그러한 지혜가 있을 때 실수와 잘못을 줄일 수 있고, 불행과 어리석음을 피해 갈 수 있습니다.

지혜는 사물이나 사태의 본질을 꿰뚫어 보는 안목과 식견을 갖는 일입니다. 지혜를 일러 '삶의 혜안'이라고 하는 것은 이 때문입니다. 우리는 삶과 세상을 잘 읽어야 합니다. 그러한 혜안이 있을 때 삶의 경계가 달라질 것이요, 행복과 성취를 더 쉽게 얻을 것입니다. 삶의 눈이 어두우면, 즉 지혜가 부족하면 삶의 여정이 더 힘들 수밖에 없습니다.

"지식은 공부하면 얻을 수 있을지 모르겠지만, 지혜는 자신이 한 실수의 결과에서 배우고 발전하는 데서 오는 것이다." 존 맥스웰의 이 말은 지혜의 속성을 정확히 짚어주고 있습니다. 지식은 학습을 통해서 얻어지지만, 지혜는 경험과 내안의 성찰을 통해서 얻어집니다. 지혜는 타고나는 것이 아니라 노력을 통해서 길러지는 것입니다. 우리는 끊임없이 더 높은 지혜를 얻기 위해 노력해야 할 것입니다. 삶의 모든 해답은 지혜가 있을 때 찾아지는 것이기 때문입니다.

이 장의 아포리즘은 지혜에 대한 가치와 중요성을 자각하게 해줄 것이요, 그러한 것의 속성과 지혜와 통찰을 얻는 법을 함께 안내해 줄 것입니다.

지혜

* 삶은 오직 지혜로운 자에게만 축제이다. –랄프 왈도 에머슨

* 참된 예지는 인생에 적용할 수 있는 영원한 진리를 아는 것이다. –톨스토이

* 지혜의 첫걸음은 자신의 어리석음을 깨닫는 것이다. –게레르트

* 지혜의 핵심은 올바른 질문을 할 줄 아는 것이다. –존 사이먼

* 우연히 지혜로워지는 사람은 없다. –세네카

* 제대로 보기 위해서는 조금 뒤로 물러나야 한다. –브래드 블랜튼

* 사랑은 합일이고, 지혜는 거리이다. 거리 없는 삶은 피곤일 뿐이다. –김용옥

* 나는 모든 관점을 두루 지니고 있어 풍요롭다. –디팩 초프라

* 통찰력이란 보이지 않는 것을 보는 기술이다. –조나단 스위프트

* 최고의 시력은 통찰력이다. –말콤 포브스

* 세상에서 가장 딱한 사람은 시력은 지니고 있지만 통찰력은 없는 사람이다. –헬렌 켈러

* 위대한 통찰은 '세속적인 것의 장엄함', 즉 모든 사물에 깃들어 있는 매우 놀랍고도 의미심장한 아름다움을 감지할 줄 아는 사람들에게만 찾아온다. –루트번스타인

* 지혜란 '무엇을, 언제 할지'를 아는 것이다. 그것은 또한 언제 행동하지 않고 지켜보아야 할지도 아는 것을 의미한다. –알렉산더 그린

* 삶에 대한 통찰력을 지녀라. 이따금은 우리가 이해할 수 없는 어떤 힘이 우리의 삶을 통제하기도 한다. –로버트 페드로

* 오로지 마음으로 보아야 잘 보이는 거야. 가장 중요한 건 눈에는 보이지 않는단다. –생텍쥐페리

* 세상 만물은 모두 연결되어 있다. 이것이 저것에 자극을 주고, 저것 때문에 이것이 움직인다. –한근태

* 움직이는 가운데 고요할 줄 알아야 하며, 고요한 가운데 활발하게 움직일 줄 알아야 한다. –인디라 간디

* 울지 않는 지혜, 웃지 않는 철학, 아이들 앞에 머리를 숙이지 않는 위대함은 피하라. –칼릴 지브란

* 지혜란 무엇을 너그럽게 포용해야 하는지를 아는 것이다. –헨리 제임스

* 지혜의 힘이 위대한 이유는 평범한 속에서도 기적을 발견하기 때문이다.
–랄프 왈도 에머슨

* 그 연령에 맞는 지혜를 갖지 못한 사람은 그 연령에 모든 고난을 겪는다. –볼테르

* 사심 없이 생각할 때 불가사의한 지혜가 나온다. –야마모토 츠네토모

* 가장 명백한 지혜의 징표는 항상 유쾌하게 지내는 것이다. –몽테뉴

* 지혜는 최상의 수단으로 최상의 결과를 추구하는 것이다. –프랜시스 허치슨

* 가장 훌륭한 지혜는 친절과 겸손이다. –『탈무드』

* 지혜는 하루하루를 사는 동안 그 하루가 준 귀중한 것들을 거두어 모으는 데 있다.
–E. S. 보턴

* 지혜는 경험의 딸이다. –레오나르도 다빈치

* '지혜는 경험의 딸' 이라는 말이 있다. 그 가문에는 실수라는 어머니가 있었음을 기억해야 한다. –김대규

* 인내와 지혜는 떼려야 뗄 수 없는 것이다. –아우구스티누스

* 인간의 지혜는 기다림과 희망으로 집약된다. –알렉상드르 뒤마

* 가장 지혜로운 조언자를 기다려라. 그는 바로 시간이다. –페리클레스

* 지혜로 향하는 첫걸음은 모든 것에 대해 질문하는 것이고, 마지막 걸음은 모든 것을 그대로 수용하는 것이다. –리히텐베르크

* 지혜는 '불변' 에도, '변화' 에도 있지 않다. 그 둘이 대립하는 곳에 놓여 있다. –옥타비오 파스

* 지혜로운 사람이라도 하더라도 천 가지 생각 중에 한 가지 모자라는 점이 있고, 어리석은 사람이라도 천 가지 생각 중에 한 가지 쓸모가 있는 점이 있는 것이다. –사마천

* 지혜로운 자의 질문에는 해답의 반이 들어있다. –이븐 가비롤

* 지혜가 결정되면 진실의 말은 간단하다. –세네카

* 술이 들어가는 곳에는 지혜가 나가버린다. –조지 허버트

* 모자라면 소리가 나지만, 가득 차면 아주 조용하다. 어리석은 자는 물이 반 정도 담긴 항아리 같고, 지혜로운 이는 물이 가득 찬 연못과 같다. –붓다

* 미련한 자는 자기의 경험을 통해서만 알려고 하고, 지혜로운 자는 남의 경험도 자기의 경험으로 여긴다. –J. A. 프루드

* 지혜로운 사람이 되려면 무엇이든지 너그럽게 볼 줄 알아야 한다. –윌리엄 제임스

* 무지한 사람일수록 남을 경멸한다. 지혜가 있는 사람은 포용력이 있는 법이다. –필릭스 레크에어

* 말을 많이 하게 되면 후회가 늘고, 말을 많이 듣게 되면 지혜가 는다. –영국 격언

* 우둔한 사람의 마음은 입 밖에 있지만 지혜로운 사람의 입은 그의 마음속에 있다.
–벤저민 프랭클린

* 지혜란 말하고 싶을 때마다 참고 남의 말에 귀를 기울이면서 보낸 평생의 시간에 대한 값진 보상이다. –D. 라슨

* 지혜는 단지 도덕적인 행동과 연관된 것이 아니라 도덕적인 지각과 도덕적인 행동이 자연스럽게 나올 수 있는 '근원'과 연관된 것이다. –마커스 보그

* 지혜는 경험에서 우러나온다. 그리고 경험은 어리석음 속에서 얻어진다. –사사 키드리

* 인간이여, 행동할 때 죽음을 고려하라. 그것이 최고의 지혜가 될 것이다. –한스 작스

* 어리석은 자는 남에게 이해받으려 하고, 지혜로운 사람은 자신을 이해하려 한다. –장쓰안

* 지혜로운 사람의 특징은 경거망동하지 않는다는 것이다. 실수를 하고도 멈추지 않으면 실수는 계속된다. 하지만 실수를 한 다음 반성하고 자제하는 사람은 실수를 반복하지 않는다. –장쓰안

* 지혜의 9할은 적시에 지혜를 발휘하는 데 있다. –시어도어 루스벨트

* 바꿀 수 없는 것은 받아들이는 평온을, 바꿀 수 있는 것은 바꾸는 용기를, 그리고 그 차이를 구별하는 지혜를 주옵소서. –라인홀드 니버

* 본질적인 것에는 일치를, 비본질적인 것에는 자유를, 모든 것에는 사랑을! –리처드 백스터

* 지식을 추구하지 말고 지혜를 추구하라. 지식은 과거의 산물이지만, 지혜는 미래를

가져다준다. –인디언 격언

* 지식은 자신이 많이 배웠음을 자랑하고, 지혜는 아무것도 모른다고 고개를 숙이네. –작자 미상

* 거품이 꺼지고 나서야 거품인 줄 안다. 꿈은 깨고 나서야 꿈인 줄 안다. 소중한 것은 잃고 나서야 소중한 줄 안다. 미리 안다면 지혜로운 사람이다. –조정민

* 지혜는 삶이 주는 최고의 상이다. 지혜는 삶의 최종 목표다. 결코 지식을 지혜로 잘못 보는 우를 범하지 마라. 지식은 생계를 꾸리도록 돕고, 지혜는 삶을 만들어 가는 것을 돕는다. –할 어반

* 모든 사람과 모든 것을 사랑하는 마음으로 대하라. 신성한 것과 세속적인 것, 성자와 죄인을 구분하지 않을 수 있다면, 궁극의 지혜를 얻은 것이다. –다니엘 레빈

* 완전한 사랑이야말로 완전한 힘이다. 완전한 사랑이야말로 완전한 지혜이다. –제임스 앨런

* 마음의 눈으로 보면 모든 사물은 자신의 스승으로 보인다. 그리고 무언가를 배우려는 자세를 갖춘다면 길은 무한대로 펼쳐진다. –마쓰시타 고노스케

* 인간이 현명해지는 것은 경험에 의한 것이 아니고, 그 경험에 대처하는 능력 때문이다. –조지 버나드 쇼

* 세상에서 가장 현명한 사람은 모든 사람으로부터 배울 수 있는 사람이요, 가장 사랑받는 사람은 모든 사람을 칭찬하는 사람이요, 가장 강한 사람은 자신의 감정을 조절할 줄 아는 사람이다. –『탈무드』

* 욕망을 없애려고 노력하는 자는 삶에서 실패한다. 욕망을 긍정적인 통로로 표현하는 자는 성공한다. 무욕이란 욕망이 없어진 상태가 아니라 건강한 욕망과 파괴적인 욕망의 차이를 아는 지혜다. 그것은 허상적 꿈과 실질적 가능성의 차이를 아는 힘이다. –한바다

* 인생에서 목표로 삼아야 할 것은 두 가지다. 하나는 원하는 바를 이루는 것, 두 번째는 성취의 과정을 즐기는 것이다. 오직 현명한 인간만이 두 번째까지 이뤄낸다. –로건 피어설 스미스

* 조금의 여유를 가지고 움직여라. 빈틈을 둬야 견실하고 실패가 없다. –마쓰시타 고노스케

* 신념도 방법론도 아닌 지각만이 진실에 이르는 길이다. 지각은 자연스러운 인식, 유연한 인식, 선별하지 않는 인식 상태다. –이소룡

* 눈은 겉으로 드러난 뇌다. 고수들은 일상의 미세한 변화를 주의 깊게 관찰해 포착하는 능력이 있다. –한근태

* 끝을 생각하는 것이 성숙이다. 끝을 내다보는 것이 지혜이다. 끝을 아는 것이 믿음이다. 시작할 때부터 어떻게 끝날 것인가, 어떻게 끝을 낼 것인가… 마음에 담고 살아야 한다. –조정민

* 좋은 생각, 좋은 말, 좋은 행동은 당신의 주파수를 더 올려줄 것이다. 더 높은 주파수는 더 좋은 것을 당신에게 가져다준다. 세상에서 가장 완벽한 화음은 좋은 생각, 좋은 말, 좋은 행동이다. –론다 번

전략 · 효율

* 더 좋은 방법은 언제나 존재한다. –토머스 에디슨

* 풍요의 열쇠 중 하나는 해법을 지향하는 마음자세로 살아가는 것이다. 사람들은 보통 자신이 긍정적이라고 생각하지만, 그다지 해법 지향적이지는 않다. –브라이언 클레머

* 결함을 찾지 말고 해결책을 찾아라. 불평은 누구나 할 수 있다. –헨리 포드

* 방법은 찾으면 나오게 되어 있다. 방법이 없다는 것은 방법을 찾으려는 생각을 안 했기 때문이다. –정주영

* 나는 늘 스스로에게 "이것으로 족한가?", "좀 더 좋은 방법은 없을까?" 하는 질문을 던지는 일이 습관처럼 되었다. 그런 눈으로 보면 아무리 사소한 문제라도 연구의 여지는 무수하다. –이나모리 가즈오

* 천재란 강렬한 인내자다. 단 하나밖에 없는 최선의 방법을 생각하고 또 생각한다. 결코 중도에서 생각을 멈추지 않는다. –이성우

* 우리가 보낸 하루하루를 모두 더하였을 때, 그것이 형체 없는 안개로 사라지느냐, 아니면 예술 작품에 버금하는 모습으로 형상화되느냐는 바로 우리가 어떤 일을 선택하고 그 일을 어떤 방식으로 하는가에 달려있다. –미하이 칙센트미하이

* '왜?' 보다는 '어떻게 하면?' 을 택하라. '어떻게 하면?' 은 당신에게 유쾌한 힘을 주고 노력의 기회를 제공한다. '어떻게 하면 이 일을 해낼 수 있을까?' '어떻게 하면 사람들의 신임을 얻을 수 있을까?' 이런 생각들로 당신은 잃었던 자신감을 회복하여 과감한

도전정신을 지닐 수 있다. –멍화린

* 어떻게 결과를 만들어 내는지를 처음부터 알아야만 되는 것은 아니다. 중요한 것은 우리가 어떤 일이 있어도 그 방법을 알아내겠다고 결심하는 것이다. –앤서니 라빈스

* 앞서가는 방법의 비밀은 시작하는 것이다. 시작하는 방법의 비밀은 복잡하고 과중한 작업을 작은 업무로 나누어 첫 번째 업무부터 시작하는 것이다. –마크 트웨인

* 승리는 가끔 있는 일이 아니다. 늘 있는 일이다. 승리가 어쩌다 한 번씩만 당신을 찾는 것은 당신이 어쩌다 한 번씩만 일을 제대로 하기 때문이다. –빈스 롬바르디

* 사람들이 기대하는 것보다 더 많은 것을 주면, 당신이 기대한 것보다 더 많은 것을 얻게 된다. –로버트 하프

* 가치는 같이해야 극대화된다. 가치를 같이 실천하지 않으면 무용지물(無用之物)이다.
–유영만

* 삶의 참된 보상은 매일 매일 자신을 어떻게 개선시킬 수 있는지 아는 데서 비롯된다. 나는 내 삶의 질에 대한 걱정을 하지 않는다. 왜냐하면 매일 그것을 개선하려고 노력하고 있기 때문이다. –앤서니 라빈스

* 언뜻 보기에 보잘것없는 일일지라도 전력을 다해야 할 것이다. 일은 정복할 때마다 실력이 붙는다. 작은 일을 훌륭히 해내면, 큰일은 자연히 결말이 난다. –데일 카네기

* 쉬운 일을 어려운 일처럼, 어려운 일을 쉬운 일처럼 대하라. 전자는 신뢰가 잠들지 않게, 후자는 자신감을 잃지 않기 위해서다. –발타자르 그라시안

* 내가 원하는 것이 반드시 이루어지는 것은 아니다. 하지만 목표를 실현할 수 있는 방식은 여러 가지가 있다. 오히려 비극은 하나의 방식만을 고집하기 때문에 생겨난다. –에픽테토스

* 언제나 똑같은 방식으로 일을 처리하지 마라. 새도 똑바로 날아가면 맞추기 쉽다. 노련한 사람은 상대가 예측하거나 원하는 패를 내놓지 않는 법이다. –발타자르 그라시안

* 내가 한 최고의 공헌은 정말로 좋은 것이 아니면 항상 불만을 말한 것이다. –스티브 잡스

* 초우량 기업은 평범한 기업이 하지 않는 일을 하는 것이 아니라 평범한 기업도 하고 있는 일을 탁월하게 하고 있을 뿐이다. –톰 피터스

* 부드러움도 쓸 곳이 있고, 굳셈도 쓸 곳이 있으며, 약함도 쓸 곳이 있고, 강함도 쓸 곳이 있다. 이 네 가지를 겸하여 형편에 따라 알맞게 써라. –『삼략(三略)』

* 사람의 일이 그에게 맞지 않으면, 흔히 구두의 경우와 같아서 너무 크면 비틀거릴 것이요, 너무 작으면 부르틀 것이다. –호라티우스

* 들으면 잊어버리고, 보면 기억하고, 직접 해보면 이해할 수 있고, 즐기면 응용할 수 있다. –박영운

* 매일 자신을 새롭게 하라. 마음이 새롭지 않고서는 어떤 것도 이룰 수 없다. –동양 명언

* 자기 통제의 비결은 흔히 생각하는 것과 달리 의지력의 많고 적음에 달려 있지 않다. 자기 통제를 잘하는 방법은 의지력에 의존하지 않는 데 있다.[2] –유재명

* 더 넓은 시각에서 세상을 주시하는 사람만이 올바른 길을 찾을 것이다. –다그 함마르셸드

* 전체를 조망하기 위해서는 완전한 외부인이 되어야 한다. -이소룡

* 아는 것은 작은 것이고, 문맥을 이해하는 것은 큰 것이며, 요점을 아는 것은 전부이다. -휴고 폰 호프만스탈

* 어느 정도를 아느냐, 그것이 문제가 아니다. 아는 것을 어떻게 이용하느냐, 이것이 문제인 것이다. -유일한

* 어제와 다른 방법으로 살면 내일은 저절로 바뀐다. -유영만

* 당신은 이 세상에서 당신의 능력을 이용할 수 있는 유일한 사람이다. -지그 지글러

* 나에게 진리가 되는 믿음이란 내 안의 장점을 최대로 활용하고, 그것을 행동으로 옮겨 최상의 의미를 얻는 것을 말한다. -앙드레 지드

* 좋아하지 않는 일에서 벗어나는 방법은 그 일을 특별히 잘 처리해서 아무도 당신을 그 자리에 계속 놔두지 않게 하는 것이다. -지그 지글러

* 이 세상에서 가장 실용적이고 아름다운 철학이 있다 해도 당신이 받아들이지 않으면 아무 소용도 없다. -지그 지글러

* 재능을 합쳐서 일하는 것보다 마음을 합쳐서 일하는 것이 더 값지다. 재능이 모이면 직장을 움직이고, 마음이 모이면 세상을 움직인다. -조정민

---

2) "자기 통제에 대하여 2012년 네덜란드의 심리학자들은 흥미로운 결과를 발표했다. 이들에 따르면 자기 통제의 핵심은 '참은 것' 이 아니라 '참지 않는 것' 에 있었다. 보다 정확히 표현하면 '참아야 할 일을 만들지 않는 것' 이다. 이를테면 회식 자리에서 과식하지 않으려 애쓰지 말고, 아예 회식 자리를 만들지 말라는 뜻이다." -한재우

* 위대한 일을 하는 유일한 방법은 자신이 하는 일을 사랑하는 것이다. 아직도 찾지 못했다면 계속 찾아라. 안주하지 마라. 마음과 관련된 모든 일들이 그렇듯, 그것을 찾게 되면 알게 될 것이다. –스티브 잡스

* 다른 사람들이 각자 원하는 것을 가질 수 있도록 돕는다면, 여러분은 삶에서 자신이 원하는 모든 것을 가질 수 있다. –지그 지글러

* 높이 나는 새는 몸을 가볍게 하기 위하여 많은 것을 버린다. 심지어 뼛속까지도 비워야(骨空) 한다. 무심히 하늘을 나는 새 한 마리가 가르치는 이야기이다. –신영복

* 만약 모든 사람의 충고대로 집을 짓는다면 삐뚤어진 집을 짓게 될 것이다. –덴마크 속담

* 언제나 믿지 못하는 것은 언제나 믿는 것과 마찬가지로 잘못이다. –괴테

* 우리는 우리의 목적 달성에 직접적으로 도움이 되지 않는 것은 어떤 것이라도 버려야 한다. –어니스트 섀클턴

* 본래 우연이란 없다. 무언가를 간절히 필요로 하던 사람이 그것을 발견한다면 그것은 우연히 이루어진 것이 아니다. 자신이, 자기 자신의 소망과 필연이 그것을 가져온 것이다. –헤르만 헤세

* 무엇인가 의논할 때에는 과거를, 누릴 때에는 현재를, 무엇인가 할 때는 미래를 생각하라. –세네카

* 머물러야 할 때인지, 떠나야 할 때인지, 고백할 때인지, 아직은 기다려야 할 때인지……. 최적의 타이밍은 최고의 결과를 만든다. –정현수

* 결단의 순간들에 의해 운명이 형성된다. 더 좋은 결단을 내리는 방법은 결단을 많이 해보는 것이다. –앤서니 라빈스

* 슬기로운 자는 미래를 현재인 양 대비한다. –『탈무드』

* 외부의 모든 일은 당신 내부에서 일어나는 일에 좌우된다. –앨런 코헨

* 오늘 한 사람을 먹여 살리면, 그는 내일 다시 굶주릴 것이다. 하지만 그에게 자신의 먹거리를 키우는 법을 가르쳐준다면, 그는 결코 굶주리지 않을 것이다. –로버트 페드로

* 발견이란 단순한 일들에도 어리둥절해하는 것이다. –노암 촘스키

* 현자는 언제나 위인의 발자취를 따르며, 뛰어난 사람들을 모방한다. –마키아벨리

* 빼어나다는 것은 평범한 일을 평범하지 않은 방법으로 행하는 것을 가리킨다. –부커 워싱턴

* 스티브 잡스의 진정한 재능은 제품을 더욱 유용하고 흥미롭게 만들어 주는 핵심 요소만 추려내는 편집자라는 데 있다. –제이 엘리엇

* 삶에서 모든 선택은 우선순위를 가리는 행위다. 인생의 성공과 실패는 종이 한 장 차이로 가리는 경우가 많다. 그 소소한 차이는 우선순위를 결정하는 일에 달렸다. –김용길

* 당신의 스케줄에 우선순위를 두면서 세월을 허송세월하지 말라. 중요한 것은 당신의 우선순위를 실행하는 것이다. –스티븐 코비

* 중요한 것은 주변 상황이 아니라 주변 상황에 대처하는 방식이다. –지그 지글러

* 우리가 측정할 수 없는 것은 관리할 수 없다는 것이며, 관리하기를 원한다면 반드시 측정해야 한다. –피터 드러커

* 운은 확률의 문제가 아니라 실력의 문제다. 실력이 있으면 확률은 비약적으로 높아진다. –센다 타쿠야

* 전략은 변하지 않는 것에 토대를 두어야 한다. 사람들은 나에게 5년 후나 10년 후 무엇이 변할 것인지는 묻지만, 무엇이 변하지 않을 것인지는 묻지 않는다. 세상이 어떻게 바뀌더라도 고객이 원하는 가치를 제공한다면 고객은 외면하지 않는다. –제프 베조스

* 훈련비용은 직원을 훈련시키는 데 소요되는 비용이 아니다. 그것은 훈련을 시키지 않았을 때 치러야 할 대가인 것이다. –필립 월버

* 조직이건, 개인이건 '학습'이 중요한 이유는 바로 변화가 수반하는 불확실성을 자신의 통제하에 있는 확실성으로 전환시킬 수 있도록 도와주기 때문이다. 알면 알수록 두려움은 줄어들게 된다. 통제의 범위가 넓어지기 때문이다. –구본형

* 삶은 카드 게임과 같다. 우리가 가진 패는 결정론을 상징하고, 그 패를 다루는 방식은 자유의지다. –자와할랄 네루

* 만족스러운 노년, 성숙한 방어기제, 생산성에 가장 결정적인 영향을 끼치는 것은 믿음(신앙)이 아니라 사랑과 희망이었다. –조지 베일런트

* 당신 자신을 최대한 이용하라. 당신에겐 오로지 당신밖에 없기 때문이다.
–랄프 왈도 에머슨

* 문제를 제대로 파악했다면 절반은 해결된 것과 같다. –찰스 케터링

* 문제를 인식한다고 해서 반드시 문제가 해결되는 것은 아니지만, 문제를 인식하기 전까지는 해결책이 있을 수 없다. –제임스 볼드윈

* 타인에게 배운 진리는 그저 몸에 살짝 붙어 있지만, 스스로 발견한 진리는 몸의 일부가 된다. –로랑 구넬

* 위대함의 본질은 다른 사람들이 이성을 잃고 날뛰는 상황 속에서도 차곡차곡 자기실현을 구할 수 있는 능력이다. –웨인 다이어

* 마감이란 인간의 힘을 최대한 이끌어내는 장치다. 그렇기에 마감은 무슨 일이 있어도 지킨다. –쓴쿠

* 자기계발 및 발전의 가장 좋은 길은 다른 사람의 계발과 발전을 돕는 일이다.
–스피처 리만

* 가치가 있는 것을 하는 일, 그것이 관건이다. –스티븐 코비

* 큰일을 먼저 하라. 작은 일은 저절로 처리될 것이다. –데일 카네기

* 사장의 그릇 이상으로 회사는 커지지 않는다. –다베 쇼이치

* 천재란 선례가 없어도 바르게 행동하는 능력이다. 최초로 올바른 행동을 하는 힘이다. –허버드

* 불분명은 무능력의 은신처이다. –하인라인

* 속도는 훌륭한 것, 정확은 결정적인 것. –와이잇 업

* '적당히' 하는 사람이 되지 말라. 그것은 세상에서 가장 위험한 태도다. –휴 월폴

* 한 가지 일을 잘하는 사람은 많은 일도 잘한다. –토마스 아 켐피스

* 실패와 성공의 차이점은 어떤 일을 대충 하는 것과 아주 정확히 하는 것이다. –에드워드 시몬스

* 당신을 무너뜨리는 것은 짐이 아니라 당신이 그 짐을 지는 방식이다. –루 홀츠

* 중요한 일(20%)을 먼저 처리하면, 나머지 일(80%)은 거의 완성된 것이나 마찬가지다. –앤드류 매튜스

* 능률이란 일을 적절하게 하는 것을 말하며, 효율이란 적절한 일을 하는 것을 말한다. –토머스 K. 코넬란

* 재능 자체는 신뢰할 수 있는 게 아니다. 그것을 어떻게 사용하는가가 정말 중요한 것이다. –마들렌 랭글

* 적성에 맞지 않는 일을 하는 것은 바구니에 국물을 담는 것과 같다. –이탈리아 격언

* 자신이 하는 일을 즐기는 사람은 틀림없이 그 일을 잘할 것이다. –조 기브스

* 피할 수 없으면 즐겨라. 가질 수 없으면 잊어라. 내 것이 아니면 버려라. –작자 미상

* 나의 인생 신조는 일을 즐거움으로 삼고, 즐거움을 또한 가장 큰일로 삼는 것이다. –아이론 바하

* 이 세상을 항해하는 데는 두 가지 길이 있다. 하나는 인생을 개선하는 것이고, 다른 하나는 인생을 즐기는 것이다. -E. B. 화이트

* 일을 통해 즐거움을 느낄 수 있는 비결은 바로 '빼어남' 이라는 단어에 들어 있다. 무슨 일을 잘 해내는 방법을 알게 되면 그 일을 즐길 수 있다. -펄 벅

* 무엇이든 재미 삼아 해보라. 즐거움은 삶의 필수 영양소이다. -쉐릴 리처드슨

* 당신이 볼 수 있는 지점까지 최선을 다해 나아가라. 일단 그곳에 도착하면 당신은 더 멀리 볼 수 있게 된다. -지그 지글러

* 행복의 비밀은 자신이 좋아하는 일을 하는 것이 아니라 자신이 하는 일을 좋아하는 것이다. -앤드류 매튜스

* 지속과 반복은 엄연히 다르다. 어제와 같은 것을 막연하게 반복하는 것이 아니라 오늘보다는 내일, 내일보다는 모레가 조금씩이라도 더 나아지고 개선되어야 한다. 그러한 '창의력 향상을 위한 노력' 이 성공을 향한 속도를 높여준다. -이나모리 가즈오

* 같은 라면이라도 무엇을 넣고 어떻게 끓이느냐에 따라 맛이 달라진다. '파송송 계란탁!' 이면 더욱 맛있다. 세상에 평범한 직업이란 없다. 다만 우리가 평범하게 일할 뿐이다. -김달국

* 우리 개인 어느 누구도 우리 모두를 합친 만큼은 현명하지 못하다. -일본 속담

* 나는 당신이 할 수 없는 일을 할 수 있고, 당신은 내가 할 수 없는 일을 할 수 있다. 따라서 우리는 함께 큰일을 할 수 있다. -마더 테레사

* 어떤 사람이 적응을 잘한다고 할 때, 그는 생산적인 삶을 수 있고 삶을 즐길 수 있으며, 정신적 평형상태를 유지할 수 있다는 것을 말한다. –하인츠 하트만

* 경영이란 현재를 사용해서 바람직한 미래를 얻기 위한 활동이다. 경영의 목적은 사람의 행복을 돕고 세상의 행복총량을 늘리는 것이다. –이형우

* 의존적인 사람은 자신이 원하는 것을 얻기 위해 다른 사람을 필요로 한다. 독립적인 사람은 스스로의 노력으로 원하는 것을 얻을 수 있다. 상호의존적인 사람은 더 큰 성과를 이루기 위해 자신의 노력과 다른 사람들의 노력을 결합한다. –스티븐 코비

선 택

* 사람의 진가는 문제를 해결하는 방식에서 드러난다. –존 맥스웰

* 걱정거리보다 희망에 집중하고, 과거보다 현재에 집중하는 것을 선택하라.
–위니프레드 갤러거

* 고수는 버려서 더 큰 것을 얻고, 하수는 버릴 줄 몰라서 더 큰 것을 잃어버린다. –장석주

* 궁극적으로 올바른 선택을 했느냐 여부보다 중요한 것은 자신의 선택을 올바르게 만들기 위해 최선을 다했느냐가 더 중요하다. –이강호

* 무엇이든 정신을 집중하는 것이 확장되고 늘어난다. 우리가 자신이 사랑하는 것에 집중한다면 삶은 더욱더 유익한 것들로 가득 차게 되어 있다. 반면에 자신이 싫어하거나 두려워하는 것들에 의식의 초점을 맞출 경우에도 더욱더 자신이 생각하는 결과를 경험

하게 될 것이다. –앨런 코헨

* 인간의 조건에서 가장 중요한 측면은, 우리는 언제라도 선택할 수 있다는 것, 우리는 언제라도 상황을 다르게 인식하기로 선택할 수 있다는 것이다. –마리안느 윌리암슨

* 우리는 삶에서 잘못된 것에 초점을 맞출 수도 있고, 잘된 것에 초점을 맞출 수도 있다. 하지만 어디에 초점을 맞추든 우리는 초점을 맞춘 그것을 더 많이 얻게 된다. 창조는 생각의 확장이다. 부족하다고 생각하면 부족해지고, 풍족하다고 생각하면 더 많이 얻게 된다. –마리안느 윌리암슨

* 자극과 반응 사이에는 빈 공간이 있다. 그 공간에 우리의 반응을 선택하는 자유와 힘이 있다. 그 반응에 우리의 성장과 행복이 달렸다. –빅터 프랭클

* 한층 행복해지고 훨씬 효율적인 생활을 영위한다는 것은 내 앞에 열린 선택들을 더 잘 깨닫게 된다는 것을 의미한다. 우리는 우리가 내린 선택의 총화다. –웨인 다이어

* 옳은 선택이란 없다. 다른 선택만 있을 뿐이다. –웨인 다이어

* 모든 선택에는 최종적인 결과가 있다. 오늘 당신이 하는 선택은 내일 당신의 성과, 위치, 행동에 영향을 미친다. –지그 지글러

* 선택은 자유다. 그러나 선택을 하고 나면 선택이 자신을 좌우하게 된다. –지그 지글러

* 우리 마음에 투입되는 것을 변화시키면 우리 삶으로부터 산출되는 것을 변화시킬 수 있다. –지그 지글러

* 경험은 대부분 우리가 무엇에 집중하고, 무엇에 집중하지 않을지에 대해 선택한 물리

적, 정신적인 대상에 달려 있다. "내가 보는 것이 나를 만들며, 내가 집중한 것들의 총합이 나의 인생이다." 삶은 우리가 집중한 대상들의 합이다. –위니프레드 갤러거

* 인생은 당신이 선택한 결과의 산물이다. –알베르 카뮈

* 삶은 우리가 집중한 대상들의 합이다. 어떤 대상에 주목하고 주목하지 않았느냐가 현재의 삶을 형성했음을 알 수 있게 될 것이다. –위니프레드 갤러거

* 우리가 자신이 사랑하는 것에 집중한다면 삶은 더욱더 유익한 것들로 가득 차게 되어 있다. 반면에 자신이 싫어하거나 두려워하는 것들에 의식의 초점을 맞출 경우에도 생각대로 될 것이다. –앨런 코헨

* 내가 보는 것이 나를 만들며, 내가 집중한 것들의 총합이 나의 인생이다.
–위니프레드 갤러거

* 삶은 마음을 비춰주는 거울이다. 마음 깊은 곳에서 생각한 것이 현실이 된다. 마음은 자신과 파장이 같은 일을 끌어들인다. –노구치 요시노리

* 일생의 과업보다 지금, 오늘, 이번 주, 올해, 어느 대상에 주목할지 결정하는 것은 우리가 인간이라는 존재이기에 가능하다. 삶의 질은 주목을 어떻게 다루느냐에 달려 있다고 해도 과언이 아니다. –위니프레드 갤러거

* 인간이 가진 가장 위대한 힘은 선택할 수 있는 힘이다. –마틴 코헤

* 모든 사람은 이것이든 저것이든 하나를 선택한다. 그리고 그들은 그것에 대하여 책임을 져야만 된다. –T. S. 엘리어트

* 삶은 나쁜 것, 좋은 것, 최선의 것 사이에서 선택의 연속이다. 모든 것은 우리가 선택하는 데 달렸다. -밴스 하브너

* 최선의 선택은 자신이 이룰 수 있는 최고치다. -아리스토텔레스

* 자기가 살고 있는 시대에 충실하라. 아무리 뛰어나고 걸출한 인물도 자기 시대에서 벗어날 수는 없는 법이다. -발타자르 그라시안

* 당신의 선택이 좋지 않는 적도 있었고, 좋은 적도 있었고, 그저 그런 때도 있었을 것이다. 가장 중요한 것은 당신이 선택한 것이 모두 당신 것이라는 사실이다. -앤 윌슨 셰프

* 흔히 사람들은 '피할 수 없으면 즐겨라.' 라고 말한다. 하지만 어쩌면 이것은 수동적인 선택이다. '즐길 수 없으면 피하라.' 라고 말하는 것은 어떨까? -하석태

* 일을 즐겁게 하는 자는 세상이 천국이요, 일을 의무로 생각하는 자는 세상이 지옥이다. -레오나르도 다빈치

* 무엇을 하든 선택해야 한다. 당신이 한 선택이 당신을 만든다는 사실을 끝까지 기억하라. -존 우드

* 인생은 롤러코스터와 같다. 인생은 오르막과 내리막이 있다. 공포에 질려서 비명을 지르든지, 아니면 타는 것을 즐기든지 당신의 선택이다. -미셸 로드리게스

* 인생은 고속도로다. 앞으로 달리는 것 이외에는 다른 선택이 존재하지 않는다. -김용궁

* 사람을 선택하는 것이 당신의 미래를 선택하는 것이다. -주철환

* 나이 드는 것은 강제적이나, 성장하는 것은 선택적이다. –칠리 데이비스

* 인생은 탄생과 죽음 사이의 선택이다. –사르트르

* 세상엔 딱 한 종류의 실패자들이 있는데, 이는 싸우기와 꿈꾸기와 사랑하기를 포기한 사람들이다. 인간의 삶이 특별한 것은 그 내용을 우리가 채워나갈 수 있다는 점 때문이다. –무히카

* 더럽고 오염된 세상에서 편안하게 살아갈 수 있는 능력은 단지 비생산적인 대상들에게서 마음을 돌리고, 자신만의 경험을 관리하고, 마음을 중요하게 다루는 능력을 키우고, 생각과 감정을 받아들이는 것이다. –위니프레드 갤러거

* 우리는 스스로가 감각하고자 하는 방향으로 주목을 이끌어야 한다. 주목의 선택적인 특성을 이용하여 신중하게 내 · 외부 세계에서 목표 대상을 선정하여 주시하고, 그 외의 것들은 억제하여 자신만의 경험을 만들어 나가야 한다. –위니프레드 갤러거

* 경험을 선별하고 가려내는 능력은 혼돈 속에서 질서를 만들어 낸다. 사람마다 주목하는 대상은 다르며, 같은 대상에서 다른 측면을 바라보기도 한다. '사람들은 모두 다른 세계에서 살아간다.' 는 말은 명백한 진실이다. –위니프레드 갤러거

* 제발 재료 한두 가지가 없거나 부실하다고 해서, 나머지 재료들이 시들어 가도록 요리를 한없이 유보하거나 포기하는 일이 없기를 바란다. 생은 지금이다. 이 땅 위에, 하늘 아래, 우리가 살아가는 한, 항상 있는 것으로 충분할지 모른다. –전경린

* 나는 삶이 내가 집중한 대상들과 집중하지 않기로 한 대상들의 결과물이라는 것을 확신한다. 항상 행복할 수는 없다. 그러나 더 나은 미래를 위해 의도적으로 현재의 '특정 대상' 에 집중할 수 있다. 주목을 기술적으로 관리할 수 있게 된다면 긍정적이고 생산적

인 방향에서 삶의 요소들을 조화롭게 조직할 수 있게 된다. –위니프레드 갤러거

* 하루 종일 우리들은 어떤 대상에 시선을 줄지를 선택한다. 이런 선택 과정을 의식적으로 유도하여 좋은 결과를 이끌어 내게 하는 것은 가능하다. 실제로 '이것'에 집중하고 '저것'을 무시하는 능력은 경험을 의도대로 관리하는 방법의 핵심 요소이며, 이를 통해 우리는 궁극적으로 더 나은 삶을 살 수 있게 된다. –위니프레드 갤러거

이 치

* 산정에 올라야 산맥이 보이고, 산에서 나와야 산이 보인다. –박노해

* 감성적으로 융합돼야 이성적으로 융합된다. –유명만

* 성급함에는 반드시 오류가 포함되어 있다. –니시다 기타로

* 세상만사 심은 대로 거둔다. 무슨 씨앗을 심었는가 살펴보라. –이상헌

* 원인이 없는 결과는 없다. '필연성'이란 자연의 영원한 테마이다. –레오나르도 다빈치

* 원인은 숨겨지지만, 결과는 잘 알려진다. –오비딩스

* 사랑은 사랑을 키우고, 미움은 미움을 키운다. –알렉산더 S. 닐

* 믿음은 불신에서 멀리 있지 않으며, 사랑은 미움에서 멀리 있지 않다. –슬라우스 케네디

* 귀한 것은 천한 것을 근본으로 삼고, 높은 것은 낮은 것을 그 바탕으로 삼는다. –노자

* 세상의 어려운 일은 언제나 쉬운 데서 일어나고, 큰일은 언제나 작은 데서 시작된다. –노자

* 모든 자연법칙에는 정신적인 짝이 있다. 보이는 것은 보이지 않는 것의 거울이다. –제임스 앨런

* 영원히 계속되는 겨울도, 자기 차례에서 빠지는 봄도 결코 없다. 오월은 반드시 사월 다음에 와야만 한다. –H. 볼런드

* 파도는 해안에 부딪쳐 사라지지만 바다는 사라지지 않는다. –모리 슈워츠

* 고기는 물을 타고, 새는 바람을 타며, 사람은 때를 탄다. –『설원』

* 개미 천 마리가 모이면 맷돌도 든다. –한국 속담

* 햇빛이 비치는 한 먼지도 반짝인다. –괴테

* 산마다 그 나름의 골짜기가 있다. –멜방크

* 물이 급하게 흐르지 않으면 고기가 뛰어오르지 않는다. –『현문(賢文)』

* 마음먹고 꽃을 심어도 피지 않을 수 있고, 무심코 꽂아 놓은 버들이 그늘을 이루기도 한다. –『현문(賢文)』

* 항상 맑으면 사막이 된다. 비가 내리고 바람이 불어야만 비옥한 땅이 된다. –스페인 속담

* 옷을 만들 때에는 작은 바늘이 필요한 것이니, 비록 기다란 창이 있다고 해도 소용이 없다. –원효대사

* 속을 먹으려는 자는 껍질을 깨야 한다. –플라우투스

* 다람쥐는 나무를 잘 타고, 두더지는 땅을 잘 판다. –작자 미상

* 구멍을 파는 데는 칼이 끌만 못하고, 쥐 잡는 데는 천리마도 고양이만 못하다. –속담

* 관을 짜는 목수는 사람이 일찍 죽기를 바란다. –한비자

* 모기는 산을 짊어질 수 없고, 작대기는 큰 집을 버틸 수 없다. –이황

* 비즈니스맨과 병풍은 접혀지지 않으면 이 세상에 직립할 수 없다. –중국 격언

* 하느님의 물레방아는 천천히 돌아가지만 곱게 갈아낸다. –프리드리히 폰 로가우

* 세계는 산이요, 우리의 모든 행동은 메아리로 돌아오는 외침이다. –루미

* 촛불 하나로 많은 촛불에 불을 붙여도 처음 촛불의 빛이 약해지지 않는다. –『탈무드』

* 한 알의 모래에서 하나의 세계를 보고, 한 송이 들꽃에서 천국을 본다. –윌리엄 브레이크

* 반복은 자연이 영원을 달성할 수 있는 유일한 수단이다. –조지 산타야나

* 황금은 한때의 황금이고, 자연은 수수만년 세월의 황금이다. –황현산

* 괜찮은 여자인지 아닌지는 남자가 망했을 때 알 수 있고, 괜찮은 남자인지 아닌지는 남자가 성공했을 때 알 수 있다. –작자 미상

* 이성적인 사람은 모든 것이 전체를 향해 있다는 것을 안다. 우리는 모두 우주의 한 부분이며 자연에 순종해야 한다. –에픽테토스

* 세상은 나보다 옳다. 세상은 '내가 잘못된 일, 예상치 못한 일'을 하지 않는 한 나를 받아들이고 지지해 준다. –마쓰시타 고노스케

* 자연은 신이 세계를 지배하는 기술이다. –홉스

* 하나를 둘로 나누고, 둘로 나눈 것을 다시 하나로 합한다. 그것이 자연의 생명이요, 우리가 살고 있는 세상의 영원한 들숨과 날숨이다. –괴테

* 사슴을 쫓는 자는 산을 보지 못하고, 돈을 움켜쥐는 자는 사람을 보지 못한다. –『회남자』

* 얻었다고 한들 원래 있던 것이오, 잃었다고 한들 원래 없던 것이다. –『벽암록』

* 나무는 그 열매에 의해서 알려지고, 사람은 일에 의해서 평가된다. –『탈무드』

* 과정의 아름다움이 결과의 아름다움을 이끈다. –유영만

* 당신의 법칙은 당신이 만든다. 인간은 스스로 자신의 법칙을 만든다. –알프레드 아들러

* 생쥐 경주의 문제점은 당신이 이길지라도 여전히 당신이 생쥐에 불과하다는 점이다. –릴리 탐린

* 거울은 먼저 웃지 않는다. –작자 미상

* 소문은 소경이다. 하지만 바람보다 더 빨리 달린다. –게오르크 펜츠

* 사과는 나무에서 먼 곳에 떨어지지 않는다. –독일 속담

* 악은 청동에 새겨지고, 선은 물 위에 새겨진다. –셰익스피어

* 신이 꼭 맞으면 발을 잊고, 띠가 꼭 맞으면 허리를 잊고, 맘이 잘 맞으면 시비를 잊는다. –장자

* 의미 있다고 해서 모두 셀 수 있는 것이 아니고, 셀 수 있다고 해서 모두 의미 있는 것도 아니다. –아인슈타인

* 미리 경계하는 것은 미리 무장하는 것과 같다. –작자 미상

* 진정한 여행이란 새로운 풍경을 찾는 것이 아니라 새로운 눈을 가지는 것이다.
–마르셀 프루스트

* 나는 어느 부분도 처음부터 있었던 것이 아니다. 나는 모든 지인들의 노력의 집합체다. –척 팔라닉

* 추녀 끝에 걸어놓은 풍경은 바람이 불지 않으면 소리를 내지 않는다. 바람이 불어야만 비로소 그윽한 소리를 낸다. 인생도 무사평온하다면 즐거움이 무엇인지 알지 못한다. 힘든 일이 있기 때문에 비로소 즐거움도 알게 된다. –『채근담』에서

* 하수는 간단한 문제를 복잡하게 만들고, 고수는 복잡한 문제를 간단하게 만든다. –한근태

* 조각가는 대리석의 필요 없는 부분들을 쪼개내어 아름다운 조각품을 완성한다.
–엘버트 허버드

* 단순함은 너무 적은 것과 너무 많은 것 사이의 정확히 중간이다. –조슈아 레이놀즈

* 진정으로 우아한 것들의 기본은 단순함이다. –가브리엘 코코 샤넬

* 단순함은 궁극의 정교함이다. –레오나르도 다빈치

* 단순하게 산다는 것은 정말 소중한 것을 위해서 덜 소중한 것을 덜어내는 것이다.
–한근태

* 모든 일의 해결에 있어 가장 기본 원칙은 단순성에 있다. –아우렐리우스

* 사람은 지혜가 깊으면 깊을수록 더욱 단순한 말들로 자기의 생각을 나타낸다.
–톨스토이

* 진정으로 일에 몰두하고 있는 사람은 모두 삶의 모습이 단순하다. 왜냐하면 쓸데없는 일에 마음을 쓸 겨를이 없기 때문이다. –톨스토이

* 더 이상 추가할 것이 없을 때가 아니라 더 이상 뺄 것이 없을 때, 완벽함이 성취된다.
–생텍쥐페리

* 나는 우주의 원리가 아름답고 단순할 것이라고 굳게 믿는다. –아인슈타인

* 당신이 이해한다면 만물은 있는 그대로 존재한다. 그러나 당신이 이해하지 못해도 만물은 여전히 있는 그대로 존재한다. –프랑크 베르츠바흐

진실

* 베일을 쓴 별을 본 적이 있는가? -아우렐리우스

* 진실은 햇빛과 같이 외부 접촉으로 더러워지지 않는다. -밀턴

* 아름다움은 진실이고, 진실은 바로 아름다움이다. -러스킨

* 어느 누구도 진실을 이길 수 없다. -발타자르 그라시안

* 오류로 가는 길은 수없이 많다. 그러나 진실에 이르는 길은 단 하나이다. -루소

* 진실에 대한 예우는 그것을 바로 적용하는 것이다. -랄프 왈도 에머슨

* 맹목적으로 권위를 존중하는 것은 진실에 대한 최대의 적이다. -아인슈타인

* 침묵을 당하는 모든 진실은 독이 된다. -니체

* 진실은 언제나 외톨이로 시작되고, 모든 관습은 선례를 깨는 것에서 시작된다. -윌리엄 J. 듀란트

* 많은 사람들이 반대한다고 해서 거짓이 아니듯, 반대하는 이가 없다고 해서 진실인 것은 아니다. -파스칼

* 진실은 사실과 다르다. 사실은 일어난 사건이고, 진실은 일어난 사건을 인정하는 힘이다. -오프라 윈프리

* 모든 진실은 세상에 드러나기 전에 3단계를 거친다. 첫 번째는 조롱거리가 되고, 두 번째는 부정되며, 마지막에는 자명한 진리로 공인된다. –쇼펜하우어

* 진실의 가장 큰 벗은 시간이고, 가장 큰 적은 편견이며, 영원한 반려자는 겸손이다. –찰스 칼렙 콜튼

* 중상모략이나 헛소문은 진실보다 빨리 전해지지만, 진실만큼 오래 머물지는 못한다. –W. 로저스

* 진실의 가장 커다란 적은 계획적이고 부자연스러우며 부정직한 거짓이 아니라, 끈질기고 그럴듯하고 비현실적인 신화다. –케네디

* 누구나 자기 편이 진실이기를 원한다. 하지만 모든 사람이 진심으로 진실의 편에 서기를 원하는 것은 아니다. –리처드 워틀리

* 진실을 알고 진실에 맞추어 사는 것이 그저 좋아 보이는 것보다 더 중요해질 때, 모든 것은 제대로 질서가 잡힐 것이다. –앨런 코헨

* 진실이 가진 진정한 이점은 그것이 진정으로 참이라면 한 번, 두 번, 혹은 여러 번 사람들에게 외면당하더라도 오랜 시간이 흘렀을 때, 그것이 참임을 다시 밝혀내는 사람이 반드시 있다는 것이다. –존 스튜어트 밀

* 합리적인 것은 진실하며, 진실한 것은 합리적이다. –헤겔

* 처음에는 진실과 조금밖에 빗나가지 않는 것이라도 후에는 천 배나 벌어지게 된다. –아리스토텔레스

* 진실은 진실처럼 보이지 않을 때가 있다. –N. 부알로

* 대체로 진실에는 두 가지 면이 있다. 따라서 우리들은 어느 한쪽에 치우치기 전, 먼저 그 양면을 잘 살펴보아야 한다. –이솝

* 반쪽 진실은 허위보다 무섭다. –포이히타스레벤

* 일면만을 강조할 때, 진실은 멀리 떠나 버리기 쉽다. –작자 미상

* 우리에게 관계된 진실이 언급되는 것은 고작 절반밖에는 되지 않지만, 그러나 잘 주의해서 따져보면 그 언급에서 전체의 의미가 파악된다. –발타자르 그라시안

* 비록 한 개의 진실만이 존재한다고 할지라도 그 진실에 닿기 위해서는 수많은 길이 있다는 것을 알아야 한다. –브라이언 L. 와이스

* 나는 항상 사람들을 두 부류로 나눈다. 분명히 거짓인 줄 알고 살아가는 사람들과 거짓을 진실로 믿으며 살아가는 사람들이다. –크리스토퍼 햄프턴

* 진실에 대한 탐구는 그전까지 '진실' 이라고 믿던 모든 것에 대한 의심으로부터 시작된다. –니체

* 현실이 극도로 악화되면 진실이 나타난다. –작자 미상

* 진실은 빛과 같이 눈을 어둡게 한다. 거짓은 반대로 아름다운 저녁노을처럼 모든 것을 멋지게 보이게 한다. –알베르 카뮈

* 진실은 언제나 우리의 가장 가까운 곳에 있다. 다만 사람들이 그것에 주의하지 않았

을 뿐이다. 항상 진실을 찾아야 한다. 진실은 우리를 늘 기다리고 있다. –파스칼

* 진실은 정당한 명분을 결코 해치지 않는다. –마하트마 간디

* 진실을 구해 인간은 두 걸음 앞으로 나서서 한 걸음 물러선다. 고뇌와 과실과 생에 대한 권태가 그들을 뒤로 던져 버리지만, 진실에의 열망과 불굴의 의지는 앞으로 몰아세운다. –체호프

* 진실을 사랑하게 되면 천국에서는 물론이고 이 땅에서도 보답을 받게 된다. –니체

* 진정한 분노는 어리석은 웃음보다 훨씬 아름답다. 그렇다. 진실된 것은 무엇이든지 아름답다. –오쇼 라즈니쉬

* 행동은 말보다 진실을 잘 나타나게 마련이다. –디오도어 루빈

* 오직 진실만이 아름답다! 진실이기에 아름답다. 아름답기에 진실하다. 진실은 상처입지 않는다. 그것은 단지 가려져 있을 뿐, 진실은 살아 있다! –유동범

* 사람들은 자기가 원치 않는 하나의 진실이 밝혀지기보다는 자신에 관한 백 가지의 거짓말이 토로되는 것을 바란다. –새뮤얼 존슨

* 내가 글을 쓰는 유일한 목적은 '진실' 을 추구하는 오직 그것에서 시작되고 그것에서 그친다. 진실은 한 사람의 소유물일 수 없고 이웃과 나눠져야 할 생명인 까닭에 그것을 알리기 위해서는 글을 써야 했다. –리영희

* 설득력이 있으려면 믿을 만한 사람이 되어야 하고, 믿을 만한 사람이 되려면 신뢰할 수 있는 사람이 되어야 하며, 신뢰할 수 있는 사람이 되려면 진실한 사람이 되어야 한

다. –에드워드 머로

* 진실을 말할 용기 없는 자들이 거짓말을 한다. –J. 밀러

* '어떻게 말할까' 하고 괴로울 때, 진실을 말하라. –마크 트웨인

* 내가 진실을 말할 때는 그 사실을 모르는 사람들을 설득하기 위해서가 아니라 진실을 알고 있는 사람들을 옹호하기 위해서다. –윌리엄 블레이크

* 진실을 말하는 데는 두 사람이 필요하다. 한 사람은 말하는 사람이요, 한 사람은 듣는 사람이다. –H. D. 도로우

* 모든 사람이 진실을 말하는 법을 배우기 위해서, 다 같이 진실에 귀 기울이는 법을 먼저 배워야 할 필요가 있다. –새뮤얼 존슨

* 우리가 알고 있는 모든 진실은 모든 이들에게 되돌려 주는 것이지, 오직 우리 자신만을 위해 간직하는 것이 아니다. –엘리자베스 캐디

* 진실을 전달하는 유일한 방법은 마음을 다하여 말하는 것이다. 그런 말이 아닐 경우 들리지 않기 때문이다. –헨리 소로

* 정직한 사람은 모욕을 주는 결과가 되더라도 진실을 말하며, 잘난 체하는 자는 모욕을 주기 위해서 진실을 말한다. –W. 헤즐리트

* 진실을 말하기는 참으로 쉬운 것 같지만, 실제로는 엄청난 정신적 노력이 필요하다. 그래서 인간의 정직성은 도덕적 완성의 지표가 된다. –톨스토이

* 진실이 진실로서 들리게 하려면 정성과 마음을 다하여 말해야만 한다. 다른 사람에게 전달한 메시지가 제대로 이해되지 않았을 때는 적어도 두 가지 가운데 하나일 것이다. 곧 거짓말을 하였던가, 아니면 정성과 마음을 다하지 않았거나일 것이다. –톨스토이

* 진실은 모든 미덕을 담고 있다. 그것은 어느 종파나 학파보다도 오래된 것이다. 그리고 자비와 마찬가지로 인류보다 먼저 이 세상에 존재해 왔다. 진실을 소유할 때 나머지의 것들은 보너스로 주어진다. 진실은 최고의 것이다. 진실에 의해서 인간은 참으로 인간다워질 수 있다. –A. B. 올컷

* 그대 무엇을 꾸미고자 하는가? 우리들은 먼저 허위의 탈을 벗어 던지지 않으면 안 된다. 진실은 허위를 벗어 던지면 저절로 나타나게 되어 있다. 따뜻한 봄이 오면 겨울옷을 벗어 던지듯이, 그대의 허위의 탈을 벗어 던져라. 진리를 얘기하는 자리에 장식은 필요 없다. –G. 마르셀

* 진실처럼 아름다운 것은 없고, 진실만이 사람에게 사랑받는다. 진실은 최고의 것이다. 진실한 인간은 결코 신에게 버림받는 일이 없다. 진실은 기름이 물에 뜨듯이 거짓말 위로 떠오른다. 진실은 사람이 가지고 있는 것 중 최고의 미덕이다. 진실은 늘 우리의 가장 가까운 곳에 있다. 다만 사람들이 그것에 주의하지 않을 뿐이다. –『우파니샤드』에서

CHAPTER

16

성찰이 필요할 때

Chapter 16

성찰이 필요할 때

삶에서 가장 중요한 습관을 들라면, 저는 '성찰하는 습관'이라고 말하겠습니다. 지능에 대한 학자들의 연구에 따르면, 어느 분야든 성공하는 이들은 공통적으로 '자기 성찰 지능'이 뛰어나다고 합니다. 생각해 보면 이는 당연한 결과일 것입니다. 자신을 잘 성찰하지 않으면 부족한 부분이나 문제점이 있어도 그것을 개선할 수 없을 것이기 때문입니다. 모든 발전과 성공은 개선의 결과라는 점에서 이는 너무나 중요한 사안이라 하겠습니다.

자신을 성찰하지 않는 데서 인격이 추해지고, 뜻하지 않은 과오가 생깁니다. 스스로를 잘 성찰하지 않는 데서 생각이 어리석어지고, 발전 없이 인생이 정체되거나 퇴보합니다. 조율하지 않는 악기로는 정상적인 연주를 할 수 없습니다. 성찰하지 않는 삶도 이와 마찬가지입니다. 성찰하지 않으면 자기 자신도 제대로 알 수 없고, 삶의 다양한 일들도 제대로 파악하거나 해결할 수가 없습니다. 성찰이란 보아야 할 것을 보게 하고, 자각해야 할 것을 자각하게 하는 힘입니다. 때문에 자성을 잃은 삶은 렌즈를 잃은 현미경과 같고, 바람 빠진 바퀴와 같습니다.

이 장의 아포리즘은 여러 측면에서 자신과 삶을 성찰하게 도와줄 것입니다. 문제가 무엇인지 자신의 삶을 구체적으로 잘 성찰할 수 있도록 좋은 시금석이 되어

줄 것입니다. 더하여 자신이 무엇을 고쳐야 하는지 시야가 선명해지도록 삶의 해상도를 크게 높여줄 것입니다.

자성(自省)

* 모든 시작의 시작은 원칙을 세우는 일이다. 그 시작을 보면 끝이 보인다. -박노해

* 내일은 우리가 어제로부터 무엇인가 배웠기를 바란다. -존 웨인

* 같은 행동을 반복하면서 다른 결과가 있기를 바라는 것은 미친 짓이다. -아인슈타인

* 아침에 눈을 떠서 어제보다 나은 하루를 만들지 않으면 실패한 것이다. -로버트 나델리

* 마음가짐이 달라지면 성격도, 습관도, 삶도 달라진다. -제임스 앨런

* 똑바로 본다고 해서 모든 것이 변하는 것은 아니다. 그러나 똑바로 보지 않는다면 아무것도 바꿀 수가 없다. -제임스 볼트윈

* 반복되는 생활 속에서 당신은 자신이 도대체 무엇을 하고 있는지 생각해 본 적이 있는가? 자신의 내부에 잡초가 자라고 있지는 않은지 살펴보라. 자성(自省)은 지혜의 학교다. -장쓰안

* 가장 사악한 적도 우리 자신의 어리석은 생각만큼 우리를 해칠 수 없다. 아무도 우리의 자비로운 생각만큼 우리를 도울 수 없다. -붓다

* 다른 사람의 마음속에 무슨 일이 일어나고 있는지를 몰라서 불행해지는 경우는 거의 없다. 그러나 자신의 마음의 움직임을 간과하는 자는 반드시 불행에 빠질 것이다.
–아우렐리우스

* 자신의 잘못을 깨닫는 것처럼 마음을 유연하게 해주는 것은 없고, 언제나 자기가 옳다고 생각하는 것처럼 마음을 완고하게 만드는 것은 없다. –『탈무드』

* 성격은 모든 일상에서 선택한 결과이다. –마가렛 젠슨

* 오늘 잘못된 일을 내일 고치지 아니하고, 아침에 후회하던 일을 저녁에 고치지 못하면 사람된 보람이 없을 것이다. –이이

* 무소유란 아무것도 갖지 않는 것이 아니라 불필요한 것을 갖지 않는다는 뜻이다. –법정

* 같은 상황에서도 상대방에게서 원인을 찾아 고치려 들면 부작용이 생기지만, 나를 고치는 데는 부작용이 없다. –이상헌

* 만일 누군가 나의 생각과 행동에서 잘못된 점을 지적해 줄 수 있다면 나는 기꺼이 그것을 고치고 싶다. 나는 누구도 상처받지 않는 진실을 추구하기 때문이다. –아우렐리우스

* 당신이 오늘 무엇을 보고, 무슨 소리를 듣고, 무엇을 먹었는가? 무슨 말을 하고, 어떤 생각을 했으며, 한 일은 무엇인가? 그것이 바로 현재의 당신이다. 그리고 당신이 쌓은 업이다. 이와 같이 순간순간 당신 자신이 당신을 만들어 간다. –법정

* 도망치는 발걸음을 멈추고 안정을 되찾아라. 자신의 입지를 굳히고 현실을 직시하는 것은 분명 쉽지 않은 일이지만, 일단 실천하면 모든 것이 빠르게 변할 것이다. –김이율

* 남의 단점 수만 가지 아는 것이 내 단점 한 가지 알아 고치는 것만 못하다. -작자 미상

* 당신 자신도 당신 뜻대로 할 수 없는데, 남들을 당신 뜻대로 만들 수 없다고 화내지 마라. -토마스 아 켐피스

* 사람들은 그들의 환경을 개선하려고 애를 쓴다. 하지만 그 자신을 개선하는 데는 소극적이다. 그래서 늘 갇혀 있게 된다. -제임스 앨런

* 세상에서 가장 쉬운 일은 남을 비판하고 판단하는 일이고, 가장 힘든 일은 자신을 아는 것이다. -작자 미상

* 소신은 분명한 원칙과 논리에 바탕을 둔 것이고, 고집은 자신의 자존심에 초점을 맞춘 것이다. -한근태

* 의미 있는 질문은 우리가 어제 뭘 했는가가 아니라 그것에서 뭘 배웠고, 지금 뭘 하고 있는가이다. -마리안느 윌리암슨

* 모든 사람들이 세상을 바꾸겠다고 생각하지만, 어느 누구도 자기 자신을 바꿀 생각은 하지 않는다. -레오 톨스토이

* 모든 사람은 계속해서 타인의 허물, 결점, 어리석음을 보고 있다. 아무도 자기 자신을 보지 않는다. 자신이 자신을 바라보기 시작할 때, 위대한 변화가 시작된다.
-오쇼 라즈니쉬

* 내가 좋아하는 사람보다 내가 싫어하는 사람이 많다면, 나를 좋아하는 사람보다 나를 싫어하는 사람이 더 많은 것을 당연히 여겨야 한다. -조정민

* 진심으로 자기 자신을 비웃게 되는 그날 사람은 비로소 철이 들기 시작한다.
–에델 메리모

* 자신의 약점을 아는 것은 손실을 만회하는 첫걸음이다. –토마스 아 켐피스

* 내가 소유한 것들이 나를 소유하게 하지 말며, 내가 올라선 자리가 나를 붙박게 하지 말기를. –박노해

* 인생의 진정한 비극은 우리가 충분히 강점을 갖고 있지 않다는 데 있지 않고 오히려 작은 약점에 끌려 다닌다는 데 있다. –벤저민 프랭클린

* 이 세상의 유일한 악마는 우리의 마음 안에서 날뛰고 있기에 모든 전투는 마음속에서 이뤄져야 한다. –마하트마 간디

* 최후의 심판을 기다리지 마라. 그것은 매일 일어나고 있으니. –알베르 카뮈

* 모든 사람들이 문제를 가지고 있다. 그러나 자신의 단점을 알고 그것을 개선할 방법을 아는 것, 이것이 인생을 바꾸는 트릭이다. –위니프레드 갤러거

* 생각은 깊게, 마음은 넓게, 말은 적게, 행동은 낮게. –김대규

* 희망의 반대말은 절망이 아니라 도피요, 성공의 반대말은 실패가 아니라 포기요, 행복의 반대말은 불행이 아니라 불만이다. –문단열

* 혼자 있을 때라도 늘 남 앞에 있는 것처럼 생활하자. 마음의 모든 구석구석이 남의 눈에 비치더라도 두려울 것이 없도록 사색하고 행동하자. –세네카

* 잠자코 복종하는 것은 때로는 안이한 길이기는 하지만, 결코 도덕적인 길은 아니다. 그것은 비겁자의 길이다. –마틴 루터 킹

* 올바른 길이 항상 인기 있고 쉬운 길은 아니다. 인기가 없어도 옳은 것을 지지할 때 진정으로 도덕적인 성격이 시험될 수 있다. –마가렛 체이스 스미스

* 손해 본 일은 모래 위에 새겨 두고, 은혜 입은 일은 대리석 위에 새겨 두라. –벤저민 프랭클린

* 나는 '나의 물질적, 정신적 생활이 다른 사람의 노동 위에 이루어진다' 고 하루에 100번씩 되뇐다. –아인슈타인

* 얻기 전에는 얻으려고 노심초사하고, 얻은 뒤에는 잃을까 봐 걱정한다. –티베트 속담

* 서투름은 큰 부상의 원인이다. –일본 속담

* 부탁할 게 없다는 것이 얼마나 즐거운 일인지 생각해 본 사람은 거의 없다. –세네카

* 무슨 일이건 시작할 때가 가장 그럴듯해 보인다. –블레이즈 파스칼

* 밥알이 밥그릇에 있어야 아름답지, 얼굴이나 옷에 붙어 있으면 추해 보인다. –작자 미상

* 새벽은 새벽에 눈뜬 자만이 볼 수 있다. –김수덕

* 엎질러지는 것보다 새는 것이 더 무섭다. –작자 미상

* 우리가 불평하는 것은 우리의 문제가 커서가 아니라 우리의 마음이 좁기 때문이다. –제레미 테일러

* 불행한 사람들에게는 공통점이 있다. 그들은 오늘의 행복을 내일로 미루는 습관을 가지고 있다. –천준협

* 다음의 네 가지는 결코 돌아오지 않는다. 입 밖에 낸 말, 쏴 버린 화살, 흘러간 세월, 놓쳐 버린 기회. –오마르 1세

* 아름다운 새를 만드는 것이 아름다운 깃털만은 아니다. –아이소포스

* 인간의 일은 처음과 마지막이 분명해야 한다. –골스워지

* 착하게 산다는 것이 어수룩한 삶은 아닌지, 지혜롭게 산다는 것이 이기적인 삶은 아닌지, 항상 생각해 보아야 한다. –킨스버그

* 건전한 만큼 떳떳하고 당당할 수 있다. 자신에게 떳떳하고 배우자와 자녀에게 당당할 수 있다. 건전하게 사는 것이 참다운 백그라운드다. –김세유

* 당신은 날마다 죽으면서 다시 태어나야 한다. –법정

* 나는 이미 오래전에 날마다 하루를 돌아보고 중요한 교훈을 찾는 습관을 들였다. 최고의 스승은 단순한 경험이 아니라 평가를 거친 경험이라는 사실을 기억하자. –존 맥스웰

* 목수들에게는 하나의 규칙이 있다. 즉, '한 번 자르기 위해 두 번을 재라.' 는 것이다. –스티븐 코비

* 죽음을 면하기란 그다지 어려운 일이 아니다. 오히려 비굴함을 면하기가 훨씬 더 어렵다. 그것은 죽음보다 더 빨리 달리기 때문이다. –소크라테스

* 남에게 기대하는 사람보다 남들이 기대하는 사람이 되자. –유영만

* 다른 사람이 우리를 화나게 하는 이유를 살펴보면 우리 자신을 이해할 수 있다. –카를 융

* 우리의 삶 속으로 걸어 들어오는 사람은 모두 스승이다. 울화가 치밀게 만드는 사람조차 우리에게 인내심의 한계를 가르쳐 준다. –앤드류 매튜스

* 까다로운 사람은 불행하다. 어떤 것도 그들을 만족시킬 수 없기 때문에. –장 드 라 퐁텐

* 진정으로 강한 사람은 치열하면서도 온화해야 한다. 또한 이상주의자이면서 현실주의자이어야 한다. –마틴 루터 킹

* 나는 젊은 혈기에 공감하지만, 더 성숙해지지 않는 한 혈기만으로 할 수 있는 건 별로 없다고 생각한다. –호세 무히카

* 이 세상에 무한한 것은 두 가지가 있다. 우주와 인간의 어리석음이 그것이다. 우주의 무한함에 대해서는 단언하기 힘들지만…. –아인슈타인

* 우리의 생각과 말과 행동이 우리를 둘러싸는 그물을 만든다. –스와미 비베카난다

* 쉽게 불어나고 쉽게 물러나는 것은 산골짜기의 물이요, 쉽게 뒤집히고 쉽게 엎어지는 것은 소인의 마음이다. –『현문(賢文)』

* 그 사람이 무엇을 보고 웃는가를 보면 그가 어떤 사람인지 가장 잘 알 수 있다. –괴테

* 인간에게 있어서 인간적 모든 가치의 가장 밑바닥에 깔려 있는 것은 지적 · 미학적 · 기술적 덕목이 아니라 도덕적 덕목이다. –박이문

* 인간에게 가장 중요한 노력은 자신의 행동 속에 도덕을 추구하는 것이다. 우리의 내면적인 균형 그리고 존재 자체가 거기에 관련되어 있다. 행동으로 나타나는 도덕만이 인생에 아름다움과 품위를 가져온다. –아인슈타인

* 사람이 살아가는 데 건전한 오락은 반드시 필요한데, 오락이 꽃이라면 일은 뿌리이다. 꽃의 아름다움을 즐기려면 뿌리를 튼튼히 하지 않으면 안 된다. –에머슨

* 그대는 항상 창조하는 과정 속에 있다. 순간순간마다, 일분 일분마다, 그리고 날마다. –닐 도날드 월쉬

* 명성을 쌓는 데는 20년이란 세월이 걸리며, 명성을 무너뜨리는 데는 채 5분도 걸리지 않는다. 그걸 명심한다면 당신의 행동이 달라질 것이다. –워런 버핏

* 전력질주하는 말은 다른 경주마를 곁눈질하지 않는다. 다만 자신의 힘을 최대한 발휘하는 일에만 온 신경을 집중시킨다. –헨리 폰다

* 자기 훈련이 없다면 인생 자체가 없는 것이다. –캐서린 햅번

* 욕심을 적게 가짐으로 마음을 깨끗이 하고, 나쁜 것을 멀리함으로 몸을 깨끗하게 하며, 말을 적게 함으로 입을 깨끗이 하라. –안원

* 어제의 잘못을 반성하지 못하면 오늘도 잘못한 것이고, 어제의 잘못을 반성한다면 어제는 오늘의 성숙을 위한 좋은 밑거름이 된 것이다. –신문곤

* 궁수는 화살이 빗나가면 자신을 돌아보고 자기 안에서 문제를 찾는다. 화살을 명중시키지 못한 것은 결코 과녁의 탓이 아니다. 제대로 맞히고 싶으면 실력을 쌓아야 한다. –길버트 알랜드

* 모든 압박감은 스스로 자초한 것이다. 그것을 활용하여 뭔가를 이루지 못하면 그것에 자신이 당할 수밖에 없다. –세바스찬 코

* 아무리 옳은 말을 해도 시비하는 사람이 있고, 아무리 좋은 일을 해도 비판하는 사람이 있고, 아무리 바른 삶을 살아도 비난하는 사람이 있기 마련이다. 그래도 그 사람이 있기에 한 번 더 자신을 돌아본다. –조정민

* 잘난 사람 만나 불편하면 내가 더 성장하라는 사인이고, 못난 사람을 만나 불편하면 내가 더 성숙하라는 사인이다. 불편한 사람이 없으면 이제 떠날 때가 되었다는 사인이다. –조정민

* 잘못을 지적해 주는 자는 나의 스승이다. 옳은 일을 지적해 주는 자는 나의 친구이다. 나에게 아첨하는 자는 나의 적이다. –순자

* 녹은 쇠에서 생기지만 차차 그 쇠를 먹어버린다. 이와 마찬가지로 마음이 옳지 못하면 그 마음이 사람을 먹어버린다. –『법구경』

* 모든 세상일이 훌륭한 교훈이 되고, 모든 사람들이 당신을 일깨우는 영혼의 스승이 된다. –앨런 코헨

* 인간은 깨어날 때마다 자신이 항상 깨어 있었다는 잘못된 생각에서 깨어나게 된다. 그리고 자신의 생각, 감정, 행동의 진정한 주인이 된다. –헨리 트라콜

* 우리는 우리 자신을 개선시킬 필요가 없다. 그저 우리의 가슴을 막고 있는 것에서 벗어나기만 하면 된다. –잭 콘필드

* 어떤 결함도 없는 완전한 인간이란 완전이라고 하는 데에도 머물지 않는 사람이다.

완전이란 이미 이루어진 상태가 아니라 시시각각 새로운 창조이기 때문이다. -법정

* 혼자서 똑바로 설 수 없다면 다른 사람들 사이에서도 제대로 설 수 없다. -공병호

* 가시나무를 심는 사람은 장미를 기대해서는 안 된다. -필페이

* 우리의 어제와 오늘은 우리가 쌓아올린 벽돌이다. -롱펠로

* 타인의 결점을 눈으로 똑똑히 볼 수 있는 것은 바로 우리들 자신에게도 그런 결점이 있기 때문이다. -르나르

* 가장 큰 실수는 포기해 버리는 것. 가장 어리석은 일은 남의 결점만 찾아내는 것. 가장 심각한 파산은 의욕을 상실한 텅 빈 영혼. 가장 나쁜 감정은 질투. 가장 좋은 선물은 용서. -프랭크 크레인

* 바쁘게 산다고 다는 아니다. 중요한 건 무엇 때문에 바쁘냐는 것이다. -헨리 데이비드 소로

* 평상심이란 불안에 떨지 않고 불평하지 않고, 흔들리지 않는 중심을 지니고 나의 길을 가는 마음이다. 평상심을 지닌 사람은 얻고 잃는 것에 집착하지 않는다. 얻고 잃는 것은 영원한 것이 아니므로 언제라도 그 상태가 변하기 때문이다. -장쓰안

* 과거에서 배우고 현재를 살며, 미래에 대한 희망을 가져라. -아인슈타인

* 현명한 사람은 자기 마음을 다스릴 줄 알지만, 어리석은 사람은 자기 마음에 노예처럼 얽매여 비참하게 산다. -P. 시루스

* 위험은 자신이 무엇을 하는지 모르는 데서 온다. -워런 버핏

* 천사는 자신의 무게를 가볍게 하기 때문에 날 수 있고, 악마는 무겁게 하기 때문에 추락하는 것이다. –작자 미상

* 일이 없으면 삶은 남루해진다. –알베르 카뮈

* 너의 과거를 알고 싶거든 지금 네가 받고 있는 것을 보고, 너의 미래를 알고 싶거든 네가 지금 하고 있는 것을 보아라. –작자 미상

* 자기 자리에 앉아라. 그러면 아무도 너를 일어서게 만들지 않을 것이다. –세르반테스

* 잘되는 일은 남의 덕으로 돌려라. 잘못되는 일은 나의 탓으로 돌려라. 그리고 스스로 성장하는 것이다. 나 외에는 모두가 내 스승이다. –최배달

* 좋은 음악도 두 가지, 세 가지가 함께 들리면 잡음이 된다. 조화를 얻지 못했기 때문이다. –작자 미상

* 불행은 우리의 재능과 기대치 사이의 거리다. –에드워드 드 보노

* 평범한 사람들을 커다란 불행으로 이끄는 유혹은 "남들이 모두 그러니까!"라는 말 속에 숨어 있다. –톨스토이

* 가벼운 슬픔은 사람을 수다스럽게 만들지만, 큰 슬픔은 벙어리로 만들어 버린다. –세네카

* 모순된 현실을 극복하고 다 함께 행복해지는 길을 가려고 할 때는 나부터 먼저 해본다는 마음을 가져야 합니다. 남을 비난하기 전에 나부터 시작하면 삶에 희망이 보이고 의미가 생길 겁니다. –법륜

* 이 세상에서 우리가 바꿀 수 있는 유일한 사람은 우리 자신밖에 없다. –괴테

* 모든 인간의 행동은 '기회, 천성, 충동, 습관, 이성, 열정, 욕망'의 일곱 가지 중 한 가지 이상이 그 원인이 된다. –아리스토텔레스

* 진정 우리가 미워해야 할 사람이 이 세상에 흔한 것은 아니다. 원수는 맞은편에 있는 것이 아니라 정작 내 마음속에 있을 때가 더 많기 때문이다. –알랭

* 과거가 없는 성인(聖人)은 없고, 미래가 없는 죄인은 없다. –고대 페르샤 속담

* 아름다운 마무리는 살아온 날들에 대해 찬사를 보내는 것, 타인의 상처를 치유하고 잃어버렸던 나를 찾는 것, 그리고 수많은 의존과 타성적인 관계에서 벗어나 홀로 서는 것이다. –법정

* 선물을 품위 있고 정중하게 받는 것은 보답할 것이 없더라도 보답하는 셈이 된다. –리 헌트

* 남을 시궁창에 붙잡아 두려면 자기도 시궁창 속에 있어야 한다. –부커 T. 워싱턴

* 분별없이 대중문화에 휩쓸리지 말라. 스스로 생각하는 힘을 잃을 것이다. –할 어반

* 경쟁심이 악덕일 수는 없다. 문제는 그 방법이다. –이어령

* 바보는 방황을 하고, 현명한 이는 여행을 한다. –토머스 풀러

* 미래는 현재와 똑같은 재료로 만들어져 있다. –시몬 베유

* 가장 고상하고, 가장 풍요로우며, 가장 지속적인 향락은 정신적인 향락이다. –쇼펜하우어

* 행복의 한쪽 문이 닫힐 때, 다른 한쪽 문은 열린다. 하지만 우리는 그 닫힌 문만 오래 바라보느라 우리에게 열린 다른 문은 못 보곤 한다. –헬렌 켈러

* 강한 사람이란 자기를 억누를 수 있는 사람과 적을 벗으로 바꿀 수 있는 사람이다. –『탈무드』

* 누군가에게 당신의 비밀을 말하는 것은 그 사람에게 당신의 자유를 맡기는 것이다. –스페인 격언

* 대부분의 사람은 문제를 해결하려고 노력하기보단 회피하는 데 더 많은 시간과 정력을 소비한다. –헨리 포드

* 하루에도 수백 번씩 나는 내 삶이 살아 있거나 죽은 수많은 사람들의 노동에 의존하고 있다는 사실을 나 자신에게 일깨운다. 그리고 지금까지 내가 받았고 지금도 받고 있는 만큼 다른 사람들에게 되돌려주어야 한다고 나 자신을 타이른다. –아인슈타인

* 당신이 저항하는 것은 계속 남아 있게 된다. 오직 허용하는 것만이 유쾌하지 않고 바람직하지 않은 상황에서 빠져나오는 유일한 방법이다. –헤일 도스킨

* 어떤 경험을 했든 그것을 항상 교훈으로 삼아서 자산으로 만드는 게 중요합니다. 그런 사람은 어려움을 겪을수록 더 단단해지고, 능력도 커집니다. –법륜

* 우리에게 일어나는 일은 우리의 잘못이 아닐지 모른다. 하지만 그 일에 대해 어떻게 생각하느냐는 우리의 책임이다. –윌리엄 너스

책임

* 오늘 나의 불행은 언젠가 잘못 보낸 시간의 보복이다. –나폴레온 힐

* 변명을 잘하는 자는 다른 어떤 것도 잘할 수 없다. –벤저민 프랭클린

* 책임을 회피하는 것은 쉽지만, 책임 회피의 결과를 회피할 수는 없다. –조시아 찰스 스탬프

* 오늘의 책임을 피함으로써 내일의 책임을 피할 수는 없다. –에이브러햄 링컨

* 인간다움이라는 것은 단적으로 말하자면 스스로의 책임이 무엇인지를 깨닫는 것이다. –생텍쥐페리

* 책임감이란 당신이 어떻게 반응할지 선택할 수 있는 능력을 말한다. –스티븐 코비

* 나는 믿고 있다. 모든 권리에는 책임이, 모든 기회에는 책무가, 모든 소유에는 의무가 따른다는 것을. –록펠러 2세

* 승자는 행동으로 말을 증명하고, 패자는 말로 행동을 변명한다. 승자는 책임지는 태도로 살며, 패자는 약속을 남발한다. –작자 미상

* 살아간다는 것은 책임질 일이 늘어난다는 것을 의미하기도 한다. 많은 사람들을 만나가면서 인연을 맺고 그들에 대한 자신의 존재를 책임져야 하는 것이다. –한상복

* 우리가 겪고 있는 기쁨과 슬픔은 이미 오래전에 우리가 선택한 것이다. –칼릴 지브란

* 바람과 파도는 언제나 가장 능력 있는 항해사의 편이다. –에드워드 기번

* 벌레는 과일이 썩지 않으면 속으로 파고들지 못한다. –『탈무드』

* 공이 튀는 방식을 불평하는 사람은 대개 그것을 받아치지 못하는 사람이다. –루 홀츠

* 우리에 대한 환경의 영향을 결정하는 것은 환경에 대한 우리의 관계이다. 항구에 배를 실어다 준 똑같은 바람이 다른 배는 해안 멀리 날려 보낼 수도 있다. –크리스천 네스텔 보비

* 하는 일마다 짜증이 나면 일 문제가 아니라 내 문젭니다. 만나는 사람마다 거슬리면 사람들 문제가 아니라 내 문젭니다. 원인을 모른 채 날을 세우면… 날만 상합니다. –조정민

* 아무도 우리에게 주권을 부여할 수는 없다. 주권은 부여받은 특권이 아니라 자신 안에 지니고 있는 책임이다. –인디언 격언

* 삶에서 끌어내는 즐거움은 얼마나 환경을 탓하는지에 반비례한다. –앤드류 매튜스

* 상황이 사람을 만든 것이 아니다. 상황은 사람이 자신의 본성을 드러내게 할 뿐이다. –에픽테토스

* 어떠한 나쁜 일이 일어난다면 오직 당신이 그 원인이라는 것을 알라. 그러면 당신은 그것을 바꿀 수 있다. –레스트 레븐슨

* 행과 불행, 이 모두는 나에게서 기인하여 나에게로 돌아온다. 행복의 주관자는 신도 아니고, 팔자도 아니다. 바로 당신 자신이다. –알프레드 아들러

* 외부 요인 때문에 불행하다고 생각하면 더더욱 종속적이 될 뿐이다. 내가 불행을 통

제하는 것이 아니라 불행이 나를 지배하게 될 테니까. –웨인 다이어

* 운명과 환경에 대한 불평불만을 하루빨리 버려야 한다. 운명과 환경은 극복의 대상이지 불평의 대상일 수 없다. –김현기

* 삶은 핑계로 가득하다. 우리는 "그래서 못 했어."라고 말하곤 한다. '그래서 못 한 것'은 남지 않고 '그럼에도 불구하고 한 것' 만 남는다. –김창옥

* 우리가 "오늘의 나는 어제 내가 한 선택의 결과이다."라고 진지하고 정직하게 말하기 전까지는 "나는 다른 것을 선택하겠다."라고 말할 수 없다. –스티븐 코비

* 자신의 불행을 다른 사람의 탓이라고 여기는 것은 공부가 필요하다는 뜻이다. 자신의 불행을 자기 탓으로 돌리는 사람이라면 공부가 시작된 것이다. 불행에 대해 자기 자신도, 그 누구도 탓하지 않는다면 이 사람의 공부는 완성된 것이다. –에픽테토스

* 삶은 환경에 대한 자기의 자세와 태도라고 했다. 그러니까 환경 때문에 우리가 끝장나지는 않을 것이다. 환경에 대한 우리의 자세와 태도가 곱하기가 되고, 나누기가 되고, 더하기가 되고, 빼기가 돼서 삶의 결과물로 나타날 것이다. –김창옥

* 우리라는 말이 심히 좋은 말이지만, 이 말을 책임 전가나 책임 회피에 이용하는 것은 비겁한 일이다. 책임에 대해서는 내 것이라 하고 영광에 관해서는 우리 것이라 하는 것이 도덕에 맞는 언행이다. –안창호

평 가

* 관점만큼 많은 현실이 있다. –호세 오르테가 이 가세트

* 사람의 부류에는 '꼭 있어야 할 사람', '있으나 마나 한 사람', '없어야 할 사람'의 세 가지가 있다. –프랜시스 베이컨

* 자신의 바깥을 내다보는 방식은 자신의 내부를 보고 느끼는 방식에 중대한 영향을 미친다. –지그 지글러

* 우리가 우리의 이웃을 비판하고 비난하기 전에 그 마음이 옳은가를 보라. –테일러

* 평판은 좋은 것이건 나쁜 것이건 언제나 먼저 가서 주인을 기다린다.
–펠립 도머 스태넙 체스터필드

* 진정한 비판이란 당사자를 화내게 하지 않고 부끄럽게 하는 것이며, 슬프게 하지 않고 아프게 하는 것이다. –천양희

* 성실함의 잣대로 스스로를 평가하라. 그리고 관대함의 잣대로 남을 평가하라.
–존 미첼 메이슨

* 우리는 자신이 할 수 있으리라 생각하는 것을 기준으로 스스로를 평가한다. 이와 달리 다른 사람들은 우리가 지금까지 한 것을 기준으로 우리를 평가한다. –헨리 워즈워스 롱펠로

* 남을 평가하는 일은 언제나 정확하지 않다. 왜냐하면 결코 그 누구도 그 사람의 마음속에서 일어난 일, 그리고 일어난 일에 대해 모르기 때문이다. –톨스토이

* 당사자가 둘이 있을 때 한쪽 말만 듣는 사람은 반쪽만 들은 것이다. –아이스킬로스

* 위대한 사람들은 항상 평범한 사람들로부터 극심한 저항을 받아왔다. –아인슈타인

* 인간은 참으로 이상하다. 동시대에 같이 살아가는 자에게는 결코 칭찬하지 않으려 들면서, 오래전에 죽어 결코 볼 수 없는 자에 대해서는 대단한 가치를 부여한다. –아우렐리우스

* 인간을 잘 이해하는 방법은 한 가지밖에 없다. 그들을 판단하는 데 결코 서두르지 않는 것이다. –생트 뵈브

* 모든 생각은 자신에 대한 생각이기에, 남을 비난하는 건 자신을 비난하는 것이다. –마리안느 윌리암슨

* 지각 있는 사람들을 비웃는 것은 바보들의 특권이다. –라 브뤼에르

* 지각없는 자를 섬기는 것, 그것이 노예이다. –밀턴

* 비판이 수긍 가지 않는 것일 수도 있으나, 비판은 필요한 것이다. 이것은 몸에 오는 통증과 같은 역할을 한다. 그것은 건강하지 못한 부분에 정신을 집중케 한다. –윈스턴 처칠

* 바보는 항상 자기를 칭찬해 줄 더 큰 바보를 찾는다. –브왈로 데프레오

* 다른 사람들의 성격이 모두 나와 같아지기를 바라지 말라. 매끈한 돌이나, 거친 돌이나 제각기 쓸모가 있는 법이다. 남의 성격이 내 성격과 같아지기를 바라는 것은 어리석은 생각이다. –안창호

* 신도 한 사람에 대한 평가는 그 사람이 죽은 후에 내린다. –새뮤얼 존슨

* 너의 적에게 관심을 가져라. 그들이 당신의 실수를 가장 먼저 발견할 것이다. –안티스테네스

* 어떤 사람을 평가하기 전에 그 사람의 신을 신고 세 달만 걸어 보아라. –인디언 격언

* 언제든지 자신의 평판을 바꿀 능력이 있는 사람은 평판에 신경 쓰지 않는 법이다. –이영도

* 타인에 대한 냉소와 경멸은 편리한 도구지만, 알고 보면 자신에게 되돌아오는 날카로운 화살이다. –인디언 격언

* 행동을 지배하고 결정하는 것은 바로 나이다. 나에 대한 사람들의 평가는 변하지 않을 수 있지만 내가 어떻게 살아갈지는 바로 내가 결정할 수 있다. –작자 미상

* 평화롭고 편안한 삶을 원한다면 아는 것을 모두 말해서는 안 된다. 그리고 눈에 보이는 모든 것을 평가해서도 안 된다. –벤저민 프랭클린

* 사람들은 너무 잘 아는 대상을 존경하지 않는다. –샤를 드골

* 적은 우리 자신보다 훨씬 더 진실에 가깝게 우리를 평가한다. –라 로슈푸코

* 바보들만이 다른 사람에 대해 비판하고 비난하며 불평한다. –데일 카네기

* 바보는 언제나 자기 이외의 사람을 바보라고 믿는다. –아쿠다가와 류노스케

* 바보 취급하는 것보다 바보가 되는 것이 낫다. –핀란드 속담

* 절름발이를 비난하는 자는 똑바로 걷지 않으면 안 된다. -S. 다니엘

* 자기가 좋이하는 깃과 싫어하는 것을 정당화하기 위하여, 사람들은 자기가 좋아하지 않는 것은 별로 중요하지 않다고 말한다. -월터 리차드 시커트

* 좋은 충고를 받아들이는 것은 자신의 능력을 키우는 것이다. -괴테

* 나는 경험이 최고의 스승이 아니라 냉정한 평가를 거친 경험만이 최고의 스승이라고 확신한다. -존 맥스웰

* 학교 선생님이 까다롭다고 생각되거든, 사회에 나와서 직장 상사의 진짜 까다로운 맛을 한번 느껴봐라. -빌 게이츠

* 인간을 이해한다는 것은 용서한다는 의미가 아니다. 인간에 대한 이해는 한 사람이 다른 사람을, 마치 자기 자신이 신이나 재판관이라도 되는 것처럼 그를 붙잡아 두고 비난하지 않는 것을 의미한다. -에리히 프롬

* 판단과 비판으로 누구를 감옥에 가둬둘 수 없다. 오히려 그 두려움과 비판으로 자기 자신을 구속하고 있을 뿐이다. 우리가 다른 이들을 우리의 판단에서 해방시킬 때, 정작 해방을 얻는 사람은 우리 자신이다. -알렌 코헨

* 내가 다른 사람을 향해 발사한 비난의 화살이 사실은 나를 향한 것임을 깨달아라. 남을 비난함으로써 자신이 바라는 것을 얻을 수 있다고 생각될 때, 공격으로 맨 처음 상처받게 되는 것은 바로 나 자신이란 생각을 하자. -제럴드 G. 잼폴스키

* 사람들은 자신을 다스리기보다는 다른 사람들을 판단하는 데에 더 많은 에너지를 소모한다. 다른 사람을 판단하는 것이 이미 우리 몸에 배어 있다. 우리는 불평, 비판, 비

난, 판단, 더 나아가 정죄가 난무한 문화 속에 살고 있기 때문에 남을 판단하는 것이 거의 습관화되어 있다. –할 어반

태도 · 습관

* 마음에 들지 않으면 그것을 바꾸라. 바꿀 수 없거든 당신의 태도를 바꾸라. 불평하지 말라. – 마야 안젤루

* 유일한 장애는 '나쁜 태도' 다. –작자 미상

* 승자의 조건은 타고난 재능이나 높은 지능이 아니다. 승자의 조건은 소질 아니라 태도이다. 태도야말로 성공의 잣대이다. –데니스 웨이틀리

* 한 인간에게서 모든 것을 빼앗아 갈 수는 있지만, 한 가지 자유는 빼앗아 갈 수 없다. 바로 어떠한 상황에 놓이더라도 삶에 대한 태도만큼은 자신이 선택할 수 있는 자유이다. –빅터 프랭클

* 태도는 재능보다 더 중요하다. 자신의 지위를 결정하는 것은 재능이 아니라 태도다. 인생을 마음대로 재단할 수는 없지만, 자신의 태도를 인생에 맞도록 재단하는 일은 가능하다. –지그 지글러

* 고개를 들어라. 각도가 곧 태도다. –프랭크 시나트라

* 우리가 당면하고 있는 사실은 그 사실에 대한 우리의 태도보다 중요하지 않다. 성공과 실패를 결정하는 것은 바로 우리의 태도이기 때문이다. –노먼 빈센트 필

* 아무리 까다롭고 장황한 계약을 앞에 두고 있다 할지라도 상대방이 쾌활하고 낙천적인 사람이라면 누구나 기분이 좋을 수밖에 없다. –지그 지글러

* 나로 말할 것 같으면 낙천주의자인데, 다른 주의자가 되어 봤자 아무런 쓸모도 없는 것 같기 때문이다. –처칠

* 강인하고 긍정적인 태도는 어떤 특효약보다 더 많은 기적을 만든다. –패트리샤 닐

* 태도는 사실보다 중요하다. –칼 메닝거

* 능력은 우리가 할 수 있는 것을 말한다. 그러나 동기는 우리가 무엇을 할지를 결정하고, 태도는 그것을 얼마나 잘할지를 결정한다. –루 홀츠

* 중요한 것은 자신이 바라는 직업을 찾는 게 아니라 자신이 바라는 직업이 되도록 열심히 노력하는 자세이다. –마틴 셀리그만

* 꼭 바뀌어야 할 것은 삶에 대한 자신의 태도이건만, 사람들은 자신의 삶 전체가 바뀌기를 바란다. –예반

* 그대가 하는 일 자체가 아니라 그대의 자세가 그 일을 중요하게 만든다. 일은 그대의 생명이 지나가는 통로이다. –한바다

* 바다의 변화무쌍한 파도처럼 삶이라는 여정에서 맞이하는 운명의 길은 예측하기 어렵다. 그 여행의 목표는 여행자의 자세에 따라 결정되는 것이지 파도의 변화에 따라 결정되는 것은 아니다. –엘라 휠러 윌콕스

* 한 번 넘어졌을 때 그 원인을 깨닫지 못하면 일곱 번을 넘어져도 마찬가지다. 가능하

면 한 번만으로 원인을 깨달을 수 있는 사람이 되어야 한다. 실패를 두려워하기보다는 진지하지 못한 태도를 두려워해야 한다. –마쓰시타 고노스케

* 처음에는 사람이 습관을 만들지만, 나중에는 습관이 사람을 만든다. –존 드라이든

* 사실, 실패한 사람과 성공한 사람을 가르는 유일한 차이는 그들의 습관에 있다. –오그 만디노

* 모든 성공한 자들의 하인이며, 모든 실패한 자들의 주인인 자. 그것은 습관이다. –작자 미상

* 그간 우리에게 가장 큰 피해를 끼친 말은 바로 "지금껏 항상 그렇게 해왔어."라는 말이다. –그레이스 호퍼

* 우리가 누구인지는 우리가 반복해서 하는 행동이 말해준다. 따라서 탁월함은 행동이 아니라 습관이다. –아리스토텔레스

* 동기가 시동을 걸어준다면 습관은 계속 전진하게 해준다. –공병호

* 인생은 결국 습관이다. 그러므로 어떤 습관을 내 것으로 만드느냐가 인생 최대의 관제이다. –빌 게이츠

* 습관이란 인간으로 하여금 어떤 일이든지 하게 만든다. –도스토예프스키

* 핵심 습관을 바꾸면 그 밖의 모든 것을 바꾸는 것은 시간문제일 뿐이다. –찰스 두히그

* 성공적이고 의미 있는 삶의 핵심은 '자기 규율' 이다. –로빈 S. 샤르마

* 미루는 버릇은 시간 도둑이다. –에드워드 영

* 자라나는 손톱이 먼서 생긴 손톱을 밀어내는 것처럼, 나중에 생긴 버릇이 앞서의 버릇을 정복한다. –데시데리우스 에라스무스

* 습관이 가진 위대한 힘의 진가를 알아야 한다. 그리고 습관을 창조하는 것이 훈련이라는 사실을 이해해야 한다. –폴 게티

* 새벽에 일어나서 운동하고 공부하며 노력하는데도 인생에서 좋은 일은 일어나지 않는다고 말하는 사람을 본 적이 없다. –앤드류 매튜스

* 인간의 덕은 그 비상한 노력으로서가 아니라 그 일상적인 행동에 의해서 측정되어야 할 것이다. –파스칼

* 당신 미래의 비밀은 당신의 하루하루 판에 박힌 일상에 숨겨져 있다. –마이크 머독

* 습관은 제2의 천성이다. –몽테뉴

* 강한 사람이란 나쁜 습관을 극복할 수 있는 사람이다. –벤저민 프랭클린

* 습관은 나무껍질에 새겨 놓은 문자 같아서 그 나무가 자라남에 따라 함께 커진다.
–새뮤얼 스마일즈

* 생각의 씨를 뿌린 뒤 행동의 열매를 거둬들여라. 행동의 씨를 뿌린 뒤 습관의 열매를, 습관의 씨를 뿌린 뒤 성격의 열매를, 성격의 씨를 뿌린 뒤 인생의 열매를 거둬들여라.
–찰스 리드

* 습관은 가장 좋은 하인이거나, 가장 나쁜 주인이다. –셰익스피어

* 행동의 씨앗을 뿌리면 습관의 열매가 열리고, 습관의 씨앗을 뿌리면 성격의 열매가 열리고, 성격의 씨앗을 뿌리면 운명의 열매가 열린다. –나폴레옹

* 하나의 새로운 습관이 우리가 전혀 알지 못하는 우리 내부의 낯선 것을 일깨울 수 있다. –생텍쥐페리

* 먼저 습관을 만들어라. 그러면 습관이 당신을 만들 것이다. 나쁜 습관을 정복하라. 그렇지 않으면 습관이 당신을 정복하게 될 것이다. –롭 길버트

* 습관은 철사를 꼬아 만든 쇠줄과 같다. 매일 가느다란 철사를 엮다 보면 이내 끊을 수 없는 쇠줄이 된다. –호레이스 만

* 좋은 운명을 지니려면 좋은 습관을 지녀야 한다. –공병호

* 사람에 대한 순가치는 대개 그 사람의 좋은 습관에서 나쁜 습관을 뺐을 때 남는 것으로 결정된다. –벤저민 프랭클린

* 성격은 간단히 말해 충분한 시간 동안 계속된 습관이다. –플루타르크

* 네 믿음은 네 생각이 된다. 네 생각은 네 말이 된다. 네 말은 네 행동이 된다. 네 행동은 네 습관이 된다. 네 습관은 네 가치가 된다. 네 가치는 네 운명이 된다. –마하트마 간디

* 그것이 무엇이든 현재 가장 습관적으로 하는 일이 우리의 미래를 결정짓는다는 것이다. –리처드 칼슨

* 늦게 일어나면 그만큼 아침이 줄어든다. 그것이 습관이 되면 인생이 줄어드는 것이다. –김대규

* 실패의 측근은 잘못된 습관이다. –김대규

* 과거를 놓아준 만큼 미래가 열린다. 습관과 우리가 신뢰하는 모든 것과 하루에 몇 번씩이라도 이별을 고하라. –안젤름 그륀

* 동기부여는 당신을 시작하게 하는 것이다. 습관은 당신을 계속 나아가도록 하는 것이다. –짐 론

* 습관은 우리의 행동들이 거닐었던 '정신의 오솔길' 이다. 그 길은 지나는 횟수가 늘수록 조금씩 더 깊어지고 넓어진다. –나폴레온 힐

* 습관은 성격을 형성하며 성격은 운명이다. –케인

* 변화란 단순히 과거의 습관을 버리는 것이 아니라 과거의 습관 대신 새로운 습관을 익히는 것이다. –켄 블랜차드

* 우리의 캐릭터는 습관의 총합이다. 우리가 의식하지 못하는 동안에도 지속적으로 작동하며, 한 사람의 성격을 규정한다. –스티븐 코비

* 우리의 생각이 씨앗을 뿌리면 행동의 열매를 얻게 되고, 행동의 씨앗을 뿌리면 습관의 열매를 맺는다. 습관의 씨앗은 성품을 얻게 하고, 성품은 우리의 운명을 결정짓는다. –스티븐 코비

* 새벽부터 일어나서 운동하고 공부하며 노력하는 데도 인생에서 좋은 일이 일어나지

않는다고 말하는 사람을 본 적이 없다. –앤드류 매튜스

* 공짜 치즈는 쥐덫에만 놓여 있다. –러시아 격언

* 나태는 희망의 성취에 결코 닿을 수 없다. –미구엘 드 세르반테스

* 게으른 자의 머리는 악마가 집을 짓기에 가장 좋은 장소이다. –톨스토이

* 게으름은 악마의 공장이다. –벤저민 프랭클린

* 게으름의 보복은 두 가지다. 하나는 자신의 실패요, 다른 하나는 내가 하지 않은 일을 한 옆 사람의 성공이다. –쥘 르나르

* 수고가 많지 않는 자에게 인생은 혜택을 베풀지 않는다. –오비디우스

* 게으름은 쇠붙이의 녹과 같다. 노동보다도 더 심신을 소모시킨다. –벤저민 프랭클린

* 태만은 살아 있는 사람의 무덤이다. –길버트 홀랜드

* 노동이 부족해서 오는 피로만큼 사람을 피곤하게 하는 것은 없다. –찰스 스펄전

* 자기 연민은 처음에는 깃털 매트리스처럼 아늑하다. 정도가 심해지고 나서야 불편하게 느껴진다. –마야 안젤루

* 내가 벼슬을 못하여 밭뙈기 하나도 물려주지 못했으니, 오늘은 두 글자를 물려주겠다. 한 글자는 근(勤)이고 또 한 글자는 검(儉)이다. 이는 좋은 밭이나 기름진 땅보다도 나은 것이니, 일생 쓰고도 다 쓰지 못할 것이다. –정약용

* 바쁜 자는 단지 마귀 하나로부터 유혹받지만, 한가로운 자는 수많은 마귀들로부터 유혹당한다. –토머스 풀러

* 사람을 죽이는 건 인생의 빠른 속도가 아니라 권태다. 보람이 없다는 생각이 사람을 병들게 한다. –헤럴드 도즈

* 검약은 훌륭한 소득이다. –에라스무스

* 별로 의미가 없는 일이나 관심도 없는 일을 하기에 인생은 너무 짧다. –세스 골드만

* 아무데서나 서둘지 마라. 서두름이란 게으름의 다른 한 면모에 지나지 않는 것이다. –작자 미상

* 노는 것을 조금 미루면, 노는 물이 바뀐다. –신준모

* 고통보다 더 무서운 적은 편안함이다. 안락함에 길들여지다보면, 본래의 목표는 아득해지고 만다. 지금 하는 일이 편안하고 익숙해질수록 스스로에게 질문해 보라. '이것이 내가 꿈꾸던 것이었나?' –토마스 바샵

* 사나운 말도 잘 길들이면 명마가 되고, 품질이 나쁜 쇠붙이도 잘 다루면 훌륭한 그릇이 되듯이 사람도 마찬가지다. 타고난 천성이 좋지 않아도 열심히 노력하면 뛰어난 인물이 될 수 있다.–『채근담』

* 지옥으로 향하는 가장 안전한 길은 경사가 심하지 않고, 바닥은 부드러우며, 갑작스런 굴곡, 이정표와 표지판이 없는 완만한 길이다. 그 길은 결코 벼랑이 아니고, 밋밋한 내리막길이다. 사람들은 그 길을 기분 좋게 걸어간다. –C. S. 루이스

사소함

* 작은 구멍은 큰 배도 가라앉힌다. –성경

* 사소한 것들이 완벽을 만들지만, 완벽은 결코 사소한 것이 아니다. –미켈란젤로

* 사소한 일을 소홀히 하는 자는 사소한 일로 멸망한다. –솔로몬

* 작은 일을 소홀히 하는 사람에게 큰일이 주어질 리가 없다. –아인슈타인

* 일을 잘 하려면 기본적인 일에 완전해야 하며, 할 일에 대한 섬세한 감각을 익혀야 한다. –작자 미상

* 사소한 것에 충실하라. 왜냐하면 그 안에 당신의 강점이 있다. –마더 테레사

* 사소한 일은 아무래도 상관없다고 말하지 말라. 진정으로 도덕적인 사람은 아무리 사소한 일이라도 그 의미를 놓치지 않는다. –톨스토이

* 위대한 일들은 충동에 의해 이루어지는 것이 아니라 일련의 사소한 이들이 합쳐진 결과이다. –조지 엘리엇

* 행복은 종종 사소한 일에 관심을 기울일 때 생겨나며, 불행은 종종 사소한 일들을 무시할 때 생겨난다. –빌헬름 부슈

* 무언가 인생에서 의미 있는 것을 이루기 위해서는 가장 작은 디테일에 신경을 쓰는 것이 필수적이다. 비범한 것을 창조하기 위해서는 집요할 정도로 작은 디테일에 몰두

해야 한다. –조르지오 아르마니

* 작은 일에서 진실하지 않은 사람은 중요한 일에 있어서도 믿을 수가 없다. –아인슈타인

* 가장 자신만만한 사람은 일상을 제대로 살아가는 사람이다. –빌헬름 슈미트

* 이 세상에 살면서 우리가 갖고 있고 큰 문제는 사실 본질적으로 평범하고 작은 문제들이 쌓여 있는 불쾌하게 큰 더미일 뿐이다. 결국 작은 문제들을 처리함으로써 큰 문제들을 해결하는 것이다. –브래드 워너

* 일상의 작은 일들에서 생기는 차이를 무시하면서 어떻게 커다란 차이를 만들 수 있을지 고민하는 것은 어리석은 일이다. 시간이 흐르면 결국 그 작은 차이들이 전혀 예상치 못한 커다란 차이가 되는 것이다. –마리온 라이트 이들맨

* 가장 향기로운 향수는 언제나 가장 작은 병에 담겨져 있다. –드라이든

* 어떤 일을 하느냐가 중요하지 않다네. 원대한 포부를 가진 사람이라면 아주 간단한 일이라도 다른 사람보다 잘 해내고 말거든. –록펠러

* 하찮은 일들이 쌓이고 쌓여서 인생이 된다는 것. 하찮아 보여도 그게 인생이라는 것. 그 하찮음을 어떻게 다루느냐에 따라 인생이 즐거워질 수도, 비참해질 수도 있다는 것. –한수희

* 모든 위대한 것은 작은 것들에 기초를 두고 있다. –페리클레스

* 때때로 사소한 일이 위대한 결과를 가져옴을 볼 때, 나는 사소한 일이란 없다는 생각이 든다. –브루스 바튼

* 태산에 부딪쳐 넘어지는 사람은 없다. 사람을 넘어지게 하는 것은 흙무더기다. –한비자

* 아무도 산에 걸려 넘어지진 않는다. 당신을 휘청이게 하는 것은 모두 작은 조약돌뿐이다. 당신 길에 놓여 있는 모든 조약돌들을 지나가라. 그럼 산을 넘었다는 것을 깨닫게 될 것이다. –작자 미상

* 우리를 망치는 것은 거창한 유혹이 아니라 사소한 것들이다. –존 W. 드포리스트

* 위대한 필연은 인간을 고양시키고, 사소한 필연은 인간을 초라하게 만든다. –괴테

* 작은 것이 큰 것이다. 작은 것에 담겨 있는 의미를 소중하게 생각하는 사람이 작은 것으로 큰 것을 만들 수 있는 사람이다. –유영만

* 위대한 일을 할 수 없다면 작은 일을 하되 위대하게 하라. 위대한 기회가 오기를 기다리지 마라. 일상의 평범한 일을 붙잡아 위대한 일로 만들어라. –나폴레온 힐

* 쉬운 일이라도 어려운 일처럼 달려들고, 어려운 일이라도 쉬운 일처럼 달려들어라. –발타자르 그라시안

* 우리가 작은 일을 하는 동안 '큰일'을 생각할 때 자질구레한 모든 일이 올바른 방향으로 나아가게 된다. –앨빈 토플러

절제 · 균형

* 절제는 즐거움을 늘리고 쾌락을 한층 크게 한다. –데모크리토스

* 자제할 줄 모르는 사람을 자유인이라고 부를 수는 없다. –피타고라스

* 개인과 사회를 통틀어 가장 심각한 문제는 자기 절제를 못한 데서 비롯된다. 또한 부족한 자기 절제는 온갖 종류의 개인적 비극으로 이어지고 만다. –로이 바우마이스터

* 검소와 절약을 실천하라. 절약을 삶의 방식으로 실천한다면 그만큼 쓸데없는 일에 신경 쓰는 일이 줄어들며 다른 사람에게도 더 많은 것을 베풀 수 있는 물질적 여유가 생긴다. –레기네 슈나이더

* 모든 비극은 불균형에서 시작된다. –장쓰안

* 모든 사치는 품행도 취미도 타락시킨다. –주베르

* 불은 강철을 시험하고, 유혹은 올바른 사람을 시험한다. –토마스 아 켐피스

* 규칙적이고 질서 있는 삶을 살아라. 그래야 일을 할 때는 열정적이고 독창적일 수 있다. –귀스타브 플로베르

* 옷을 자기 자신의 가장 중요한 부분으로 삼는 사람은 대체로 자기 옷보다 가치 있는 존재가 되기 힘들다. –윌리엄 해즐릿

* 재물은 사람을 변하게 만드는 것이 아니라 그의 본모습을 드러내 주는 것이다.
–수잔 네커

* 오직 진실로 부유하고 풍족한 인간은 그들이 가진 것보다 더 많은 것을 원하지 않는 사람이다. –에리히 프롬

* 우리는 꿀을 다루듯이 쾌락을 다루어야 한다. 쾌락과 꿀은 식상하지 않도록 손가락 끝을 살며시 갖다 대야지 손 전체를 담가서는 안 된다. –프랜시스 베이컨

* 금의 순도를 증명하는 것은 불이고, 여성을 증명하는 것은 금이며, 남성을 증명하는 것은 여성이다. –벤저민 프랭클린

* 사람들이 얻으려는 진부한 것들(소유, 물질적 성공, 사치)을 나는 항상 경멸해야 할 것이라고 생각했다. –아인슈타인

* 인간으로서의 가치가 돈과 재물의 양으로 결정된다는 생각을 하기 시작하는 순간 우리는 탐욕에 빠진다. 더 많이 가지면 더 가치 있는 존재가 된다고 생각하니, 가진 것이 아무리 많아도 더 가지려고 기를 쓰게 된다. –할 어반

* 사람들은 참으로 가엾은 존재다. 도덕이나 지혜의 순수함, 좋은 습관을 잃는 것은 잃는 것으로 생각하지 않는다. 대신에 재산, 가족, 아름다움, 건강, 세속적 명예를 잃을 때 귀한 것을 잃는 것으로 생각한다. –톨스토이

* 자신의 욕망을 채우는 것과 못 채우는 것, 이 두 가지 모두 비극이다. –조지 버나드 쇼

* 즐거움 자체가 나쁠 것은 없지만, 즐기는 방법에 따라서는 기쁨보다 더 큰 고통을 당할 수도 있다. –에피쿠로스

* 탐욕의 반대는 무욕이 아니라 만족이다. 당신이 큰 만족감을 갖고 있다면, 어떤 것을 소유하는가는 문제가 안 된다. 어떤 경우에도 당신은 변함없이 만족할 수 있다.
–달라이 라마

* 속이 가득 찼다고 소리를 내는 것이 아닙니다. 악기는 비어 있기 때문에 울리는 겁니

다. 한 번 비워보세요. 내면에서 울리는 자기의 외침을 듣게 됩니다. –전경일

* 탐욕은 사람이 아무리 노력해도 결코 만족에 이르지 못하게 만들어 탈진하게끔 만드는 끝없는 수렁이다. –에리히 프롬

* 바다에 빠져 죽은 사람보다 술에 빠져 죽은 사람이 더 많다. –토머스 풀러

* 동(銅)은 형체의 거울이고, 술은 마음의 거울이다. –아이스킬로스

* 술에 취하는 것은 자발적으로 미치광이가 되는 것과 다를 바 없다. –세네카

* 술은 반취(半醉)가 좋고, 꽃은 반개(半開)가 좋고, 복은 반복이 좋다. –속담

* 악마가 인간들을 찾아다니기 바쁠 때에는 대신 술을 보낸다. –『탈무드』

* 술은 속인이 마시면 흥락(興樂), 무인이 마시면 강락(剛樂), 군자가 마시면 청락(淸樂), 도인이 마시면 선락(仙樂)을 얻는다. –작자 미상

후 회

* 나는 과거라는 유령을 놓아줌으로써 내 자신을 새롭게 한다. –디팩 초프라

* 1초만 지나도 전생(前生)이다. 항상 현생에 살고 전생의 일은 모두 잊어버려라. –양광모

* 시계가 둥근 이유는 끝이 곧 시작이기 때문이다. –라 로슈푸코

* 되돌아 갈 수 없다면 앞으로 나아가는 최선의 방법만을 생각해야 할 것이다.
–파울로 코엘료

* 과거를 지배하는 자가 미래를 지배하며, 현재를 지배하는 자가 과거를 지배한다.
–조지 오웰

* 실패한 일을 후회하는 것보다 해보지도 못하고 후회하는 것이 훨씬 더 바보스럽다.
–『탈무드』

* '했더라면' 보다 '했었지' 가 많아지도록 하자. –로버트 브라우닝

* 인생에서 가장 슬픈 세 가지. 할 수 있었는데, 해야 했는데, 해야만 했는데.
–루이스 E. 분

* 언젠가 잊혀질 기억이라면 지금 용감하게 잊어버리자. 그리고 새 출발을 하는 것이다. –앨런 코헨

* 미련한 사람은 과거에 집착하고, 평범한 사람은 현재에 만족하고, 현명한 사람은 미래를 설계한다. –작자 미상

* 분명히 후회할 일에 당신의 생명을 낭비하지 마라. 싫어하는 사람을 생각하는 데 1분 1초도 쓰지 마라. –장쓰안

* 과거에 대해서는 최소한의 후회를, 현재에 대해서는 최소한의 낭비를, 미래에 대해서는 최대한의 꿈을 꾸어라. –장쓰안

* 잡고 있던 헌 밧줄을 놓아야 새 밧줄을 잡을 수 있다. –아인슈타인

* 미래가 과거의 인질이 되게 하지 말라. –닐 A. 맥스웰

* 누구도 사신의 어제를 바꿀 수는 없다. 하지만 우리 모두 자신의 내일을 바꿀 수 있다. –콜린 파월

* 후회할 거라면 그렇게 살지 말고, 그렇게 살 거라면 절대 후회하지 말라. –무라카미 하루키

* 후회는 실패에서 오는 것이 아니라 최선을 다하지 않은 데서 온다. –미국 정신건강협회

* 잃어버린 것을 바라보지 마라. 남아 있는 것을 바라보라. –로버트 H. 슐러

* 현재는 모든 과거의 필연적인 산물이며 모든 미래의 필연적인 원인이다. –잉거솔

* 현재는 그 일부가 미래요, 다른 일부가 과거이다. –크리시포스

* 무덤 위에 흘리는 눈물 중 가장 슬픈 눈물은 차마 하지 못한 말, 차마 하지 못한 일이 있을 때 흘린다. –해리엇 비처 소토우

* 인생에는 후회할 수 없는 일이 있고, 후회해서는 안 되는 일이 있고, 후회하고 싶지 않은 일이 있다. 그 밖의 후회라면 그야말로 후회할 필요 없는 후회다. –양광모

* 행복해지고 싶다면 '그때 그랬더라면' 이라는 말을 그만두고, '이번에야 말로' 라는 말로 바꾸어라. –스마일리 브랜튼

* 현재를 즐기자! 동시에 미래를 준비하자! 이 두 가지 사이에 적절한 균형을 유지해 나가는 일이야말로 인생의 진수라 할 수 있다. –공병호

* 유년은 실수이고, 성년은 몸부림이며, 노년은 후회이다. –벤저민 디즈레일리

* 과거에 집착하면 미래를 볼 수 없다. –영화 『라따뚜이』에서

* 과거를 기억하지 못하는 자는 과거를 반복할 수밖에 없다. –조지 산타야나

* 미래의 가장 좋은 예언은 과거이다. –조지 고든 바이런

* 다른 사람들을 다스리려고 하기 전에 먼저 자기 자신을 다스리며, 미래를 지향하는 동시에 과거를 잊지 않게 하옵소서. –맥아더 기도문

* 과거는 결코 사라지지 않는다. 그것은 아직 지나가지도 않았다. –윌리엄 포크너

* 가장 좋은 예언자는 지나온 과거이다. –조지 고든 바이런

* 과거에 했던 일에 대한 후회는 시간이 지나면 잊힐 수 있다. 하지만 하지 않은 일에 대한 후회는 위안받을 길이 없다. –시드니 J. 해리스

* 후회해서는 안 된다. 후회는 처음의 어리석음에 다른 어리석음을 보태는 일이라고 자신을 설득하라. 무언가에 실패했다면, 이번에는 무엇으로 성공할지를 생각하라. –니체

* 후회 없이 마음껏 사는 것, 이것이 인생이다. 저세상에 가지고 갈 수 있는 것은 단 하나, 진심으로 살았던 추억뿐이다. –히스이 고타로

* 생이 끝나는 순간 우리가 가장 많이 후회하는 것은 살면서 '한 일'이 아니라 '하지 않은 일'이다. –히스이 고타로

* 지나가 버린 일을 가지고 마음을 괴롭힌다는 것은 톱밥을 톱으로 켜려는 것과 다름이 없다. –데일 카네기

* 이미 흘러간 물로써는 물레방아를 돌릴 수 없고, 과거의 한 토막으로 날이면 날마다 새날을 더럽혀서는 안 된다. –벤저민 프랭클린

* 지나간 일로 미래를 설계할 수는 없다. –에드먼드 버크

* 우리 회사에서 말썽을 일으키는 사람들은 대부분 과거에 연연하는 사람들이다. –잭 웰치

* 절대 후회하지 마라. 좋았다면 추억이고, 나빴다면 경험이다. –캐롤 터킹턴

* 과거로 돌아가지 말고, 미래를 기다리지 말고, 현재를 놓치지 말라. –김기덕

* 과거의 삶에서 얻은 자신에 대한 평판들을 늘어놓으면서 과거 속에서만 어슬렁대는 것은 유령이나 하는 짓이다. 오늘의 나이지 어제의 내가 아니다. –웨인 다이어

* 비록 아무도 과거로 돌아가 새 출발을 할 순 없지만, 누구나 지금 시작해 새 엔딩을 만들 수 있다. –칼 바드

* 결코 후회하지 말 것, 뒤돌아보지 말 것을 인생의 규칙으로 삼아라. 후회는 쓸데없는 기운의 낭비이다. 후회로는 아무것도 이룰 수 없다. 단지 정체만 있을 뿐이다.
–캐서린 맨스필드

* 세상에는 과거의 행위에 대하여 후회하는 사람이 많으나, 그보다도 오히려 해야 할 일을 하지 않은 것에 대해 후회함이 옳다. 인생의 마지막에 가서 해야 할 일을 하지 않은 후회야말로 우리를 비탄과 절망의 심연에 빠지게 한다. –로버트 브라우닝

* 집착하지 않아야 아름다워진다. 아무리 좋은 음악도 악기를 관통할 뿐 악기에 머물지 않는다. –허허당

* 집착은 힘이 아니라 힘의 남용이다. –제임스 앨런

* 조금 집착하면 조금 미친 것이고, 많이 집착하면 많이 미친 것이다. 하나도 집착하지 않으면 제 정신이다. –숭산

자 만

* 자기도취는 미성숙의 표현이다. –매트 리들리

* 모자라는 사람의 특성은 남보다 월등하다고 생각하는 점이다. –라 로슈푸코

* 무지의 진정한 특징은 허영과 자만과 교만이다. –새뮤얼 버틀러

* 배보다 돛이 더 커질 때를 경계하라. –윌리엄 펜

* 당신이 '이미 알고 있다고 생각하는 것' 이 당신이 '꼭 알아야 하는 것' 을 가리고 있다. –마크 고울스톤

* 가장 흔한 착각은 내가 무엇이나 된 줄 아는 것이고, 가장 귀한 깨달음은 내가 아무것도 아니라는 것이다. –조정민

* 누구든지 자기를 높이는 사람은 낮아지고, 자기를 낮추는 사람은 높아질 것이다. –예수

* 모든 사람은 자신의 경험 안에 갇힌 수감자다. 편견을 없앨 수 있는 사람은 아무도 없다. 그것을 인식할 뿐이다. -에드워드 R. 머로우

* 어리석은 자의 특징은 타인의 결점을 들어내고 자신의 약점은 잊어버리는 것이다. -마르쿠스 툴리우스 키케로

* 충고는 좀처럼 환영을 받지 못한다. 더구나 그것은 가장 필요로 하는 사람이 그것을 가장 싫어한다. -체스터필드

* 충고는 눈과 같아야 좋은 것이다. 조용히 내리면 내릴수록 다음에는 오래 남고 깊어지는 것이다. -칼 힐티

* 결점 중에서 가장 큰 결점은 그것을 하나도 깨닫지 못하는 것이다. -토머스 칼라일

* 자신의 결점을 찾아내려 애쓰는 사람은 남의 결점을 찾지 않으며, 남의 결점만 찾아내는 사람은 자기 결점을 찾지 못한다. -『탈무드』

* 자존심은 멸망을 가져올 것이다. 오만이 앞서고 수치심이 뒤따르기 때문이다. -헤이우드

* 오만과 우아함은 같은 장소에 살지 않는다. -토머스 풀러

* 자찬하는 사람은 이내 자기를 비웃는 사람을 발견하게 될 것이다. -푸블릴리우스 시루스

* 밀가루 반죽을 넓게 펴면 펼수록 그 두께는 얇아진다. 자기 자랑도 이와 같다. -톨스토이

* 자만은 자신을 뽐내는 것, 오만은 남이 말을 듣지 않는 것, 교만은 남들이 눈에 보이지 않는 것이다. -아르투로 토스카니니

* 자만심이 뛰어가면 오판은 날개를 단다. –김대규

* 자신의 그릇된 신념에 더할 나위 없이 진지한 인간이야말로 세상에서 가장 어리석은 인간이라는 것은 명백한 사실이다. –노먼 에인절

* 누군가를 천대하면 그를 그 자리에 눌러 앉히기 위해 당신도 어느 정도 그 수준으로 내려가게 된다. 마찬가지로 누군가를 높여주지 않고는 당신도 높아질 수 없다는 말이다. –마리안 앤더슨

* 파도는 높을수록 급히 가라앉게 마련이고, 바람은 거셀수록 빨리 지나간다. –변기영

* 독선(獨善)은 스스로 마시는 독배다. –송길원

* 제일 못난 바퀴가 제일 시끄럽다. –벤저민 프랭클린

* 자만하는 사람은 모든 것을 내려다본다. 물론, 내려다보는 동안 당신은 위의 어떤 것도 볼 수 없다. –C. S. 루이스

* 오만은 이 세상에서 가장 무서운 함정이다. 그리고 이 함정을 판 장본인은 다름 아닌 나 자신이다. –라오서

* 당신이 무엇을 믿건 이 한 가지만은 확신해도 좋다. 당신은 끔찍할 정도로 다른 사람들과 닮았다. –제임스 러셀 로웰

* 자신의 자아를 지위에 너무 가까이 두어서, 그 지위가 떨어질 때 자아도 함께 내려앉는 일이 없도록 주의하라. –콜린 파월

* 직책과 지위에만 매달리는 사람들일수록 대개는 그럴 자격이 제일 없는 사람들이다. –작자 미상

* 유리하다고 교만하지 말고, 불리하다고 비굴하지 말라. 교만하지 않으면서도 당당하게, 비굴하지 않으면서도 겸손한 삶을 살아라. –도종환

* 재능은 하늘이 주시는 것이니 늘 겸손하라. 명성은 사람이 주는 것이니 늘 감사하라. 자만은 스스로가 주는 것이니 늘 조심하라. –존 우든

* 사람은 많이 알면 알수록 자신의 부족함을 느끼고, 모르면 모를수록 자신의 우월감을 느낍니다. 그래서 무식하면 용감하다는 말이 나오는 거겠죠. –신문곤

* 특히 많이 공부를 한 사람일수록 자기 의견을 기준으로 사람들을 평가하고 비판하는 습성이 있다. 즉 많이 공부한 사람일수록 자기가 옳고 남이 생각하는 것은 틀렸다고 생각하는 경향이 강한 것이다. –하모수

과 오

* 과실을 부끄러워하라. 그러나 과실을 바로잡는 데 부끄러워하지 마라. –루소

* 커다란 실수는 대체로 굵은 밧줄처럼 여러 개의 작은 실수로 엮어진 것이다. –빅토르 위고

* 한 번 실수하는 것보다는 두 번 물어보는 것이 더 낫다. –독일 속담

* 태만은 천천히 움직이기 때문에 가난이 곧 따라잡는다. -벤저민 프랭클린

* 자신이 과실에서 배울 바를 얻지 못하는 사람은 제일 좋은 교사를 그 생활에서 뿌리치는 사람이다. -피처

* 잘못이나 실수를 하더라도 실망하지 마라. 자신의 잘못을 아는 것만큼 훌륭한 공부도 없다. -토머스 칼라일

* 잘못이 없는 사람은 생명이 없는 사람이다. -영어 속담

* 잘못된 것을 용인하고 불의를 허용하는 자는 불가피하게 그 불의의 공범자이다. -마틴 루터 킹

* 첫발을 잘못 디디면 멀리 돌아가거나, 되돌아와야 한다. -김대규

* 대체로 큰 잘못의 밑바닥에는 자만심이 있다. -존 러스킨

* 잘못된 성격, 잘못된 말버릇, 그것을 고치지 않으면 결국 손해는 모두 네가 본다. -김용궁

* 잘못을 인정하는 것을 부끄러워하지 마라. 그것은 다시 말해 오늘은 어제보다 현명해졌다는 뜻이기 때문이다. -알렉산더 포프

* 사람이 저지르는 잘못 중에서 가장 큰 잘못은 그 잘못으로부터 아무것도 배우지 못하는 것이다. -존 포웰

* 이기심과 탐욕은 가장 큰 죄악이다. 이기심은 자기를 우상화하고, 탐욕은 탐욕의 대

상을 우상화한다. –김대중

* 인산은 각각 다른 사람 안에 자신을 비추는 거울을 가진다. 그리고 그 거울을 통해 자신의 과오나 결점 등과 같은 나쁜 모습을 보고 스스로를 반성하고 고치려는 사람이야말로 현명한 사람이라고 불릴 만한 가치가 있다. –마르쿠스 포르키우스 카토

* 광기란 같은 일을 거듭하면서 다른 결과를 기대하는 것이다. –아인슈타인

* 광신자란 자신의 마음을 바꿀 수도 없고, 대화 주제도 바꾸지 않으려 하는 사람이다. –윈스턴 처칠

* 신경과민이라고 진단할 수 있는 징후 중 하나는 자신이 하는 일이 엄청나게 중요하다고 믿는 것이다. –버트런드 러셀

* 가장 큰 죄악은 허세 부리는 것이다. –커트 코베인

* 이르노니, 사악한 마음은 그 자체가 벌이다. –성 오거스틴

* 죄는 처음에는 나그네다. 그러나 그대로 두면 나그네가 집주인이 되고 만다. –『탈무드』

* 무엇에 미친다는 것은 죄악이라고 할 수 없다. 하지만 그것은 죄악을 저지를 준비를 마친 것이라고는 할 수 있다. –톨스토이

* 뿌리가 독이면 줄기도 열매도 독이고, 뿌리가 약이면 줄기도 열매도 약이다. –달라이 라마

* 우리가 저지를 수 있는 가장 큰 죄악은 그날 아침 잠자리에서 깨어났을 때와 똑같이

이 세상에서 아무것도 배우지 못하고 잠자리에 드는 일이다. –레오 버스카글리아

* 다른 사람에게 거짓말을 많이 하다 보면 자기 자신에게도 거짓말을 하게 된다. –라 로슈푸코

* 모든 거짓을 버려라. 비록 작은 거짓일지라도 굴뚝 재같이 시커먼 것임에는 틀림없다. 우리의 마음을 그러한 것으로 더럽혀서는 안 된다. –러스킨

* 인생을 비참하게 만드는 것은 거짓말을 하는 것이 아니라 거짓으로 살아가는 것이다. –나다니엘 브랜든

* 하나의 거짓을 관철하기 위해서 우리는 또 다른 거짓말을 만들어야 한다. –스위프트

* 명심하라. 한 번의 거짓말은 한 개의 진실만을 감추는 게 아니다. –C. F. 헤벨

* 거짓말은 그 자체가 죄일 뿐 아니라 정신을 더럽힌다. –플라톤

* 아첨은 받는 사람이나 하는 사람 모두를 망친다. –에드먼드 버크

* 도박하는 사람들은 불확실한 것을 얻기 위해서 확실한 것을 건다. –파스칼

* 자살은 최악의 살인 형태다. 그것은 후회할 수 있는 기회를 전혀 남기지 않기 때문이다. –존 콜린스

* 다른 사람을 힘으로 누르려 하고, 남들 모르게 무엇인가를 뺏으려고 한다는 것, 이것이야말로 가장 용기 없고 비겁한 행동이다 –알프레드 아들러

* 사람들은 가마 타는 즐거움만 알고 가마 메는 고통은 알지 못한다.(人知坐輿樂 不識肩輿苦) -정약용

* 악(evil)이라는 말을 뒤집으면 생명(live)이 된다. 즉, 악이란 생명에 위반해서 사는 일인 것이다. 조화와 평화, 기쁨과 율동으로 가득 찬 자연스러운 생명의 흐름에 역행해서 사는 일, 그것이 악인 것이다. -조셉 머피

분 노

* 화가 나 있는 1분마다 60초간의 행복을 잃는다. -랄프 왈도 에머슨

* 감정은 선택이다. 감정은 단지 자연적으로 발생하는 정서가 아니다. 감정은 선택 의지가 들어가 있는 반응이다. -웨인 다이어

* 살아가면서 자신의 감정과 마주하는 것은 매우 중요하다. 그것을 맛보는 일이 줄어들고, 없어지면 자신이 무엇을 느끼는지 점점 알 수 없게 된다. -노구치 요시노리

* 넘어지면 넘어진 것이 나고, 성질내면 성질내는 것이 나이다. -법륜

* 당신이 어떤 사람을 미워한다면, 그 사람 안에 있는 당신의 한 부분을 미워하는 것이다. 우리 자신 안에 있는 것이 아니면 그것이 우리를 불편하게 하지 않는다. -헤르만 헤세

* 웃는 순간은 신과 함께한 시간이다. 반대로 분노하는 시간은 지옥에 있는 시간이다. -한근태

* 분노는 한때의 광증이다. 당신이 분노를 누르지 않으면 분노가 당신을 누를 것이다.
–호라티우스

* 분노는 분노로 극복되어지지 않는다. –달라이 라마

* 분노는 멋진 순간을 훔쳐가는 도둑이다. –조앤 런딘

* 분노는 왕들의 왕이다. 그러나 굴레만 씌우면 충실한 하인이다. –루미

* 분노할 줄 모르는 사람은 바보다. 그러나 분노하지 않는 사람은 현인이다. –작자 미상

* 누구든지 화를 낼 수 있다. 그것은 쉬운 일이다. 그러나 올바른 대상에게, 올바른 목적으로, 올바른 방식으로 화를 내는 것은 쉬운 일이 아니다. –아리스토텔레스

* 분노와 어리석은 행동은 어깨를 나란히 하고 걷고, 회한이 그 둘의 팔꿈치를 밟는다.
–벤저민 프랭클린

* 화는 산과 같아서, 퍼붓는 대상보다는 그것이 담긴 그릇에 더 큰 피해를 줄 수 있다.
–마하트마 간디

* 깊은 강물은 돌을 집어던져도 흐려지지 않는다. 모욕을 받고 그 즉시 화를 내는 사람은 작은 웅덩이에 불과하다. –톨스토이

* 복수하는 최선의 방법은 너의 적(敵)처럼 되지 않는 것이다. –아우렐리우스

* 질투만큼 우리의 눈을 예리하게 만드는 것도 없다. –토머스 풀러

* 질투는 일천 개의 눈을 가지고 있다. 그러나 어느 한 가지도 올바르게 보지 못한다. –유대인 격언

* 시샘이란 내가 가진 것이 아니라 다른 사람이 가진 것을 세는 기술이다. –해럴드 코핀

* 우리들이 격정을 지배하지 않으면 격정이 우리를 지배하게 된다. –영국 격언

* 증오는 사람을 장님으로 만든다. –오스카 와일드

* 증오는 적극적인 불만이고, 질투는 소극적인 불만이다. 그러니 질투가 순식간에 증오로 변한다 해도 결코 이상할 일이 아니다. –괴테

* '눈에는 눈' 이라는 고대의 법은 모두를 장님으로 만든다. –마틴 루터 킹

* 미움과 원망은 패배의 동업자다. 한시바삐 몰아내라. –이상헌

* 계속 화를 내는 것은 누군가에게 던지려고 뜨거운 석탄을 손에 쥐는 것과 같다. 결국 그것에 데는 사람은 바로 자신이다. –붓다

* 좋아하는 사람들을 좋아하며 살아도 부족한 것이 많은 게 인생인데, 왜 사람들은 미운 사람 원망하느라 세월을 보내나. 그건 부질없는 감정의 과소비다. –김대규

* 쉽게 화를 내는 사람은 화낼 일이 모자라는 일은 결코 없을 것이다. –작자 미상

* 어둠은 어둠을 몰아낼 수 없고, 오직 빛만이 어둠을 몰아낼 수 있다. 증오는 증오를 몰아낼 수 없고, 오직 사랑만이 증오를 몰아낼 수 있다. –마틴 루터 킹

* 마음속에 증오와 분노가 남아 있는 한 당신의 불행은 결코 사라지지 않는다. –앨런 코헨

* 분노와 미움의 파괴적인 영향으로부터 보호받고 피난처를 얻을 수 있는 유일한 길은 타인에 대해 인내심과 관대한 마음을 갖는 것이다. –달라이 라마

* 그대에게 잘못이 없다면 화를 낼 이유가 없다. 만일 그대가 잘못을 했다면 화를 낼 자격이 없다. –마하트마 간디

* 몸은 마른 나무 같고 노여움은 불길과 같으니, 노여움이 일어나면 남을 태우기 전에 먼저 자기 자신부터 태운다. –붓다

* 분노를 없애는 지름길은 책임을 받아들이는 것이다. 책임을 받아들이면 분노의 감정이 눈 녹듯 사라진다. 분노의 에너지도 없어진다. "내 책임이다,"라고 말하는 순간 분노가 멈춘다. –브라이언 트레이시

* 정도의 차이는 있지만 싸운다는 것은 그 자체로 나쁜 것이다. 만약 당사자 가운데 어느 한쪽만이라도 완전무결하다면 싸움은 일어나지 않는다. 마치 매끄러운 표면, 이를테면 거울에 성냥을 긋는다고 불이 붙지 않는 것과 같은 이치다. –톨스토이

* 감정은 밝게 표현되면 순화된다. 분노라도 떳떳하게 표현하면 생기와 활력이 넘치게 된다. 감정을 없애려 하지 말고 좀 더 적극적으로, 떳떳하게 표현하라. 감정은 그대를 더욱 진실하고 생생한 삶에 가깝게 연결시켜 준다. –한바다

언어

* 말은 영혼의 거울이다. 인간은 자신이 말하는 그대로다. –푸블릴리우스 시루스

* 말도 아름다운 꽃과 같이 그 빛깔을 지니고 있다. –E. 리스

* 좋은 말만 사용하라. 좋은 말은 자신을 위한 기도다. –작자 미상

* 불행은 부정적인 말에서부터 시작된다. –천준협

* 자기가 하는 말은 반드시 보증수표로 만들어라. –정현수

* 눈으로 말하는 것과 입으로 하는 말이 다를 때, 경험이 있는 사람들은 전자의 말을 믿는다. –랄프 왈도 에머슨

* 가장 효과적인 설득은 제대로 잘사는 것이다. –안나 비요르크룬드

* 자신의 글과 말에 진정한 주인이 되는 사람은 드물다. –존 셀든

* 아무리 좋은 말이라도 자신의 삶 속에서 발효되지 않은 것은 세상 밖에 나와도 아무런 힘이 없다. –허허당

* 사람은 누구나 자신이 하는 말에 의해서 평가받게 된다. 말 한마디 하나가 자신의 초상화를 그려놓는 것과 같은 것이다. –랄프 왈도 에머슨

* 말은 마음의 지표요, 거울이다. –T. W. 로버트슨

* 마음은 '밭' 이고, 말은 '씨' 이며, 행동은 '업' 이다. –김세유

* 현명하게 표현된 반대 의견은 듣는 이에게는 천금만큼 소중한 조언이다. –피츠제랄드

* 적절한 말과 거의 적절한 말의 차이는 번개와 반딧불의 차이이다. –마크 트웨인

* 자기 자신에 관한 말이 많아지면 거짓말도 많아지게 마련이다. –짐 메르만

* 남을 헐뜯는 것은 내 입에 오물 가득 채워 공중으로 뱉는 것과 같다. –작자 미상

* 험담은 세 사람을 죽이는 것이다. 말하는 자와 험담의 대상자, 그리고 듣는 자이다. –마드리쉬

* 사랑하는 마음과 힘을 주는 말을 항상 기억하고 실천하라. 자기의 말과 생각은 모든 것의 씨가 된다. –주얼 D. 테일러

* 말은 침묵을 낳지 못하지만, 깊은 침묵이 없이는 살아있는 말이 나올 수 없다. –박노해

* 말하기 전에 반드시 세 황금문을 지나게 하라. 첫째 문은 '그것은 참말인가?', 둘째 문은 '그것은 필요한 말인가?', 가장 좁은 마지막 문은 '그것은 친절한 말인가?' 이다. 그 세 문을 다 지나왔거든 그 말의 결과가 어찌 될 것인지 염려할 것 없이 크게 외쳐도 좋다. –베쓰 데이

* 실족은 곧 회복할 수 있지만, 실언은 결코 극복하지 못할 수도 있다. –작자 미상

* 의사소통에서 가장 큰 한 가지 문제는 이미 의사가 전달되었다고 착각하는 것이다. –조지 버나드 쇼

* 말을 할 수 있기에 사람은 짐승보다 낫다. 그러나 바르게 말하지 않으면 짐승이 우리보다 나을 것이다. –사디

* 천사와 악마의 차이는 모습이 아니라 그가 하는 말이다. 당신의 말에서는 어떤 향기가 나는가? –할 어반

* 말은 많이 들을수록 사람에게 배어든다. –작자 미상

* 말을 하는 것은 이해의 시작이며, 말을 하지 않는 것은 오해의 시작이다. –와다 히로미

* 모든 말은 생각을 걸어두는 옷걸이다. –비처

* 설득력 있는 주장은 반박하는 사람마저 설득한다. –마르셀 프로스트

* 말은 안경과 같아서 초점이 맞지 않으면 오히려 시야를 흐린다. –조세프 주베르

* 불평하는 것보다 부탁하는 것이 실용적이다. –작자 미상

* 말은 하기 쉽게 하지 말고, 알아듣기 쉽게 하라. –작자 미상

* 조심성 없는 말은 변호의 여지도 없다. 왜냐하면 품위의 결여는 의미의 결여이기 때문이다. –로스커먼

* 말은 마음의 그림이다. –영국 격언

* 당나귀는 긴 귀로 구별할 수 있으며, 어리석은 자는 긴 혀로 구분할 수 있다.
–유대인 격언

* 시간은 흘러가지만, 한 번 입 밖에 낸 말은 그대로 남는다. –톨스토이

* 말이 입 안에 있을 때는 네가 말을 지배하지만, 말이 입 밖에 나오면 말이 너를 지배한다. –유대인 격언

* 내 언어의 한계가 곧 내 우주의 한계이다. –비트겐슈타인

* 모든 언어는 그 사용자의 넋이 간직된 사당이다. –O. W. 홈스

* 물고기는 언제나 입으로 낚인다. 인간 역시 입으로 걸린다. –『탈무드』

* 마음의 문은 입이요, 마음의 창은 귀다. –『탈무드』

* 말은 입을 떠나면 책임이라는 추가 달린다. –작자 미상

* 친절한 말은 짧고 하기도 쉽지만 그 메아리는 오래간다. –작자 미상

* 맹세는 말에 지나지 않고, 말은 바람에 지나지 않는다. –새뮤얼 버틀러

* 성실한 한마디의 말은 백만 마디의 헛된 찬사보다 낫다. –앤드류 카네기

* 말은 당신의 첫 번째 향기이자 당신에 대한 마지막 기억이다. –할 어반

* 깊이 생각하지 않는 사람일수록 말이 많다. –몽테스키외

* 입을 다물 줄 모르는 사람은 대문이 닫히지 않는 집과 같다. –『탈무드』

* 말은 나뭇잎과도 같다. 나뭇잎이 무성할 때는 과실이 적기 때문이다. –벤저민 프랭클린

* 오래 입을 다물고 있을수록 더 비옥해진다. –솔 벨로

* 생각하지 않는 자는 말을 멈추지 않는다. –매튜 프라이어

* 인간은 태어나면서 말하는 것은 바로 배우지만, 침묵하는 것은 여간해서 배우지 못한다. –유대인 격언

* 네가 말을 할 때는 그 말이 침묵보다 나은 것이어야 한다. –아라비아 속담

* 침묵이 언제나 지혜의 상징이 되는 것은 아니지만, 수다는 어리석음의 상징이다. –벤저민 프랭클린

* 침묵은 어리석은 자의 지혜이며 현명한 자의 덕이다. –보나르

* 어리석은 자는 침묵한다. 할 말이 없기 때문이다. 현명한 자 역시 침묵한다. 할 말이 너무나 많기 때문이다. –엘리 위젤

* 그대의 말은 침묵보다 나은 것이어야 한다. 그렇지 못하다면 숫제 침묵을 지켜라. –디오니시우스 1세

* 말해야 할 때를 아는 사람은 침묵해야 할 때도 안다. –아르키메데스

* 꽃의 매력 가운데 하나는 그에게 있는 아름다운 침묵이다. –소로우

* 말하는 사람은 씨를 뿌리고, 침묵하는 사람은 거두어들인다. –J. 레이

* 침묵한다는 것은 단순히 말을 하지 않는다는 것이 아니다. 나를 나 자신에게서 멀어지게 하는 모든 활동을 포기하는 것이다. –안셀름 그륀

* 재치는 적을 만들지 않고 요점을 말하는 기술이다. –아이작 뉴튼

* 유능한 사람은 어떤 사람인가? 두 마디를 한마디로 줄여 말할 수 있는 사람이다. –토머스 제퍼슨

* 허영심은 말을 많이 하게 하고, 자존심은 침묵하게 한다. –쇼펜하우어

* 현명한 사람이 되려거든 사리에 맞게 묻고, 조심스럽게 듣고, 침착하게 대답하라. 그리고 더 할 말이 없으면 침묵하라. –라파엘로

* 말은 산 자를 죽일 수도 있고 죽은 자를 무덤에서 끄집어낼 수도 있다. –솔로몬

* 훌륭한 말은 훌륭한 무기이다. –풀러

* 성난 말에 성난 말로 대꾸 마라. 말다툼은 언제나 두 번째 성난 말에서 비롯된다. –H. I. M.

* 능통의 길은 소통에 있다. –유영만

* 충고란 자신이 경험에서 다른 사람이 처지를 이해할 때에만 해줄 수 있는 것이다. –헤르만 헤세

* 부드러운 말로 상대를 정복할 수 없는 사람은 큰 소리를 질러도 정복할 수 없다. –안톤 체호프

* 좋은 대화의 첫 번째 요건은 진실이고, 두 번째는 분별력이며, 세 번째는 유머 감각이고, 네 번째는 위트라. –윌리엄 템플 경

* 진정한 대화의 기술은 적절한 곳에서 적절한 것을 말하는 것이다. 그러나 더 어려운 것은 말하고 싶은 유혹을 느낄 때 적절치 않은 말을 하지 않고 남겨두는 것이다. –도로시 네빌

* 가벼운 약속은 무거운 불신을 낳는다. –김대규

* 사람은 자기가 한 약속을 지킬 만한 기억력을 가져야 한다. –니체

* 덜 약속하고 더 해주어라. –톰 피터스

* 이미 만들어 놓은 약속은 아직 갚지 않은 부채이다. –R. W. 서비스

* 사람들은 약속을 어기지 않는 것이 양자에게 다 같이 유리할 때 약속을 지킨다. –솔론

* 변명의 언어를 버려야 변신의 기회를 맞이할 수 있다. –유명만

* 변명보다 더 나쁜 유일한 것이 '좋은' 변명이다. –작자 미상

* 이제 끝이다, 이미 늦었다, 영원히 안녕이다, 이것들은 '변명' 의 별명이다. –단테 가브리엘 로세티

* '때문에' 소리가 입에 배면 행운도 불운으로 변하고, '덕분에' 가 저절로 나오면 고목나무에 꽃이 핀다. –이상헌

* 천국과 지옥은 내가 쓰는 말에 따라 결정된다. 미국에 가서 살려면 영어를 해야 하듯, 천국에 가서 살려면 천국의 언어로 기쁨, 사랑, 감사의 표현에 숙달되어야 한다. –이상헌

* 모든 인류가 수천 년에 걸쳐 가정에서, 직장에서, 학교에서, 사회단체에서, 심지어 예배당에서 혀로 독을 퍼뜨리고 있다. 그런데 놀라운 것은 사람들은 자기들이 품어낸 독이 퍼지고 있는데도 그것을 모르고 있을 때가 종종 있다는 것이다. –할 어반

* 깨어 있는 침묵은 금이지만 깨어 있는 대화는 다이아몬드다. 깨어 있지 못하면 대화도 독백으로 끝난다. 독백의 결과는 오해와 불화, 외로움이다. 깨어 있으면 침묵으로도 대화할 수 있다. 대화는 마음의 만남이다. 대화를 통해 서로의 마음이 만나면 모든 불화는 사라지고 그곳에서 다이아몬드와 같은 아름다움을 발견할 수 있다. –한바다

* 인성이 좋아야 말이 좋다. 누구나 어쩌다 한 번은 고운 말을 할 수 있지만, 어디서나 고운 말을 하려면 고운 사람이어야 한다. 성실하게 살고서 성실을 말하고, 정직하게 살고서 정직을 말하고, 믿음직하게 살고서 믿음을 말해야 한다. '나' 와 '책임' 이 빠진 것은 말이 아니다. 내가 나를 걸고 하는 것이 말이기 때문이다. –작자 미상

* 우리가 살아가면서 인정하지 않을 수 없는 단순한 원리가 하나 있다. 입을 열 때마다 자신에 대한 그 어떤 것을 드러낸다는 것이다. 우리 마음속에 쌓여 있는 것들이 말을 통해 드러난다. 말을 통해 우리의 진면목이 드러나는 셈이다. 따라서 부정적이고 분이 가득한 말을 자주 내뱉는다면 주위를 오염시킬 뿐 아니라 주변 사람들을 쫓아내게 된다. 결국 뿌린 대로 거두는 것이다. –할 어반

인격의 바탕 위에
서지 않은 학문은 천박한 지적
기술에 불과하다.

-김대중

CHAPTER

17

인격 수준을 높이고 싶을 때

Chapter 17

인격 수준을 높이고 싶을 때

삶의 품격은 '인격' 이 만드는 것입니다. 행복한 가정은 좋은 인격을 가진 사람이 만드는 것입니다. 건강한 사회와 아름다운 세상 또한 좋은 인격을 가진 사람들이 만드는 것입니다. 좋은 인격은 세상에 값없는 보배입니다. 그것은 세상의 빛이요, 소금이기 때문입니다.

인격이 천박한 사람을 좋아하는 이는 없습니다. 인격이 안 좋은 사람과 함께 일하고 싶은 이는 없습니다. 인격이 안 좋은 사람과 함께 있으면 마음이 여러 가지로 불편해지기 때문입니다. 그래서 우리는 누구나 좋은 인격을 갖춘 사람과 함께하고 싶어 합니다. 타인에게 사랑받고 존중받는 사람이 되려면 좋은 인격을 갖춰야 합니다. 좋은 관계를 통해 내 삶의 질을 높이고 싶다면 반드시 내 인격 수준을 높여야 합니다.

훌륭한 인격은 행복의 필수 요소입니다. 인격이 훌륭해서 난초처럼 주위에 향기를 풍기는 사람, 정직하고 겸손하고 친절해서 누구에게나 환영받는 사람, 배울 게 있어 무언가를 함께하고 싶은 사람, 그런 사람이 되는 것은 자신의 번영은 물론이요, 타인에게도 좋은 영향을 미칩니다. 인격이 훌륭하지 않다면 세상에 좋은 영향을 줄 수 없을 것이니, 그 어떤 성공을 성공이라 할 수 있겠습니까!

이 장의 아포리즘은 좋은 인격의 속성과 가치를 일깨워 줄 것입니다. 하여 어떤 인격을 갖춰야 하는지에 대한 통찰을 통해 교훈을 심어줄 것입니다.

인격

* 사람의 인격은 그의 운명이다. –헤라클리토스

* 인격의 힘은 누적되는 데 있다. –랄프 왈도 에머슨

* 인격은 오랫동안 지속되는 단순한 습관이다. –플루타르크

* 명예로운 사람들의 특징 가운데 인격만큼 가치 있는 것이 없다. –헨리 클레이

* 모든 사람은 세 개의 인격이 있다. 보이는 인격, 지니고 있는 인격, 자신이 지니고 있다고 생각하는 인격. –알퐁스 카

* 아는 것이 힘이라고들 말하지만, 그것은 진실이 아니다. 인격이 힘이다.
–사티야 사이바바

* 인격은 나무이고, 평판은 그 그림자와 같다. 그림자가 생각이라면 나무는 현실이 된다. –에이브러햄 링컨

* 성격은 인격에 의한 것이지 재능에 의한 것은 아니다. –괴테

* 성격이란 굳어진 마음의 습관이요, 행동의 결과이다. –제임스 앨런

* 사람의 인격은 먼저 말에서부터, 다음은 행실에서 드러난다. –메난드로스

* 진정한 힘은 관대함에 있다. –아일랜드 속담

* 훌륭한 행동이 훌륭한 말보다 낫다. –벤저민 프랭클린

* 당신은 말로 말하고 당신의 삶으로 말한다. 하지만 당신의 삶이 당신의 말보다 더 크게 말한다. –존 맥스웰

* 사람의 가치를 직접 드러내는 것은 재산도 지위도 아니고 그의 인격이다. –드니 아미엘

* 중요한 사람이 되는 것은 멋진 일이지만, 멋진 사람이 되는 것이 더 중요하다. –작자 미상

* 사람의 이름은 명함이 아니라 가슴에 남아야 한다. –김대규

* 명예가 덕을 따르는 것은 그림자가 물체를 따르는 것과 같다. –마르쿠스 툴리우스 키케로

* 고귀한 인품은 거창하게 내세우지 않아도 작은 일에서 스스로 드러나는 법이다. –이소룡

* 사람의 눈은 그가 현재 어떻다 하는 인품을 말하고, 사람의 입은 그가 무엇이 될 것인가 하는 가능성을 말한다. –막심 고리키

* 인격의 바탕 위에 서지 않은 학문은 천박한 지적 기술에 불과하다. –김대중

* 인격은 곧 그 사람이다. 아무리 감추려고 해도 고유의 빛깔을 띠고 향기를 풍기는 것이 인품이다. –새뮤얼 스마일스

* 인생의 원만한 경계는 완벽을 추구하는 것이 아니라 완벽하지 않음을 포용하는 것에 있다. –장샤오헝

* 훌륭한 사람이 가진 최대의 장점은 일상생활에서 일어나는 아주 작은 일에도 친절과 사랑을 베푸는 것이다. –윌리엄 워즈워스

* 아주 작은 구멍을 통해서도 햇빛이 보이듯이 사소한 일이 사람의 인격을 설명해 줄 것이다. –새뮤얼 스마일스

* 명성보다는 자신의 인격에 관심을 둬라. 왜냐하면 인격은 진정으로 내가 누구인지 말해주기 때문이다. 그러나 명성은 나에 대한 다른 사람들의 생각일 뿐이다. –존 우든

* 사람들은 흔히 인격과 명성을 동일시한다. 인격은 사람의 내부에 형성된 마음의 모습이며, 명성은 단순히 사람의 인상을 타인이 객관적으로 평가한 외부의 소리이다. 그러므로 인격은 그 사람 자체이고, 명성은 그림자이다. –토머스 에디슨

* '기본' 을 무시하면 '기분' 이 무지 나빠진다! 상대의 '기분' 은 나의 '기본' 에서 비롯된다! –유영만

* 어떤 사람의 진실한 가치를 알기 원한다면, 그와 동등한 사람들이 아니라 아랫사람들을 어떻게 대하는지를 살펴보라. –조앤 롤링

* 성숙의 표시 중 하나는 의견이 달라도 불쾌해하지 않는 것이다. –척 스윈돌

* 인생의 문제는 해답이 있어서 풀리는 게 아니다. 인간이 성숙해져서 문제 자체가 문제가 아닐 때 풀리는 것이다. –김홍호

* 감정 폭발이란 이성의 결함을 말한다. 어리석은 사람이 격분하고 있을 때, 냉정을 잃지 않는 사람은 성숙한 인간의 징표로, 사람들 사이에서 존경을 받는다. –발타자르 그라시안

* 성숙하다는 것은 다가오는 모든 생생한 위기를 피하지 않고 마주하는 것을 의미한다. –프리츠 쿤켈

* 아름다운 눈은 침묵을 웅변으로 만들고, 친절한 눈은 상반된 의견을 동의하게 만들며, 분노의 눈은 아름다움을 추하게 만든다. –손더스

* 선한 행동을 보면 선한 마음을 짐작할 수 있다. 예의만큼 사람의 성품을 잘 드러내 주는 것도 없다. –에드먼드 스펜서

* 성품 속에 어느 정도의 노인적인 것을 지니고 있는 청년은 믿음직스럽다. 청년적인 것을 지니고 있는 노인 역시 좋다. 이런 규칙에 따라 사는 사람은 나이를 먹어도 결코 마음이 늙는 일이 없다. –마르쿠스 툴리우스 키케로

* 사람의 최고의 담보는 그의 성품이다. –워렌 위어스비

* 우리가 사람을 믿는 것은 그 사람이 하는 맹세 때문이 아니라 맹세를 믿게 하는 사람 때문이다. –아이스킬로스

* 남자나 여자의 교양의 시금석은 싸울 때 어떻게 행동하는가이다. –조지 버나드 쇼

* 매너란 다른 사람들의 감정들에 대한 세심한 인식이다. –에밀리 포스트

* 인간의 다양성으로 인해 관용은 이제 미덕 이상이 것이 되었다. 생존을 위한 필수 요소가 된 것이다. –르네 뒤보

* 미덕이 없는 사람은 옷을 잘못 입은 것과 같다. –벤저민 프랭클린

* 이해야말로 모든 미덕의 시초다. –스피노자

* 내 기준을 내려놓지 않고 누군가를 진실로 사랑할 수 없다. 내 기준을 포기하지 않고 누군가를 진실로 포용할 수 없다. 그런데 진실은 내가 기준이 아니다. –조정민

* 인간의 행실은 각자가 자기의 이미지를 보여 주는 거울이다. –괴테

* 백만 개의 도덕적인 주장보다 하나의 도덕적인 행위가 더 옳다는 것은 말할 필요도 없다. –조나단 스위프트

* 행동은 결코 거짓말을 하지 않는다. 그것은 영혼의 기후 상태를 말해주는 기압계이다. –마사 그레이엄

* 명성은 아지랑이이고 우연이며, 부(富)에는 날개가 있다. 그러나 오직 성숙한 것은 그 사람의 품성이다. –그릴리

* 문명인의 운명은 마침내 얼마나 영향력 있는 도덕을 낳을 수 있는가에 달려 있게 되었다. –아인슈타인

* 기품이란 다른 사람들의 존경을 구걸하는 대신 명령하는 보이지 않는 자질이다. –존 우든

* 인격은 중대한 순간에 겉으로 드러나지만, 사소한 순간에 만들어진다. –필립스 브룩스

* 평판보다 인격에 신경을 써라. 당신의 인격은 당신 자신이지만, 평판은 단지 다른 사

람들이 보는 당신일 뿐이다. –존 우든

* 만약 아는 것이 힘이라면 인격은 곧 존엄이다. –이소룡

* 자신의 이미지를 개선하려면 다른 사람을 위해 뭔가를 행하라. –지그 지글러

* 탁월한 지성과 보잘것없는 인격이 결합된 것만큼 나쁜 것도 없다. –아인슈타인

* 정상에 오르기 위해서는 능력이 필요하지만, 정상을 유지하기 위해서는 인격이 필요하다. –존 우든

* 복숭아와 오얏은 말이 없지만 그 아래에는 절로 길이 생긴다. –사마천

* 눈으로 남을 볼 줄 아는 사람은 훌륭한 사람이다. 그러나 귀로는 남의 이야기를 들을 줄 알고, 머리로는 남의 행복에 대해서 생각할 줄 아는 사람은 더욱 훌륭한 사람이다. –유일한

* 아무리 똑똑해도 사랑의 품성을 갖추지 못하고 서로 간에 포용력이 없으면 똑똑한 사람들끼리 서로 잘났다고 싸울 뿐이다. –하모수

* 어떤 바보라도 비판하고, 비난하며, 불평을 할 수 있지만 이해심이 있고 용서하려면 인격과 자제력이 필요하다. –데일 카네기

* 얼굴은 종종 마음의 참다운 지표가 된다. –하웰

* 얼굴은 여러 가지 마음을 비추는 거울이다. –유베날리스

* 사람의 얼굴은 하나의 풍경이다. 한 권의 책이다. 얼굴은 결코 거짓말을 하지 않는다. -오노레 드 발자크

* 가장 완성된 사람은 모든 사람을 사랑하는 사람이다. 그 사람들이 좋건 나쁘건 가리는 일 없이 모든 사람에게 착한 일을 하는 사람이다. -마호메트

* 훌륭했던 사람들의 삶을 배워라. 그들이 무엇을 소원했으며 무엇을 소중히 했는지. 무엇을 동경하느냐에 따라 인품이 결정된다. -새커리

* 인격의 아름다움이 있다면 가정이 화목하고, 가정이 화목하면 나라의 질서가 잡히고, 나라의 질서가 잡히면 세상이 평화로워질 것이다. -『대학』

* 변화는 나로부터 조금씩 시작되는 것이지 상대로부터 시작되는 것이 아니다. 남을 바꾸려 하지 말고 너 자신을 바꾸라! 자신의 말과 행동이 주변 사람에게 본이 된다면 주변사람들은 당신을 닮고 싶어 할 것이다. -전난영

겸 손

* 겸손은 위대함에 이르는 힘이다. -타고르

* 물은 가장 깊은 곳에서 가장 잔잔하게 흐른다. -J. 릴리

* 자신의 재능을 숨기는 것이야말로 훌륭한 재능이다. -라 로슈푸코

* 아무리 높이 뛰어도 반드시 땅으로 떨어진다. -필리핀 격언

* 진심에서 우러나오는 겸손은 세상에서 가장 크게 사람 마음을 이끈다. –톨스토이

* 진정한 겸손함은 일말의 선입견도 없는 것이다. –마틴 파울러

* 얕은 개울물은 소리를 내지만, 깊은 강물은 조용히 흐른다. 부족한 것은 소리를 내지만, 가득 차게 되면 조용해진다. –붓다

* 동전이 가득 찬 단지는 동전이 들어갈 때 조용하다. –작자 미상

* 재능이 칼이라면 겸손은 칼집이다. –후진타오

* 분별력은 겸손함을 갖출 때 두 배의 빛을 발한다. –윌리엄 펜

* 겸허한 마음을 갖는 것, 그것은 외부세계와의 충격을 방지하는 완충재 역할을 한다. –질란디아

* 겸손해져라. 그것은 다른 사람에게 가장 불쾌감을 주지 않는 종류의 자신감이다. –쥘 르나르

* 인간의 위대함은 자기 자신의 보잘것없음을 깨닫는 데 있다. –블레즈 파스칼

* 머리를 너무 높이 들지 마라. 모든 입구는 낮은 법이다. –영국 속담

* 긍지는 겸허함에 싸여 있을 때 더욱 성공을 거둔다. –알르왼느 멜레

* 우선 겸손을 배우려 하지 않는 자는 아무것도 배우지 못한다. –오웬 메러디드

* 겸손은 윗사람에게는 의무며, 동료에게는 예의고, 아랫사람에게는 고귀함이다. –벤저민 프랭클린

* 위대해지는 일은 겸손해지는 일이다. 아득한 우주에 대해 자신의 적당한 위치를 깨닫고……. –우치무라 간조

* 겸손이란 배우고 성장하는 정신이다. 겸손해지면 자신과 삶에 대해 진실되고 균형 잡힌 시각을 가질 수 있게 된다. –존 맥스웰

* 겸손은 미덕 중에서 가장 터득하기 힘든 덕목이다. 자기 자신을 높이려는 욕망을 낮추는 것보다 더 힘든 것은 없다. –T. S. 엘리엇

* 겸손과 이타심, 이 두 가지야말로 누구나 칭송하면서도 남의 일로만 여기는 미덕이다. –앙드레 모로아

* 겸손은 인생에서 발생할 수 있는 온갖 변화에 대한 마음의 준비를 하게 해주는, 유일하고도 진정한 지혜이다. –조지 알리스

* 겸손하라. 세상에서 가장 나쁜 요소를 당신도 가지고 있기 때문이다. 확신을 가져라. 세상에서 가장 훌륭한 요소를 당신도 가지고 있기 때문이다. –니콜라 벨리미노빅

* 겸손이란 비굴함이 아니라 우리 자신을 과대평가하지 않는 신중함을 말한다. –나타니엘 크루

* 칭찬을 받고자 할 때는 겸손이 유일한 미끼이다. –체스터필드

* 심장에 주름살이 생기지 않게 하는 것. 희망적이고, 친절하고, 밝고, 겸손해지는 것. 그것이 바로 나이를 이겨내는 방법이다. –토머스 베일리 올드리치

* 겸손해져라. 그것은 다른 사람에게 가장 불쾌감을 주지 않는 종류의 자신감이다.
–쥘 르나르

* 항상 겸손한 사람은 남에게 칭찬을 들었을 때나, 험담을 들었을 때나 변함이 없다.
–장 폴 사르트르

* 겸손은 모든 미덕의 근본이다. –베일러

* 인생은 겸손에 대한 오랜 수업이다. –제임스 M. 배리

* 어려서 겸손해져라. 젊어서 온화해져라. 장년에 공정해져라. 늙어서는 신중해져라.
–소크라테스

* 세상은 넓고 상수(上手)는 많다. 나 말고 모든 사람이 내 선생이다. –최배달

* 침묵한다고 겸손한 건 아니다. 겸손은 타인에게 나보다 나은 점이 있다는 것을 인정하고, 그래서 항상 배우려는 마음이다. 겸손은 성격이 아니라 마음의 문제이다. –신문곤

* 겸손은 속옷과 같다. 입기는 입되 남에게 보이게는 입지 말라. –작자 미상

* 겸손한 사람에게는 오만하지 말고, 오만한 자에게는 겸손하지 말라. –제퍼슨 데이비스

* 인생이 주는 가장 위대한 교훈은 겸손이다. 자신을 낮추어라. 그렇지 않으면 결국 남이 당신을 낮추고 말 것이다. –할 어반

* 사랑은 겸손 이외에 어느 것에도 자부심을 품지 않는다. –클레어 부드 루스

* 모든 덕이 하늘에 오르는 사다리인데 겸손이 그 첫째 계단이다. 이 첫째 계단에 오르면 그다음에는 위로 올라가기가 쉬운 것이다. -어거스틴

* 겸손함으로 사랑하게 되고 그것으로 희생하고 그 희생으로 많은 것들이 선하게 될 때, 그것이 내게 참 기쁨이 된다면 그것은 우주의 진동과 자기가 일치하는 것이다. -김영우

* 우리가 사랑을 측정할 수 있는 도구가 있다. 그것은 바로 겸손이다. 내 안에 겸손함이 있다는 것은 자기를 비하하는 것이 아니라 상대의 존재를 그대로 인정해 준다는 것이다. 사랑은 겸손을 먹고 자란다. -김영우

* 내 안의 진동을 이끌어낼 수 있는 것은 사랑과 겸손이다. 겸손함으로 사랑할 수가 있다. 그 사랑이 바탕이 될 때 비로소 희생이 되는 것이다. 사랑과 겸손이 모든 것의 실상이다. 진리의 궁극적인 목적이다. 사랑과 겸손 중에 겸손은 밭이고 사랑은 열매이다. -김영우

친 절

* 친절은 미덕이 자랄 수 있도록 비춰 주는 햇살이다. -로버트 G. 잉거솔

* 사람은 결국 홀로 설 수밖에 없지만, 친절은 넘어진 자를 일으켜 세운다. -류시화

* 친절은 그 어떤 모순이라도 녹여낼 수 있는 인생의 꽃이다. 그것은 분규를 풀어 주며, 곤란한 일을 쉽게 만들고, 음울한 마음을 밝혀 준다. -톨스토이

* 나의 종교는 단순하다. 나의 종교는 '친절함' 이다. -달라이 라마

* 친절한 행동은 아무리 작은 것이라도 결코 헛되지 않다. –이솝

* 친절은 사회를 함께 묶어주는 황금 사슬이다. –괴테

* 친절한 말은 짧고 하기 쉽지만, 그 울림은 참으로 무궁무진하다. –마더 테레사

* 인간이 있는 곳에는 언제나 친절을 베풀 기회가 있다. –세네카

* 친절한 마음, 타인에 대한 존경은 처세법의 제일 조건이다. –아미엘

* 친절한 마음은 기쁨이 샘솟는 분수와 같아서 주변에 있는 모든 것을 미소 짓게 한다.
–워싱턴 어빙

* 아름다운 입술을 갖고 싶다면 친절한 말을 하라. 사랑스러운 눈을 갖고 싶으면 사람들의 좋은 점을 봐라. –오드리 헵번

* 말 속에 들어 있는 친절함은 자신감을 창조한다. 생각 속에 들어 있는 친절함은 정중함을 창조한다. 베푸는 곳에 들어 있는 친절함은 사랑을 창조한다. –라오 츠

* 너무 이른 친절이란 없다. 친절은 너무도 빨리 너무 늦은 것이 되기 때문이다.
–랄프 왈도 에머슨

* 미모의 아름다움은 눈만을 즐겁게 하나 상냥한 태도는 영혼을 매료시킨다. –볼테르

* 훌륭한 삶이란 사랑과 친절에서 나온 사소하고 보잘것없는 행위들로 이루어진다.
–윌리엄 워즈워스

* 친절해라. 왜냐하면 당신이 만나는 모든 사람은 지금 힘겨운 싸움을 하고 있는 중이니까……. –조 페티

* 친절함이 이기심을 삼켜 버릴 때까지 관대함을 향상시켜라. –제임스 앨런

* 공손하고 친절한 태도가 결코 손해를 끼치는 경우란 없다. 정중함은 돈이 전혀 안 들면서도 상대방에게 큰 기쁨과 사랑을 전해 준다. –E. 위먼

* 수많은 신, 수많은 믿음, 수많은 길들이 있지만, 이 슬픈 세상에서 가장 필요로 하는 것은 바로 친절을 베푸는 기술이다. –조 페티

* 45년의 연구와 공부 뒤에 얻은 다소 당혹스러운 결론으로, 내가 사람들에게 줄 수 있는 최상의 조언은 서로에게 조금 더 친절하라는 것이다. –올더스 헉슬리

* 배려는 타인에 대한 이해를 가장 은은하게 나타내는 자세다. –김소연

* 배려라는 것은 상대방이 잘못했거나 혹은 옳기 때문이 아니라 그가 인간이라는 사실 때문에 그를 존중하는 것을 의미한다. –존 코글리

* 접대란 배려의 품질에 따라 결정된다. –미즈키 아키코

* '이기주의자'란 우리를 배려해 주지 않는, 천박한 사람들을 일컫는 말이다. –엠브로스 비어스

* 나는 이 세상을 오직 한 번만 산다. 그러므로 내가 할 수 있는 어떤 선한 일이나, 내가 어떤 사람에게 베풀 수 있는 어떤 친절이 있다면, 나는 그 일을 지금 한다. 나는 그것을 미루거나 소홀히 하지 않는다. 나는 이 길을 다시 통과하지 않을 것이기 때문이다.
–스티븐 그레이블

정직

* 영혼의 가치는 높은 영예에 있는 것이 아니라 올바른 양심에 있다. -몽테뉴

* 정직한 사람이 없다고 말하는 사람이야말로 가장 정직하지 못한 사람이다. -조지 버클리

* 정직(正直), 이것이 유한(柳韓)의 영원한 전통이 되어야 한다. -유일한

* 행동의 진실성만이 우리 인간의 향상을 도울 수 있다. -작자 미상

* 정직하지 않고도 정상에 오를 수 있고 머물 수 있다고 생각하는 사람은 바보다. -모티머 파인버그

* 더 이상 자신도 남도 속이지 않을 때가 되었다면, 희망의 싹이 보이는 때가 된 것이다. -루쉰

* 인간의 역설적이며 비극적인 상황은 그가 양심을 가장 필요로 할 때 양심이 가장 약하다는 것이다. -에리히 프롬

* 우리들이 양심을 따르며 사는 만큼 자신의 좋은 천성에 따라 살 수 있도록 성숙될 것이며, 따르지 않는 만큼 동물세계의 범주를 벗어나지 못할 것이다. -스티븐 코비

* 깨끗한 양심만큼 안락한 베개는 없다. -러시아 속담

* 수치심은 제2의 속옷이다. -스탕달

* 양심은 모든 인간에게 신과 같은 것이다. –메난드로스

* 명예는 밖으로 나타난 양심이며, 양심은 안에 파고 앉은 명예다. –쇼펜하우어

* 양심은 진정 이성의 맥박에 불과하다. –콜리지

* 부당한 이익을 얻지 마라. 그것은 손해와 같은 것이다. –헤시오도스

* 정직할 수 있는 사람만이 완전한 인간이다. –플레처

* 정직을 잃은 자는 더 이상 잃을 것이 없는 존재이다. –존 릴리

* 정직한 자는 세계의 시민이다. –퍼클

* 정직과 근면을 당신의 영원한 반려자로 만들라. –벤저민 프랭클린

* 양심 그것은 자명종시계이고, 유령을 몰아내는 수탉의 외침이며, 사람들을 거짓 천국에서 내쫓는 칼로 무장한 대천사이다. –아미엘

* 세상의 어떤 것도 그대의 정직과 성실만큼 그대를 돕는 것은 없다. –벤저민 프랭클린

* 배려와 이해가 없는 정직은 정직이 아니라 교묘한 적개심이다. –로즈 N. 프란츠블라우

* 최고의 미는 인간의 깨끗하고 정직하며 쾌활한 마음의 아름다움이다. –존 러스킨

* 정직은 대인관계의 가장 큰 도리다. –『탈무드』

* 정직은 최상의 정책이다. –서양 속담

* 정직한 노동은 얼굴을 사랑스럽게 만든다. –토머스 데커

* 평상심이란 나를 이기는 힘이다. 나를 이기려면 솔직해져야 한다. 솔직하다는 것은 인간이나 시세에 영합하거나 여론을 맹종하지 않는 자세라고 한다. 진솔한 사람은 주관과 물욕에 지배당하지 않고 옳고 그름의 판별이 정확해 자신이 가야 할 길로 정정당당히 나갈 수 있다. –장쓰안

* 사람에게 있어서 어느 무엇보다도 가장 큰 힘을 주는 것은 한 가지 진실에 있다. 그 마음속에 진심이 일관하고 있다면 그는 그 진심의 힘으로 거의 못 할 일이 없을 것이다. –홍자성

* 진실로 가는 길은 관점과 태도와 행동이 하나가 되는 것이다. –한바다

* 진실 없는 삶이란 있을 수가 없다. 진실이란 삶 그 자체인 것이다. –카프카

* 진실함이 도덕의 핵심이다. –토머스 헨리 헉슬리

* 용기가 없으면 진실이 있을 리 없고, 진실이 없으면 다른 미덕이 있을 수 없다. –작자 미상

* 진실의 힘은 오래 지속된다. 진실은 사람이 소유하고 있는 재산 중 최고의 것이다. 진실은 진실한 행위를 통해서만 남에게 전달된다. 진실은 인생의 극치이다. –세네카

* 순수하고 맑고 결백한 마음을 지녔다면 열 개의 진주 목걸이보다 더 행복한 빛을 간직하고 있는 것과 같다. 어떠한 지위나 지식이 있다 해도 진실을 잃어버린다면, 그 지

위도 지식도 허위에 불과한 것이다. -페스탈로치

* 진실은 행동으로 말할 뿐, 그것을 꾸미는 말이 없다. -셰익스피어

* 내가 먼저 할 일은 나 자신에게 진실해야 한다는 점이다. 어찌 자신이 진실치 못하면서 남이 나에게 진실하기를 바라겠는가? 만일 그대가 그대에게 진실하다면 밤이 낮을 따르듯 아무도 그대에게 거짓말을 하지 않게 될 것이다. -셰익스피어

사람이란 어떤 존재인가?
자기와 자기 주변 사람과의 관계를
맺어가는 존재이다.

–키에르 케고르

CHAPTER

18

좋은 관계가 필요할 때

Chapter 18

좋은 관계가 필요할 때

태어나서 죽을 때까지 삶은 끊임없는 '관계'의 연속입니다. 인생이란 관계 맺기 과정입니다. 사랑도 우정도, 사람들 간의 소통과 협력도 모두 관계 속에 있는 것입니다. 그래서 인간관계에서 실패한 사람은 결코 행복할 수도, 성공할 수도 없습니다.

인생에서 배워야 할 가장 중요한 것을 정작 학교에서는 가르치지 않습니다. 행복한 삶과 성공적인 삶을 살기 위해 반드시 잘 배워야 하는 것이 '인간관계의 기술'임에도 우리는 이것을 전혀 배운 적이 없습니다. 영어나 수학보다 100배 더 중요한 것이 관계의 지혜입니다. 이것은 누구에게나 일생 동안 항상 사용되는 절대적인 것이기 때문입니다.

인간관계가 안 좋으면 삶이 불행해지고 고독해집니다. 반면 인간관계가 좋으면 삶이 행복해지고 풍요로워집니다. 인간관계가 좋을 때 자신의 뜻을 이룰 가능성도 훨씬 더 높아집니다. 좋은 관계는 행복의 열쇠입니다. 우리는 누구나 그 열쇠를 찾아야 할 것입니다.

이 장의 아포리즘은 좋은 관계를 위한 통찰과 교훈을 깊이 일깨워 줄 것입니다. 인간관계가 얼마나 중요한지를 깨우치게 된다면, 그리하여 행동에 변화가 생긴다면 그에 따라 삶의 빛과 그늘 또한 분명히 달라질 것입니다.

관계

* 홀로 있는 나무는 숲을 이루지 못한다. –『현문(賢文)』

* 존재한다는 것은 교류한다는 것이다. –바흐친

* 세상에서 가장 어려운 일은 사람의 마음을 얻는 일이다. –생텍쥐페리

* 사람을 존경하라. 그러면 그는 더 많은 일을 해낼 것이다. –제임스 오웰

* 아기는 엄마의 배 속에서 만들어지지만, 하나의 개인은 관계를 통해 만들어진다. –제레미 리프킨

* 어떤 만남을 경험했고, 어떤 관계를 맺었느냐에 따라 우리의 삶의 빛깔도 달라진다. –이무석

* 주변 세계가 반짝이길 원한다면 나 자신이 먼저 사랑과 관심을 베풀어야 한다. –앨런 브룩

* 인간은 상호 관계로 묶어지는 매듭이요, 거미줄이요, 그물망이다. 이 인간관계만이 유일한 문제다. –생텍쥐페리

* 진정한 승리는 남을 굴복시키는 것이 아니라 나에 대한 호감을 느끼게 하는 것이다. –윤지원

* 사람이란 어떤 존재인가? 자기와 자기 주변 사람과의 관계를 맺어가는 존재이다. –키에르 케고르

* 다른 사람의 체면을 세워주면, 당신의 얼굴도 보기 좋아진다. –작자 미상

* 세상을 살아가는 기술 가운데 99%는 내가 싫어하는 사람과 잘 지내는 방법에 대한 것들이다. –새뮤얼 골드윈

* 특별한 누군가와 관계를 맺어라. 사랑하는 이는 기쁨의 선물과도 같다. –셰릴 리처드슨

* 사람들은 누군가를 기다릴 때, 그의 결점들을 꼽아본다. –프랑스 격언

* 관계와 편견의 도움 없이는 사람들과 어울리기 힘들다. –윌리엄 해즐릿

* 성공적인 관계란 다른 사람의 행복에 관심을 갖는 것이다. –게리 채프먼

* 그 사람 입장에 서기 전에는 절대로 그 사람을 욕하거나 책망하지 말라. –『탈무드』

* 양떼 속의 완전한 일원이 되려면 우선 자신이 양이 되어야 한다. –아인슈타인

* 하늘은 사람 위에 사람을 만들지 않고 사람 밑에 사람을 만들지 않는다. –후쿠자와 유키치

* 말에 올라타는 사람이 생각하는 것과 말이 생각하는 것은 다르다. –벤저민 프랭클린

* 첫인상에 좌우되지 마라. 거짓은 늘 앞서오는 법이고, 진실은 뒤따르는 법이다. –발타자르 그라시안

* 모든 주장의 바탕에는 이해관계가 있다. –새뮤얼 버틀러

* 애정이 있어야 비판할 자격이 주어진다. –타고르

* 모든 인간관계에서 신뢰는 모유와도 같은 것이다. –존 러스킨

* 사이를 인정해야 좋은 사이가 된다. –유영만

* 모든 영향력의 본질은 상대방을 참여시키는 데 있다. –해리 오버스트리트

* 이 지상에 무엇 하나 홀로 이룬 것은 없다. 이 세상에 누구 하나 홀로 빛나는 건 없다. –박노해

* 얼마나 뛰어난 사람이건, 얼마나 똑똑한 사람이건 중요하지 않다. 성공하려면 인간관계에서 성공해야 한다. –칼 필레머

* 내가 없는 자리에서 사람들이 나를 칭찬하기 시작했다면, 나는 성공에 필요한 첫 번째 법칙을 이룬 것이다. –양광모

* 올바른 처세는 인생에서 부딪치게 될 많은 문제를 기회로 바꾸어 준다. –윤지원

* 당신이 어떤 사람을 미워한다면, 그 사람 안에 있는 당신의 한 부분을 미워하는 것이다. 우리 자신 안에 있는 것이 아니면, 그것이 우리를 불편하게 하지 않는다. –헤르만 헤세

* 관계란 자신이 한 만큼 돌아온다. 먼저 관심을 두고, 먼저 다가가고, 먼저 공감하고, 먼저 칭찬하고, 먼저 웃으면, 그 따뜻한 것들이 나에게 돌아온다. –레이먼드 조

* 대개 사람의 호감이란 먼저 남이 표시해 준 것에 대한 반응으로 나타나는 것이다. 따라서 기다릴 것이 아니라 당신이 먼저 주어야 한다. –로렌스 굴드

* 마음속으로라도 상대방을 하찮게 여기면, 그에게 스스로를 소중히 여기는 마음을 심어줄 수 없다. –레스 기블린

* 인간은 저마다 신의 아들이므로, 모든 인간이 중요하다는 사실을 잊지 않는다면 자연스럽게 좋은 대인관계를 유지할 수 있을 것이다. –헨리 카이저

* 사람들이 그들의 가장 바람직한 모습이 될 수 있도록 도와주어라. 그리고 그들이 이미 가장 바람직한 모습이 된 것처럼 대하라. –괴테

* 아무리 비참하고 우스꽝스러운 사람일지라도, 우리는 그를 존중하지 않으면 안 된다. 또한 어떤 사람의 내부에도, 우리들 속에 살고 있는 것과 똑같은 영혼이 살고 있다는 것을 잊어서는 안 된다. –쇼펜하우어

* 상대방이 오랜 친구든, 은행 직원이든 당신이 그들을 대하는 방식은 당신이 어떻게 대접받길 바라는지 보여주는 거울과 같다. –디팩 초프라

* 그 사람과 같은 입장에 서 보지 않았거든 그 사람을 비난하지 마라. 남의 입장을 충분히 이해한다는 것은 사랑의 첫걸음이다. –라마크리시나

* 우리가 서로를 분리시키는 심연을 건널 수 없다면 달나라로 여행하는 것이 무슨 소용이 있겠는가? –토머스 머튼

* 상대방이 나를 좋아하면 나의 제안도 좋아하고, 상대방이 나를 싫어하면 나의 제안도 싫어한다. –코치 알버트

* 헤어질 때 다시 만나고 싶은 사람이 되라. 함께 있으면 즐거운 사람, 함께하면 유익한 사람이 되라. 든 사람, 난 사람, 된 사람, 그도 아니면 웃기는 사람이라도 되라. –양광모

* 다른 사람이 걸어간 길을 걸어가 보기 전에는 결코 그를 이해할 수 없다. –이드리스 샤흐

* 스스로 완전히 타인이었던 사람만이 타인을 진정으로 이해할 수 있다. –에리히 프롬

* 상대방을 있는 그대로 인정하고, 그 사람 편에서 이해하고 마음 써 줄 때, 감히 '사랑'이라고 말할 수 있다. –법륜

* 타인의 기쁨과 슬픔을 제대로 느낄 수 있을 때, 비로소 그에 대한 이해가 깊어진다. –아인슈타인

* 한 사람을 깊이 안다는 것은 그 사람을 둘러싼 세계와의 관계와 그 사람의 인생을 그 사람이 어떻게 느끼는지 안다는 것이다. 즉, 그 사람만의 스토리를 안다는 것이다. –제레미 리프킨

* 사람을 얼마나 많이 아느냐가 아니라 인간을 얼마나 깊이 이해하느냐가 중요하다. –김대규

* 사랑하더라도 그의 결점도 알고 있어야 하고, 증오하더라도 그의 장점은 알고 있어야 한다. –『예기』

* '저 사람이 나에게 이렇게 하고 있다'고 판단하지 말라. 그들은 자신의 일을 하고 있을 뿐이다. 드러난 것만 보고 판단하지 말고, 사람들이 그럴 수밖에 없는 원인을 살피라. –한바다

* 신용은 거울과 같은 것이다. 일단 금이 가면 다시는 하나로 되지 못한다. –아미엘

* 미워하면 둘 다 바뀐다. 사랑해도 둘 다 바뀐다. 그러나 미워해서 바뀌면 둘 다 불행하고, 사랑해서 바뀌면 둘 다 행복해진다. –조정민

* 모든 사람에게 자신을 알려라. 그러나 어느 누구에게도 자신을 전부 보이면 안 된다. 물이 얕아 보이면 사람들이 자유롭게 건너다닌다. –벤저민 프랭클린

* 모든 인간 관계의 결정적인 대목에는 딱 한 가지 질문만이 존재한다. "지금 사랑은 무엇을 하려 하는가?" –닐 도날드 월쉬

* 인생의 평화는 갈등이 없는 데서 오는 게 아니라 갈등을 대처하는 능력에서 온다. –작자 미상

* 인간은 본질적으로 갈등하는 존재이고, 갈등을 통해 성장하는 존재다. 그래서 갈등을 회피하면 성장할 기회를 스스로 차 버리게 된다. –안젤름 그륀

* 당신이 올라가면서 만나는 사람들을 잘 대해주라. 왜냐하면 당신이 내려갈 때 그들을 만나기 때문이다. –지미 듀랜트

* 능력보다 훨씬 희소하고 드문 것이 있다면, 그것은 남의 능력을 인정해 주는 능력이다. –로버트 하프

* 당신을 깎아내리려는 사람에게서 멀어지라. 진정으로 위대한 사람은 당신 스스로가 위대하게 느껴지게 하는 사람이다. –마크 트웨인

* 현재의 모습만 보고 상대방을 대하라. 그러면 그를 망칠 것이다. 하지만 미래의 모습을 보고 상대방을 대하면 그 미래가 현실로 이루어질 것이다. –괴테

* 부족한 사람도 완전한 사람인 듯이 대우해 주면 그것은 그가 좀 더 나은 사람이 되도록 돕는 것이다. -괴테

* 어떤 사람이든 당신이 선량한 사람이라고 해주면, 실제로는 그렇게 선량한 사람이 아닐지라도 앞으로는 선량한 사람이 되려고 한층 더 노력할 것이다. -C. V. M.

* 좋은 인간관계를 유지하라. 당신이 베푼 작은 친절이 언젠가 당신을 더 크게 도울지도 모른다. -로버트 페드로

* 세상에 딱 들어맞는 것은 열쇠와 자물쇠밖에 없다. 고로 서로 맞추며 사는 것이 옳다. -작자 미상

* 세상에는 두 종류의 사람이 있다. 당신을 끌어 올리는 사람, 그리고 당신을 끌어내리는 사람. 누가 당신을 끌어올리는지 판단하여 그들에게 감사를 표하라. -키스 D. 해럴

* 사람을 대할 때 가르치려 하지 마라. 다만 진심으로 함께하는 마음이면 절로 통한다. 세상이 혼란스러운 것은 배우고자 하는 사람은 없는 데 가르치려고 하는 사람이 너무 많기 때문이다. -허허당

* 네트워크 사회에서는 주변의 능력을 공유해야 하기 때문에 친구를 똑똑하게 만들어서 그 능력을 활용해야 한다. -조현정

* 물의 모양은 그릇이 좌우하고, 사람의 운명은 인맥이 좌우한다. -양광모

* 다른 사람의 장점을 먼저 살펴라. 그들을 깍아내리기보다 높여주는 것이 더 이롭다. -할 어반

* 당신은 누구에게도 의존할 수 없다. 안내자, 스승, 권위자는 없다. 당신만이 있을 뿐, 당신과 다른 사람과의 관계, 당신과 세상의 관계가 있을 뿐, 그밖에는 아무것도 없다. –크리슈나무르티

* 사람들의 존경을 받는 유일한 방법은 사람들을 존경하는 것이다. 나는 바로 그렇게 한다. –토미 라소다

* 예의가 재산이다. 누구에게나 예의를 지키고 공손하게 대하라. 다른 사람에게 기쁨을 줄 기회를 절대로 놓치지 마라. –존 러벅

* 자존감을 훼손시키는 사람과의 관계는 절대로 오래 유지될 수 없다. 이는 남녀 사이에도, 스승과 제자 사이에도, 부부 사이에도, 친구 사이에도 마찬가지다. –천준협

* 연장자가 당신을 아들이나 딸처럼, 동료들이 형제나 자매처럼 여긴다면, 틀림없이 사회생활에서 순항할 수 있다. –장쓰안

* 내가 나 자신에 관해 알아낸 것이 진정성을 확보할 수 있는 것은 내가 너에게서 나의 일부를 확인하고, 너는 내 안에서 너의 일부를 확인했기 때문이다. –찬궈번

* 나는 누구의 가슴속에 있는 것일까, 그리고 내 가슴속에는 누가 있는 것일까? 누가 있는 것일까? –에쿠니 가오리

* 인간관계가 좋아지는 비결은 사랑을 주면 언젠가는 사랑으로 받는다는 사실을 포기하지 않는 것이다. –신문곤

* 남남이라는 것은 0%를 소유한다는 것이고, 사랑한다는 것은 50%를 소유한다는 것이고, 집착한다는 것은 100% 소유하려는 것이다. –신문곤

* 천생연분을 찾는 건 천생연분이란 없기에 절망을 가져온다. 천생악연 또한 있지 않으니 천생연분도 없다. 있는 건 우리 앞에 있는 그 사람과 그 사람에게서 배워야 할 완벽한 교훈뿐이다. –마리안느 윌리암슨

* 인생은 메아리와 같다. 내가 외친 소리가 내게 되돌아오듯이 인생은 주는 만큼 받는다. –지그 지글러

* 성공하는 사람들은 남들의 재능을 인식하고 개발하고 활용하는 데 자신의 힘을 사용한다. 남들에게서 좋은 점을 찾는 일을 게을리 하지 말라. –지그 지글러

* 인간관계는 인생의 모든 발전, 모든 성공, 모든 성취가 자라나는 비옥한 토양이다. –벤 스타인

* 남들에게서 볼 수 있는 것은 오직 당신 내부에 있는 것뿐이다. –지그 지글러

* 자수성가라는 것은 없다. 남들의 도움을 얻어야만 목표를 이루는 게 가능하다. –조지 신

* 남편과 아내가 서로 같은 편이라는 사실을 분명히 인식한다면, 수많은 부부가 더 행복한 결혼 생활을 영위할 수 있을 것이다. –지그 지글러

* 나 자신을 주는 것이 좋은 이유는 그럼으로써 얻는 것이 주는 것보다 언제나 크기 때문이다. 즉, 반작용이 작용보다 큰 것이다. –오리슨 스웨트 마든

* 사람과의 관계에서 자꾸 계산하게 된다는 것은 상대가 자신에게 그만한 가치가 없다는 반증이다. 정말 사랑하는 사람들 사이에서는 계산을 하지 않는다. –신문곤

* 뜨거운 난로 위의 주전자는 난로와 함께 뜨거워진다. 우정도 사랑도 마찬가지다. 아픔은 분명히 길이 되어줄 수 있다. –이철환

* 빨리 가고 싶으면 혼자서 가고, 멀리 가고 싶으면 함께 가라. –아프리카 속담

* 나에게 익숙한 것이 좋은 것인가? 나에게 친절한 것이 옳은 것인가? 나에게 굽실대는 것이 착한 것인가? 마음속 편견을 버리자. –작자 미상

* 움켜쥔 주먹으로는 악수를 할 수 없다. –골다 메이어

* 자신만이 아니라 사회로 눈을 돌릴 때, 사람과의 관계에서 재미를 느낄 때 자신감은 생겨난다. –알프레드 아들러

* 존중하라. 인간은 저마다 신의 아들이므로, 모든 인간이 중요하다는 사실을 잊지 않는다면 자연스럽게 좋은 인간관계를 유지할 수 있을 것이다. –헨리 카이저

* 이별의 시간이 되어서야 그 사람의 깊이를 알 수 있다. –칼릴 지브란

* 누군가 다른 사람에게 성과를 돌릴 마음의 준비가 되어 있다면, 그의 가능성은 무한하다. –로버트 우드러프

* 함께 우는 것만큼 사람의 마음을 결합시키는 것은 없다. –루소

* 사람과 사람 사이를 가장 가깝게 만드는 것은 웃음이다. –벤저민 프랭클린

* 회의에서 토론이 벌어졌을 때 이기는 사람은 상급자가 아니라 '좋은 아이디어를 낸 사람' 이어야 한다. –맥 휘트먼

* 강함보다는 사람으로서 따뜻하게 받아들여 주는 그런 사람, 같은 일을 하더라도 자상함이 있고 따뜻한 인간성을 가진 그런 사람이 더 좋다. 그것은 강함보다 한 차원 더 높다. –최배달

* 인간은 달과 같아서 저마다 아무한테도 보여주지 않는 어두운 면을 가지고 있다. –마크 트웨인

* 매너는 그 사람의 초상화를 비추는 거울이다. –괴테

* 인간은 자신의 부족함을 의식하게 하는 사람을 미워한다. –클라비에르 드 보브나르그

* 자존심은 다 떨어진 외투 밑에도 숨어 있을 수가 있다. –토머스 풀러

* 군자는 물을 거울로 삼지 않고, 사람을 거울로 삼는다. –묵자

* 다툴 때 어떻게 처신하는지를 보면 그 사람의 교양을 알 수 있다. –조지 버나드 쇼

* 한쪽에만 잘못이 있다면 싸움이 오래 지속되지 않을 것이다. –라 로슈푸코

* 필요 이상으로 당신의 비위를 맞추는 사람은 당신을 속였거나 속이고자 하는 사람이다. –이탈리아 격언

* 자기 혼자만 현명한 자가 되려고 하는 것은 큰 바보다. –라 로슈푸코

* 나 혼자 잘나기를 바라는 것은 가장 어리석은 일이다. 왜냐하면 보통 대부분의 사람은 자기가 남보다 잘나기를 원하고 있기 때문이다. 그렇기 때문에 차라리 한 걸음 물러서는 것이 현명하다. –라 로슈푸코

* 언쟁하든가, 반박하든가 하는 동안에는 상대방을 이길 수도 있을 것이다. 그러나 그것은 헛된 승리이다. 상대방의 호의는 절대로 얻을 수 없기 때문이다. –벤저민 프랭클린

* 인간으로 대접받지 못하는 것만큼 화나는 일은 없다. –괴테

* 아무리 악한 사람도 자신에게 호의적으로 대하는 사람에게는 좋게 대하기 마련이다. 아무리 선한 사람도 자신에게 호전적으로 대하는 사람에게는 맞서 대응할 줄 안다. –김세유

* 다른 사람들을 좋아할 수 있는 최고의 방법은 그들을 도와주는 것이다. –조라 닐 허스턴

* 어떤 경제 제도 하에서든 인간을 관리할 줄 아는 사람들이 물건밖에 관리 못 하는 사람들을 관리한다. –윌 듀런트

* 사람들을 신뢰하라. 그러면 그들이 당신을 신뢰할 것이다. 그들을 위대한 사람처럼 대하라. 그리하면 그들이 자신들의 위대함을 보여줄 것이다. –랄프 왈도 에머슨

* 인내와 끈기, 성실성으로 신뢰를 얻는다. 그렇게 해서 가까운 사람부터 감동시켜라. 다른 사람에 대한 믿음을 보여주라. 그러면 그들이 더 많은 것을 보여줄 것이다.
–로버트 페드로

* 우리는 어떤 사람의 말에 귀 기울이는가? 내가 좋아하는 사람, 내가 신뢰하는 사람의 말은 강요하지 않아도 저절로 따르게 된다. –『아이의 정서지능』에서

* 사람들은 우리가 했던 말이나 행동은 잊어버려도, 우리가 그들에게 준 느낌은 결코 잊지 못한다. –마야 안젤루

* 세상은 '자신에게 호되고 남에게 후한 자' 에게 궁극적으로 성공이라는 단어를 선물

한다. –전옥표

* 당신이 사랑하는 사람들에게 가끔씩 물어보아라. "당신을 더 사랑하려면 어떻게 해야 할까?" 서로 사랑하고 지속하는 관계는 삶을 빛나게 해준다. –루이스 L. 헤이

* 헤어지고 좋은 관계로 남는다는 것은 쉽지 않다. 좋은 관계라면 애당초 헤어질 리가 없다. –마르셀 프로스트

* 누군가와 관계를 맺는다는 것은 내가 그를 위해서 기꺼이 시간을 내줄 수 있다는 것이다. –생텍쥐페리

* 대인 관계에서 선을 지키는 것은 당연한 의무다. 만약 타인에게 선이 되지 못한다면 그대는 악이다. 그 경우 그대는 타인에게 악을 눈뜨게 하는 것이다. –톨스토이

* 당신 스스로를 움직이려면 머리를 쓰면 된다. 그러나 다른 사람을 움직이려면 가슴을 써야 한다. –엘리너 루스벨트

* 관계, 경험 등 당신의 삶의 모든 것은 당신의 내면이 어떻게 흘러가고 있는지 보여주는 거울이다. –루이스 L. 헤이

* 인간은 남이 숨기는 것을 자신에게서 발견하고, 자신이 숨기는 것을 남에게서 발견한다. –드 보브나르그

* 자기 안의 불꽃이 꺼졌을 때, 종종 다른 누군가의 불씨로 다시 살아나는 것을 경험한다. –알베르트 슈바이처

* 자신보다 남을 더 배려하는 사람이라는 명성을 얻으면 일종의 마법 같은 힘이 생깁니

다. 그 혜택은 헤아릴 수 없이 다양한 방법으로 자신에게 되돌아가지요. –애덤 그랜트

* 사람들은 할 수 있나고 믿어 줄 때 자신이 할 수 있는 것보다 훨씬 더 많이 발전한다. –존 맥스웰

* 모두가 같은 음을 낸다면 화음을 이룰 수 없다. 하모니는 서로 다름에서 나온다. –더그 플로이드

* 사람을 바라보는 방식이 곧 그 사람을 대하는 방식이다. 그리고 당신이 대하는 그대로 그 사람은 성장해 간다. –존 맥스웰

* 파트너에게 가능한 모든 것을 알려라. 파트너가 아는 게 많아질수록 그들의 관심도 커진다. 관심이 커지면 그 어느 것도 그들을 막을 수 없다. –샘 월튼

* 일을 한다는 것은 자신의 존재를 증명하는 것이다. 타인과의 관계를 통해 자신의 존재를 증명하는 것이다. 일의 의미란, 이처럼 타인과의 관계 속에서 자신의 필요성을 느끼는 것이다. –후쿠시마 마사노부

* 수다쟁이는 당신에게 다른 사람 이야기를 하는 사람이고, 따분한 사람은 당신에게 자신의 이야기를 하는 사람이다. 그리고 말을 잘하는 사람은 당신에게 당신 이야기를 하는 사람이다. –작자 미상

* 의존적인 사람은 자신이 원하는 것을 얻기 위해 다른 사람을 필요로 한다. 독립적인 사람은 스스로의 노력으로 원하는 것을 얻을 수 있다. 상호의존적인 사람은 더 큰 성과를 이루기 위해 자신의 노력과 다른 사람들의 노력을 결합한다. –스티븐 코비

* 거울에 45도 각도로 비춰진 광선은 45도 각도로 반사된다. 사람의 마음도 마찬가지

다. 내가 계산을 하고 있으면 상대방도 계산을 하고 있고, 내가 그렇지 않으면 상대방도 그렇지 않다. 이 교훈은 나의 인생에 정말로 많은 도움을 주었다. –미시마 가이운

* 한 인간에게 완전함을 기대하지 말라. 완전함은 죽은 관념 속에서만 존재할 뿐이다. 그대가 한 인간에게 완전함을 요구한다면 오직 분노와 실망만을 체험할 뿐이다. 한 인간을 정지된 완성이 아니라 생명의 흐름으로 볼 때, 완성을 향해 가는 과정으로 볼 때, 그대는 자비로워진다. –한바다

* 다른 사람에 대한 악의는 자신을 불행하게 하고 상대방의 삶도 불행하게 만든다. 반대로 다른 사람에 대한 선의는 인생의 수레바퀴를 원활하게 회전시키는 기름과 같아서 그 사람의 삶은 물론 다른 사람의 삶까지 밝고 유쾌하게 만든다. –톨스토이

* 그리우면 그립다고 말하고, 불가능 속에서 한 줄기 빛을 보기 위해 애쓰는 사람이 좋다. 다른 사람을 위해 호탕하게 웃을 줄 알고, 화려한 옷차림이 아니라도 편안함을 줄 수 있는 사람이 좋다. 때에 맞는 적절한 말로 마음을 녹이고, 외모보다는 마음을 읽을 줄 아는 눈을 가진 사람이 좋다. –헨리 나우웬

경 청

* 귀는 가슴으로 통하는 길이다. –볼테르

* 듣지 않으려고 하는 사람보다 더 귀머거리는 없다. –속담

* 입보다도 귀를 높은 지위에 놓아라. –『탈무드』

* 귀를 기울여라. 너의 혀가 너를 귀머거리로 만들기 전에. –인디언 격언

* 사람들이 원하는 모든 것은 자신의 얘기를 들어줄 사람이다. –휴 엘리어트

* 우리는 흔히 듣는 사람이 없어서 매우 정교한 의사소통에 어려움을 겪는다. –에르마 봄벡

* 타인을 설득하는 최상의 방법 중 하나는 그 사람 말을 경청해서 귀로 설득하는 것이다. –딘 러스크

* 사람들을 이끌어야 할 때 이끌 수 있으려면 들을 수 있을 때에 들어야 한다. –톰 피터스

* 사람들이 말할 때, 전적으로 들어라. 대부분의 사람들은 절대 듣지 않는다.
–어니스트 헤밍웨이

* 내가 무슨 말을 했느냐가 중요한 게 아니라 상대방이 무슨 말을 들었느냐가 중요하다. –피터 드러커

* 의사소통에서 제일 중요한 것은 상대방이 말하지 않은 소리를 듣는 것이다. –피터 드러커

* 경청은 당신의 두 귀로 사람을 설득하는 방법이다. –딘 러스크

* 경청은 귀에 관련된 것이라기보다 믿음, 존경, 관심, 그리고 정보의 공유에 관한 것이다. –베버리 브리그스

* 말을 너무 많이 해서 비난을 받았다는 말은 자주 들었다. 그러나 너무 많이 듣는다고 비난을 받았다는 말은 내 생전에 들어본 적이 없다. –노만 아우구스틴

* 경청은 다리를 건너는 것과 같다. 건너고 나면 그 어떤 유대의 표현들보다 훨씬 더 자애로운 힘을 지닌, 튼튼한 다리 하나가 너와 나의 뒤에 놓여 있다. -김소연

* 말을 귀담아듣는 자를 꺼리는 자는 없다. -잭우드포드

* 대화를 가장 잘하는 사람은 남의 말을 가장 잘 들어주는 사람이다. -작자 미상

* 듣는 귀가 목마르고 굶주려 있으면 송장이나 다름없는 설교자도 웅변을 한다. 듣는 귀가 신선하고 지루해하지 않으면 주정뱅이나 벙어리도 못할 말이 없을 것이다. -루미

* 칭찬에 흔들리지 않는 사람도 자기의 이야기를 열심히 들어 주는 사람에게는 마음이 흔들린다. -잭우드포드

* 양쪽의 소리를 다 들을 수 있도록 우리는 두 귀를 가지고 태어났다. 칭찬과 비판, 양쪽을 잘 듣고 어느 쪽이 정확한가를 알기 위함이다. -작자 미상

* 깊이 듣고 다정하게 말하는 것이 커뮤니케이션의 기술이다. 다정하게 말하는 것에는 돈이 들지 않는다. -베트남 속담

* 모든 사람에게 너의 귀를 주어라. 그러나 너의 목소리는 몇 사람에게만 주어라.
-셰익스피어

* 아무리 성장을 해도 다른 사람의 말에 귀를 기울이는 마음을 잃으면 결국 자신도 잃게 된다. '초심으로 돌아간다' 는 것은 어린 시절, 다른 사람들에게 가르침과 인도를 받았던 시절, 그 시절의 순수한 마음을 되찾는다는 의미가 아닐까. -마쓰시타 고노스케

* 남을 설득할 때 사람들이 저지르는 가장 큰 실수는 자신의 생각과 감정을 표현하려고

만 애쓰는 것이다. 사람들이 정말 원하는 것은 상대방이 자신을 존중하고 이해하며 자신의 말을 들어주는 것이다. 당신이 상대방을 이해해 주는 순간, 그도 당신의 관점을 이해하려고 노력하게 된다. –데이비드 번즈

* 상대방이 가장 원하는 것은 그저 당신이 잘 들어주는 것이다. 그러므로 누군가 당신을 필요로 한다면, 그가 원하는 것은 빛나는 조언이나 충고가 아니다. 다만 그는 곁에서 자기 이야기에 진심으로 귀 기울여 줄 사람을 필요로 하는 것이다. 사람들은 대개 자신이 앞으로 무엇을 어떻게 해야 할지 이미 알고 있다. 그러므로 당신이 할 일은 그저 곁에서 묵묵히 잘 들어주는 것뿐이다. –김혜남

공감

* 공감만이 소통의 힘을 갖는다. –김광훈

* 인간관계는 정열과 사랑에 의해서가 아니라 서로에 대해 공감하는 마음과 헌신에 의해서 지속되는 것이다 –쉬브 케라

* 공감이란 상대의 눈으로 보고, 상대의 귀로 듣고, 상대의 마음으로 느끼는 것이다. –알프레드 아들러

* 동정은 위에서 내려다보는 시선이다. 그러나 공감은 무릎 꿇고 같은 눈높이에서 함께 바라보는 것이다. –박경철

* 사람에 대해 관심을 가지면 공감할 수 있고, 공감하면 교감할 수 있고, 교감을 하면 사랑할 수 있고, 사랑을 하다 보면 그를 위해 행동할 수 있다. –신문곤

* 소통을 잘한다는 것은 나의 기준이 아니라 상대방을 기준으로 공감할 만한 주제, 공감할 만한 표현으로 소통하는 것이다. –신문곤

* 공감은 마음의 문을 여는 열쇠다. 공감은 해감과 같다. 조개는 같은 소금 농도에서 입을 여는 법이다. –한근태

* 공감은 신뢰와 소통의 열쇠다. 다른 사람의 감정을 이해하려면, 자신에게 맞추었던 초점을 타인에게로 돌려야 한다. 타인의 감정을 잘 읽고 효과적으로 다루는 사람은 삶의 어떤 분야에서도 유리한 위치를 차지한다. –할 어반

* 당신이 다른 사람을 향하여 깊은 공감을 표시할 때, 그들의 방어 에너지가 잠시 작동이 중단되고 긍정적 에너지가 그것을 대체한다. 그때가 바로 문제를 해결하는 데 당신이 더 창조적일 수 있는 때이다. –스티븐 코비

* 확장된 공감은 사람들을 진정으로 평등한 위치에 올려놓는 유일한 인간적 표현이다. 다른 사람과 공감할 때 구별은 사라지기 시작한다. 다른 사람의 고군분투를 자신의 것처럼 동일시하는 바로 그런 행동이 평등 의식의 궁극적 표현이다. –제레미 리프킨

* 인상적인 달변가, 훌륭한 심리치료사, 성공한 리더는 다른 사람과의 연결고리를 찾아내는 능력이 있다. 당신이 유사점을 발견하는 능력을 개발한다면 당신도 이러한 기술을 갖게 된다. –게리 D. 맥케이

칭찬 · 격려

* 칭찬하라. 좋은 말을 남에게 베푸는 것은 비단옷을 입히는 것보다 따뜻하다. –순자

* 한 포기의 풀이 싱싱하게 자라려면 따스한 햇빛이 필요하듯이 한 인간이 건전하게 성장하려면 칭찬이라는 햇볕이 필요하다. –루소

* 세상에서 황금과 사랑보다 인간에게 더 필요한 두 가지는 인정과 칭찬이다.
–메리케이 애시

* 야단맞고 크는 어린이는 소심해지고, 칭찬받고 크는 어린이는 자신감이 큰다.
–작자 미상

* 야단을 맞아 나쁜 짓을 하지 않게 된 사람보다 칭찬을 받고 착한 일을 하게 되는 사람들이 더 많다. –로버트 스미스 서티스

* 자기를 높이 평가해 주는 사람조차 거스를 수 있는 사람은 거의 없다. –워싱턴

* 동료로부터 관심, 존경, 칭찬 그리고 사랑받고 싶은 욕구는 인간의 마음속에 있는 최초의, 그리고 가장 강렬한 성향이다. –존 아담스

* 돈과 섹스 말고도 사람들이 원하는 것이 또 있다. 바로 인정과 칭찬이다. –메리 케이 애시

* 인간을 깊이 이해할수록 보다 덜 기대하게 되고 보다 쉽게 칭찬하게 된다. –새뮤얼 존슨

* 지금부터라도 칭찬을 해주는 사람이 되라. 그러면 그만큼 당신의 잠재력이 계발될 것이다. –데일 카네기

* 진실로 칭찬의 말은 친절과 애정 어린 행동으로 아이가 정상적인 생활을 하도록 돕는 것이다. 적재적소에 칭찬하는 것은 햇빛이 꽃의 성장에 필수적인 것과 같은 일이다.
–크리스찬 네스텔 보비

* 무조건 비판하는 것과 무조건 칭찬하는 것이야말로 양대 바보짓이다. –벤저민 프랭클린

* 관대하라. 이것은 돈에서보다 칭찬과 이해에서 더 관대하라는 뜻이다. 많은 사람들이 칭찬에 굶주려 있고, 받아도 되는 것보다 훨씬 적게 받는다. 누군가가 좋은 일을 했을 때, 그것을 알아주는 첫 번째 사람이 돼라. –디팩 초프라

* 나의 철칙 중 하나는 칭찬을 곁들이지 않는 비판은 하지 않는다는 것이다. 어떤 비판이든 하기 전과 하고 난 후에 칭찬할 거리를 찾아야 한다. 행위를 비판하되 사람을 비판하지는 마라. –메리 케이 애시

* 다른 사람들을 비판하고 그 사람들로 하여금 자신들을 별 볼일 없는 사람이라고 느끼게 하는 것은 쉬운 일이다. 누구든지 그렇게 할 수 있다. 노력과 슬기를 필요로 하는 것은 그들을 치켜세워서 살맛나게 느끼도록 해주는 것이다. –렙베 나흐만

* 괴로움을 이겨내는 데는 무엇보다 격려가 필요하다. 격려는 용기의 어머니다. –이케다 다이사쿠

* 격려는 긍정의 힘과 용기를 이끌어내는 과정이다. '나는 할 수 없어' 라는 인생관을 '나는 할 수 있어' 로 바꾸도록 돕는 것이 바로 격려의 힘이다. –알프레드 아들러

* 당신에게 아끼고 사랑하는 사람이 있다면, 그리고 그들에게 당신의 영향력을 발휘하고 싶다면 단지 그들을 신뢰하고, 격려하고, 존중해 주면 된다. –블레인 리

* 사람에게서 최고의 것을 이끌어내는 가장 좋은 방법은 그 사람을 인정하고 격려해 주는 것이다. –찰스 슈왑

* 지적도 중요하지만, 지적 뒤의 격려는 소나기 뒤의 햇빛과도 같다. –괴테

* 위로한다는 것은 비를 맞고 있는 사람에게 우산을 받쳐 주는 것이 아니라 함께 비를 맞아 주는 것이다. –송길원

* 인생이란 그 누구에게도 쉽지 않다. 당신은 하루하루 격려가 필요한 남자와 여자, 소년과 소녀로 둘러싸여 있다. 당신의 격려와 말과 행동이 상대방에게 전해 주는 가치와 위력을 절대로 과소평가해서는 안 된다. –스티븐 스코트

* 미소, 친절한 말, 사소한 보살핌. 우리는 이러한 것들의 위력을 과소평가한다. 하지만 이들은 인생의 고비를 넘어가게 해줄 만한 잠재력을 갖고 있다. –레오 버스카글리아

* 다른 사람을 위해서 할 수 있는 가장 좋은 것은 물질을 나누는 것이 아니라 그 사람이 가지고 있는 것을 일깨워 주는 것이다. –벤저민 디즈레일리

* 우리 인생의 최고의 것들은 대부분 다른 사람의 격려를 통해 나온 것이다.
–조지 매튜 애덤스

* 격려가 필요한 사람이 누구인지 어떻게 찾을 수 있을까? 당신 곁에서 숨 쉬고 있는 바로 그 사람이다. –투르잇 케이시

* 퉁명스런 사람이라고 나무라면 안 된다. 그에게는 위로가 필요한 거다. 극단적인 사람이라고 화내면 안 된다. 그에게는 격려가 필요한 거다. 그를 훌륭한 존재로 인정해 주는 것이 그에게 가장 큰 위로와 격려다. –김필수

* 아첨해 보아라. 그러면 당신을 믿지 않게 될 것이다. 비난해 보아라. 그러면 당신을 좋아하지 않게 될 것이다. 무시해 보아라. 그러면 당신을 용서하지 않게 될 것이다. 격려해 보아라. 그러면 당신을 잊지 않게 될 것이다. –윌리엄 아더 워드

* 의심하지 말고 믿어주어라. 누구나 자기 안에 위대함의 씨앗을 품고 있다. 비록 그 씨앗이 아직 싹을 피우지 못했다 하더라도 누군가 믿어주면 그 씨앗에서 싹이 피어나게 마련이다. 한번 믿어줄 때마다 생명의 물과 온기, 음식, 햇빛을 주는 것이다. –존 맥스웰

교우

* 좋은 짝이 있으면 먼 길도 가깝다. –서양 속담

* 고독은 최악의 빈곤이다. –마더 테레사

* 우리 삶은 많은 우정을 통해 힘을 얻는다. 사랑하고 사랑받는 것은 존재의 가장 큰 행복이다. –시드니 스미스

* 친구는 내 안에 존재하는 하나의 세상, 그들이 내게 옴으로써 비로소 존재할 수 있었던 세상을 상징한다. –아나이스 닌

* '친구(friend)'는 '자유(freedom)'라는 말에서 유래되었다. 친구란 우리에게 쉴 만한 공간과 자유로움을 허락하는 사람이다. –데비 엘리슨

* 친구는 자기 자신에게 주는 선물이다. –로버트 루이스 스티븐슨

* 우정은 함께 누림으로써 번영의 빛을 더해주고, 나누어 가짐으로써 역경의 짐을 가볍게 한다. –마르쿠스 툴리우스 키케로

* 당신을 좋은 방향으로 나아지게 하는 사람들과 어울려라. –세네카

* 당신은 자신이 가장 많은 시간을 함께 보내는 다섯 사람의 평균치다. –짐론

* 좋은 사람을 만나는 것은 신이 주는 축복이다. 그 사람과의 관계를 지속시키지 않으면 축복을 저버리는 것과 같다. –데이비드 팩커드

* 각 항해마다 차이가 나는 것은 배 때문이 아니라 배 안에서 만난 사람들 때문이다. –아멜리아 버

* 우정은 기회가 아니라 아름다운 책임이다. –칼릴 지브란

* 친구 한 명이 늘어나면 갈 수 있는 길이 하나 늘어난다. –중국 속담

* 친구를 갖는다는 것은 곧 또 하나의 인생을 갖는다는 것이다. –발타자르 그라시안

* 마치 당신이 어떤 사람을 좋아하는 것처럼 행동하라. 그러면 당신은 우정을 발견하게 될 것이다. –노먼 빈센트 빌

* 로댕을 만난 돌덩이는 생각하는 사람이 되지만, 무지한 등산객을 만난 바위는 낙서장이 된다. '누구를 만나느냐', 이것이 운명 교향곡의 영원한 주제다. –주철환

* 멀리 떨어져 있으면서도 마음의 그림자처럼 함께할 수 있는 그런 사이가 좋은 친구이다. 만남에는 그리움이 따라야 한다. 그리움이 따르지 않는 만남은 이내 시들해지기 마련이다. –법정

* 다른 사람의 관심을 끌려고 노력하기보다는 다른 사람에게 진심으로 관심을 기울임으로써 더 많은 친구를 사귈 수 있다. 컨설턴트로서 나의 가장 큰 장점은 남에게 많은 질문을 던진다는 것이다. –피터 드러커

* 불행은 진정한 친구가 아닌 자를 가려준다. –아리스토텔레스

* 순경 중에는 친구가 우리를 알고, 역경 중에는 우리가 친구를 안다. –콜린스

* 참다운 친구를 가질 수 없는 것은 비참하리만큼 고독한 것이다. 친구가 없으면 세상은 황야에 지나지 않는다. –프랜시스 베이컨

* 남자는 자신과 같은 편견을 가진 사람을 친구로 삼는다. –조셉 콘라드

* 가치 있는 적이 될 수 있는 자는 화해하면 더 가치 있는 친구가 된다. –오웬 펠덤

* 친구들이 해주기를 기대하는 것을 친구들에게 베풀어야 한다. –아리스토텔레스

* 친구가 애꾸눈이라면 나는 그 친구를 옆에서 바라본다. –주베르

* 인생에서 가장 중요한 것은 좋은 스승, 좋은 친구, 좋은 이웃을 많이 가지는 것이다. –다케우치 히토시

* 인생의 일부분은 우리가 만들어 나가는 것이고, 일부분은 우리가 선택한 친구들에 의해 만들어지는 것이다. –테네시 윌리엄스

* 저속한 많은 사람들은 친구들을 그들의 유용함에 따라 평가한다. –오비디우스

* 인생 최고의 재산은 명예도 아니고, 돈도 아니고, 좋은 친구였다. –혼다 쇼이치로

* 적을 만들기 위한다면 내가 그들보다 잘났다는 것을 주장하면 된다. 그러나 친구를 얻고 싶다면 그가 나보다 뛰어나다는 것을 느끼도록 해주어라. –라 로슈코프

* 좋은 친구를 얻는 유일한 방법은 먼저 자신이 다른 사람들의 좋은 친구가 되는 것이다. –랄프 왈도 에머슨

* 사랑이 내게 다가오는 어떤 타자, 어떤 사건을 통해 시작된다면, 우정은 내가 다가가는 것을 통해 시작된다. 좋은 친구를 얻는 것은 내가 누군가에게 좋은 친구로 다가갈 수 있을 때다. –이진경

* 친구가 생기기만을 기다리면 친구를 만들기 어렵다. 하지만 내가 먼저 친구가 되어주면 세상 누구와도 친구가 될 수 있다. –지그 지글러

* 친구가 될 수 없다면 진정한 스승이 아니고, 스승이 될 수 없다면 진정한 친구가 아니다. –이탁오

* 1000명의 친구, 그것은 너무 적다. 한 명의 적, 그것은 너무 많다. –터키 속담

* 세상 사람 모두가 돌아설 때 나를 찾아주는 사람, 그 사람이 진정한 친구이다. –월터 윈첼

* 우리는 상대의 의기를 드높이는 친구를 골라 사귀어야 한다. 그런 사람은 그 존재만으로도 우리 안에서 최고의 것을 이끌어내게 한다. –에픽테토스

* 깨어질 수 있는 우정은 애당초 존재하지 않았던 것이나 다름없다. –성 제롬

* 그대의 심장에는 진정한 친구를 끌어당기는 자석이 있다네. 그 자석은 타인을 먼저 생각하는 이타심이라네. –요가난다

* 우정은 길과 같아서 자주 다니지 않으면 잡초가 우거진다. 우정은 책과 같아서 끝까지 다 읽어야만 진정한 친구가 될 수 있다. –알랭 드 보통

* 우정이란 근심을 피할 수 있는 나무다. –S. 코울리지

* 우정은 영혼의 결합이고, 마음의 결혼이며, 덕성의 계약이다. –윌리엄 펜

* 예의라는 잘 정제된 기름을 우정이라는 기계에 바르는 사람은 현명하다. –클레르

* 우정은 천천히 자라는 나무와 같다. 그것이 우정이라고 불릴 만한 가치가 있게 될 때까지, 그것은 몇 번이고 어려운 충격을 받으며 견디어 내지 않으면 안 된다. –조지 워싱턴

* 만약 사람이 살면서 새 친구를 사귀지 않는다면 곧 홀로 남게 될 것이다. 사람은 우정을 계속 보수해야 한다. –새뮤얼 존슨

* 친구는 제2의 재산이다. 친구란 두 신체에 깃든 하나의 영혼이다. –아리스토텔레스

* 가장 좋은 거울은 오랜 친구이다. –조지 허버트

* 확실한 벗은 불확실한 처지에 있을 때 알려진다. –시세로

* 우정은 기쁨을 두 배로 하고, 슬픔을 반으로 한다. –프리드리히 실러

* 가장 귀중한 재산은 사려가 깊고 헌신적인 친구이다. –다리우스

* 친구란 '내 슬픔을 등에 지고 가는 자' 라는 뜻이다. –인디언 속담

* 친구란 모든 것을 알고 있으면서도 사랑해 주는 인간을 말한다. –엘버트 허버드

* 지혜로운 친구를 가까이하면 몸과 마음을 함께 깨끗이 간직할 수 있다. –붓다

* 속마음을 나눌 수 있는 친구만이 인생의 역경을 헤쳐 나갈 수 있는 힘을 제공한다.
-발타자르 그라시안

* 단 한 사람의 고귀한 친구조차 갖지 못한 사람은 사는 값어치가 없는 사람이다.
-데모크리스토스

* 참다운 벗은 좋은 때는 초대해야만 나타나고 어려울 때는 부르지 않아도 나타난다.
-보나르

* 친구 하나도 만족시키지 못하는 사람이 이 세상에서 성공한다는 것은 있을 수 없는 일이다. -소로우

* 친구란 이름만큼 흔한 것이 없고, 진솔한 친구만큼 진귀한 것도 없다. -라 퐁텐

* 친구를 고르는 데는 천천히, 친구를 바꾸는 데는 더욱 천천히. -벤저민 프랭클린

* 진짜 행복은 친구들의 숫자에 있는 것이 아니라 그 가치와 선택에 있다. -벤 존슨

* 비교는 친구를 적으로 만든다. -필레몬

* 친구라면 친구의 결점을 참고 견뎌야 한다. -윌리엄 셰익스피어

* 친구 이마에 앉은 파리를 낫으로 쫓으려 하지 말라. -중국 격언

* 문안에 군자가 있으면 문밖에 군자가 찾아오고, 문안에 소인이 있으면 문밖에 소인이 찾아온다. -『현문(賢文)』

* 초라하던 집도 귀한 손님이 다녀가면 울타리부터 달리 보이는 법이다. –속담

* 우리가 습관적으로 어울리는 사람들을 '준거 집단' 이라고 하는데, 그들이 우리 인생의 성패를 95퍼센트나 결정한다. –데이비드 맥클레랜드

* 내 뒤에서 걷지 말라. 나는 지도자가 되고 싶지 않으니까. 내 앞에서 걷지 말라. 나는 추종자가 되고 싶지 않으니까. 내 옆에서 걸으라. 우리가 하나될 수 있도록. –인디언 격언

* 사람은 누구나 인생을 살아가면 세 가지 영화를 찍는다. 하나는 '로맨스 영화' 이고, 두 번째는 '가족 영화' 다. 세 번째는 '버디 무비' 다. 어떤 버디 무비는 로맨스 영화나 가족 영화보다 러닝 타임이 긴 경우도 있다. –연준혁 · 한상복

리더십

* 리더십은 비전을 현실로 바꾸는 능력이다. –워렌 베니스

* 리더가 된다는 것은 기꺼이 위험을 감수하며 사람을 사랑하겠다는 의지이다. –작자 미상

* 사람을 따르지 못하는 사람은 좋은 지도자가 될 수 없다. –아리스토텔레스

* 타인을 움직이는 유일한 방법은 스스로 모범을 보이는 것이다. –아인슈타인

* 모범을 보이는 것은 타인에게 영향을 미치는 중요한 방법이 아니다. 유일한 방법이다. –알베르트 슈바이처

* "위대한 코치가 되려면 무엇을 해야 하나요?" "사람을 사랑해야 합니다." "위대한 리더가 되려면 무엇을 해야 하나요?" "사람을 사랑해야 합니다." –고도원의 『아침편지』에서

* 먼저 인간적으로 다가서야 한다. 기업적, 전문가적 또는 제도적인 틀에 갇혀서는 사람들을 제대로 이끌 수 없다. –폴 호킨

* 신임하라. 그러면 그는 너에게 진실할 것이다. 위대한 사람으로 대우하라. 그러면 그는 스스로 위대하게 행동할 것이다. –랄프 왈도 에머슨

* 사자 한 마리가 이끄는 양의 무리가 양 한 마리가 이끄는 사자의 무리를 물리친다. –아랍 격언

* 책임과 권위는 동전의 양면과 같다. 권위가 없는 책임이란 있을 수 없으며, 책임이 따르지 않는 권위도 있을 수 없다. –막스 베버

* 자신을 가장 관심 있는 목표로 이끌어 주는 지도자라 할지라도 자신의 기분을 이해해 주지 않는 자의 뒤를 따르지는 않는다. –에이브러햄 링컨

* 상부가 자기를 절대 신뢰할 만한 인물로 예상하고 있다고 깨닫는 사람은 대개 그 신뢰를 배반하려고 하지 않는다. –C. A. 세라미

* 성공적인 리더십의 열쇠는 권위가 아니라 영향력이다. –켄 블랜차드

* 보스는 가라고 말하지만, 리더는 가자고 말한다. –더글러스 맥아더

* 진짜 리더는 사람을 리드할 필요가 없다. 단지 길을 가르쳐주는 것으로 족하다. –헨리 멀러

* 관리한다는 것은 성공의 사다리를 어떻게 효율적으로 올라가느냐의 문제이고, 리더십은 그 사다리가 올바른 벽에 걸쳐져 있는가를 정하는 것과 관계된다. –스티븐 코비

* 리더는 생각지도 못한 생각지도를 그리는 사람이다. –유명만

* 지도자란 희망을 파는 상인이다. –나폴레옹

* 리더는 훌륭한 이야기꾼이 되는 것도 중요하지만, 그 이야기대로 사는 것이 더 중요하다. –하워드 가드너

* 훌륭한 리더십은 평범한 이들에게 뛰어난 사람들이 일하는 방식을 보여주는 것이다. –록펠러

* 21C 리더십은 사령관형이 아니고 '그레이트 리스너(Great Listener)', 즉 위대한 청취자가 돼야 한다. –정동영

* 단체든 기업이든 조직 구성원들에게 가장 인기 있는 사람은 바로 '말이 통하는' 사람이다. 의사소통이 가능한 리더는 조직을 성공적으로 이끌 수 있다. –김영수

* 올바른 모범을 보여주는 것은 무한한 자선보다 낫다. –마키아벨리

* 언제나 최선을 다하는 사람은 그것만으로도 자연스럽게 지도자가 된다. –조 디마지오

* 리더십은 미래를 준비하는 것이다. 리더십은 여러 가지 제약 속에서 선택을 하고 변화를 이끌어가는 것이다. –칼리 피오리나

* 어떤 면에서 미래의 리더를 키우는 일은 릴레이 경기에서 바통을 넘기는 것과 비슷하

다. 릴레이 경기에서는 아무리 잘 달려도 다른 주자에게 바통을 넘기지 않으면 경기에서 지고 만다. –존 맥스웰

* 세상에는 두 종류의 리더가 있다. 말로 사람을 움직이는 지도자와 힘으로 사람을 움직이는 지배자이다. 지도자가 사람을 움직이는 방법은 '감동' 이다. 그러나 지배자가 사람을 움직이는 방법은 '두려움' 이다. –박요한

* 당신의 행동은 수천 명의 인생에게 영향을 줄 수도 있고, 두세 명의 동료와 가족에게만 영향을 줄 수도 있다. 그러나 몇 명인지는 그렇게 중요하지 않다. 중요한 것은 언제라도 영향력의 수준을 바꿀 수 있다는 점이다. –존 맥스웰

* 리더에게 가장 필요한 덕목은 다름 아닌 진실성이다. 어느 곳에 있든지 간에 진실성이 없으면 진정한 성공을 거둘 수 없다. 동료에게 진실성을 보이지 못하는 사람은 실패할 수밖에 없다. 그런 사람은 먼저 말과 행동을 일치시켜야 한다. 곧 진실성과 고차원적인 목표가 가장 먼저 필요하다. –드와이트 아이젠하워

* 리더에게 가장 중요한 것은 바로 성실성이다. 다른 사람에게 동기를 부여하려면 자신이 먼저 동기를 부여받아야 한다. 사람들을 감동시켜 눈물을 흘리게 하려면 자신이 먼저 감동받아 눈물을 흘려야 한다. 사람들에게 확신을 심어주려면 자신이 먼저 확신할 수 있어야 한다. –윈스턴 처칠

CHAPTER

19

지적 자극을 받고 싶을 때

Chapter 19

지적 자극을 받고 싶을 때

인간은 동물과 달리 끊임없이 배울 수 있는 존재입니다. 배움은 동물과 인간을 구분하는 본질적 속성입니다. 배움이 있어 세상 모든 문화가 있고 문명이 있습니다. 우리에게 배움이 없다면, 배움을 통한 변화와 발전이 없다면 인간의 삶은 동물과 크게 다르지 않을 것입니다. 우리가 누리는 모든 문명의 풍요는 배움의 덕분임을 주지해야 할 것입니다.

요컨대 삶은 배움의 연속입니다. 우리의 삶은 공동체가 이룬 수많은 문화의 산물들로 늘 둘러싸여 있기에, 배움을 등지고 살아갈 수 있는 삶은 없습니다. 세상은 언제나 배움의 파도 속에 있습니다. 때문에 끊임없이 배우는 이만이 잘 적응할 수 있고 또 성장할 수 있습니다. 지혜로운 사람이란 배워야 할 것을 잘 배우는 사람입니다. 성공한 사람이란 배워야 할 것을 잘 배운 사람입니다. 무엇을 배웠느냐에 따라 그 사람의 속성이 결정되고, 그 삶의 질과 가치와 가능성이 결정됩니다.

배움은 나를 넓히는 길이요, 나를 높이는 사다리입니다. 이 장의 아포리즘을 읽으면 배움에 대한 좋은 지적 자극을 받을 수 있을 것입니다. 배움에 대한 가치를 자각하고 그것에 더 마음을 쏟게 될 것입니다.

배움

* 당나귀는 예루살렘에 가도 당나귀다. -『탈무드』

* 가장 유능한 자는 부단히 배우는 자다. -괴테

* 우리는 배울 준비가 됐을 때만 배운다. -성 이그나티우스 로욜라

* 자기가 이미 알고 있다고 생각하는 사람은 결코 배울 수 없다. -에픽테토스

* 내가 먼 곳을 볼 수 있었던 이유는 거인들의 어깨 위에 올라탔기 때문이다. -뉴턴

* 배우고자 해도 틈이 없다고 하는 사람은 비록 틈이 있다고 해도 배우지 못할 것이다. -『회남자』

* 진정한 배움은 행동의 변화로 나타난다. -존 맥스웰

* 슬픔의 가장 좋은 처방은 무언가를 배우는 것이다. 결코 어긋날 일이 없는 것은 오로지 배움뿐이다. -멀린

* 평생 배움에 헌신하라. 당신의 정신과 당신이 거기에 집어넣는 것, 그것이 당신이 가질 수 있는 최상의 자산이다. -브라이언 트레이시

* 청년에 배우면 장년에 큰일을 도모한다. 장년에 배우면 노년에 쇠하지 않는다. 노년에 배우면 죽더라도 썩지 않는다. -와타나베 쇼이치

* 배우기를 즐기면 그 무언가의 달인이 될 수 있다. -니체

* 만나는 사람 누구에게나 무엇인가를 배울 수 있는 사람이 세상에서 가장 현명한 사람이다. -『탈무드』

* 자신의 무지함을 절대 과소평가 하지마라. -빌 게이츠

* 인간은 아는 것만큼 느낄 뿐이고, 느끼는 것만큼 보인다. -유홍준

* 사랑하면 알게 되고 알면 보이나니, 그때 보이는 것은 전과 같지 않으리라. -유홍준

* 반복은 배움의 어머니이다. -작자 미상

* 자기가 하찮은 것밖에는 알지 못한다는 것을 알기 위해서는 많은 것을 알아야 한다. -몽테뉴

* 많이 안다는 것은 내가 얼마나 많이 모르고 있는지를 조금 더 분명히 알게 되었다는 뜻이다. -조정민

* 제대로 배우기 위해서는 거창하고 교양 있는 전통이나 돈이 필요하지 않다. 스스로를 개선하고자 하는 열망이 있는 사람들이 필요할 뿐이다. -아담 쿠퍼

* 삶은 새로운 것을 받아들일 때만 발전한다. 결코 아는 자가 되지 말고 언제까지나 배우는 자가 돼라. 마음의 문을 닫지 말고 항상 열어 두도록 하라. -오쇼 라즈니쉬

* 사람들의 문제는 모른다는 게 아니라 사실과 다른 것을 너무 많이 알고 있다는 사실이다. -조시 빌링스

* 배움을 멈춘 사람은 그가 20세이든, 80세이든 이미 늙었음을 뜻한다. 배움을 지속하는 사람만이 젊음을 유지한다. 삶에 있어서 가장 위대한 일은 자신의 마음을 젊게 유지하는 것이다. -헨리 포드

* 언젠가 날기를 배우려는 사람은 우선 서고, 걷고, 달리고, 오르고, 춤추는 것을 배워야 한다. -니체

* 아는 것은 좋아하는 것만 못하고 좋아하는 것은 즐기는 것만 못하다. -공자

* 지식은 끊임없는 노력으로 갱신되어야 한다. 이것은 마치 사막에 서 있는 대리석상 같아서 계속 아름다운 모습을 유지하려면 끊임없이 닦아줘야 한다. -아인슈타인

* 훌륭한 교양은 양식(良識)의 꽃이다. -에드워드 영

* 교양 지식이 없는 전공 지식은 조잡하고, 전공 지식이 없는 교양 지식은 공허하다. -칸트

* '앎' 만으로 그쳐서는 안 된다. 반드시 응용할 줄 알아야 한다. -이소룡

* 배울 뜻을 품은 사람이면 대개 창조적인 인간이 될 수 있다. -이소룡

* 배움은 우연히 얻어지는 것이 아니라 열성을 다해 갈구하고 부지런히 집중해야 얻을 수 있는 것이다. -애비게일 애덤스

* 언젠가 많은 것을 말해야 할 이는 많은 것을 가슴속에 말없이 쌓는다. 언젠가 번개에 불을 켜야 할 이는 오랫동안 구름으로 살아야 한다. -니체

* 모든 것에 대해 약간씩 아는 것이 어느 한 가지에 대해서 전부 아는 것보다 훨씬 낫다. 보편성이야말로 가장 위대한 것이다. -블레즈 파스칼

* 21세기의 문맹자는 읽을 줄 모르고 쓸 줄도 모르는 사람이 아니다. 배우지 않으며, 배운 것을 버리지 않으며 그리고 다시 배우지 않는 사람이다. -앨빈 토플러

* 지식은 두 가지 형태로 존재한다. 하나는 책 속에서 생명이 없는 형태로, 또 하나는 사람의 의식 속에서 살아 있는 형태로. 전자가 절대적으로 필요한 것처럼 보이지만 대단하지 않다. 당연히 후자가 본질적인 것이다. -아인슈타인

* 어디를 가더라도 도가 아닌 것이 없으며, 어디를 가더라도 공부가 아닌 것이 없다. -왕양명

* IQ, 그건 패배자들이 즐겨 쓰는 말이다. -스티븐 호킹

* 새로운 시대의 문맹은 글자를 못 읽는 사람이 아니라 공부하기를 중단한 사람, 혹은 공부 방법을 모르는 사람이다. -한근태

* 배움을 멈추지 말아야 한다. 날마다 한 가지씩 새로운 것을 배우면 경쟁자의 99퍼센트를 극복할 수 있다. -조 카를로스

* 빈 자루는 똑바로 설 수 없다. -벤저민 프랭클린

* 사실이란 자루와 같아서 속이 비어 있으면 바로 서지 못한다. 그것을 세우기 위해서는 먼저 온갖 느낌과 이유들을 그 속에 가득 채워 넣어야 한다. -루이지 피란델로

* 깊이 탐구하면 할수록 새로 알아야 할 것이 발견된다. 목숨이 계속되는 한 늘 그럴 것

이라고 생각한다. 중요한 것은 지속적으로 의문을 품는 일이다. –아인슈타인

* 상식이란 열여덟 살 때까지 얻게 된 편견의 모음이다. –아인슈타인

* 세상에 진지한 자의 무지와 성실한 자의 어리석음만큼 위험한 것은 없다. –마틴 루터 킹

* 우리가 길을 헤매는 것은 무지해서가 아니다. 자신이 알고 있다고 믿기 때문이다. –루소

* 사람은 자신의 무지에 비례하여 거만하다. –애드워드 G. 리튼

* 무지는 숭배의 어머니이다. –조지 채프만

* 무지할수록 독단적이다. –윌리엄 오슬러

* 냉소, 그것은 지식의 불구자가 지식 대용으로 쓰는 것이다. –조세프 러셀 리니즈 주니어

* 학식이 없는 자의 눈에는 학식이 보이지 않는다. –쇼펜하우어

* 자신의 무지에 대해 무지한 것이야말로 무지한 자들의 병이다. –브랜슨 알코트

* 새로운 이론을 발견한다는 것은 산에 올라 새롭고 넓은 시야를 갖게 되는 것과 같다. –애덤 스미스

* 스스로 배울 생각이 있는 한 천지 만물 중에 스승 아닌 것이 없다. –장 자크 루소

* 배운다는 것은 물살을 거슬러 노를 젓는 것과 같다. 중지하면 뒤로 밀려나게 되는 법이다. –벤저민 브리튼

* 젊은 시절 배움을 게을리한 자는 과거를 잃은 것이며 미래의 죽은 자이다. –유리피데스

* 뜻을 높이 세우지 않으면 그 사람의 학문도 평범한 것으로 되고 만다. –진관

* 학문은 태양의 흑점이 나타나는 원인을 해명함으로써가 아니라 우리의 삶의 법칙과 그 법칙의 배반에서 생기는 결과를 밝힘으로써, 자신의 과제에 답하는 것이라고 할 수 있다. –존 러스킨

* 그리 중요치 않은 평범한 것을 많이 알기보다는 참으로 좋고 필요한 것을 조금 아는 것이 더 낫다. –톨스토이

* 지식 혁명은 다른 지식과의 만남을 통해 이루어진다. –피터 드러커

* 깊이 파려면 넓게 파야 한다. 한 분야의 고수가 되려면 다른 분야에 대해 많이 알아야 한다. 현재 우리가 만나는 문제 중에 간단한 것은 거의 없다. –한근태

* 어떤 분야의 지식을 완전히 알기 위해서는 그것과 연관된 분야를 완전히 알아야 한다. 그렇게 함으로써 알아야 할 모든 것을 알게 된다. –올리버 윈들 홈스

* 한 분야에서 '경지'에 이른 사람일수록 다른 분야와의 '경계'를 넘나들 수 있다. 먼저 깊게 파고, 나중에 넓혀라! –유영만

* 창조력에서 가장 중요한 것은 얼마나 많이 보고, 듣고, 읽었느냐이다. 지식과 경험의 축적이다. 창조는 축적의 결과물이다. –히사이시 조

* 마치 소시지처럼 사람들이 채워주는 대로 자신의 속을 채우는 사람들이 많다. –톨스토이

* 급변하는 시대에는 끊임없이 학습하는 사람이 미래를 물려받는다. 학습하지 않는 사람은 존재하지도 않는 과거의 세계 속에서 살 수밖에 없다. -에릭 호퍼

* 영원히 살 것처럼 배우고 내일 죽을 것처럼 살아라. -마하트마 간디

* 뭔가를 배우기 위해서는 스스로 경험하는 것보다 더 좋은 방법은 없다. -아인슈타인

* 공부는 의무가 아니라 생활에 활력을 주고, 사회에 나갔을 때 도움이 되는 것들을 배우는 멋진 기회라고 생각하자. -아인슈타인

* 나는 세상을 강자와 약자, 성공과 실패로 나누지 않는다. 나는 세상을 배우는 자와 배우지 않는 자로 나눈다. -벤저민 바버

* 제대로 배우기 위해서는 거창하고 교양 있는 전통이나 돈은 필요하지 않다. 스스로를 개선하고자 하는 열망이 강한 사람들이 필요할 뿐이다. -아담 쿠퍼

* 위대한 인간은 스스로 배우고자 하는 것을 배우고, 평범한 인간은 남들이 배워야 한다고 말하는 것들을 배운다. -토머스 모어

* 무슨 일인가를 배워야 한다면, 그 일을 직접 해보면서 배우는 것이 최선의 방법이다. -아리스토텔레스

* 학문은 곧 의심하는 법을 배우는 것이다. -데울리에르

* 삶은 살면서 배우고 배우면서 사는 것이다. 삶이 멈추면 배움도 멈추지만, 마찬가지로 배움이 멈추면 삶도 멈춘다. -변지영

* 우리는 모두 제자이면서 스승이다. 스스로 물어보라. "나는 무엇을 배우고, 무엇을 가르치려고 태어났는가?" –루이스 L. 헤이

* 배움을 향한 열정이 젊음과 노년을 가른다. 당신이 배우고 있는 한, 당신은 늙지 않았다. –로젤린 앨로

* 어리석은 자는 가르치려 하고, 현명한 자는 배우려 한다. –안톤 체호프

* 지성인이란 많은 훌륭한 일을 이룬 후에도 더 배우려는 자세를 지닌 사람이다. –에드 파커

* 현명한 사람은 성공적으로 많은 성취를 이루어왔을 뿐만 아니라 여전히 더 많은 것을 기꺼이 배우려는 사람이다. –에드 파커

* 가장 탁월한 인물은 자기연마와 공부를 멈추지 않았던 사람, 지금도 멈추지 않는 사람을 말한다. 노력 없이는 아무것도 얻을 수 없다. 인생은 영원한 공부다. –샤를 페기

* 고전 해석학은 '과거의 현재'와 '현재의 과거'가 만나는 곳이다. –김정운

* 의식의 커다란 발전은 내가 안다는 착각을 버릴 때에만 가능하다. 닫힌 상자 속으로는 빛이 들어갈 수 없다. –데이비드 호킨스

* 지적 탁월성의 본래적 의미는 비판정신이며 지적 독립성이다. –칼 포퍼

* 지식에 투자하면 그 어떤 은행보다 더 높은 이자를 받는다. –벤저민 프랭클린

* 장래를 위한 공부란 무엇인가? 그것은 '이상형의 자신'이 되기 위한 씨뿌리기다. –나카지마 다카시

* 많이 보고, 많이 겪고, 많이 공부하는 것이 배움의 세 기둥이다. –벤자민 디즈라엘리

* 배움은 우연히 얻어지는 것이 아니라 열성을 다해 갈구하고 부지런히 집중해야 얻을 수 있는 것이다. –아비가일 애덤스

* 지적인 바보는 사물을 복잡하게 생각하는 경향이 있다. 이와 반대쪽으로 나아가기 위해서는 약간의 재능과 대단한 용기가 필요하다. –아인슈타인

* 사물이 그렇게 있다는 것과 어찌하여 그렇게 있는가 하는 것을 동시에 가르치는 지식은 이것을 따로 가르치는 지식보다 더 정밀하며 더 우수하다. –아리스토텔레스

* 실험은 논증으로 이어져야 하고, 논증은 실험에 의존해야 한다. –바슐라르

* 학자의 의무는 과학적인 연구만 하는 것이 아니라 자신의 학문적 관점에서 사회생활의 매우 중요한 이슈들에 대해 다양한 미디어를 통해 대중과 커뮤니케이션하는 것이라고 믿는다. –움베르트 에코

* 교양이란 '세상에서 이야기되고 사색되어 온 가장 훌륭한 것을 아는 것' 이다. –매튜 아놀드

* 교양은 어떠한 영역에 있어서도 지식의 축적에 있는 것이 아니고 그 주체의 심오한 변혁에 있는 것으로서, 그 변혁이야말로 당사자로 하여금 많은 내적 요청에 부응하기 위하여 보다 많은 가능성을 향하게 하는 것이다. 즉, 교양이란 한 인간이 일체의 지식을 잃은 후에도 남는 인격 그 자체를 말하는 것이다. –무니에

* 호기심은 성취의 첫발이다. –김대규

* 호기심만 있으면 언제나 새로운 길로 인도되게 마련이다. –월트 디즈니

* 호기심은 활기찬 지식인의 영원하고 확실한 특징이다. –새뮤얼 존슨

* 오직 호기심이 많은 사람이 배우고, 오직 굳게 결심한 사람만이 배움의 장벽을 넘을 수 있다. –엔진 윌슨

* 우리는 계속해서 앞으로 나가며, 새로운 문을 열고, 새로운 일을 시도한다. 우리에겐 호기심이 있기 때문이다. 호기심은 계속해서 우리를 새로운 길로 인도한다. –월트 디즈니

* 인간에게 새로운 것을 알고자 하는 호기심이 있으므로 전진하면 언제나 새로운 문이 열리고 새로운 일을 할 수 있게 된다. –작자 미상

* 나의 동력은 호기심이다. 머리로 끊임없이 생각할 때, 1초 전의 나와 1초 후의 나는 달라진다. –이어령

* 세상의 경이가 도달하기 어려운 것일수록 그것에 대한 호기심은 더욱더 우리를 강렬하게 자극한다. –콜레트

* 가장 중요한 것은 결코 질문을 멈추지 않는 것이다. 호기심은 그 자체만으로도 존재 이유를 갖고 있다. –아인슈타인

* 공부란 자신을 아는 길이다. 자신의 속을 깊이 들여다보며 자신이 무엇에 들뜨고 무엇에 끌리는지, 무엇에 분노하는지 아는 것이 공부의 시작이다. 공부란 이렇게 자신의 꿈과 갈등을 직시하는 주체적인 인간이 세상과 만나는 문이다. 자신이 행복해지기 위해, 그리고 모두가 행복한 세상을 만들기 위해 공부해야 한다. –조국

* 나에겐 특별한 재능이 없다. 단지 모든 것에 열렬한 호기심을 가질 뿐이다. –아인슈타인

* 최고의 학문은 세상이라는 거대한 책으로 배우는 것이다. –데카르트

* 과학은 우주라는 드넓은 책에 쓰여 있고, 우리 눈앞에 펼쳐져 있다. –갈릴레이

* 펜을 가지고 씌어진 것은 도끼로도 부수지 못한다. –영국 속담

* 기록하면 기억되는 삶으로 바뀐다. –조연심

* 그대가 반드시 익혔다면 하는 단 하나의 역량을 들라면, 나는 주저 없이 글쓰기 능력을 들고 싶다. –김난도

* 희미한 잉크는 뛰어난 기억력보다 낫다. –중국 속담

* 말하기는 걷기와 비슷하고, 쓰기는 달리기와 비슷하다. –사이토 다카시

* 기억을 가지고 있지 않은 사람은 병든 사람이고, 기억을 가지고 있지 않은 사회는 병든 사회다. –하인리히 뵐

* 좋은 책을 만들기 위해 노력하는 삶은 좋은 사람이 살아가는 삶과 비슷한 색깔이리라. –『출판 24시』에서

* 책을 쓰는 일은 어떤 주제에 대해 체계적이면서 목표 지향적으로 많은 양의 정보를 축적해 가면서 학습할 수 있는 유일한 길이 될 수도 있다. –크리스토퍼 보글러

독서

*우리는 우리가 읽은 것으로부터 만들어진다. -마르틴 발저

*같은 책을 읽었다는 것은 사람들 사이를 이어주는 끈이다. -랄프 왈도 에머슨

*우리 인간이 이 세상에서 만들어 놓은 것 중에 무엇보다도 값지고 소중하며 경이로운 것은 바로 책이다. -토머스 칼라일

*좋은 책을 읽는다는 것은 과거의 가장 뛰어난 사람들과 대화를 나누는 것과 같다. -데카르트

*한 문장이라도 매일 조금씩 읽기로 결심하라. 하루 15분씩 시간을 내면 연말에는 변화가 느껴질 것이다. -호러스 맨

*책은 문명의 전달자다. 책이 없으면 역사는 침묵하고, 문학은 멍청해지며, 과학은 불완전하고, 사상과 사색은 정체하게 된다. -바바라 터크먼

*독서와 정신의 관계는 운동과 신체의 관계와 같다. -리처드 스틸

*책이란 우리 내면의 얼어붙은 바다를 깨는 도끼여야 한다. -카프카

*독서는 나를 나 자신으로부터 해방시키고, 나를 다른 사람의 혼(魂) 속을 거닐게 한다. -니체

*독서, 그것은 궁극적으로 자기가 갇혀 있는 문맥, 우리 시대가 갇혀 있는 문맥을 깨트

리고, 드넓은 세계로 나아가는 자유의 여정이다. –신영복

* 이 세상의 모든 책도 너에게 행복을 주지는 못한다. 그러나 책은 조용히 네 자신 속으로 네가 돌아가도록 만든다. –헤르만 헤세

* 모든 독서가가 다 리더가 되는 것은 아니다. 그러나 모든 리더는 반드시 독서가가 되어야 한다. –해리 트루먼

* 독서는 다만 지식의 재료를 공급할 뿐, 그것을 자기 것이 되게 하는 것은 사색의 힘이다. –존 로크

* 진정한 책을 만났을 때는 틀림이 없다. 그것은 사랑에 빠지는 것과도 같다.
–크리스토퍼 몰리

* 무슨 일이 있어도 우선 양서를 읽고 볼 일이다. 그렇지 않으면 결국에는 평생 읽지 못하고 끝을 맺게 될 것이다. –소로우

* 나에게 있어 책 읽기는 어렸을 때의 땅파기와 동일한 것이었다. 그것은 다 같이 생의 표층이 아니라 심층을 보려는 의지였다. –이어령

* 책을 읽는다는 것은 체험을 쌓는 동시에 자기를 읽는 것이다. 책들은 늘 내 곁에서 나를 살려주고 내 정신을 제대로 세워주는 뼈대가 된다. –천양희

* 스스로의 삶을, 책 읽기 전과 후로 나누는 사람이 상당하다. 그들은 입을 모아 말한다. 책 속에 길이 있다. 존경받거나 혹은 성과를 이루었거나, '더 나은 사람' 으로 평가받고 있는 이들, 그들은 손에서 책을 놓지 않는다. –윤슬

* 좋은 책은 영혼을 채워주는 양식이다. 좋은 책은 힘과 위안의 원천이다. 좋은 책을 활용하여 삶을 풍요롭게 하라. –할 어반

* 훌륭한 건축물을 아침 햇살에 비춰보고, 정오에 보고, 달빛에도 비춰보아야 하듯이, 진정으로 훌륭한 책은 유년기에 읽고, 청년기에 다시 읽고, 노년기에 또다시 읽어야 한다. –로버트슨 데이비스

* 여유가 생긴 뒤에 남을 도우려 하면 결코 그런 날은 없을 것이고, 여가가 생긴 위에 책을 읽으려 하면 결코 그 기회는 없을 것이다. –정약용

* 독서와 여행은 모두 단순히 새로운 것을 처음 보는 것이 아니라 이미 아는 것에 경이감을 느끼고 그것을 다른 각도에서 바라보게 만들어 준다. –미키 기요시

* 양서는 인류 불멸의 정신이다. –밀턴

* 음식은 육체적인 건강을 좌우하지만, 글은 정신적인 건강을 좌우한다. –이외수

* 양서를 읽기 위해서는 악서를 읽지 말아야 한다. 인생은 짧고, 시간과 정력에는 한계가 있기 때문이다. –쇼펜하우어

* 책이란 넓고 넓은 시간의 바다를 지나가는 배이다. –프랜시스 베이컨

* 이 세계는 거의 몇 권의 책으로 지배되어 왔다. 세상은 당신의 생각하는 것보다 훨씬 광대한데, 그 세계가 책에 의해 움직이고 있다는 것을 알아야 한다. –볼테르

* 책은 인생이라는 험한 바다를 항해하는 데에 도움이 되도록 남들이 마련해 준 나침반이요, 망원경이요, 지도이다. –아놀드 베네트

* 누구에게나 정신적으로 하나의 기원을 만들어 주는 책이 있다. –장 앙리 파브르

* 위대한 책의 척도는 읽고 싶은 횟수에 달려 있다. –래프카디오 헌

* 어릴 적 내게는 정말 많은 꿈이 있었고, 그 꿈의 대부분은 많은 책을 읽을 기회가 있었기에 가능했다고 생각한다. –빌 게이츠

* 두 가지에서 영향을 받지 않는다면, 우리의 인생은 5년이 지나도 지금과 똑같을 것이다. 그 두 가지란 우리가 만나는 사람과 읽는 책이다. –찰스 존스

* 두 번 읽을 가치가 없는 책은 한 번 읽을 가치도 없다. –베버

* 매일 밤 긍정적인 글을 읽고, 매일 아침 유익한 말에 귀를 기울여야 한다. –톰 홉킨스

* 아무리 유익한 책이라도 그 반은 독자 자신이 만드는 것이다. –볼테르

* 어떤 책은 음미해야 하고, 어떤 책은 삼켜야 하며, 어떤 책은 잘 씹어서 소화시켜야 한다. –프랜시스 베이컨

* 좋은 책을 읽지 않는 사람은 그것을 읽을 줄 모르는 사람보다 나을 것이 없다. –마크 트웨인

* 가장 아까운 것은 읽지 못한 좋은 책이요, 가장 아쉬운 것은 사귀지 못한 좋은 벗이다. –김대규

* 책 없는 방은 영혼 없는 육체와 같다. –마르쿠스 툴리우스 키케로

* 서적은 그것을 이해하는 사람에 의해서만 전해지고, 사물은 그것을 분별하는 사람에 의해서만 귀하게 여겨진다. –갈홍

* 자기계발서의 진정한 가치는 저자가 책 속에 집어넣은 뭔가가 아니라 당신이 책에서 끄집어내 당신 삶 속에 집어넣은 것이다. –클레멘트 스톤

* 신이 인간에게 책이라는 구원의 손을 주지 않았더라면, 지상의 모든 영광은 망각 속에 되묻히고 말았을 것이다. –리처드 베리

* 문 닫으니 여기가 깊은 산이요, 책을 읽으니 곳곳이 정토로구나. –진계유

* 책은 남달리 키가 큰 사람이요, 다가오는 세대가 들을 수 있도록 소리 높이 외치는 유일한 사람이다. –로버트 브라우닝

* 당신에게 가장 도움이 되는 책은 당신을 가장 생각하게 하는 책이다. –파커

* 생각하지 않으면서 책을 읽는 것은 음식을 씹지 않고 먹는 것과 같다. –에드먼드 버크

* 책의 참된 기쁨은 몇 번이고 되풀이해서 읽는 데 있다. –로렌스

* 독서는 완성된 사람을 만들고, 담론은 재치 있는 사람을 만들며, 쓰기는 정확한 사람을 만든다. –프랜시스 베이컨

* 한평생 살다가 죽을 때, 한 명의 진정한 스승과 열 명의 진정한 친구, 그리고 일백 권의 좋은 책을 기억할 수 있다면 성대한 인생이다. –장영희

* 책은 죽은 자를 삶으로 불러내고, 산 자에게는 영원한 삶을 선사하는 마법의 세계이

다. –요슈타인 가아더

* 책은 세계의 보물이며, 후세와 국민들이 상속받기 알맞은 재산이다. –소로우

* 절대 배신하지 않는 친구를 만나고 싶은가? 그럼 책을 사귀어라. –데발로

* 모든 사람은 다 한 권의 책이다. 그 책을 읽는 법을 모를 뿐이다. –윌리엄 채닝

* 사람은 책을 만들고, 책은 사람을 만든다. –신용호

* 책은 위대한 천재가 인류에게 남기는 유산이다. –토머스 에디슨

* 집은 책으로 가득 채우고, 정원은 꽃으로 가득 채워라. –앤드류 랑그

* 아무리 책을 많이 읽어도 읽는 것만으로 끝난다면 의미가 없다. 독서를 통해 사고력을 키우고 자신의 삶에 적용해서 변화를 이끌어내야 진짜 독서다. –문준호

* 얕은 바다에는 배를 띄울 수 없다. 아이와 함께 책의 바다로 나아가기 위해서는 엄마와 아빠가 먼저 깊은 바다가 되어야 한다. –오승주

* 종이 위에 쓰인 사상은 일반적으로 모래 위에 남겨진 보행자의 발자취 이상은 아니다. 보행자가 걸어간 길은 보이지만, 그가 길을 가는 도중에 무엇을 보았는가를 알려면 우리는 우리 자신의 눈을 사용해야 한다. –쇼펜하우어

* 몇 권의 책을 읽었느냐보다 '얼마나 제대로 그 내용을 이해하고, 책을 통해 성찰의 시간을 가졌느냐'가 독서력을 판단하는 기준이 되어야 한다. 무엇이든 진정한 내 것으로 만들려면 충분한 생각과 성찰과 노력의 시간을 투자해야 한다. –김이율

* 젊은 시절의 독서는 틈 사이로 달을 엿보는 것과 같고, 중년의 독서는 뜰 가운데서 달을 바라보는 것과 같으며, 노년의 독서는 누각 위에서 달구경 하는 것과 같다. 모두 살아온 경력의 얕고 깊음에 따라 얻는 것도 얕고 깊게 될 뿐이다. -장조

* 어느 책, 어느 책을 읽었다고 말하지 마라. 그 책들을 통해 더 잘 생각하는 것을 배웠고, 더 나은 성찰하는 사람이 되었음을 몸소 보여주어라. 책은 정신을 훈련하는 도구이기에 도움이 되는 것은 사실이지만, 책 내용을 이해했다고 해서 곧바로 뭔가 얻었다고 착각하는 것은 큰 실수이다. -에픽테토스

* 책을 읽으며 열정의 도가니에 빠지는 것은 종종 작가가 되기 위한 징후다. 읽고 또 읽고, 자꾸 읽으면 거의 자동으로 쓰는 단계에 이른다. 어쩌다 글을 쓰는 작가가 되었을까? 먼저 책을 읽었기 때문이다. -샤를 단치

* 활자나 영상을 통해 지식이 머릿속에 들어가 축적되는 것만으로는 지식이 생명력을 갖지 못한다. 지식이 개인과 사회의 변화를 이루어 내려면 가슴으로 느끼는 울림이 생겨야 한다. 마음이 움직여야 몸이 움직인다. 지식이 감성과 어우러져 행동으로 나아갈 때, 그 변화는 도도한 장강의 흐름마저 바꿀 수 있다. -조국

교육

* 교육의 9할은 격려하는 것이다. -아나톨 프랑스

* 최고의 동기 부여는 바로 사랑을 주는 것이다. -스티븐 스코트

* 학생이 배우지 못했다면 제대로 가르친 게 아니다. -스웬 네이터 · 갈리모어

* 교육이란 우리가 무지한 것을 점진적으로 발견해 가는 것이다. –윌 듀런트

* 최고의 인간 교육은 학교 교육이 아니라 스스로 자신을 가르치는 교육이다.
–새뮤얼 스마일즈

* 사람은 두 가지 교육을 받는다. 한 가지는 타인에게 배우는 것이고, 나머지는 자기 자신에게 배우는 것이다. –에드워드 기번

* 현명한 사람은 항상 배우려고 할 뿐, 가르치려고 하지 않는다. 진정한 스승은 모든 사람의 가슴 안에 있다. –제임스 앨런

* 배운 대로 살지 않으면 아무것도 배우지 않은 것이고, 가르친 대로 살지 않으면 아무것도 가르치지 않은 것이다. –조정민

* 가르침이란 생각할 수밖에 없는 상황으로 유도하는 것이다. –윌리엄 스파크

* 사고를 하는 것을 훈련하는 것, 그것이 교육의 본질이다. –아인슈타인

* 아이가 성장하려면 앞을 가로막는 벽이 있어야 한다. 벽에 부딪혔을 때에야 비로소 우회할 것인가, 넘어갈 것인가, 부수고 갈 것인가를 생각하게 된다. –와타나베 가즈코

* 참된 교육의 목적은 사람들에게 선한 일을 행하도록 하는 것뿐만 아니라 그 일에서 기쁨을 느끼게 하는 데 있다. 청렴할 뿐 아니라 청렴함을 사랑하게 하는 데 있다. 정의를 실천하게 하는 것뿐만 아니라 정의를 갈망하게 만드는 것이다. –러스킨

* 부모만으로 아이를 키울 수 없다. 공동체 전체와 모든 사람이 아이를 키워야 한다.
–토니 모리슨

* 한 아이를 잘 키우려면 온 마을이 필요하다. –아프리카 속담

* 어린이는 비평보다 본보기를 더 필요로 한다. –요셉 주베르

* 아이들은 어른의 말은 귀담아듣지 않지만, 행동은 꼭 따라 한다. –제임스 볼드윈

* 자녀에게 회초리를 쓰지 않으면 자녀가 아비에게 회초리를 들게 된다. –토머스 풀러

* 선생과 부모에 대한 지나친 기대를 버리지 못하면 언제까지나 자립할 수가 없다. –나카타니 아키히로

* 훌륭한 스승은 제자에게 가야 하는 길을 보여주고, 훌륭한 제자는 스승에게 가지 못한 길을 보여준다. –김은주

* 가르친다는 것은 지식을 집어다 학생들의 손에 쥐어주는 것만은 아니다. 선생님의 행동, 말투, 표정, 시선 모두가 가르침이다. 가르치지 않고 가르치는 것이 더 큰 가르침이다. –문재인

* 부모가 아이들에게 가르쳐 줄 수 있는 것들 중 가장 중요한 것은 부모와 잘 지내는 방법이다. –프랭크 A. 클라크

* 부모로부터 사랑을 받는다고 느끼는 아이는 쉽게 타인이 자신을 좋아하리라고 믿는다. 반대로 부모로부터 사랑을 적게 받은 아이는 타인과의 관계에서 무관심이나 거절을 당할까 봐 두려워한다. –도리스 매르틴

* 교육의 기초는 만물의 근원에 대한 관계 수립과 그 관계에서 생겨나는 행동 규범을 수립하는 것이다. –톨스토이

* 아동은 단지 인류의 현재 상태에 맞게 교육받아서는 안 되며 더욱 나은 미래의 상태에 맞게, 다시 말해서 지금까지와는 다른 보다 나은 생활조건에 맞게 교육되어야 한다. 아동을 더욱 나은 미래의 세상에 맞게 교육시켜야만 인류의 미래 사회 개선에 공헌을 할 수 있게 되는 것이다. –칸트

* 교사의 중요한 사명은 모든 의미를 밝혀 주는 데 있는 것이 아니고, 정신의 문을 두드려 주는 것이다. –타고르

* 신이 인간에게 준 성공에 필요한 두 가지 도구는 교육과 운동이다. 둘은 함께 추구해야만 완벽함을 이룰 수 있다. –플라톤

* 우리는 사람들에게 어떤 것도 가르칠 수 없다. 우리가 할 수 있는 일은 다만 그들이 자기 안에서 무엇인가를 찾도록 돕는 일이다. –갈릴레이 갈릴레오

* 교사는 한 가지만 하면 된다. 아이들 한 명 한 명의 잠재력을 믿는 것이다. 그리고 아이들이 잠재력을 직접 경험할 수 있도록 모든 방법을 찾아내어 적용해 보아야 한다. 사람은 스스로 배우는 존재다. –알프레드 아들러

* 교육자가 지닌 최고의 기술은 학생 개개인에게 창조적 표현과 배움의 즐거움을 깨우쳐 주는 것이다. –아인슈타인

* 만약 네가 그것을 간단하게 설명할 수 없다면, 너는 그것을 충분히 이해하지 못한 것이다. –아인슈타인

* 훈육의 원칙은 우리들 각각이 될 수 있는 모든 것이 되도록 허용하는 것이다. –작자 미상

* 공부를 잘하려면 책의 내용이 진짜 사람, 진짜 물건, 진짜 현상을 묘사한 것이라는 이

해에서 오는 전율을 느낄 줄 알아야 한다. 교과서에서 본 것을 실물로 보는 것은 드라마에서 보던 연예인을 실제로 보는 것 이상의 경이로움을 가져다준다. –조승연

* 진정으로 지혜로운 교육자는 다른 이들에게 자신의 지혜의 집으로 들어오라고 손짓하지 않는다. 오히려 배우는 사람들 자신의 마음의 문턱에 도달하도록 이끌어 준다. –칼릴 지브란

* 아이들은 재미있는 곳으로 움직이며 사랑이 있는 곳에 머문다. –지그 지글러

* 아버지들이 지닌 근본적인 결점은 자녀들이 자신의 자랑거리가 되어주기를 바란다는 것이다. –버트런드 러셀

* 자녀를 정직하게 기르는 것이 교육의 시작이다. –러스킨

* 나는 아이들을 지금과 같은 학교에 가두어 버리기보다 차라리 뭔가에 흠뻑 빠져들게 하는 것이 더 나을 거라고 생각한다. –마리 퀴리

* 선생이란 점차 자신이 필요 없어지게 만드는 사람이다. –토머스 카루터스

* 내가 태어났을 때 아버지는 작은 나침반을 보여주셨다. 나는 무척이나 감동하였고, 그것은 내 인생에 큰 영향을 미치게 되었다. –아인슈타인

* 가르치는 것은 두 번 배우는 것이다. –주베르

* 억지로 강요된 학습은 아무것도 영혼 속에 남지 않는다. –플라톤

* 학생에게 배우려는 열망을 불어넣지 않고 가르치려는 교사는 얼음덩어리를 망치로

치는 것과 같다. –호레이스 만

* 가르치는 것은 오락이 아니지만, 오락적이지 않으면 제대로 가르칠 수 없다.
–허버트 사이먼

* 자녀들에게 가르치는 목적은 가르치는 사람 없이도 살아갈 수 있도록 하는 것이다.
–엘버트 허버드

* 어떤 진실을 가르치는 것보다 항상 진실을 발견하는 방법을 가르치는 것이 더 큰 문제다. –루소

* 자신의 행동을 통해 가르쳐야 진정한 교육이다. 말뿐이 아니라 행동이 따라야 비로소 교육에 혼이 들어간다. –이케다 다이사쿠

* 가르친다는 것은 교사가 내민 것을 지겨운 의무가 아닌, 귀중한 선물이라고 느끼게 하는 것이 되어야 한다. –아인슈타인

* 대부분의 교사는 학생이 무엇을 모르는지 알아내기 위해 질문을 한다. 하지만 그것은 시간 낭비이다. 진정한 질문의 기술이란 학생이 무엇을 알고 있는지, 무엇을 배울 수 있는지를 알아내는 것이다. –아인슈타인

* 학생의 놀이에 대한 열정을 전환시켜 인정받고 싶다는 욕구를 높이고, 사회의 중추적 역할로 인도하는 것이 교육의 과제이다. 그러기 위해서는 교사 스스로 자기 전문 분야에서 일종의 예술가가 되어야 한다. –아인슈타인

* 지나친 관대함은 수많은 아이들을 망쳐놓지만, 지나친 사랑은 어느 아이도 망쳐놓지 않는다. –패니 펀

* 교육이란 권력의 입장에서 보면 아이를 규격에 맞춰 잘라 줄이는 것이다. –로슈포르

* 나는 나의 스승들에게서 많은 것을 배웠다. 그리고 내가 벗 삼은 친구들에게서 더 많은 것을 배웠다. 그러나 내 제자들에게선 훨씬 더 많은 것을 배웠다. –『탈무드』

* 훌륭한 선생은 가장 많은 지식을 가진 사람이 아니다. 그는 그의 학생들에게 배울 수 있는 능력을 가지고 있다는 사실을 믿도록 만드는 사람이다. –노만 코진스

* 전문적인 지식을 습득하는 것이 아니라 자기 머리로 생각하거나 판단하는 일반적인 능력을 발달시키는 것을 언제나 가장 우선시해야 한다. –아인슈타인

* 대학에서 가르치는 일반교양의 가치는 많은 지식을 배우는 것이 아니라 교과서에서 배울 수 없는 것에 대하여 생각하도록 머리를 단련시키는 것이다. –아인슈타인

* 내 학습을 방해한 유일한 훼방꾼은 내가 받은 교육이다. 정규 교육을 받은 후에도 호기심이 살아 있다면 그것은 기적이다. –아인슈타인

* 인간이란 교육을 필요로 하는 유일한 존재로서 '교육의 산물' 이외의 그 무엇도 아니다. –블레즈 파스칼

* 교육의 목적은 각자가 자기의 교육을 계속할 수 있게끔 하는 데 있다. –존 듀이

* 교육은 사회를 개혁하는 최고의 수단이다. –페스탈로치

* 교육의 위기는 교육의 위기가 아니라 생명의 위기이다. –C. P. 페기

* 이상, 노력, 학구열, 철학적 지속력, 어느 하나라도 없으면 교육과 같은 것은 존재하

지 않는다. –에이브러햄 플렉스너

* 덕교(德敎)는 귀로부터 얻어지지 않고 눈으로부터 얻어진다. –후쿠자와 유키치

* 교육의 수준은 교사의 수준과 일치한다. –작자 미상

* 모든 국가의 기초는 그 나라 젊은이들의 교육이다. –디오게네스

* 모든 인습과 미신, 위선에서 해방되었을 때, 그때 비로소 우리는 교육되었다고 말할 수 있다. –알렉산더 S. 닐

* 교육의 목적은 비어 있는 머리를 열린 머리로 대체하는 것이다. –말콤 S. 포브스

* 단어의 의미를 파고드는 것이야말로 교육의 시작이다. –안티스테네스

* 사랑을 주는 것 그 자체가 하나의 교육이다. –엘리너 루스벨트

* 인간의 교육은 심미적 감성의 배양을 목표로 한다. –김용옥

* 학생이여 공부하라! 이 말 속에는 학생이 갖추어야 할 모든 미덕이 포함되어 있다. –토머스 칼라일

* 교육은 학교에서 배운 것을 모두 잊은 뒤에 남는 것이다. –아인슈타인

* 교육의 참 목적은 끊임없이 질문할 수 있는 사람을 만드는 데 있다. –크레이턴

* 교육이라 함은 어린이가 자기의 잠재능력을 실현하는 것을 도와주는 것을 뜻한다. 교

육의 진정한 목표는 어린이의 내적 독립성과 개성, 즉 그 성장과 완전성을 촉진시키는 데 있다. –에리히 프롬

* 교육의 본질이란 지식을 일방적으로 주입하는 것이 아니라 독창성을 발견할 수 있도록 돕고, 그것을 계발할 수 있도록 가르치고, 그것을 나누어 줄 수 있는 방법을 친절히 가르치는 일이다. –레오 버스카그릴리아

* 대학의 질은 받아들이는 학생보다 배출해 내는 학생에 의해 평가된다. –로버트 키비

* 왜 사회는 아이들의 교육을 위해서만 오직 책임을 느끼면서, 모든 연령의 어른들에 대해서는 교육하려 하지 않는가? –에리히 프롬

* 나는 선생님들로부터 많은 것을 배웠다. 하지만 그것보다 더욱 많은 것을 친구에게서 배웠으며, 더욱 많은 것은 내 제자들로부터 배웠다. –『탈무드』

* 인생을 가르치는 이는 스승이고, 지식이나 기능만을 가르치는 이는 선생이다. 인생을 배우는 사람이 제자이고, 지식과 기능만을 배우는 사람은 학생이다. 오늘 이 사회에는 선생은 많으나 스승이 없고, 학생은 많으나 제자가 없다. –유영달

* 진실로 상대방의 마음을 움직이는 가르침이란, 한 점의 거짓 없이 스스로 실천할 수 있을 때라야 가능한 것이다. 가르침을 행하는 사람의 가슴을 울리고 난 뒤에야 진실의 메아리가 다른 이에게도 전해질 수 있다. –한바다

예술

* 태양이 꽃을 장식하듯이 예술은 갖가지 색깔로 인생을 장식한다. –러벅

* 빛이 존재하지 않을 때 빛을 만들어 내는 것, 이것이 예술가의 직무다. –로맹 롤랑

* 모든 예술은 자전적 특성을 가지고 있다. 진주는 굴의 일대기를 표현한 예술이다. –페데리코 펠리니

* 예술은 절대 자유가 있는 곳에서 산다. 절대 자유가 없는 곳에는 창의성도 있을 수 없기 때문이다. –이소룡

* 자신을 자유롭게 표현하려면 어제의 모든 것을 잊어야 한다. 당신이 고전적 방식을 따른다면 일상적인 전통도 이해하지 못할 뿐 아니라 당신 자신조차 이해하지 못할 것이다. –이소룡

* 누군가 그것을 관찰하기 전에는 아무것도 존재하지 않는다. 예술가는 관찰을 통해 그것을 존재하게 만드는 사람이다. –윌리엄 버로스

* 예술가는 모든 불필요한 것들을 제거해 나가며 그 밑에 숨겨져 있는 참된 의미를 선명하게 진술해 내야 한다. –앨프리드 스티글리츠

* 인생은 살 만한 가치가 있다는 것이 곧 모든 예술의 궁극의 내용이며, 그것은 또한 예술가에게 더없는 위안이 된다. –헤르만 헤세

* 예술 작품, 그 자체보다 더욱 중요한 것은 그것이 무슨 씨앗을 뿌리게 될까 하는 사실

이다. –호안 미로

* 위대한 예술은 언제나 고귀한 정신을 보여준다. –피카소

* 가장 아름다운 예술작품은 광기가 발동시켜 이성으로 하여금 쓰게 하는 것이다.
–앙드레 지드

* 상품은 신상품으로 대체되지만, 작품은 명품으로 남는다. –유영만

* 유행은 빛이 바래지지만 멋은 영원한 것이다. –이브 생 로랭

* 자연은 신의 묵시(默示)이며, 예술은 인간의 묵시이다. –롱펠로

* 예술은 표절자이거나 아니면 혁명가이다. –고갱

* 모든 예술가들은 모름지기 자신의 삶 자체가 대표작이어야 한다. –김대규

* 좋지 못한 예술가들은 항상 남의 안경을 쓴다. –로댕

* 차이점은 주목하게 하고, 공통점은 공감하게 한다. 모든 예술은 '차이점'을 통과해 '공통점'에 이르는 과정이다. –문단열

* 예술이 대중성을 띠도록 노력해서는 안 된다. 대중 스스로 예술적이 되도록 노력해야 한다. –오스카 와일드

* 예술은 진실을 바라보게 하는 거짓이다. –피카소

* 우리는 예술을 통해서 이 세상을 가장 안전하게 피해 갈 수 있는 동시에 또한 가장 평화롭게 이 세계와 관계를 맺을 수 있다. -괴테

* 가슴 속에 책 만 권이 있어야 그것이 흘러넘쳐 글씨와 그림이 된다. -김정희

* 작가의 임무는 인간에게 숨겨진 생명의 원천을 발견하는 일이다. -포스터

* 문학은 부끄러움을 가르치는 거울이다. -토니 모리슨

* 위대한 작가는 말하자면 그의 나라에서는 제2의 정부이다. 그렇게 때문에 어떤 정권도 별 볼 일 없는 작가라면 몰라도 위대한 작가를 좋아한 적이 없다. -알렉산드로 솔제니친

* 예술이 있음으로 해서 우리는 세상을 한 가지 방식이 아닌, 여러 가지 방식으로 경험할 수 있게 되었다. 진정한 예술가가 몇 명 있는가에 따라 우리가 누릴 수 있는 세상의 수가 결정된다. -마르셀 프루스트

* 건물을 짓는 것이 아니라 풍경을 만드는 것이 건축이다. -페로

* 조각에는 독창이 필요치 않다. 생명이 필요한 것이다. -로댕

* 나는 유행을 만들지 않는다. 스타일을 만든다. -코코 샤넬

* 우리가 예술에서 찾아야 할 것은 사진과 같은 진실이 아니라 살아 있는 진실이다. -로댕

* 예술은 세련된 심미안을 위한 게 아니라 심미안을 세련되게 만드는 것이다. -니키 조반니

* 인간이 예술과 과학을 추구하는 강력한 동기는 일상생활의 단조로움과 경박함에서

벗어나 자기가 만들어 낸 이미지의 세계로 도피하고 싶기 때문이다. –아인슈타인

* 이 세계를 개인적인 소망을 실현시킬 장소라고 인식하지 않고, 감탄하고 추구하고 관찰하는 자유로운 존재로서 거기에 대면할 때 우리는 예술과 과학의 영역에 들어가게 된다. –아인슈타인

* 과학과 예술이 어떤 높은 수준에 도달하면, 미적으로 형식적으로 융합하는 경향이 있다. 따라서 초일류 과학자는 항상 예술가이기도 하다. –아인슈타인

CHAPTER

20

인생에 대한 통찰을 얻고 싶을 때

Chapter 20 인생에 대한 통찰을 얻고 싶을 때

우리는 누구나 삶과 죽음에 대해 고민합니다. 삶이 무엇이고, 어떻게 살아야 하는지를 생각합니다. 세상 모든 철학 또한 이 지점에서 생성된 것입니다. 삶을 어떻게 생각하는지에 대한 나의 견해와 해석이 내 삶의 철학입니다. 우리는 그것을 인생관이라 부릅니다. 그러한 인생관은 우리의 내면 속에 있는 '생의 지도'와도 같습니다. 생의 지도가 잘못되면 인생이 올바른 길로 갈 수 없습니다. 때문에 우리는 누구나 반드시 좋은 인생관을 가지도록 노력해야 할 것입니다.

인생에는 실로 다양한 측면이 있습니다. 성숙이란 그런 여러 측면을 이해하고 삶의 본질을 제대로 파악하는 데서부터 시작될 것입니다. 인생이 깊어지는 시점은 인생에 대한 이해가 깊어지는 시점입니다. 우리는 누구나 자기 삶의 철학자입니다. 인생을 피상적으로 이해한 사람이 깊은 내면을 가지는 법은 없습니다. 삶에 대한 고민과 통찰은 내면의 깊이를 가진 사람을 만들어 줄 것입니다.

이 장의 아포리즘은 인생의 본질적 속성들을 통찰케 하고, 좋은 인생관을 가지는 데 도움을 줄 것입니다.

인 생

* 삶은 환경에 도전하는 성장이다. –루터 버뱅크

* 현명한 사람에게는 매일매일이 새로운 삶이다. –데일 카네기

* 가장 최고의 여행은 자기 인생으로의 여행이다. –김창옥

* 어떻게 사는가를 배우는 데는 자신의 전 생활을 필요로 한다. –세네카

* 삶의 의미보다 삶 그 자체를 더 사랑해야 한다. –도스토예프스키

* 산다는 것은 그저 살아 숨 쉬는 것이 아니라 살아있음을 스스로 느끼며 사는 것이다. –김이율

* 인생은 숨을 쉰 횟수가 아니라 숨 막힐 정도로 벅찬 순간을 얼마나 많이 가졌는가로 평가된다. –마야 안젤루

* 인생도 연극과 마찬가지로 얼마나 오래 지속되는가가 중요한 것이 아니라 그 내용이 얼마나 훌륭한지가 중요하다. –세네카

* 인생의 모든 예술은 보낼 것과 잡아야 할 것을 멋지게 혼합하는 것이다. –헨리 엘리스

* 인간의 탄생과 죽음은 책의 앞면과 뒷면 같은 것이다. –『탈무드』

* 인생은 낙장(落張)이 많은 책과 비슷하다. 한 권을 이뤘다고 말하기 어렵다. 그러나 어

꿰맸든 한 권을 이룬다. –아쿠다와 류노스케

* 인생은 한 권의 책과 같다. 어리석은 이는 마구 넘겨버리지만, 현명한 이는 열심히 읽는다. 인생이라는 책은 단 한 번만 읽을 수 있다는 것을 알고 있기 때문이다. –장 파울

* 모든 사람의 일생은 신에 쓰여진 한 토막의 동화에 지나지 않는다. –안데르센

* 일찍 책장을 덮지 말라. 삶의 다음 페이지에서 또 다른 멋진 나를 발견할 테니. –시스니셸던

* 인생은 한 권의 양서라고 나는 여긴다. 더 깊이 파고들수록 점점 이야기가 틀이 잡히고 수긍이 가기 시작한다. –해롤드 쿠시너

* 인생은 한 명의 관객을 위해 공연되는 내면의 드라마이다. –앤서니 파웰

* 인생은 학교다. 삶에서 일어나는 모든 일들 중에 교훈을 담고 있지 않은 일이란 없다. 내가 그것을 배운다면 새로운 나로 진화할 수 있다. –조성희

* 인생은 나이가 아니라 행동이고, 호흡이 아니라 생각이며, 존재가 아니라 느낌이다. –필립 J. 베일리

* 인생이라는 여행의 목적은 도착이 아니라 여정이다. –김이율

* 인생은 생방송이다. 늘 '라이브' 다. 가짜가 있을 수 없고, 편집이 있을 수 없다. –한근태

* 당신이 다른 계획을 세우느라 바쁜 동안 그대에게 일어나는 일이 곧 인생이다. –존 레논

* 인생은 그 입구에서 볼 때만 한없이 멀고 아득하다. 인생은 그 출구에서 볼 때는 오히려 너무 짧다. –쇼펜하우어

* 모든 사람이 다 특별하고 모든 순간이 다 소중하다. 다른 사람보다 더 특별한 사람, 다른 때보다 더 특별한 때 같은 건 없다. –닐 도날드 월쉬

* 인생은 즐거운 선택의 연속이 아니다. 힘과 결단력과 노고가 요구되는 것이다.
–인도 속담

* 얼마나 오래 사느냐와 상관없이 인생은 짧다. 그 사실을 깊이 깨달은 사람이든 그렇지 못한 사람이든 삶을 잘 살아내는 비법은 한 가지다. 주어진 나날을 최대한 활용하는 것이다. –칼 필레머

* 삶을 창조하는 한 거기에는 거짓말도 속임수도 없다. 왜냐하면 삶은 언제나 삶의 올바른 메아리이기 때문이다. –드리외 라 로셸

* 삶은 풀어야 할 문제가 아니다. 삶은 느끼고 경험해야 할 신비 중의 신비다. 삶을 신비로 보는 눈이 열릴 때에 비로소 문제는 해결되는 것이다. –장길섭

* 삶은 수많은 가설을 검증하는 과정이다. –유명만

* 인생의 길이는 어떻게 할 수 없지만, 넓이와 깊이에 관해서는 무엇이든 할 수 있다.
–헨리 루이스 멩켄

* 인간의 진짜 주소는 집이 아니라 길이다. 그리고 인생은 그 자체가 여행이다.
–브루스 채트윈

* 인생의 연극에서 가장 불행한 것은 일생을 객석에서만 보내는 것이다. -김대규

* 인생은 자전거를 타는 것과 같다. 균형을 잡으려면 계속해서 움직여야만 한다. -아인슈타인

* 주어야 받을 수 있다. 삶은 부메랑이다. 우리들의 생각, 말, 행동은 언제가 될지 모르나 틀림없이 되돌아온다. 그리고 희한하게도 우리 자신을 그대로 명중시킨다. -플로랑스 스코벨 쉰

* 인생길은 이리저리 굽이치고 수시로 방향을 바꾸며 나아간다. 같은 길은 단 하나도 없다. 그러나 우리가 교훈을 얻는 것은 목적지에서가 아니라 그 여정에서다. -돈 윌리엄스 주니어

* 외향적인 성격은 '넓이'의 인생을 만들고, 내성적인 성격은 '깊이'의 인생을 만든다. -마티 올슨 래니

* 인생의 길에서 장애물은 장애물이 아니라 그 자체가 길이다. -제인 로터

* 눈물 젖은 빵을 먹어보지 않은 사람은 인생의 참맛을 알지 못한다. -괴테

* 인생을 리허설이라 생각하고 살아가는 사람이 있다. 유감스럽지만 인생은 본 방송이다. -조니 뎁

* 인생은 아무것도 이루지 않기에는 너무나도 길지만, 무엇인가를 이루기에는 너무나도 짧다. -나카지마 아쓰시

* 웃으면서 살아도 한평생, 울면서 살아도 한평생. -독일 속담

* 인생은 불충분한 전제로부터 충분한 결론을 이끌어내는 기술이다. –새뮤얼 버틀러

* 인생을 즐기는 것은 '바로 그 순간'에 얼마나 충실한가에 달려 있다. –조셉 베일리

* 우리는 인생이 다 흘러가 버린 다음에야 인생을 어떻게 살아야 하는가를 배운다. –몽테뉴

* 인생은 즐겨야 할 놀이다. 깨어 있는 사람에게는 삶 전체가 놀이다. 놀이란 오직 '지금 이 순간'에 집중하는 것이다. –홍신자

* 삶의 가치관은 자신이 생각하기 나름이고, 받아들이기 나름이고, 도전하기 나름이다. –박치근

* 인생은 그들이 같이 있음으로 해서 비로소 그 해결책을 찾을 수 있는 수수께끼였다. –괴테

* 인생에서 가장 큰 위험은 위험을 감수하려 들지 않는 거라고 생각한다. –오프라 윈프리

* 인생은 굴극(屈克)이다. 극복하거나 굴복하거나! –줄리안

* 인생이 눈물의 골짜기라면 무지개로 다리가 놓일 때까지 힘껏 웃어라. –L. 라르콤

* 우리는 넘어지면 끊임없이 일어나 새롭게 출발해야 한다. 인생은 종착지가 없는 도상의 나그네다. –김대중

* 어차피 삶과 죽음은 피할 길이 없으니, 그 사이를 즐기는 수밖에! –조지 산타야나

* 인생은 동전과 같은 것. 원하는 대로 사용할 수 있다. 하지만 딱 한 번밖에 사용할 수 없다. –릴리안 딕슨

* 삶이 비극인 것은 우리가 너무 일찍 늙고 너무 늦게 철이 든다는 점이다. –벤저민 프랭클린

* 삶의 배움을 얻는다는 것은 삶을 완벽하게 만드는 것이 아니다. 있는 그대로의 삶을 받아들일 줄 알게 되는 것이다. –엘리자베스 퀴블러 로스

* 삶의 비극은 '인생이 짧다는 것이 아니라 정말 중요한 것이 무엇인가를 너무 늦게 깨닫는다는 것' 에서 비롯되며, 오늘 우리가 불행한 이유는 삶의 복잡성 때문이 아니라 그 밑바닥에 흐르는 단순한 진리들을 놓치고 있기 때문이다. –엘리자베스 퀴블러 로스

* 자연의 봄은 어김없이 오지만, 삶의 봄은 만들어야 오는 것이다. –법정

* 보다 나은 삶을 제대로 음미하기 위해서는 먼저 그보다 못한 삶을 경험해 보아야만 한다. –오스카 홀몰카

* 삶이 구겨지면 세상은 이미 파지(破紙)일 뿐이다. –김대규

* 삶에 있어서 사실보다 저 중요한 것은 마음가짐이다. –칼 메닝거

* 삶이란 우리의 인생 앞에 어떤 일이 생기느냐에 따라 결정되는 것이 아니라 우리가 어떤 태도를 취하느냐에 따라 결정되는 것이다. –존 호머 밀스

* 인간이 두려워해야 하는 것은 죽음이 아니다. 오히려 한 번도 삶을 시작하지 못했음을 두려워해야 한다. –아우렐리우스

* 가장 풍요로운 삶을 산 사람은 가장 오래 산 사람이 아니라 삶을 가장 예민하게 느끼며 산 사람이다. –루소

* 우리 삶에서 정말 중요한 일들은 우리가 모르는 사이에 일어난다. –C. S. 루이스

* 삶이 우리를 기쁘게 하거나 비참하게 만드는 것이 아니다. 삶은 그저 우리가 느낄 수 있도록 해줄 뿐이다. –글로리아 네일러

* 다시는 돌아오지 않는 그것, 그것이 삶을 달콤하게 만드는 것이다. –에밀리 디킨슨

* 삶은 지루해하기에는 지나치게 짧다. –니체

* 바다의 세계에는 절대적인 고요라는 것이 없다. 그리고 인생의 대해 역시 그렇다. –마하트마 간디

* 세월은 영원을 여행하는 나그네. 흘러가는 인생 또한 그러하구나. –마쓰오 바쇼

* 인생에 세월을 보태지 말고, 세월에 인생을 보태라. –1955년 미국 노년학회 모토

* 세월은 흘러가지만, 그 흘러간 세월 뒤에는 반드시 그림자가 드리워져 있기 마련이다. –정현수

* 인생은 15분 늦게 들어간 영화관과 같은 것, 뭐가 어떻게 돌아가는지 도무지 알 수 없는 것이다. –로맹 롤랑

* 우리 인생은 마치 커다란 모자이크와 같아서 가까이 있으면 제대로 알아볼 수 없다. 그것이 얼마나 아름다운지 알려면 멀리 떨어져서 봐야 한다. –쇼펜하우어

* 나에게 정말 중요한 일은 무엇인가? 나에게 정말 소중한 사람은 누구인가? 이 두 가지를 온 마음을 다해 생각하는 것, 그것만으로도 좋은 인생을 살 수 있다. −이토이 시게사토

* 인생이란 폭풍우가 지나가기를 기다리는 게 아니라 빗속에서도 춤추는 법을 배우는 것이다. −비비언 그린

* 인생의 고수들은 엎치락 뒤치락과 오르락 내리락에서 반전을 일으킨 역전의 주인공들이다. −유영만

* 살기로 각오했을 때 우리는 죽을 각오도 할 수 있다. '인생에서 이것을 반드시 해내고야 말겠다' 는 각오가 생겼을 때 비로소 죽을 각오도 생긴다. −히스이 고타로

* 인생에는 진짜로 여겨지는 가짜 다이아몬드가 수없이 많고, 반대로 알아주지 않는 진짜 다이아몬드 역시 수없이 많다. −타거 제이

* 장수한 사람이란 가장 긴 세월을 살아온 사람이 아니라 가장 뜻깊은 인생을 체험한 사람이다. −루소

* 겉으로 보기에 인생은 모순으로 가득 차 있다. 하지만 모순 뒤에 숨어 있는 질서를 발견할 때, 비로소 인생이 참으로 아름답다는 것을 느낄 수 있을 것이다. −이드리스 샤흐

* 인생은 석재(石材)다. 여기에 신의 모습을 조각하느냐, 악마의 모습을 조각하느냐는 개인의 자유다. −에드먼드 스펜서

* 램프가 타는 동안 인생을 즐겨라. 그리고 시들기 전에 장미를 꺾어라. −마르틴 우스테리

* 인생보다 더 어려운 예술은 없다. 다른 예술과 학문에는 가는 곳마다 스승이 있는 까

닮이다. –세네카

* 살아간다는 것은 조금씩 태어나는 과정이다. –생텍쥐페리

* 우리는 오래 살기 위해서가 아니라 옳게 살기 위해 노력해야 한다. –세네카

* 삶에 "예스"라고 말하는 것은 당신 자신에게 "예스"라고 말하는 것이다. –다그 함마르셸드

* 삶은 하나의 이야기다. 얼마나 긴지, 그것이 중요한 게 아니라 얼마나 좋은가, 그것이 중요하다. –세네카

* 배가 하나의 닻만으로 운항하지 않듯, 삶도 하나의 희망으로만 가는 것은 아니다. –에픽테토스

* 제대로 살기 위해 무언가를 기다리지 마라. 삶은 그 사이에 지나가 버린다. –세네카

* 삶에는 때때로 여지가 필요할 때가 있다. 어떤 일이든지 회귀할 수 있는 '여지'를 조금은 남겨둘 필요가 있다. –김세유

* 삶이란 우리 각자에게 주어진, 사방이 거울로 된 외딴 방이다. –유진 오닐

* '사회'란 학생에게는 졸업을, 군인에게는 제대를, 환자에게는 퇴원을, 죄수에게는 출감을, 일반인들에게는 생존경쟁의 현장을 뜻한다. 한 어휘 속에 내포된 체험의 면적만큼 한 사람의 인생도 확장되는 것이다. –김대규

* 우리는 진귀한 보물을 찾기 위해 무던히도 많은 세월을 헛된 노력 때문에 나머지를 잃지요. 그러나 잊지 마세요. 우리 인생의 전부가 보물임을…. –김제동

* 인간을 이해하면 인생이 풍요로워지고, 자연을 이해하면 죽음도 평화스러워진다. –김대규

* 짧은 생은 세상이라는 정원에 있는 섬이다. –마하트마 간디

* 우리들이 인생은 무엇인가를 알기 전에 인생은 반이 지나가 버린다. –허버트

* 인생은 한 마리의 말이다. 경쾌하고 우람한 말이다. 우리들은 그것을 기수처럼 대담하게, 그리고 세심하게 취급하지 않으면 안 된다. –헤르만 헤세

* 인생은 바다와 같다. 어떤 때는 평온하고 우호적이지만 어떤 때는 거칠고 악의로 가득 차 있다. 여기에서 잊지 말아야 할 것은 인간도 대부분 물로 이루어져 있다는 점이다. –아인슈타인

* 인간은 영원히 흐르는 시간의 손님에 지나지 않는다. –임어당

* 우리의 일생은 타인에게 얽매여 있다. 타인을 사랑하는 데 인생의 반을 소모하고, 타인을 비난하는 데 반을 소모한다. –조제프 주베르

* 우리는 인생을 직구라고 던지지만, 직구가 아니라 언제나 변화구이다. –신문곤

* 인생은 하나의 실험이다. 실험이 많아질수록 당신은 더 좋은 사람이 된다.
–랄프 왈도 에머슨

* 인생을 짧다고 말하지 말라. 보람 있게 산 인생은 긴 것이다. –김대규

* 누구나 오해를 받으며 산다. 그러나 그보다 더 많은 사람들이 인생을 오해하며 산다.
–김대규

* 인생의 등반은 높은 데 오르는 것이 아니라 깊은 곳에 이르는 것이다. –김대규

* 생명에 대한 애착은 의술을 낳고, 인생에 대한 사랑은 예술을 낳고, 인간에 대한 회의는 철학을 낳고, 죽음에 대한 공포는 종교를 낳는다. –김대규

* 인생은 체험이다. 인생이란 무슨 최종적인 성과를 얻고 무슨 최종적인 결과를 내기 위해서 살아야 하는 것이 아니다. 인생은 체험, 체험하는 '과정'이다. 우리 인생에 단 하나 목적이 있다면 그것은 '인생을 과정으로서 체험해야 한다.'는 것이다. –홍신자

* 사실 인생은 내가 마음먹은 결심을 지켰을 때 더 재미있었다. –그레첸 루빈

* 인생이란 이해하면서 살지 않으면 안 되는 교훈들의 연속이다. –할 어반

* 인생은 본래 녹록지 않다. 하지만 멍청한 사람에게는 더욱 녹록지 않다. –존 웨인

* 내가 만일 인생을 사랑한다면, 인생 또한 사랑을 되돌려 준다는 것을 알았다. –루빈시타인

* 사람은 살려고 태어나는 것이지 인생을 준비하려고 태어나는 것은 아니다. 인생 그 자체, 인생의 현상, 인생이 가져다주는 선물은 숨이 막히도록 진지하다.
–보리스 파스테르나크

* 자신이 생각하기에 따라 인생이 달라진다. –마르쿠스 아우렐리우스

* 인생은 흘러가는 것이 아니라 채워지는 것이다. 우리는 하루하루를 보내는 것이 아니라 내가 가진 무엇으로 채워가는 것이다. –존 러스킨

* 인생에는 오직 하나의 의미가 있다. 그것은 사람들 각자의, 사물들 각각의 자연 그대

로의 본성으로 살아가는 것이다. –에리히 프롬

* 삶이란 우리의 인생 앞에 어떤 일이 생기느냐에 따라 결정되는 것이 아니라 우리가 어떤 태도를 취하느냐에 따라 결정되는 것이다. –존 호머 밀스

* 죽음은 한순간이며, 삶은 많은 순간이다. –윌리엄스

* 기억하는 것도, 기억되는 것도 모두가 하루살이다. –마르쿠스 아우렐리우스

* 자지 않으면 밤이 길고, 피곤하면 길이 멀고, 어리석으면 생사가 길다. –『법구경』

* 진짜 부자는 돈이나 재산이 많은 사람이 아니라 추억이 많은 사람이다. –시인 워즈워스

* 인생을 소홀히 하는 것은 자신의 모든 미래를 포기하는 것과 같다. –작자 미상

* 인생은 짧다. 그러니 틀을 깨라! 빨리 용서하고, 천천히 입 맞추고, 진실로 사랑하고 배꼽 빠지게 웃고, 즐거웠다면 후회하지 말라. –린 마던

* 대부분의 사람들이 25세에 죽는다. 비록 육체가 죽는 75세까지 매장되지는 않지만……. –벤저민 프랭클린

* 인생은 늙어서 좋은 결과를 내기 위한 게임이 아니다. 현재의 순간순간을 기쁨으로 채우는 과정의 연속일 뿐이다. –신문곤

* 내가 세상의 일을 아는 것은 세상을 얻는 것이고, 인생을 아는 것은 내 자신을 얻는 것이다. –작자 미상

* 어른들이 인생이 뭔지 아이들에게 가르치려고 애쓰는 동안, 아이들은 어른들에게 인생이 무엇인지 가르쳐준다. –안젤라 슈빈트

* 정답이 아니어도 현명한 답은 존재하며, 그걸 아는 사람에게 인생은 축제다. –막시무스

* 인간은 얼마 살지 못하고 죽는다는 사실을 받아들일 때, 삶이 얼마나 의미가 있는지 깨닫게 된다. 삶의 유한함에 대하여 깊이 깨달으면 깨달을수록 살아있음의 소중함과 기쁨은 더욱 커질 것이다. –작자 미상

* 인생이 아름다운 여행이려면 오래 걸을 수 있는 튼튼한 다리와 이야기를 오래 나눌 수 있는 이상적인 파트너가 필요하다. –김대규

* 인생의 경험을 살리며 더욱 나날이 새롭게 성장하는 사람은 인생의 달인이라 할 수 있을 것이다. –이케다 다이사쿠

* 삶을 기뻐하는 것, 그것이 여자에게는 최고의 화장법이다. –로잘린드 러셀

* 세상은 정답이기 전에 아름답다. 세상은 증명되기 전에 경이롭다. –가스통 바슐라르

* 추위에 떨어본 사람이라야 태양의 따뜻함을 진실로 느낀다. 굶주림에 시달린 사람이라야 쌀 한 톨의 귀중함을 절실히 느낀다. 그리고 인생의 고민을 겪어 본 사람이라야 생명의 존귀함을 알 수 있다. –월트 휘트먼

* 삶은 오늘도 우리에게 선물을 준다. 돌을 금이 되게 하는 것도 연금술이지만, 최고의 연금술은 이미 우리 삶이 상당히 좋은 금이라는 걸 깨닫는 것이다. 이미 우리가 기적 같은 삶을 선물로 받고 누리고 있다는 것을 아는 것이 인간 최고의 연금술이다. –김창옥

나이

* 나이는 나이만큼 경험의 숫자가 주는 무게를 담고 있어야 한다. –정현수

* 홍시여, 이 사실을 잊지 말게. 너도 젊었을 때는 무척 떫었다는 것. –나쓰메 소세키

* 청춘이란 인생의 한 시기가 아니라 마음의 상태이다. –울먼

* 어른이란 못쓰게 된 어린아이다. –수스

* 어리석은 자의 노년은 겨울이지만, 현자의 노년은 황금기이다. –작자 미상

* 나이는 성숙해지기 위해서 치르는 비싼 대가다. –톰 스토파드

* 오래 살았다는 것밖에는 남긴 것이 없는 늙은이보다 더 불명예스러운 것은 없다. –세네카

* 아아, 청춘! 사람은 그것을 일시적으로 소유할 뿐이고, 나머지 시간은 그것을 추억하는 것이다. –앙드레 지드

* 추억은 식물과 같다. 싱싱할 때 심어두지 않으면 뿌리를 박지 못하는 것이니, 우리는 젊었을 때 싱싱한 일들을 남겨놓아야 한다. –생트 뵈브

* 나이를 먹고 세월이 흐르면 시간이 없기 때문에 자기가 좋아하는 일부터 먼저 해야 한다. –이어령

* 나이 들어 욕심을 갖는 것은 마치 여행길이 끝나 가는데 다시 준비물을 챙기는 것처럼 어리석은 일이다. –마르쿠스 툴리우스 키케로

* 젊음은 자연의 선물이나 노년은 자신이 만든 작품이다. –G. 캐닌

* 나이 든다는 것은 마치 등산과 같아서 높이 올라가면 올라갈수록 숨이 가빠지지만 그만큼 시야가 넓어진다. –앙마르 베리만

* 모든 사람은 마음속에 휴지통을 지니고 있어서, 나이가 들어갈수록 그곳에 돌이킬 수 없이 박박 찢어버린 쓰레기들이 점점 많이 쌓여야 한다. –새뮤얼 버틀러

* 나이를 먹는 것은 아무런 기술이 아니다. 그러나 노년을 살아가는 것은 특별한 기술이다. –괴테

* 사람은 나이를 먹는 것이 아니라 좋은 포도주처럼 익는 것이다. –웬델 필립스

* 나이 든다는 것은 마치 등산과 같아서, 높이 올라가면 올라갈수록 숨이 가빠지지만 그만큼 시야가 넓어진다. –잉마르 베리만

* 마흔 살은 청년의 노년기이며, 50살은 노년의 청년기이다. –빅토르 위고

* 대부분 사람들의 묘비명은 이렇게 고쳐져야만 한다. "30세에 죽고, 60세에 묻히다." 라고. –니콜라스 머레이 버틀러

* 늙은이란 절망의 이유가 아니라 희망의 근거이며, 천천히 쇠락하는 것이 아니라 점진적으로 성숙하는 것이며, 견디어 낼 운명이 아니라 기꺼이 받아들일 기회이다. –헨리 나우웬

* 청춘이란 마음의 젊음이다. 신념과 희망에 넘치고 용기로 가득해서 나날이 새로운 활동을 계속하는 한 청춘은 영원하다. –마쓰시타 고노스케

* 젊어서는 마음이 몸을 따르지 못하고, 늙어서는 몸이 마음에 못 미친다. –김대규

* 젊음을 가장 사랑하는 사람이 젊음을 가장 오래 간직한다. –프린덴버그

* 동심으로 돌아가서 무심하게 무엇인가에 열중하는 것은 장수의 비결이다. –작자 미상

* 20대에 당신의 얼굴은 자연이 준 것이지만, 50대에 당신의 얼굴은 스스로 가치를 만들어야 한다. –바르리엘 샤넬

* 학창시절엔 방학이 짧고, 인생에서는 젊음이 짧다. –김대규

* 젊음이 알 수 있다면, 늙음이 할 수 있다면! –앙리 에스티엔

* 젊은 시절은 인생이 영원하고 자신의 행동이나 사고가 대단히 중요하다고 생각하는 법이다. –아인슈타인

* 가장 오래 산 사람은 나이가 많은 사람이 아니고 많은 경험을 한 사람이다. –루소

* 청년은 희망의 그림자를 가지고 있고, 노인은 회상의 그림자를 가지고 있다. –키에르케고르

* 100년을 살아보니 60세에서 75세 사이가 인생의 황금기였다. 인생에는 그 연령대마다 행복한 일들이 있었다. –김형석

* 늙는 것처럼 쉬운 일은 없다. 가장 어려운 것은 아름답게 늙어가는 것이다. -앙드레 지드

* 늙는다는 것은 세상의 규칙을 더 이상 바꾸려고 노력하지 않는 것이다. -장 그르니에

* 노인이 되는 것은 비참한 사람이 되는 것이 아니다. 자기의 나이답게 살 수 없는 사람만이 비참한 사람이다. -유진 벨틴

* 일흔 살 젊은이가 마흔 살 늙은이보다 낫다. -지미 카터

* 일흔 살 먹은 젊은이가 된다는 것은, 마흔 먹은 노인네가 되는 것보다 때론 훨씬 즐겁고 희망적이다. -올리버 웬들 홈스 시니어

* 늙은이는 두 번 태어난 어린이다. -셰익스피어

* 운 적이 없는 젊은이는 야만인이며, 웃으려 하지 않는 노인은 바보이다. -조지 산타야나

* 고통스러울 때 웃는 것을 배우지 않으면, 노년이 되었을 때 웃을 일이 하나도 없게 된다. -에드거 하우

* 늙어가는 법을 안다는 것은 지혜의 걸작으로, 삶의 예술 가운데에서도 가장 어려운 장에 속한다. -헨리 프레데릭 아미엘

* 젊은이와 노인이 함께 걸으면 노인의 걸음은 항상 뒤처진다. 그러나 젊은이들이여, 노인들은 인생의 길을 훨씬 앞서서 걸어가고 있음을 명심하라. -김대규

* 할 수 있을 때 장미 꽃봉오리를 모으라. 시간은 계속 달아나고 있으니. 그리고 오늘 미소 짓는 이 꽃이 내일은 지고 있으리니……. -로버트 헤릭

* 청춘이란 나이를 말하는 것이 아니라 강건한 의지, 뛰어난 상상력, 불타는 정열, 겁내지 않는 용맹심, 안이를 뿌리치는 모험심과 같은 마음 상태를 말한다. –사무엘 울만

* 청춘이란 인생의 어떤 기간이 아니라 마음 상태를 말하는 것이다. 나이를 먹어서 늙는 것이 아니라 이상을 잃어서 늙어간다. 세월의 흐름은 피부의 주름살을 늘리나, 정열의 상실은 영혼의 주름살을 늘린다. –사무엘 울만

운명

* 운명은 사람을 차별하지 않는다. –세네카

* 모든 사람의 운명은 자기 성격에 의해 만들어진다. –네포스

* 인간은 운명이 이끄는 배에서 노를 저을 뿐이다. –새뮤얼 버틀러

* 운명은 우리를 행복하게도, 불행하게도 하지 않는다. 그저 그 재료와 씨앗을 우리에게 제공할 뿐이다. –몽테뉴

* 운명의 틀을 선택할 권리는 우리에게 없다. 하지만 그 안에 무엇을 채워 넣을지는 우리에게 달렸다. –함마르 셸드

* 당신이 지금 어디로 가고 있는지 모른다면, 결국 당신은 가고 싶지 않았던 곳으로 가게 된다. –요기 베라

* 운명을 뛰어넘는 사람에게는 믿음이 인생의 지배자다. –헬렌 애덤스 켈러

* 당신은 당신 운명의 건축가이고, 당신 운명의 주인이며, 당신 인생의 운전사다.
–브라이언 트레이시

* 성공하든 실패하든 그것은 나의 선택이자 나의 책임이다. 오직 나만이 내 운명의 열쇠를 손에 쥔다. –일레인 맥스웰

* 운명은 순순히 응하는 자에게는 길을 안내하고, 저항하는 자는 질질 끌고 간다. –세네카

* 너의 운명은 네 품성의 여운이며 결과이다. –헤르더

* 성격은 사람을 안내하는 운명의 지배자이다. –헤라클레이토스

* 세상을 바라보는 방식이 그 사람의 운명을 결정한다. –알베르트 슈바이처

* 과거를 돌이켜 볼 줄 모르는 사람은 과거를 되풀이해야 하는 운명을 부여받는다.
–조지 산타야나

* 운명에 저항하면 끌려가고, 순응(順應)하면 업혀 간다. –세네카

* 평탄한 길에서도 넘어지는 수가 있다. 인간의 운명은 그런 것이다. 신 이외의 누구도 진실을 아는 사람은 없기 때문이다. –체호프

* 이 세상에 우연만큼 흥미로운 것은 없다. 우연은 운명의 다른 이름이다.
–나폴레옹 보나파르트

* 우리는 스스로 행운과 불운을 만든다. 그리고 그것을 운명이라고 부른다.
–벤저민 디즈테일러

* 누구나 자기 손아귀에 자기의 운명을 쥐고 있다. –시푸스

* 운명에 우연은 없나. 인간은 어떤 운명을 만나기 전에 스스로 그것을 만들고 있다. –토머스 윌슨

* 구름이 대지에서 나왔듯이 운명은 우리들 자신 속에서 나온다. –작자 미상

* 진정한 삶을 살려면 외부의 어떤 것이 당신의 운명을 결정짓는다고 생각하지 말라. 당신의 운명을 결정짓는 힘은 바로 당신 자신이다. –앨런 코헨

* 사람은 자신의 운명을 비난하고, 책임을 회피하려고 한다. 결국 항상 운명의 여신에게 외면당하게 된다. –라 퐁텐

* 운명을 바꿀 수 있는 유일한 열쇠는 감동이다. –손정의

* 사람은 대개 자기의 운명을 스스로 만들어 가고 있다. 운명이란 외부에서 오는 것 같지만, 알고 보면 자기 자신의 약한 마음, 게으른 마음, 성급한 버릇, 이런 것들이 결국 운명을 만든다. 어진 마음, 부지런한 습관, 남을 도와주는 마음, 이런 것들이야말로 좋은 운명을 여는 열쇠다. 운명은 용기 있는 사람 앞에서는 약하고, 비겁한 사람 앞에서는 강하다. –세네카

죽음

* 내가 태어난 때부터 죽음은 걸어온다. 천천히 쉬지 않고 걸어온다. –이소룡

* 이 세상에 죽음만큼 확실한 것은 없다. 그런데 사람들은 겨우살이는 준비하면서도 죽

음은 준비하지 않는다. –톨스토이

* 죽음은 불멸과의 결혼이다. –루미

* 죽는 것은 어렵지 않다. 어찌 죽어야 할지, 그것이 어려울 뿐이다. –사마천

* 꽃은 필 때 아름다워야 하지만, 사람은 질 때가 아름다워야 한다. –작자 미상

* 모든 행로는 무덤에서 끝난다. 무덤은 무(無)의 입구이다. –조지 버나드 쇼

* 최초의 호흡이 죽음의 시작이다. –토머스 풀러

* 죽음은 우리들 모두가 갚아야 하는 빚이다. –에우리피데스

* 잊혀지지 않는 자는 죽은 것이 아니다. –스메들리 달링턴 버틀러

* 겁쟁이는 죽기 전에 여러 번 죽는다. –영국 속담

* 죽음은 생명이 끝나는 것이지, 관계가 끝나는 것은 아니다. –미치 앨봄

* 노령은 죽음으로 둘러싸인 섬이다. –몬탈보

* 젊은이들에게 죽음은 먼 나라의 소문일 뿐이다. –앤드류 A. 루니

* 죽음은 삶이 발명한 최고의 도구이며, 죽음이 인생을 변화시킬 수 있다. –스티브 잡스

* 근원적으로 죽음이란 존재하지 않는다. 다만 변화하는 세계가 있을 뿐이다. –법정

* 망각은 죽은 이의 두 번째 수의가 된다. –라므르틴

* 삶이 즐겁다면 죽음도 그러해야 한다. 그것은 같은 주인의 손에서 나오기 때문이다. –미켈란젤로

* 우리는 죽음에 대한 걱정으로 삶을 엉망으로 만들며, 삶에 대한 근심으로 죽음까지 망쳐버린다. –몽테뉴

* 잘 보낸 하루가 편안한 잠을 주듯이 잘 보낸 일생은 편안한 죽음을 가져다준다. –레오나르도 다빈치

* 마지막은 아름답고 보람 있어야 한다. 노을은 빛의 마지막이요, 열매는 꽃의 마지막이다. 죽음은 삶의 마지막이 아닌가. –김대규

* 죽은 자가 살아 있는 이의 마음속에 묻히지 않는다면 그것은 진정으로 죽은 것이다. –루쉰

* 죽음 뒤에 삶이 존재한다는 것은 앎의 문제이지 믿음의 문제가 아니다. –엘리자베스 퀴블러 로스

* 태어난 자는 죽음을 피할 수 없으며, 죽은 자는 태어남을 피할 수 없다. 그러므로 피할 수 없는 것을 슬퍼하지 말라. –『바가바드 기타』

* 죽음은 무작정 두려워해야 할 대상이 아니다. 인간에게 죽음은 온 마음을 다해 한 세상 뜨겁게 살다 가도록 해주는 가장 좋은 장치이다. 언젠가 죽음이 가까이 왔음을 직감하게 될 때 우리는 자신의 진정한 마음을 되찾게 된다. –히스이 고타로

가 정

* 집은 벽과 기둥으로 만들어지지만, 가정은 사랑과 꿈으로 지어진다. –윌리엄 아더 워드

* 선한 부모는 자녀들에게 이 세상에서 가장 행복한 곳이 가정임을 느끼게 해준다. –어빙

* 가정은 우리 자신을 있는 그대로 보여줄 수 있는 단 하나의 장소이다. –앙드레 모루아

* 가정이여, 그대는 도덕의 학교다. –페스탈로치

* 웃음소리 나는 집은 행복이 와서 들여다보고, 고함소리 나는 집은 불행이 와서 들여다본다. –작자 미상

* 모든 행복한 가정은 서로서로 닮은 데가 많다. 그러나 모든 불행한 가정은 그 자신의 독특한 방법으로 불행하다. –톨스토이

* 원만한 가정은 상호 간의 희생 없이는 절대 영위되지 못한다. 이 희생은 그것을 실행하는 사람을 위대하게 하며 아름답게 한다. –앙드레 지드

* 식탁은 가정의 문화척도다. 밥 먹는 분위기에 그 가정의 모든 것이 담겨 있다. –김대규

* 가정이란 가장 작은, 그러나 가장 엄격한 종신수도원이다. –최인호

* 가정은 나의 대지이다. 나는 거기서 나의 정신적인 영향을 섭취하고 있다. –펄벅

* 가정은 사랑의 연습장이다. 가정에서 '지금 모습 그대로' 허용하고 사랑하라.
–레스트 레븐슨

* 아이의 본보기가 되는 것이 아이들을 가르치는 가장 좋은 방법이다. 그리고 아이들에게 대안을 제시하고 아이들이 결정하도록 해주어라. –레스트 레븐슨

* 가정을 다스리는 데는 네 가지 가르침이 필요할지니, 그것은 근면함과 검소함과 공손함과 너그러움이다. –왕유

* 하나의 집을 지으려면 백 명의 남자가 필요하지만, 하나의 가정을 만들려면 한 명의 여자가 필요하다. –중국 속담

* 여인과 난로 불빛이 없는 집은 영혼이 없는 육체와 같다. –벤저민 프랭클린

* 세상이 아무리 변하더라도 우리의 삶이 가족에서 시작해 가족으로 끝난다는 사실에는 변함이 없다. –앤서니 블런트

* 아버지가 자식을 위해서 할 수 있는 가장 중요한 일은 그들의 어머니를 사랑하는 것이다. –T. 헤즈버그

* 제일 안전한 피난처는 어머니의 품속이다. –플로리아누스

* 어머니의 몸이야말로 언제까지나 사람들이 동경하는 최초의 집이다. 그 속에서 인간은 안전했으며 또 몹시 쾌적했다. –S. 프라이드

* 집 안에는 필요한 것과 아름다운 것만 남겨라. –윌리엄 모리스

* 가족들이 서로 맺어져 하나가 되어 있다는 것이 정말 이 세상에서의 유일한 행복이다. –마리 퀴리

* 부모님들이 우리의 어린 시절을 꾸며 주셨으니, 우리는 그들의 말년을 아름답게 꾸며 드려야 한다. –생텍쥐페리

* 자기 부모를 섬길 줄 모르는 사람과는 벗하지 말라. 왜냐하면 그는 인간의 첫걸음을 벗어났기 때문이다. –소크라테스

* 자식이 효도하면 어버이는 즐겁고, 집안이 화목하면 모든 일이 잘된다. –『명심보감』

* 집안일을 담당해 보아야 소금과 쌀이 귀한 줄 알게 되고, 자식을 길러보아야 바야흐로 부모의 은혜를 알게 된다. –『현문(賢文)』

* 마른 빵 한 조각을 먹으며 화목하게 지내는 것이 진수성찬을 가득히 차린 집에서 다투며 사는 것보다 낫다. –잠언

* 이 세상에 태어나 우리가 경험하는 가장 멋진 일은 가족의 사랑을 배우는 것이다.
–조지 맥도날드

* 자비는 가정에서, 정의는 이웃에서 시작한다. –찰스 디킨스

* 가족에 의해 사랑받는 사람은 일생 동안 성공한 기분으로 살아가고, 이 성공에 대한 자신감은 그가 정말 성공하게 만든다. –지그문트 프로이트

* 저녁 무렵 자연스레 가정을 생각하는 사람은 가정의 행복을 맛보고 인생의 햇볕을 쬐는 사람이다. 그는 그 빛으로 꽃을 피운다. –베히슈타인

* 어떠한 문명도 그 최후의 가치는 그 문명이 어떤 남편을, 아내를, 아버지를, 어머니를 만들어 내느냐에 있다. 이 극히 간단한 것을 생각하지 않고서는 모든 문명이 이룩한 공적, 즉 예술, 철학, 문학, 물질적 생활은 아무 의미도 없다. –임어당

금전 · 빈부

* 돈으로 행복을 살 수 없다고 말하는 사람은 돈을 가져본 적이 없는 사람이다. –새뮤얼 잭슨

* 황금은 하느님의 대문 외에는 어느 대문에도 들어간다. –존 레이

* 가장 무거운 짐은 빈 주머니다. –체코 속담

* 일전(一錢)에 웃는 사람은 일전에 운다. –작자 미상

* 부는 인생이라는 기계의 윤활유이다. –발레리

* 돈은 훌륭한 하인이기도 하지만 나쁜 주인이기도 하다. –벤저민 프랭클린

* 재산은 가지고 있는 자의 것이 아니라 그것을 즐기는 자의 것이다. –하우얼

* 돈에 대한 애착이 이 세상 불행의 절반을 만들어 내고, 돈의 결핍이 그 나머지 반을 만들어 낸다. –미국 격언

* 좋은 수입은 아무리 예리한 슬픔도 위로해 준다. –L. P. 스미스

※ 비가 오면 우산이 있어야 옷을 적시지 않을 수 있다. 돈은 사회의 우산이다. 그것이 없으면 평생 옷을 적시며 살아야 한다. –김대규

※ 돈의 가치를 알고 싶으면 가서 돈을 꾸어보도록 하라. 돈을 꾸러 가는 자는 슬픔을 꾸러가는 자이다. –벤저민 프랭클린

※ 돈은 현명한 자에게는 노예가 되고, 어리석은 자에게는 주인이 된다. –세네카

※ 우리가 쓰는 돈의 대부분은 남을 흉내 내는 일에 쓰인다. –랄프 왈도 에머슨

※ 돈을 버는 것은 기술이요, 돈을 쓰는 것은 예술이다. –록펠러의 목사

※ 부자의 큰 행복은 남을 도울 수 있다는 것이다. –라 르뷔에르

※ 1억 원을 마음대로 쓰되, 1원이라도 헛되이 쓰지 마라. –이형우

※ 돈을 벌기 위해서는 머리가 필요하고, 돈을 잘 쓰기 위해서는 마음이 필요하다. –앙드레 지드

※ 돈은 단지 동전이나 지폐가 아니다. 돈은 아름다운 삶, 온정의 손길, 교육과 미래를 위한 보장이 될 수 있다. 물론, 괴로움의 근원이 될 수도 있다. –실비아 포터

※ 인간이 추구해야 할 것은 돈이 아니다. 인간이 추구해야 할 것은 항상 인간이다. –푸시킨

※ 돈은 밑 없는 깊은 물속과 같다. 명예도, 양심도, 진리도 모두 그 속에 빠지고 만다. –카스레

※ 재물은 사람을 변하게 만드는 것이 아니라 그의 본모습을 드러내 주는 것이다. –수잔 네커

* 진정한 부유함은 인간이 소유하고 있는 것이 아니라 소유한 모든 것이 사라진 뒤에 인간에게 남겨지는 것이다. –제임스 아서 레이

* 훌륭한 사람은 대체로 돈이 많거나 돈이 필요치 않은 사람들이다. –새뮤얼 버틀러

* 유언장을 통해 자신의 재산을 자선단체에 기부하는 사람은 더 이상 자신의 것이 아닌 돈을 나누어주는 것뿐이다. –볼테르

* 알맞은 정도라면 소유는 인간을 자유롭게 한다. 도를 넘어서면 소유가 주인이 되고, 소유하는 자가 노예가 된다. –니체

* 돈은 인분과 같다. 주위에 잘 뿌리면 세상에 유익을 주지만, 차곡차곡 쌓이면 하늘까지 악취를 풍긴다. –바하우어

* 돈에 대한 건전한 태도를 가져라. 돈이란 삶의 질을 풍요롭게 해주는 거름에 지나지 않는다. 돈이란 자기 자신과 타인에게 더 나은 삶을 안겨줄 수 있는 기회를 제공할 뿐이다. –로버트 페드로

* 잉여의 부는 그 소유자가 평생 동안 공동체의 이익을 위해 잘 운영해야 하는 신성한 위탁이다. –앤드류 카네기

* 부귀는 소유한 사람의 것이 아니라 향유하는 사람의 것이다. –벤저민 프랭클린

* 인생은 바다이며 선장은 돈이다. 선장이 없다면 그 배는 넓은 바다를 헤쳐갈 수 없다. –조지 베켈링

* 채무자보다 채권자의 기억력이 더 좋다. –벤저민 프랭클린

* 가난은 많은 뿌리를 가지고 있다. 그러나 주된 뿌리는 무지다. –린던 존슨

* 가난한 사람은 가진 것이 거의 없고 거지는 전혀 없다. 그러나 충분히 가진 사람은 한 명도 없다. –벤저민 프랭클린

* 황금은 시금석으로 시험되고, 인간은 황금으로 시험된다. –킬론

* 당신이 일을 해서 받는 것이 돈밖에 없다면 당신은 아주 형편없는 보수를 받고 있는 셈이다. –앨런 코헨

* 돈의 진정한 목적은 사랑을 전하는 것이다. 서로 나누지 않는 돈은 고통과 갈등의 원인이 된다. 우리가 서로의 행복을 위해 돈을 쓰면 쓸수록 우리 자신의 즐거움은 점점 더 넘쳐나는 것이다. –앨런 코헨

* 우리는 가난을 예찬하지 않았다. 다만 가난에 굴하지 않는 사람을 예찬한다. –톨스토이

* 가난이 범죄의 어머니라면 우매함은 그 아버지다. –장 드 라 브뤼에르

* 국민 대부분이 가난하고 비참한 생활을 하는데, 그 나라가 부유하다고 말할 수는 없다. –애덤 스미스

* 오늘날 가난한 사람들에 대하여 말하는 것이 일종의 유행처럼 번지는데, 불행하게도 가난한 사람과 대화하는 것은 유행하지 않는다. –마더 테레사

* 부자는 결코 천당에 들어가지 못하겠지만, 가난한 사람은 이미 지옥을 체험하고 있다. –체이스

* 빈곤한 사람이 불편한 점은 끊임없이 참아야 한다는 점이다. –칸트

* 나에게 가난한 자란 너무 많은 것을 원하는 사람이다. 너무 많은 것을 원하는 사람은 도무지 만족할 수 없기 때문이다. –무히카

* 돈이란 진정한 부의 일부에 지나지 않는다. 금전적 부와 정신적 부를 하나로 합치다 보면, 당신 삶의 모든 측면들이 이익을 보게 될 것이다. 당신은 더 행복해지고, 더 건강해지고, 더 친절해지고, 더 관대해지고, 더 큰 이해심을 갖게 될 것이다. –로버트 페드로

* 돈은 가치교환의 상징이요 에너지의 흐름이라고 생각하라. 그러면 내부에 풍요의 통로가 가동하기 시작한다. 일단 생각이 바뀌었다면 뭔가 가치 있는 일을 하라. 적극적이고 진취적으로, 그리고 유쾌하게 행하라. 그 속에 풍요의 에너지는 물질적인 형태로 바뀌어 담기게 된다. 그것이 돈이다. –한바다

* 현명한 선택은 돈 자체가 아니라 돈 버는 일을 할 때의 긍정적인 목적에 더 집중하는 일이다. 그때 풍요의 문이 열린다. 풍요의 법칙은 뭔가를 기꺼이 기분 좋게 내어줄 때 즉시 가동하기 시작한다. 인색한 사람은 소유는 했어도 에너지가 없는 사람이다. 실상은 물질을 소유한 것이 아니라 물질에 소유 당한 것이다. 풍요는 물질의 문제가 아니라 에너지의 문제다. –한바다

건 강

* 건강이 있는 곳에 자유가 있다. 건강은 모든 자유 가운데 으뜸이다. –아미엘

* '건강한 신체에 건강한 정신이 깃든다' 는 말은 짧은 문장이지만 행복한 상태를 완벽

하게 표현하고 있다. -존 로크

* 행복의 90%는 건강에서 온다. 병든 황제보다 건강한 거지가 훨씬 더 행복한 것이다. -쇼펜하우어

* 정신적 자각의 첫 단계는 몸을 통해 성취해야 한다. -조지 시한

* 우리의 몸은 정원이요, 우리의 의지는 정원사다. -윌리엄 셰익스피어

* 모든 사람은 자신의 몸이라는 신전을 짓는 건축가이다. -소로우

* 인간의 몸은 인간의 정신이 그린 가장 멋진 그림이다. -루드비히 비트겐슈타인

* 세상에서 가장 어리석은 일은 어떤 이익을 위하여 건강을 희생하는 것이다. -E. 스펜스

* 운동은 하루를 짧게 하지만 인생은 길게 해준다. -조스린

* 재산을 잃은 것은 조금 잃은 것이요, 명예를 잃은 것은 많이 잃은 것이요, 건강을 잃은 것은 전부를 잃은 것이다. -작자 미상

* 잠자리에 들라. 무슨 이유라도 늦게까지 자지 않는 것은 그만한 가치가 없다. -앤디 루니

* 일찍 자고 일찍 일어나면 건강해질 수도 있고, 부유해질 수도 있으며, 지혜로워질 수도 있다. -벤저민 프랭클린

* 건강한 육체는 영혼의 안식처요, 병든 육체는 영혼의 감옥이다. -프랜시스 베이컨

* 질병은 천 개나 있지만 건강은 하나밖에 없다. –뵈르네

* 건강은 거대한 난어다. 이것은 몸뿐만 아니라 정신과 영혼까지 다 품고 있는 단어이며, 또한 오늘의 고통과 기쁨뿐만 아니라 한 인간의 전 존재와 태도까지도 다 품고 있다. –제임스 H. 웨스트

* 배부름은 모든 병의 어머니다. –벤저민 프랭클린

* 몸을 잘 돌보고 조심해서 다루라. 사람의 몸은 여분이 없다. –앤드류 매튜스

* 지식이 없는 자는 둔재(鈍才)이고, 몸이 허약한 자는 병재(病才)이다. 병재도 둔재만 못지않다. –장개빈

* 건강한 심리는 인생을 옳은 방향으로 이끈다. 이와는 반대로 병적인 심리는 인생을 미로에 빠뜨린다. –장쓰안

* 웃음은 그 자체로 건강하다. –도리스 레싱

* 건강과 명랑은 서로가 서로를 낳는다. –조셉 에디슨

* 암의 근본 원인은 활성산소와 자율신경의 균형이 깨지는 것이다. 스트레스를 많이 받으면 받을수록 몸속에 활성산소의 양이 증가하고 자율신경의 균형은 깨진다. –하모수

* 생명의 자리로부터 멀어져가면 갈수록 사람들 사이에 사랑이 식는다. 사랑이 식은 곳에서는 스트레스를 많이 받게 되어있는 것이다. 스트레스가 커지면 우리 몸속에서 활성산소가 많이 발생한다. 또한 자율신경의 균형이 깨진다. –하모수

* 건강은 지킬 수 있을 때 스스로 지켜야 한다. 생활의 에너지는 건강으로부터 나온다. 몸이 아픈 사람은 정신도 아프고, 하는 일도 병든 식물처럼 좋은 씨앗을 얻지 못한다. 건강은 인생에서 성공하는 사람들의 가장 중요한 전술이자 전략이다. –작자 미상

* 항상 남을 이용하려 하고 남의 것을 빼앗으려 하는 사람, 매사에 타산적이고 고립적인 사람은 질병에 잘 걸리고 일단 병에 걸리면 잘 낫지 않는다. 반면에 믿음과 신념을 가졌고 이웃을 사랑하며 남에게 베풀기를 좋아하는 사람은 병에 잘 걸리지도 않고 걸리더라도 치료하기 쉽다. –스티븐 로크(하버드 의대 교수)

자 유

* 자유는 자기의 이유로 걸어가는 것이다. –신영복

* 내가 아는 자유는 하나뿐이다. 바로 정신의 자유다. –생텍쥐페리

* 행복은 자유에서 오고 자유는 용기에서 온다. –페리클레스

* 우리들이 자유롭다고 하는 것은 우리가 무엇을 해야 할지 잘 알고 있다는 뜻이다.
–윌 듀런트

* 자유란 자기 책임에 대한 의지를 갖는 것이다. –니체

* 자유로운 사람이란 죽음보다 인생에 대해서 더 많은 것을 생각하는 사람이다.
–스피노자

* 잘못할 수 있는 자유를 포함하지 않는다면 그 자유는 가치가 없다. –마하트마 간디

* 인간의 진정한 가치는 자기로부터 얼마나 많은 자유로움을 획득했느냐로 결정된다. –아인슈타인

* 자유란 무엇인가? 옳게 이해하면, 선하게 되라는 세계적인 면허장이다. –콜리지

* 절대 자유의 삶 속에는 절대 변명의 여지가 없다. 지금 그대가 삶의 어떤 순간에도 아무런 변명 없이 나아갈 수 있다면 이미 그대는 자유인이다. –허허당

* 자유에는 의무라는 보증인이 필요하다. 그것이 없으면 단순한 방종에 불과하다. –투르게네프

* 서로의 자유를 침범하지 않는 범위 내에서 자기의 자유를 넓히는 것이 자유의 법칙이다. –칸트

* 배움이 없는 자유는 언제나 위험하며, 자유가 없는 배움은 언제나 헛된 일이다. –케네디

* 자유는 뿌리를 박기 시작하면 빨리 자라는 식물과도 같다. –조지 워싱턴

* 재산을 얻기 위해서 덕을 팔지 말고, 권력을 얻기 위해서 자유를 팔지 말라. –벤저민 프랭클린

* 자유란 인생을 마음대로 살 권리가 아니라 잠재력을 충분히 발휘할 방법을 발견할 권리다. –랄프 왈도 에머슨

* 인간은 죽을 각오가 생겨야 비로소 자유로워진다. –마하트마 간디

* 항상 죽을 각오가 되어 있는 사람이 진실로 자유로운 인간이다. –디오게네스

* 죽을힘을 다해 진실을 추구하면 진실의 옷자락은 잡지 못할지라도 스스로를 자유롭게 할 것이다. –클라렌스 대로

* 도피란 어느 것이든 부자유의 한 징표이다. 개인적인 자유란 내가 한 개체로서 내 실존에 열중하고 있을 때 비로소 가능하다. –페터 라우스터

* 부러운 게 없어야 자유로울 수 있다. 부러운 게 없어야 아름다워진다. –허허당

* 돈이 필요치 않은 것처럼 일하라. 한 번도 상처받은 적이 없는 것처럼 사랑하라. 그리고 아무도 보고 있지 않은 것처럼 춤춰라. –마크 트웨인

* 아무도 보지 않는다고 생각하고 춤을 추어라. 누구에게도 상처받지 않은 것처럼 사랑하라. 아무도 듣지 않는다고 생각하고 노래를 불러라. 마치 지상이 천국인 것처럼 살아라. –퍼키

* 자유는 인간의 마음, 행동, 정신 속에서 살아 있다. 그러므로 자유는 매일 새로이 얻어야만 한다. 그렇지 않으면 마치 생명의 뿌리가 잘려나간 꽃처럼 자유는 시들고 죽어버릴 것이다. –드와이트 아이젠하워

* 인생에서 자유로운 삶이란 그냥 주어지는 것이 아니다. 스스로 그런 삶을 만들어 내는 것이다. 젊은 날 더 헌신적으로 해라. 그리고 해야 한다면 재미있게 하는 방법, 행복하게 하는 방법을 익혀서 해라. 마음먹기에 따라서 공부도 얼마든지 재미있게 할 수 있다. –공병호

* 우리의 불행은 대부분 남을 의식하는 데서 온다. 지금부터 남의 눈을 의식하지 않기

로 작정하고, 자기 능력에 과분하다고 느끼는 것들을 모두 처분하다면 훨씬 자유롭고 만족스럽게 살 수 있으며 그것이 우리를 행복하게 해줄 것이다. –쇼펜하우어

* 허공을 나는 새를 본 적이 있는가. 새가 지나간 자취는 투명해서 알아볼 수가 없다. 진정 자유롭다는 건 이와 같다. 비록 다른 사람이 알아채지 못하더라도 가야 할 길을 스스로 헤쳐가는 것. 자유로운 새가 날면서 결코 뒤를 돌아보지 않는 이유다.–『법구경』

* 자유는 인생의 충만한 잠재력을 최대화할 수 있는 것이고, 충만한 삶이란 우정과 애정과 소속감의 삶이며, 보다 깊고 보다 의미 있는 개인적 경험과 다른 사람들과의 관계에 의해 가능성을 찾는 삶이다. 공감적 기회를 보장해 주고 격려하는 사회에서 양육되고 성장할 때 인간은 자유를 누릴 수 있다. –제레미 리프킨

CHAPTER

21

세상에 대한 통찰을 얻고 싶을 때

Chapter 21

세상에 대한 통찰을 얻고 싶을 때

물고기가 물속에서 살듯이, 우리가 사는 곳은 세상이라는 물속입니다. 우리는 일생 동안 세상을 조금도 벗어날 수가 없습니다. 때문에 세상에 대해서 잘 알아야 합니다. 그래야 세상에 잘 적응할 수도 있고, 더 좋은 세상을 만들기 위해 어떠한 변화를 만들어 낼 수도 있습니다.

세상을 모르면 우리는 삶을 제대로 이해할 수가 없습니다. 삶이란 늘 세상과의 관계 속에 있는 것이기 때문입니다. 세상은 언제나 시간과 공간의 좌표 속에 있습니다. 우리가 사회와 역사의 속성과 교훈을 배워야 하는 것은 이 때문입니다. 그것을 통해 세상에 대한 올바른 이해와 깊은 통찰을 가져야 합니다. 그것이 고스란히 우리의 세계관을 형성할 것이기 때문입니다.

세상의 속성과 진실을 모르는 사람이 현명한 사람이 될 수는 없습니다. 마찬가지로 세상의 물정과 흐름을 모르는 사람이 세상을 바꾸는 뛰어난 인재가 될 수는 없습니다. 세상에 잘 적응하는 힘도, 세상을 바꾸는 힘도 모두 세상을 제대로 알 때 이루어질 것입니다. 더 좋은 삶을 바란다면 세상에 대한 통찰력도 함께 키워야 할 것입니다. 더 좋은 세상을 희구한다면 인간은 어디까지나 사회적 동물임을 결코 잊지 말아야 할 것입니다.

이 장의 아포리즘은 세상과 사회의 여러 가지 속성들에 대한 통찰을 키워줄 것입니다. 그로 하여 삶의 폭넓은 이해와 건강한 세계관을 형성하는 데 도움을 줄 것입니다.

사회 · 문명

* 좋은 사회로 가는 길은 없다. 좋은 삶이 곧 길이다. –박노해

* 훌륭한 질서는 모든 훌륭한 것의 기초이다. –에드먼드 버크

* 한 사회의 안정성은 그 사회의 가변성에 의존한다. –김창준

* 세계는 진실, 법, 평화의 세 토대 위에 서 있다. –『탈무드』

* 진화는 진보가 아니라 다양성의 증가이다. –스티븐 제이 굴드

* 인류가 살아남으려면, 지금까지와는 다른 새로운 사고방식이 필요하다. –아인슈타인

* 우리는 인간의 존엄성이 영원히 존중되는 새로운 세계, 지금보다 훨씬 더 나은 세계를 건설해야 한다. –해리 트루먼

* 한 사회가 무너지기 전에 먼저 사람이 무너지고, 한 사회가 바로 서기 전에 먼저 사람이 일어선다. –박노해

＊ 인간이 가진 대부분의 아름다운 본성과 추한 본성은 자연으로부터 받은 생물학적인 고정된 것이 아니라 인간이 만들어 낸 사회적인 과정의 결과이다. –에리히 프롬

＊ 소수가 아주 혁명적이고 고상한 생각을 하는 것보다 다수가 약간의 생각을 고치는 것이 훨씬 더 역사적이고 혁명적인 일이다. –안토니오 그람시

＊ 가장 조용한 말이 폭풍우를 몰고 오며, 비둘기 걸음으로 오는 사상이 세계를 움직인다. –니체

＊ 세상은 세 부분으로 나뉜다. 어떤 일이 일어나게 하는 사람들, 어떤 일이 일어나는 것을 지켜보는 사람들, 그리고 무슨 일이 일어나고 있는지도 모르는 사람들.
–니콜라스 머레이

＊ 인류의 나이가 몇 살인지 정확히 아는 사람은 없지만, 인류가 철이 들 나이는 되었으리라는 것쯤을 모르는 사람은 없다. –가이드워드

＊ 우리가 하고 있는 것과 우리가 할 수 있는 것의 차이를 좁히면, 전 세계 대부분의 문제가 해결될 것이다. –마하트마 간디

＊ 세상은 사람들이 사악하기 때문이 아니라 위험한데도 아무것도 하지 않는 사람들 때문에 살기에 위험한 곳이 된다. –아인슈타인

＊ 지성인은 사회적 고통을 나의 고통으로 받아들이는 사람이다. –박민영

＊ 세상의 모든 만물은 각자의 자신만의 색깔을 가지고 있고, 그런 다양한 색깔들이 어우러질 때 아름다운 것이다. 사회도 각각의 사람이 자기 색깔을 낼 때 아름다워지는 것이다. –신문곤

* 사회의 전체의 발전은 당장 개인의 행복과 무관한 듯 보이지만, 시간이 지난 후에 바라보면 개인의 행복과 밀접한 비례 관계가 있다. 함께 잘 살아가는 것이 자신도 잘사는 법이다. –신문곤

* 사회는 우리 모두가 창조적이고 예술적으로 협력해야 하는 사회적 조형물이다. 수공업이든, 사무직이든 부차적인 활동이란 없으며, 창조적인 행동과 그렇지 않은 행동이 있을 뿐이다. –프랑크 베르츠바흐

* 휴머니스트라면 네 가지 주요한 특징을 지닌다. 호기심, 자유로운 생각, 멋진 취향에 대한 믿음, 그리고 인류의 대한 믿음이다. –E. M. 포스터

* 돈이 아무리 많아도 최고의 이상을 갖지 못한 사회는 언젠가는 몰락의 길을 걷게 된다. –도스토예프스키

* 부는 수단이요, 사람들은 목적이다. 우리가 국민에게 폭 넓은 기회를 부여하는 데 부를 사용하지 않는다면 그것은 아무 소용이 없을 것이다. –존 F. 케네디

* 사회는 그 구성원의 이익을 위하여 존재하는 것이지, 그 구성원들이 사회의 이익을 위하여 존재하는 것이 아니다. –허버트 리드

* 하나의 인간은 체구를 가지게 되며 그 몸에는 귀, 눈, 코, 입, 여러 기관이 부수되어 있다. 그중 하나의 기관만 없어도 완전한 인간일 수는 없다. 사회도 또한 마찬가지다 여러 사람이 각기 사회를 위해 유익한 기관의 구실을 다할 때 비로소 그 사회는 완전할 수가 있는 것이다. –유일한

* 개인들이 발전하지 않으면 더 나은 세상을 만들 수 없다. 그 목적을 위해 우리는 각자 자신의 발전을 위해 노력해야 한다. 그와 동시에 전 인류에 대한 보편적인 책임과 우리

의 도움이 절실히 필요하리라고 생각되는 사람들을 돕는 특별한 의무를 이행해야 한다. -마리 퀴리

* 200년 전에 노예 해방을 외치면 미친 사람 취급을 받았다. 100년 전에 여자에게 투표권을 달라고 하면 감옥에 집어넣었다. 50년 전에 식민지에서 독립운동을 하면 테러리스트로 수배당했다. -장하준

* 똑똑한 사람들이 많은 사회가 발전할 가능성도 크지만, 똑똑한 사람들이 상대방을 포용할 수 있는 인격을 갖추지 못하면 더욱더 피곤한 사회가 된다. 더욱더 피곤한 사회가 된다는 것은 스트레스를 많이 받는 사회가 된다는 것이다. -하모수

* 기술은 국가보다도 거대하다. 우리는 그러한 기술이 주는 영향을 이해해야 한다.
-조엘 A. 바커

* 마치 현대의 대량 생산이 상품의 규격화를 요구하는 것처럼, 마찬가지로 사회적 과정도 인간의 규격화를 요구한다. 그리고 이 규격화는 평등이라는 이름으로 불린다.
-에리히 프롬

* 과거의 위험은 사람을 노예로 만드는 것이고, 미래의 위험은 사람을 로봇으로 만드는 것이다. -에리히 프롬

* 사람이 사회적 사다리를 오르면서 사악함은 두꺼운 마스크를 쓴다. -에리히 프롬

* 현대문명의 위기는 기술문명이 토끼처럼 달려가는 데 비해서 정신문명은 거북이처럼 뒤를 쫓는 데 있다. -아놀드 토인비

* 과학은 인류의 생활을 편리하게 바꿨음에도 불구하고, 왜 행복하게 만들지는 못한 것

일까? 그것은 인류가 과학을 효과적으로 이용하는 방법을 배우지 못했기 때문이다.
–아인슈타인

* 대중매체가 우리에게 심어주는 인간상은 워낙 저차원적이므로, 우리 자신에게 지속적으로 보다 높은 인간상을 일깨워 주는 것이 필수적이다. 내가 매일 30분 정도 할애해 성구(聖句)나 종교에 상관없이 위대한 신비가들의 글을 읽으라고 권하는 것은 바로 이 때문이다. –이스워런

* 공존공영은 존속의 조건이다. 모든 거래처, 관계자와의 공존공영을 생각하는 것은 중요하며 그것이 기업 자체를 오래 발전시킬 수 있는 길이다. –마쓰시타 고노스케

* 기업에서 얻은 이익은 그 기업을 키워준 사회에 환원하여야 한다. 기업의 기능이 단순히 돈을 버는 데서만 머문다면 수전노와 다를 바가 없다. –유일한

* 기업의 소유주는 사회이다. 단지 그 관리를 개인이 할 뿐이다. 기업에 종사하는 모든 사람은 기업 활동을 통한 하나의 공동운명체이다. –유일한

* 사업의 '원리원칙' 은 어디에 있는 것일까? 결코 회사의 사익이나 체면에 있지 않다. 그것은 사회나 사람들에 대한 공헌에 있다. –이나모리 가즈오

* 남성은 그들의 인권 이상이 아니고, 여성은 그들의 인권 이하가 아니다. –수전 앤서니

* 풍요로운 문화, 즉 대조적인 가치들을 풍부하게 지닌 문화를 이루기 위해서는 인간이 잠재력을 속속들이 알아야 한다. 그리고 그것을 바탕으로 독단적이지 않은 사회 체제, 즉 모든 사람이 각자 자신의 다양한 재능을 적재적소에 활용할 수 있는 사회를 만들어 내야 한다. –마가릿 미드

* 나는 모든 사람을 사회의 밑바닥으로부터 위로 들어올리고 싶다. 사실 나는 사회의 밑바닥 전체를 없애버리고 싶다. –클레어 부드 루스

* 나는 인종적 편견 때문에 예술적 재능이 드러날 기회를 부정하는 모든 행위에 대해 개탄한다. –베스 트루먼

* 나에겐 꿈이 하나 있다. 언젠가 이 나라가 떨쳐 일어나, 당당히 이 신념을 실현해 낼 거라는 꿈이다. 우리는 진실이 스스로 그 가치를 증명할 거라는 믿음을 가져야 한다. 그 진실이란 모든 인간은 평등하다는 것이다. –마틴 루터 킹

* 각 시대를 지배하는 사상은 언제나 그 시대를 지배하는 계급의 사상이었다. –마르크스

* 이데올로기라는 기치는 야망의 숨김 터에 불과하다. –드골

* 개인은 웬만해서는 미치지 않는다. 그러나 집단, 당파, 민족, 시대는 너무도 쉽게 미친다. –니체

* 이 세계의 운명은 이 세계에 합당한 것으로 된다. –아인슈타인

* 아무도 다른 사람을 그들의 동의 없이 다스려도 될 만큼 선하지는 않다. –에이브러햄 링컨

* 전체는 개인을 위해, 개인은 전체를 위해 존재한다. –알렉상드르 뒤마

* 어느 한 세대의 과거에 묻힌 것은 다음 세대의 손에 떨어진다. –수전 그리핀

* 어떤 일을 할 권리가 있다고 해서 그 일이 반드시 옳은 것은 아니다. –G. K. 체스터턴

* 참된 안전은 고립된 개인적 노력보다도 사회적 결속에서 발견하게 된다. -도스토예프스키

* 당신이 만약 부당함을 앞에 두고 중립을 지키는 사람이라면, 당신은 압제자 편에 서 있는 것이다. 코끼리가 쥐의 꼬리를 밟고 있을 때 당신이 "나는 중립이다."라고 말한다면, 쥐는 그 중립적 견해에 감사하지 않을 것이다. -데스몬트 투투 주교

* 역사는 이렇게 기록할 것이다. 이 사회적 전환기의 최대 비극은 악한 사람들의 거친 아우성이 아니라 선한 사람들의 소름 끼치는 침묵이었다고. -마틴 루터 킹 주니어

* 우리가 타인들을 보호할 준비가 되어 있지 않은 한, 우리 자신을 지켜낸다는 건 불가능한 일이다. -노먼 에인젤

* 관습의 독재는 어느 곳에서나 인류의 진보를 저해하는 상설 장애물이다. -존 스튜어트 밀

* 쓰라린 체험을 통해 우리는 배웠다. 합리적으로 사고했다고 해서 사회생활에서 발생하는 문제가 전부 해결되는 것은 아니라는 것을. -아인슈타인

* 문명은 야만성 위에 덧씌운 얇은 합판이다. -존 M. 섀너핸

* 인정은 종이와 같아서 장마다 얇고, 세상일은 바둑과 같아서 대국마다 새롭다.(人情似紙張張薄 世事如棋局局新) -『현문(賢文)』

* 경작이 있는 곳에 다른 기술도 따른다. 따라서 농민은 인간문명의 창시자다. -D. 웹스터

* 우리는 형제로서 함께 살아가는 법을 배워야 한다. 그러지 않는다면 우리는 어리석은 자로 함께 죽어갈 것이다. -마틴 루터 킹

* 압제는 혁명의 씨앗이다. –다니엘 웹스터

* 위대한 나라란 위대한 인물을 낳는 나라이다. –벤저민 디즈레일리

* '눈에는 눈?' 이런 식이면 모든 사람이 눈멀게 된다. –마하트마 간디

* 복지가 문명의 가장 큰 특징이다. –김용옥

* 빈곤을 만드는 것은 신이 아니라 인간이다. 우리가 서로 나누지 않기 때문이다. –마더 테레사

* 자유는 새로운 종교이며 우리 시대의 종교이다. –하이네

* 사회가 건전하게 기능하기 위해서는 그 구성원들의 일치단결뿐만이 아니라 한 사람 한 사람의 자립이 필요하다. –아인슈타인

* 힘으로 유지되어야 할 필요가 있는 것은 무엇이나 불운하다. –밀러

* 조세의 묘미는 거위의 털을 뽑는 것과 같다. 최소한의 비명으로 최대한의 털을 뽑는 것이다. –장 바티스트 콜베르

* 암살은 극단적인 형태의 검열이다. –조지 버나드 쇼

* 범죄는 우리가 묵인하는 만큼 늘어나게 마련이다. –배리 파버

* 사람들은 작은 도둑은 교수형에 처하고, 큰 도둑은 의회로 보낸다. –이솝

* 오늘날의 문제는 누가 믿고 누가 믿지 않느냐의 차이가 아니다. 누가 돌보고 누가 돌보지 않느냐의 차이이다. -도미니크 피르

* 사려 깊고 헌신적인 시민들로 구성된 소그룹이 세상을 변화시킨다. 이는 변하지 않는 유일한 진실이다. -마거릿 미드

* 관습은 모든 법률에 앞서며, 자연은 모든 예술에 앞선다. -S. 다니엘

* 사회의 인문성 회복과 학문의 사회성 회복은 불가분의 관계에 있다. -박민영

* 관용은 타인의 행동이나 기분에 무관심한 것이 아니다. 이해와 공감이 없으면 안 된다. 가장 중요한 것은 개인에 대한 사회와 국가의 관용이다. -아인슈타인

* 전 인류의 행복을 목표로 한 사회가 가장 완전하다고 할 수 있다. -G. W. 라이프니츠

* 어느 국가, 어느 사회에서나 제도가 문제였던 때는 없었다. 항상 '사람'이 문제였다. -김대규

* 우리는 우리 국가를 진정한 문명국으로 만들도록 노력해야 하며, 도서관의 건립이야말로 문명국으로 가는 첫걸음이다. -존 러벅

* 상류층은 한 국가의 과거이며, 중산층은 그 미래이다. -에인 랜드

* 오늘날의 대죄가 있다. 자유로운 탐욕. 정의로운 교만. 지혜로운 위선! -박노해

* 우리는 국가를 넘어서 인류 공통의 가치를 창조해 낼 수 있는 보편적이고 인본주의적인 문화가 필요하다. -무히카

* 세상은 언제나 혁명을 필요로 한다. 하지만 그것이 총과 폭력을 의미하지는 않는다. 혁명이란 사고의 전환이다. –무히카

* 우리가 세계화를 지배하고 있는가? 아니면 세계화가 우리를 지배하고 있는가? 냉혹한 경쟁에 기반한 경제체제에서 "우리는 모두 하나다."라고 말하는 게 가당키나 한 일인가? –무히카

* 우리는 진짜 밀림은 파괴하고 시멘트로 된 익명의 밀림을 만들어 냈다. 그 결과 우리는 앉아서 하는 단조로운 노동, 알약으로 해소하는 불면증, 전자기기로 견디는 외로움에 직면해 있다. –무히카

* 우리는 이것을 직시해야 한다. 물 위기와 환경 파괴 그 자체가 원인은 아니라는 것을. 원인은 우리가 이룩한 문명의 모델이며, 진정으로 재고해 봐야 할 것은 우리가 살고 있는 방식이다. –무히카

* 사회적 적응과 열등의 문제는 동전의 양면과 같은 것이다. 한 사람으로서의 개인은 열등하고 약한 존재이기 때문에 사회라는 울타리 안에 모여 산다. 그러므로 사회적 관심과 타인과의 협력은 곧 개인의 구원이다. –알프레드 아들러

* 지구를 잘 사용하고 보존하라. 그것은 우리 부모들이 우리에게 준 것이 아니라 우리의 자녀들에게서 빌려온 것이다. 우리는 조상들에게서 지구를 물려받은 것이 아니라 후손들에게서 빌려온 것이다. –인디언 격언

* 지구가 운명공동체가 된 시대에 요청되는 인간상은 열린 마음으로 인류의 이익을 위해 행동하는 '세계시민' 이다. '세계사회' 에 반드시 필요한 조건은 '인간의 세계화', '민중의 세계화', '마음의 세계화' 이다. –이케다 다이사쿠

평등 · 정의

* 평등은 모든 선의 근원이며, 극도의 불평등은 모든 악의 근원이다. –로베스피에르

* 밭을 가는 일도 시를 쓰는 것만큼이나 존엄하다는 사실을 알기 전까지는 어떤 종족도 번창할 수 없다. –부커 T. 워싱턴

* 부의 편재는 불의와 부패를 부른다. –박지원

* 절대소수의 최소행복이 보장되지 않는 사회에서 절대다수의 최대행복은 보장되지 않는다. –노혜경

* 나는 모든 귀족주의에 저항한다. –장 미셸 자르

* 노동자의 땀이 마르기 전에 임금을 지불하라. –무함마드

* 부는 많은 죄악을 감추는 외투이다. –메난드로스

* 부자의 향락은 가난한 자의 눈물로 얻어진다. –토머스 풀러

* 우리의 진정한 국적은 인류이다. –허버트 조지 웰스

* 늙고 집 없는 사람이 노숙하다가 죽는 것은 뉴스가 되지 않지만, 주가지수가 2퍼센트 떨어지는 것은 뉴스가 된다. –프란치스코 교황

* 재벌이 있는 곳에는 반드시 불평등이 있다. 한 사람의 큰 부자가 있기 위해서는 5백

명의 빈민이 있어야 한다. –애덤 스미스

* 어느 곳의 불의는 모든 곳의 정의에 대한 위협이다. –마틴 루터 킹

* 한 가지 불의를 허용하는 것은 뒤따르는 불의에 문을 열어 주는 것을 의미한다. –브란트

* 정의를 향한 신념이 가져다주는 최대의 열매는 마음의 평정이다. –에피쿠로스

* 정의의 실천을 뒤로 미루는 것은 정의를 거부하는 것이나 다름없다. –윌리엄 글래드스톤

* 최상의 정의와 최상이 사랑은 한 가지이다. –제임스 앨런

* 바르게, 아름답게, 정의롭게 사는 것, 이것은 모두 하나이다. –소크라테스

* 하늘은 정의를 지키는 사람을 지켜준다. –호머

* 정의 없는 힘은 폭력이고 힘없는 정의는 무능이다. –최배달

* 힘없는 정의는 반대를 당한다. 왜냐하면 악의 무리는 그칠 새가 없기 때문이다. 정의 없는 힘은 비난을 받는다. 따라서 정의와 힘을 동시에 갖추어 놓아야 한다. –파스칼

* 정의를 미루는 것은 불의다. –랜더

* 도덕의 팔은 길지만 정의를 향해 굽어진다. –마틴 루터 킹

* 정의에 의해서 서면 네 힘은 두 배가 된다. –로버트 브라우닝

* 정의의 손에는 칼이 있을 수 없다. –유베날리스

* 힘없는 정의는 무력하며, 정의 없는 힘은 폭군이다. 우리는 정의로운 것을 강하게 만들 수가 없어서 강한 것을 정의로운 것으로 만들었다. –파스칼

* 피레네산맥 이쪽에서는 정의라고 여겨지고 있는 것이 산 하나 너머 저쪽에서는 악이 된다. –파스칼

* 정의에서 벗어난 지식은 지혜가 아니라 교활이다. –마르쿠스 툴리우스 키케로

* 바른길을 걷는 불구자는 그른 길을 걷는 주자를 앞지른다. –프랜시스 베이컨

* 강한 사람, 지혜가 있는 사람에게 힘과 지혜가 주어진 것은 약자를 박해하기 위해서가 아니라 그들을 돕고, 그들을 지키기 위해서이다. –존 러스킨

* 가난한 자들, 가지지 못한 자들의 울부짖음이 항상 옳은 것은 아니다. 그러나 그들의 울음에 귀를 기울이지 않는다면, 당신은 영원히 정의가 무엇인지를 알지 못하게 될 것이다. –하워드 진

* 지난 몇 년간 나는 왜 신이 이것 또는 저것을 허락했는지에 대해 사람들이 탄식하는 소리를 들어왔다. 하지만 아이들이 굶주리고 사람들이 고통받는 이유는 신이 해놓은 일 때문이 아니라 우리가 하지 않은 일 때문이다. –오프라 윈프리

* 중요한 일들 중에서 세상 사람들이 궁극적으로 동의할 만한 세 가지 큰일을 고른다면 첫째는 의미 없는 곳에 의미를 부여하는 일, 둘째는 희망이 없는 곳에 희망을 주입하는 일, 셋째는 정의가 없는 곳에 정의를 세우는 일이다. –도정일

* 평화와 빈곤은 뗄 수 없는 관계를 맺고 있다. 빈곤은 평화를 위협하는 존재다. 세계 전체 소득 중 94퍼센트가 세계 인구 40퍼센트의 주머니로 들어가고, 60퍼센트의 사람들은 나머지 6퍼센트의 소득으로 연명한다. 세계 인구의 절반이 하루 2달러로 살아가며, 하루 1달러도 되지 않는 돈으로 살아가는 사람은 10억 명이 넘는다. 이 등식이 깨지지 않는 한 평화는 요원한 일이다. -무하마드 유느스(2006. 노벨평화상)

정치 · 법

* 권력을 나눌수록 민주주의는 커진다. -노무현

* 교활한 자가 현명한 사람으로 통하는 것보다 국가에 해로운 일은 없다. -프랜시스 베이컨

* '능력과 의지를 갖춘 사람에게 어떤 식으로 권력을 부여할 것인가' 라는 오래된 문제는 어떤 노력으로도 해결되지 못하고 있다. -아인슈타인

* 국내의 정책은 우리를 좌절시킬 수 있을 뿐이지만, 대외정책은 우리를 죽일 수도 있다. -케네디

* 정치가 삶의 모든 부분을 바꿔줄 거라고 믿는 것은 과대망상이다. 하지만 정치와 상관없이 자신의 삶이 잘될 거라고 믿는 건 더 큰 망상이다. -조성훈

* 정치란 사회의 잠재적 역량을 최대한으로 조직해 내고 키우는 일이다. 권력의 창출 그 자체는 잠재적 역량의 계발과 무관하거나 오히려 그 반대다. -신영복

* 땅이 크고 사람이 많은 나라가 큰 나라가 아니다. 땅이 작고 인구가 적어도 위대한 인

물이 많은 나라가 위대한 나라다. -이준

* 네 조국은 세계요, 내 종교는 선을 행하는 것이다. -T. 페인

* 정치를 외면한 가장 큰 대가는 가장 저질스러운 인간들에게 지배당한다는 것이다. -플라톤

* 정치는 고귀한 활동이다. 정치는 공동선을 위해 순교자와 같은 헌신을 요구한다. 이와 같은 소명감으로 정치는 실천되어야 한다. -프란치스코 교황

* 정치에서 첫 번째로 요구되는 것은 지적인 정직성이다. 지적으로 정직하지 않다면 다른 어떤 것도 소용이 없다. -무히카

* 정치가 실패하는 것은 삶을 부의 축적보다 우위에 두는 철학적 시야가 없기 때문이다. -무히카

* 가장 중요한 것은 국민성을 개혁하는 것이다. 국민성을 개혁하지 않으면 전제(專制)든, 공화든, 그 무엇이든 간판만 바뀔 뿐, 물건은 예전 그대로이므로 아무것도 할 수 없다. -루쉰

* 설령 어렵고 힘들더라도 해야 한다. 어렵고 힘들수록 더욱 해야 한다. 예로부터 순조로운 개혁이란 없다. 냉소적인 사람의 찬성은 효과가 나타난 후에야 볼 수 있다. -루쉰

* 새로운 사람은 바로 지금의 우리이며, 지금의 우리를 출발점 삼아 정립될 것이다. 내가 권력에 오르면 새로운 사람을 만들 수 있다고 말하는 건 그렇게 하지 않겠다는 얘기와 다르지 않다. -무히카

* 대통령과 국민 사이에는 거리가 없어야 한다. 그러기 위해서는 대통령을 지나치게 받들어 모시는 풍조를 없애야 한다. –무히카

* 정치가에게 가장 이상적인 삶의 방식은 그들이 봉사하고자 하는, 또는 대표하고자 하는 다수의 사람들처럼 사는 것이다. –무히카

* 나의 자유는 나의 정치적 반대자들의 자유를 의미한다. 생각을 달리하는 사람을 위한 자유가 진정한 자유다. –로자 룩셈부르크

* 나는 어떤 정치인을 평가할 때 가장 중요한 요소로 그 사람이 그 시기의 역사적 과제를 어떻게 이해하고 있었으며, 그 역사적 과제를 풀기 위해 어떤 노력을 했는가를 가장 중요한 평가의 잣대로 삼고 있다. –노무현

* 정치도 하나의 예술이다. 물론 정치를 잘못할 때는 국민을 괴롭히는 질곡이고 혐오와 불신의 대상이 될 수 있다. 그러나 정치를 잘해 모든 국민이 자유와 정의 속에 행복을 누리게 될 때는 더없이 아름다운 예술이 된다. 국민의 일부, 혹은 특정 세대만이 아닌, 모든 국민에게 기쁨을 주는 원대한 예술이다. –김대중

* 정치꾼은 다음 선거를 염두에 두지만, 정치가는 다음 세대를 생각한다.
–제임스 프리먼 클라크

* 정치인은 다수의 견해를 따르려는 경향이 있다. 그래야만 선거에서 이길 수 있을 테니까. 그러나 어떤 길을 확신하게 되면, 때때로 선구자적인 결정을 하고, 어떤 대가를 치르더라도 소수의 편에 서는 정치적 용기를 발휘해야 한다. 일부러 여론과 싸울 필요는 없겠지만 그렇다고 여론의 노예가 되어서도 안 된다. –무히카

* 모든 나라가 우리와 동일한 제도를 채용할 것을 기대할 수는 없다. 획일성은 자유를

가두는 형무관이며 성장의 적이기 때문이다. -케네디

* 국가는 시민의 하인이지 주인이 아니다. -케네디

* 통치는 교육이다. 지도자는 사람들이 알아야 하는 것을 말해주는 사람이다. 정치꾼은 사람들이 듣고 싶어 하는 것을 말해주는 사람이다. -오스카르 아리아스 산체스

* 정치의 소임은 세상의 정의를 바로잡는 것이다. -정도전

* 정치의 요체는 다만 인재를 얻는 데 달려 있다. -『정관정요』

* 어디에 살든, 남자든 여자든, 누군가가 인종이나 종교, 정치적 신념 때문에 박해를 받고 있다면, 그들이 사는 그곳이 바로 이 세상의 중심이다. -엘리 위젤

* 정치가의 90퍼센트 때문에 나머지 10퍼센트도 악명을 얻는다. -헨리 키신저

* 외교정책이란 예복을 갖춰 입고 치르는 국내 정책일 뿐이다. -레스터 피어슨

* 자유는 결코 정부로부터 나오지 않는다. 자유는 항상 그 주체인 국민으로부터 나온다. 자유의 역사는 저항의 역사다. -토머스 우드로 윌슨

* 오늘날 세계 어디서든 인종이나 피부색 때문에 평등에 반대한다면, 그것은 알래스카에 살면서 눈에 반대하는 것과 다를 바 없다. -윌리엄 포크너

* 문화국가란 것은 근대적 관념에 불과하다. 이편은 저편을 먹고 살며, 저편은 이편을 희생시켜서 번영한다. 문화상의 모든 위대한 시대는 정치적으로는 몰락의 시기이다. -니체

*정치란 국민의 눈물을 닦아 주는 것이다. -네루

*정치의 목직은 선을 행하기 쉽고, 악을 행하기 어려운 사회를 만드는 데 있다. -W. E. 글래드스턴

*선동 정치인은 폭도의 하인들이다. -디오게네스

*참다운 정치가는 국민에게 희망을 안겨줄 수 있어야 한다. -윈스턴 처칠

*가장 위대한 정치가는 가장 인간적인 정치가이다. -포이에르바흐

*자유는 작은 조각으로 나누어진 정치권력이다. -토머스 홉스

*자유는 더 높은 정치적 목표를 향한 수단이 아니다. 그것은 그 자체가 가장 높은 정치적 목표이다. -액튼

*어떤 정치도 어느 정도는 사악함을 포함하고 있다. 정치 지도자나 정부는 그 지위를 무력과 선거에 의해 유지한다. 모든 국가가 도덕적으로나 지적으로 가장 뛰어난 사람들로 이루어진 대표라고 인정할 수는 없다. -아인슈타인

*국가가 사람을 위해 만들어졌지, 사람이 국가를 위해 만들어진 것은 아니다. -아인슈타인

*지식인은 정치가를 경멸하고, 정치가는 지식인을 경멸한다. -로맹 롤랑

*정치가 유혈 없는 전쟁인 반면에 전쟁은 유혈 있는 정치이다. -모택동

*강과 나쁜 정부의 공통점은 가벼운 것이 위에 온다는 것이다. -벤저민 프랭클린

* 사랑은 본질적으로 비세속적이며, 그 희소성보다는 바로 이 비세속성으로 인해 사랑은 또한 반정치적이고 비정치적이며, 어쩌면 모든 반정치적 인간 권력 가운데 가장 강력한 것일지도 모른다. –하나 아렌트

* 민주주의는 좋지 못한 선례를 타도하고 새로운 선례를 만드는 사람을 중요시하는 것이다. –앤드류 카네기

* 민주주의의 모든 노력이란 모든 인간의 힘을 일부 특정인을 위해서가 아니라 모든 인간을 위해서 유용하게 쓰는 데 있다. –조르주 클레망소

* 민주주의의 모든 병폐는 더 좋은 민주주의에 의해서 치유될 수 있다. –A. E. 스미스

* 민주주의를 성취하기 위해서 혁명을 해서는 안 된다. 혁명을 하기 위해서 민주주의가 필요한 것이다. –체스터튼

* 민주주의에 두 가지의 갈채를 보낸다. 하나는 그것이 다양성을 용인하기 때문이요, 또 하나는 그것이 비판을 허용하기 때문이다. 두 가지 갈채면 충분하다. 세 가지를 줄 계기는 없다. –포스디크

* 자기보다도 남을 먼저 생각하는 자세가 민주주의를 꽃피우는 기본 정신이다. –빌 클린턴

* 통제 받지 않는 자본주의는 새로운 독재다. –프란치스코 교황

* 참된 권력은 섬김이다. –프란치스코 교황

* 경제체제가 바뀌면 부당한 소유구조가 어느 정도 해결될 거라 기대하는 건 지나치게 기계적인 생각이다. 사실은 그렇지 않기 때문이다. 사람이 바뀌지 않으면 아무것도 바

꿔지 않는다. –무히카

* 교육은, 특히 대학은 엘리트들의 이익에 봉사하는 계층 간 분리의 도구로서 불평등을 보존, 심화시킬 수 있다. 그러기 때문에 교육과 민주주의는 분리할 수 없다. –무히카

* 민주주의의 강력한 이점은 사람들이 서로 동의하지 않더라도 평화로운 공존이 가능하다는 점이다. 이는 나와 생각이 다른 사람들을 존중하는 것을 의미한다. 이것이 사회를 살 만한 것으로 만든다. 이런 것들은 절대 흔들리지 않는 가치이다. –무히카

* 선거는 99%에게 주어진, 1%를 심판할 수 있는 유일한 기회다. –이충섭

* 투표는 총알보다 강하다. –에이브러햄 링컨

* 권리를 용감하게 주장하는 자가 권리를 갖는다. –로웰

* 지도자는 국민의 위가 아니라 국민의 앞에 서 있어야 한다. 과거가 아니라 미래를 향해 갈 때 나라가 바로 선다. –시몬 페레스

* 계획이 곧 사회주의가 아닌 것처럼, 시장이 곧 자본주의는 아니다. –모택동

* 자본주의에 대한 두려움은 사회주의로 하여금 자유의 영역을 확충하도록 만들고 있으며, 사회주의에 대한 두려움은 자본주의로 하여금 평등의 조건들을 확대시키도록 만들고 있다. –W. J. 듀란트

* 보수주의자는 꼭 어리숙한 사람들은 아니지만, 대부분 어리숙한 사람들이다. –존 스튜어트 밀

* 보수주의란 무엇인가? 그것은 새롭고 아직 시험해 보지 않은 것에 반대하여 낡고 이미 알려진 것에만 집착하는 것이 아닌가. –에이브러햄 링컨

* 내 이해의 범주 안에서 '급진주의자'는 너무 멀리 간 사람이고, '보수주의자'는 충분히 가지 않은 사람이며, '반동주의자'는 아예 가지 않으려는 사람이다. –토머스 우드로 윌슨

* 정부는 그 국민들보다 더 강하거나 끈질길 수 없다. 국민들보다 꿋꿋하게 과업에 종사할 수 없다. 국민들보다 더 현명할 수 없다. –스티븐슨

* 국가는 개인을 보호하고 창조성을 높일 기회를 부여할 의무가 있다. 가능하다면 나는 자유와 평등, 박애가 법으로써 확실히 보장되는 나라에서 살고 싶다. –아인슈타인

* 신문은 세계의 거울이다. –엘리스

* 신문의 가장 중요한 평가 기준은 그것의 크기가 아니라 그것의 정신, 즉 뉴스를 완전히, 정확히, 그리고 공정히 보도하려는 책임감이다. –설즈버거

* 이 세상에서 가장 아름다운 것은 언론의 자유이다. –디오게네스 라에르티오스

* 기자는 진실을 추구하는 직업이다. 진실에 대한 충성심, 이를 표현하기 위한 용기가 바로 기자정신이다. –리영희

* 진정한 언론이라는 것은 거짓의 가면을 벗기는 것이다. 진실을 찾아내 우리 생활환경 전반을 왜곡되게 의식하고 판단하는 것을 바로 잡아주어야 할 자는 기자다. –리영희

* 언론의 자유는 언론을 소유한 사람에게만 보장된다. –애보트 조셉 리블링

*언론이 진실을 보도하면 국민들은 빛 속에서 살 것이고, 언론이 권력의 시녀로 전락하면 국민들은 어둠 속에서 살 것이다. –김수환

*언론의 자유는 자유를 다시 부활시킬 것을 종용하고 일깨운다. 그래서 인간의 지식을 더욱 증가시킨다. –프랜시스 베이컨

*혁명이 성공하면 정치인이 된다. 혁명이 실패하면 범죄자가 된다. –에리히 프롬

*관직에 있으면서 백성을 사랑하지 않는다면 의관을 입은 도둑에 지나지 않는다. –홍자성

*어떻게 하면 더 많은 사람들에게 더 많은 평등한 기회를 부여할 수 있는가에 대한 답을 해야 하는 것이 정치의 고민이다. –알랭 바디우

*'중용'은 현실의 부정의한 부당함을 직시하고 그것을 고쳐서 최상, 최적의 현실을 만들기 위해 부단히 고민하고 행동하는 심성과 자세를 뜻한다. –조국

*법관으로 재임 중 중립적이었다고 생각한 판결은 나중에 보니 강자에게 기울어진 판결이었고, 재임 중 약자에게 유리한 판결을 내렸다고 한 것은 나중에 보니 중립적이었다. –벤저민 카르도조

*국민의 행복이 최고의 법이다. –세네카

*어떤 일이든지 그것은 법이기 때문에 정의가 아니라 정의이기 때문에 법이어야 한다. –몽테스키외

*부당한 법률은 그 자체가 일종의 폭력이다. 그 법률 위반에 대한 체포는 더한 폭력이

다. –마하트마 간디

* 법 위에 사람 없고 법 아래 사람 없다. –시어도어 루스벨트

* 법률은 질서다. 따라서 좋은 법률은 좋은 질서다. –아리스토텔레스

* 법은 안정되어야 하지만 멈춰 서 있어서는 안 된다. –파운드

* 법망은 거미줄과 같다. 파리들은 걸리지만 말벌은 빠져나간다. –조나단 스위프트

* 인간에게는 불의한 법에 맞설 도덕적 의무가 있다. 독일에서 아돌프 히틀러가 저질렀던 일은 모두 '합법'이었다는 사실, 그리고 헝가리의 독립투사들이 조국에서 행했던 일들은 모두 '불법'이었다는 사실을 잊어서는 안 된다. –마틴 루터 킹 주니어

* 벌은 이상하다. 죄인을 정화시키는 것도 아니고, 죄를 갚는 것도 아니다. 한술 더 떠서 범죄 이상으로 범죄자를 타락시킨다. –니체

* 모든 법률은 소용이 없다. 선한 사람은 법률이 필요하지 않고, 악한 사람은 법률로 고정되지 않기 때문이다. –데모막스

* 우리는 국민이기에 앞서 인간이어야 한다. 옳음보다 법을 더 존중해서는 안 된다. –소로우

* 좋은 사람이 되는 것과 좋은 시민이 되는 것이 항상 같은 일은 아니다. –아리스토텔레스

* 역사적으로 전쟁, 학살, 노예제도와 같이 가장 끔찍했던 일들은 불복종이 아닌 복종의 결과였다. –하워드 진

* 법의 테두리를 넘어선 저항은 민주주의로부터의 일탈이 아니라 민주주의의 필수 요소다. -하워드 진

* 현실을 직시하지 못할 만큼 애국심에 눈멀지 말라. -말콤 X

* 인류의 역사는 불복종 행위로 시작됐으며, 그와 동시에 인류의 자유와 이성도 시작됐다. -에리히 프롬

* 국가가 요구하는 일일지라도 양심에 어긋난다면 절대 행하지 않아야 한다.
-앨버트 아인슈타인

* 불의한 법은 그 자체로서 일종의 폭력이며, 이를 위반한 자들에 대한 체포 행위는 더욱 그러하다. -마하트마 간디

* 세계가 지속되는 한 그 안에는 여러 폐단도 존재한다. 만약 반대와 저항이 사라진다면, 이런 폐단들은 영속할 것이다. -클래런스 시워드 대로우

* 법에 대한 존중을 요구하기에 앞서, 존중할 만한 법을 만들어야 한다.
-루이스 D. 브랜다이스

* 우리는 오로지 법에만 의존한 채, 옳고 그름을 분별해야 하는 본연의 의무를 방기할 수 없다. 세상에는 좋은 법률도 있지만 그렇지 않은 법도 있기 마련이며, 나쁜 법에 저항하고 불복종하는 것은 자유 사회의 가장 중요한 전통을 지키는 일이다.
-알렉산더 빅켈

전쟁 · 평화

* 인간이 고안한 모든 것 가운데, 인류가 같은 인류를 대량으로 살상하는 수단만큼 고도의 노력을 기울여 발전시킨 것도 없다. -앙리 뒤낭

* 좋은 전쟁이란 있어 본 일이 없다. 또 나쁜 평화라는 것도 있어 본 일이 없다. -벤저민 프랭클린

* 폭력으로 장애물을 제거할 수는 있다. 하지만 폭력 자체가 창조적이라고 증명된 적은 한 번도 없다. -아인슈타인

* 사랑과 평화가 60년대에나 남아 있어야 할 상투적인 표현이라고 생각하는 사람이 있다면 그건 그의 문제다. 사랑과 평화는 영원한 것이다. -존 레논

* 불을 가지고 불에 맞서는 사람은 결국 재로 끝나게 마련이다. -애비게일 밴 뷰런

* 인류는 전쟁을 종식해야 한다. 그렇지 않으면 전쟁이 인류를 종식할 것이다. -존 F. 케네디

* 갑옷을 입고 있는 자는 그 갑옷의 노예이다. -로버트 브라우닝

* 우리가 목청을 돋우어 찬양하는 모든 기술 발전, 즉 우리의 문명이란 것은 마치 병적인 범죄자의 손에 쥐어진 도끼와 같다. -아인슈타인

* 우리는 천재적인 거인처럼 전쟁을 준비하고, 어리석은 난쟁이처럼 평화를 준비한다. -레스터 피어슨

* 민족주의는 군국주의와 침략 행위를 미화한 표현에 불과하다. –아인슈타인

* 살인의 주범은 애국심이다. –베티 윌리엄스

* 세계 모든 국가의 군인묘지는 국가 지도자들이 국민의 생명을 지켜내지 못했다는 사실을 침묵으로 증언한다. –이츠하크 라빈

* 애국심이란 자기의 조국이 다른 모든 나라보다 고귀하고 우월하다고 믿는 신앙을 말한다. –조지 버나드 쇼

* 애국주의를 인류로부터 완전히 몰아내지 않는 한 결코 평온한 세계를 가질 수 없다. –조지 버나드 쇼

* 나는 내 나라를 너무도 사랑하기 때문에 애국주의자가 될 수 없다. –알베르 카뮈

* 국가라는 명칭을 가질 수 있을 만한 국가는 우방이 없으며, 오직 이익만 있을 뿐이다. –드골

* 명령에 따른 영웅적 행위, 무의식적 폭력, 애국이란 이름표에 딸린 모든 구역질나는 헛소리들을, 나는 온 힘을 다해 증오한다. –아인슈타인

* 애국심은 일종의 종교이다. 그것은 전쟁을 부화시키는 달걀이다. –모파상

* 죽은 자가 말할 수 있다면, 더 이상 전쟁은 일어나지 않을 것이다. –하인리히 뵐

* 한 사람 장군의 공은 만 명의 뼈가 부러진 끝에 이룩된다. –조송

* 한 사람을 죽이면 살인자가 되지만, 백만 명을 죽이면 영웅이 된다. 살인은 희생자의 수에 의해 신성화되기 때문이다. -찰리 채플린

* 한 사람의 죽음은 비극이요, 일백만의 죽음은 통계이다. -스탈린

* 전쟁은 언제나 실패한 외교이다. -도미니크 드 빌팽

* 제3차 세계대전은 어떤 무기로 싸울지 나는 잘 모른다. 하지만 제4차 세계대전은 돌과 몽둥이로 싸우리라는 것을 알고 있다. -아인슈타인

* 전쟁이 명예로운 것이 아니라 전쟁을 끝내는 것이 명예로운 것이다. -로버트 헤릭

* 강대국의 소임은 세계를 지배하는 것이 아니라 세계에 봉사하는 것이다. -해리 S. 트루먼

* 평화란 단순히 전쟁이 없는 상태가 아니라 자비와 신뢰와 정의가 있는 마음의 상태다. -스피노자

* 전쟁터에서 사람을 죽이는 것은 평상시 살인을 저지르는 것과 다르지 않다. 전쟁을 위한 막대한 희생을, 평화를 위해서도 바칠 필요가 있다. 내게 있어 이보다 중요한 과제는 없다. -아인슈타인

* 나는 그냥 평화주의자가 아니라 투사적 평화주의자이므로 평화를 위해서라면 기꺼이 싸울 생각이다. 사람들이 전쟁터에 가기를 거부하지 않는다면 전쟁은 종식되지 않을 것이다. -아인슈타인

* 폭력보다 무서운 것은 그 폭력에 길들여지는 것이다. -작자 미상

* 세계 평화는 무기 제조 회사에서는 환영받지 못할 일이다. –숀 맥브라이드

* 어떤 문명도 자기에게 가장 강력한 무기를 기꺼이 포기한 적이 없다.
–모하메드 엘바라데이

* 우리는 복수와 공격, 보복을 그만두어야 한다. 사랑이 바탕이 될 때 우리는 모든 것을 이룰 수 있다. –마틴 루터 킹

* 평화를 유지하는 최선책은 전쟁 당사자가 자기를 교수형에 합당한 자라고 느끼는 일이다. –칼라일

* 인간이 만약 세계 평화를 위한 해결책을 찾아낸다면, 그것은 우리가 알고 있는 인간의 모든 기록을 뒤엎는 가장 혁명적인 신기록이 될 것이다. –조지 마셜

* 평화로 가는 길은 없다. 평화가 곧 길이다. –A. J. 무스테

* 우리는 서로의 아이들을 죽여가면서 함께 평화롭게 살아가는 법을 배울 수 없다.
–지미 카터

* 당신이 만약 평화를 갈망한다면, 정의를 경작하라. 그러나 동시에 더 많은 빵을 생산할 수 있도록 들판을 경작하라. 그러지 않는다면 평화는 오지 않을 것이다. –노먼 볼로그

* 평화는 갈등이 없는 상태가 아니라 평화로운 방법으로 갈등에 대처하는 능력이다.
–로널드 레이건

* 평화는 친구와 함께 만드는 것이 아니다. 평화란 아주 고약한 적과 함께 만들어 가는 것이다. –이츠하크 라빈

* 나는 이해가 필요 없는 평화를 원하지 않는다. 나는 평화를 가져다주는 이해를 원한다. –헬렌 켈러

* 평화는 모든 정의보다 더욱 중요하다. 평화는 정의를 위해 만들어지지 않으며, 정의가 평화를 위해 만들어진다. –루터

* 평화는 자유와 뗄 수 없는 관계다. 자유 없는 평화란 한낱 농담일 뿐이다. –앨버트 루툴리

* 평화에 대한 열망은 모든 문명화된 인간의 표지다. –헨리 키신저

* 폭력에 의해 평화를 실현시킬 수는 없다. 평화는 상호이해에 의해서만 실현할 수 있다. –아인슈타인

* 세계의 군비 지출이 분당 200만 달러에 이른다. 과거에는 명예로운 전쟁도 있었지만, 더는 아니다. 유일한 해결책은 협상이다. 최악의 협상도 최선의 전쟁보다는 낫다. 평화를 깨뜨리지 않으려면 오직 한 가지, 인내심을 키워야 한다. –무히카

* 문화의 가치를 소중히 여기는 사람은 틀림없이 평화주의자이다. 사람들의 양심과 양식이 꽃피어, 전쟁이 조상들의 과격한 이상 행동이라고 인식되는 새로운 시대가 찾아오기를 기원한다. –아인슈타인

* 우리 과학자들은 더욱 잔인하고 효과적으로 인류를 말살시킬 방법을 연구하는 비극적인 운명을 짊어졌다. 따라서 잔혹한 목적을 위해서 그 무기가 사용되는 것을 온몸으로 저지하는 것은 우리의 절대적인 의무이다. –아인슈타인

역 사

* 역사는 살아 있는 기억을 미래로 싣고 가는 배이다. -S. 스펜더

* 역사는 과오를 되풀이해서는 안 된다는 것을 깨우치기 위해 반복되는 것이다. -김대규

* 역사는 스스로 진보하지 않는다. 인간만이 진보시킬 수 있을 뿐이다. -칼 포퍼

* 역사는 지속과 변화를 동시에 품고 이어진다. -폴 케네디

* 역사는 할아버지의 혼이며 할머니의 영이다. -이어령

* 역사가는 뒤를 돌아보는 예언자이다. -슐레겔

* 지식과 역사는 종교의 적이다. -나폴레옹

* 역사는 언제나 패자에게 등을 돌리고 승자를 정의롭다고 기술하는 것임을 잊어서는 안 된다. -츠바이크

* 역사를 읽는 것은 즐거운 일이다. 그러나 그보다 더 마음이 끌리고 흥미 있는 것은 역사를 만드는 데 참여하는 일이다. -네루

* 모든 기록된 역사 속에서 끼니 걱정을 해야만 했던 예술가들은 숱하게 많다. 그러나 끼니 걱정을 하면서 시장과 경제를 연구한 경제학자는 단 한 명도 없다. -피터 드러커

* 역사가 우리에게 가르치는 것은 우리가 역사의 교훈을 받아들이지 않고 있다는

점이다. –헤겔

* 역사의 수레바퀴를 멈추려고 손을 뻗는 자는 손가락이 뭉개질 뿐이다. –레흐 바웬사

* 한 사람이 잘못한 것을 모든 사람이 물어야 하고, 한 시대의 실패를 다음 시대가 회복할 책임을 지는 것, 그것이 역사이다. –함석헌

* 만약 역사가 뭔가를 가르쳐준다면, 평등 없이는 평화도 없다는 것, 절제 없이는 정의도 없다는 것이다. –헨리 키신저

* 역사가 끊임없이 증명했듯이, 국가의 존립을 위협하는 것은 쇠로 만든 모자를 쓴 자들이 아니라 쇳덩어리 같은 머리를 가진 자들이나. –소시 나셀

* 역사는 항시 우리에게 질문한다. 그대는 어디에 서 있으며, 과거로부터 무엇을 배웠으며, 현재 무엇에 공헌하고 있으며, 후손을 위해서 무엇을 남기려느냐고. –김대중

영혼의 인식은
사고보다 더 깊다.
영혼의 인식과 접촉함으로써
나는 어떤 상황에서도 무엇이
최선인지 알 수 있다.

–디팩 초프라

CHAPTER

22

영적 성장이 필요할 때

Chapter

22 영적 성장이 필요할 때

인간은 영적인 존재입니다. 삶의 본질은 영적 성장에 있습니다. 이것은 삶의 궁극의 가치이자 목적입니다. 때문에 우리는 영혼의 본질이 무엇이고 영적 성장이란 무엇인지, 진리란 무엇이고 깨달음이란 무엇인지를 탐구해야 합니다. 이것은 쉽지 않은 일이지만, 이런 것을 모르는 이는 영혼의 소경이 될 수밖에 없기 때문입니다.

무엇이 진리인지를 모르면 우리는 가짜 진리를 진짜로 여기면서 살게 됩니다. 무엇이 깨달음이요, 왜 깨달아야 하는지 모르면 우리는 끝내 '깨어나지 않은 상태'를 온전한 것으로 여기면서 살게 됩니다. 그것은 삶의 본질과 섭리를 모르는 것이요, 영적 차원에서 우물 안의 개구리처럼 사는 것입니다.

세상은 아주 오랫동안 가짜 진리와 무명(無明)의 혼돈 속에서 흘러왔습니다. 지금도 세상은 우리가 깨우쳐야 할 온갖 영적 문제들로 가득합니다. 우리가 영적인 문제가 아니라고 여기는 것들도 그 실상에서 살펴보면 모두 영적인 문제들과 관련된 것입니다. 우리가 반드시 영적 통찰과 지혜를 지녀야 하는 것은 이 때문입니다.

이 장의 아포리즘은 우리의 영적 속성과 본질을 통찰케 해줄 것이고, 가짜 진리가 아니라 진짜 진리가 무엇인지를 깨우쳐 줄 것입니다. 그리하여 우리 마음속에 영적 성장의 초석을 놓아줄 것입니다.

영혼

* 나는 내 안의 고요함을 경배한다. –디팩 초프라

* 육체는 영혼이 지닌, 영혼이 잠시 깃든 거처일 따름이다. –인디언 격언

* 자신의 영혼보다 더 조용하고 평온하게 쉴 만한 곳은 없다. –아우렐리우스

* 영혼, 그것은 인간을 지상의 다른 모든 것과 구별하는 영구불변의 불꽃이다. –쿠퍼

* 당신이 아무리 멀리 가더라도 영혼의 한계를 찾을 수는 없을 것이다. –헤라클레이토스

* 몸은 우리가 머무르는 곳이고, 영혼은 우리가 무엇이냐 하는 것이다. –세실 박스터

* 나는 내 영혼에서 피난처를 찾는다. 단 하나의 안전한 피난처는 바로 영혼이다.
–디팩 초프라

* 우리는 영적 경험을 가지고 있는 육체적 존재가 아니라 육체적 경험을 가진 영적인 존재다. –테야르 드 샤르댕

* 깨어 있는 영혼에는 세월이 스며들지 못한다. 세월이 비켜간다. 깨어 있는 영혼은 순간순간 살아 있기 때문이다. –법정

* 아무도 너에게서 빼앗지 못할, 죽은 뒤에도 너에게 속하여 절대로 늘거나 줄지 않는 그러한 부를 쌓아야 한다. 그 '부'란 곧 너의 영혼이다. -인도 속담

* 우리는 진리를 찾고 신을 찾는 여행을 떠나기 전에, 행동하기 전에, 다른 사람과 관계를 맺기 전에 반드시 먼저 자기 자신을 이해해야 한다. -크리슈나무르티

* 네 영혼 속에 있는, 스스로를 불멸의 존재로 의식하고 죽음을 두려워하지 않는 부분에 의해 살라. 영혼 속의 그 부분은 바로 사랑이다. -톨스토이

* 언젠가는 여행을 떠날 것이다. 당신이 지금껏 해본 것 중 가장 긴 여행이 될 수도 있다. 그것은 바로 당신 자신을 찾아가는 여행이다. -캐서린 샤프

* 인간의 영혼은 하늘보다 더 넓고 바다보다 더 깊으며, 혹은 그 깊이를 알 수 없는 심연의 어두움이다. -콜리지

* 나 자신의 인간 가치를 결정짓는 것은 내가 얼마나 높은 사회적 지위나 명예 또는 얼마나 많은 재산을 갖고 있는가가 아니라 나 자신의 영혼과 얼마나 일치되어 있는가이다. -법정

* 영혼의 인식은 사고보다 더 깊다. 영혼의 인식과 접촉함으로써 나는 어떤 상황에서도 무엇이 최선인지 알 수 있다. -디팩 초프라

* 내게 있어 영적인 삶이란 모든 창조의 에너지와 내가 연결돼 있다는 사실을 깨닫는 것이다. -오프라 윈프리

* 우리가 광포하고 소란한 삶의 여러 껍질을 벗겨 나간다면, 고요함을 만나게 될 거예요. 그 고요함이 바로 우리 자신이죠. -오프라 윈프리

※ 우리가 하는 모든 말과 행동은 나의 중심과 연결되어 있다. 오아시스는 자기의 중심이다. 우리는 오아시스로 귀결되고, 오아시스 덕에 산다. –김창옥

※ 우리는 영적인 존재들이며, 삶의 목적은 자기 존재의 신성한 본질을 깨닫는 데 있다. 세상의 모든 것은 이 고귀한 탐구를 위해 존재할 뿐이다. –앨런 코헨

※ 우리는 우주의 흐름과 일치할 때 가장 강력해진다. –앨런 코헨

※ 성자가 되려고 노력할 필요는 없다. 필요한 것은 가슴을 열어놓는 것일 뿐. –앨런 코헨

※ 신의 사랑이 세찬 물줄기처럼 우리의 가슴에 흘러들게 하자. 그리고 그 치유의 강물로 주변의 메마른 황무지들을 적시자. –앨런 코헨

※ 신은 영혼을 통해 헌신자의 가슴속에서 놀이하기를 좋아하신다. 신의 특별한 능력이 나타나는 곳은 가슴이다. 그래서 인간은 사랑을 통해서만 신과 가까워질 수 있다. –라마크리슈나

※ 당신의 지성은 신을 이해할 수 없다. 그러나 당신의 가슴은 이미 알고 있다. 지성은 가슴의 명령을 실행하기 위해서 만들어진 것이다. –엠마뉴엘

※ 오직 사랑하는 가슴만이 떠오르고 가라앉는 '나'의 안식처다. 근원의 가슴은 만물의 시작이요, 중간이며 끝이다. 지고한 공간인 가슴은 결코 형상이 아니다. 그것은 진리의 빛이다. –라마나 마하리쉬

※ 사랑의 원천은 한 사람 한 사람이 모든 사람의 마음속에 살아 있는 영적 본원의 동일성을 인정하는 것이다. –톨스토이

* 인간 한 사람 한 사람의 본질은 신의 분광(分光)이다. 그러므로 사람을 만날 때에는 항상 겸허하게 배우는 자세로 다가가야 한다. 겸허하고 친절한 마음은 상대방 안에서 이 진리의 빛이 흘러나오도록, 영혼이 성장하도록 도와주는 놀라운 힘이 있다. –한비다

* 당신은 늘 근원, 참자아와 닿아 있지만 정체성 시스템이 마음을 어지럽히고 몸의 흐름을 악화시킴으로써 근원과의 연결을 방해한다. –캐롤린 블락

* 우리는 서로를 품고 있다. 나는 누구라도 나만큼 이해할 수 있다. 우리는 서로를 품고 있다. 나는 누구라도 자신처럼 받아들일 수 있다. 우리는 서로가 서로를 품고 있다. 나는 누구라도 자신처럼 사랑할 수 있다. –디팩 초프라

* 모든 것을 나와 내 것으로 느낄 때, 단 하나의 사랑이 존재한다. –디팩 초프라

* 세상은 내 육신이다. 산은 나의 뼈대요, 숲은 내 피부며 강물은 내 피다. –디팩 초프라

* 가장 중요한 것은 마음이다. 속박도 마음에 속해 있고, 자유 역시 마음에 속해 있다. 집착은 우리를 무지 가운데 있게 하여 세상에 얽매이게 하는 반면, 자비는 우리 가슴을 순결하게 만들어 점차 속박에서 벗어나게 해준다. –라마크리슈나

* 모든 살이 있는 존재는 자기 자신이 되고자 한다. 올챙이는 개구리가, 애벌레는 나비가, 상처받은 인간은 온전한 인간이 되고자 하는 것이다. 이것이 바로 영성이다.
–엘렌 바스

* 우리는 '에고 없는 존재'가 되기 이전에 '건강한 에고를 가진 사람'이 되어보아야 한다. –잭 엥글러

* 사람은 자기부정을 하면 할수록 사람들에게 더욱 큰 영향을 줄 수 있다. 자아는 신을

가리고 있는 장막이다. –톨스토이

* 유일한 성장은 에고를 내려놓는 것이다. 에고를 내려놓으려는 강력한 의도를 가져라. 에고란 '나는 전체로부터 분리된 개인이다' 라고 하는 느낌이다. –레스트 레븐슨

* 나의 생각이 모든 일을 일으킵니다. 나를 온전한 것으로 바라보세요. 애초에 모든 것이 완벽하고 또 완전합니다. –레스트 레븐슨

* 당신이 에고를 내려놓을 때마다 당신은 기쁨을 경험한다. 고통받는 자가 누구인지 알아낼 때, 당신은 기쁨을 찾아낼 것이다. –레스트 레븐슨

* 작은 자아인 '에고' 의 번뇌와 불안과 독선은 이들을 외면하고 초연한 마음에 관심을 돌릴 때, 곧장 사랑과 용서와 지혜로 변화할 것이다. 이것이 바로 '영적 연금술' 이다. –윤홍식

* 우리가 아무리 힘들지라도 내면의 늘 고요한 '중심' 에 안주할 수만 있다면, 무한한 평안과 긍정과 에너지가 터져 나올 것이다. 이 무한한 힘을 온몸으로 느끼며 하루하루를 살아가는 것, 이 이상의 희열은 없다. –윤홍식

* 내면의 신성이 지니는 충만과 빛과 자비를 온몸으로 느끼며, 이를 자신의 삶 속에서 최선을 다해 표현하는 사람이야말로 '진정한 철인' 이다. –윤홍식

* 내가 의식하든 의식하지 못하든 간에 나는 존재하는 모든 것의 근원과 하나이다. 내가 느끼든 못 느끼든 나는 세계 속의 모든 사랑과 하나이다. –다데우스 골라스

* 가장 지혜로운 이는 자신의 가슴속에 있는 성소에 들어가서 '진리' 를 발견하는 자이다. 가장 슬기로운 이는 가슴속에 있는 성소에 들어가서 영원한 '기쁨' 을 발견하는 자

이다. –바바 하리 다스

* 자비란 생명체가 서로 의존하고 있다는 것, 일체가 서로의 부분을 이루며, 일체가 서로에게 관여하고 있다는 것을 예리하게 자각하는 데에서 비롯한다. –토머스 머튼

* '전체 속에 개체가 포함되고 개체 속에 전체가 포함되는' 영성의 관점에선 이 세상 모든 사람이 바로 '나' 이다. 조화란 양쪽을 통합하는 것이다. –스티브 로더

* 창조계에는 오로지 하나의 존재만이 있으며, 이를 궁극의 실재 또는 최고의 창조주라 부르며, 우리들 모두는 이 창조주의 신성한 표현이자 모습들이다. 그리고 우리는 창조주와 동일한 속성을 지닌 신성한 의식의 불꽃으로 창조되었다. –핸넥 제닝스

* 삼라만상과 하나 되는 마음이 커지고 깊어질수록 하늘의 중심에 가까이 갑니다. 이 마음이 완전해질 때 하늘의 중심과 하나가 됩니다. –자허

* 감정은 진동하는 에너지장을 방출하기 때문에 우리가 살아가며 만나는 사람들에게 영향을 미치고 우리가 어떤 사람을 만나게 될지 결정한다. –데이비드 호킨스

* 살아 있는 모든 것은 진동하는 에너지 차원에서 서로 연결되어 있기 때문에 우리 주변의 모든 생명은 우리의 기본적인 감정 상태를 포착하고 그에 반응한다. –데이비드 호킨스

* 당신이 희망을 잃고 방황하는 영혼에게 구원과 도움을 주는 사람이 될 때까지는 자기 내부에 존재하는 신이나 외부에 존재하는 신을 완전히 이해하지 못할 것이다.
–에드가 케이시

* 그대가 그대 자신을 몸과 마음이라고 생각하는 한 그대는 늘 상처받고 고통받을 것이다. –니살가다타 마하라지

* 여기 한 물건이 있으니 이름도 없고 모양도 없다. 아주 작지만 천지사방 두루 담지 못할 것이 없다. 하늘과 땅보다 먼저 있었지만, 그 시작이 없고 하늘과 땅보다 오래 남을 것이지만 그 끝이 없다. -원효

* 마음의 본성이 오직 우리 마음에만 있다고 상상해서는 안 된다. 마음의 본성은 사실상 만물의 본성이다. 마음의 본성을 실현하는 것이 곧 만물의 본성을 실현하는 것이라는 점을 누차 강조하고 싶다. -소걀 린포체

* 나는 살아 있는 모든 것들의 궁극적 일체성을 믿는다. 그러므로 나는 한 사람이 영성을 얻으면 온 세계가 그것을 얻으며, 한 사람이 타락하면 온 세계가 그만큼 타락한다고 믿는다. -마하트마 간디

* 의식의 빛 안에서는 모든 생각, 모든 행동이 신성한 것이 된다. -틱낫한

* 아이처럼 된다는 것은 인간이 가질 수 있는 가장 중요하고, 필수적이며, 가장 감각적인 인간적 자질이다. -콘라트 로렌츠

* 우리의 뇌 안에는 잊혀진 존재의 섬광, 경이로움의 보고가 있다. 영적이며 예술적인 삶의 목표는, 이 드러나지 않은 신비의 세계를 탐구하는 것이다. -G. K. 체스터튼

* 자기 한계를 다시 정하거나 바꾸는 것은 가장 큰 자기를 경험할 때 일어난다. 이러한 경험을 할 때는 우주를 포함하는 정체성을 갖게 된다. -켄 윌버

* 나는 너고, 너는 나다. 네가 어디로 가건 나는 거기에 있다. 나는 없는 곳이 없으니, 원하면 언제든지 나를 찾으라. 나를 찾는 것은 곧 너를 찾음이다. -에피파니우스

* 우리는 눈에 보이는 가치나 존재보다는 사랑의 가치를 더 크게 생각하는 사람, 자신

의 가치보다는 다른 사람의 가치를 더 중요하게 생각하는 사람으로 진화해야 한다.
–게리 주커브

* 경건한 사람은 다른 사람을 심판하지 않고 이용하지 않으며, 우주와 지구에 책임을 느끼고 모든 생명체는 다 신성하고 귀한 존재라고 생각한다. –게리 주커브

* 사람은 다른 사람을 사랑하지 않고서는 자신을 사랑할 수 없다. 또는 자신을 사랑하지 않고서는 다른 사람을 사랑할 수도 없다. 우리가 자신과 타인들에게 자비로운 마음을 지닐 때, 비로소 따뜻하고 자비로운 세상이 되는 것이다. –게리 주커브

* 내 몸은 영원한 존재의 한 부분이며 신이 개별적인 모습으로 표현된 것이다. 나는 나를 창조한, 완벽한 사랑의 에너지와 동일한 존재이기 때문에 영감이 가득한 삶을 살아간다. –웨인 다이어

* 그것은 그대 안에 있다. 사실 그대가 찾고 있는 모든 멋진 것들은 그대 안에서 발견할 수 있다. 행복과 평화, 기쁨은 그대 안에 있다. 그대는 굳이 다른 곳으로 찾아갈 필요가 없다. –틱낫한

* 지금 사회를 구성하는 사람들은 생명의 원 위치인 사랑의 자리로부터 너무 많이 멀어져 있다. 원위치란 생명의 자리이니, 이는 사랑의 자리이다. 지금 이 세상 사람들은 사랑의 자리인 생명의 자리로부터 점점 멀어져 가고 있다. –하모수

* 생명의 자리에서는 내 민족과 타민족이라는 구별이 없다. 생명의 자리에서는 인류 모두가 한 가족이다. 인류가 마음속에 있는 생명의 자리를 발견해야 인류는 진정한 의미에서 한 가족이 될 수가 있다. –하모수

* 인생의 목표는 성숙한 사람이 되는 것이며, 내면에 숨겨진 완벽성을 발견하고 자기

자신을 책임지는 것으로 다른 모든 문제는 자연스럽게 해결된다. 자신을 책임질 줄 아는 사람은 위대한 자연과 영혼의 법칙에 따라 타인과 더불어 사랑하며 살아갈 수 있다.
–리즈 부르보

* 영혼에 봉사하는 생활을 시작한 사람은 캄캄한 집안에 빛을 가지고 들어온 것과 같다. 어둠은 이내 걷혀 버린다. 오직 그와 같은 생활을 굳게 지키도록 하라. 그렇게 한다면 그대의 마음속에 완전한 광명의 세계가 임하게 될 것이다. –붓다

깨달음

* 깨달음은 점진적으로 미몽에서 벗어나는 것에 불과하다. –붓다

* 순수의식은 언제나 존재한다. 태양이 구름 속에서도 항상 빛나고 있듯이. –단 밀맨

* 세상 안에 존재하나 세상의 것이 아닌 것이 바로 고귀한 완전함이다. –제임스 앨런

* 깨어있는 삶이 주는 궁극적인 선물은 삶을 둘러싼 신비를 느끼는 것이다. –푸이스 멈포드

* 그리스도 의식은 천국이 지금 여기에 있음을 이해하는 것이다. –마리안느 윌리암슨

* 그리스도의 재림은 바로 우리가 '그리스도 의식'을 성취할 때이다. –레스트 레븐슨

* 이 세상이 마음속의 꿈이라는 것을 안다면 당신이 깨닫는 것은 쉬울 것이다.
–레스트 레븐슨

* 당신은 우주의 일부이므로 신의 일부이기도 하다. –크라이언

* 대양으로 떨어진 물방울은 대양의 일부가 된다. 신과 합쳐진 영혼은 신의 일부가 된다. –질레지우스

* 삶의 모든 순간을 즐길 줄 아는 상태, 그것이 곧 깨달음의 상태이다. –장택리

* 깨어있는 삶이 주는 궁극적인 선물은 삶을 둘러싼 신비를 느끼는 것이다. –푸이스 멈포드

* 집착이 이기적인 삶의 기본이듯, 평온함이 초월적 삶의 기본이다. –제임스 앨런

* 깨어나지 않은 마음은 만물을 그대로 내버려 두지 않고 사사건건 저항한다. –잭 콘필드

* 내면의 자유는 노력을 통해서 얻어지는 것이 아니다. 그것은 무엇이 진실인지를 '보는 것'을 통해서 이루어진다. –붓다

* 삶의 파도들이 일어나고 가라앉게 두라. 너는 잃을 것도 얻을 것도 없다. 너는 바다 그 자체이므로. –『아슈타바크라 기타』

* 당신이 모든 사람과 연결되어 있다는 감각, 신과 연결되어 있다는 감각을 보살피고 키우라. 그러면 당신의 에고는 갈등에서 벗어날 것이다. –웨인 다이어

* 우리의 관심을 지구에서 벌어지는 일에만 기울인다면 그건 인간 정신을 제한하는 일이나 다름없다. –스티븐 호킹

* 기억하라. 당신이 찾고 있는 사랑은 지금 내면에서 당신을 기다리고 있다. 자기에 대한 진정한 사랑이 우주의 사랑에 이르는 문들을 열어줄 것이다. –마벨 카츠

* 늘 감사한 마음으로 살아가는 것이야말로 신의 사랑 속에서 살아가는 길이다.
–바바 하리 다스

* 오늘날 우리가 갖고 있는 문제 중 하나는 영적인 것과 가까이 있지 않다는 점이다. 우리는 오늘의 뉴스나 지금 일어나는 문제에 더 관심이 많다. –조셉 캠벨

* 사랑스럽고 순수하며 마음이 가난한 사람들 외에는 궁극적인 실재를 분명하고도 직접적으로 파악할 수 없다는 것은 2~3천 년에 걸친 종교 역사에서 거듭 확인된 사실이다. –올더스 헉슬리

* 영적인 열림은 자신만의 안전한 동굴로 움츠러드는 것이 아니라 지혜와 친절한 가슴을 가지고 어떤 분리감도 없이 삶의 모든 경험을 끌어안는 것이다. –잭 콘필드

* 참된 나는 열린 공간이며 그 안에서 폭풍은 오고 가도록 허용된다. 참된 나는 모든 것을 껴안고, 모든 것을 허용하고, 모든 것을 인정한다. –제프 포스터

* 구원은 내가 하찮은 사람이란 생각을 지워버리는 것을 통해서만 온다. 우리는 내면에 이미 존재하는 영적 완벽을 받아들이는 것으로 완벽한 인간이 된다. –마리안느 윌리암슨

* 깨달음이라는 것은 어떠한 경우에도 태연하게 죽는 것이라고 여긴 것은 잘못이었다. 깨달음이라는 것은 여하한 경우에도 태연하게 사는 것이었다. –마사오카 시키

* '무(無)'를 실천한다는 것은, 불을 통과함으로써 모든 것을 버리고 또한 모든 것을 되찾는 용기를 갖춘다는 의미다. –알렉상드르 졸리앙

* 신의 의지는 우리가 행복해지는 것이고, 우리가 우리 자신을 용서하는 것이며, 우리가 지금 이 순간에 천국에서 우리의 자리를 찾아내는 것이다. –마리안느 윌리암슨

* 마음은 마음을 넘어서는 것에 대해 알고 싶어 한다. 마음을 넘어서는 것을 알기 위해서는 마음을 버려야 한다. 흔적을 남기지 않고 사라지게 해야 한다. –메허 바바

* 그래도 영원한 것에 관심을 품는 것이 가장 좋을 것이다. 왜냐하면 그것만이 인간 사회에 평화와 평온을 회복시키는 정신의 원천이기 때문이다. –아인슈타인

* 네 자아가 모든 우상들의 어미 우상이다. 돌이나 나무로 만든 우상은 뱀에 지나지 않거니와 보이지 않는 내면의 우상은 용(龍)이다. –루미

* 부활이란 우리가 꿈에서 깨어나는 것, 본마음 상태로 돌아가는 것, 그리하여 지옥에서 벗어나는 것이다. –마리안느 윌리암슨

* 그 누구나 자신 속에서 신을 의식할 수 있다. 이 의식의 깨달음이 바로 성경에서 말하는 부활이다. –톨스토이

* 인간은 자신의 자아를 예속적이고 불안정하며 고통스러운 세계에서 자유롭고 흔들리지 않는 기쁨의 세계로, 즉 자신의 정신적 본원에 눈뜨는 세계로 이끌 수 있다. –톨스토이

* 자기 자신의 내부에 천국을 만들지 않고서는 그 누구도 지상에 천국을 만들 수 없다. 그것은 불 꺼진 초를 들고 어둠 속에서 나를 따르라고 하는 것과 마찬가지다.
–바바 하리 다스

* 남들에 대한 불만을 내려놓겠다는 결심은 자신을 '참나' 로 보겠다는 결심이다. 왜냐하면 남의 완벽함을 보지 못하도록 우리 눈을 가리는 모든 어둠은 우리의 완벽함 또한 가리기 때문이다. –마리안느 윌리암슨

* 땅을 지배하는 것보다 더 놀랍고 위대한 일은 하늘을 지배하는 것이다. 땅은 무력으

로 정복할 수 있지만, 하늘은 진실한 마음이 없으면 지배할 수 없기 때문이다. 하늘은 진정한 힘과 평화의 상징이다. –인디언 격언

* 좋아하는 것도 없고 좋아하지 않는 것도 없는 그런 사람을 두고 행위를 포기했다고 할 수 있으리니, 이는 서로 반대되는 양극을 벗어난 자만이 그 속박에서 쉽게 풀려나기 때문이로다. –『바가바드기타』

* 반대되는 양단(兩端)에서 벗어나고 영원한 진리에 머물며 이득을 경멸하고 모든 것을 조심하며 영혼의 주인에게 속할지어다. –『바가바드기타』

* 행위에서 무위를 보고 무위에서 행위를 보는 자는 사람들 가운데서 깨달은 자요, 그는 요기이며 해야 할 일을 모두 마친 자니라. –『바가바드기타』

* 바람 없는 곳에서 작은 촛불이 흔들리지 않듯, 자기 생각을 다스려 자신을 '아트만'에 일치시키고자 하는 요기 또한 그러하다. –『바가바드기타』

* 모든 영적 전통의 가르침(자비, 자유, 윤회, 깨어남)은 우리가 자신의 조건을 초월하여 새로운 일을 하는 것이 가능함을 증명해 준다. –삼 킨

* 당신은 누구에게도 의존할 수 없다. 안내자, 스승, 권위자는 없다. 당신만이 있을 뿐, 당신과 다른 사람과의 관계, 당신과 세상의 관계가 있을 뿐, 그 밖에는 아무것도 없다. –크리슈나무르티

* 영적인 열림은 자신만의 안전한 동굴로 움츠러드는 것이 아니라 지혜와 친절한 가슴을 가지고 어떤 분리감도 없이 삶의 모든 경험을 끌어안는 것이다. –잭 콘필드

* 물질계의 어떤 사건에도 얽매일 필요 없이 순수한 존재의 차원에 사는 것이 우리 여

행의 끝이자 알 수 없는 어떤 것의 시작이다. 이것은 궁극적인 합일이고 최종적인 자유일 것이다. –디팩 초프라

* 집착과 이기심을 극복하기 전까지 우주의 섭리를 깨달을 수 없다. –제임스 앨런

* 육체의 죽음이 영원한 생명을 결코 가져다줄 수는 없다. 영원한 생명을 지닌 사람은 자신을 완벽하게 소유한 사람이다. –제임스 앨런

* 사람의 취향에 따라 좌우되는 것보다 더 고통스러운 속박은 없다. 존재의 법칙에 복종하는 것보다 더 위대한 자유는 없다. –제임스 앨런

* 함께 있으면 당신이 향상되는 사람들과 함께 있는 시간을 많이 만들라. 동일한 영적 가치에 삶의 토대를 두고 있는 사람들과 정기적으로 만날 때 특히 도움이 된다.
–에크낫 이스워런

* 삶의 목적은 당신의 심장박동을 우주의 박동과 부합시키는 것, 당신의 본성을 자연과 부합시키는 것이다. –조셉 캠벨

* 움직임은 시간이지만 정적은 영원이다. 우리 삶에서 이것을 깨닫는다는 것은 곧 영원을 체험하는 것이다. 일시적 체험에서 그 일시적 체험이 지닌 영원한 측면을 체험하는 것, 이거야말로 신화 체험인 것이다. –조셉 캠벨

* 깨달음이란 어디도 갈 데가 없다는 것과, 아무것도 할 일이 없다는 것, 지금 있는 꼭 그대로의 자신 이외에 다른 어떤 존재도 될 필요가 없다는 것을 이해하는 것이다.
–닐 도날드 월쉬

* '천국에 가는' 일 같은 건 존재하지 않는다. 그대가 이미 그곳에 있음을 아는 것만이

있을 뿐이며, 수고나 애씀이 아니라 받아들임과 이해만이 있을 뿐이다. 자신이 이미 서 있는 곳으로 갈 수는 없는 법이다. –닐 도날드 월쉬

* 우주 전체가 한낱 꿈에 지나지 않았으며, 영혼은 주변의 것들에 비해 무한히 더 나은 것이라고 깨닫게 되는 때가 분명 누구에게나 찾아온다. 이는 단지 시간 문제이며, 무한 속에서 시간은 아무것도 아니다. –쉬르디 사이 바바

* 다르지 않다는 것에서 분별이 사라지고 사랑이 된다. 다른 것은 표현방식이나 허울일 뿐이다. 그 뿌리가 같음을 알면 다름을 즐길 수 있다. 하지만 다름만을 보고 있다면 다름도, 같음도 즐길 수 없다. –신상훈

* 마음에 수많은 관념들이 있기 때문에 우리는 마음속에 있는 생명의 자리를 못 보는 것이다. 우리 마음속에 있는 수많은 관념들을 내려놓아야 마음속에 있는 생명의 자리를 볼 수 있다. –하모수

* 영성을 회복한다는 것은 우리가 본래 하나이고 일체인 근원이었음을 깨닫고 다시 그러한 상태로 되돌아가는 것을 뜻한다. 이것은 본래부터 우리 안에 있던 잃어버린 낙원을 다시 되찾는 것과 같다. –전용석

* 이 세상의 모든 것은 우리가 통제할 수 없는 힘의 지배를 받고 있다. 그것은 거대한 별이든, 작은 벌레든 마찬가지다. 인간도, 식물도, 우주의 먼지도 모두 아득한 먼 곳에 있는 연주자의 연주에 맞춰 움직이는 것이다. –아인슈타인

* 자아실현은 자신의 본성에 대한 깨달음일 뿐이다. 지유를 갈구하는 사람은 의심이나 오해 없이 영원한 것과 일시적인 것을 구분함으로써 자신의 본성을 깨닫는다. 그리고 결코 자신의 자연적인 상태에서 벗어나지 않는다. –라마나 마하리쉬

* 사람들에게는 똑같은 근본 동기가 있음을 이해하는 것이 중요하다. 본질적으로 우리는 어두운 방 속에서 문밖에 있는 빛을 찾아 헤매는 어린이와 같다. 다른 사람들을 해치지 않고 빛을 찾는 가장 쉬운 방법은 서로서로 손을 맞잡는 것이다. –스티브 로더

* 깨달음이란 "있는 그대로"라는 이 연인을 선명히 보는 순간이다. "있는 그대로"를 더욱더 완전하게 보는 순간이다. 심오한 깨달음을 경험한 사람들은 "있는 그대로"와 미친 듯이 사랑에 빠지곤 하는데, 그것은 이 연인이 그만큼 풍요롭고 아름다운 현실이기 때문이다. –니르말라

* 신을 찾고자 나선 외부의 길에서 자신을 만나고, 자신을 찾고자 나선 내면의 길에서 신을 만나게 된다. 안이 바깥이 되고 바깥이 안이 되고 시작과 끝이 하나가 될 때 우리는 근원적 존재와 만나게 되며, 이것은 원래 상태로 회귀이며 구원이며 깨달음이다. –김우타

* 바깥의 어떤 재난도 참된 평화에 이른 사람을 무너뜨리지는 못한다. 참된 진리에 도달한 사람을 속일 수 있는 거짓말은 세상에 존재하지 않는다. 바깥의 어떤 위협도 참된 믿음을 가진 사람의 마음을 파괴할 수는 없다. –한바다

* 아무런 판단도 규정도 내릴 수 없음, 그것이 삶의 아름다움이다. 삶의 경험 속에 늘 끼어드는 판단을 치워버릴 때, 그대는 순수한 100%의 경험 속으로 진입하게 된다. 그때 삶은 경이로움을 되찾게 된다. –한바다

* 깨달음이란 한마디로 우주 전체와 하나가 된 상태를 말한다. 즉, 한없이 크게 열린 마음이 깨달음이다. 조금씩 가슴을 열어 우주 전체를 내 품에 껴안는 것이다. 자기 마음을 전부 비우고, 마음속의 것을 다 털어 내놓고 나면 깨달음에 이를 수 있다. –작자 미상

* 우주의 모든 것이 서로 연결되어 있고, 그들의 관계는 또 다른 것과 관계가 있음을 자

주 염두에 두라. 모든 존재의 행동은 다른 존재에게 영향을 끼친다. 하나가 나타나면 다른 하나가 나타난다. 모든 것에는 질서가 있다. 상호 움직임과 상호 협력이라는 미덕으로 모든 것은 차례로 일어난다. -아우렐리우스

* 거듭나지 않는 평범한 경험을 통해 다양한 세계를 희미하게 엿본 것만으로 만들어진 이론들은 초연함 · 명료함 · 겸손의 상태에 있는 마음에 의해서만 직접 파악될 수 있는 신성한 실재에 대해 아무것도 말해줄 수 없다. -올더스 헉슬리

* 스스로 타당한 직접자각의 확실성은 본질적으로 '신의 신비를 측정하는 도구' 라는 덕성을 갖춘 사람만이 달성할 수 있다. 그들은 자신들의 인간적인 존재양식을 변화시켰기 때문에, 한낱 인간적인 앎의 질과 양을 뛰어넘는 것이 가능했다. -올더스 헉슬리

* 육체가 가져다주는 욕구가 깨달음의 장애라고 생각했었는데, 주어진 육체를 활용하면서 수행하는 게 바른 길이었어. 그것이 이 세상에 태어난 진정한 의미인 것을 난 몰랐다. 창조주가 인간의 영혼에게 육체를 갖게 한 진정한 의미가 육체를 초월하는 것이 아니었고 육체를 잘 활용하라는 것이었다. -작자 미상

진 리

* 진리에 대한 당신의 인식은 변할 수 있고 극단적으로 바뀔 수 있지만, 진리는 변하지 않는다. -세인트 클레어 토마스

* 우리들이 오늘 밤 거짓이라고 배척하는 것도 먼 옛날에는 진리였다. -휘트먼

* 사랑은 선악의 피안에 있다. -니체

* 이분법이 사라지는 곳에 낙원이 있다. -롤랑 바르트

* 시간이 흐름에 따라서 신성화된 낡은 전설을 지키는 것만큼 진리의 보급을 방해하는 것도 없다. -톨스토이

* 우리가 진리 안으로 더 많이 들어갈수록 그것의 더 깊은 의미를 발견하게 될 것이다. -반케이

* 두 가지가 영혼에 힘을 준다. 진리에 대한 믿음과 자신에 대한 믿음이 그것이다. -세네카

* 진리는 우리 안에 있다. 당신이 무엇을 믿든 진리는 밖에서 오는 것이 아니다. 우리 모두 안에 가장 중요한 중심이 있고 그곳에 모든 진리가 숨어 있다. -로버트 브라우닝

* 자비가 충만한 자는 진리 또한 충만하다. 겸손한 발걸음으로 진리의 고귀한 길을 걸어가라. -제임스 앨런

* 올바른 마음, 총명함, 순수한 시간을 지녀라. 진리는 존재한다. 그곳에는 어떤 혼돈도 존재하지 않는다. -제임스 앨런

* 내가 가는 길을 비추고 매번 기꺼이 삶과 마주하도록 새롭게 용기를 주는 것은 친절과 아름다움, 그리고 진리라는 이상이다. -아인슈타인

* 진리는 사소한 것에 감싸여 있다. 철저하게 행동하는 것이 곧 지혜이다. -제임스 앨런

* 진리, 아름다움, 위대함은 아이와 같다. 항상 새롭고 젊음이 넘친다. -제임스 앨런

* 온전한 너그러움을 지니지 않은 이에게는 진리가 존재하지 않는다. –제임스 앨런

* 이기심의 눈으로 세상을 바라볼 때에는 진리의 아름다움을 결코 깨달을 수 없다. –제임스 앨런

* 그릇된 것을 믿는 자보다는 아무것도 믿지 않는 자가 진리에 가깝다. –토머스 제퍼슨

* 눈물을 모르는 눈으로는 진리를 보지 못하며, 아픔을 겪지 아니한 마음으로는 사람을 모른다. –쇼펜하우어

* 모든 신념은 거짓말보다 더 큰 진리의 위험한 적이다. –니체

* 자기보다 진리를 사랑하라. 진리보다 이웃을 사랑하라. –로맹 롤랑

* 진리를 위해서 죽는다는 것은 조국을 위해서 죽은 것이 아니고 세계를 위해서 죽는 것이다. –장 파울

* 진리는 횃불과 같다. 그것은 흔들수록 더욱더 빛난다. –윌리엄 해밀턴

* 진리는 적이건 아군이건 모두 초월한다. –프리드리히 실러

* 가장 깊은 진리는 가장 깊은 사랑에 의해서만 열린다. –하이네

* 우리의 길을 밝혀주고, 인생에 적극적으로 뛰어들 용기를 준 것은 친절과 아름다움과 진리였다. –아인슈타인

* 진리와 지식의 영역에 있어서 재판관이 되려는 자는 모두 신들의 비웃음을 받고 난파

되고 말 것이다. -아인슈타인

* 총명한 정신은 끊임없이 탐구한다. 설명이나 결론에 만족하지 않으며, 완전히 믿지도 않는다. 믿음 역시 결론의 또 다른 형태이므로. -이소룡

* 이기심이 반목과 고통을 만드는 뿌리이듯, 사랑이 평화와 은총을 만드는 뿌리이다. -제임스 앨런

* 법칙이 사람을 위해 무너질 수는 없다. 그렇지 않다면 혼란이 일 것이다. 법칙은 화합, 순리, 고결함과 조화를 이룬다. -제임스 앨런

* 산은 산이라 말하지 않아도, 강은 강이라 말하지 않아도 누구나 다 산을 느끼고 강을 느낀다. 참 진리도 이와 같다. -허허당

* 진리는 조용한 목소리를 가지고 있다. -셰익스피어

* 우리는 진리를 찾고 신을 찾는 여행을 떠나기 전에, 행동하기 전에, 다른 사람과 관계를 맺기 전에 반드시 먼저 자기 자신을 이해해야 한다. -크리슈나무르티

* 선과 악은 한 쌍의 부부와 같아서 그 둘을 모두 닮은 자식을 낳는다. -조지 새빌

* 우주란 중심은 어디에나 있으나 그 원둘레는 아무 데도 없는 무한한 천체이다. -파스칼

* 신은 슬픔과 웃음 둘 다에, 괴로움과 즐거움 둘 다에 존재한다. 모든 것 뒤에는 신성한 목적이 있고, 따라서 신성한 존재는 모든 것 속에 존재한다. -닐 도날드 월쉬

* 우연의 일치란 없으며, 어떤 일도 우연히 일어나지 않는다. 각각의 사건이나 모험은

'참된 자신' 을 창조하고 체험하기 위해서 그대 스스로 불러들인 것이다. –닐 도날드 월쉬

* 이 세상에는 희생자도 없고, 악당도 없다. 오로지 그대 생각의 결말들만이 있을 뿐이다. –닐 도날드 월쉬

* 영혼이 추구하는 것은 그대가 상상할 수 있는 것 중에서 가장 고귀한 사랑의 느낌이다. –닐 도날드 월쉬

* 내가 그대에게 말하노니, 천국과 지상은 사라져도 그대는 사라지지 않을 것이다. 이 영원이라는 시야를 가지면 그대는 사물들을 그 본연의 빛 속에서 보게 되리라.
–닐 도날드 월쉬

* 고차적인 지식에서 중요한 것은 인간 숭배가 아니라 진리와 인식에 대한 숭배라는 점이 강조되어야 한다. –루돌프 슈타이너

* '원인과 결과의 법칙' 의 결과를 피할 수는 없다. 완전한 정의는 모두 것 위에 있다.
–제임스 앨런

* 진리는 말 너머에 있다. 진리를 가리키는 모든 말이, 사실은 말이 아닌 말 너머를 일러주는 것이다. 그렇기 때문에 말이라는 의미에만 머문다면 결코 진리를 알 수 없다!
–백창우

* 세상에 붙잡힌 자들은 욕망과 탐욕이라는 족쇄로 세상에 묶여 있다. 그들은 손과 발이 다 묶여 있다. –라마크리슈나

* 진리에 있어서, 세상에서 가장 커다란 적은 지식이 있는 사람이며 가장 커다란 친구는 자신이 무지하다는 것을 아는 사람이다. –오쇼 라즈니쉬

* 인간의 정신의 평화는 인간 세계 속에서만 증험될 수 있는 것이지, 히말라야의 산정에 홀로 있으면서 될 수 있는 것이 아니다. –마하트마 간디

* 우리가 해야 할 일은 단지 진리가 아닌 것을 진리로 간주하는 습관을 버리는 것이다. 진리가 아닌 것을 진리로 간주하는 것을 버릴 때 진리만이 남을 것이며, 우리는 진리가 될 것이다. –라마나 마하리쉬

* 작은 지식에 자부심을 갖지 말고 큰 지혜를 얻으려고 해야 한다. 작은 성취에 매몰되지 말고 최고의 행복을 성취해야 한다. 최선(最善)을 가로막는 건 언제나 차선(次善)이다. 참된 삶을 위해서는 최고의 진리를 추구해야 한다. –김필수

* 구원은 신에 의존하거나, 신에게 청탁하거나, 신의 사면을 통하여 일어나지 않고 인내와 끈기로 자신의 내면을 닦아나가는 것에 달려있다. 예수는 '진리가 우리를 자유롭게 하리라' 고 하였다. 우리를 해방시키는 것(구원)은 붓다나 예수 같은 성인이 아니라 그들이 전하는 진리이다. –김우타

* 우리가 누군가에게 사랑을 베풀면 다시 사랑으로 되돌아오지만, 누군가에게 증오심을 품는다면 그 증오의 화살은 자신에게 향하게 된다. 누군가를 심판하는 것은 부정적인 인연을 쌓는 일이고, 그 결과 또한 그대로 자신에게 되돌아올 것이다. –게리 주커브

* 영원이라는 것은 뒤에 오는 것이 아니다. 영원은 그리 긴 시간도 아니다. 아니, 영원이라는 것은 시간과 아무 상관도 없는 것이다. 영원이라는 것은 세속적인 생각을 끊는 바로 지금 이 자리에 있다. –조셉 캠벨

* 카르마의 법칙은 우리가 피할 수 없는 절대 진리이다. 그러므로 다른 사람에게 해를 끼칠 때마다 우리는 우리 자신에게 직접적인 해를 끼치고 있는 것이다. 다른 사람을 행복하게 하면 언젠가 우리 자신에게도 행복이 돌아올 것이다. –소걀 린포체

* 모든 사람과 모든 조건을 축복하고 그것들에 감사하라. 신이 창조한 것들의 완벽성을 인정하고 그 창조물들에 믿음을 보여라. 신의 세계에서는 어떤 것도 우연히 일어나지 않으며, 우연의 일치 같은 건 존재하지 않기 때문이다. –닐 도날드 월쉬

기도 · 명상

* 나는 내 영혼의 원천에 다가가는 방법을 배운다. 첫 번째 단계는 조용한 자각이다. –디팩 초프라

* 기도는 하느님의 마음을 바꾸지 않는다. 다만 기도하는 자의 마음을 바꿀 뿐이다. –키에르케고르

* 하느님을 변화시키기 위해서가 아니라 자신을 변화시키기 위해서 기도를 하라. –키에르케고르

* 우리는 흔히 "신의 뜻대로 이루어지게 하소서!"라고 기도를 하면서 사실은 우리 뜻대로 되기를 바라면서 기도를 한다. –헬가 B. 크로

* 기도란 그것을 통해 우리가 어둠에서 하느님을 보는 거울이다. –헤벨

* 기도는 변화를 위한 통로다. 기도는 '사람' 의 영을 내쉬고, '신' 의 영을 들이쉬는 것이다. –할 어반

* 기도는 하루를 여는 아침의 열쇠이고, 하루를 마감하는 저녁의 빗장이다. –법정

* 참된 기도는 자신에게 없는 것을 외부의 신에게 달라고 애원하는 것이 아니라 자신을 새롭게 주장하는 것이다. –네빌 고다드

* 기도란 곧 삶을 사는 것이고, 일어서는 것이며, 사랑하는 것이다. 모든 것은 허무하고 덧없는 동시에 그 자체로 완벽하고 경이롭다는 사실을 결코 잊어서는 안 된다. –알렉상드르 졸리앙

* 기도는 신과 나누는 대화이고, 명상은 신의 말에 귀 기울이는 것이다. –다이애나 로빈슨

* 인간은 누구나 자기만의 내적 공간 안에서 침묵을 마주하고 앉는 시간을 가져야 한다. –법정

* 자각의 명료함이란 걸을 때나, 잘 때나, 꿈꿀 때도 계속 스스로에 대해 깨어 있음을 뜻한다. –디팩 초프라

* 개인적인 이기심을 벗어 버리면, 완전한 우주의 거울이 될 것이다. –제임스 앨런

* 그냥 자기의 일을 계속해 나가고 나머지는 섭리에 맡기는 것이 최선이다. 그다음 마지막 걸음은 신께서 옮겨놓으신다. –데이비드 호킨스

* 인간의 마음 깊숙한 곳에는 자기 자신보다 더 거대한 무엇이 숨어 있다. 호들갑 떨지 말고 그 깊은 바닥으로 내려가서, 만사가 요동치는 것처럼 보일 때조차 사랑과 기쁨, 평화 속에 고요히 머물 줄 알아야 한다. –알렉상드르 졸리앙

* 스스로 불행을 일으키는 마음의 과정을 분명하게 보면, 그대는 사랑으로 돌아갈 수 있다. 이것이 마음을 여는 것이다. 마음을 열면 그대에게 주어진 삶은 선물이라는 것을 깨닫게 된다. –한바다

* 자신 안에 자리 잡고 있는 내면의 중심에 도달하는 것이 인간이 도달할 수 있는 최고의 경지다. –이소룡

* 그저 무심히 지켜보기만 하라. 거기에 경이로움이 있을 것이다. 그것은 추구해야 할 이상도 목적도 아니다. 관조는 이미 '존재하는' 상태이지 무엇이 '되어가는' 상태가 아니다. –이소룡

* 명상의 모든 방편은 과거나 미래에서 떠도는 마음을 현재로 이끌어 오는 방법이다. –오쇼 라즈니쉬

* 명상은 깨달음을 얻기 위한 것도, 뭔가를 성취하기 위한 것도 아니다. 그것은 평화와 축복 그 자체이다. –도겐

* 명상은 현재에 대한 순수한 감응이다. –오쇼 라즈니쉬

* 명상이란 진정한 자기를 찾는 것이고, 사랑이란 진정한 자신을 다른 사람과 공유하는 것이다. 명상은 그대에게 보물을 주고, 사랑은 그 보물을 나누게끔 도와준다. –오쇼 라즈니쉬

* 만약 당신이 명상을 체계적으로 진지하게 연습하고 있다면, 내면에 깃들인 고요함의 중심에 들어갈 날이 반드시 올 것이다. –이스워런

* 잔을 비운다는 것 가지고는 어림없다. 잔을 깨부숴라. 잔을 비운다고 하더라도 비어 있는 '그대' 가 있다면 그 잔은 가득 차 있는 것이다. '비어있음' 이 그대를 채우고 있기 때문이다. –최배달

* 고요히 있는 것에서 시작하라. 외부 세계를 가라앉혀라. 그러면 내면세계가 당신에게 시야를 줄 것이다. 당신이 찾아야 하는 게 이 통찰력(내면시야)이다. –닐 도날드 월쉬

* 명상이란 마음의 활동을 가라앉히는 것이고, 그럼으로써 마음의 본성이 순수한 앎, 곧 알아차림이라는 사실을 스스로에게 드러내는 것이다. –루퍼트 스파이라

* 명상은 지금껏 외부 대상을 바라보고 관찰하는 데서 그 방향을 선회하여 자신을 비추어 보는 것이다. 늘 깨어서 자신을 성찰하는 것이 명상이다. 그것은 자기성찰에서 통찰로 이어지는 여정이며 내면의 탐구 여행이다. –최훈동

* 명상을 통해 우리는 신념을 해체할 수 있다. 궁극적으로는 신념 가운데 가장 큰 신념인 자아의 해체가 일어난다. 자아가 사라진 세계는 참나의 세계요, 진정한 삶의 세계이다. –최훈동

* 무엇보다 중요한 것은 특정 순간에 당신의 경험의 질이 어떠하든 그것을 알아차리는 것이다. 당신에게는 지금 일어나고 있는 현상을 자각하는 데 필요한 여유 공간이 있는가? 자각 속에 사는 법을 배우면, 삶 자체가 명상이 된다. –존 카밧진

* 컴퓨터처럼 우리의 마음도 리셋을 해가면서 써야 늘 새로울 수 있다. 우리를 힘들게 하는 고민들에 대해, 단 1초라도 진심으로 망각해 보는 것이 '초간단 마음리셋법' 이다. 마음이 초기화되면, 고민을 새로운 방식으로 다룰 수 있게 된다. –윤홍식

* 개인적인 목적을 이루기 위한 수단으로서의 기도는 도둑질이요, 비천한 것이다. 그것은 자연계와 정신세계가 서로 다르다는 이원론을 전제로 한다. 사람과 신이 하나가 되는 순간, 그는 구걸하지 않는다. 그는 모든 행동이 기도라는 것을 알게 될 것이다.
–랄프 왈도 에머슨

* 대지 위를 걷는 너의 한 걸음 한 걸음이 기도가 되게 하라. 더럽혀지지 않은 선한 영혼의 힘은 모든 이의 마음속에 깃들어 있다. 네가 신성하게 걸음을 내디딜 때마다 그것은 씨앗이 되어 자라날 것이다. 네가 딛는 모든 걸음이 기도가 된다면, 너의 걸음은 항

상 신성한 걸음이 될 것이다. –인디언 격언

* 명상은 언제나 가능하다. 날씨가 어떻든, 어느 계절이든 상관없이 삶의 모든 순간에 가능하다. 현재에 대해 완전히 열려 있기만 하다면 말이다. 어제와 내일을 나로부터 떨구고 오로지 순간에 일어나고 있는 것만 인지하게 되면, 우리의 모든 오성이 멈추고 모든 생각과 모든 계획, 모든 심적 긴장이 끝나면서 우리는 명상에 잠기게 되는 것이다. –페터 라우스터

* 자신의 생각에 주의를 기울여라. 그것과 싸우지 말라. 그것에 대하여 아무것도 하지 말라. 그것이 무엇이든 그대로 있게 하라. 그것과 싸우면 싸울수록 그것에 힘을 부여하게 된다. 그저 그것을 잘 지켜보라. 생각을 멈출 필요는 없다. 그저 그것에 말려들지 말라. 뭔가를 붙잡으려는 마음, 결과를 찾는 습관을 버려라. 그러면 우주의 자유가 너의 것이 될 것이다. –니사르가닷따 마하리지

신

* 하느님의 왕국이 그대 안에 있다. –예수

* 신을 보는 나의 눈이 나를 보는 신의 눈이다. –마이스터 에크하르트

* 우리 자신에 대한 우리의 앎이 곧 신에 대한 신의 앎이다. –루퍼트 스파이라

* 당신이 어디로 향하든, 거기에는 하느님의 얼굴이 있다. –수피 격언

* 기쁨의 충만은 모든 것 안에서 신을 보는 것이다. –노르위치의 줄리안

* 인간의 내부에는 신의 영혼이 살고 있다. 자신을 아는 것은 신을 아는 것이다. -톨스토이

* 그대의 의식, 그 의식의 순수함이 비로 신이다. 신은 내면의 하늘이다. -오쇼 라즈니쉬

* 신을 알게 되는 최선의 방법은 많은 것을 사랑하는 일이다. -고흐

* 신을 사랑하는 것은 우리가 마음에 그릴 수 있는 최고의 선을 사랑하는 것이다. -톨스토이

* 신에게 가는 길은 두 가지가 있는데, 하나는 신을 안는 길이고 또 하나는 신에게 안기는 길이다. -라마 크리슈나

* 신은 우리 안의 사랑에 지나지 않기에, 그에게로 돌아가는 건 우리 자신에게로 돌아가는 것이다. -마리안느 윌리암슨

* 인생의 목적은 의심할 나위 없이 자기를 깨달아 나가는 데 있다. 우리 모두의 가슴속에 살아 있는 신을 깨달을 필요가 있는 것이다. -마하트마 간디

* 이 세상에 하느님을 본 사람은 하나도 없다. 그러나 만일 우리가 서로 사랑한다면 하느님은 우리의 가슴 속에 머무를 것이다. -톨스토이

* 신은 자신의 모든 것을 생명 속에 담았다. -잉거솔

* 신은 돌 안에서 잠자고, 식물 안에서 숨쉬고, 동물 안에서 꿈꾸고, 사람 안에서 깨어난다. -인디언 격언

* 그분의 빛 앞에서 네 중심을 자세히 살펴 네 생각이 너를 부끄럽게 하지 못하도록 하

여라. 깨끗한 우유 속의 머리카락을 보듯이 그분은 네 잘못과 견해와 욕망을 지켜보신다. –루미

* 사람들이 신을 모르는 것은 나쁜 일이지만, 그보다 더 나쁜 것은 신이 아닌 것을 신으로 인정하는 일이다. –락탄티우스

* 신을 사랑한다고 말하면서 이웃을 사랑하지 않는 자는 사람을 속이는 자이다. 이웃을 사랑한다고 말하면서 신을 사랑하지 않는 자는 자기 자신을 속이는 자이다. –톨스토이

* 신이 모든 것이고 완벽하다는 것을 받아들인다면 남아 있는 것은 완벽을 보는 것뿐이다. 모든 면에서 완벽함을 보라. –레스트 레븐슨

* 숭고한 진리를 깨달으면 모든 인간의 혼에서 신만 볼 수 있다. 만나는 모든 사람에게서 신을 볼 수 있으면 우리는 신만 만나는 세계에서 살 수 있다. –랄프 왈도 트라인

* "하늘에 계신 하느님 아버지처럼 완전하라"고 한 것은 그대 내부에 있는 신적 본원을 일깨우는 데 노력하라는 뜻이다. 신의 완전성, 즉 모든 사람의 최고선에 대한 이념이야말로 전 인류가 지향하는 궁극의 목표다. –톨스토이

* 당신의 지성은 신을 이해할 수 없다. 그러나 당신의 가슴은 이미 알고 있다. 지성은 가슴의 명령을 실행하기 위해서 만들어진 것이다. –엠마뉴엘

* 한 사람만 사랑하는 것은 야만적이다. 다른 모든 것을 향한 사랑을 희생해야 하기 때문이다. 신을 향한 사랑도 이와 같다. –니체

* 올바른 생각을 할 때 우리는 신 안에 있다. 올바른 삶을 살 때 신은 우리 안에 있다. –아우구스티누스

* 기쁨의 충만은 모든 것 안에서 신을 보는 것이다. –노르위치의 줄리안

* 신이 신비를 측정하는 천문기계는 사랑이다. –잘랄루딘 루미

* 신이라고 알려진 힘과 권능과 영향력의 특성은 곧 사랑이다. 그러므로 사람이 일상생활 중에 사랑을 실천하면, 개인적인 신을 찾을 수 있게 된다. –에드가 케이시

* 그대는 신이 아니고, 근본 영이 아니며, 사람이 아니고, 이미지가 아닌 신을 사랑해야 한다. 그분은 모든 둘인 것과는 다른, 완전하고 순수한 절대적 일자로서, 그분 안에서 우리는 영원히 무에서 무로 가라앉아야 한다. –에크하르트 톨레

* 시간은 영원함과 같고, 영원함은 시간과 같아서, 당신은 이를 구분하지 못한다. 나 자신은 영원함이니, 내가 시간을 떠날 때, 나는 신 안의 나와 내 안의 신을 통합하리라. –안겔루스 질레지우스

* 행복이 불행으로 말미암아 자신을 드러내도록 신은 아픔과 슬픔을 만드셨다. 감추어진 것은 그것에 반대되는 것으로 인하여 드러난다. 신은 반대되는 것이 없다. 그래서 드러나지 않는다. –잘랄루딘 루미

* 신에 대한 그대의 모든 생각은 신이 아니다. 신은 부분적인 마음으로는 발견할 수 없다. 신은 그대가 살아나는 만큼 그대 속에서 깨어난다. 그대가 신성해지는 만큼 그대는 신을 느끼고 볼 수 있다. –한바다

* 신은 그대의 가슴에 잉태되었다. 그대의 가슴이 사랑으로 열리지 않는다면, 그대가 온전히 깨어 있지 않다면, 그대는 어디서도 신을 발견할 수 없다. 신은 끊임없이 태어나고, 죽고, 또다시 태어난다. 그래서 신은 영원히 새로우며, 그 신선한 생명력으로 그는 불멸한다. 그래서 신을 '영원한 생명' 이라고 하는 것이다. –한바다

* 불쌍한 사람들에 대한 라마크리슈나의 연민은 '모든 피조물 안에 신이 살아 있다'는 인식에서 발현된 것이었다. 그의 정서는 인도주의자나 박애주의자의 그것이 아니었다. 그에게 있어서 인간에 대한 봉사는 곧 신에 대한 예배였다. -스와미 니킬라난다

종교

* 종교는 모든 문명의 어머니이다. -사르트르

* 종교는 신을 찾으려는 인간성의 반응이다. -하이트 헤드

* 종교는 반딧불과 같은 것이다. 반짝이기 위해서는 어두움을 필요로 한다. -쇼펜하우어

* 종교 없는 과학은 절름발이고, 과학이 없는 종교는 장님이다. -아인슈타인

* 진정한 종교는 모든 영혼과 모든 선, 모든 정의가 어우러져 있는 실제 삶이다. -아인슈타인

* 나의 종교는 생명 있는 모든 것에 대한 사랑이다. -이브라김 콜도프스키

* 진정한 종교는 당신이 무엇을 믿느냐의 문제가 아니라 당신이 어떻게 행동하는가의 문제다. -알렉산더 그린

* '영성'이란 신성함에 대한 견해가 상상하기에 따라 광범위하게 다를 수 있다는 사실을 받아들이는 것이다. -알렉산더 그린

* 순수한 마음은 모든 종교의 끝이며 신성의 시작이다. –제임스 앨런

* 모든 종교의 최고의 목표는 어떻게 살 것인가를 가르치는 것이다. –제임스 앨런

* 인간이 종교의 시초이며, 인간이 종교의 중심이며, 인간이 종교의 끝이다. –포이에르바흐

* 종교에 있어서는 신성한 것만이 진실이다. 철학에 있어서는 진실한 것만이 신성하다. –포이에르바흐

* 만약 기독교인이 참으로 규율을 준수한다면 부자도, 가난한 자도 전부 없어질 것이다. –톨스토이

* 내가 진정으로 따르는 신앙은 모든 살아 있는 것들을 사랑하는 것이다. 영혼이 가난한 이, 부유하고 비뚤어진 이, 오만한 이까지도 모두 사랑하는 것이다. 사람은 오직 사랑하고 사랑받기 위해서 이 세상에 태어났기 때문이다. –톨스토이

* 회의하지 않는 신앙은 죽은 신앙이다. –미구엘 드 우나무노

* 우리의 신앙은 서로 미워하기에는 충분하지만, 사랑하기에는 부족하다. –조나단 스위프트

* 신앙은 정말이지 너무 많은 해악을 끼쳤다! 내게 한 움큼의 숨이라도 붙어 있다면, 교회를 향해 "안 돼!" 라고 소리 지를 것이다. –앙드레 지드

* 신앙은 보이지 않는 것에 대한 사랑이요, 불가능한 것, 있을 법하지 않은 것에 대한 신뢰이다. –괴테

* 종교는 신의 안을 보고, 과학은 신의 바깥을 본다. -에드가 케이시

* 자신에게 바라는 바를 제 형제를 위해서도 바라고 있지 않다면, 그 어느 누구도 진정한 신앙인이 아니다. -하디스

* 불교는 부처를 믿는 종교가 아니다. 스스로 부처가 되는 길이다. -법정

* 예수의 자취가 2천 년 전에 있었던 역사적인 사실로 남아 있다면 아무 의미가 없다. 그 생애의 의미가 우리 자신의 삶과 하나가 될 때 우리는 거듭날 수 있고, 그리스도는 우리 안에서 다시 부활할 수 있다. -법정

* 새로운 부처, 새로운 예수가 필요한 것이지, 이 인류에게 똑같은 존재는 필요 없다. 따라서 진정 뛰어난 종교가나 사상가는 일인 일파(一人 一派)일 수밖에 없다. -법정

* 인간을 위한 것보다 더 고결한 종교는 없다. 공통의 이익을 위해 노력하는 것이 가장 큰 종교다. -알베르트 슈바이처

* 신앙을 갖지 않고는 천국에 들지 못하며, 서로 사랑하지 않고는 신앙을 가질 수 없다. 눈으로 볼 수 있는 자들에게 애정을 베풀면 눈으로 볼 수 없는 신께서 너에게 애정을 베풀어 주실 것이다. -하디스

* 종교는 어떤 사람이 생업에 종사하지 않는 시간 중 얼마를 내어 몇 날 몇 시간 동안만 몸을 담아도 되는 차원의 문제가 아니다. 이것은 변화와 방해 없이 예정된 수순을 좇는 우리의 모든 생각과 행동을 꿰뚫고 고무시키고 지배하는 내면 가장 깊은 곳의 영혼이다. -피히테

* 신은 객관적 존재가 아니라 심리적 필요에 따라 인간이 만들어 낸 환상에 지나지 않

으며, 종교란 어떤 객관적 진리를 보여주는 것이 아니라 심리적 만족을 위해 인류가 꾸며낸 환상적 이야기에 불과하다. –프로이트

* 모든 종교와 예술, 과학은 같은 나무에서 자란 가지이다. 이 분야는 인간을 단순한 육체적 존재에서 끌어올려 삶을 고귀하게 드높이고 자유로 이끌어 준다. –아인슈타인

* 인간이 결코 이해할 수 없는 것이 존재하고, 그것이 최고의 지혜와 아름다움으로 구현되어 있다는 것, 인간의 부족한 능력으로는 뚜렷하게 인식할 수 없는 것이 있음을 깨닫는 것. 이것이 바로 진정 종교를 대하는 마음가짐이다. 그런 의미에서 나는 지극히 믿음이 깊은 인간이다. –아인슈타인